「科幻推進實驗室」的誕生

雖然生物技術已經愈來愈高深
可是《科學怪人》的憂慮卻似乎離我們愈來愈近

雖然「一九八四」已經過去二十幾年
可是人類卻好像愈來愈走向《一九八四》

偉大的科幻心靈就像宇宙中原子聚合的恆星
發光發熱，照亮銀河中黑暗的角落

「科幻推進實驗室」立志要集合這些既精采又深刻
既娛樂又啟發的科幻傑作，逐年出版

把科幻推進到這個社會
讓我們享受這些非凡想像力所恩賜的心靈奇景

讓我們在娛樂中獲得啟發
在通俗中得到智慧

這就是「科幻推進實驗室」誕生的目標

時間迴旋

SPIN

威爾森◎著
陳宗琮◎譯

貓頭鷹出版社
科幻推進實驗室

全球書評

我不算是很死忠的科幻迷，但只要故事好看、背景知識需求又低，我照樣喜歡。威爾森是個棒到不行的說故事高手，而且閱讀他的作品不需要任何背景知識……這裡有豐富的想像力，還有生動的人物與靈魂。

——史蒂芬金（Stephen King），《綠色奇蹟》、《四季奇譚》作者

強力推薦給所有喜歡有深度、有文學性、內涵的小說讀者，管他什麼類型。

——超人氣出版讀書部落格「頑固老書蟲」（Grumpy Old Bookman）

長久以來，我們期盼硬科幻小說和文學小說的聯姻，能夠繁衍出一種後代，具備前者豐沛的想像力，和後者優雅的敘事。這個願望終於因為《時間迴旋》而成真。

——華盛頓郵報（*Washington Post*）

威爾森用如歌的文字，結合科幻驚悚、成長傳奇、溫柔愛情故事、父子衝突、生態寓言和末世預言，建構出一個令人驚嘆的綜合體。

——出版者周刊（*Publisher Weekly*）

完全了解類型長處，自信地揮灑自如，絕不忽略人文關懷的角度。

——紐約時報（*New York Times*）

作者手法細膩且引人深思，讀者以為猜到了故事走向，其實他正把你帶向完全不同的地方。

——羅蘋．荷布（Robin Hobb），《刺客系列》（*The Farseer Trilogy*）作者

十年來看過最令人滿意的作品……書中既有扎實的硬科幻想像，也探究人類的情感真相，如何看待生死、對待我們深愛的人，以及我們自己。這也正是威爾森之所以是這麼了不起的科幻作家的原因，他想像驚異的未來，同時也洞悉人性。要談真相，他絕不馬虎。

——科幻評論網（*SF Reviews.Net*）

本書不只是一本科幻災難小說，也是一本成長小說，一個愛情故事，一個文學上的勝利，以及一個生態與啟示性的警告。威爾森是得獎作者，從人性、政治、宗教、生物、醫學，到天體物理理論，

在故事的各個層面都表現傑出。

——書籤雜誌（*Bookmarks Magazine*）作者

驚喜到下巴掉下來……《時間迴旋》進入了科幻的真正核心。

——「翡翠城」書評網站（*Emerald City*）

一個以角色推動故事、卓越奇特的科幻奇談，來自長期維持高水準的作者。

——柯克斯書評（Kirkus Reviews），哈佛教育通訊（The Harvard Education Letter）編輯

《時間迴旋》具有卓絕的經典科幻主題，同時具備優雅、智慧與想像力。

——「疑難信箱」書評網站（*Agony Column*）

我只能說，本書的眾多特點皆規模宏大，猛得不能再猛。本書綜合一切，架構於時間、太空、命運……絕不能錯過這一本。

——類比雜誌（*Analog Magazine*）

《時間迴旋》包含許多：心理小說、科技災難、啟示性的冒險故事，以及宇宙論的沉思……威爾

森成串佳作中的又一項勝利。

——軌跡雜誌（*Locus Magazine*）

致謝

本書翻譯期間，承蒙中研院天文及天文物理研究所研究助技師曾耀寰博士指導天文科學名詞翻譯，中研院人文社會科學研究中心亞太區域專題中心梁志輝先生指導米南加保族語言翻譯，特此致謝。

中文版作者序

羅伯特・查爾斯・威爾森
翻譯：林翰昌

《時間迴旋》是我的第十二本小說。自從一九八六年開始邁入職業作家之林，我的作品一直備受好評——不過比起以往的作品，《時間迴旋》擁有更多讀者，也更廣泛地翻譯成各種語言。本書還獲得一些國際獎項，令我驚訝的是，除了雨果獎之外，還包括以色列的吉芬獎*和德國的科德・拉斯維茲獎†。

*譯按：The Geffen Award，由以色列科幻暨奇幻協會為紀念編輯兼譯者阿莫斯・吉芬（Amos Geffen）所頒發的獎項，共分為最佳翻譯科幻書籍、最佳翻譯奇幻書籍、最佳希伯來文原創科／奇幻短篇及最佳希伯來文原創科／奇幻小說四項，《時間迴旋》是二〇〇六年最佳翻譯科幻書籍的得主。

†譯按：Kurd Lasswitz Prize 是德國的主要科幻獎項，其中須有外國科幻小說項目，《時間迴旋》亦為二〇〇六年的得主。

我並沒有一個足以說明本書成功的簡單解釋。基本上，《時間迴旋》的故事描述一個人、一個家庭，乃至於一整個世代被捲入一連串令人難以理解的事件。我認為當代讀者也許會對這個主題產生共鳴。畢竟我們所賴以生存的世界，已經在核子大戰的威脅下撐過了半個多世紀，如今還得面臨更新、更多，像是全球暖化、天然資源匱乏等等潛在危機。在人類科技的猛攻之下，這顆星球的脆弱已經開始顯露於外，世界末日儼然成為每日頭條新聞的注腳。至少在美國，人們時常掛在嘴邊的一句話就是：「九一一之後，一切都變了。」

難道是這樣的體認、這樣的被害妄想，造就出《時間迴旋》的風行嗎？

或許是，或許不是。《時間迴旋》並不是一部探討時事問題的小說——至少我在創作時並無意於此。它運用了許多科幻類型特有的修辭和元素（我在很小的時候就愛上這個文類），不過我在這部小說中所希望達成的其中一個目標，就是要尋找出隱藏於種種科幻類型外貌底下的人性關懷，並簡單、直接地將這些關懷呈現在讀者眼前。

生命短暫，我們身處的宇宙卻是難以想像的古老；全然的變化亦是無可避免。就我看來，這些都是科幻小說的核心概念。然而它們也都是深奧的人性真理，盤根錯節地牽動著每一個個體與社會。

與其說《時間迴旋》裡所描寫的事件是一場「末世天啟」，倒不如說它是一種手段，作家藉此讓當下的人類正視他們在歷史悠久卻不斷演化成長的宇宙中所身處的地位。各個人物對於危機的反應——不論是宗教的、科學的，或是私密的——交織成整個故事。整部小說的中心構想，也就是人物口中所謂的「時間迴旋」，實在不能算是對未來的可信推測，一如我們不可能相信威爾斯（H. G. Wells）筆下的「時光機」會是維多利亞時代的工藝技術所能建造出來的產品。但《時光機》帶領讀者進入某種形式的未來，這個未來幾乎完全反映了當時的科學知識（以及心靈與宗教上的危機）。《時間迴旋》提醒我們地球的脆弱，使我們驚覺當下不過僅僅一瞬，讓我們體察到無論是亙古的宇宙，抑或短暫而充滿驚奇的人生，變化總是無常。我期待藉由這些啟發，讀者能擁有類似閱讀《時光機》一般的感受。

時間迴旋

SPIN

公元 4×10^9 年

每個人都下來了。我們所有的人分別降落在某個地方。

我們在巴東一家充滿殖民地風味的飯店裡，訂了一間三樓的客房。在這裡，我們可以隱匿一陣子，不會被人發現。

一個晚上九百歐元，我們買到了隱密，買到了陽台上一覽無遺的印度洋景觀。過去這幾天，一直是風和日麗。在這樣陽光普照的日子裡，可以看到大拱門距離我們最近的部分。那是一條雲霧般白茫茫的線，從遠方的地平線垂直升起，不斷向上延伸，消失在天空的蔚藍蒼茫中。從蘇門答臘西海岸看得到的，只不過是整個大拱門結構的一小段。那景象已是如此迷人。大拱門跨越明打威海溝，遙遠的另一端，落在一千多公里外卡本特海脊的海底山峰上，彷彿一只結婚指環掉在淺淺的小池塘裡，半截豎立在水面上。如果在陸地上，它會從印度西岸的孟買延伸到東岸的馬德拉斯。換個很粗略的比方，差不多從紐約到芝加哥。

黛安幾乎整個下午都待在陽台上。陽台有一頂條紋已經褪色的遮陽傘，她躲在傘影下，流著汗，沉醉在眼前的景致裡。我很欣慰，也放心了。在經歷過這一切事情之後，她還能感受得到這樣的情趣。

我陪她一起看夕陽。黃昏時刻無限美好。一架貨機優雅地滑翔著，像一串閃閃發光的項鍊，劃過海上黯沉沉的夜空，朝海岸下降，準備降落在德魯巴羽港。大拱門這一頭的柱腳，宛如一根磨亮的紅色鐵釘，閃爍著幽微的紅暈，貫穿海天之際。當黑夜籠罩了整個城市，我們看到一片陰影掩蓋過大地，爬上那座擎天巨柱。

那是科技，「但你簡直分不清那是魔法還是科技。」有人曾經這麼形容它。這句話已經成為一句名言。除了魔法，還有什麼樣的科技能夠不妨礙孟加拉灣和印度洋之間的氣流和洋流，同時還能夠將船艦傳送到遙遠另一端的異國港口？除了魔法，還有什麼樣的工程技術，讓這座直徑一千多公里的拱形結構承受得了自己本身的重量？它是什麼材料建造的？它如何達到這種魔法般的境界？

大概只有傑森．羅頓能夠回答這些問題。可惜他沒跟我們一起來。

黛安懶洋洋地窩在躺椅上。她身上那件黃色洋裝，還有那頂有點滑稽的寬邊草帽，在愈來愈深濃的夜色籠罩下，漸漸變成灰暗的幾何圖形。深棕色的皮膚看起來晶瑩剔透，光滑細嫩。她的眼睛閃爍著晚霞的餘暉，明媚動人，但依然露出一種機警的眼神。永遠不變的，是她的眼神。

她抬頭瞥了我一眼。「你一整天都坐立不安。」

我說：「在開始進行之前，我想先寫點東西，就當是備忘錄吧。」

「你是怕自己會失去什麼嗎？泰勒，你太杞人憂天了，那還不至於會消除你的記憶。」

是不至於消除，但記憶可能會模糊、消褪、渙散。藥物的副作用是暫時的，我還受得了，可是，我很害怕自己可能會失去記憶。

她說：「不管怎麼說，你成功的機會是很大的，你自己也很清楚。是有一點風險，但也只不過是風險，很低微的風險。」

換成是她，失去記憶也許反而是一種幸福。

我說：「就算沒事，先把一些事情記下來，還是比較安心。」

「如果你不想做這件事，也不必勉強。等你心裡有準備了，自然就會做了。」

「不，我想做。」這話好像是說來給自己壯膽。

「那今晚就得進行了。」

「我知道。可是在接下來的幾個星期裡……」

「你可能就不會想寫了。」

「除非我控制不了自己。」藥物有一些不太需要擔心的潛在副作用，書寫狂是其中之一。

「等噁心的反應出現的時候，看看你會想些什麼。」她對我笑笑，彷彿在安慰我，「我想，每個人心裡都有些不敢釋放出來的東西吧。」

這話聽起來不太舒服，我連想都不願去想。

我說：「來吧，我們就開始吧。」

空氣中聞得到一種熱帶的氣息，混雜著氯的藥水味。那是從飯店一樓的游泳池飄上來的。這幾年，巴東成為一個很重要的國際港，到處都是外國人。有印度人、菲律賓人、韓國人，還有像我和黛安這種四處流浪的美國人。我們這種人付擔不起豪華的交通工具，也不夠資格參加聯合國批准的殖民計畫。這是一個朝氣蓬勃的城市，也是一個無法無天的城市，特別是自從「新烈火莫熄改革運動」分子在雅加達掌握政權之後。

不過，飯店裡是安全的。星星都出來了，燦爛閃爍，遍灑夜空。此刻，整個天空最明亮的，是大拱門的頂峰。它散發著銀色光芒，看起來像一個細細的字母U，被那位不太識字的上帝寫顛倒了。U，意味著未知，意味著不可知。我牽著黛安的手，一起看著它隱沒在黑夜裡。

「你在想什麼？」她問我。

「我在想最後一次看到那些古老星座的時候。」處女座、獅子座、射手座，這些占星學家使用的術語，如今都淪為歷史書裡的注解條目。

「如果還看得到，從這裡看應該會很不一樣，對不對？這裡是南半球吧？」

我想是。應該不一樣。

夜已經完全黑了，我們走回房間。我去開燈的時候，黛安放下捲簾，拆開針筒和藥水瓶的包裝。我已經教過她怎麼用了。她把那個無菌針筒吸滿藥水，皺起眉頭，把裡面的氣泡彈出來。她的動作看起來很專業，可是手卻在發抖。

我脫掉襯衫，攤開手腳躺在床上。

「泰勒……」

忽然變成是她在猶豫了。「不要三心兩意，」我說，「我知道自己會怎麼樣。我們已經討論過十幾次了，結論很清楚了。」

她點點頭，用酒精塗在我的手肘內側。她右手拿著針筒，針頭朝上，裡面微量的藥水看起來像水一樣安全無害。

「好久了。」她說。

「什麼好久了？」

「我們那一次看星星。」

「我很高興妳沒有忘記。」

「我當然不會忘記。拳頭握起來。」

不怎麼痛。至少剛開始的時候。

大房子

星光從天空消失的那個晚上，我十二歲，那對雙胞胎十三歲。那是十月，萬聖節的好幾個星期之前，羅頓家有一場大人才可以參加的宴會，於是我們三個小鬼就被趕到地下室去。羅頓家的大宅，我們都叫它大房子。

關到地下室，根本算不上處罰。對黛安和傑森來說，那不是處罰，因為他們本來就喜歡一天到晚窩在地下室。對我來說，當然也不是。他們的爸爸老早就宣布過，在他們家裡，什麼地方是大人的，什麼地方是小孩子的，界線劃分得很清楚。不過，我們這裡有一套最高檔的電玩平台，有電影碟片，甚至還有一座撞球台……而且，大人管不到。除了楚羅太太，不會有大人到這裡來。她是這家常用的宴會服務員。大概每隔一個鐘頭，她就會跑到樓下來開小差，逃避送小菜，順便跟我們講一些宴會裡的最新八卦。（惠普公司的一個傢伙當眾出醜，對方是郵報專欄作家的太太。有一個參議員在書房裡喝得爛醉。）樓上的音響系統播放著驚天動地的舞曲，像大怪獸的心跳聲，穿透地下室的天花板。傑森說，我們什麼都不缺，就是缺少清靜，缺少天空的景觀。

清靜和天空的景觀。以傑森的脾氣，他兩樣都要。

黛安和傑森兩個人出生的時間只隔了幾分鐘，但很明顯看得出來，他們是異卵兄妹，而不是那種同一個模子印出來的同卵雙胞胎。除了他們的媽媽，沒有人會叫他們雙胞胎。傑森曾經說，一個兩極的精子分裂，分別侵入兩個屬性完全相反的卵子，而他們就是這種過程的產物。黛安和傑森差不多，智商也是高得驚人，不過，她比較不像傑森那麼愛搬弄術語。她形容他們兩個人是：「從同一個細胞牢房裡逃出來的兩個不同的囚犯。」

他們兩個人都同樣令我敬畏。

傑森十三歲的時候，不但聰明得嚇人，體格也很強壯。雖然不是肌肉特別發達那一型的，卻是體力充沛，是田徑場上的常勝軍。那個時候，他的身高已經將近六英尺，瘦瘦長長的，長相有點呆，還好他那歪著嘴的純真笑容，使得他看起來比較不那麼呆。當年，他有著一頭像鐵絲一樣硬梆梆的金髮。

黛安比他矮了五吋，只有在跟她哥哥比的時候，才算得上胖，膚色也比較深。她的臉晶瑩剔透，眼睛四周長了一圈雀斑，看起來像是戴上了套頭外衣的兜帽，臉的上半部籠罩在陰影中。她曾經開自己的玩笑說：我的浣熊面具。我最喜歡黛安的地方，就是她的微笑。以我當時的年紀，她這些小地方顯然已經開始令我著迷，雖然還不太明白是什麼道理。她很少微笑，但笑起來很燦爛。有人說她的牙齒太凸了，她自己也這麼認為，可是我不覺得。所以，她養成了一種習慣，大笑的時候都會把嘴巴搗起來。我喜歡逗得她開懷大笑，但內心偷偷渴望的，是她那燦爛的微笑。

上個禮拜，傑森的爸爸送給他一副很昂貴的雙眼天文望遠鏡。整個下午，他興奮得一秒鐘也靜不下來，抓著望遠鏡玩個不停。電視機上面有一幅裱著框的旅遊風景海報，他對準那張海報，假裝自己從華盛頓的郊區可以偷看得到墨西哥的坎昆島。後來，他終於站起來說：「我們應該去看天空。」

「不要，外面好冷。」黛安毫不遲疑地回答。

「可是天氣很好。這個禮拜，一直到今天晚上天氣才放晴。而且，外面只不過有點涼。」

「今天早上草坪都結冰了。」

「那是霜。」他反駁。

「已經半夜了。」

「現在是禮拜五晚上。」

「我們不准離開地下室。」

「我們只是不准去吵到他們的宴會。沒有人說我們不能出去。如果妳是怕被逮到，放心，不會有人看到的。」

「我才不是怕被逮到。」

「那妳在怕什麼？」

「怕在外面把腳凍成冰塊，還要聽你囉嗦個沒完。」

傑森轉過來看我。「怎麼樣，泰勒？你想看看天空嗎？」

這對雙胞胎意見不合的時候，老是要抓我當裁判，令我很不自在。不管我怎麼回答，都裡外不是人。如果我和傑森一個鼻孔出氣，好像冷落了黛安；可是，如果我老是和黛安站在同一邊，看起來好像……呃，滿明顯的。於是我說：「我不知道，小傑，外面好像滿冷的……」

幫我解套的是黛安。她一隻手搭到我肩上說：「沒關係，出去透透氣也好，強過在這裡聽他抱怨個沒完。」

於是我們在地下室的玄關抓了件外套，從後門溜出去。

我們幫大房子取這個綽號其實是有點誇張的，它沒有那麼大。不過，在這個中高階層的社區裡，它還是比一般的住宅要來得大一點，占地也比較廣。屋後是一大片修剪得很整齊的草地，如波浪般起伏。再過去，草地被一片野生的松樹林擋住了。樹林像邊界一樣，另一頭緊鄰著一條有點髒髒的小溪。傑森在房子和樹林中間選了一個觀測星星的地點。

十月以來，天氣一直很舒適宜人，直到昨天，一道冷鋒入侵，才趕走了暖烘烘的秋老虎。黛安裝模作樣，抱著肋骨發抖，其實只是為了要給傑森一點顏色看。夜晚的風有點涼颼颼的，但還不至於冷得受不了。天空如水晶般清朗透澈。草坪相當乾爽，儘管明天一早可能又會結霜。天空萬里無雲，看不到月亮。大房子燈火輝煌，看起來就像一艘密西西比河上的蒸氣輪船。窗口透出金黃的燈光，像虎視眈眈的眼睛，掃視著外頭的草坪。不過，根據過去的經驗，在這樣的夜裡，如果你站在樹蔭下，就會像是被吸入黑洞一樣，徹底消失，從屋子裡絕對不可能看得見。

傑森仰臥在草地上，舉起望遠鏡對準天空。

我翹著腿坐在黛安旁邊，看她從外套口袋裡掏出一根煙，可能是從她媽媽那裡偷來的。（卡蘿．

羅頓是一位心臟科醫生，雖然號稱已經戒煙，可是梳妝台、書桌、廚房抽屜裡還是藏著好幾包煙。這是我媽告訴我的。）她把煙叼到嘴上，用一個半透明的紅色打火機點燃，火光在四周的黑暗中顯得明亮無比。她吐出了一縷煙，煙霧盤旋而上，消失在黑暗中。

她發現我在看她。「想不想來一口？」

傑森說：「他才十二歲，麻煩已經夠多了，他可不想再得肺癌。」

我說：「當然想。」這正是展現英雄氣概的大好機會。

黛安很開心地把煙遞給我。我試著吸了一口，好不容易才憋住沒有嗆出來。

她把煙拿回去。「小心別上癮了。」

傑森問我：「泰勒，你懂星星嗎？」

我深深吸了一口冰冷的、沒有煙的乾淨空氣。「當然懂。」

「我不是指你從那些廉價科幻小說裡看到鬼東西。你有沒有辦法叫得出隨便一顆星名字？」

我臉紅了。希望這裡夠暗，不會被他看見。「大角星，」我說：「半人馬座，天狼星，北極星……」

傑森問：「那哪一顆星，是星艦迷航記裡克林貢人的母星？」

「少惡劣了。」黛安說。

這兩個雙胞胎都具有超乎年齡的聰明。我並不笨，但還夠不上他們那個天才的族群。這一點，我們都心知肚明。他們上的是資優兒童學校，我則是跟別人擠公車上公立學校。我們之間有許多明顯的差異，這是其中之一。他們住在大房子裡，我則和媽媽住在大房子庭院東側最邊邊的小屋子裡。他們的父母追求事業上的飛黃騰達，而我媽媽在他們家裡幫忙打掃。我們知道那種差異，但很奇怪地我們就是有辦法不把它當一回事。

傑森說：「那好，你能不能指給我看，北極星在哪裡？」

北極星，北方之星。我曾經在書裡面讀過南北戰爭和黑奴的故事。有一首歌描述逃亡的黑奴：

當太陽開始回歸，鵪鶉發出第一聲啼叫
追隨那酒瓢
老人正等待著你，他會帶你奔向自由
只要你追隨那酒瓢

「當太陽開始回歸」是指冬至過後。鵪鶉會到南方過冬。酒瓢就是北斗七星。瓢柄的尾巴指著北極星，指向北方，那是自由的方向。我找到了北斗七星，滿懷希望地朝著它揮揮手。

「你看，我就說嘛。」黛安對傑森說。似乎他們也不怕我知道，他們曾經因為我的事情有過爭辯，而我證明了黛安是對的。

傑森也沒話說。「還不錯嘛。那你知道什麼是彗星嗎？」

「知道。」

「想看看嗎？」

我點點頭，在他旁邊躺下來。抽了黛安那口煙，嘴巴裡還是有一股苦苦辣辣的味道，心裡有點後悔。傑森教我怎麼把手肘撐在地上，然後讓我舉起望遠鏡貼住眼睛，調整焦距。星星漸漸變成一團模糊的橢圓形，然後變成無數細密的光點，比肉眼看到的多得多。我來回擺動望遠鏡，終於找到了傑森指給我看的那個光點，或者，自以為找到了。那個彗星看起來就像一個瘤結，在冷酷黝黑的天空中散發出幽幽的磷光。

「彗星……」傑森開始說。

「我知道，彗星就像一個沾滿灰塵的雪球一樣，朝太陽飛過去。」

「你要那樣說也行。」他的口氣有點不屑。「你知道彗星是從哪裡來的嗎，泰勒？它們是從太陽系外圍來的。太陽系外圍環繞著一個冰冷的雲團，像一團圓球狀的光暈，範圍從冥王星的軌道開始，向外擴張，最外圍可達到與太陽系最鄰近的恆星之間五分之一的距離。彗星就是從那裡誕生的。那遙遠的太空深處，冷到你根本不可能想像。」

我點點頭，心裡有點不太舒服。我已經讀過不少科幻小說，已經足以體會夜空那無以形容的浩瀚遼闊。那種浩瀚遼闊，有時候也是我喜歡想像的。只不過，在夜裡某些不恰當的時刻，屋子裡靜悄悄的時候，想到那些，會有一點壓迫感。

「黛安？」傑森問：「妳想不想看看？」

「有必要嗎？」

「當然沒必要。高興的話，妳可以坐在那邊燻妳的肺，胡說八道。」

「少跩了。」她把煙按熄在草裡面，伸出手來。我把望遠鏡遞給她。

「拜託拿那個小心一點。」小傑很寶貝他的望遠鏡。上面還聞得到塑膠膜和保利龍包裝的味道。

她調整焦距，朝天上看。她安靜了一下子，然後說：「用這個東西看星星，你知道我看到什麼嗎？」

「什麼？」

「還是一樣的星星。」

「用點想像力吧。」他聽起來真的被惹毛了。

「如果可以用想像力，我幹麼還要望遠鏡？」

「我的意思是，你有沒有想過，你看的是什麼。」

「哦！」她說。停了一下，又說：「唉呀！傑森，我看見……」

「看見什麼？」

「我想想看……，對了，那是上帝！祂留著長長的白鬍子！祂手上舉著一個牌子！上面寫的是……傑森遜斃了！」

「很好笑。不會用望遠鏡的話，那就還我。」

他伸出手，她卻不理他。她坐直起來，望遠鏡對準大房子的窗戶。

宴會從今天傍晚之前就開始了。我媽之前跟我說過，羅頓家的宴會是「企業大亨花一堆錢鬼扯淡的大會」。不過，我媽加油添醋的本領爐火純青，所以她說的話你一定要打點折扣。傑森跟我說過，大多數的客人都是航太圈子裡嶄露頭角的人物或政界的幕僚參謀。他們不是華盛頓當地社交圈子裡的老面孔，而是從西部來的、有軍火工業背景的新貴。艾德華．羅頓是傑森和黛安的爸爸，每隔三、四個月他就會辦一次這類的宴會。

黛安眼睛貼在望遠鏡兩個橢圓形的接目窗後面，一邊說：「老把戲了，一樓，喝酒跳舞，現在，舞沒什麼人跳了，酒愈喝愈兇。廚房好像要收工了，我看那些服務生已經準備要回家了。書房的窗簾拉上了。艾德華和幾個客人在圖書室裡，好噁！有個人在抽雪茄。」

傑森說：「少在那邊裝噁心了，騙不了人的，萬寶路女郎。」

她繼續逐一瀏覽每一扇看得見裡面的窗戶，傑森跑過來我旁邊。他喃喃叨唸著：「讓她欣賞宇宙，她卻寧願偷看人家宴會在幹什麼。」

我不知道該怎麼回答。就像往常一樣，傑森說的很多話，聽起來總是充滿智慧，聰明伶俐。那樣的話不是我說得出來的。

黛安說：「我的房間，沒看到人，謝天謝地。傑森的房間，也沒有人，只不過，床墊底下藏了一本閣樓雜誌……」

「這副望遠鏡很棒，不過沒有棒到那種地步。」

「卡蘿和艾德華的房間，也是空的。那間客房……」

「怎麼樣？」

黛安忽然沒聲音了。她坐著一動也不動，眼睛還是貼著望遠鏡。

「黛安？」我問。

她還是不說話。過了一下子，她開始發抖，轉身把望遠鏡丟……應該說，摔回去給傑森。傑森叫罵著，似乎沒有意識到黛安看到了什麼令她很煩躁的東西。我正要問她怎麼樣了……

這個時候，星星消失了。

不是什麼驚天動地的事。

那些親眼目睹這件事發生的人，通常都這麼說。不是什麼驚天動地的事。真的不是。我以一個目擊者的身分告訴大家：黛安和傑森在鬥嘴的時候，我一直在看天空。那只不過是一道怪異刺眼的強光，剎那間閃了一下，星星的殘影，在眼睛裡留下綠色冷燐光的視覺殘留。我眨了眨眼睛。傑森問：

「那是什麼？閃電嗎？」黛安一句話也沒說。

「傑森。」我叫他，眼睛還是眨個不停。

「幹麼？黛安，我對天發誓，要是妳砸破了上面的鏡片……」

「閉嘴！」黛安說。

我說：「別吵了！你們看，星星怎麼搞的？」

他們倆都抬起頭往天上看。

꩜ ꩜ ꩜

我們三個人當中，只有黛安願意相信星星真的「熄滅」了，像蠟燭一樣被風吹熄了。那是不可能的，傑森很堅持：那些星星的光芒，穿越了很長的距離才照射到地球。五十光年，一百光年，或一億光年，距離長短，要看是從哪顆星來的。所以，那些星星當然不可能同時停止發光。這種消失的順序，以人類的肉眼來看是同時的，簡直像是人工設計的，太精密了，不可能這樣。不管怎麼樣，我要強調的是，太陽也是一顆星，而且它還在發光，至少在地球的另一邊，不是嗎？

當然是。傑森說，如果不是，還不到明天早上我們就凍死了。

所以，根據邏輯，那些星星還在發光，只不過我們看不見。它們並沒有消失，只是被遮住了，像日蝕一樣。沒錯，天空忽然變成一片黑檀木一樣地漆黑，不過，那只是一個神祕現象，不是世界末日。

然而，傑森推論的另一個角度，還殘留在我的想像中。萬一太陽真的消失了，會怎麼樣？我腦海中浮現出一幅畫面：在永無止境的黑暗中，大雪飄落，然後，搞不好，空氣會被一種異樣的雪凍結住，於是，人類所有的文明就被埋葬在我們所呼吸的空氣下面。所以，假設星星只是像「日蝕」一樣被遮蔽了，那就還好，噢，絕對更好。可是，被什麼遮蔽了？

「嗯，顯然是很大的東西，某種速度很快的東西。泰勒，你是親眼看到的，究竟星星是瞬間同時消失的，還是好像有什麼東西飛過天空？」

我告訴他，看起來好像是星星突然閃了一下，然後瞬間就同時滅掉了。

「去他媽的星星。」黛安忽然說。我嚇了一跳，「去他媽的」這種話不是她平常會說出口的。不過，年齡邁入二位數的我和小傑就常常掛在嘴上。今年夏天，很多事情都改變了。

傑森聽出她聲音裡的不安。他說：「我不覺得有什麼好怕的。」雖然他自己顯然也很不安。

黛安皺著眉頭。她說：「我好冷。」

於是我們決定回大房子裡，看看CNN或CNBC有沒有報導這個消息。當我們走過草坪，天空看起來令人畏懼，極度黝黑，輕飄飄卻又無比沉重，比我從前看過的任何天空都更黑暗。

「我們必須告訴艾德華。」傑森說。

「你去告訴他。」黛安說。

黛安和傑森不叫爸爸媽媽，卻直接叫他們的名字，是因為卡蘿以為這樣的家教走在時代前端。然而，實際的情況卻複雜得多。卡蘿寵孩子，卻沒有花很多時間照顧這對雙胞胎的生活起居。而艾德華則是一板一眼地培養他的繼承人，那個繼承人，當然就是傑森。傑森崇拜他爸爸。黛安怕他爸爸。

羅頓家宴會快結束的時候，大家都喝得醉醺醺地，我沒有笨到會讓自己出現在大人的地盤上。於是，我和黛安躲在門後面，那裡不會被炮火波及。傑森在隔壁的一個房間裡找到了他爸爸。我們聽不清楚他們在裡面講些什麼，但我們絕對不會聽錯艾德華的口氣，那種憤怒的、不耐煩的、急躁的口氣。傑森回到地下室的時候，滿臉通紅，幾乎快要哭出來了。我跟他們說再見，朝後門走過去。

走到玄關的時候，黛安追上我。她抓著我的手腕，彷彿把我們兩個人扣在一起。她說：「泰勒，它會出來的，對不對？我是說太陽，明天早上。我知道問這個很蠢，可是，太陽會出來，對不對？」

她的聲音聽起來非常消沉。我開始跟她說一些不痛不癢的話，像是「如果沒出來，我們都活不了」之類的。可是，她的焦慮卻也激起了我的疑惑。我們看到的究竟是什麼？那代表什麼意義？顯然傑森的爸爸不相信他說的，今晚的天空發生了什麼重大變故，所以，也許我們只是在杞人憂天，自己嚇自己。可是，萬一世界末日真的來臨了，而只有我們知道這件事，怎麼辦？

「我們不會有事的。」我說。

幾縷細柔的髮絲遮住了她的臉，她的眼睛在髮絲的細縫間凝視著我。「你真的相信嗎？」

我勉強擠出笑容。「百分之九十。」

「不過，你今天不會睡覺，你會熬到明天早上，對不對？」

「大概，也許吧。」我心裡明白，自己不會想睡覺。

她比了一個打電話的手勢。「晚一點打電話給你好不好？」

「當然好。」

「我大概也不會睡。不過，萬一我睡著了，明天太陽一出來，你可以打電話給我嗎？這樣的要求好像有點蠢。」

我說我一定會。

「一言為定？」

「一言為定。」她會這樣請求我，讓我受寵若驚，暗自興奮。

ꩦ ꩦ ꩦ

我和媽媽住的，是一間魚鱗板搭成的小平房，感覺還不錯。房子位於羅頓家庭院東側的最邊邊。前門的步道兩旁，是松木籬笆圍成的小玫瑰花園。入秋以後，玫瑰還是開得很茂盛，一直到最近天氣涼了，才漸漸凋謝。在這個萬里無雲，沒有月光，沒有星星的夜晚，門廊上的燈火顯得格外溫暖，宛如黑暗中的燈塔。

我悄悄進了屋子。媽媽早就關進房間睡覺了。小小的客廳收拾得很乾淨，只有一個空的小酒杯還放在茶几上。禮拜一到禮拜五，她是不喝酒的，只有周末的時候才會喝個一、兩杯威士忌。她曾經說，她只犯了兩個罪，禮拜六晚上喝酒是其中之一。（有一次，我問她另外一個罪是什麼，她看著我好一會兒，然後說：「你爸爸。」我並沒有逼她說什麼。）

我一個人攤在沙發上看書，看了將近一個小時，直到黛安打電話來。她一開口就問我：「你有沒有開電視？」

「有需要嗎？」

「不用開了，電視上什麼都沒有。」

「嗯，妳知道嗎，現在已經凌晨兩點了。」

「你誤會了，我是說電視頻道都不見了，只剩下有線電視一些動物台的廣告，可是別的什麼都沒有了。你知不知道為什麼會這樣，泰勒？」

那意味著軌道上所有的衛星都和星星一起消失了。通訊衛星、氣象衛星、軍事衛星、導航衛星，所有的衛星都在瞬間失去功能。可是我並不確定，所以當然不能這樣跟黛安解釋。「任何原因都有可能。」

「有點嚇人。」

「應該沒什麼好擔心的。」

「希望沒有。我很高興你還沒有睡覺。」

過了一個鐘頭，她又打電話來告訴我更多事情。她說，網路也不能用了。有線電視開始報導，雷根機場和一些地方小機場，早晨的班機都取消了，提醒大家先打電話查詢。

「可是整個晚上我都看到噴射機在飛。」我從房間的窗戶看到那些飛機的夜航燈，像星星一樣，飛得很快。「那應該是軍方的飛機吧。可能又有恐怖份子了。」

「傑森在房間裡聽收音機。他把頻道調到波士頓和紐約的電台。他跟我說，電台有人談到軍事行動，封閉機場，可是沒有提到恐怖份子。而且，沒有人提到星星。」

「一定有人注意到。」

「就算他們注意到了，他們也都不說。也許他們接到命令，不准洩漏。他們也沒有說到日出。」

「他們為什麼要說？太陽應該快出來了，再過……嗯，你說多久？一個鐘頭？所以說，太陽正在從海那邊升起來了。大西洋外海，一定有船看到太陽了。我們很快就會看到了。」

「但願如此。」她的聲音聽起來又害怕又難為情，「但願你是對的。」

「妳放心。」

「我喜歡你的聲音，泰勒。我有告訴過你嗎？你的聲音聽起來很有安全感。」

就算我說的全是廢話也一樣嗎？

不過，聽到她的讚美，我內心還是激盪了起來，激盪到我不會想讓她知道。她掛了電話之後，我還一直在想。我腦海中一直重複著她說的話，品味著她的話所激起的那種溫暖的感覺。我尋思著她話中的含意。黛安比我大一歲，比我世故得多，那麼，為什麼我突然會有一股衝動想保護她，為什麼我渴望能夠更靠近她，可以輕撫著她的臉，告訴她一切都很好？我想解開這個謎，那種迫切，那種焦慮，正如同我渴望知道天空是怎麼一回事。

ꕤ ꕤ ꕤ

四點五十分的時候，她又打電話來了。當時，我已經昏昏沉沉差不多快睡著了，衣服都沒換。很丟臉的。我連忙從襯衫的口袋裡把電話掏出來。「喂？」

「是我。天還是很黑，泰勒。」

我瞄了一下窗外，沒錯，外頭還是黑漆漆的。然後我看看床頭的鬧鐘。「黛安，日出的時間還沒到。」

「你是不是睡著了？」

「沒有。」

「哼，我知道你睡著了。好幸福。天還是很黑，而且很冷。我去看過廚房窗戶外面的溫度計。華氏三十五度。這麼冷正常嗎？」

「昨天早上也是一樣冷。你們家還有別人醒了嗎？」

「傑森關在房間裡聽收音機。我，呃，我爸媽，呃，我猜他們宴會玩得太累了，還在補眠。你媽醒了嗎？」

「沒這麼早，周末沒這麼早。」我有點緊張地瞄了一眼窗外。照理說，這個時間天空應該有點亮光了，就算只有一點點微曦，也會讓人比較安心。

「你沒有叫她起來？」

「叫她起來做什麼，黛安？把星星變回來嗎？」

「我想也是。」她頓了一下，又說：「泰勒。」

「怎麼了？」

「你記得的第一件事是什麼？」

「妳在說什麼，妳是說今天嗎？」

「不是，我是說，這一輩子你記得的第一件事。我知道問這個很驢，不過，如果我們可以不談天空，聊一點別的事情，聊個五分鐘、十分鐘，我心情會好一點。」

「我記得的第一件事？」我想了一下。「那應該是還在洛杉磯的時候，在我們搬來東部之前。那個時候，我爸爸還活著，在艾德華．羅頓的公司上班。他們的公司才剛起步，在加州的沙加緬度。「我們住的那間公寓，房間裡有很大的白色窗簾。我真正記得的第一件事，就是看那些窗簾被風吹得飄來飄去。我記得那一天太陽很大，窗戶開著，有一陣風輕輕地吹進來。」沒想到這樣的回憶忽然有點辛酸，彷彿看著逐漸消退的海岸線，最後的一瞥。「妳呢？」

黛安記得的第一件事，也是沙加緬度的往事。不過，她的記憶和我截然不同。艾德華帶兩個孩子去參觀工廠。當時，儘管傑森的角色已經公認是理所當然的繼承人，艾德華還是把黛安也帶去了。黛安被眼前的景象震懾住了。地板上有一根根穿了孔的巨大圓柱，像房子一樣大的捲軸纏繞著極細的鋁纖維，還有持續不斷的震耳欲聾的噪音。每一樣東西都如此巨大，讓黛安產生一種預期，說不定會看到一個童話故事裡的巨人被鐵鏈綁在牆上，那是她父親的囚犯。

那並非美好的記憶。她說，她感覺自己幾乎迷失了，被遺忘了，被遺棄在一個巨大駭人的機械世界裡。

我們聊著從前，聊了好一會兒。後來黛安說：「看看天空吧。」

我看看窗外。西方的地平線已經浮現出一絲微光，讓無邊的黑暗轉變為深深的藍。

我不想承認自己鬆了一口氣。

「看來你是對的。」她忽然開朗起來。她說：「太陽終於要出來了。」

當然，那其實不是原來的太陽了。那是一個假的太陽，一個仿造得很精巧的太陽。只不過，當時我們還不知道。

苦難中的成長

有些比我年輕的人問過我：為什麼你不會驚慌？為什麼沒有人驚慌？為什麼沒有人趁火打劫，沒有人暴動？為什麼你們那一代的人都那麼聽天由命，為什麼你們全都被捲進了時間迴旋裡，卻沒有半點抱怨？

有時候我會回答：天有不測風雲。

有時候我會回答：我們不明白發生了什麼事。而且，我們又能怎麼辦？

有時候我也會引用那一則青蛙的寓言。你把青蛙丟到滾燙的水裡，牠會立刻彈出來。你把青蛙丟到一鍋很舒服的溫水裡，慢慢加熱，那隻青蛙還沒有察覺苗頭不對，就已經不明不白地死了。

星星並不是慢慢消失的，而且，你很容易就會發覺星星不見了。不過，話說回來，對大多數人而言，那也不是迫在眉睫的大難臨頭。如果你是天文學家或國防戰略專家，如果你的工作領域是電信產業或航太工業，或許在時間迴旋剛出現的那幾天，你會陷入絕望恐懼裡。不過，如果你只是個公車司機，或是街頭賣漢堡的，那麼，這個事件對你來說，就只不過像是青蛙被丟到溫水裡一樣。

全球的英語媒體稱之為「十月事件」（過了好幾年之後，大家才知道那是「時間迴旋」）。最先受到影響的，也最明顯的，是人造衛星工業。價值好幾兆美金的市場完全崩盤了。失去了衛星，意味著失去了所有的直播衛星電視，還有大部分的電視轉播。它使得長途電話系統變得很不穩定，而全球衛星定位導航也失去作用了。它毀滅了全球網際網路，使得絕大多數最精密的現代軍火科技一夕之間變成古董，削弱了全球衛星監控偵查的運作。它也迫使各地的氣象播報人員只能徒手在美國大陸地圖上畫出等壓線，再也無法悠哉地透過氣象衛星輸出電腦影像。有人不斷嘗試想和國際太空站取得聯絡，最後都是徒勞無功。在美國佛羅里達州的卡納維爾角，商業衛星發射計畫無限期延後。俄羅斯的白寇努爾宇宙發射場，歐盟設立於南美洲的庫魯太空中心，也是同樣的狀況。

最後的結果是，電信產業遭受劇烈的衝擊，其中包括奇異美洲電信公司、美國電話電報公司、通信衛星公司、休斯電信公司，以及更多大大小小的公司。

後來所發生的無數可怕事件，都要歸咎於十月的那個晚上。由於媒體傳播的阻斷，大多數的事件都沒有人知道。新聞再也不能透過太空軌道，自由彈射到地球上的各個角落，只能擠爆大西洋海底的光纖線路，像謠言一樣口耳相傳。十月事件發生的第一時間，混亂導致了人為疏失或誤判，一枚裝載了核子彈頭的巴基斯坦哈塔夫五型飛彈偏離航道，擊中了興都庫什山，整個農村山谷瞬間灰飛煙滅。這件事發生之後，過了將近一個禮拜我們才知道。自從一九四五年以來，這是第一枚在戰爭中引爆的核子武器。在電信傳播斷絕，導致全球陷入錯亂妄想的情況下，儘管發生了如此悲慘的事件，我們還算是幸運的，因為，這樣的事件只發生了一次。我們還聽到了另一些傳聞，據說德黑蘭、特拉維夫和平壤也差一點遭殃。

ᔕ ᔕ ᔕ

太陽出來了，我總算放心了。我從早上一直睡到中午。我起床穿好衣服之後，我媽已經在客廳了。她還穿著那件縫線圖案的睡袍，皺著眉頭盯著電視螢幕。我問她吃過早餐沒有，她說還沒。我就去準備午餐，我和她的份。

那年秋天，她就要四十五歲了。如果你要我用一句話來形容她，我會說她是一個沉穩內斂的人。她很少發脾氣。生平唯一一次看到她哭，是當年還住在加州沙加緬度的時候。那天晚上警察到我們家來，告訴她我爸爸死了。他出完差開車回家的路上，在八十號公路靠近瓦加維爾附近出了車禍。我猜，她在我面前一直很小心翼翼，只表現出穩定內斂的那一面。然而，她其實還有很多面。客廳裡有一個放裝飾品的架子，上面擺了一張照片。那是在我還沒出生前的好幾年前拍的。照片裡是一個很漂亮的女人，打扮時髦，面對鏡頭落落大方。有一次，她告訴我照片裡的人就是她，我真的嚇了一跳。

顯然她在電視上聽到了她不想聽到的消息。一家當地的電視頻道正在播放二十四小時的連續新聞，轉述電台和火腿族的消息，還有聯邦政府千篇一律的官方聲明，呼籲民眾冷靜。她叫了我一聲，要我過去坐下。「泰勒，我不知道該怎麼說，昨天晚上出了一點事……」

我說：「我知道，昨晚睡覺前就聽說了。」

「你知道？那你為什麼沒叫我起來？」

「我不知道該不該叫……」

還好，她的惱火來得快去得也快。她說：「沒事了，小泰，沒關係。我應該沒有因為睡覺耽誤了什麼事情。說起來很好笑……，我好像還沒睡醒，是我在作夢嗎？」

「只不過是星星不見了。」我沒頭沒腦地回答。

她糾正我：「不光是星星，月亮也不見了。你沒聽說月亮也不見了嗎？現在，全世界沒有人看得見星星，也沒有人看得到月亮。」

ꕥ ꕥ ꕥ

當然，月亮是一個徵兆。

我陪她坐了一會兒，然後就站起來，準備到大房子那邊去。我走開的時候，她還目不轉睛地盯著電視，嘴裡唸著：「今天天黑以前就要回來。」說得跟真的一樣。我敲敲大房子的後門。雖然後門是廚子和臨時女傭在走的，不過羅頓一家人嘴巴都很小心，從來不會說後門是「傭人的出入口」。星期一到星期五，我媽也是從後門進去，幫羅頓家整理家務。

卡蘿．羅頓，雙胞胎的媽媽，開門讓我進去。她面無表情地看看我，揮揮手叫我到樓上去。黛安還在睡，房間門關著。傑森整夜都沒睡，顯然也沒打算要睡。他在房間裡，抱著那台短波收音機一直聽，看看有沒有最新消息。

傑森的房間簡直就像阿拉丁的藏寶窟，極盡奢華之能事，令我垂涎三尺。不過，我早就不再奢望自己也能擁有。他的電腦有超高速的網路連線，而那台別人留給他的大電視，比我們家客廳那一台足足大了一倍。我們家的電視已經是客廳裡最體面的東西了。我告訴他：「月亮不見了。」我只是想，也許他還沒聽到這個消息。

「很有意思，對不對？」小傑站起來伸個懶腰，用手指撥了撥一頭亂髮。他身上還穿著昨天晚上的衣服，那副心不在焉的樣子很不像他。無庸置疑，傑森是個真正的天才，不過，在我面前，他的樣子看起來從來就不像個天才。我的意思是，他看起來不像是電影裡面那種天才，不會瞇著眼睛看東西，不會結結巴巴，牆上也沒有塗得亂七八糟的代數公式。不過，他今天看起來卻顯得精神渙散，異乎尋常。「月亮當然沒有消失……怎麼可能呢？收音機說，他們測量過大西洋海岸，潮汐還是很正常。也就是說，月亮還在。如果月亮還在，星星當然也還在。」

「那為什麼看不見星星、月亮？」

他不太高興，瞪了我一眼。「我怎麼會知道？我只是說，至少在某種程度上，這只是一種視覺現象。」

「小傑，你看看窗戶外面。太陽會發光。什麼樣的視覺幻象，會只讓陽光照進來，卻遮住了星星月亮？」

「又來了！我怎麼會知道？不過，你還有別的解釋嗎，泰勒？難不成有人把月亮、星星塞到袋子裡，帶著它們跑掉了？」

我心裡想，當然不是。被塞到袋子裡的是地球。為什麼會這樣呢？恐怕連傑森也猜不透。

他說：「不過，關於太陽的部分，你說得很有道理。這樣說起來，那不是一種視覺的障礙，而是一種視覺的過濾，嗯，很有意思……」

「那麼，是誰把它擺在那裡的？」

「我怎麼知……？」他很暴躁地搔搔頭。「你的推論太過頭了。誰說一定是有人把它擺在那裡？那很可能是十億年才有一次的自然現象，就像地球磁場南北顛倒一樣。一下子就認定有任何智慧生物在背後操作，未免太武斷了。」

「不過很可能真的是這樣。」

「也很可能真的是很多種原因。」

我因為喜歡讀科幻小說，老是被人冷嘲熱諷，實在受夠了。所以，我不太敢講出「外星人」這個字眼。不過，老實說，那也是我想到的第一種可能。其實不光是我，還有很多人也一樣。就連傑森也不得不承認，在過去的二十四小時裡，外星人入侵，愈來愈像是絕對合理的推論了。

我說：「就算真的是外星人，我們還是猜不透，他們為什麼要這樣做。」

「只有兩個合理的原因。把某個東西藏起來，不讓我們看見。或者，把我們藏起來，不讓某個東西看見。」

「你爸爸怎麼說？」

「我沒問他。他整天都在打電話，大概是想掛上早盤，把他的通用控股公司的股票賣掉。」這是一句玩笑話，我也不知道他這樣說的用意是什麼，不過，這也是我聯想到的第一個問題：對一般航太工業，特別是對羅頓家族而言，失去衛星通訊，可能會造成什麼樣的影響。小傑老實說：「我昨晚沒睡，怕自己會錯過什麼。有時候我就很羨慕我老妹這一點，你也知道，她那種人就是『有人想通了再把我叫起來』。」

我感覺到他話中對黛安的輕蔑，立刻像刺蝟一樣劍拔弩張。我說：「她也沒睡啊！」

「哦？真的嗎？你怎麼會知道？」

這下子真是自投羅網了。「我們在電話裡聊了一下……」

「她打電話給你？」

「是啊，快天亮的時候。」

「老天，泰勒，你的臉好紅。」

「哪有？」

「你就有！」

突然有人猛敲門，救了我一命。是艾德華·羅頓，他看起來好像也沒怎麼睡。

傑森的爸爸一出現，會給人一種大軍壓境的感覺。他塊頭很大，肩膀很寬，很難取悅，又很容易發脾氣。每到周末，他在房子裡走動，所到之處就像暴風雨肆虐，雷電交加。有一次我媽告訴我：「艾德華那種人，你真的不會想被他盯上。我永遠搞不懂為什麼卡蘿要嫁給他。」

他並不完全是那種典型白手起家的生意人。他的祖父在舊金山創辦了一家律師事務所，現在已經退休了。事務所業務鼎盛，是艾德華早年創業最主要的資金來源。不過，他畢竟還是開創了自己的事業，在高海拔測量儀器和「輕於空氣」科技的領域裡賺到了錢。而且，他在工業界沒什麼人脈，所以，一路走來也算是披荊斬棘，創業維艱。至少在剛起步的時候。

他走進傑森的房間，臉色陰沉。他猛然看到我，立刻又把眼光移開。「很抱歉，泰勒，你現在先回家去吧，我有點事情要跟傑森討論一下。」

小傑沒說什麼，我也不會特別想留下來。於是我肩膀一縮，套上休閒夾克，就從後門出去了。整個下午我都在溪邊拿石頭打水漂兒，看松鼠忙著找食物準備過冬。

ꕥ ꕥ ꕥ

太陽，月亮，還有星星。

在往後的歲月裡，小孩子在成長的過程中再也沒有親眼看到過月亮。有些人只比我小五、六歲，卻只有在一些老電影裡才看到過星星，只有從一些愈來愈過時的陳腔濫調裡，才聽到星星這個字眼。他們就這樣長大成人。三十幾歲的時候，有一次我彈琴唱歌給一個女孩子聽。我唱的是二十世紀的拉丁爵士名曲，安東尼奧・卡洛斯・裘賓的「Corcovado」。「無聲的夜，眾星沉寂……」她睜大眼睛、滿臉真摯地問我：「星星是不是很吵？」

然而，我們失去的不只是天上的幾顆星星而已，而是某種更微妙、更不易察覺的東西。我們對自己在天地宇宙間所處的位置失去了信賴感。地球是圓的，月亮環繞著地球，地球環繞著太陽。對於絕大多數的人來說，他們所知道的宇宙，想知道的宇宙，就只有這麼多了。我甚至懷疑，一百個人當中，有哪一個在高中畢業以後，還會去想到宇宙這回事。然而，當這種信賴感被剝奪的時候，他們還是會感到困惑。

十月事件發生之後的第二個禮拜，我們才聽到政府對於太陽這件事情的聲明。

太陽似乎還是老樣子，旭日東升，夕陽西下，永恆不變。日出與日落的時間完全吻合標準的天文星曆表，而白晝的時間也還是隨著大自然的歲差漸漸縮短。沒有任何跡象顯示，太陽發生緊急變故。地球上萬物的生存，包括生命本身，都必須依賴太陽輻射，並取決於照射到地球表面的輻射量。無論就哪一方面來看，這些幾乎都沒有改變。所有的跡象都顯示，我們肉眼看得到的太陽，還是那個我們一輩子都要瞇著眼睛才敢看的黃色G級恆星。

然而，太陽黑子、日珥、太陽閃焰卻不見了。

太陽是一個暴烈狂亂的物體。它洶湧激盪，沸騰滾燙，發出無比巨大的能量，震撼蒼穹。它散放出電粒子流，瀰漫了整個太陽系。如果沒有地球磁場的保護，這種電粒子是會致命的。天文學家說，自從十月事件以後，太陽變成了一個完美的幾何星體，散發出恆定均勻完美無瑕的光。太陽電粒子與地球磁場產生交互作用，就形成了北極光。根據北部來的消息，北極光突然消失了，像一齣百老匯的爛戲一樣銷聲匿跡。

在新的夜空裡，還有別的東西不見了：流星不見了。從外太空來的星塵，每年都會給地球增加八千萬英磅的重量。絕大部分的星塵都在穿越大氣層的高溫摩擦中化為灰燼。再也沒有流星了。十月事件發生後的那一整個禮拜，再也沒有偵測得到的隕石進入大氣層，甚至連俗稱「布朗利微塵」的極細隕石都沒有了。套用一個天文物理學的術語，那是一種「鴉雀無聲」。

就連傑森也無法解釋這種現象。

ꩡ　ꩡ　ꩡ

所以，太陽已經不是原來的太陽了。然而，無論是真是假，陽光依然普照。日子一天天過去，日積月累，層層堆疊，人們心中的疑惑愈來愈深，但那種大難臨頭的群眾恐慌卻消退了。（套用青蛙的比喻，水並沒有沸騰，只是溫溫的而已。）

而那真是討論不完的流行話題了。民眾議論紛紛的，不只是天上的神祕現象，還有它導致的立即後果。電信事業崩潰了；海外戰爭再也無法透過衛星監控偵察，連線報導；衛星定位導航的智慧型炸彈淪落為無可救藥的廢鐵；全球興起一股光纖線路的淘金熱。華府當局發布的聲明還是一如往常地令人喪氣：「目前還沒有證據顯示，這是來自任何國家或機構的敵對意圖。針對此一阻礙了宇宙景觀的遮蔽物，當代最頂尖的人才已經投入工作，進行了解，調查原因，以期最終能夠扭轉潛在的負面效應。」這種安撫民心的官方聲明，和精神病患的囈語沒什麼兩樣，不知所云。我們的政府還在努力，希望找出那個有能力執行這種行動的敵人，不管是地球人或是其他任何東西。可惜那個敵人還是頑固得很，說什麼就是不讓你找到。人們開始議論紛紛，說那是「操控地球的假想智慧生物」。我們就像被關在監獄裡，高高的圍牆讓我們看不見外面的世界。於是我們只好退而求其次，沿著監獄的邊緣和角落勘查，尋找可以逃脫的漏洞。

事件發生後那一整個月，傑森幾乎都躲在他的房間裡。這段期間，我都沒有和他碰面講到話，唯有當萊斯中學的小巴士來載這對雙胞胎兄妹的時候，才會偶然瞥見他的身影。不過，黛安幾乎每天晚上都會打電話到我的手機來，通常是十點或十一點的時候。那個時間我們兩個人都可以安心地保有一點小小的隱私。接到她的電話，感覺就像是如獲至寶，只不過，基於某種不明的原因，我心裡還是不太願意承認。

有一天晚上她告訴我：「傑森的心情糟透了。他說，如果我們連太陽是真的假的都搞不清楚，還有什麼東西是我們搞得清楚的。」

「也許他說得有道理。」

「不過對小傑來說，把事情搞清楚，幾乎是一種信仰了。你知道嗎，泰勒？他一直都喜歡地圖，甚至在還很小的時候，就已經知道該怎麼用地圖了。他喜歡知道自己在什麼地方。他曾經說，這樣才能夠把事情搞清楚。天哪，我以前多喜歡聽他講地圖的事情。我猜這大概就是為什麼他現在反應這麼激烈，比絕大多數的人都更激烈。東西全都不在原來的地方了，都不見了。他的地圖沒了。」

當然，已經有合理的線索了。那個星期還沒過完，軍方就已經開始在收集墜毀衛星的殘骸了。之前，那些衛星本來都還好端端地在軌道上。十月那天晚上，還不到天亮，所有的衛星全都掉回到地球上。其中幾顆衛星所留下的殘骸，發現了一些線索，相當耐人尋味。然而，就連政商人脈四通八達的艾德華・羅頓家，也是過了很久以後才得知這個消息。

眾星寂滅之後，暗夜深沉的第一個冬天來臨了，那種怪異的感覺，彷彿患了幽閉恐懼症。雪來得很早。我們住的地方，離華盛頓首府只有通勤的距離。然而，還不到聖誕節，這裡已經大雪紛飛，簡直就像置身佛蒙特州一樣。壞消息持續不斷。國際組織倉促地穿針引線，促使印度和巴基斯坦簽訂了一項和平協定，但那種關係岌岌可危，總是在戰爭的邊緣徘徊，一觸即發。在興都庫什山，聯合國贊助了一項輻射污染清除計畫，結果，在原先的死傷名單之外，又增添了幾十條冤魂。非洲北部，每當工業國家的軍隊撤退，重新整編，小規模的戰火就會死灰復燃，緩緩燃燒。原油價格一飛沖天。於是，我們只好把家裡的自監控溫裝置調低幾度，比舒服的溫度稍微低一點。等到冬至過後，白天的時間開始變長（當太陽開始回歸，鵪鶉發出第一聲啼叫），就不需要再調低了。

然而，面對這種未知的威脅，人類茫無頭緒，全都小心翼翼，避免觸發全面的世界大戰。這點值得讚揚。人類學著去適應，繼續照樣過日子。冬天還沒過完，大家已經開始在講「新常態時代」。大家心裡有數，到最後，無論地球出的是什麼問題，我們都必須付出很大的代價。不過，有人說得好，到最後，人生反正也難免一死。

我發現媽媽有點變了。日子照樣一天天地過，她似乎安心了。後來，當天氣終於回暖了，她表情卻顯得有點緊張。傑森也變了。他走出來了，不再閉門沉思。然而，黛安卻讓我擔心。她不但閉口不談星星，最近還開始問我信不信上帝，還有，上帝是否該為十月那件事負責任。

我告訴她，我真的不知道。我們這家人很少上教堂的。老實說，談這種事我覺得有點不自在。

ꕥ ꕥ ꕥ

那年夏天，我們三個人騎腳踏車去菲爾衛購物中心。那是最後一次了。

我們之前已經去過千百次。以這對雙胞胎兄妹的年紀，去那個地方已經有點嫌老了。然而，我們住在大房子這七年來，這已經成為一種儀式，是夏日周六不可或缺的活動。下雨天的周末，熱死人的周末，我們會跳過不去，但只要是風和日麗的好天氣，彷彿就會有一隻無形的手，將我們拉到集合的地點，羅頓家門前長長的車道盡頭。

那一天，溫煦的風輕輕吹拂，陽光照耀的萬物，彷彿都灌注了飽滿充沛的生命熱力。彷彿是天氣想讓我們安心：大自然一切無恙。謝天謝地，事件發生後已經過了將近十個月了。儘管地球現在已經是一顆「人工栽培」的星球（傑森偶然說的），儘管地球已經不再是宇宙自然森林的一部分，而是一座精心照料的花園。某種未知的力量在照料這座花園。儘管如此，謝天謝地，大自然一切無恙。

傑森騎了一輛名貴的登山車。黛安那台也是同等級的，少女型，比較沒那麼炫。我騎的是一輛中古破車，我媽在慈善義賣商店幫我買的。騎什麼不重要，重要的是，風中飄散著陣陣松香，還有眼前幾個小時的空檔，已經擺好陣勢等著我們。我感覺到了，黛安感覺到了，而且，我認為傑森也感覺到了。只是，那天早上，他跨上腳踏車的那一剎那，看起來心神不寧，甚至有點難為情。我想，那是因為他有壓力，或是因為新學年快到了（當時已經是八月了）。小傑念的是萊斯中學，一所壓力很大的學校，而且是高級班。去年，他不費吹灰之力就通過了數學和物理兩科，程度好到可以教這兩門課了。可是，他下學期必須修拉丁文學分。他說：「那還是活的語言嗎？除了古典學者，還有誰會去讀什麼鬼拉丁文？學拉丁文就像學電腦的FORTRAN語言，早就沒人用了。所有重要的典籍老早就有翻譯了，難道讀了古羅馬政治家西塞羅的拉丁文原著，就會變成大好人嗎？西塞羅，老天，他是羅馬共和國的亞倫．德修茲嗎？」

他的話我只是隨便聽聽。騎車去玩的時候，我們喜歡邊騎邊做點別的事情，例如發牢騷，把發牢騷當成功夫在練。（我根本不知道誰是亞倫．德修茲，我猜是傑森他們學校裡的小鬼。）可是今天，他的情緒有點陰晴不定，喜怒無常。他站起來踩踏板，騎在我們前面。

到活動去的路上，會經過一片茂密的林地，經過幾棟色彩淡雅如畫的房子。房子前面的花園修剪得很整齊，隱藏的灑水器噴出水霧，在清晨的空氣中凝結成一道彩虹。陽光雖然是人工的，過濾的，然而，當陽光穿透散落的水霧，卻依然綻放出繽紛的七彩光暈。我們呼嘯而過，從濃蔭遮天的橡樹下，爬上路面閃閃發亮的白色人行道，那一刻，依然有一種幸福的感覺。

我們騎得輕鬆愉快，騎了十到十五分鐘，接下來，雞山路的陡坡已經隱約浮現在眼前了。那是去活動的路上最後一道障礙，也是最主要的路標。雞山路很陡峭，但只要越過坡頂到了另一邊，就可以騰雲駕霧俯衝一大段路，底下就是活動的停車場。小傑已經騎了四分之一的上坡路。黛安頑皮地看了我一眼。

「我們來比賽。」她說。

那真是令人喪氣。雙胞胎的生日是七月，我是十月。一到夏天，他們就會變成大我兩歲，而不是一歲。他們今年十五歲了，而我還是十三歲，還要等上四個月才會多一歲，令人心灰意冷。年齡上的差距，也意味著體能上的優勢。黛安一定心裡有數，我不可能贏得了她，比她先到坡頂。但她還是踩著車子跑掉了，我嘆了口氣，只好用力踩著嘎嘎吱吱的破老爺車，加入比賽，唉，跟真的一樣。比賽根本就是一面倒。黛安從坐墊上站起來，腳下踩著蝕刻鋁打造的新科技，車身閃閃發亮。快到上坡的時候，她已經累積了驚人的衝力。三個小女孩在人行道上塗鴉，一看到她就趕緊閃開讓路。她回頭看我，好像是鼓勵，又好像是嘲笑。

上坡路減弱了她的衝力，但她很熟練地換了檔，然後腿又開始用力踩。傑森已經到了坡頂上，停下來，一條長腿撐在地上保持平衡，轉頭看我們，一臉揶揄的表情。我開始很吃力地騎上坡，可是騎到一半，那輛老爺車只是一路搖搖晃晃，幾乎沒有在動了。我只好很難為情地下了車，牽著走到坡頂。

好不容易走到坡頂，黛安對我笑了笑。

「妳贏了。」我說。

「對不起，泰勒，這樣實在不太公平。」

我聳聳肩，有點尷尬。

到山頂上路就沒了，一個死胡同。迎面是一片住宅區，用木樁和繩子圍著，裡面根本沒有房子。西邊是長長的沙土斜坡，底下就是活動了。那是一條填土小路，兩邊是低矮的樹林和莓果灌木叢。

「我們底下見了。」她說著，又騎走了。

꩜ ꩜ ꩜

我們把車子鎖在停車架上，走進活動光亮透明的中堂。

活動是一個令人安心的地方。主要是因為，自從去年十月以後，這個地方幾乎沒什麼改變。報紙和電視也許還處於風聲鶴唳的狀態，但活動卻洋溢著幸福，像鴕鳥一樣。這裡只有一個跡象可以看得出來，外面的世界可能有什麼地方走樣了。消費性電子產品連鎖店裡，看不到衛星天線的展示。書店的展示架上，和十月事件有關的書愈來愈多。有一本平裝書，藍金雙色的高光亮書皮，書上宣稱十月事件和聖經的預言有關聯。傑森對那本書嗤之以鼻，他說：「最方便的預言，就是預測已經發生過的事。」

黛安不太高興，瞪了他一眼。「你不相信就算了，何必取笑人家。」

「理論上，我只是嘲笑書的封面。我還沒讀呢。」

「也許你應該讀一下。」

「為什麼？妳幹嘛幫他講話？」

「我不是幫誰講話。不過，也許上帝和去年十月的事情有關。這看起來也沒那麼荒謬。」

傑森說：「事實上，妳說對了，這確實只是看起來荒謬。」

她白了他一眼，跺著腳走到我們前面去，自顧自嘆著氣。傑森把那本書塞回展示架上。

我跟他說，我覺得大家只是想搞清楚究竟發生了什麼事，所以才會有那種書。

「也或許大家只是假裝想搞清楚。那叫做『鴕鳥』。泰勒，想不想聽點有料的？」

我說：「當然想。」

「你可以保密嗎？」他壓低了聲音，就連走在前面幾公尺的黛安也聽不見。「這件事還沒公開。」

這也是傑森很不尋常的地方。一些真正很重要的事，連晚間新聞都還沒播，他總是能夠提前一、兩天就知道。可以這麼說，萊斯中學只是他白天上學的地方，真正的教育是來自他爸爸的嚴格督導。從一開始，艾德華就想讓他明白，生意、科學、科技，這一切是如何和政治權力合縱連橫。艾德華自己就是這樣操作的。他的公司生產固定式高空氣球（浮空器）。通訊衛星沒了，他的氣球卻打開了一個巨大的新市場，包括民間市場與軍用市場。獨門的核心技術正逐漸成為主流，而艾德華正好騎在這波浪潮的高峰。有時候他會和十五歲的兒子分享一些機密，而絕對不敢讓他的競爭對手聽到半點風聲。

當然，艾德華不知道，小傑偶爾也會和我分享這些機密。只不過，我絕對守口如瓶。（話說回來，我又能跟誰講？我並沒有其他真正的朋友。我們住的地方是所謂的經濟貴族階級社區，社會地位的高低，像刀切豆腐一樣劃分得非常清楚。像我們這種單親勞工媽媽所生的兒子，再怎麼老成持重，勤奮好學，也沒有人會把你當成上流的人。）

他又把聲音壓得更低了。「你知道那三個俄羅斯太空人嗎？去年十月在太空軌道上那三個？」事件發生的那天晚上，那三個人失蹤了，而且被推斷已經死了。我點點頭。

他說：「有一個還活著，人在莫斯科。俄國人沒有說太多，不過，有傳言說他已經完全瘋了。」我瞪大眼睛看著他，但他什麼也不肯再說了。

ဟ ဟ ဟ

十多年以後，真相才公諸於世。真相終於大白的時候（有一本歐洲時間迴旋早期史把這件事寫成一條注解），我卻想到了在活動那一天。事情是這樣的：

十月事件那天晚上，三個俄羅斯太空人正在軌道上。他們到快要報廢的國際太空站上完成了例行的清理任務，正要返航。任務指揮官是雷奧尼葛拉文上校。東岸標準時間半夜十二點剛過，他發現地球控制中心發送的訊號不見了。他不斷努力想恢復聯絡，但是都失敗。

對那三個太空人來說，這是多麼可怕的事情，而且情況迅速惡化。當聯合號太空船從地球夜晚那一邊出來，再度看到太陽的時候，發現他們環繞的地球已經變成一個暗淡無光的黑色球體。

後來，葛拉文上校是這樣描述的：那像是一團黑暗，一種不存在的東西。唯有當這團黑暗遮住太陽的時候，你才感覺得到它的存在。那是永恆的光蝕。在軌道上，他們只能藉由日出日落的快速循環，才能夠確認地球真的還在。陽光會從那個圓形的黑影輪廓後面突然冒出來，而那團黑影卻完全不會反光。當太空艙進入夜晚那一面的時候，陽光剎那間就消失了。

太空人搞不懂究竟發生了什麼事，他們的恐懼是難以想像的。

太空人繞著那團茫茫的黑暗，繞了一整個禮拜。後來，他們投票做了決定。他們寧可在沒有地面援助的情況下冒險回到大氣層，也不想在太空中漂流，或是停靠到已經沒有人的國際太空站。不管地球還是不是地球，死在地球上，總比在孤絕的太空中餓死好。可是，沒有地面的引導，也沒有肉眼可以辨識的地標，他們只能根據上次已知的位置去推算。結果，聯合號太空船返回大氣層的時候，切入的角度太陡太危險了，吸收的重力加速度已經達到受損的程度，還在下降的過程中失去了一具關鍵的降落傘。

太空艙重重摔落，掉在德國魯爾河谷山坡的森林裡。瓦西里．郭魯貝夫死於撞擊。范倫汀娜．柯屈佛頭部受到嚴重外傷，幾個小時後就死了。葛拉文上校只受到輕微擦傷，手腕骨折。他頭昏眼花，奮力爬出太空艙。最後，德國的搜救隊找到了他，將他遣送回俄羅斯政府手中。

俄國政府反覆聽取任務報告之後，終於有了結論。他們認為葛拉文歷經折磨之後，導致精神錯亂。上校很堅持，他和其他組員在軌道上繞了三個星期。政府認為，他顯然是瘋了……

因為，聯合號太空船就像其他所有尋獲的人造衛星一樣，在十月事件發生的當天晚上就掉回地球了。

ᔕ ᔕ ᔕ

我們在活動的美食街吃午飯。黛安看到三個女孩，是她在萊斯中學認識的。那三個女孩年紀比較大，在我看來非常世故老練，頭髮染成了粉紅色或藍色，穿著名牌的喇叭褲，褲腰低到臀部，蒼白的脖子上掛著小小的黃金十字架項鍊。黛安把吃了一半的墨西哥捲餅用「老墨塔哥之家」的包裝紙捲起來，跑到她們那桌去。他們四個人交頭接耳湊在一起，有說有笑。突然間，我看著自己的捲餅和薯條，愈看愈沒胃口。

傑森打量我的表情，口氣和緩地說：「你知道嗎，這是早晚的事。」

「什麼是早晚的事？」

「她不再跟我們同一國了。你，我，黛安，大房子和小房子，禮拜六到活動，禮拜天看電影。當我們還是小孩子的時候，會覺得好玩。可是，我們已經不再是小孩子了。」

我們不再是了嗎？不，我們當然不是了。可是，我真的想過那代表什麼意義，或者，可能代表什麼意義嗎？

「她的月經已經來了一年了。」傑森又補了一句。

我臉色發白。我不需要知道這麼多。然而，我卻忌妒他知道這件事，而我自己不知道。她沒有告訴我她的月經來了，也沒有提過她萊斯中學的那些朋友。她在電話裡跟我說了很多悄悄話，傑森的事，爸媽的事，晚餐吃了什麼之類的。我忽然懂了，那些悄悄話只是小孩子的悄悄話。證據很明顯，她告訴我的祕密和她隱瞞的祕密一樣多。此刻，坐在走道對面那一桌的黛安，是一個我從來沒見過的黛安。

我對傑森說：「我們該回家了。」

他用一種憐憫的眼神看著我。「如果你想回家，我們就走吧。」他站起來。

「你不跟黛安說我們要走了嗎？」

「泰勒，我想她現在正忙著呢。她等一下還會有別的節目。」

「可是她一定要跟我們一起回去啊。」

「她不會跟我們回去的。」

我決定試試看。她不會就這麼拋棄我們。她沒那麼差勁。我站起來走到黛安那桌去。黛安和她的朋友全都停下來看我。我看著黛安的眼睛，不理會其他人。我說：「我們要回家了。」

那三個萊斯中學的女孩大笑起來。黛安有點尷尬地笑了一下說：「好啊，小泰，很好啊。待會兒見。」

「可是我……」

可是什麼？她根本連看也不看我了。

我走開的時候，聽到一個朋友在問她，我是不是另外一個弟弟。她說不是，我只是她認識的一個小孩子。

꩜ ꩜ ꩜

傑森忽然變得很有同情心，真受不了。他居然要跟我換腳踏車騎回家。此時此刻，我根本不在乎什麼腳踏車，不過，我想了一下，換換腳踏車也許可以掩飾一下自己的情緒。

於是，我們辛辛苦苦地騎上雞山路的坡頂。在這裡，一條柏油路像黑色緞帶一樣向下延伸，直到底下樹蔭蔽天的街道。剛吃的午餐像一塊木炭一樣，卡在我肋骨下面。我站在死胡同的盡頭，看著那條向下陡降的柏油路，猶豫著。

傑森說：「衝下去吧！衝啊，感覺一下。」

速度是否能夠讓我解脫目前的心情？有什麼能夠讓我解脫？我痛恨自己居然會相信，自己是黛安世界的中心。而實際上，原來我只是她認識的一個小孩子。

不過，傑森借我的腳踏車真的很棒。我站在踏板上，放手讓重力產生的速度發揮到極致。輪胎緊緊咬住灰色的柏油路面，但鏈條和轉鏈輪卻非常滑順，除了輪軸微弱的摩擦聲，幾乎沒有半點聲音。

當我速度愈來愈快，風從我旁邊奔流而過。我飛快地越過那些色調莊重的房子，看到車道上停著名貴的車子。我感覺失落，卻無比自由。快到底下的時候，我開始拉煞車扳手，可是驚人的衝力並沒有明顯減弱。我不想停，希望永遠不要停。這是一趟很棒的腳踏車滑翔。

不過，柏油路已經到了水平面，我終於煞住車子，停下來，左腳撐著柏油路面，轉頭看後面。

傑森還在雞山路的坡頂上，坐在我那台嘎嘎吱吱的腳踏車上面。遠遠看過去，很像西部老電影裡那個孤獨的騎士。我揮揮手。輪到他了。

那個山坡，傑森一定上上下下至少騎過上千次了。可是，這種慈善義賣商店買的生銹腳踏車，他一定沒在這條路上騎過。

他的身高比我更適合騎那台腳踏車。他腿比我長，站在車子旁邊不會顯得矮。可是，我們從來沒有交換過腳踏車。那一剎那，我忽然想到那輛腳踏車有很多毛病和怪癖。點點滴滴我都瞭如指掌。我知道右轉的時候絕對不能太急，因為車子的骨架已經有點歪斜；我知道如何克服搖晃的問題；我知道齒輪箱有多糟糕。可是，這些問題傑森都不知道。騎山路可能需要很多技巧。我想叫傑森騎慢一點，可是就算我喊破了喉嚨，他也聽不到了。我已經在他前面很遠的地方了。他抬起腳，看起來像個笨拙的大嬰兒。那台腳踏車很重，他騎了好幾秒鐘才慢慢快起來。可是我知道，要停下來有多難。那會是一場災難，沒有任何僥倖。我的手不知不覺握起來，想像自己在拉煞車。

我猜，傑森衝下坡衝了四分之三的距離之後，才知道自己有麻煩了。長滿了鐵銹的鏈條斷掉了，甩到傑森的腳踝。他離我已經不遠了，我看得到他有點嚇到，腳縮了一下，大叫了一聲。腳踏車開始搖晃，可是，他居然把腳踏車穩住了，簡直是奇蹟。

一截斷掉的鏈條纏住了後輪，像鞭子一樣甩打著支柱，發出的聲音像一把壞掉的手提鑽。前面第二間房子那邊，有個女人正在花園裡除草。她聽到聲音，連忙用手掩住耳朵，轉頭看看怎麼回事。

最令人驚奇的是，傑森竟然有辦法穩住那台腳踏車，撐了那麼久。小傑雖然不是運動選手，但他那又高又壯的身體卻十分靈活。既然踏板已經沒用了，他乾脆把腳伸出來保持平衡。後輪已經卡死打滑了，他只好努力讓前輪保持正直。他不屈不撓。令我驚訝的是，他身體的姿態不但沒有僵硬，反而看起來很放鬆。那種感覺就像是，他碰上了一些困難，但正在全神貫注地解決困難。他的樣子看起來彷彿有絕對的信心，相信自己能夠把頭腦、身體和狂奔的車子結合起來，讓自己脫離險境。

結果，是車子先撐不住了。一截油膩膩的斷鏈條四處亂甩，險象環生，最後終於卡在輪胎和車身中間。已經很脆弱的後輪嚴重歪斜，偏離正軸，最後整個折彎了。軸承的鋼珠掉出來，橡皮碎片四散飛濺。傑森整個人從腳踏車上飛起來，從空中墜落，彷彿一具人體模特兒從高高的窗戶摔下來。他的腳先撞上柏油路面，然後是他的膝蓋，手肘，最後是頭。他的身體終於停下來了，這個時候，歪七扭八的腳踏車從他旁邊滾過去。腳踏車摔到路邊的水溝裡，前輪還在轉，發出匡啷匡啷的聲音。我趕緊放掉他的腳踏車，隨它倒在地上，朝他衝過去。

他翻了個身，抬起頭看看，失神了一下子。他的褲子和襯衫都破掉了，額頭和鼻尖都擦破了皮，傷口很深，血流如注，腳踝也裂開了。他痛得淚水在眼眶裡打轉。他說：「泰勒，噢，喔喔……對不起，兄弟，把你的腳踏車摔爛了。」

我不想強調這次意外，不過，往後的歲月裡所發生的許多事情，經常會讓我聯想到這次意外。後來，傑森的身體也常常和他的機器綁在一起，陷入一種危險的高速狀態中。後來，他也依然保持臨危不亂的信仰，相信自己只要夠努力，只要不失控，一定能夠靠自己的力量脫困。

ᔕ ᔕ ᔕ

那台摔爛的腳踏車還在水溝裡，我們也不想管了。我幫傑森把那台名牌腳踏車牽回家。他很吃力地走在我旁邊。他很痛，卻努力忍住痛不表現出來。他用手摀住流著血的額頭，好像頭會痛。我猜，他頭真的會痛。

一回到大房子，傑森的爸媽立刻從門廊的階梯上跑下來，到車道上接我們。艾德華．羅頓早在書房裡就已經看到我們了。他看起來又生氣又驚慌，噘著嘴巴，神情不悅，緊皺的眉頭幾乎快要把他銳利的眼神遮住了。傑森的媽媽站在他後面，看起來有點冷淡，比較沒那麼關心。她從門口走出來的時候，身體搖搖晃晃。看那副樣子，我猜她可能有點醉了。

艾德華檢查過小傑的傷口後，叫他趕快進屋子去洗乾淨。我忽然覺得小傑變回小孩子了，比較沒那麼有自信了。

然後，艾德華轉身面向我。

他說：「泰勒。」

「是。」

「我想這應該不是你的錯。但願是這樣。」

他是不是已經發現，我的腳踏車不見了，但小傑的車卻沒事？他是不是在怪我什麼？我不知道該說什麼，只好低頭看著草地。

艾德華嘆口氣說：「我要跟你說明幾件事。你是傑森的朋友，那樣很好。傑森需要朋友。可是你必須明白，像你母親一樣明白，你人在這裡，就要負擔起一定的責任。如果你想和傑森在一起，我希望你能夠照顧他。我希望你發揮你的判斷力。也許在你眼裡，傑森看起來只是一個普普通通的人，但他不是普通人，他非常有天分，他有遠大的前程。我絕對不容許任何事情阻礙他的前程。」

「沒錯。」卡蘿・羅頓插嘴了。現在我確定傑森他媽真的喝醉了。車道旁邊有碎石鋪成的路邊護欄，隔開了樹籬。她的頭歪一邊，差一點就被護欄絆倒。「沒錯，他真他媽地是個天才。他會成為麻省理工學院有史以來最年輕的天才。泰勒，不要傷到他，他很脆弱的。」

艾德華還是死盯著我。他口氣平淡地說：「卡蘿，進去吧。泰勒，你懂我的意思嗎？」

「我懂了。」我回答。

我完全不懂艾德華這個人，但我知道他說的話有一些是真的。沒錯，小傑是很特殊的。沒錯，照顧他正是我的使命。

時間脫節

我第一次聽到時間迴旋的真相，是在一場雪橇派對上。那是十月事件發生後的第五年，一個酷寒的冬夜。老樣子，又是傑森爆出這個消息。

那天晚上，我們先在羅頓家吃晚餐。傑森念的大學放聖誕假，他回家度假。所以，晚餐還是有那麼一點慶祝節日的味道，儘管那只是一場「家人的聚會」。因為傑森很堅持，所以也邀請了我。我猜艾德華是反對的。

黛安來開門的時候，悄悄跟我說：「你媽也應該來的，我叫艾德華邀請她，可是……」她聳聳肩。

我跟她說，沒關係，傑森已經到我家去過，跟我媽打過招呼了。「反正，她身體也不太舒服。」她頭痛躺在床上，有點反常。而且，我實在不太夠資格批評艾德華的舉止作為。就在上個月，艾德華表示，如果我通過了美國醫學院入學測驗，他就要幫我出醫學院的學費。他說：「因為你爸爸會希望我這樣做。」那是很慷慨的姿態，可是卻給人一種虛情假意的感覺。不過，話說回來，這樣的姿態卻也是我沒有能力拒絕的。

當年還在沙加緬度的時候，我爸爸馬庫斯．杜普雷曾經是艾德華最好的朋友（有人說是唯一的朋友）。當年，他們一起推廣浮空器監測設備，賣給氣象局和邊境巡邏隊。我對父親的記憶是很模糊的，而且，再加上我媽說的那些故事，印象就更撲朔迷離了。不過，我記得很清楚的，是他去世那天晚上，警察來敲門。他出身於緬因州一個法裔加拿大人的家庭，家境貧困，他是獨子。他拿到工程學位，家人都引以為榮。他很有天分，可是對錢很沒概念。一連串的股市投機炒作，把所有的積蓄都賠光了。留給我媽的，是一大筆她承擔不了的抵押負債。

卡蘿和艾德華搬到東部的時候，請我媽當管家。也許艾德華想保留一個活生生的紀念品，紀念他的朋友。所以，即使艾德華總是不斷提醒我媽，他幫了她一個忙，我們要在乎嗎？從那時起，他對待我媽就像對待家裡的附庸，我們要在乎嗎？他維持著一種階級體系，在這個體系裡，杜普雷家是屬於次等階級，我們要在乎嗎？也許在乎，也許不在乎。我媽說過，慷慨大方的人已經是一種稀有動物，不論真的假的。傑森和我在智能上有差距，似乎讓他很開心。他認定我生來就是為了給傑森當陪襯。我像一把標準量尺，傳統一般人的標準，可以對比出傑森的與眾不同。這或許只是我的想像吧，或只是我太敏感了。

還好，小傑和我都知道這是狗屁。

我坐下來的時候，黛安和卡蘿都已經就座了。卡蘿今天晚上很清醒，很不尋常。至少，她沒有醉到讓別人看得出來。她已經好幾年沒有幫人看病了，而且，這陣子她一直待在家裡，以免冒險酒後開車被警察捉到。她對我笑笑，有點敷衍。她說：「泰勒，歡迎你來。」

羅頓家的大日子，晚餐的氣氛多半是溫馨又做作，今晚也不例外。大家把豆子傳來傳去，閒話家常。卡蘿看起來有點冷漠，艾德華則是異乎尋常地安靜。黛安和傑森互相挖苦。然而，明顯感覺得到，傑森和他爸爸眉來眼去，好像隱瞞著什麼，卻都不肯說出來。傑森那個樣子令我很訝異，餐後上點心的時候，我甚至懷疑他是不是病了。他的視線幾乎沒有離開過盤子，盤子裡的菜也幾乎都沒動。雪橇派對預定的時間到了，該出門了，他站起來，顯然很猶豫。他似乎想說他不去了，但艾德華．羅頓卻說：「去吧，休息一晚也好。對你有幫助的。」我心裡很納悶，什麼叫做休息一晚？有什麼事要做嗎？

我們搭黛安的車去參加派對。那是一輛不起眼的小本田。黛安喜歡形容她的車子是「第一部車的那種車」。我坐在駕駛座後面。小傑坐在前座他妹妹右邊，腿太長了，膝蓋頂住了置物箱。他還是一臉陰鬱。

黛安問他：「他做了什麼？打了你一巴掌嗎？」

「沒這回事。」

「你看起來就像被打了一巴掌。」

「真的嗎？不好意思。」

當然，天空是一片漆黑。車子轉向北邊的時候，車燈掠過一片大雪覆蓋的草地，一排光禿禿的樹牆。三天前下了一場大雪，降雪量破了紀錄。接著寒流來了，沒有鏟乾淨的雪堆，外面都包了一層冰。有幾部車和我們交錯而過，都開得很慢，小心翼翼。

黛安問：「那究竟是怎麼回事？很嚴重嗎？」

傑森聳聳肩。

「戰爭？瘟疫？饑荒？」

他又聳聳肩，把外套的領子翻起來。

ᔕ ᔕ ᔕ

到了派對，他還是那副模樣。話說回來，那派對辦得也不怎麼樣。那是一場同學會，來的人是傑森和黛安以前的同學，還有萊斯中學認識的人。主人也是一位萊斯中學的校友，念的是常春藤名校，回家過聖誕節。派對是他家的人辦的。他的父母挖空心思，想安排一場高品味的主題活動。真是有品味，一口三明治，熱巧克力，然後在房子後面平緩的斜坡上滑雪橇。來的客人絕大部分都是悶悶不樂的私校學生，他們在牙套還沒有拔下來之前，就已經到瑞士的策馬特和葛斯達滑過雪了。所以，對他們而言，這場派對只不過是溜出來偷喝酒的另一個好藉口。屋子外面，繩子上掛滿了五顏六色的聖誕燈。燈光下，只看到銀色的小酒壺傳來傳去。地下室裡，有一個叫做布蘭特的傢伙在賣快樂丸，以公克計價。

傑森在角落裡找了張椅子，坐在那邊皺著眉頭，瞧著來來往往的每一張友善的臉。黛安介紹我認識一個眼睛大大的女孩子，名叫荷莉。介紹完，她就丟下我跑掉了。荷莉開始唱起獨腳戲，大談過去一整年看過的每一部電影。她陪著我繞著房間慢慢踱步，踱了將近一個鐘頭。她偶爾會停下來，從盤子裡抓一個加州壽司捲。後來，她跟我打了聲招呼，跑去化妝室。我趁這個機會趕快跑到傑森那邊去。他還在那邊悶悶不樂。我拜託他跟我一起到外面去。

「我沒有心情滑雪橇。」

「我也沒心情。就算幫我個忙吧，好不好？」

於是我們穿上靴子，套上大衣，走到外面去。夜晚寒氣逼人，沒有半點風。幾個萊斯中學的學生站在門廊上抽煙，擠成一團，煙霧瀰漫。他們瞪著我們看。我們沿著雪地上的一條小路，走到一個小山丘頂上。那裡差不多只剩下我們兩個人了。我們站在那裡往下看，底下的聖誕燈亮得像馬戲團一樣，有幾個人在燈光下心不在焉地滑雪橇。我跟傑森說了荷莉的事。我說她就像一隻穿著GAP名牌的水蛭，黏著我不放。他聳聳肩說：「每個人都有自己的問題。」

「你今天晚上到底吃錯了什麼藥？」

他還來不及回答，我的手機就響了。是黛安打來的，她人在屋子裡。「你們兩個傢伙跑到哪裡去了？荷莉有點不高興。泰勒，這樣甩掉人家實在很沒禮貌。」

「她一定找得到別人可以聽她講話。」

「她只是有點緊張。這裡的人她幾乎一個也不認識。」

「抱歉，那不關我的事。」

「我只是想，你們這些男生也許可以跟她建立良好關係。」

我眼睛眨了幾下。「建立良好關係？」我沒有辦法正面解讀這句話。「妳在說什麼，妳設計我，和她配一對嗎？」

她頓了一下，好像有點罪惡感。「別這樣嘛，泰勒……不要那樣說嘛。」

五年來，黛安的形象就像一部生手拍的家庭電影，焦距時而清晰，時而模糊。至少，我的感覺是這樣。某些時候，特別是傑森離家去念大學之後，我覺得自己像是她最好的朋友。她會打電話來，跟我聊聊天。我們會一起去買東西，看看電影。我們是朋友，像夥伴一樣。如果有任何性方面的蠢動，那顯然是我自己一廂情願。我很小心地隱藏自己的感覺，因為，就連這種半吊子的親密感，都是很脆弱的。這一點，不用別人說我也知道。無論黛安想從我這裡得到的是什麼，那絕對不是熱情，任何一種熱情。

當然，艾德華也絕對不會容忍我和黛安之間有男女關係。我們在一起，要有長輩監督，只能像小孩子辦家家酒，而且絕對不能有任何戲劇性轉折的危險。不過，我們之間的距離，黛安似乎也覺得理所當然。有一次，連續好幾個月我都很少看到她。有時候看到她在等校車，我會跟她揮揮手（當時她還在萊斯中學）。在那些漫長的時間裡，她都沒有打電話來。有那麼一、兩次，我厚著臉皮打電話給她，她卻都沒心情跟我聊。

那些日子，我偶爾也會和學校裡的女孩子約會。她們通常是比較害羞的。雖然她們比較想和那些明顯更受歡迎的男生約會，但都只能聽天由命，和候補的二軍混在一起。這種關係都維持不久。十七歲那年，我和一個高得嚇人的漂亮女生發生關係，她叫伊蓮．柏蘭。我努力想讓自己相信，我愛上她了。可是，八、九個禮拜之後，我們分手了。當時的感覺有點遺憾，卻又覺得鬆了一口氣。

每次這樣的愛情插曲之後，黛安會出乎意料地打電話給我。聊天的時候，我從來不會提到伊蓮．柏蘭（或是東妮．希考克，或是莎拉．柏斯坦）。而黛安也從來沒打算告訴我，沒見面那陣子，她是怎麼打發時間。但也無所謂，因為我們很快又會回到虛幻的泡影中，在浪漫與偽裝之間懸盪，在童年與成人之間懸盪。

我告訴自己不要期待太多，但我卻無法放棄希望，希望她陪在我身邊。我想，她也希望我陪在她身邊吧。畢竟，她還是一直會回來找我。當我跟她在一起的時候，我看過她那種安心的模樣。當我走進一個房間的時候，我彷彿看到她不由自主地笑起來，幾乎像是在對世界宣告：噢，太好了，泰勒來了。泰勒一來，什麼問題都沒有了。

「泰勒？」

我很納悶，她會跟荷莉說什麼：泰勒真的是一個好人，他盯著我就是為了想認識妳……你們兩個是天造地設的一對。

「泰勒，」她的聲音聽起來有點悲傷，「泰勒，如果你不想談……」

「事實上，我是不想談。」

「那你讓傑森聽，好不好？」

我把手機拿給他。傑森聽了一下，然後說：「我們在小山丘上。不要不要，你為什麼不到外面來呢？外面沒那麼冷。不要。」

我不想看到她。我正要走開，傑森把電話丟給我。他說：「泰勒，別像小孩子一樣，有些事我要跟你和黛安兩個人談談。」

「什麼事？」

「和未來有關的事。」

他的回答似乎有另外一種含意，聽起來很不舒服。「也許你不會冷，可是我會。」椎心刺骨的寒。

「我要講的事情很重要，比你和我妹妹之間的問題重要。雖然我不知道你們兩個是怎麼了。」他的表情幾乎是正經八百，卻不知為什麼感覺有點滑稽。「我知道她對你很重要。」

「她對我一點也不重要。」

「就算你們只是朋友，我也不相信她對你不重要。」

「我們確實只是朋友，你自己問她。」我從來沒有跟他好好談過黛安的事。這本來也不是我們該談的話題。

「你火大，是因為她介紹那個叫荷莉的女孩給你認識。」

「我不想談這件事。」

「那只是因為黛安現在變得有點像聖徒。她迷上了新玩意兒。她一直在讀那些書。」

「什麼書？」

「聖經啟示錄的神學書。通常是那些排行榜上的暢銷書，你知道的，像是瑞特爾寫的《黑暗中的祈禱》，捨棄俗世的自我。泰勒，你應該多看看白天的電視。她不是想讓你難堪。那只是她的一種態度。」

「那樣就沒事了嗎？」我又走開了幾步，向房子那邊走過去。我開始盤算，不坐他們的車，要怎麼回去。

「泰勒。」他的聲音裡好像透露出什麼，又把我拉回來。「泰勒，你聽我說。你不是問我在煩什麼嗎？」他嘆了一口氣。「艾德華告訴我一些事情，跟十月事件有關。這件事還沒有公開。我答應過他不會說出去，不過，我不打算守信用了。我要違背自己的承諾，是因為我覺得，在這個世界上，只有三個人像是我的親人。一個是我爸爸，另外兩個就是你和黛安。所以，你可不可以忍耐我一下，幾分鐘就好了？」

我看到黛安很吃力地從斜坡走上來，邊走邊掙扎著想把那件雪白的風帽大衣穿起來，一隻手穿進去了，一隻手還在外面。

我看看傑森的臉。底下微弱的聖誕燈火映照著他的臉，看起來很悲傷，很不快樂。我忽然有點害怕，雖然我很想聽聽看他要說什麼。

ꕤ ꕤ ꕤ

黛安一走到涼亭裡，他就悄悄跟她說了幾句話。她瞪大眼睛看著他，站在我們前面，離我們幾步。傑森開始說了，聲音很輕柔，很有條理，很舒緩。他告訴我們一場噩夢，卻彷彿在床邊說故事給孩子聽。

當然，這些都是艾德華告訴他的。

十月事件之後，艾德華的事業蒸蒸日上。全球的衛星都完蛋了，羅頓工業向前跨出了一大步。他們提出了許多計畫，提出一種實用的替代科技，可以立即派上用場。那就是高海拔浮空器，精密設計的氣球，可以無限期停留在同溫層。過了五年，艾德華的浮空器已經攜帶了電信資料負載和中繼器，執行多點音訊和資料的播送。傳統人造衛星做的事，他幾乎都辦得到（除了全球衛星定位和天文觀測）。艾德華的權力和影響力扶搖直上。最近，他組織了一個航太領域的國會議員遊說團體，叫做近日點基金會。他也擔任聯邦政府的顧問，參與一些比較不公開的計畫，例如，太空總署的「自監控制重返大氣層飛行器」計畫，簡稱「自返飛行器」計畫。

多年來，太空總署一直在改良他們的「自返飛行器」探測船。最初，探測船是用來偵察十月事件時出現，環繞在地球外面那層隔離層。隔離層能不能穿透？能不能從護盾外面取得有用的資料？

第一次嘗試，簡直就像是朝著一團黑暗開槍。他們把一枚洛克希德馬丁公司的「擎天神２ＡＳ」火箭整修得煥然一新，然後在頂部裝載了一艘簡單的「自返飛行器」探測船。他們在范登堡空軍基地發射這枚火箭，射入天上無邊的黑暗中。他們立刻就發現，任務好像失敗了。那艘探測船本來應該在軌道上停留一個星期，結果，發射之後沒多久，探測船就墜落在百慕達附近的大西洋。傑森說，探測船彷彿是撞到天空的邊界，被彈回來。

探測船並沒有「立刻」被彈回來。「他們修復了探測船之後，從上面下載了相當於一個禮拜的資料。」

「這怎麼可能？」

「問題不在於可不可能，而在於真。真實的過程是，探測船在軌道上停留了七天，卻在發射的當天晚上就掉回地球。我們會知道真實的過程，是因為每次的發射結果都一樣。他們一直反覆作實驗。」

「真實的過程？小傑，你在說什麼？時光旅行？」

「不是……不完全是。」

「不完全？」

「讓他說吧。」黛安小聲地說。

傑森說，事件發生的真實過程已經有了各式各樣的線索。地面觀測人員觀察到的現象是，火箭真的射進了那個隔離層，然後才消失，彷彿是被拖進去一樣。可是，探測船上找到的資料看不出這樣的現象。兩組人員觀測的結果無法一致。從地面上來看，探測船射進隔離層之後，立刻就掉回地球。然而，探測船上的資料卻顯示，船很順利地進入計算好的軌道，而且在軌道上停留了預定時間，然後在幾個星期或幾個月之後，用本身的動力回到地球。（我心裡想，就像那三個俄羅斯太空人。政府並沒有正式證實他們的說法，但也沒有否認。他們的故事已經變成某種都會傳奇。）假設兩組資料都是合理的，那麼，就只剩下一種解釋：

隔離層外面時間進行的速度和裡面不一樣。

或者，反過來說，地球上的時間過得比較慢，比外面整個宇宙慢。

「你明白這代表什麼意義嗎？」傑森問，「之前，看起來很像我們被關在一個電磁籠子裡，這個籠子會調整傳送到地球表面的能量。事實如此。但這個現象其實只是一個副作用，一個更龐大的現象的一小部分。」

「什麼東西的副作用？」

「他們說那是一種時間梯度。你了解那個意思嗎？地球上每過一秒鐘，隔離層外面已經過了很長很長的時間。」

「這很沒道理。」我立刻反駁，「哪門子物理能夠解釋這個？」

「一大堆比我更有經驗的人已經在這個問題上掙扎了很久。不過，時間梯度這種概念是非常有力的解釋。如果我們和宇宙之間有時間差，在任何一個時間點，四面八方的輻射抵達地球表面的速度會等比例加快，無論是陽光、X射線、宇宙輻射。一整年的陽光凝聚起來，照射十秒鐘，瞬間就會致命。所以，環繞地球的電磁隔離層並不是在隱藏我們，而是在保護我們。隔離層過濾掉那些凝聚的輻射，還有，藍移輻射。應該叫藍移沒錯。」

「假陽光。」黛安說。她懂了。

「沒錯，他們給我們假陽光，因為真的陽光會致命。陽光，正好夠用，分配得很平均，模擬四季，讓農作物能夠成長，讓天氣有變化。潮汐，環繞太陽的軌道，質量，動能，重力，這一切都在控制中。他們這樣做，不是要讓我們時間變慢，而是要讓我們活下去。」

我說：「這是管控。這不是大自然的作用，而是工程。」

「我想我們必須承認，就是這樣。」傑森說。

「他們是衝著我們來的嗎？」

「外面很多傳言，說那是操控地球的假想智慧生物。」

「可是，目的是什麼？他們想完成什麼東西？」

「我不知道。沒有人知道。」

黛安凝視著她哥哥。冬天冷冽的空氣凝滯不動，彷彿在他們兩個人中間形成一道鴻溝。她抱緊了大衣，身體在發抖。不是因為她會冷，而是因為她想到一個最根本的問題：「傑森，時間多久了？外面的時間過了多久了？」

黝黑的天空之上，那無邊的宇宙。

傑森遲疑了一下，看得出來他有點猶豫，不知道該怎麼回答。

「很長的時間吧。」他終於說了。

「你乾脆說清楚吧。」她的聲音很微弱。

「嗯，測量的數據有很多種。不過，最後一次發射的時候，他們把一種量測訊號射到月球表面，再反彈回來。知道嗎？每年，月球都會離地球愈來愈遠。那個差距很細微，不過卻測量得到。我們可以用測量到的距離，算出一個大略的時間表，時間過得愈久愈準確。把這個時間表和其他的意義符號加在一起，例如鄰近恆星的動態……」

「傑森，到底多久了？」

「從十月事件到現在，已經過了五年又好幾個月了。換算成隔離層外面的時間，是五億年多一點。」

那是一個令人震驚的數字。

我不知道要說什麼，一個字也說不出來。我說不出話來，腦中一片空白。那一刻，沒有半點聲音，除了夜晚乾冷凍裂的一片虛空。

接著，黛安看透了整個事件最駭人的核心。她問：「我們還剩多少時間？」

「我也不知道，看情形。從某個角度來看，隔離層保護了我們。但保護能夠維持多久？我們必須面對一些血淋淋的事實。太陽和其他任何一顆恆星一樣，也有一定的壽命。太陽燃燒氫氣，不斷向外擴展，而且，時間過得愈久，太陽會變得愈來愈熱。地球所在的位置，是太陽系裡可以住人的區域。這個區域會逐漸向外移動。我說過，我們受到保護，不管怎麼樣，目前我們還不會有事。可是到了最後，地球會進入太陽圈的範圍內，被太陽圈吞掉。過了某一點，就來不及了。」

「小傑，還有多久？」

他用一種憐憫的眼光看著她。「四十年，或五十年，妳要挑哪一個？」

實在痛得難以忍受，就連嗎啡也不太有用。那是黛安在巴東的藥房買的，價錢貴得離譜。發燒更可怕。

發燒不是連續的，而是像海浪一樣，一波波湧過來，一陣又一陣，熱火和噪音像氣泡一樣，出其不意地在我腦袋裡爆裂。發燒導致我的身體狀況反覆無常，變幻莫測。有一天晚上，我伸手去摸一個不存在的玻璃水杯，結果把床頭燈撞碎了，吵醒了隔壁房間的一對情侶。

第二天早上，我的腦袋又暫時清醒過來。我不記得那件事，但我看到手指關節上有一攤凝固的血，而且，我聽到黛安正在塞錢打發那個氣沖沖的門房。

「我真的把燈撞破了？」我問她。

「恐怕是真的。」

她坐在床邊的藤椅上。她叫了客房服務，有炒蛋和柳橙汁。我猜，時間大概是早上了。薄紗般的窗簾外面，天空是一片蔚藍。陽台的門開著，溫煦舒暢的風陣陣吹來，夾雜著海洋的氣味。「很抱歉。」我說。

「那是因為你神智不清，所以，你最好忘了這件事。不過，你顯然真的忘了。」她用手摸摸我的額頭，安慰我。「而且，這恐怕還沒結束。」

「多久了……？」

「一個禮拜了。」

「才一個禮拜？」

「才一個禮拜。」

我的折磨才過了還不到一半。

ᔕ　ᔕ　ᔕ

不過，發燒間歇的時候，頭腦是清醒的，可以寫東西。

那種藥有許多副作用，書寫狂是其中之一。黛安經歷同樣折磨的時候，曾經反覆地寫「我不是哥哥的守護神嗎？」這個句子，連續寫了好幾百遍，寫滿了十四張大頁紙，筆跡幾乎一模一樣。我自己書寫狂發作的時候，寫的東西至少內容還看得懂。我把自己的手稿疊在床頭桌上，這樣一來，我就可以利用發燒還沒有再度侵襲之前的空檔，重讀自己的手稿，修正自己的腦海中記憶。

那一天，黛安不在旅館裡。她回來的時候，我問她跑到哪裡去了。

她說：「找人打通關係。」她告訴我，她已經聯絡上一個搞運輸的掮客。他是米南加保族的男人，名叫賈拉。他做進出口生意，只是為了掩人耳目，真正好賺的錢是安排移民偷渡的佣金。她說，碼頭那邊的人都認識賈拉。為了爭取船位，她和別人競價，對方是一大票以色列集體農場來的無政府主義狂熱份子。這樣說來，交易還沒有敲定。不過，保守估計，她還是相當樂觀的。

我說：「小心點，可能還有人在搜查我們。」

「目前為止，我還沒有發現，不過……」她聳聳肩，眼睛看著我手上的筆記本。「你又在寫了？」

「寫可以讓我忘記痛。」

「你握得住筆嗎？」

「感覺有點像是關節炎末期，但我還應付得了。」我心裡想，至少目前為止還應付得了。「有個消遣，受點折磨還算值得。」

當然實際上並非只是消遣。書寫狂也不光只是副作用。書寫是一種方法，讓我把心裡的恐懼表現出來。

「你寫得很好。」黛安說。

我嚇了一跳，瞪著她看。「妳看過了？」

「泰勒，是你叫我看的，你拜託我看的。」

「我神智不清了嗎？」

「顯然是……不過，你當時似乎還滿清醒的。」

「我寫的時候並沒有打算要給人家看。」而且，令我震驚的是，我居然忘了是自己拿給她看的。還有多少事情是我可能已經忘掉的？

「既然如此，我就不會再看了。不過，你寫的……」她抬起頭，「我很意外，當年，你對我的感情是這麼強烈。我好開心。」

「妳不應該會覺得意外。」

「你絕對想像不到，我真的很意外。可是，泰勒，那看起來不像真的，你寫的那個女孩子感覺好冷淡，甚至有點冷酷。」

「我從來不覺得妳冷酷。」

「我不放心的不是你對我的感覺，而是我對自己的感覺。」

我已經從床上坐起來了。我以為這樣就表示有力氣了，證明自己吃得了苦頭。其實，這只不過證明止痛藥暫時發揮功效了。我在發抖。發抖是第一個徵兆，表示又快要發燒了。「妳想不想知道我是什麼時候愛上妳的？也許我應該把這個寫下來。那很重要。那是我十歲……」

「泰勒，泰勒，沒有人十歲的時候就會愛上別人。」

「那是聖奧古斯丁死掉的時候。」

聖奧古斯丁是一條很活潑的純種小獵鷸犬，黑白兩色的毛。牠是黛安的心肝寶貝。她都叫他「聖犬」。

她臉上露出痛苦的表情。「那好可怕。」

不過，我可是說真的。艾德華．羅頓大概是一時衝動才會買了那隻小狗，因為他想幫大房子的壁爐找點東西來當裝飾品，就像那對古董柴架一樣。但聖犬可不甘心當裝飾品。聖犬不只是看起來賞心悅目，還很好奇，非常頑皮。時間一久，艾德華終於開始討厭那隻狗了。而卡蘿根本沒把那隻狗當一回事。傑森被小狗鬧得有點不知所措，但還是疼牠。只有十二歲的黛安會整天黏著聖犬。他們在彼此身上找到了最美好的一面。整整六個月，除了坐校車上學之外，不管黛安去哪裡，他們都是形影不離。夏天黃昏的時候，他們會在那片大草地上玩耍。就是在那個時候，我第一次發現黛安很特別的那一面。我第一次感覺到，就這麼看著她，是多麼地愉快。黛安追著聖犬跑，跑到沒力氣了，而聖犬總是很有耐性地等她喘過氣來。她對小狗的那分關心，是羅頓家其他人根本沒想過要付出的。她感受得到小狗的喜怒哀樂，而小聖奧古斯丁也感受得到黛安的心情。

我也說不上來，為什麼喜歡她那種模樣。然而，在羅頓家那個騷動不安、情緒高漲的世界裡，黛安那純真的感情，彷彿是沙漠風暴中的一片綠洲。如果我是一隻狗，我大概會很嫉妒聖奧古斯丁。但我沒有。我只是對黛安那種獨特的感情十分著迷。她和她的家人在某些地方是很不同的，對我而言，那很重要。她敞開自己的感情，面對這個世界。那樣的感情，羅頓家其他的人不是已經失去了，就是從來都不懂。

那年秋天，聖奧古斯丁忽然死了。牠還只不過是一隻小狗，死得太早了。黛安傷痛欲絕，而我忽然明白，我愛上她了……

不，這樣說聽起來有點恐怖。我不是因為她為小狗傷心才愛上她的。我愛上她，是因為她有能力為小狗傷心，而她家的人看起來不是漠不關心，就是偷偷鬆了一口氣，終於等到聖奧古斯丁從這個家裡消失了。

她不再看我，轉過頭去看窗外的陽光燦爛。「那隻小狗死掉的時候，我心都碎了。」

我們把聖犬埋在草坪再過去的森林裡。黛安堆了一個小石墩當做墓碑。往後的十年裡，每到春天，她都會重新堆一次，直到她離開家。

每當季節變換的時候，她會靜靜地在墓碑前禱告，雙手合十。我不知道她在向誰禱告，或是禱告什麼。我不知道別人禱告的時候都在做什麼。我不覺得我有能力禱告。

然而，這證明了一件事。黛安活在一個比大房子還要大的世界裡。在那個世界裡，感情的起伏，像潮起潮落一樣深沉厚重，背負著整個浩瀚的海洋。

ຈ ຈ ຈ

那天晚上，我又發燒了。我什麼都不記得了，只記得恐懼再度淹沒了我（那種恐懼大概每隔一個鐘頭就會湧現一次）。我害怕藥力會把我的記憶變成空白，永遠恢復不了。感覺上，那是無法彌補的失落，彷彿在夢裡找東西，卻怎麼也找不到。尋找一個遺失的皮夾，一隻手錶，一個珍貴的小東西，或是，尋找失落的自我。我彷彿感覺得到火星人的藥正在我的體內起反應。藥力攻擊我的肌肉，和我的免疫系統協議暫時停戰，建立細胞的灘頭堡，隔離危險的染色體定序。

我又醒過來的時候，黛安不在。我吃了她給我的嗎啡，壓住了疼痛。我從床上爬起來，很吃力地到浴室去，然後拖著沉重的腳步，走到外面的陽台。

晚餐時間到了。太陽還在天上，天色卻漸漸昏暗，變成一片深藍。空氣中飄散著椰奶香，混雜著柴油廢氣的臭味。西方的海平面上，大拱門閃爍著微光，如冰凍的水銀。

我發覺自己又想寫了。那股渴望湧上來，像是發燒後的反射動作。我手上拿著筆記本，已經有大半本寫滿了幾乎看不懂的塗鴉。我得叫黛安再幫我買一本了，或許多買幾本。我可以用來繼續寫。

文字像錨一樣，拴住記憶之船，以免船在暴風雨中沉沒。

世界末日謠言的夏日

自從上次雪橇派對分開之後，我已經好幾年沒有見到傑森了。不過，我們還是一直保持聯繫。我醫學院畢業那一年，我們又在麻州伯克郡一間夏日度假小屋碰面了。那裡距離著名的音樂聖地檀格塢大約二十分鐘的車程。

我一直都很忙。我念完了四年的大學部，期間又在當地的私人診所裡當義工，然後參加了美國醫學院入學測驗。在正式考試之前的好幾年，我就已經開始準備了。入學測驗的結果，叫做「成績點數與學分的加權平均值」，簡稱GPA。我有了GPA，也照例請大學指導教授和另外一些德高望重的人士寫了一大疊推薦函，再加上艾德華的慷慨解囊，於是，我終於獲准進入紐約州立大學，在石溪分校的醫學院又讀了四年。那四年也念完了，結束了，已經成為歷史。然而，我至少還要再當三年的住院醫師，才能夠正式執業。

當完住院醫師之後，我就會像大多數人一樣，繼續經營自己的人生，假裝世界末日這回事從來沒有公諸於世。

如果世界末日倒數計時只剩下幾天和幾個小時，也許情況會很不一樣。我們可以選擇自己的表演主題，可以驚慌失措，或是像聖徒一樣等候上帝的寵召，掌握恰當的時機，眼睛盯著時鐘，演完人類的歷史。

然而，我們面對的狀況並非眼前的世界末日，而只是很像人類最後的滅絕，因為太陽系很快就會變成人類無法居住的環境。太空總署的太空探測拍攝到許多畫面，畫面中的太陽正逐漸膨脹。也許，已經沒有任何東西能夠永遠保護我們，阻止太陽毀滅人類……不過，目前還是有一層防護罩保護著我們，抵擋太陽。為什麼要保護我們，沒有人知道。即使有所謂的危機，那個危機也是難以捉摸的。大家眼睛看得到的是，星星不見了。這是唯一的證據，證明人類面臨危機。星星不見了，是一個證據，但這證據也證明不了什麼。

所以，人類面臨絕種的威脅，要怎麼過日子呢？這個問題就是我們這一代人的最佳寫照。對傑森來說，那似乎是個很簡單的問題。他身先士卒，自己跳進困境裡，尋找答案。時間迴旋很快就成為他生活的全部。而對我來說，那似乎也是個簡單的問題。無論如何，我就是一直研究醫學。我們活在一個危機隨時會爆發的時代，在這樣的氣氛中，學醫似乎可以說是比較明智的選擇。然而，如果世界末日真的會來臨，只是沒那麼快，那麼，拯救生命會不會只是我一廂情願的想像。如果最後大家都注定要死，救不救有什麼差別呢？如果全人類都要滅種了，又何必去救一條命呢？不過，醫生當然不是真的在拯救生命，只是在延長生命。如果無法延長，我們可以給病人安寧療護，減輕病人的痛苦。那可能是所有的醫療技術當中最有用的。

其實，從大學到醫學院，一路走來，雖然是一連串漫長嚴峻的酷刑，但那卻能夠引開你的心思，讓你跳脫外面世界芸芸眾生的煩惱。

所以，我應付得了，傑森也應付得了。可是，大多數人日子就難過了。黛安也不例外。

ၜ ၜ ၜ

傑森打電話來的時候，我正在石溪打包行李，把那間租來的一房小公寓清理乾淨。

中午剛過，天上那個像真的一樣的太陽幻象正散放著耀眼的光芒。行李都已經裝上我那部韓國現代轎車，隨時可以開上路回家。我打算在家裡陪媽媽幾個禮拜，然後花一、兩個禮拜的時間，悠哉游哉地慢慢開車，橫越美國。我即將前往西雅圖的港景醫療中心，開始擔任住院實習醫師。這是我最後的空閒時間了。我打算利用這個空檔好好看看這個世界，至少，看看東岸的緬因州和西岸的華盛頓州中間這一段。不過，傑森似乎有別的打算。如果沒讓他秀出葫蘆裡賣的膏藥，他是不會那麼輕易就放過我，讓我隨便打聲招呼就說再見的。

他說：「泰勒，這個機會太好了，絕對不能放過。艾德華在麻州伯克郡租了一間夏日度假小屋。」

「是嗎？他可舒服了。」

「可惜他享受不到了。上禮拜他到密西根去巡視一間鋁擠壓工廠，不小心從裝櫃月台上摔下來，屁股摔裂了。」

「那太不幸了。」

「還好不嚴重。他現在慢慢復原了。可是他還要拿一陣子枴杖，而且，他還不會想回緬因州去的，因為這樣他可以輕鬆一下，每天喝強力止痛藥度日。至於卡蘿嘛，她從一開始就對度假小屋這玩意兒不怎麼熱中。」這並不意外。卡蘿已經成為一個職業酒鬼了。除了喝更多酒，我實在想像不出來，她和艾德華．羅頓到了伯克郡之後，還會做什麼。小傑又繼續說：「所以，目前情況是這樣的，房子已經租了，不能違約，所以那間度假小屋三個月不會有人住。所以我在想，既然你醫學院已經畢業了，也許我們可以到那裡聚一聚，好歹也要待上幾個禮拜。也許我們可以叫黛安一起來。我們可以聽聽音樂會，到森林裡散散步，就像從前一樣。我已經在路上了。你覺得怎麼樣，泰勒？」

我本來想謝謝他的好意。可是我想到黛安。我想到過去這幾年，只有到了某些特定的節日，我們才會寫寫信，通通電話。我想到我們之間那些堆積如山的、懸而未決的問題。我知道最明智的決定就是婉轉推辭。可惜太遲了，我的嘴巴已經背叛我了。

ꕥ ꕥ ꕥ

於是，我在長島多留了一晚。然後，我把最後一些凡塵俗世的私人家當都塞進車子的後車廂，然後沿著州北大道開上長島快速道路。

路上沒什麼車，天氣好得離譜。已經是下午了，天空藍得不像話，氣溫很暖和，很舒服。我願意把明天賣給出價最高的人，然後永遠生活在七月二號這一天。我感覺到一種傻傻的快樂，渾身舒暢的快樂。很久很久以前，我也曾經有過那樣的快樂。

然後我打開收音機。

我出生得夠早，還記得「廣播電台」的年代。那個年代，電台都有發射台和天線塔。那個年代，收音機曾經像洪水一樣席捲大城小鎮，後來又像退潮一樣，逐漸沉寂。很多電台現在都還在，可惜我車上的傳統類比收音機已經壞掉一個禮拜了，服務保證也過期了。現在，車上只剩下數位頻道可以聽（這些節目還是透過艾德華的高空浮空器轉播的，可能動用到一個或好幾個浮空器）。通常我都是下載二十世紀的爵士樂來聽。我翻遍了爸爸收藏的CD，不知不覺開始愛聽爵士樂。我喜歡安慰自己說，這才是我爸留給我的真正資產。艾靈頓公爵，比莉．哈樂黛，邁爾斯．戴維斯，這些音樂，即使在我爸爸馬庫斯．杜普雷年輕的時代，都已經稱得上是古董了。這些音樂像家族祕密一樣，悄悄流傳下來。此刻，我想聽的是艾靈頓公爵的名曲「Harlem Air Shaft」。可惜，我出發上路前，幫我保養車的那個傢伙把我設定的頻道洗掉了，自作聰明幫我設定了一個新聞頻道。他大概認為我不該錯過那個頻道。於是，我被迫聽了一堆天然災害的消息，一些大人物的八卦醜聞。節目裡甚至還有人在討論時間迴旋。

那個時候，我們已經開始用時間迴旋這個名稱了。

只不過，全世界的人絕大多數都不相信這個東西。

這一點，從民意調查上就可以很清楚看得出來。傑森把真相告訴我和黛安的那天晚上，太空總署就已經發布了軌道探測所得的資料。歐洲那邊也爭先恐後發射了一堆探測艇，證實了美國人的結論。然而，即使時間迴旋的真相已經公布八年了，仍然只有歐洲和北美洲極少數的人當它是一回事，認為時間迴旋會「威脅到他們和家人的生命財產安全」。在亞洲、非洲、中東大部分地區，大多數人堅決認定整件事都是美國人的陰謀，或是意外事件。可能是美國人想搞什麼星戰計畫防禦系統，不小心搞砸了。

有一次我問傑森，為什麼大家都不相信。他說：「想想看，我們在強迫他們相信什麼。那群人幾乎是整個地球的人口，他們的天文學知識幾乎還停留在牛頓之前的時代。如果你生活中唯一能做的事，就是想辦法找到足夠的食物，餵飽自己和家人，那麼，你對月亮、星星還需要懂那麼多嗎？如果要讓那些人聽懂什麼叫做時間迴旋，你恐怕要從開天闢地開始講起。你必須先告訴他們，地球已經存在幾十億年了。光是十億年這個數字就夠他們傷腦筋了，搞不好他們還是第一次聽到。光是這些知識就夠他們消化半天了，特別是，如果你受教育的地方是回教的神權國家，認為萬物有靈的「泛靈論」村落，或是基督教福音派主導文化的美國南方聖經地帶公立學校，那就更有得消化了。接下來，你還要告訴他們，地球不是永遠不變的。很久以前，曾經有一個時代，比人類的歷史更漫長。那個時代，海洋是一團熱騰騰的蒸氣，空氣是有毒的。你還要告訴他們，生物是自然生成的，在偶然的機遇中演化了三十億年，然後才演化成最原始的人類。然後，你還要教他們認識太陽。太陽也不是永恆不變的。一開始，太陽是氣體和灰塵凝聚而成的一團雲狀物。從現在算起，再過幾十億年，有那麼一天，太陽會膨脹變大，吞沒地球。最後，太陽外層會爆炸，核心會萎縮成一小塊超密物質。你看，這像不像《你必須知道的一〇一個天文知識》？你讀過一堆科幻小說，所以你懂這些知識，那幾乎是你的第二天性了。可是對大多數人來說，那是一個全新的世界觀，甚至可能會冒犯到某些人的核心信仰。所以，你必須讓他們慢慢消化知識。讓他們慢慢消化知識，然後再告訴他們真正的危機。時間本身是流動的，無法預測。雖然我們剛剛已經學到了地球、太陽的新知識，不過，我們的世界看起來卻還是那麼正常。然而，這個看似正常的世界最近被鎖在某種宇宙冷藏櫃裡。為什麼要這樣對待我們？我們還無法確定。我們認為，那是某種未知的智慧生物刻意造成的。他們的力量如此強大，如此遙不可及，也許我們可以稱之為神。如果我們對神發脾氣，神可能會撤掉他們的保護。過不了多久，高山會溶化，海洋會沸騰。不過，你可以不要採信我們的說詞，也不要相信你眼前看到的景象，不要去看夕陽依然西下，也不要管冬天的山頭還是一樣飄著雪。我們有證據。我們有計算，有合乎邏輯的推論，有儀器拍攝到的照片為證。這是最高標準的呈庭供證。」傑森笑了一下，有點揶揄，有點悲傷。「奇怪，怎麼陪審團都不相信？」

然而，不只是無知的人不相信。收音機裡，我聽到一個保險公司的總裁在抱怨。他說，「所謂的時間迴旋已經鬧得沸沸揚揚，沒完沒了，卻沒聽到有誰在批判。」他說，這已經造成經濟上的衝擊。他說，大家已經開始當真了。這對保險業務影響很大。大家開始變得魯莽衝動，不顧後果。時間迴旋導致道德淪喪，犯罪猖獗，揮霍無度。更糟糕的是，財務精算系統徹底癱瘓了。他說：「如果世界沒有在三十年或四十年內毀滅，我們可能會面臨一場浩劫。」

一大片雲從西邊翻騰而來。一個小時後，濃雲密布，徹底掩蓋了壯麗蔚藍的天空，雨滴開始打在擋風玻璃上。我打開車燈。

收音機裡的新聞從財務精算又延伸到別的話題。大家議論紛紛的是最近另一則頭條新聞。時間迴旋的隔離層外面，有銀色的飛行體在地球南北極上方幾百公里的高空盤旋。巨大得像整個城市的飛行體並沒有環繞軌道，而是在南北極上空定點盤旋。物體確實可以和地球自轉的速度同步，環繞赤道上空的軌道，達到定點停留的效果。同步衛星就是運用這個原理。然而，根據基本物理的運動定律，沒有任何物體能夠在地球南北極上空的軌道上靜止。可是，那些飛行體就這麼活生生地在南北極上空盤旋。雷達探測到這些飛行體，然後，一艘無人飛行器在定點飛行的任務中拍攝到飛行體的照片。時間迴旋又多了一層謎團。知識不足的大眾同樣無法理解這個謎團。這一次，包括我在內。我想和傑森談談這件事。我想，我是希望他能夠幫我說出個道理來。

§ § §

大雨傾盆而下，低沉的雷聲從山那邊傳過來。我終於到了斯托克布里奇鎮外，停在艾德華・羅頓短期租賃的度假小屋前面。

那棟英國鄉村風味的小屋有四個房間，牆面上塗著綠色的含砷保護塗料，四周環繞著幾百公頃的保育森林地。小木屋在暮靄中閃爍著光輝，宛如一盞防風燈。傑森已經到了，他那部白色的法拉利停在棚頂通道下面，上頭的棚架還滴著雨水。

他一定聽到了我停車的聲音，我都還沒敲門，他就打開了那扇大大的前門。「泰勒！」他叫我，咧開嘴笑了。

我進了屋子，把雨水淋濕的手提箱放在走廊的磁磚地板上。我說：「好久不見了。」

我們一直透過電子郵件保持聯絡，也會打電話。將近八年來，有幾次節日，我在大房子裡看到他，但都只是匆匆打個照面。這是八年來我們第一次在同一個房間裡。我猜，時光荏苒，我們兩個人身上大概都留下了歲月的痕跡，有了微妙的變化。我幾乎忘了，他的模樣曾經是多麼令人敬畏。他一直都很高大，手腳靈活。現在也還是，只不過似乎瘦了一點，但還不至於瘦到弱不禁風。他瘦得很均勻，看起來像一把倒立的掃帚。他的頭髮剪得很短、很平整，大概只有半公分長，看起來像是一片收割後的麥梗。儘管開的是法拉利，他對個人的衣著品味還是一樣沒什麼概念。他穿著破爛的牛仔褲，寬鬆的針織套衫，打折的帆布鞋。套衫上全是毛球。

「你路上吃過了嗎？」他問我。

「很晚才吃中飯。」

「會餓嗎？」

我不餓，但老實說，我想咖啡想得快瘋了。醫學院的生活讓我染上了咖啡癮。傑森說：「算你好運，我這裡正好買了半公斤的瓜地馬拉咖啡。」瓜地馬拉人無視於世界末日即將來臨，還是努力種咖啡。「我來煮一壺。趁咖啡還在煮的時候，我先帶你看看房子。」

我們在房子裡慢慢繞了一圈。屋子裡瑣碎的裝飾充滿二十世紀的風味，牆上漆著蘋果綠和熟橘子的顏色。古董桌椅和黃銅床架是從車庫拍賣買來的二手貨，看起來很結實。彎曲的玻璃窗上遮著蕾絲窗簾，雨水沿著玻璃流個不停。廚房和臥室裡有現代化的設備，大電視，音響設備，網路連線。連下雨天都感覺很舒適。我們回到樓下之後，傑森去倒咖啡。我們坐到餐桌旁，急著想知道彼此多年來的狀況。

小傑談起工作的時候，含糊其辭，可能是故做謙虛，要不然就是有安全上的顧慮。時間迴旋的真相公開之後這八年來，他拿到了天文物理的博士學位，然後盡棄所學，到艾德華的近日點基金會去工作，擔任一個低階的職位。也許這步棋下得還不錯，因為艾德華已經是華克總統「精英委員會」的高階成員。這個委員會負責處理全球危機與環境危機。小傑說，近日點基金會原本是一個航太智庫，最近就要提升為官方的諮詢機構，可以掌握實權，擬定政策。

我問他：「那合法嗎？」

「泰勒，你別天真了。艾德華早就和羅頓工業保持距離了。他辭掉了董事會的職務，股份交付給不必公開的盲目信託。我們的律師說，他在法律上完全沒有牴觸。」

「那你在基金會裡幹什麼？」

他笑了一下說：「我只要專心聽前輩的吩咐，必要的時候很有禮貌地提出建議。欸，跟我聊聊你們醫學院吧。」

他問我，看到那麼多人類的弱點和疾病，會不會覺得倒胃口。我跟他說了一個二年級解剖課的故事。我和另外十幾個同學一起解剖一具屍體。我們根據大小、顏色、機能和重量來分類內臟。那不是什麼愉快的經驗。唯一的安慰是學到了真理，唯一的好處是很實用。不過，那也是一個里程碑，一個過程。過了這一點，童年就徹底再見了。

「老天！泰勒，咖啡夠勁嗎？要不要來點更烈的？」

「我不是說那有什麼大不了的，最讓我震驚的反而就是這一點：那真的沒什麼大不了，你不過就是轉身離開，然後去看一場電影。」

「大房子是已經離我們很遙遠了。」

「很遙遠了。敬我們兩個。」我舉起杯子。

於是，我們兩個開始談起往事。原先談話的緊張氣氛消失了，我們講起小時候。我發現我們陷入一種模式。傑森會先講到一個地方，例如地下室、活動、森林裡的小溪。然後我會接著說一個故事。例如，那一次我們偷開酒櫃；那一次，我們在時代坊藥局看到萊斯中學的女生凱莉．溫絲，她偷了一盒木馬牌的保險套；那年夏天，黛安堅持要唸一段文章給我們聽，彷彿她發現了什麼人生的大道理。那是英國女作家克利斯汀．娜羅塞蒂寫的，聽了簡直讓人窒息。

傑森說，那片草地。我就說，那天晚上星星不見了。

我們忽然沉默了，好一會兒都沒說話。

最後我開口了。「那……她究竟來不來？」

小傑不動聲色地說：「她還沒決定。她本來和人家有約，現在正傷腦筋要怎麼改時間。她明天應該會打電話告訴我。」

「她還在南部嗎？」這是我上次聽說的，我媽告訴我的。黛安在南部一所大學念書，念什麼我不太記得了，好像是都市地理學、海洋學，還有其他什麼稀奇古怪的學。

「是啊，還在南部。」傑森說。他在椅子上扭動了一下。「泰勒，你知道嗎，黛安變了很多。」

「這應該沒什麼好奇怪的。」

「她可以算是訂婚了，快要結婚了。」

聽到這個消息，我表現得很有風度。我說：「嗯，她會很幸福的。」我應該嫉妒嗎？我跟黛安已經沒有關係了。關係？如果這兩個字代表男女感情，我和她之間根本從來就沒有過。而且，在石溪分校的時候，我自己也差一點就訂婚了。她是二年級的學生，名叫甘蒂絲·布尼。我們喜歡對彼此說「我愛你」，到後來我們終於懶得再說了。我猜，是甘蒂絲先厭倦的。

只不過，什麼叫做可以算是訂婚了？那是怎麼回事？

我忍不住想問。一談到這些事情，傑森顯然很不自在。我想到一件往事。當年在大房子的時候，有一次傑森帶他約會的女孩子回家，和家人認識一下。她長相普通，但是很親切。她是傑森在萊斯中學的西洋棋俱樂部裡認識的。她太害羞了，不知道要說什麼。那天晚上，卡蘿還算是滿清醒的，可是艾德華顯然對那個女孩子很不滿意，態度很粗魯，非常明顯。女孩子走了以後，他把小傑臭罵了一頓，說他「把那種怪人拖進房子裡。」艾德華說，聰明才智愈高，責任就愈大。他不希望傑森遭到誘拐，陷入傳統的婚姻裡。當傑森能夠「在人類歷史上留下痕跡」的時候，他不想看到傑森「在曬衣繩上晾尿布」。

很多和傑森有相同處境的人頂多就是不再帶約會的女孩子回家。

而傑森卻是從此以後不再約會了。

ᔕ ᔕ ᔕ

我第二天早上醒來的時候，屋子裡沒有人。

廚房的餐桌上留了一張字條。傑森出去採購一些烤肉要用的東西。他在紙條上寫著：中午就回來，也可能晚一點。九點半了，這一覺睡得真舒服，賴床賴到這麼晚。夏日假期的慵懶氣氛已經將我淹沒了。

房子本身似乎就散發著慵懶的氣氛。昨晚的暴風雨已經過了，早晨的微風吹拂過棉布窗簾，感覺很舒暢。廚房的流理台上有一塊切肉砧板，在陽光的照耀下，表面的紋理顯得不太光滑。我坐在窗邊慢條斯理地吃著早餐，看著天邊的雲像一艘宏偉的多桅縱帆船，緩緩駛過遠處的海平面。

十點剛過，門鈴忽然響了。我嚇了一跳，以為是黛安來了。難道是她決定提早過來嗎？一開門，原來是麥克園藝公司的工人。他穿著一件無袖T恤，披著墨西哥式的彩色大圍巾。他只是來提醒我，準備要除草了。因為除草機聲音很大，他怕把屋子裡的人吵醒。他說，如果不方便，他可以下午再來。我說，現在就方便得很。於是，幾分鐘後，他開著那台綠色的「約翰迪瑞」刈草機，環繞著外圍的庭院。老舊的刈草機燒出濃煙，搞得一片烏煙瘴氣。我還是有點昏昏欲睡，開始胡思亂想。我想到，傑森喜歡形容地球以外的地方是整個宇宙。不知道從整個宇宙的眼光來看，修剪草坪這樣的工作看起來會是什麼樣子。從整個宇宙的眼睛來看，地球像是一個血流幾乎停滯的行星。那些草葉彷彿歷經無數個世紀才長出來，生長的動作漫長宏偉如恆星的演化。園藝公司的工人就像幾十億年前誕生的自然力量，以極大又無法控制的耐性，割斷了那些草葉。斷裂的草葉彷彿感受到無比輕微的地心引力，在太陽與大地之間緩緩飄降，歷經無數季節變換之後，才落到土壤上。土壤中有「秀麗隱桿線蟲」在蠕動。秀麗隱桿線蟲，一百四十四天的壽命，相當於人類的五百歲，是微生物中的瑪士薩拉，《聖經》中活了九百六十九歲的人類。當瑪士薩拉蟲在土壤中蠕動時，天外浩瀚的宇宙深處，或許有個銀河帝國已然經歷了興盛與衰亡。

當然，傑森說對了，那確實很難相信。或者，不應該用相信這個字眼，因為再怎麼荒誕不經的事都有人會相信。所以，應該說是，很難接受一個根本的事實，接受這個世界的真相。我坐在屋前的門廊上，這一邊正好避開了驚天動地的刈草機。風很涼，我仰起臉對著太陽。就算明知陽光是仿造的，我還是感受到陽光的溫煦舒暢。陽光是過濾的。真正的太陽，此刻正以失控般的驚人速度旋轉著。在那個世界裡，無數個世紀轉眼之間就揮霍掉了，彷彿只是幾秒鐘。我們的幾秒鐘。

你不願意相信那是真的。然而，那卻是千真萬確。

我又想到醫學院，想到我告訴傑森的那堂解剖課，想到那個從前差一點就和我訂婚的女孩子，甘蒂絲·布尼。當時，她也在上那堂課。解剖的過程中，她一直表現得很冷靜自制，但下了課就不一樣了。她說，人類身體應該有愛，有恨，有勇氣，有懦弱，有靈魂，有心靈……而不是像眼前這攤泥漿般又紅又藍的雜碎，看不出是否有感情，是否重要。沒錯。而且，我們不應該心不甘情不願地捲入那個未來，殘酷致命的未來。

可是，這個世界就是這樣，沒有妥協的餘地。對甘蒂絲，我也就只有說這麼多了。她說我好「冷酷」。不過，那已經是我說得出來的、最接近智慧的話了。

ꕥ ꕥ ꕥ

早上一分一秒過去。工人已經除完草，開車走了。空氣中瀰漫著一股濕氣，一片沉寂。過了一會兒，我打起精神，打電話給遠在維吉尼亞州的媽媽。她說，那裡的天氣沒有麻州這麼好，暴風雨雖然過了，現在還是烏雲密布。昨晚的暴風雨吹倒了很多樹和電線杆。我告訴她，我已經安全抵達了艾德華租的夏日度假小屋。她問我，傑森看起來好不好。其實，這段期間，傑森回去過大房子好幾次，所以，她可能比我還早看過傑森。不過我還是告訴她：「他老了點，但小傑還是小傑。」

「他會不會擔心中國那件事？」

自從十月事件以後，我媽已經看新聞看上癮了。她看CNN不是為了消遣，甚至也不是為了獲取資訊。她主要是想安慰自己，就像是墨西哥鄉下的農夫老是睜大眼睛注意附近火山的動靜，希望不要看到冒煙。她告訴我，現階段，中國事件只不過是一個外交上的危機，不過，中國已經開始有動用武力的跡象。整件事似乎是因為他們打算發射衛星，引發了爭議。「你應該跟傑森打聽這件事。」

「是因為艾德華跟妳說了什麼，妳才會擔心嗎？」

「不是他。倒是卡蘿每隔一陣子就會跟我講一些事情。」

「我實在沒把握她的話有多少是可以聽的。」

「小泰，別這樣。她是愛喝酒，不過她可不是笨蛋。尤其是，我也不笨。」

「我不是那個意思。」

「這陣子，傑森和黛安的事情，我都是從卡蘿那邊聽來的。」

「她有沒有提到，黛安要不要到伯克郡來？小傑都說不清楚。」

我媽遲疑了一下。「過去這幾年，沒有人猜得透黛安會做什麼。我想，這大概就是為什麼小傑說不清楚。」

「妳說沒有人猜得透，到底是什麼意思？」

「噢，就是這樣嘛。學校功課好像不太好，而且，好像犯了什麼罪……」

「犯罪？」

「沒有啦，她不是去搶銀行什麼的。我是說，她去參加新國度的群眾大會，場面失控了，她被警察逮捕了好幾次。」

「她跑去新國度的群眾大會幹什麼？」

她又猶豫了一下。「你最好還是問傑森比較清楚。」

我是打算要問。

她咳了幾聲。從電話裡，我可以想像她用手遮住話筒，頭稍微偏了一下。我說：「妳身體還好嗎？」

「有點累。」

「醫生那邊有進一步的處理嗎？」她患了貧血，醫生開了幾瓶鐵劑給她吃。

「沒什麼，我只是老了。小泰，每個人早晚都會老。」她又補了一句，「如果你覺得我做的事也算一種工作的話，我考慮要退休了。那對雙胞胎都在外面，家裡只剩下卡蘿和艾德華。自從華盛頓那邊的工作開始以後，連艾德華都很少在家。」

「妳有跟他們說過妳想離開了嗎？」

「還沒。」

「少了你，大房子就不像大房子了。」

她笑了起來，不過聽起來並不開心。「謝謝你喔，不必了，在大房子裡混了一輩子，我差不多也受夠了。」

不過，她後來就沒有再跟我提過她想離開。我猜是卡蘿勸她留下來的。

ຯ ຯ ຯ

下午三點左右，小傑從前門進來了。「小泰？」他的牛仔褲太大了，掛在屁股上，看起來像是一艘無風靜止的帆船，掛帆的船索整個垂下來。T恤上沾滿了模糊的肉汁污漬。「幫忙烤個肉，好不好？」

我跟他走出去，到屋子後面。那是一個標準的烤架，用丙烷燃料。小傑從來沒用過那玩意兒。他打開燃料罐的活門，按下點火鈕。火猛然冒上來，他嚇了一跳，人往後縮，然後露出牙齒笑了笑。「我買了牛排，還在鎮上的熟食店買了三種豆子的綜合沙拉。」

我說：「這裡幾乎沒有蚊子。」

「今年春天他們噴過殺蟲劑了。餓不餓？」

我餓了。儘管整個下午都在打瞌睡，不知怎麼我忽然有了胃口。「你烤的是兩人份還是三人份？」

「我還在等黛安的電話。不過，恐怕要到晚上才會知道她來不來。我猜，晚餐大概就是我們兩個人吃了。」

「如果中國沒有打核子飛彈過來的話。」

我想套他的話。

傑森上鉤了。「小泰，你不放心中國那邊嗎？危機差不多已經解除了。搞定了。」

「那就安心了。」當天才聽說有危機，沒想到當天就沒事了。「我媽告訴我的。好像是新聞有報導。」

「中國軍方想用核子武器攻擊南北極上空的飛行體。他們已經把裝載核子彈頭的飛彈安裝在發射台上了，在酒泉衛星發射中心待命發射。他們的邏輯是，如果能夠摧毀南北極上空的飛行體，也許就能夠摧毀整個防護罩。當然，我們實在沒有理由相信他們會成功。想想看，如果人家的科技有能力操控時間和重力，我們的武器有可能傷得了他們嗎？」

「所以，我們威脅中國，然後他們就讓步了？」

「有點類似。不過，我們也給他們胡蘿蔔吃。我們請他們搭便車。」

「我不懂。」

「邀請他們參與我們的小計畫，共同拯救世界。」

「小傑，你有點嚇到我了。」

「把夾子拿給我。不好意思，我知道這聽起來很神祕，我本來絕對不能說，不能告訴任何人。」

「所以我是例外囉？」

「你永遠都是例外。」他笑了，「我們吃晚飯再談，好不好？」

我走開了，讓他一個人去烤肉。煙霧和火的熱氣籠罩著他。

ᔕ ᔕ ᔕ

兩個有連帶關係的美國政府機構飽受媒體抨擊。媒體指責他們在時間迴旋的問題上「沒有任何作為」。但這樣的批評實在有點不痛不癢。就算真的有什麼實際可行的辦法，似乎也不會有人知道那是什麼辦法。任何明顯的報復行動都是很危險的，後果不堪設想。例如，中國人打算要幹的這件事。

近日點基金會正在朝另一個完全相反的方向推展。

小傑說：「主宰勝敗的奧妙，不在於打鬥，而在於四兩撥千斤。對手的塊頭比你大，你就要利用他的體重和衝力來對付他。我們就是想用這種方式來處理時間迴旋。」

他一邊簡單扼要地跟我說明，一邊切著烤牛排，像醫生在動手術那麼仔細。我們打開後門，在廚房裡吃牛排。一隻大黃蜂撞上紗窗。那隻黃蜂肥得像一團毛線結。

他說：「想像一下，說不定時間迴旋是一個機會，而不是侵略。」

「什麼機會？有機會早點去死？」

「有機會利用時間完成我們的目標。這是一個前所未有的機會。」

「他們剝奪的不就是我們的時間嗎？」

「正好相反。在地球這個小小的氣泡外面，我們有幾百萬年的時間可以好好利用。而且我們有一種非常可靠的工具，正好可以用在那段時間裡。」

「工具？」我聽得一頭霧水。這個時候，他又拿叉子戳起一小塊牛肉。這頓晚飯真是簡單明瞭。盤子裡有一塊牛排，旁邊放一罐啤酒，沒有別的配菜。當然，三種豆子的綜合沙拉除外，不過那不算是他料理的。

「沒錯，就是工具。很明顯的工具：演化。」

「演化？」

「泰勒，這樣子我們沒辦法講話。你不能一直重複我說的每一句話。」

「好吧。嗯，把演化當作工具……我還是想不透，我們怎麼可能在三十年或四十年的時間裡完成有效的演化，改變目前的局面？」

「老天，當然不是我們演化，也不是三十年或四十年。我說的是原始的生命形態，我說的是千秋萬世幾十億年的時間，我說的是火星。」

「火星！」我的老天。

「別那麼死腦筋。想想看。」

火星也許曾經有過原始的生命雛型，但現在是一顆沒有機能的死星球。自從十月事件之後，火星已經在時間迴旋的防護罩外面「演化」了好幾百萬年。膨脹的太陽暖化了火星。從太空軌道最近拍攝的照片看起來，火星還是一顆乾涸的死星球。要是火星有簡單的生命形態，有適合的氣候讓生命存活，我想，火星現在已經是茂盛的綠色叢林了。可惜實際上並非如此。

傑森說：「有人曾經討論過火星地球化。你還記不記得從前看過的那些天馬行空的小說？」

「小傑，我現在也還在看。」

「這樣你就更有概念了。我問你，如果是你的話，你要怎麼把火星地球化？」

「想辦法讓大氣層獲得充足的溫室氣體，使火星暖化。釋放冰凍的水，利用簡單的有機生物當種子。不過，最樂觀的估計，那也要花上……」

他笑了。

我說：「你在消遣我。」

他忽然嚴肅起來。「不是，絕對不是。我是很正經的。」

「你們要怎麼……？」

「我們會先同時發射一系列的火箭，裝載基因改造過的細菌，用簡單的離子引擎慢慢飛到火星。我們刻意設計讓絕大多數的火箭墜毀，但單細胞生物剛好可以存活。另外一些火箭上運有更大型的酬載，配備碉堡剋星彈頭，將同樣的有機生物送到地底下。我們懷疑火星地底下埋藏著水。這是一場賭局，我們會兩頭下注。我們會發射很多次，而且我們有一整系列的有機生物可以選。我們的構想是，透過充足的有機作用鬆弛深藏在地殼中的碳，然後將碳釋放到大氣中。等個幾百萬年，差不多是我們地球上幾個月，然後再研究觀察。如果火星的溫度升高了，大氣層變潮濕了，而且產生了一些半流體的水，到時候我們會再重複一次流程。這一次，我們要用的，是依據這個環境改造的多細胞植物。植物會釋放氧氣到大氣層中，說不定會多增加幾毫巴的氣壓。必要的話，我們會再重複一次。再多等個幾百萬年，攪拌一下。就像看著時鐘做菜一樣，在剛剛好的時間裡，我們就會煮出一顆可以住人的星球。」

這真是驚人的構想。我忽然覺得自己變成華生醫師，變成十九世紀英國偵探小說裡的那種助理角色。這種角色的台詞通常是：「他想出來的計畫實在太大膽了，甚至有點荒唐。可是，我想破了腦袋也找不出半點漏洞。」

只有一個。一個根本的漏洞。

我說：「傑森，就算那是可能的，對我們有什麼好處？」

「如果火星可以住人，大家就可以到那裡去生活。」

「所有七、八十億的人口嗎？」

他哼了一聲。「不太可能。只有一些先遣隊。你可以用醫學術語來形容這些人，他們是繁殖的品種。」

「他們要做什麼？」

「生存，繁殖，死亡。我們地球上的一年，他們已經繁衍了好幾百萬代。」

「目的是什麼？」

「主要就是再給人類一次機會，在太陽系生存下去。最好的狀況是，他們會擁有我們所能夠提供的一切知識，而且他們有幾百萬年的時間可以進步改良。在時間迴旋的小泡泡裡，我們的時間不夠，查不出那些假想智慧生物的來歷，不知道他們為什麼要對我們做這件事。我們的火星後代可能會比較有機會。也許他們可以幫我們思考這個問題。」

或者幫我們對抗他們？

（我確定這是我第一次聽到他們用「假想智慧生物」這個字眼。操控地球的假想智慧生物，一種從未見過的生物，幾乎只存在於理論上的生物。他們把我們放在時間的保險庫裡。有好幾年的時間，一般大眾都不流行使用這個名稱。後來，當這個名稱開始流行起來，我反而覺得很不安。這個名稱有點無情，有一點抽象的意味，彷彿在暗示他們是冷漠無情的。真相似乎沒那麼單純。）

我問：「你們已經有實踐這個構想的具體方案了嗎？」

「噢，有啊。」傑森已經吃掉四分之三的牛排了。他把盤子推開。「而且經費還沒有貴到我們承擔不起。唯一的困難是基因工程，如何改造出生命力極強的單細胞生物。火星的表面寒冷乾燥，幾乎沒有空氣。每次太陽一出來，地表就會暴露在輻射線下，細菌會死光。儘管如此，我們還是有非常大量的『嗜極端環境的菌類』，足以應付這樣的環境。例如，存活在大西洋海底岩石的菌類，可以在核子反應爐外洩物中存活的菌類。至於其他的問題，根據我們的經驗，純粹就只是技術問題了。我們知道火箭沒有問題。我們知道有機演化沒有問題。沒什麼新東西。真正唯一的新東西，是我們有了全新的視野。火箭發射後，我們只要等個幾天或幾個月，就能夠得到非常長期的結果。長期的意思是億萬年。我們稱之為『目的論工程』。」

我試探著用他的字眼說：「你們要做的事情，很像是那些假想智慧生物正在做的事。」

「沒錯，沒錯，差不多就是這樣。」傑森忽然揚起眉毛看著我，眼神中充滿了敬佩驚訝。即使過了很多年，想到他當時的表情，心裡還是有點得意。

§ § §

我在一本書裡看過一段有趣的文章，描寫一九六九年人類第一次登陸月球。書上說，當時有一些年紀很大的人都不太敢相信這個新聞。那些人有男有女，多半出生在十九世紀。他們太老了，老到還記得那個汽車和電視還沒有出現的年代。對他們來說，那樣的新聞感覺上很像童年時代的童話故事（今天晚上，兩個人在月球上漫步），電視上卻當成真實的事件在報導。他們無法接受。這條新聞令他們感到困惑，分不清什麼是合理的，什麼是荒謬的。

現在輪到我糊塗了。

我的朋友傑森說，我們要把火星地球化，殖民火星。而且他不是在吹牛……至少另外十幾個和他一起的人也不像在吹牛。他們都像他一樣聰明，一樣大權在握，而且顯然擁有共同的信念。所以，他剛才的構想都是真的。那個構想已經進入某些行政程序，已經是執行中的工作了。

晚飯後，我趁著天色還沒有完全暗，繞著院子散步。

那個園藝工人的成果是很令人滿意的。草坪鮮艷奪目，看起來像是數學家的夢中花園，種滿了五彩繽紛的花草。草坪再過去，森林已經逐漸籠罩在陰影中。我心裡想，森林的光影景致一定會令黛安十分陶醉。我又想起當年，那段流連溪邊的夏日時光。她會唸一些老書給我們聽。有一次，我們談到時間迴旋，黛安唸了一首小小的韻詩。那是英國詩人郝士曼寫的：

棕熊巨大狂野
吞噬孱孱幼兒
幼兒尚未知曉

꩜ ꩜ ꩜

我從廚房的門走進來時，傑森正在聽電話。他看了我一眼，然後就轉身壓低聲音。

他說：「不會啦。沒辦法也只好這樣了，可是……不會啦，我了解。好吧。我不是說好了嗎？好的意思就是好。」

他把電話塞到口袋裡。我問他：「是黛安嗎？」

他點點頭。

「她要來嗎？」

「她要過來了。她到這裡之前，我要先提醒你一些事情。你還記得我們吃飯談的那些事吧？那些事不能讓她知道。或者說得更精確一點，不能讓任何人知道。消息還沒有公開。」

「你的意思是，這件事是機密？」

「技術上來說，大概是這樣。」

「可是你已經告訴我了。」

「沒錯，所以那已經觸犯了聯邦法律。」他笑了一下。「我犯法，不是你。我相信你會守口如瓶的。有耐性一點，再過幾個月，CNN就會有一大堆新聞了。更何況，我對你另有安排。小泰，基金會要找人參與一項很艱鉅的拓荒殖民任務，目前正在審查候選人的資格。我們需要目前正在執業的各科醫生。如果你可以來，我們就可以一起工作，那不是很棒嗎？」

我嚇了一跳。「小傑，我才剛畢業，還沒當住院醫生呢。」

「不是現在，還有的是時間。」

我問他：「你不相信黛安嗎？」

他忽然不笑了。「老實說，我已經不敢相信她了。這幾年不再相信了。」

「她什麼時候會到？」

「明天中午之前。」

「究竟是什麼事你不想讓我知道？」

「她要帶她男朋友來。」

「有什麼不對勁嗎？」

「你等著瞧吧。」

天地眾生無一停駐

我醒來的時候，忽然明白自己還沒有心理準備再跟她見面。

我在麻州伯克郡，在艾德華．羅頓租的豪華夏日度假小屋裡。醒來的時候，陽光穿透精緻的蕾絲捲簾。我心裡想，對這一切狗屁真的受夠了。我已經厭倦透了。這八年，甚至一直延續到我和甘蒂絲．布尼的那段感情，一切全是自作自受的狗屁。甘蒂絲比我更快看穿我那些自欺欺人的謊言。她曾經對我說過：「你對羅頓家的人有一種不太正常的迷戀。」說得好。

老實說，我不能說我還愛著黛安。我和她之間的關係從來沒有那麼明朗化。感情曾經在我們心中滋長，卻又消失無形，彷彿葡萄藤蔓在方格籬笆上糾葛交纏。在最高峰的時候，我們的關係曾經發展到真正的男女之情。那分感情如此深厚，如此成熟，幾乎令我感到害怕。那也就是為什麼我一直急於掩飾自己的感情。我怕這樣的感情也會嚇到她。

總是在深夜裡，我常常發現自己對著想像中的她說話，彷彿群星黯然的夜空中，迴盪著細訴的低語。我把對她的思念私自埋藏在心底，卻又頭腦很清楚地知道，我們從來沒有真正在一起。我心裡已經有了準備，隨時要忘了她。

我就是還沒有心理準備再跟她見面。

ട ട ട

我到樓下去。我幫自己弄早餐，傑森坐在廚房裡。他拿東西頂著門，讓門開著。微風輕輕掠過屋子裡，飄散著一股淡淡的清香。我很認真在考慮，是不是該把行李丟到車子的後車廂，揚長而去。我說：「跟我說一些新國度的事。」

傑森問：「你都不看報紙的嗎？難不成你們石溪分校都把醫學院的學生隔離起來？」

我當然多少有聽說過新國度，大部分是在電視新聞上看來的，要不然就是在學校的餐廳吃午餐時聽到人家在討論。那是時間迴旋所引發的基督徒運動，或者，至少是打著基督徒的名號。然而，主流人士和保守教會都一致譴責這個運動。我知道新國度運動吸引的主要是年輕人和對教會不滿的人。在醫學院一年級的班上，有幾個傢伙就丟著學校的功課不管，投入新國度的生活方式。他們學校的成績本來就岌岌可危，所以乾脆放棄醫學院之路，換成比較輕鬆愉快的心靈啟蒙。

小傑說：「那其實是相信千年至福的人搞出來的玩意兒。他們千禧年沒有來得及躬逢其盛，現在正好趕上了世界末日。」

「換句話說，他們是宗教狂熱份子。」

「也不完全是。『新國度』是所有基督教享樂主義教派共同的名言，所以，運動本身並非宗教狂熱。不過，他們確實也涵蓋了一些很像狂熱分子的團體。他們沒有單一的領袖，也沒有聖書，只有一票外圍的神學家勉強和這個運動扯得上關係，像是瑞特爾、蘿拉．葛林蓋這票人。」我在便利商店的書架上看過他們的書。那些時間迴旋的神學書，標題上通常都有一個問號，例如《我們見證了基督復臨嗎？》、《我們是否能逃過世界末日？》。而且，他們通常沒什麼例行活動，只有一種周末的地方團體集會。「不過，倒不是他們的教義吸引群眾。你看過新國度群眾大會的影片嗎？他們稱之為出神儀式的那一類影片？」

我看過。而且，我不像傑森那樣，對人體的七情六欲沒什麼概念。我能夠體會他們內心的籲求。我看過一捲錄影帶，內容是去年夏天在喀斯開國家公園舉辦的一場聚會。現場的氣氛看起來像是浸信會的野餐聚會，又像是死之華合唱團的迷幻搖滾音樂會。陽光普照的草坪，遍地野花，大家穿著白色的長袍，好像在進行什麼儀式。有個瘦得像個骷髏的傢伙吹著猶太號角。天色將暗的時候，他們燃起熊熊營火，搭起一座舞台，上面有音樂家在表演。接著，大家開始脫掉長袍跳起舞來。有些動作親暱到簡直不像在跳舞。

雖然主流媒體一致表達強烈反感，可是在我看來，那樣的場面還滿純真親切的。現場沒有人傳道，只看到好幾百個信徒以微笑的姿態面對人類滅亡的威脅，愛他們身旁的人，彷彿渴望別人也同樣愛他們。那部影片燒成了上百片的ＤＶＤ，傳遍了全球各地的大學校園，包括我們石溪校區。影片裡並沒有類似伊甸園那種色情畫面，會引誘寂寞的醫學院學生邊看邊打手槍。

「我實在很難想像新國度運動會吸引黛安。」

「正好相反。黛安正是他們的目標信徒。她怕死了時間迴旋，怕死了時間迴旋在這個世界上可能引發的一切後果。對她這樣的人來說，新國度就像止痛藥一樣。新國度把他們心中最恐懼的東西變成愛慕的對象，變成一扇通往天國的門。」

「她已經參與多久了？」

「到現在差不多快一年了。自從她認識賽門．湯森之後就開始了。」

「賽門也是新天國的信徒嗎？」

「賽門恐怕可以算是新天國的狂熱份子。」

「你見過這傢伙？」

「去年聖誕節，她帶他一起回大房子。我猜她是想看好戲，看艾德華火山爆發。想也知道，艾德華一定受不了賽門。事實上，他的敵意表現得非常明顯。」（這時，傑森臉上的表情有點痛苦，大概想到艾德華．羅頓很久以前也曾經發過一次很大的脾氣。）「沒想到黛安和賽門居然搬出新國度那一套，把另一邊臉頰也伸過去。他們滿滿的笑容簡直要把他搞死了，我是說正經的，再來一個溫柔仁慈的微笑，艾德華就要進心臟病專科病房去了。」

我心裡想，賽門在黛安面前可有面子了。「他們在一起對黛安好嗎？」

「他正是她想要的那種人，偏偏也是她最不需要的那種人。」

꩜ ꩜ ꩜

那天下午，他們到了。他們開上車道的時候，車子發出驚天動地的巨響。那輛十五年的老旅行車冒起烏煙來，大概比園藝工人開的那台拖拉機冒得還兇。開車的是黛安。她停好車，從背對著我那一邊爬出來，人被車頂的行李架遮住了。賽門從面向我這邊出來，從頭到腳看得清清楚楚。他有點害羞地笑了笑。

他是個長得滿好看的傢伙。一百八十幾公分高，可能快一百九了。他瘦瘦的，但看起來絕對不像弱雞。他的長相看起來普通，臉有點長，還好那頭看起來很難梳理的金髮，使他的長相生色不少。他笑起來的時候，門牙中間露出一條縫。他穿著牛仔褲和一件簡單樸素的襯衫，左上臂纏著一條大圍巾，看起來像是綁著止血帶。後來我才知道，那就是新國度的標誌。

黛安繞過車子，站到他旁邊。我和傑森站在門廊上，他們站在下面抬頭對著我們笑。她的穿著打扮也是一副十足的新國度風味。她穿著一條玉米花藍的落地長裙，一件藍色的罩袍，還有一頂看起來有點滑稽的黑色寬邊帽，很像孟諾教派的阿米許男人戴的那一種。但那衣服穿在她身上很配，或者應該說，是衣服襯托出她那可愛的模樣，顯現出非常健康的氣息，甚至一股鄉巴佬的縱欲放蕩氣息。她的臉就像一顆樹上未採的莓果，生氣盎然。她把手抬到眼睛上面遮太陽，笑得很開心。我很願意相信她是特別對著我笑。天哪，就是那種微笑，多麼奇妙，看起來又純真又淘氣。

我開始感到失落。

傑森的手機發出顫抖的鈴聲。他從口袋裡掏出手機，看看上面顯示的號碼。

「這個電話不接不行。」他說得很小聲。

「小傑，別把我一個人丟在這裡。」

「我去廚房，馬上回來。」

他跑掉的時候，賽門正好把他的大帆布袋甩到門廊的木頭地板上。他對我說：「你就是泰勒．杜普雷吧！」

他伸出手，我握住他的手。他的手勁很大，操著親切的南部口音，韻母像是磨得很光滑的漂木，韻尾高雅悠揚，像是打橋牌在叫牌。我的名字被他一叫，聽起來像是道地的卡津族人，黑人白人混血的印地安人。只不過，我們家族的人一直都住在東北部，從來沒有跨越緬因州的密利諾克鎮到東南部去過。黛安跟在他後面跳上來，大叫了一聲：「泰勒！」然後熱情洋溢地緊緊抱住我。我的臉猛然被她的頭髮蓋住了，那一瞬間，我只聞到了她身上散發出來的陽光和鹽的氣味。

然後我們退開了半步，隔著一條手臂的距離，感覺自在多了。「泰勒，泰勒。」她很興奮地喊著我的名字，彷彿我有哪裡變得很不尋常。「過了這麼多年，你看起來氣色好極了。」

我傻傻地說：「八年，八年了。」

「哇！真的那麼久了嗎？」

我幫他們把行李拖進去，把他們從門廊帶進客廳，然後就迫不及待地跑去把傑森抓回來。他還在廚房抓著手機講個不停。一看到我進了廚房，他連忙轉過身去。

他的聲音很緊張。他說：「不行，不行……連國務院也不行嗎？」

我停住沒有再走過去。國務院，我的老天。

「再過幾個鐘頭我就可以回去了，如果……噢，我知道了，沒問題。不，不，沒有關係，不過，有什麼消息立刻通知我，知道了嗎？謝了。」

他把手機塞到口袋裡，眼睛注意到我。

「你在跟艾德華講話嗎？」我問他。

「其實是他的助理。」

「沒事吧？」

「小泰，拜託一下，要害我洩漏所有的機密，惹上麻煩嗎？」他勉強擠出笑容，但裝得不太像。

「但願你剛剛沒有聽到什麼。」

「我只聽到你說要回華盛頓去，把我一個人丟在這裡，跟黛安和賽門他們在一起。」

「喔……沒辦法也只好這樣了。中國人在找麻煩了。」

「什麼意思，找麻煩？」

「他們不肯完全放棄發射計畫。他們想保留選擇的自由。」

他說的是用核子武器攻擊時間迴旋的製造機。「應該有人在想辦法說服他們吧？」

「我們已經在動用外交手段，只是不很順利。談判好像陷入僵局。」

「這樣說起來……噢，慘了，小傑！要是他們真的發射了會怎麼樣？」

「那就是說，兩顆威力強大的核子武器會在最近的距離內引爆，炸毀那幾個和時間迴旋有關聯的不明裝置。至於後果……嗯，這個問題就有意思了。不過，畢竟事情還沒有發生，而且，不見得會發生。」

「你是說世界末日不會發生，還是說時間迴旋不會消失……」

「小聲一點。你忘了還有別人在這裡嗎？而且你有點反應過度了。中國人的想法太輕率了，而且可能根本就是白費工夫。不過，就算他們真的發射了，也不見得會是自取滅亡。無論那些假想智慧生物是什麼來頭，他們一定懂得如何自我防衛，同時又不至於毀滅我們。更何況，南北極上空的機器也不見得就是時間迴旋的製造設備。那些機器可能只是單純的觀測平台，或是通訊設備，甚至只是個誘餌。」

我說：「要是中國人真的發射了，我們有多少預警時間？」

「那要看你說的『我們』是指誰。一般民眾可能連事情結束了都還不知道有這回事。」

就是這個時候，我終於開始懂了，傑森並非單純只是他爸爸的徒弟，他已經開始建立自己的高層人脈。一直到後來，我才對近日點基金會有更多的了解，也才知道傑森對基金會的貢獻。目前，基金會只是傑森雙重人生的一部分。甚至當我們還是小孩子的時候，小傑就已經過著雙重人生。一出了大房子，他就是一個數學奇才。他不費吹灰之力就念完了高手林立的私立中學，感覺上就像是名人賽的明星選手在打迷你高爾夫。回到家，他就只是小傑。我們一直都很小心地維持這樣的狀態。

現在也還是。只不過，現在，他人生的另一面投射出來的形象更巨大了。小時候，白天的他只不過是讓萊斯中學的微積分老師讚嘆得說不出話來。現在，白天的他已經站在足以影響人類歷史的位置上了。

他又繼續說：「如果他們真的發射了，是的，我會有一些預警時間。我們會有一些預警時間。不過，我不想讓黛安操這個心，或是賽門，當然也要瞞著。」

「太好了。我只要把這件事拋到腦後，反正世界末日已經到了。」

「別那麼誇張。冷靜一點，泰勒，事情都還沒發生嘛。想找點事情做，就倒杯酒來喝吧。」

雖然他話故意說得很輕鬆，但他從櫥櫃裡拿出四個玻璃杯時，手卻在發抖。

我早就應該走了。我早就應該走出那個門，衝進我的車子裡，在我開始想念黛安之前，已經開了遠遠的一段路了。我想到前面客廳裡的黛安和賽門，還有他們那些嬉皮基督徒的舉動。我想到小傑，他在廚房裡用他的手機聽取世界末日的報告。我心裡想，地球滅亡之前的最後一夜，我真的想跟這些人在一起嗎？

但我同時也想到，除了他們還有誰？還有誰？

ઙ ઙ ઙ

黛安說：「我們是在亞特蘭大認識的。當時喬治亞州主辦了一場討論另一種靈性的座談會。賽門去那裡是為了要聽瑞特爾的演講，我在學校的自助餐廳無意間看到他。他一個人坐在那裡看《基督復臨》那本書，我也是一個人，於是我就把餐盤放在他旁邊，坐下來開始跟他聊天。」

窗戶旁邊有一張飄散著灰塵味的豪華沙發，黛安和賽門一起坐在那裡。黛安懶洋洋地靠在扶手上，賽門坐得直挺挺地，看起來很機警。他掛在嘴上的微笑開始令我不安了。他始終保持著微笑。

我們四個人小口小口地啜著酒。窗簾在輕拂的微風中飄蕩著，一隻馬蠅在紗窗外嗡嗡飛著。有那麼多話題不方便談，大家實在很難聊得下去。我很費力地擠出賽門那樣的微笑。「這麼說，你還是個學生囉？」

「曾經是學生。」他說。

「你最近在忙些什麼？」

「多半是在旅行。」

小傑說：「賽門付得起旅費，他繼承了一大筆遺產。」

「別那麼沒禮貌好不好。」黛安說。她的口氣很尖銳，顯示她真的是在警告小傑。「小傑，拜託，下不為例好嗎？」

不過倒是賽門聳聳肩，一副毫不在乎的樣子。「不會不會。他講的都是真的，我是有一些閒錢。黛安和我想利用這個機會，到我們國家的一些地方看看。」

傑森又說了：「賽門的祖父是奧古斯特・湯森。他是喬治亞州的煙斗通條大王。」

黛安白了他一眼。賽門還是一副無動於衷的樣子，他開始有點聖人的味道了。他說：「那是古早以前了。我們甚至也不應該說那是煙斗通條了，現在被當做美勞材料，用來包裝禮品，叫做『毛根』。」他笑了一下。「所以我可以輕輕鬆鬆坐在這裡，繼承毛根事業賺到的錢。」黛安稍後跟我們解釋，那其實是禮品雜貨所創造的財富。奧古斯特．湯森從煙斗通條起家，但真正賺到錢的是禮品雜貨批發生意。他把一些小東西批發到整個南部的小雜貨店，像是壓錫片玩具、飾品手鐲、塑膠梳子。在一九四〇年代，他們家族已經是亞特蘭大社交圈子裡有頭有臉的人物了。

小傑又繼續施加壓力：「賽門本身沒有你所謂的事業。他是一個自由的心靈。」

賽門說：「我並不覺得我們任何一個人是真正的自由心靈。不過，你說的沒錯，我沒有事業。也許可以說，我不想有事業。這話聽起來大概會讓人覺得我很懶惰。也沒錯，我是懶惰，這也是令我感到困擾的毛病。可是，我懷疑，到最後事業又有什麼用？想想看我們目前的處境。我無意冒犯。」他轉過來問我：「泰勒，你是走醫生這一行的吧？」

我說：「我應該會念到醫學博士吧，既然吃了這行飯……」

「別誤會，我覺得很棒。搞不好是地球上最值得幹的行業。」

傑森批評賽門，最後的用意是諷刺他是個沒有用的人。賽門的反駁是，人體上來說，職業都是沒有用的……除了像我這樣的職業。傑森刺一劍，賽門就擋開。我覺得自己像是在酒吧裡看人打鬥，只是打鬥的人穿著芭蕾舞鞋。

然而，我覺得自己很想替傑森道個歉。其實，惹惱傑森的，並非賽門的人生態度，而是賽門出現在這裡。伯克郡的這個星期，本來應該是三個人久別重逢的團聚，傑森，黛安，還有我。我們又回到一個很舒服的地方，重溫兒時舊夢。結果，我們卻被迫和賽門關在一個小地方。傑森把賽門看成是一個入侵者，好像當年約翰藍儂娶小野洋子一樣格格不入，只不過這是一個南部風味的小野洋子。

我問黛安，他們已經旅行多久了。

她說：「大概一個禮拜了。不過，這個夏天我們多半會一路旅行。我相信傑森已經告訴過你新國度的事情了。不過那真的很棒，小泰。我們在全國各地都有網友。我們可以在他們那邊打一、兩天游擊。所以，從七月到十月，我們會一路從緬因州到奧瑞岡州，參加集會和音樂會。」

傑森說：「我猜那大概可以幫你們省下不少住宿費，也不用花錢買什麼衣服。」

「也不是每一場集會都是出神儀式。」黛安反擊了。

賽門說：「要是那輛老爺車解體了，我們根本也不用旅行了。引擎點火不太順，吃油愈來愈兇。很不巧，我實在不是什麼汽車師傅的料。泰勒，你對汽車引擎有概念嗎？」

「懂一點。」我說。我知道這是賽門在暗示我，邀我跟他到外面去，讓黛安想辦法和她哥哥協商一下，雙方停火。「我們去看看吧。」

天氣還是很晴朗。溫煦的風從車道外翡翠般的草地上一波波翻湧而上。賽門打開那輛老福特的引擎蓋，跟我說明一連串的毛病。老實說，我聽的時候有點心不在焉。如果他像傑森說的那麼有錢，難道不能買一部像樣點的車子嗎？我在瞎猜，會不會是他們上一代沉迷酒色，財產揮霍殆盡，所以他也沒繼承到什麼錢。或者，可能他的財產都是信託基金，根本動不了。

賽門說：「我大概很笨，尤其跟你們這樣的人比起來。我一直都搞不太懂科學或機械的東西。」

「我也不是什麼行家。就算我們有辦法讓引擎順一點，在你們上路橫越美國之前，最好還是先去找一個正牌的修車師傅幫你看看。」

「謝了，泰勒。」我在檢查引擎的時候，他瞪大眼睛好像看得很入迷。「謝謝你的建議。」

最有可能出毛病的應該是火星塞。我問賽門究竟他們有沒有換過火星塞。他說：「據我所知，好像沒換過。」這部車已經跑了將近十萬公里了。我用自己車上拿來的雙向起子拆掉其中一個火星塞，拿給他看。「你瞧，你的麻煩大概就全在這裡了。」

「就這玩意兒？」

「還有另外幾個。告訴你一個好消息，這種零件換起來不會花你太多錢。不好的消息是，沒換之前，你最好先別開車。」

「嗯。」賽門說。

「如果你願意等到明天早上，我可以開車載你到鎮上去買零件。」

「嗯，當然好。你真好心。其實我們並沒有打算馬上走。噢，除非傑森堅持要我們走。」

「他的火氣待會兒就消了。他只是……」

「沒事，我明白。我知道傑森寧願我沒有出現在這裡。這我了解。我沒嚇到，也不覺得意外。黛安只是覺得她不應該接受不讓我來的聚會邀請。」

「嗯……，她很夠意思。」我猜。

「不過我也可以到鎮上隨便租個房間，也不麻煩。」

「用不著那樣。」我嘴裡這樣說，心裡卻莫名其妙，怎麼會變成是我在慰留賽門．湯森。和黛安重逢，我不知道自己心中有什麼期待，不過，賽門的存在，已經使那個剛冒出芽的希望破滅了。也許這樣最好。

賽門說：「大概吧。傑森跟你說過的新國度的事情，那一直是衝突的根源。」

「他跟我說，你們和新國度有些關聯。」

「我並不打算跟你傳道，不過，如果我們的運動讓你感到不自在，也許我能夠消除你的疑慮。」

「賽門，我所知道的新國度，就只有從電視上看來的那些。」

「有人稱之為基督教享樂主義。我比較喜歡新國度這個名字。這個簡潔的字眼真的蘊含了太多深奧的意義。我們打造千年至福的方法，就是讓自己生活在千年至福中，此時此地。讓我們這最後一代的人類活在田園牧歌般的詩意中，就像我們遠古的第一代祖先一樣。」

「哦？只不過……小傑對宗教可沒什麼耐性。」

「我知道，他是沒什麼耐性，可是你知道嗎？泰勒，我不覺得是宗教的問題招惹到他。」

「不是嗎？」

「不是。其實，我真的很敬佩傑森．羅頓，不過，不是因為他出了名的聰明。如果只用一句簡單的話來形容他，我認為他也是一個真正有眼光的行家。他真正把時間迴旋當一回事。地球上有多少人？八十億人吧？這八十億人當中，隨便哪一個，至少也知道天上的星星和月亮都不見了。可是他們拒絕接受這個事實，像鴕鳥一樣繼續過日子。只有極少數人，像我們，真的相信時間迴旋。新國度真的相信。傑森也相信。」

真令人驚訝，這和傑森說的話幾乎一模一樣。「只不過……風格不太一樣。」

「這是整件事最頭痛的地方。兩種觀點互相競爭，爭奪大眾的認同。總有一天，無論願不願意，世人都必須面對事實。他們必須選擇，究竟要從科學的角度去理解，還是要從宗教的角度去體會？這就是傑森擔心的。當一個人面臨生死關頭的時候，宗教信仰總是勝利的一方。你比較希望在哪裡得到永生？在人間天堂，還是荒涼的實驗室？」

對賽門來說，答案顯然很清楚。可是對我來說，答案卻沒有那麼黑白分明。我想到馬克．吐溫也曾經回答過類似的問題。他說：

上天堂，是因為那裡天氣好。下地獄，是為了找同伴。

ഗ ഗ ഗ

聽得到屋子裡有爭吵的聲音。那是黛安的聲音，她在叫罵。傑森的回應冷冰冰的，無動於衷。我和賽門從車庫裡拉出幾張折疊椅，坐在蔭涼的車棚下，等那兩個雙胞胎兄妹吵完。我們聊起天氣。天氣非常好，對此我們倒是看法一致。

屋子裡的吵鬧聲終於平息下來。過了一會兒，傑森跑出來要我們幫他烤肉，臉上的表情看起來好像受了什麼懲罰。我們跟他繞到屋子後面去，一邊等烤肉架熱起來，一邊聊一些輕鬆緩和的話題。黛安從屋子裡走出來，滿臉激動的表情，不過卻洋洋得意。從前，每次她吵贏傑森，臉上就會出現那種表情，有點桀驁不馴，有點喜出望外。

我們到廚房裡坐下來，吃雞肉，配冰茶，還有剩下的三種豆子的綜合沙拉。「大家介意我禱告一下嗎？」賽門問。

傑森翻了一下白眼，但還是點點頭。

賽門很莊重地低下頭。我硬起頭皮準備聽他傳道，沒想到他只說了兩、三句：「願主賜予我們勇氣，領受你置於我等之前的恩典，而今而後。阿門。」

禱告所表達的不是感恩，而是祈求勇氣。很符合眼前的需求。黛安在對桌朝著我笑一笑，然後掐了一下賽門的手臂。我們開始吃起來。

我們很快就吃完了，陽光還在天際徘徊流連。天色未晚，蚊子還沒有出來肆虐。風停了，寒涼的空氣中飄散著一股輕柔。

外頭的某個地方，情況正急遽改變。

我們還不知道出事了。就連人脈亨通的傑森也沒有接獲通知。就在我們開始咬第一口雞肉，到吃完最後一口沙拉這段時間，中國人已經撤出談判，立刻下令發射了好幾枚改良的東風飛彈，上面裝載了熱核子彈頭。正當我們把啤酒從冰桶裡抽出來的時候，飛彈可能已經畫出弧形的彈道，升上半空中。綠色的啤酒瓶形狀像飛彈一樣，彷彿天氣太熱，不斷冒汗。

我們把戶外露天平台的餐桌收拾乾淨。我告訴他們，賽門的火星塞燒掉了，我打算明天早上載賽門到鎮上去。黛安悄悄跟她哥哥講了幾句話，隔了一會兒又用手肘頂了他一下，傑森終於點點頭，轉身對賽門說：「斯托克布里奇鎮外有一家汽車百貨行，他們營業到九點。要不要我現在就載你去？」

這是握手言和的表示，雖然看起來有點不情願。賽門剛開始有點驚訝，但是很快就恢復正常。他說：「既然你這麼好意，又可以坐法拉利兜風，我可無法抗拒了。」

「我可以讓你開開眼界，看看它能跑多快。」一看到有機會炫耀他的寶貝車，傑森的懊惱很快就一掃而空了。傑森跑進屋子裡拿鑰匙。賽門跟他走之前，回頭露出一種「我的老天」的表情。我看著黛安。她笑得很開心，對自己外交手腕的勝利感到很得意。

外頭的某個地方，東風飛彈穿越時間迴旋隔離層，逐漸接近設定的目標。想像中，那是很怪異的畫面：飛彈完全由內部的程式操控，飛過黝黑、冰冷、靜止不動的地球上空，對準那看起來毫不起眼的人造物體。那些物體懸浮在南北極上方好幾百公里的高空。

彷彿舞台上正在上演一齣戲，底下卻沒有觀眾，感覺很突兀。

ᔕ ᔕ ᔕ

事後，我們有了一個合理的推論：中國的飛彈引爆後，並沒有影響到時間梯度。嚴重影響到的，是環繞著地球的視覺過濾層。人類對時間迴旋的看法當然也受到劇烈的衝擊。

幾年前，傑森曾經指出，時間梯度意味著，如果不是假想智慧生物刻意安排的過濾，數量驚人的完全藍移輻射線將會遍灑整個地球表面。每一秒鐘所承受的陽光照射量將會超過三年，足以殺死地球上的任何生物，足以摧毀土壤的繁殖力，足以使海洋沸騰。假想智慧生物幫地球建造了一層時間的環圍，也幫我們擋住了致命的副作用。此外，假想智慧生物所控制的，不只是傳送到靜止地球的能量有多少，還有地球本身要反射多少光和熱回到太空。或許這就是為什麼，過去這幾年，天氣總是那麼舒適宜人，那麼……平均。

至少，在東岸標準時間七點五十五分，在中國核子飛彈擊中目標的那一瞬間，伯克郡的天空依然萬里無雲，依然清澈剔透如愛爾蘭著名的華特佛水晶。

ꩧ ꩧ ꩧ

電話響的時候，我和黛安正在前面的房間裡。

傑森打電話進來之前，我們有沒有注意到什麼？光線改變了，但並沒有感覺到什麼異樣，彷彿只是一朵雲從太陽前面飄過。沒有，沒什麼事，我的注意力全在黛安身上。我們喝著冰涼的飲料，閒話家常。我們聊起讀了哪些書，看了哪些電影。談話迷人的地方不是聊的內容，而是談話的節奏，一種韻律。當我們獨處的時候，就會沉浸在那種韻律中，無論是從前，還是現在。無論是朋友之間，還是情人之間，交談會創造出一種獨特的韻律，或輕鬆舒緩，或尷尬笨拙。即使是最乏味的交談，話中都會有暗藏的深意，彷彿地底的河流。我們談的都是些平凡無奇的老生常談，但話中暗藏的含意卻是如此深沉，有時甚至還隱伏著危機。

沒多久，我們彷彿觸動了彼此心中的某些情思，彷彿賽門．湯森和過去的八年都變得毫無意義。也許剛開始是在開玩笑，後來漸漸變得不像是玩笑。我對她說，我很想念她。她說：「有好幾次，我好想跟你說話，需要跟你說話。可是我沒有你的電話號碼，或是覺得你一定很忙。」

「妳應該找得到我的號碼，而且我不忙。」

「你說的沒錯。其實，那種感覺就像是……道德上的怯懦。」

「我有那麼可怕嗎？」

「不是你，而是我們的處境。我總覺得自己似乎應該向你道歉，卻又不知從何說起。」她的微笑中有一點疲倦。「現在似乎還是不知道該怎麼說。」

「黛安，沒什麼好道歉的。」

「謝謝你這麼說，但我不這麼想。我們已經不是小孩子了。現在，我似乎能夠用一種更深刻的眼光，回頭去看從前。我們兩個人之間彷彿可以不用接觸彼此的身體，卻還是感覺很親近。然而，那正是我們不能做的事，甚至連談都不能談。彷彿我們兩個人默默立下了誓言。」

「從星星消失的那天晚上開始。」我說。我忽然覺得口乾舌燥，對自己很驚訝，內心油然生出一陣恐懼，一股激情的衝動。

黛安揮揮手。「那天晚上，那天晚上……你知道那天晚上我記得的是什麼嗎？是傑森的望遠鏡。你們兩個人看著天空的時候，我用望遠鏡看大房子。我根本就忘了星星這回事。我只記得，我看到卡蘿在後面的房間裡，和一個承辦宴席的傢伙在一起。她喝醉了，看起來好像是她在跟那個男人調情。」她有點不好意思地笑笑。「那是我小小的世界末日。過去，大房子，我的家人，一切令我痛恨的地方，全部總結在那天晚上。我只是想假裝這一切都不存在。沒有卡蘿，沒有艾德華，沒有傑森……」

「也沒有我嗎？」

談話的氣氛已經不一樣了。她從沙發那邊走過來，一隻手輕撫著我的臉頰。她的手很冷，像她手上的冰飲料一樣冷。「你是唯一的例外。我很害怕。你是那麼地有耐性，我很感謝。」

「可是我們不能……」

「接觸彼此的身體。」

「親密的接觸。艾德華絕對無法忍受。」

她把手縮回去。「如果我們真想的話，也是可以瞞著他。但你說得對，問題就在艾德華。他的影響無所不在。他讓你媽活得像個次等階級的人，那種做法真的很不入流，品格很低落。我可以坦白說嗎？我根本就痛恨自己是他的女兒。我尤其痛恨一個念頭，萬一，你知道嗎，萬一我們之間發生了什麼，那也許就是你報復艾德華．羅頓的方法。」

她坐回沙發上。我覺得她似乎對自己感到有一點意外。

我很小心地說：「當然不會是那樣。」

「我很迷惑。」

「妳參加新國度的目的就是這個嗎？報復艾德華？」

她微笑著說：「不是。我不是因為賽門激怒我爸爸才愛上他。小泰，人生沒有那麼單純。」

「我不是那個意思……」

「但你有沒有發現自己暗藏著某種偏見？懷疑會滲透到你的腦海裡，揮之不去。不是，新國度和我爸爸沒有關係。新國度是要從地球的變故中找出神性，然後在日常生活中表達這種神性。」

「也許時間迴旋也沒有那麼單純。」

「賽門說，我們不是死亡，就是轉化。」

「他告訴我，你們在創造地上的天國。」

「這不是基督徒本來就應該做的嗎？在生活中宣揚上帝的國度，藉此創造上帝的國度。」

「或至少可以一路跳著舞進到上帝的國度。」

「現在你的口吻聽起來很像傑森。我當然無法為運動的每一件事情辯護。上個禮拜，我們在賓州參加一場祕密集會，遇見了一對情侶，和我們差不多年紀，很友善，很聰明。賽門說他們是『活生生的靈魂』。我們一起出去吃晚餐，討論基督復臨。然後，他們邀請我們一起去飯店的房間。沒想到，他們忽然在桌子上灑了一排古柯鹼，開始放色情影片。毫無疑問，總是有少數奇奇怪怪的人會依附在新國度。而對那些人來說，神學幾乎是不存在的，除了伊甸園的模糊形象。但好的一面是，運動確實達到了本身的宣示，成為一種純正的生活信仰。」

「信仰什麼，黛安？出神？雜交？」

話才剛說出口，我就後悔了。她看起來有一點受傷。「出神和雜交並沒有關係。無論如何，成功進入出神的境界時，就不會有雜交的現象了。不過，在神的聖體中，只要不是為了報復或受到憤怒的驅使，只要表達了神性和人類的愛，任何行為都是沒有禁忌的。」

電話又響了。我臉上大概看起來有罪惡感。黛安看到我的表情，笑了起來。

我一拿起電話，傑森劈頭就說：「我說過我們有預警時間，對不起，我錯了。」

「你說什麼？」

「泰勒……你沒有看到天空嗎？」

ᔕ ᔕ ᔕ

於是我們到樓上去，找一扇可以看到夕陽的窗戶。

西邊的臥室很寬敞，有一座桃花心木的櫥櫃，黃銅邊框的床。我把窗簾拉開，黛安倒抽了一口涼氣。

夕陽不見了。或者應該說，有好幾個夕陽。

整面西邊的天空一片通紅，有如熊熊的火光。原本的太陽圓球不見了，一道圓弧形的紅色光暈跨越海平線，延伸了十五度角，彷彿同時有十幾個夕陽交互閃爍。光芒變化無常，忽而明亮，忽然黯淡，彷彿是遠處的火光。

我們目瞪口呆地看著眼前的景象，恍恍惚惚不知道過了多久。黛安終於說話了：「泰勒，出了什麼事？怎麼會這樣？」

我把傑森告訴我的中國發射核子飛彈的事跟她說了。

「他知道這件事可能會發生？」她問了以後，又自言自語，「他當然知道。」奇異的光芒將房間染成了深深的粉紅色調，映照在她的臉頰上，好像在發燒。「我們會死嗎？」

「傑森不這麼認為。不過，那會嚇死全世界的人。」

「可是到底有沒有危險？輻射線或是什麼的？」

我懷疑，不過也不是毫無可能。我說：「看看電視好了。」每個房間都有一台電漿電視，掛在床對面牆壁的鑲板上。我推測，如果有任何輕度致命的輻射線，都足以摧毀電視訊號的傳送和接收。

可是電視好好的，上面還有新聞頻道，看得到歐洲的各大城市一片漆黑，大批群眾聚集。黑暗，或許是因為那邊已經快要晚上了。沒有致命的輻射線，倒是有不少初期的恐慌。黛安坐在床緣，一動也不動，雙手交疊在大腿上，顯然心裡很害怕。我坐到她旁邊，跟她說：「如果有任何致命的危險，我們現在早就死了。」

外面的夕陽在閃爍中漸漸變暗。漫漶的光暈散開成好幾個單獨的夕陽，個個像鬼魅一樣蒼白，接著，一輪太陽的光環像發光的彈簧一樣，變成一道光弧橫跨整個天空，然後突然消失。

我們坐在那裡，緊緊靠在一起，看著天空逐漸變暗。

然後，星星出來了。

ᔕ ᔕ ᔕ

我趁著電話訊號的頻寬還沒有被蓋掉之前，設法又聯絡上小傑。他說，天空發生變化的時候，賽門正好剛付過錢，買了他車子要用的火星塞。斯托克布里奇鎮向外的道路已經擠滿了車，收音機播報說，波士頓發生了幾起零星的搶案，所有的主要幹道都交通阻塞，所以小傑把車子停到一間汽車旅館後面的停車場，訂了一個房間，他和賽門準備在那裡過夜。他說，明天一早，他可能必須趕回華盛頓，不過他要先把賽門載回度假小屋。

然後他把電話拿給賽門，我把電話拿給黛安，然後走到房間外面，讓她和未婚夫說話。度假小屋很寬敞，空蕩蕩的，看起來有點陰森。我繞著屋子裡面走了一圈，把燈打開。後來，我聽到她叫我回去。

我問她：「想再喝一杯嗎？」

她說：「噢，太好了。」

§ § §

午夜剛過，我們走到外面去。

黛安看起來勇敢一點了。賽門一定跟她說了一些新國度式的激勵話語。在新國度的教義裡，並沒有傳統基督教基督復臨的說法，沒有世界末日前夕痴迷極樂想被提往天國，也沒有世界末日善惡決戰的戰場「哈米吉多頓」。時間迴旋是這一切的總和，一切古老的預言都間接實現了。賽門說，如果上帝想用天空這面大畫布，為我們畫出赤裸裸的時間幾何圖形，他就會這樣做，而在這樣的時刻，我們的敬畏和恐懼是完全正常的。然而，我們不應該任由這些情緒淹沒自己，因為時間迴旋最終是一次救贖的行動，是人類歷史最後也是最美好的一章。

大概就是這樣。

所以，我們走到外面，仰望天空，因為黛安認為這是勇敢而充滿神性的行為。天空萬里無雲，空氣中飄散著陣陣松香。公路離我們很遙遠，但我們偶爾還是會聽到隱隱約約的汽車喇叭聲和救護車的警笛。

天空到處綻放出片段的光芒，此起彼落，我們投映在地上的身影，彷彿環繞著我們舞蹈。我們坐在門廊幾公尺外的草地上，門廊的燈散放著安定的光芒。黛安依偎著我的肩膀，我的手環繞著她。我們兩個人都有點醉了。

儘管感情冰凍了許多年，儘管我們在大房子有一段那樣的過去，儘管她和賽門·湯森訂婚了，儘管新國度的出神儀式令我難以釋懷，儘管核子武器引發了天空的錯亂，此刻，我只意識到她的身體緊緊依偎在我身上，如此美好。我的手感覺到她手臂的曲線，我的肩膀感受到她頭的重量，奇怪的是，那種感覺卻是如此真切，如此熟悉，彷彿那不是新的發現，而是昔日的記憶。我一直都知道，她會有什麼樣的感受。甚至她身上散發出來的恐懼感，都是如此熟悉。

天空綻放著火花般奇異的光芒。那不是迴旋的宇宙所發出的純光。那種未經過濾的純光會在瞬間殺死我們。此刻，天空陸續綻放著瞬間一閃而逝的光芒，就像是相機設定連續拍攝那樣，一張又一張的天空影像。連綿不斷的午夜黑暗被壓縮成百萬分之一秒的片段，光芒熄滅後，留下像是相機閃光之後的殘影。接著，我們又看到同樣的天空，但那已經是一世紀或一千年後的天空，就像超現實電影裡的連續鏡頭。有些畫面是模糊的長時間曝光，星光和月光變成鬼魅般的圓球、圓圈，或是阿拉伯彎刀。有些像是清晰而迅速消失的定格畫面。靠近北邊的天空，圓弧線條和圓圈變窄了，半徑比較小。而靠近赤道的星星移動就比較快，像跳華爾滋舞一樣，輕盈地畫出一個巨大的橢圓形。月亮忽而滿月，忽而半月，然後愈來愈黯淡，忽明忽暗地閃爍著，從地平線的一端劃過天空跑到另一端，留下橘色的透明軌跡。銀河是一條忽明忽暗的帶狀白色螢光，閃爍著無數忽而閃亮忽而暗淡的星星。在夏日的空氣中，在呼吸起伏之間，有星星誕生了，有星星殞滅了。

所有的一切都在動。

一切都在一場龐大複雜的微光之舞中遊動，而那舞蹈也在告訴我們，還有一個更龐大、現在還看不見的周期循環。我們頭上的天空像心臟般地跳動著。黛安說：「好有活力。」

我們短暫的意識之窗將一個偏見強行植入我們的心中。我們總是認為，會動的東西是活的，不會動的東西是死的。在靜止的、死的石頭下面，活生生的蟲雙雙對對。恆星和行星也在動，但只是遵循著死氣沉沉的重力定律在移動。石頭會墜落，但石頭不是活的。而星球軌道的運動只不過是同樣的墜落無限延長罷了。

然而，如果我們像那些假想智慧生物一樣，延長我們蜉蝣般的短暫存在，原本明顯的差異就會模糊了。星星會誕生，生存，死亡，將原始的灰燼遺留給新的星星。星星各式各樣的整體運動並不簡單，而且是難以想像地複雜，是引力與運行速度交織的舞蹈，美麗曼妙而又令人驚駭。令人驚駭是因為，痛苦掙扎的星星像地震一樣，使原本應該固定不動的東西開始變化萬千。令人驚駭是因為，我們最深沉的有機作用奧祕，我們的交配和黏膩骯髒的繁殖行動，原來這一切根本就不是祕密。原來，星星一樣會流血，一樣費力掙扎。「天地眾生無一停駐，萬物川流不息。」我忘了在哪裡讀到這句話。

黛安說：「希臘哲學家赫拉克利圖斯。」

我不知道自己唸出聲音來。

黛安說：「過去那些年，大房子那段過去，所有他媽的浪費掉的那些年，我知道……」

我用手指抵住她的嘴唇。我知道她已經明白的一切。

她說：「我要進去。我要回房間去。」

꩜ ꩜ ꩜

我們沒有把捲簾放下來。迴旋流轉的星星散發著光芒，照進房間。黑暗中，流離的光影形成模糊的圖案，在我和黛安的皮膚上遊走。彷彿城市的燈火輝煌穿透雨水漫渙的玻璃窗照進來，寧靜無聲，蜿蜒扭曲。我們靜默無言，因為言語會成為我們之間的障礙。言語會成為欺騙。我們在靜默中激情纏綿。纏綿過後，我不由自主地想著：「讓此刻永遠停駐。這樣就夠了。」

當天空再次沉入黑暗，當天空的煙火燦爛終於黯然平息，消失無蹤，我們也沉沉睡去。中國的飛彈攻擊到頭來只不過是一種姿態。全球的恐慌導致數千人死亡，但這次的攻擊並沒有直接的受害者。地球上沒有，而我猜，那些假想智慧生物應該也沒有。

第二天早上，太陽依然在同樣的時間出現了。

電話鈴聲吵醒了我。床上只剩下我一個人。黛安在另一個房間接電話，然後進來跟我說，是小傑打來的。他說，路上已經沒車了，他現在正在回來的路上。

她已經洗過澡，穿好衣服，身上滿是肥皂的香味和棉布漿燙過的氣味。我說：「就這樣嗎？賽門回來了，然後你們就開車走了？昨天晚上毫無意義嗎？」

她上床坐在我旁邊。「昨天晚上並不代表我不和賽門走。」

「我以為昨天晚上有更多意義。」

「昨天晚上的意義遠超過我所能說的，但過去並沒有一筆勾消。我已經許下承諾，而且，我有信仰。這一切也為我的人生畫下一條界線。」

我感覺得到她並沒有自己說的那麼堅定。我說：「信仰。告訴我，妳不相信這些狗屁。」

她站起來，皺起眉頭。

她說：「也許我沒有信仰，但也許我需要一個有信仰的人在我旁邊。」

ჽ ჽ ჽ

小傑和賽門還沒有回來，我就打包好行李，放到車上。黛安站在門廊上，看著我蓋上後車廂。

她說：「我會打電話給你。」

我說：「我等妳電話。」

我又發了好幾次燒，其中一次又把燈打破了。

這一次，黛安設法瞞住了門房。她買通清潔工人，叫工人每天早上把新床單拿到門口給她，換走髒的。這樣就可以避免女傭進來清理房間的時候，發現我燒得神智不清，橫生枝節。這半年來，當地的醫院裡出現了登革熱的病例，還有霍亂和人類「心血管耗弱」。我可不想有一天醒來的時候，發現自己住在流行病房裡，隔壁床躺著一個隔離的病患。

黛安說：「我很擔心，萬一我不在的時候，你會出什麼事。」

「我還照顧得了自己。」

「發燒的時候就不行了。」

「那就得碰運氣，看時間巧不巧了。妳有打算去哪裡嗎？」

「還是那些地方。不過，我的意思是，萬一臨時發生緊急事故，或是因為某些緣故，我回不來。」

「什麼樣的緊急事故？」

「我只是假設。」她聳聳肩，講話的口氣卻令人懷疑好像真的有什麼事情。

ꕤ ꕤ ꕤ

我沒有再逼問她。除了乖乖配合，我好像也沒辦法做什麼，足以改善目前的處境。

注射藥物之後，現在正要進入第二個禮拜，已經接近決定性的時刻了。火星人的藥已經在我的血液和組織裡累積到關鍵的量。就連燒退了以後，我還是一樣分不清東西南北，意識不清。而純粹身體上的副作用也不是好玩的。關節疼痛、黃疸、疹子。什麼樣的疹子？想像一下那種感覺：皮膚一層一層地剝落，底下的肉像破皮的傷口一樣血肉糢糊。有幾個晚上，我只能睡四、五個鐘頭，最高紀錄是五個鐘頭，醒來的時候，發現自己睡在一攤黏糊糊的皮屑上。於是，我必須強忍著關節炎般的劇痛，移坐到床邊的椅子上，讓黛安從血跡斑斑的床上清掉那攤皮屑。

即使在最清醒的時刻，我也愈來愈不敢相信自己了。我常常感覺看到的東西很清晰，事後卻發現那純屬幻覺。眼前的世界看起來太亮，輪廓太鮮明。言語和記憶有如失控的引擎齒輪，瘋狂地互相扭絞糾纏。

我很不好受，但黛安可能更不好受。有時候，我大小便失禁，黛安就得服侍我便溺。其實，她這樣做也算是回報我。有一段時間，她也曾經忍受過同樣的煎熬，我也一直陪在她身邊。不過，那已經是多年以前的事了。

ꕥ ꕥ ꕥ

晚上，她幾乎都睡在我旁邊。我真不知道她怎麼受得了。有時候，光是棉被蓋在身上的重量就會讓我痛得哭出來。她很小心地跟我保持一點距離，我幾乎只是模模糊糊地感覺到她在我旁邊，但那已經夠令人安心了。

有幾天晚上，狀況真的很嚴重。我在痛苦掙扎中拳打腳踢，可能打到她了，打得很痛。她只好跑去陽台門邊，睡在那條印著花朵圖案的長沙發上，整個人蜷成一團。

到巴東去了幾趟，情況如何，她並沒有告訴我很多。不過，我大概也知道她去做什麼。為了想選一艘前往大拱門的船，她去找船上的事務官和貨艙長打通關節，並評估每一艘船的價位。很危險的工作。如果有什麼事情比藥物的作用更令我覺得難受，就是看著黛安冒險出門，走進亞洲的紅燈區，在暴力四伏的黑街上到處奔波。除了那股過人的勇氣，還有那一小罐放在口袋裡的辣椒液噴劑，沒有什麼能夠保護她。

即使這樣的危險已經令人難以忍受，也還比不上被逮捕的可怕。

他們為什麼對我們這麼有興趣呢？有很多原因。他們，指的是美國薩金政府的特務，還有他們在雅加達的同夥。當然，他們想要的是藥。更重要的是，他們想要我們身上那幾份火星檔案的數位備份。他們會很樂於嚴刑拷打，從我們口中逼出情報。傑森在他死前的最後那幾個小時有一段很長的獨白。當時我就在現場，並且將他的談話錄下來。他告訴我的，是假想智慧生物和時間迴旋的真相。這一切，只有他一個人知道。

ʖ ʖ ʖ

我又睡著了。醒來的時候，她已經出去了。

整整一個鐘頭，我呆呆看著陽台的窗簾飄來飄去，看著陽光向上斜照在大拱門的柱腳。整個大拱門，只有這一頭的柱腳我們看得見。我一邊看，一邊做著白日夢。我忽然想起賽席爾群島。

去過賽席爾群島嗎？我也沒去過。浮現在我腦海中的畫面，是從前在公共電視網上看過的紀錄片。賽席爾群島是熱帶島嶼，位於非洲東南邊，馬達加斯加島北方一千多公里，是陸龜、海椰子和十幾種稀有鳥類的故鄉。地理上，賽席爾群島是一個古大陸的殘餘。遠在現代人類還沒有完成演化之前，有一片古大陸連接著亞洲和南美洲。

黛安曾經說過，夢將我們心中隱藏的意念釋放出來，夢是隱喻的野性化。我猜她會告訴我，我之所以會夢想賽席爾群島，是因為我感覺自己被淹沒了，老舊過時了，幾乎要絕種了。

我看到自己轉化之後的可能景象，那種景象淹沒了我，彷彿一片沉入海中的大陸。

我又睡著了。醒來的時候，她還是沒有回來。

ʃ ʃ ʃ

我在黑暗中醒來，發現房間裡還是只有自己一個人。這時，我終於意識到時間已經過了太久，有點不太對勁了。之前，黛安總是還不到天黑就回來了。

我一定又在睡夢中拳打腳踢，棉被掉在地板上亂成一團。灰泥粉刷的天花板反射出外頭街上的光線，昏昏暗暗，我幾乎看不見地上的棉被。我冷得受不了，卻又痛得沒辦法伸手去把棉被抓回來。

外面的天空清朗剔透。如果我咬牙忍痛，側頭看左邊，就會看到陽台的玻璃門外面有許多明亮的星星。我苦中作樂地胡思亂想，如果以時間迴旋外面的時間來計算，有些星星可能比我還年輕。

我努力不去想黛安，不去想她現在會在哪裡，會不會出了什麼事。

我終於又睡著了。恍惚中，我感覺熊熊燃燒的星光穿透我的眼簾，彷彿散發的著燐光的鬼魂飄盪在微紅的黑暗中。

天亮了。

至少我覺得應該是早上了。窗外的天空已經有了亮光。有人來敲了兩次門，在走廊上說了幾句米南加保話，好像是在問有沒有人在，然後又走了。可能是女傭。

現在我真的會擔心了。以藥物現階段的作用，焦慮的感覺很像是一股雜亂無章的憤怒。究竟是什麼事情把黛安拖住了，離開這麼久，久到令人難以忍受？為什麼她不在這裡握著我的手，用海綿輕敷我的額頭？她會不會受到什麼傷害？我不喜歡這個念頭，不敢確定，也不願意承認。

然而，我確定床邊的塑膠水瓶昨天就已經空了，也可能空了更久。我的嘴唇已經乾到快要裂開了，而且我已經忘了自己多久沒有一瘸一拐地走到廁所去了。如果我不希望兩個腎臟都壞掉，我就得到浴室的水龍頭去弄點水。

只不過，光是從床上坐起來，都很難不痛得哀聲慘叫。把腳撐到床墊旁邊的動作幾乎痛到令人難以忍受，彷彿我的骨頭和軟骨已經變成了碎玻璃和生銹的刀片。

儘管我努力想一些別的事情轉移注意力（例如賽席爾群島、天空），只不過，發燒導致我意識模糊，使得這種微弱的自我麻醉也發揮不了什麼效果。恍惚中，我彷彿聽到傑森在我背後說話。好像傑森要我拿什麼東西給他……一塊破布，一片麂皮。他的手好髒。結果，我從浴室走出來的時候，手上拿的不是一杯水，而是一條毛巾。我怎麼那麼笨。重來。這一次，我拿空水瓶。我把水瓶裝到滿，滿到瓶口。「追隨那酒瓢。」

大房子後面裡有一間園藝儲藏室，讓園藝工人放工具。我們在裡面。我拿了一片麂皮給他。

那是時間迴旋出現之前的好幾年前，初夏，他快滿十二歲了。

啜一口水，品嘗時間。腦海中又浮現往日記憶。

ꩰ ꩰ ꩰ

傑森突發奇想，找我跟他一起修理那台刈草機。我嚇了一跳。那是園丁用的燃油動力刈草機。大房子的園丁是一個脾氣暴躁的比利時人，他姓德梅耶，喜歡抽「高路易士」牌的香煙，煙不離手。每次我們跟他說話，他總是彆彆扭扭地聳聳肩，什麼話也不說。他一直咒罵那台刈草機，因為刈草機一直冒煙，每隔幾分鐘就會熄火。幹麼要幫他呢？其實小傑有興趣的是那種心智上的挑戰。他告訴我，他曾經半夜十二點以後爬起來，在網路上研究汽油引擎。那點燃了他的好奇心。他說，他很想親眼看看引擎內部是長什麼樣子，就像醫學「活體研究」那樣。我不懂「活體研究」究竟是什麼意思，不過，愈是不懂就愈有意思。我說我很樂意幫忙。

老實說，我差不多只是站在旁邊看熱鬧。傑森在地上鋪了十幾張昨天的《華盛頓郵報》，然後把刈草機放在上面，開始研究。我們躲在草坪後面的工具間裡，裡頭有一股霉味，但是很隱密。空氣中飄散著難聞的氣味，一股混雜著機油、汽油、肥料和除草劑的氣味。天然松木的架子上放著好幾個袋子，草皮種籽和樹皮護根從袋子裡漏出來，散落在滿地壞掉的刈草機刀刃和破碎的把柄中間，一片零亂。大人不准我們在工具間裡面玩，門通常都鎖著。傑森從地下室門後面的架子上拿到了鑰匙。

當時是星期五下午，外頭很熱，我很樂於窩在裡面看他忙，除了可以學一點知識，還有一種很奇特的安全感。一開始，他先檢查整台機器，整個人平躺在機器旁邊。他很有耐心的用手指在金屬外罩上摸索，找出螺絲釘的頭。找到了之後，他把螺絲釘鬆開，按照順序放在旁邊，然後把外殼掀開，放在螺絲釘旁邊。

接下來就深入到機器內部了。傑森居然會用雙向螺絲起子和扭力扳手，不知道他是從哪裡學來的，還是天生的。他的動作像是在試探，卻又沒有絲毫猶豫。那副模樣看起來像個藝術家，或是運動員，動作細膩，胸有成竹，充滿自知之明。他把摸得到的每一個零件都拆下來，像解剖圖一樣排列在報紙上。報紙上沾滿了油污，一片漆黑。這個時候，門發出尖銳的吱嘎聲猛然打開，我們嚇得跳起來。

艾德華．羅頓提早回來了。

「該死。」我低聲咒罵了一句，艾德華狠狠地瞪了我一眼。他穿著一套量身打造得天衣無縫的灰色西裝，站在門口，看著滿地拆得粉身碎骨的機器。傑森和我頭壓得低低的盯著自己的腳，那種本能反應的罪惡感，就像是偷看閣樓雜誌被大人逮到。

「你是在修理機器，還是在搞爛機器？」他終於開口了，口氣中又是不屑又是輕蔑。那種口氣，正是艾德華．羅頓的註冊商標。很久以前，他就很擅長說話挖苦人，現在幾乎是他的第二天性了。

傑森服服貼貼地說：「爸爸，我在修理。」

「嗯，那是你的刈草機嗎？」

「哦，當然不是，不過，德梅耶先生應該會很高興，如果……」

「可惜那也不是德梅耶先生的刈草機吧，不是嗎？德梅耶先生自己沒有工具，如果不是我每年夏天雇用他，他就得靠救濟金過日子了。那碰巧是我的刈草機。」艾德華說到這裡就停了，很久都不說話，久得令人受不了。然後，他終於又開口了。「你找出毛病沒有？」

「還沒。」

「還沒？那你最好繼續找。」

傑森彷彿身上的魔咒突然解除了一樣，整個人輕鬆起來。他說：「是的，爸爸，吃過晚飯以後我大概……」

「你搞錯了。我不是說吃過晚飯以後。你把機器拆了，你就要把機器修好，然後裝回去。弄好了，你就可以吃飯了。」接著，艾德華那令人退避三舍的眼神看向我這邊來。「泰勒，回家去吧。我不想再看到你來這裡。你自己應該更懂規矩。」

我立刻一溜煙跑出去。午後的陽光很刺眼，我猛眨眼睛。

後來，他就沒有再逮到我跑去那裡了，不過，那只是因為我很有技巧地躲開他。那天晚上我又跑回去了。十點過後，我從房間的窗戶往外看，看到工具間門底下的縫有燈光漏出來。我從冰箱裡拿了一隻晚餐剩下的雞腿，用錫箔紙包好，然後在夜色的掩護下匆匆忙忙跑過去。我小聲的喊他，他把燈關掉一下子，剛好夠我閃身進去，不會被人看到。

他全身沾滿油污，看起來簡直像是毛利人的刺青。刈草機的引擎還是只組裝了一半。等他狼吞虎嚥的咬了幾口雞腿，我才問他為什麼弄了這麼久。

他說：「我只要十五分鐘就可以把機器裝回去，可是機器還是不能用。最難的是，要怎麼找到毛病究竟出在哪裡。更慘的是，機器愈搞愈糟。如果我想把汽油管線清乾淨，空氣就會跑進去，要不然就是橡皮管會裂開。沒有半個零件是好的。化油氣的外殼有很細的裂痕，我卻不知道要怎麼修。我沒有備用零件，或是適合的工具。我甚至不知道應該用什麼工具。」他愁眉苦臉，我以為他搞不好會哭出來。

我說：「算了吧。去跟艾德華說，你很抱歉，讓他扣你的零用錢當賠償。或隨便編個名目。」

他睜大眼睛看著我，彷彿我說了什麼驚人的話，可惜卻天真得可笑。「我不去。泰勒，謝了，可是我不會做這種事。」

「為什麼？」

他沒有回答我。他把雞腿放到一邊，回去面對滿地的零件，收拾自己搞砸的一堆爛攤子。

我正想走的時候，又有人來敲門了，敲得很小聲。傑森比個手勢叫我把燈關掉，然後把門打開一個縫，讓他妹妹進來。她顯然怕死了艾德華會逮到她跑來這裡，說話的聲音小到幾乎聽不見。不過她也和我一樣，送東西來給傑森。不是雞腿，是一個巴掌大的無線網路瀏覽器。

傑森一看到那個東西，臉上立刻神采飛揚。他叫了一聲：「黛安！」

她噓了他一聲，很緊張的歪著嘴笑了一下。「只是個小機器。」她細聲細氣的說完，跟我們點點頭，然後又一溜煙跑掉了。

她走了以後，傑森說：「她比較內行，小機器確實不重要。真正有用的是網路。她給我的不是這個小機器，而是網路。」

不到一個鐘頭，他已經在網路上請教了一大票西岸的程式設計師。那些人專門替遙控機器人大賽改良小型引擎。還不到半夜，他已經修好了刈草機的十幾個小毛病，暫時可以用了。於是我就走了。我偷偷溜進家裡，然後從房間的窗戶看到他叫他父親來。艾德華步履蹣跚，從大房子走出來。他穿著睡衣，外面套著一件法蘭絨襯衫，扣子沒扣。他雙手交叉在胸前，看傑森發動刈草機。巨大的聲響在凌晨的黑暗中聽起來格外刺耳。艾德華聽了一下，聳聳肩，擺個姿勢要傑森跟他回屋裡去。

傑森在門口猶豫了一下，隔著草坪看到我房間的燈光，偷偷跟我揮揮手。

當然，刈草機只是暫時修好了。到了隔周的禮拜三，那個抽高路易士香煙的園丁來了。他修剪了大半個草坪之後，刈草機卡住了，再也不會動了。我們坐在樹林邊的陰影下聽園丁大聲咒罵，至少學會了十幾句很有用的髒話，法蘭德斯語的髒話。傑森的記憶力幾乎是過耳不忘，他立刻就迷上了「Godverdomme mijn kloten miljardedju!」這句話。他跑到萊斯中學的圖書館查荷英字典，按照字的順序把那句話翻譯成「天殺我的卵蛋一百萬次耶穌基督」。往後的幾個禮拜，每當他扯斷了鞋帶，或是弄壞了電腦，他就會冒出那句髒話。

後來，艾德華只好花錢買了一台全新的刈草機。店裡的人告訴他，舊的機器能用這麼久已經是奇蹟了，修起來會花太多錢。這件事是從我媽那裡聽來的，我媽是從卡蘿・羅頓那裡聽來的。據我所知，從那以後艾德華再也沒有跟傑森提起刈草機的事。

好幾次我和傑森談起這件事都會大笑一場。不過，幾個月之後，故事裡的笑料也漸漸沒味道了。

ஜ ஜ ஜ

我舉步維艱地走回床上，心裡想著黛安。當時，她送給哥哥的禮物，不像我送的，只是精神上的安慰。她送的是真正有用的東西。那麼，她現在究竟在哪裡？她能夠送我什麼，可以減輕我的負擔？我想，只要她人在這裡就夠了。

白天的亮光像水一樣在房間裡川流不息。我感覺自己彷彿在一條光河中載沉載浮，沉溺在空虛的時刻裡。

並非所有的錯亂妄想都是明亮癲狂的。有時候，妄想是遲緩的，像爬蟲類一樣冷血無情。我看著陰影像蜥蜴一樣爬上飯店房間的牆壁。一眨眼，一個小時過去了。再一眨眼，天已經黑了，照在大拱門上的陽光都消失了。我側過頭去看，只看到一片黝黑的天空，一團熱帶暴風雨的烏雲密布。我無法分辨哪個是閃電，哪個是發燒引發幻覺所看到的大釘子。不過，雷聲是不會聽錯的。猛然間，一股潮濕的礦物氣味從外面飄進來，雨滴打在水泥陽台上，一陣唏嚦嘩啦。

最後，我終於聽到另外一個聲音：一張卡片插進門上的感應鎖，鉸鍊發出刺耳的吱啞聲。

「黛安！」我叫了一聲。可能聲音小得聽不見，也可能根本就哽在喉嚨。她衝進房間，身上穿著外出的服裝，一件皮革飾邊的無袖連身裙，頭上的寬邊草帽還滴著雨水。她站在床邊。

「很抱歉。」她說。

「用不著道歉。只是……」

「我的意思是，泰勒，很抱歉，你必須起來穿衣服了。我們得馬上走。馬上。計程車在外面等。」

我呆了半晌才明白她在說什麼。這個時候，黛安開始把東西塞進硬殼的手提箱裡。衣服，真的證件和偽造的證件，記憶卡，一個有護墊的試管架，上面擺著一些小瓶子和針筒。「我站不起來。」我想說，但卻怎麼也說不清楚。

過了一會兒，她開始幫我穿衣服。沒等她說，我就自己舉起雙腿，咬緊牙根，沒有哀聲慘叫，總算挽回了一點顏面。我坐起來之後，她叫我把床邊的瓶子拿起來，多喝幾口水。然後他帶我到浴室去，我擠出了一點又濃又濁的尿液，顏色像金絲雀黃。她說：「噢，老天，你已經脫水了。」她又讓我喝了一口水，再幫我打了一劑止痛針，我的手臂痛得像被毒蛇咬到。「泰勒，真對不起。」可是，再怎麼對不起也沒用，她還是一直催我穿上雨衣，戴上一頂重得要命的帽子。

我還算有點警覺性，聽得出她聲音中的焦慮。「我們在躲誰？」

「這樣說好了，我和一些討厭的人有近距離的接觸。」

「我們要去哪裡？」

「內陸。快一點！」

於是，我們沿著飯店昏暗的走廊一路擠過別人，走了一段樓梯下到一樓。黛安左手拖著手提箱，右手扶著我。那真是一段漫長的路程，尤其是下樓梯的時候。「不要呻吟。」她壓低聲音提醒我好幾次。我就沒有再呻吟了，或者，至少自以為沒有。

然後我們走到外面昏暗的夜色中。雨水打在泥濘的人行道上濺起水花，打在計程車的引擎蓋上，發出滋滋的聲響。那輛老計程車大概有二十年了，司機透過車裡的安全玻璃，滿臉狐疑的看了我一眼。我反瞪他一眼。「他沒有生病。」黛安一邊告訴他，一邊做了一個拿酒瓶喝酒的手勢。司機皺了一下眉頭，收了黛安硬塞到他手裡的鈔票。

他開車的時候，我體內的麻醉藥開始產生作用了。巴東夜晚的街道有一股混雜著潮濕的瀝青和死魚腐爛的氣味，彷彿在洞穴裡。路面上的浮油在計程車輪胎的輾壓下，渙散出彩虹般的色澤。我們離開霓虹燈五光十色的觀光區，開進商店住宅雜亂交錯的迷魂陣裡。環繞著市區的這一帶本來是一片臨時搭建的貧民窟，歷經三十年的逐步發展，現在是一副欣欣向榮的繁華景象。兩間鐵皮屋頂的小房子中間隔著一片空地，上面搭著防水帆布，幾台推土機就停在下面。高聳的公寓大廈矗立在一片遊民占住的空地上，彷彿一棵棵的蘑菇長在肥料堆上。然後，我們穿越工廠區，放眼望去是一大片灰色的牆壁，上面圍著尖銳的刺條鐵絲網。然後，我大概又不知不覺的睡著了。

我夢見的不是賽席爾群島，而是傑森。我夢見他看到黛安給他的網路，滿臉欣喜振奮的表情（她給我的不是這個小機器，而是網路）。我夢見他創造了許多網路體系，夢見他住在網路世界裡，夢見網路世界引導他去到許多地方。

騷動不安的夜

中國飛彈攻擊事件發生的五年後，九月的西雅圖。那天是星期五，下著雨，路上正是尖峰時間。我開車回到公寓，一進門就打開音響操作面板，點了一個播放曲目檔案。裡面是我蒐集的一些曲子，檔名叫「音樂治療」。

那天，我在港景醫療中心的急診室度過了漫長的一天。我緊急處理了兩起槍傷，還有一個意圖自殺的病患。鮮血沿著輪床的橫桿像河水一樣奔流而下。當我閉上眼睛，那幅畫面一直在我的眼簾縈繞不去。我把白天穿的那一套雨水淋濕的衣服脫掉，換了一條牛仔褲和長袖棉毛衫，倒了一杯酒，站在窗前，看著眼前的城市在黑暗中蒸騰。外頭的某個地方，普吉灣形成了一道黯淡無光的巨大鴻溝，洶湧翻騰的烏雲遮蔽了天空。五號州際公路上的車輛幾乎停滯不動，彷彿一條發光的紅河。

基本上，我的人生正如同自己所規劃的那樣。彷彿整個人生就站在「時間迴旋」這個字眼上，努力保持平衡。

播放的音樂，很快就要輪到艾絲特・吉芭托演唱了。一九六〇年代的拉丁爵士天后，歌聲充滿了渴慕，有一點走音。接下來她要唱的是吉他伴奏的名曲，Corcovado。我心情太激盪，根本沒辦法思考傑森昨天晚上跟我說的事。我心情太激盪，甚至於沒辦法好好去品味這些值得細細品嘗的音樂。曲目裡面有 Corcovado、Desafinado，有些是酷派薩克斯風大師蓋瑞・莫理根的錄音，有些是吉他大師查理・博德。音樂治療。可惜這些好音樂都在嘩啦嘩啦的雨聲中模糊掉了。我把晚餐放進微波爐加熱，食不知味地吃了。後來，我終於放棄了，我不再妄想從音樂找到什麼因果冥思心靈平靜。我決定去敲吉賽兒她家的門，看看她在不在。

走廊過去第三戶就是吉賽兒・帕瑪租的公寓。她來開門的時候，身上穿著破爛的牛仔褲和一件舊法蘭絨襯衫。這樣的打扮意味著今天晚上她不會出門。我問她現在忙不忙，想不想一起混混時間。

「不曉得耶，泰勒。你怎麼一副死氣沉沉的樣子。」

「比較像是天人交戰。我正在考慮要離開西雅圖。」

「真的？出差嗎？」

「離開就不會再回來了。」

「哦？」她臉上的微笑消失了。「你是什麼時候決定的？」

「我還沒決定。問題就在這裡。」

她把門往後拉開一點，比個手勢叫我進去。「你說真的嗎？你要去哪裡？」

「說來話長。」

「換句話說，你需要先來一杯酒，然後再慢慢說。」

「差不多吧。」我說。

ㄅ ㄅ ㄅ

去年，我住的這棟大樓辦了一場房客聚會，吉賽兒跑來跟我搭訕。她二十四歲，身高差不多到我的肩膀。她白天在倫頓市的一家連鎖餐廳工作。後來，我們開始交上朋友，禮拜天下午偶爾會一起喝杯咖啡。這樣過了一陣子，她才告訴我她是「妓女，從事性交易，那是兼差。」

她說，她有一票女性友人，一個不成文的小團體，大家互相交換老男人的姓名、電話（看起來夠體面，通常是已婚）。那些男人為了想找樂子出手都很闊綽，但是又很怕公然在街頭上泡辣妹。她告訴我這些事情的時候，聳起肩膀，用一種挑釁的眼神看著我，彷彿預期我的反應會很激烈，會唾棄她。但我並沒有她預期的反應。畢竟，這是時間迴旋的年代。吉賽兒那個年齡層的人會找到自己的遊戲規則，無論是好是壞，輪不到我們這種人妄加論斷。

我們還是維持老樣子，一起喝杯咖啡，偶爾一起吃晚飯。我幫她寫了好幾次驗血申請單。根據上一次的驗血報告，吉賽兒沒有感染愛滋病毒的反應。在她身上找到的重大傳染病毒，只有西尼羅河病毒，不過還好她身上有抗體。我只能說，她夠小心，運氣也夠好。

不過，吉賽兒跟我談過她對性交易這回事的感想。她說，就算你還只是在半玩票的階段，性交易就已經開始會左右你的人生。她說，你會變成一種人，皮包裡隨時都帶著保險套和威而剛。既然如此，為什麼還要去做性交易呢？你大可選擇正常的夜間兼差，比如說，沃爾瑪百貨。她不太喜歡這個問題，回答的時候拐彎抹角（「也許是我的怪癖，也許是我的嗜好，你懂嗎，就像模特兒訓練一樣。」）。其實，我知道她從前住在加拿大的薩斯卡頓市，因為受不了繼父的辱罵，從小就離家出走。所以，不難想像她會走上什麼樣的生涯。當然，對於自己的冒險行為，她也有一個無懈可擊的藉口。每個人到了某個年紀都喜歡以此為藉口。那就是，人類幾乎是注定要滅亡了。道德，我們這一代的某位作家曾經說，那是一種道德正確。

她問我：「那麼，你想醉到什麼程度？飄飄然還是爛醉如泥？老實說，我們大概沒得選擇了。今天晚上我的酒櫃裡已經剩沒什麼東西了。」

她幫我調了一杯酒，主要是伏特加，那味道喝起來很像是從汽油桶裡擠出來的。我拿掉椅子上的報紙，坐下來。吉賽兒的住家裝潢得很高雅，只可惜亂得像大一新生的宿舍。報紙正好攤開在社論版，上面正好有一幅時間迴旋的諷刺漫畫。假想智慧生物被畫得像是一堆黑蜘蛛，毛茸茸的腳緊緊抓著地球。底下的字幕是：「現在就把他們吃掉，還是等他們選舉完？」

「我實在搞不懂。」吉賽兒說。她整個人重重往椅子上一躺，抬起腳朝報紙晃晃。

「什麼不懂，漫畫嗎？」

「這整件事。時間迴旋。『無可挽回』。你看報紙上寫的，就好像……嗯，什麼？天空的另外一邊有什麼怪東西，對我們不太友善。我知道的就是這樣。」

也許絕大多數的人類都同意這樣的說法。不過，可能是因為下雨的關係，可能是因為今天在醫院裡看到血淋淋的那一幕，她說的話忽然令我有點不高興。「沒什麼好不懂的。」

「沒有嗎？那你說，為什麼會這樣？」

「問題不在為什麼。沒有人知道為什麼。至於說時間迴旋究竟……」

「不用說，我知道。不必幫我上課。我們就像是被裝在一個太空小塑膠袋裡，外面整個宇宙已經完全失控，天旋地轉。如此這般如此這般。」

我又有點惱火了。「妳知道自己的地址吧，知道吧？」

她啜了一口酒。「那還用說。」

「那是因為妳想知道自己在什麼地方。離海邊幾公里，離加拿大邊境一百多公里，離紐約市幾千公里……對不對？」

「沒錯，那又怎麼樣？」

「我的重點是，法國巴黎和我們這一州的斯普肯市，這兩個城市你一定不會搞混。只不過，一講到太空，大家就只看到一大片亂七八糟的謎團。為什麼會這樣？」

「我不知道。我所知道的天文學，都是看『銀河飛龍』重播學來的，是因為這樣所以不懂嗎？我的意思是，我真的有需要懂那麼多月亮、星星嗎？我從小就沒看過太空的玩意兒。就連那些科學家也承認，有一半的時間他們不知道自己在說什麼。」

「所以妳覺得無所謂？」

「就算我在乎，又有什麼狗屁差別？算了，我們還是看電視好了。我們可以看一下電影台，然後你可以跟我說為什麼想離開西雅圖。」

我告訴她，星星就像人一樣。星星從誕生到死亡，也有一定的壽命。現在，太陽老得很快。當太陽逐漸老化，消耗燃料的速度就會更快。太陽的亮度每過十億年就會增加百分之十。太陽系有很多地方已經變了。就算時間迴旋今天消失了，在目前的自然狀態下，地球也已經沒辦法住人了。已經回不了頭了。這就是報紙上寫的東西。想必克萊頓總統已經發表演說，公開事實，引述頂尖科學家的意見，承認已經不可能回到「從前的狀態」，這件事才會上了新聞。

她瞪了我很久，很不高興，然後說：「這全是狗屁……」

「這不是狗屁。」

「也許不是，不過就算知道了對我也沒有半點好處。」

「我只是想說明……」

「去你的，泰勒。我有要你說明嗎？喜歡做噩夢就回家去做。要不然就輕鬆一點，告訴我你為什麼想離開西雅圖。這件事和你那些朋友有關，對不對？」

我跟她聊過傑森和黛安的事。「主要是傑森。」

「那個所謂的天才。」

「他是貨真價實的天才。他在佛羅里達……」

「你說過，他在幫那些搞太空軌道的人做什麼事情。」

「把火星變成花園。」

「報上也有寫。真的可能嗎？」

「我不知道。傑森似乎認為可以。」

「那不是要很久嗎？」

我說：「天空過了一定的高度，時鐘會跑得比較快。」

「哦。那他為什麼需要你呢？」

呃，是啊，為什麼？好問題，很棒的問題。「他們想聘一個醫生，在近日點基金會內部看診。」

「我以為你只是一個普通的全科醫師。」

「我是啊。」

「那你有甚麼資格當太空人的醫生？」

「根本不夠格。不過傑森……」

「他拉了老兄弟一把？對了，這就說得通了。老天保佑有錢人，嗯？肥水不落外人田。」

我聳聳肩。她愛怎麼想就怎麼想吧。這種事情就不需要跟吉賽兒說太多了。而且，傑森並沒有跟我講得很清楚……

不過，我們繼續聊天的時候，我腦海中忽然浮出一個念頭。傑森找我，並不是要我當基金會的內部醫師，而是要我當他的私人醫師，因為他出了問題。他不想讓基金會的人知道這個問題。他甚至不願意在電話裡討論這問題。

吉賽兒的伏特加喝光了。她在皮包裡翻了半天，終於翻出了一根大麻煙。大麻煙藏在衛生棉的盒子裡。「我跟你賭，他們付你的薪水一定很高。」她點燃了塑膠打火機，用火焰燒那根大麻煙捲，然後深深吸了一口。

「我們還沒有談到那麼詳細。」

她嘆了一口氣。「真是個書呆子。難怪你受得了一天到晚想什麼時間迴旋。泰勒．杜普雷，只差一點點你就是自閉症了。知道嗎，其實你已經是了。症狀你全都有。我跟你打賭，這個傑森．羅頓跟你一模一樣。我跟你打賭，他每說一次『十億』這個數字，那話兒就會硬起來。」

「你別小看他。說不定他真的有辦法為人類留住香火。」不過，恐怕沒辦法為每一個人都留下香火。

「這大概就是所謂書呆子的雄心壯志。還有他那個妹妹，跟你睡過覺那個……」

「只有一次。」

「只有一次。她好像信了什麼教，對不對？」

「沒錯。」她是信了教，而且據我所知，現在還是信。自從伯克郡那天晚上之後，我就再也沒有聽到她的消息了。我並不是完全沒有試過跟她聯絡。我發過好幾封電子郵件給她，可是她都沒回。小傑好像也沒有她的消息，不過聽卡蘿說，她跟那個賽門同居，兩個人好像住在猶他州，或是亞利桑納州……反正就是西部的某個州，我從來沒去過，也無法想像。新國度運動瓦解了，他們兩個人被困在那裡。

「那也不難想像。」吉賽兒把大麻煙遞給我。我對大麻煙這玩意兒不太放心，不過，被人家貼上

「書呆子」的標籤，很不是滋味。我深深吸了一口，效果跟從前一模一樣，立刻就像患了失語症一樣，說話開始吃力起來。我從前住在石溪分校的時候也吸過大麻。「她一定怕得要命。時間迴旋出現了，她只想忘了這回事，偏偏你或是她的家人就是不讓她忘掉。換成是我，我也會跑去信教。我搞不好會在他媽的聖詩班裡唱聖歌。」

我想說話，但好半天才說出來，聽在耳朵裡還夾雜著嗡嗡的聲音。「面對這樣的世界真的有那麼難嗎？」

吉賽兒伸手把大麻煙拿回去。她說：「從我的角度來看，是很難。」

她頭轉過去，有點不專心。雷聲大作，震得窗戶框啷作響，彷彿對屋子裡的溫暖乾爽很不滿。好像有很糟糕的天氣正從海灣那邊蔓延過來。她說：「你信不信，天氣會變得跟那幾年冬天一樣糟糕，冷死人的冬天。真希望我家裡有壁爐。聽點音樂應該會舒服一點，可是我已經累得爬不起來了。」

我走到她的音響前面，點了一張史坦．蓋茲的薩克斯風專輯下載。悠揚的薩克斯風使整個房間都暖和了起來，這是壁爐辦不到的。她滿意地點點頭，意思是，雖然那不是她會挑的音樂，不過，嗯，還不錯……「這麼說，是他打電話給你，說他要請你去工作。」

「沒錯。」

「你有跟他說你要接這個工作嗎？」

「我說我會考慮。」

「你現在有嗎？你有在想嗎？」

她好像在暗示什麼，可是我猜不透。「應該有吧。」

「我覺得你沒有。我覺得你已經知道自己會怎麼做了。知道我的意思嗎？我覺得你只是來跟我說再見。」

我說大概是吧。

「那麼，說再見最起碼也要坐過來我旁邊說啊。」

我愣愣地移到沙發那邊坐。吉賽兒抬起腿，把腳放在我大腿上。她穿著男生的襪子，一雙菱形圖案的絨毛襪，看起來有點滑稽。牛仔褲的褲管往上縮，露出腳踝。「你這個傢伙看到槍傷不會畏縮，像你這樣的人，居然還滿會躲鏡子。」

「我不太懂你的意思。」

「意思是，很明顯，黛安和傑森在你心裡還是陰魂不散。特別是她。」

怎麼可能呢？我怎麼可能還會在乎黛安？

或許我是想證明自己不在乎。或許這就是為什麼，我們後來會一起搖搖晃晃地走到吉賽兒亂七八糟的房間裡，又抽了一支大麻煙，然後倒在粉紅芭比圖案的床罩上，在大雨漫溴的窗下激情纏綿，相擁入眠。

激情過後，恍恍惚惚中，腦海中浮現的卻不是吉賽兒的臉。幾個鐘頭之後，我醒過來，心裡想：老天，被她說中了，我確實早就打算要去佛羅里達了。

後來，事情花了好幾個禮拜才安排妥當，傑森那邊和醫院這邊。那段期間，我和吉賽兒又碰過一次面，但只是一下子。她到汽車賣場找一輛中古車，我就把自己的車賣給她了。我不想冒險開車橫越美國。（州際公路上的搶劫案以兩位數的速度在成長。）我們都不提那天親密的事，反正就像雨天一樣，風雨過後也就煙消雲散了。那只是有人微醺之後的善意舉動，說起來，應該算是她的善意吧。除了吉賽兒，西雅圖好像沒什麼人需要我特別去說再見，公寓裡好像也沒多少東西需要留著。除了一些數位檔案和幾百張舊音樂光碟，好像沒有更實質的東西了。檔案顯然沒有攜帶上的困難。要走的那一天，吉賽兒幫我把行李堆進計程車的後車廂。

「西雅圖機場。」我交代司機。計程車開上車水馬龍的街道時，她向我揮手道別，看不出特別感傷的樣子，只是有點依依不捨。

吉賽兒是個好女孩，可惜卻過著危險的生活。我再也沒有見過她，但我希望她撐過了後來的那場大災難。

ஞ ஞ ஞ

飛往佛羅里達州奧蘭多市的班機是一架老舊的空中巴士。客艙的裝潢很破舊，椅背上的電視螢幕壽命已經到了卻沒有更換。我們那一排座位，靠窗的是一個俄國生意人，靠走道的是一個中年婦人，我坐在他們中間。那個俄國人臉色陰沉，懶得搭理人，不過那個女人就很想聊了。她是一個專業的醫療報告轉譯師。她正要去坦帕市探望女兒、女婿，住兩個禮拜。她說她叫莎拉。飛機使勁地爬升，飛向巡航高度，我和莎拉正聊著醫療用品店。

中國人那一場煙火秀之後這五年來，為數驚人的聯邦政府預算流向航太工業，然而，只有極小的比例投注在商用航空上。或許這就是為什麼，這些重新裝修過的老舊空中巴士現在還在飛。那些錢都流進艾德華．羅頓的口袋，用在他華盛頓辦公室所管理的計畫上：時間迴旋探測計畫。那些計畫是位於佛羅里達的近日點基金會設計的，傑森設計的。最近，計畫也涵蓋了火星改造。克萊頓政府透過國會議員為所有的花費護航。有一票聽話的議員很樂於表現一下，讓老百姓看得見他們對時間迴旋有所作為。這樣可以提振民心士氣。最妙的是，根本沒有人期待立即看得見的成果。

聯邦預算有助於地方經濟維持正常運作，至少在西南部，泛西雅圖地區和佛羅里達沿海地區。可惜這樣的經濟挹注有點緩不濟急，而表面的繁榮就像一層薄冰一樣不堪一擊。莎拉很擔心她女兒。她的女婿是一個有執照的配管工人，在坦帕地區的天然氣公司上班。最近，他遭到永久解雇。現在，他們住在拖車屋裡，靠聯邦政府的救濟金過日子，還要想辦法養一個三歲的小男孩，也就是莎拉的外孫布斯特。

她問我：「那個名字不是很怪嗎，男生的名字？我是說，布斯特？聽起來像個默片明星。不過老實說，還滿適合他的。」

我告訴她，名字就像衣服一樣，不是衣服配你，就是你配衣服。她說：「那你呢，泰勒．杜普雷？」我有點不好意思地笑了一下。

她說：「當然，我不懂這幾年為什麼年輕人還想生小孩。這話聽起來很嚇人。當然，這跟布斯特無關。我很愛他，而且我希望他能夠活得很久、很快樂。可是我還是忍不住會懷疑。我是不是有毛病？」

「有時候，大家都需要為自己的希望找一個理由。」我說。我心裡想，吉賽兒想告訴我的，是否就是這種老生常談。

她說：「可是，還是有很多年輕人不生小孩。我是說，他們出於善意，刻意不生小孩。他們說，不要讓小孩子面對我們面臨的一切，對小孩子最好。」

「我實在沒把握，有誰知道我們面臨的是什麼。」

「我是說，無可挽回的轉捩點，還有……」

「還有我們經歷過的一切。不過，基於某種原因，我們還活得好好地。」

她眉毛揚起來。「杜普雷醫師，你真的相信有某種原因？」

我們又聊了一會兒，然後她說：「我要想辦法睡一下了。」她把機上提供的小枕頭塞在脖子和耳機中間的空隙裡。儘管那個冷漠的俄國人擋住了我的視線，但我還是看得到機窗外的景色。太陽下山了，天空已經變成一片黝黑。外面什麼都看不見，只看得到窗玻璃反射出頭頂上的燈光。我已經把燈調暗了，集中照在膝蓋上。

我居然會笨到把所有可以讀的東西都裝到托運行李裡面去。還好，我看到莎拉座位前面的置物袋裡有一本破破的雜誌。我伸手把雜誌拿過來。那是一本宗教雜誌，名稱叫《天國之門》，封面是素淡的白色。大概是先前的旅客留下來的。

我隨手翻著，不知不覺就想到了黛安。自從中國用飛彈攻擊時間迴旋機器之後，新國度運動就失去了曾經有過的凝聚力。原先的創辦人背棄了運動，而他們那種快樂的集體性行為也已經熱情不再了。性病和人性的貪婪逼得他們不得不放棄。如今，已經沒有人會說自己就是「新國度」的信徒。就連那些趕時髦的先鋒派外圍信徒也不會這麼說了。你可能會說自己是現世主義者，或是啟示錄實現論者（完全相信或半信半疑），或是神國重建論者。反正，就是沒有人會光說「新國度」。我們在伯克郡跟黛安和賽門相遇的那年夏天，他們正在巡迴旅行，參加各地的出神儀式。如今，那種出神儀式也已經銷聲匿跡了。

如今，殘餘的新國度教派的信徒人數已經所剩無幾。光是南部浸信會信徒的人數，已經遠遠超過新國度所有教派的總和。不過，新國度的核心思想賦予運動本身的分量卻是舉足輕重，和微不足道的信徒人數完全不成比例。在時間迴旋的陰影下，相信千年至福的核心思想激起了大眾對宗教的渴求。無數公路旁的大廣告板上寫著「大難已然降臨」，而無數主流教會也被迫針對世界末日的問題提出解釋。這一切，都和新國度多少有些關係。

《天國之門》顯然是西岸時代主義教派的官方刊物，訴求的讀者是一般社會大眾。雜誌的內容包括一篇譴責喀爾文教徒和誓約派教徒的社論，還有三頁食譜，一篇影評。不過，引起我注意的是一篇標題為〈血祭和紅色小母牛〉的文章，裡面提到「預言成真」，有一頭純種的紅色小母牛會出現，而這頭小母牛將會在以色列的聖殿山上祭獻，援引「被提的極樂」。老式的新國度信仰認為，時間迴旋是神的救贖，顯然，這種信仰已經過時了。〈路加福音〉二十一章三十五節：「因為那羅網要這樣臨到全地上一切居住的人。」所以，他們認為時間迴旋是一個羅網，而不是拯救。所以，最好燒死一隻動物當祭品：大難顯然比原先預期的更痛苦。

我把那本雜誌塞回置物袋。那時，飛機正好飛進一波亂流裡，機身一陣顛簸。莎拉邊睡邊皺眉頭。那個俄國生意人按鈴叫空中小姐來，要了一杯威士忌檸檬酸酒。

ઽ ઽ ઽ

第二天早上，我在奧蘭多租了一輛車，車裡有兩個彈孔。雖然他們已經用油灰把彈孔塞住，又重新烤漆，但右座的門上還是看得出來。我問租車公司的職員有沒有別的車。他說：「這是現場最後一輛了。如果你願意再等幾個鐘頭的話，還有……」

我說，算了，這輛就好。

我沿著蜂線高速公路向西邊開，然後向南轉上九十五號公路。開到可可比奇城外，我在路邊一家丹尼斯餐廳停下來吃早餐。店裡的女服務生可能察覺到我一副無家可歸的模樣，倒咖啡給我的時候特別慷慨。「很遠的路吧？」

「再過不到一個小時就到了。」

「哦，這麼說，其實你已經算是到了。回家嗎？還是出門辦事？」接著，她發現我有點茫然，就對我笑一下。「親愛的，你會想通地。我們都一樣，早晚會想通地。」為了回報這個萍水相逢的祝福，我給了她一筆像白癡一樣慷慨的小費。

傑森為「近日點園區」取了一個很聳動的綽號，叫做「監牢」。園區的北邊就是卡納維爾角甘迺迪太空中心，也就是基金會將策略化為具體行動的地方。近日點基金會現在已經是正式的官方機構了。基金會不隸屬於美國太空總署，不過卻可以和太空總署「交流」，借用他們的工程師和職員。也許可以這麼說，自從時間迴旋出現之後，基金會就靠著持續不斷的運作，硬生生地入侵太空總署，成為整個官僚體系中的一層。基金會將這個奄奄一息的太空機構帶向一個全新的方向。太空總署的老頭目作夢也沒想過會有這樣的方向，可能也不贊成這樣的方向。整個決策委員會都控制在艾德華的手裡，而傑森則是實際掌控了計畫的發展。

天氣已經開始熱起來了。佛羅里達特有的燠熱彷彿正從地底下冒上來，潮濕的大地冒著汗，像是一塊烤架上的牛胸肉。我開著車，沿途經過一片參差不齊的矮棕櫚樹林，經過幾家沒落的衝浪用品店。路邊的水溝裡全是綠色的死水，散發出陣陣腥臭。此外，我還經過一處犯罪現場，警車包圍了一輛黑色的小貨車，三個男人彎腰趴在熾熱的引擎蓋上，兩隻手腕反扣在背後。那個指揮交通的警察盯著我這輛出租汽車的牌照，盯了老半天，然後揮揮手讓我通過，面無表情，眼神中閃爍著職業性的懷疑。

᪥ ᪥ ᪥

當我抵達的時候，發現近日點「監牢」並沒有傑森所形容的那麼肅殺。那是一棟橘紅色的工業中心，充滿現代感，光鮮亮麗，四周環繞著起伏有致平整無瑕的綠色草地。門禁森嚴，但還不至於令人生畏。經過警衛室的時候，裡面的警衛仔細掃視我車子內部，叫我打開後車廂，翻遍了我的手提箱和裝音樂光碟的箱子。然後，他給我一張有別針的臨時通行證，教我怎麼開到來賓停車場（「在南側區後面，沿著左邊這條路開，祝你愉快。」）。他滿身大汗，溼透的藍色制服變成了靛青色。

我車都還沒停好，傑森就推開那兩扇玻璃門衝出來了。玻璃是霧面的，上面噴了幾個字：「所有訪客請務必登記」。傑森越過一片草坪，跑到全是沙土的停車場。「泰勒！」他大喊著，然後在我一公尺前面停下來，彷彿怕我會像幻影一樣突然消失。

「嘿，小傑。」我笑著說。

他笑開了嘴。「杜普雷大夫。哪來的車，租的嗎？我們會找人開回去奧蘭多。我會幫你弄一部更好的。有地方住了嗎？」

我提醒他，他老早就答應過我，住的問題他也會幫我搞定。

「噢，我們已經搞定了。不對，應該說正要搞定。現在正在談租約，一間小房子，離這裡不到二十分鐘。海邊的景觀。過幾天就可以住進去了。這幾天要先幫你找間飯店，不過那也不成問題。所以囉，我們還站在這裡幹什麼，吸收紫外線嗎？」

我跟在他後面，走進中心的南側區。我在後面看他走路的樣子。我注意到他身體有點歪向左邊，右手的動作比較順暢。

一走進中心，涼颼颼的冷氣迎面襲來，冷得像極地，空氣的味道聞起來像是從地洞裡抽出來的一樣，那種寸草不生的、地底深層的洞穴。大廳裡，地板是無數磁磚和花崗岩拼湊而成，打磨得光滑雪亮。這裡警衛更多了，看起來訓練有素，禮貌周到。小傑說：「看到你真開心。這個時間我實在不應該在這裡，可是我很想帶你到處看看。快速導覽。波音公司那些傢伙在會議室裡等我。有一個是從洛杉磯南灣托倫斯來的，另外一個是密蘇里州聖路易ＩＤＳ小組的人。他們要給我看『氙離子推進系統』的升等型。他們又多擠出一點動力，得意得要命，好像是什麼重大突破。我告訴他們，我們要的不是這種小伎倆，我們需要的是可靠、簡單……」

我說：「傑森。」

「他們……怎麼了？」

「喘口氣吧。」我說。

他瞪了我一眼，好像不太高興，但表情一下子又緩和了，大笑起來。他說：「不好意思。沒什麼啦，只是有點像……記不記得我們小時候？每次我們要是誰有了新玩具，一定要拿出來秀一下？」

通常都是小傑有了新玩具，要不然就是很貴的玩具。不過，我還是告訴他，對，我還記得。

「呃，換成是別人，聽我這樣描述這個地方，一定會覺得我太隨便了，只有你不會。泰勒，你看看這個地方，像不像全世界最大的玩具箱？讓我秀一下，好不好？然後我們會找地方讓你休息，給你一點時間適應一下這裡的氣候。不過，我倒有點懷疑，你有可能適應得了嗎？」

於是，我跟著他在一樓跑遍了三個側區，每到一個地方就入境隨俗地讚美一下。我們看了會議室和辦公室，看了巨大的實驗室和工程區。工程區負責設計原型，調整任務目標模擬。模擬完成之後，才會把金額龐大的計畫和執行目標交給承包廠商。一切都那麼有趣，一切都那麼令人困惑。最後，我們走到內部醫務室，小傑介紹正要離職的寇寧醫師給我認識。他冷冷淡淡地跟我握個手，然後就迫不及待地走了，邊走邊回頭說：「祝你好運，杜普雷大夫。」

這個時候，傑森口袋裡的呼叫器響得愈來愈頻繁了，已經不能不管了。他說：「那些波音公司的傢伙。我得去欣賞一下他們的高速電動玩具了，要不然他們的臉一定會很臭。你有沒有辦法自己走回去櫃台那邊？我已經交代雪莉在那邊等你。她是我的私人助理。她會找個地方讓你休息。我們待會兒再聊。泰勒，真的很高興再見到你！」

他又跟我握握手。怪怪的，他的手沒什麼勁。然後他就走了，身體還是歪向左邊。當時，我心裡想的不是他有沒有生病，而是在想他的病會嚴重到什麼程度。

傑森果然言出必行。不到一個禮拜，我已經搬進那間附帶家具的小房子了。在我看來，這房子顯然很脆弱。佛羅里達這邊的房子都是一樣的調調，木頭和木板條搭成的，幾乎每一面牆都有窗戶。不過，想必不便宜。從樓上的門廊看下去是一片長長的斜坡，中間經過一片狹長的商業區，最底下就是海。這段期間，我有三次機會聽沉默寡言的寇寧醫師做簡報。他顯然對基金會的決定相當不滿，但還是鄭重其事地把他的醫師職務移交給我。我接管了他的病歷資料和護理人員。星期一，我看了第一個病人。他是一個年輕的冶金學家，參加基金會在南區草坪舉辦的內部足球比賽，不小心扭傷了腳踝。從每天瑣碎普通的治療病例看來，診所顯然是「多餘的規劃」。傑森大概會用這樣的字眼來形容。不過，傑森表示，總有那麼一天，這個地方會很難得到外面的醫療資源。

我開始安頓下來，每天開處方箋，續開處方箋，給病人阿斯匹靈，瀏覽病歷表。我每天和茉莉·西格蘭輪流講笑話。她是負責掛號的小姐。她說，她喜歡寇寧醫師，但是更喜歡我。

晚上回到家，我會看著閃電在雲間閃爍。那些雲團看起來像是一艘遭到雷殛的快速帆船，停泊在外海上。

我在等傑森打電話來，但他一直沒打，將近一整個月都沒打。後來，有個禮拜五傍晚，天已經黑了，他忽然出現在我家門口，沒有事先告訴我。他一身休閒的打扮，穿著牛仔褲和T恤，看起來比實際的他年輕了十歲。他說：「我臨時想來看看你，沒打擾到你吧？」

當然不會。我們到樓上去，我到冰箱拿了兩瓶啤酒，然後我們在粉刷成白色的陽台上坐了一會兒。小傑開始講一些「高興見到你」、「很高興跟你一起工作」之類的話。後來我打斷他。我說：「你不要再他媽的跟我客套這些廢話。把我當成誰了。是我耶，小傑。」

他不好意思地笑了笑，接下來再聊就輕鬆多了。

我們開始細說從前。聊到一個地方，我問他：「你有聽到黛安什麼消息嗎？」

他聳聳肩。「很少。」

我沒有再追問。接下來，我們兩個人各自幹掉了好幾瓶啤酒。風比較涼快了，夜晚也開始變安靜。我問他最近好不好，以朋友的身分問。

他說：「一直都很忙，你不用想也知道。我們很快就要發射第一批種子火箭，比我們洩漏給媒體的時間更快。艾德華喜歡在遊戲中保持領先。他大多數的時間都待在華盛頓，克萊頓總統盯我們盯得很緊，我們是政府的親密夥伴，至少目前還是。不過，為了維持這種關係，我們就必須處理一些管理上的無聊事，沒完沒了，反而妨礙了我想做的事，我需要做的事：規畫任務。那真是……」他無奈地揮揮手。

「壓力很大吧？」我試探他。

「壓力很大。不過我們有進展，一步一步。」

我說：「我診所那裡好像沒有你的病歷。這裡員工和管理階層每個人都有醫療檔案，唯獨沒有你的。」

他別開眼睛，笑了一下，笑得像在虛張聲勢，有點緊張。「哦……我覺得這樣比較好，泰勒。暫時先這樣。」

「寇寧醫師沒有意見嗎？」

「寇寧醫師覺得我們精神都不太正常。其實他說對了。我有沒有跟你說過，他的新工作是到一艘郵輪上當駐診醫師？你能夠想像嗎？寇寧醫師穿著夏威夷草裙，開暈船藥給船上的旅客？」

「小傑，你還是老實告訴我吧，你到底哪裡不對勁？」

他看著西邊黝黑的天空。遠方，夜空與海平面交界處，有一個微弱的光點閃爍著。那不是星星，而幾乎可以確定那是他爸爸的一個浮空器。

「還是告訴你吧。」他說。聲音小得幾乎聽不見。「現在我們才剛開始要有成果了，我有點怕人家現在叫我退場。」他看著我看了好久。「我很希望有人能夠讓我信賴，小泰。」

「這裡沒有別人。」我說。

然後，他終於開始告訴我他的症狀。他說得很平靜，有條不紊，彷彿痛苦和虛弱已經使得他不再有感情上的起伏，就像故障的引擎發動不起來。我答應幫他做一些檢驗，而且不會把檢驗結果放到病歷檔案裡。他點點頭默許了。然後，我們不再討論這個話題，繼續又喝了一罐啤酒。最後，他向我道謝，跟我握手。只不過，這樣的舉動太隆重了，似乎沒有必要。然後他走了，離開他幫我租的房子，我的新家，陌生的家。

我去睡覺的時候，心裡很害怕，為他害怕。

隱藏的真相

我從病人那裡聽到不少事情，對基金會也就多了幾分了解。比較喜歡跟我聊的是那些科學家，而管理階層通常都比較沉默。另一方面，我也從員工的家屬那邊聽到不少。美國健康維護組織的保險已經瀕臨崩潰，很多家屬開始放棄保險，跑到基金會內部的診所來看病，突然間，我彷彿變成了一個全方位的家庭醫師。我的病人大部分都能夠深刻體認時間迴旋的殘酷事實，而且都能夠鼓起勇氣，堅毅不撓地面對現實。有一個任務程式設計師對我說：「悲觀憤世嫉俗的人都被擋在門外，在這裡的人都知道自己正在做很重要的事情。」這樣的態度令人敬佩，而且是有感染力的。沒多久，我開始感覺自己也成了他們的一份子，彷彿也參與了他們的工作，拓展人類的影響力，深入外太空暴怒的時間狂流。

有幾次周末，我開車到北方海邊的甘迺迪太空中心看火箭發射。新建的發射台到處林立，新型的擎天神和三角洲火箭發出隆隆怒吼，衝上天際。秋去冬來季節交替那一陣子，傑森偶爾也會丟下手邊的工作，跟我一起去看。火箭上裝載的是簡單型的「自監控制重返大氣層飛行器」，簡稱「自返飛行器」。那是預先設定好程式的勘查裝置，彷彿是一扇簡陋的窗戶，用來觀看星星。除非任務失敗，要不然，「自返飛行器」上面的回收元件會飄降到大西洋，或是西部沙漠的鹽湖裡，將地球外面世界的資訊帶回來。

我喜歡火箭發射的壯觀場面。小傑承認，火箭升空，彷彿象徵著相對論性的時間分離，那樣的感覺最吸引他。火箭上裝載的小飛行器將會飛到時間迴旋的隔離層外，停留好幾個星期，甚至好幾個月，測量地球與月球之間愈來愈遙遠的距離，測量太陽擴張的幅度。然而，從地球的時間參考結構來看，飛行器卻是在發射的當天下午就掉回地球，彷彿是一個魔法瓶，裡面裝滿了不可能裝得進去的時間。

當飛行器內的訊息像美酒一樣倒出來之後，謠言立刻在基金會內部四處流竄：伽瑪射線升高，意味著我們鄰近的行星發生了劇烈的變動；太陽散放出更多的熱到木星洶湧動盪的大氣層，使木星產生了新的變化；月球表面出現了一個新的巨大隕石坑，而且，也不再是永遠只有一面朝著地球；月球開始緩慢地旋轉，原先永遠黑暗的那一面漸漸轉過來朝向地球。

十二月有一天早上，小傑帶我越過整個園區，走到工程區。那裡有一個已經啟動的實體模型，那是火星酬載太空船原尺寸實體模型。工程區是中心裡分隔出來的一片龐大空間，男男女女穿著特衛強滅菌纖維防護衣，正在組裝許多設計物的原型，或安裝準備測試。角落裡有一個鋁製平台，太空船的模型就擺在上面。感覺上，那個太空船小得可憐，外形看起來就像一個狗屋大小的黑色球型盒子，有一頭裝了一個噴嘴，在天花板燈光的照射下，看起來單調乏味。但傑森那副炫耀的模樣，很像是父母親對孩子的驕傲。

他說：「這個東西基本上分成三個部分。離子驅動裝置和反應質量，機載導航系統，還有酬載物。整個飛行器的結構絕大部分是引擎。沒有通訊設備，不能和地球聯絡，不過好像也不需要。導航程式是多餘的，不過硬體本身比手機還小，動力來自太陽能板。」太陽能板還沒有裝上去，不過，發揮一點藝術家的想像，當這個飛行器完全伸展開來的時候，會像是釘在一面牆上一樣，彷彿一間狗屋變形為畢卡索的蜻蜓。

「看起來不像有足夠的動力可以飛到火星。」

「動力不是問題。離子引擎雖然緩慢，但續航力很強。這正是我們想要的：簡單、堅固、耐用的科技。比較不好應付的是導航系統。導航系統必須夠聰明，必須能夠獨立作業。當飛行器穿越時間迴旋隔離層的那一瞬間，會產生一種速度。有人稱之為『時間上的速度』。那是一個呆板的字眼，不過意思卻到了。太空船速度愈來愈快，溫度愈來愈高。從太空船本身來看，沒有那麼明顯，但從我們地球的角度來看，那種差異是非常巨大的。發射過程中，速度、飛行軌道可能會有很細微的變化，例如，小到如一陣風，或是火箭燃料的供應略有遲緩，只要有絲毫的變化，都會使結果變得難以預估。難以預估的，不是火箭如何進入外太空，而是在什麼時間進入外太空。」

「有什麼差別嗎？」

「差別在於，火星和地球環繞太陽的軌道都是橢圓形的，而且運行的速度不一樣。我們沒有可靠的方法可以預先計算，當太空船抵達火星運行軌道的時候，火星的相對位置在哪裡。基本上，飛行器必須在繁星滿天的太空裡找出火星，然後自己計算飛行軌道。所以，我們需要聰明靈活的軟體，還有堅固耐用的推進系統。我們運氣不錯，兩樣都有了。泰勒，這是一具很可愛的機器。外表平凡無奇，但內在美無與倫比。總有一天，它就要自己去獨立處理問題，阻擋災難。它將會如我們所設計的那樣，進入火星軌道。」

「然後呢？」

傑森笑了一下。「這就是整個任務的核心。」他從模型上鬆開一整組的螺絲釘，掀開船身前方的一片嵌板，露出一個有防護罩的內槽，裡面分隔成許多六角形的小區塊，像蜂巢一樣。每個區塊裡都安置了一個鈍鈍的黑色橢圓形物體，看起來像是一窩黑漆漆的蛋。傑森從裡面拿了一個起來。那個東西小到用一隻手掌就可以握住。

「看起來好像一支懷孕的草地飛鏢。」我說。

「只不過比草地飛鏢精巧得多。我們把這些東西撒在火星的大氣層。當它們降到一定的高度時，會彈出螺旋槳葉片，然後旋轉著向下飄降，散掉高溫，減緩速度。我們會根據每艘太空船不同的獨特酬載，撒在不同的地方。南北極，赤道。無論我們想找的是地底下的海鹽泥漿，還是天然冰塊，基本的程序都是一樣的。你把它們想像成皮下注射的針頭，把生命灌注到那個星球裡面。」

據我所知，這個「生命」的成分是基因工程改造過的微生物。微生物的基因型結合了其他菌類，例如，在南極乾燥山谷的岩石中所發現的菌類，或是能夠在核子反應爐廢料排放管裡生存的厭氧性生物，或是在北冰洋巴倫支海海底的冰泥中所發現的單細胞生物。這些有機生物的功能主要是滋潤火星的土壤。當老化的太陽暖化了火星表面時，這些微生物就會滋長茁壯，釋放困在土壤中的水蒸汽和其他氣體。接下來要上場的，是超基因工程改造過的一系列藍綠藻品種，簡單的光合作用植物。最後，我們用更複雜的生物形態，繼續開拓第一次發射所創造的環境。在最理想的狀態下，火星會永遠只是一個沙漠，釋放出來的水分，頂多只夠形成淺淺的、不穩定的鹽水湖……不過，這樣大概也就夠了，夠我們在被遮蔽的地球之外創造出一個可以住人的地方。人類可以到那裡去，活下去，在相當於地球一年的時間裡，繁衍一百萬個世代。如此一來，我們的火星兄弟就可能有時間幫我們解開謎團，那些我們只能靠摸索去揣測的謎團。

在火星上，我們會創造出救世主的族類，或者說，讓演化為我們創造救世主。

「實在很難相信我們真的做得到……」

「只是如果。沒做之前，我還不能下結論。」

「就算只是假設，這種解決問題的方式……」

「是絕望中孤注一擲的科技行動，你完全說對了。不過，拜託你小聲一點。無論如何，還是有一股強大的力量站在我們這邊。」

「時間。」我猜。

「錯了，時間只是一支很有用的槓桿。真正發揮功能的元素是生命，抽象的生命。我的意思是，生命再造，生命演化，生命複雜化。那就是生命的模式，填補瑕疵和裂縫，經歷意想不到的轉折，生存下去。我信仰這樣的過程：充滿活力，不屈不撓。至於能不能救得了我們？我不知道。不過，真的有可能。」他笑了一下。「如果你是預算委員會的主席，我就不會說得那麼模稜兩可了。」

他把飛鏢拿給我。飛鏢出乎意料地輕，還不到一顆大聯盟棒球的重。我想像了一下那個畫面：萬里無雲的火星天空，數百支飛鏢如雨點般從天而降，將人類的命運灌注到貧瘠的土壤中。接下來，就看命運會為我們帶來什麼。

那一天，距離聖誕節還有三個月，艾德華・羅頓到佛羅里達園區來巡視。就在那個時候，傑森的症狀復發了。那些症狀已經有好幾個月沒有發作了。

去年，傑森到診所來找我的時候，跟我說了他的症狀，雖然有點猶豫，但說得有條不紊。他的手臂和腿會感到短暫的虛弱和麻痺，還有視線模糊，偶發性的暈眩，不定期的大小便失禁。雖然這些症狀都還不至於會導致肢體殘障，但出現的次數愈來愈頻繁，已經不容忽視。

我告訴他，可能的病因很多。不過，他一定和我一樣心裡有數，很可能是神經上的問題。

拿到驗血報告的時候，我們都鬆了一口氣。報告上顯示，多發性硬化症的檢驗項目呈陽性反應。自從十年前化學藥劑「硬化他汀」問世以來，多發性硬化症已經是可以治癒或可以控制的疾病。有點諷刺的是，時間迴旋發生的時候，蛋白質組學正好也同時獲致許多醫學上的重大突破。我們這一代，也就是我和傑森這一代，也許逃不過世界末日的命運，但至少不會再死於多發性硬化症、帕金森症、糖尿病、肺癌、動脈硬化症，或者阿茲海默症。工業文明的最後一代很可能是有史以來最健康的一代。

當然，事情也不完全是那麼簡單。診斷確認的多發性硬化症病例中，將近有百分之五對「硬化他汀」或其他治療方法沒有反應。臨床醫師開始討論這些病例，認為那是一種「多重抗藥性多發性硬化症」，甚至可能是症狀相同的另外一種疾病。儘管如此，傑森的初期治療還是按照原定計畫進行。我開給他的處方是每日最小劑量的「硬化他汀」。從那以後，一直到艾德華抵達那一天那段期間，他的症狀完全消失了。艾德華抵達園區那一天，就像刮起一陣難以捉摸的熱帶風暴，走廊上擠滿了國會助理和媒體記者，像是暴風過境後散落滿地的殘骸。

艾德華代表華盛頓，我們代表佛羅里達。他代表經營管理，我們代表科學和工程。小傑則是在兩端之間游移擺盪。他的工作基本上是確保決策委員會的命令是否確實執行。不過，他也經常會挺身對抗官僚體系。這樣一來，那些科學家也就不再閒言閒語，說他只是靠他爸爸的關係。他們開始把他當成同夥的哥兒們。小傑說，麻煩的是，光是讓火星計畫付諸行動，還不足以滿足艾德華。他想要更細膩地操作這個計畫。通常，基於政治上的因素，他會把合約交給那些風評不佳的投標廠商，以換取國會的支持。基金會裡的員工私底下對他冷嘲熱諷，然而，當他蒞臨的時候，他們還是很樂於搶著跟他握手。

今年巡視的高潮，是艾德華在中心的大會堂裡對員工和來賓致詞的時候。全體員工魚貫進場，安分守己像小學生一樣，看起來一副熱情洋溢的樣子。等大家就座之後，傑森站起來介紹他父親。我看著傑森從階梯走上舞台，站到講台後面。我注意到他的左手鬆軟地垂掛在大腿旁，轉身跟他父親握手的時候，靠腳跟支撐身體，姿勢很怪異。

小傑簡單隆重地介紹了他父親，然後就退回舞台後面，和那群高階主管坐在一起。艾德華走到台前。聖誕節的一個禮拜前，艾德華就已經滿六十歲了，但別人會誤認為他是一個五十歲的運動員。他身上穿著一套三件式西裝，顯得腹部扁平，稀疏的頭髮剪成阿兵哥式的平頭，看起來朝氣蓬勃。他的致詞還是那一套制式的官方語言，恭維克萊頓政府充滿遠見，恭維聚集在現場的員工為「基金會的高瞻遠矚」所做的貢獻，恭維他兒子「充滿創造力的管理」。他對工程師和技術人員說：「如果我們成功了，我們將為生命帶來夢想，為一個不毛之地的星球帶來生命，為這個我們稱之為家的世界帶來全新的希望。」現場歡聲雷動，高舉揮舞的手像波浪一樣，大家笑得咧開了嘴，充滿野性。然後，艾德華在安全人員的簇擁下離開了。

一個鐘頭後，我在主管午餐室裡找到了小傑。他坐在一張小桌子前面，假裝在看《天文物理評論》出版的單行本。

我在他對面的椅子坐下來。「到底有多嚴重？」

他虛弱地笑了一下。「你該不是說我爸爸那種旋風式的來訪吧？」

「你明知道我問的是什麼。」

他壓低了聲音說：「我一直在吃藥，而且很準時，每天早上晚上。可是，又發作了。今天早上很嚴重。我的左手臂和左腿不能動了，像針在刺一樣，而且愈來愈嚴重。從來沒有這麼嚴重過。幾乎每個小時就會發作一次。那種感覺很像整個左半邊的身體通了電一樣。」

「你有時間到醫務室來一下嗎？」

「時間當然有，可是……」他的眼睛閃了一下。「我不知道要怎麼去。我不想驚動你，不過，我很高興你來了。現在，我實在沒把握還能不能走路。我一直等到艾德華演講完了才想辦法走到這裡來。不過，我很確定，如果我現在想站起來，一定會跌倒。我覺得我沒辦法走路了。小泰，……我沒辦法走路了！」

「我去找人來幫忙。」

他忽然坐挺起來。「不准叫人。必要的話，我可以坐在這裡等，等人都走光了，只剩下警衛的時候。」

「這樣太荒唐了。」

「或者你可以扶我站起來，不要驚動別人。這裡離醫務室只有二、三十公尺吧？如果你可以抓住我的手臂，看起來像是哥兒們勾肩搭背一樣，也許我們就可以走到那裡，不會驚動到別人。」

後來我只好答應了。不過，我不是答應他這種偽裝掩護的方式，而是因為，只有這樣才能夠把他帶到我的辦公室去。我抓住他的左手臂，他用右手撐著桌緣站起來。我們設法直接經過自助餐廳，不繞路，但他一路拖著左腳，那種姿勢實在很難掩飾。還好運氣不錯，沒有人仔細看我們。到了走廊，我們一直靠著牆壁走，這樣他瘸著腿的樣子就比較不會引人猜疑。有一個高階主管忽然從走廊盡頭冒出來，當時，傑森立刻壓低聲音說：「停下來。」接著，傑森身體靠著一個展示架，假裝站在那裡跟我聊天。他右手抓著那個鐵架子，抓得很用力，手指關節都泛青了，額頭上冒出斗大的汗珠。那個主管從我們旁邊經過的時候，點了點頭沒說話。

還沒走到診所門口，我已經幾乎撐著他全身的重量。還好，茉莉．西格蘭出去喝咖啡，不在裡面。我把門關起來，裡面就只剩我們兩個人了。我們進了一間檢驗室。我扶著傑森躺到檢查檯上，然後跑回去前面的櫃檯，留了一張字條給茉莉，交代他絕對不要讓人來打擾我們。

我回到診療室的時候，傑森在哭。他並沒有真的哭出來，只是臉上有淚痕，下巴懸著淚水。「真他媽的受不了。」他不肯看我的眼睛。他說：「我實在忍不住。對不起，我實在忍不住。」

他尿失禁了。

✲ ✲ ✲

我幫他穿上一件紙醫護袍，然後把他的濕衣服拿到診療室的水槽裡洗一洗。藥櫃後面有一間很少人進去的儲藏室。我把洗好的衣服拿到裡面，放在窗戶旁邊讓太陽曬乾。今天沒什麼病人，我就拿這個當藉口，叫茉莉下午不用上班了。

傑森終於恢復平靜，只不過，身上穿著那件紙醫護袍，看起來有點卑微。「你說過，這種病可以治得好。現在呢？你說，到底出了什麼問題？」

「小傑，這種病真的是可以治療的。大多數病例通常都可以治得好，但總是有例外。」

「然後呢，我也是一個例外囉？我中了倒楣的樂透獎？」

「你只是病情退步到更壞的狀態。還沒有完全治好的病通常都會有這種現象。有一段時間會身體失能，接著又有一段時間不會發作。你可能對藥物的反應比較慢。有一些病例，藥物需要花比較長的時間，在體內累積到一定的程度，藥效才能夠完全發揮。」

「自從你幫我開了處方以後，我已經吃了六個月了。我的病情反而惡化了，沒有比較好。」

「我可以換另外一種『硬化他汀』給你吃，看看有沒有效果。不過，那些藥的化學成分其實都差不多。」

「所以說，換處方是沒有用的。」

「也許沒用，也許有用。我們還是可以先試試看，不行的話再排除掉。」

「萬一那種藥也沒效呢？」

「那麼，我們就不用再去想要怎麼把這個病治好，而是要開始想怎麼把病情控制住。就算無法完全治癒，多發性硬化症也還不至於是絕症。很多病人在兩次發作中間，身體機能可以完全恢復正常，可以設法過正常的生活。」只不過，我沒有告訴他的是，這樣的病例，看起來很少會像傑森那麼嚴重，那麼兇猛。「通常，第二線的治療就是雞尾酒療法，混合抗發炎藥物、選擇性蛋白質抑制劑，還有特定的中樞神經系統興奮劑。雞尾酒療法可以很有效地抑制症狀，減緩病情的惡化。」

傑森說：「很好，好極了，幫我開藥方吧。」

「沒有那麼單純。可能會產生副作用。」

「比如說？」

「不一定會有。有的話，可能會有一些心理上的憂鬱症狀，例如，心情會有點消沉，或是偶發性的躁狂症。另外，有時候會感到全身虛弱。」

「除此之外，我看起來會像正常人一樣？」

「幾乎正常。」目前會很正常，也可能維持十年或十五年，甚至更久。「不過，那只是控制病情，不是治療。就像踩煞車，但不能完全停下來。如果你活得夠久，症狀有可能復發。」

「不管怎麼樣，你確定我可以過十年的正常生活嗎？」

「以醫生專業的角度來看，沒有問題。」

他若有所思地說：「十年，也可以說是十億年。就看你從什麼角度想。也許這樣就夠了。應該夠了，你覺得呢？」

我沒有問他，夠怎麼樣？「不過，那段期間……」

「泰勒，不要跟我說什麼『那段期間如何如何』。我不敢想像離開工作崗位會有什麼後果，而且，我不想讓任何人知道。」

「那並沒有什麼好羞恥的。」

「我並不覺得羞恥。」他用右手比一比身上的紙醫護袍。「我只是覺得他媽地丟臉到家了，不覺得羞恥。我們不需要討論心理問題。我在乎的是基金會裡的工作。他們還容許我做下去嗎？泰勒，艾德華痛恨疾病。他痛恨各種各樣的軟弱。自從卡蘿喝酒喝上癮之後，他就開始恨她了。」

「你不覺得他會體諒你嗎？」

「我愛我爸爸，不過，我並沒有盲目到看不見他的缺點。不會，他不會體諒的。我在基金會裡面能夠有影響力，是因為有艾德華在背後撐腰。依目前的情況來看，我的地位是有危險的。我跟他之間有一點意見不合。如果我變成他的累贅，不到一個禮拜，他就會撤掉我的職位，把我送到瑞士或峇里島豪華的療養院裡。然後，他會告訴自己，這樣做是為我好。更要命的是，他真的會相信這樣是為我好。」

「你要讓別人知道多少，你自己決定。不過，你需要找一個神經科專科醫生，不是我這種公司內部的普通全科醫師。」

他說：「不行。」

「小傑，如果你不去找專科醫師，我就沒有把握繼續幫你治療了。我沒有先去諮詢腦神經專家，就開『硬化他汀』給你吃，已經夠冒險了。」

「我們不是已經做過磁核共振顯影，也驗過血了嗎？你還需要什麼？」

「最理想的是，一間設備完整的醫院級實驗室，還有神經病學學位。」

「狗屁。你不是說過嗎，現在多發性硬化症已經不是什麼大不了的病？」。

「如果治療無效，就是大毛病了。」

「我不能……」他想反駁。不過，他顯然也累了，累壞了。雖然艾德華來之前的那個禮拜，他把自己累壞了，然而，疲倦也可能是病情惡化的另一個徵兆。「我們來打個商量。如果你能夠私下安排，不要列入我的行程表，我就跟你去看專科醫師。不過，你必須讓我的身體機能恢復正常。我明天就必須恢復正常。正常的意思是，走路不用人扶，不會尿失禁。你剛剛說的雞尾酒療法，藥效有那麼快嗎？」

「通常很快。不過，如果沒有神經科的病情檢查……」

「泰勒，你要明白，我很感激你為我做的一切，不過，必要的話，我也可以去買一個比較聽話的醫生。你現在就幫我治療，然後我就會去看專科醫師。只要你認為對的，我都會照你的話去做。不過，要是你以為我會坐著輪椅去工作，老二上還插著一根導尿管，你就大錯特錯了。」

「小傑，就算我現在開處方給你，一個晚上你也好不了。那要好幾天。」

「我也許能夠休幾天假。」他想了一下，終於說：「好吧，你幫我開藥，還有，你現在就把我弄出去，不要打草驚蛇。如果你辦得到，我就把自己交給你了。就這麼決定。」

「小傑，醫生是不討價還價的。」

「不要就拉倒，醫學之父希波克拉提斯。」

ᔕ ᔕ ᔕ

由於藥房的庫存裡沒有全部的藥，所以，一開始我沒有使用完整的雞尾酒療法。不過，我先開了中樞神經系統興奮劑給他吃，至少接下來的幾天，他的膀胱控制機能就能夠先恢復，走路可以不需要人扶。負面效應是，他會比較暴躁，頭腦反應遲鈍。我聽說，那種反應就像是古柯鹼的藥效快要消失的時候。血壓升高，兩眼發黑。

我們在那邊等，等到大部分的員工都下班回家了，廠房裡只剩下夜班工作人員，我們才離開。小傑走路的動作很僵硬，但總算蒙混過門口的櫃台，走到停車場，跟幾個比較晚下班的同事裝模作樣地揮揮手，然後就進了我的車子，跌坐在右邊的座位上。我載他回家。

他去過我家好幾次，不過，我一直沒有去過他家。我本來以為，他住的地方應該匹配得上他在基金會裡的地位。沒想到，那只是一間簡陋的小公寓，只看得到一點點海，只是一個睡覺的地方。顯然，那個地方除了睡覺，他也很少做別的事情。公寓裡有一條沙發，一台電視，一張書桌，幾個書櫃，還有寬頻電視網路連線。牆壁上空蕩蕩的，只有書桌前面的牆上貼著一張手繪的圖表。上面畫了一條線，表示太陽系的發展史，從太陽誕生，到最後崩塌成為一顆悶燒的白矮星。那條時間線上標出了一個點，上面寫著「時間迴旋」四個大大的字。從那個點上分叉出一條線，代表人類的歷史。書櫃上塞滿了雜誌期刊和教科書，唯一的擺飾是三張裱了框的照片。艾德華．羅頓的照片，卡蘿．羅頓的照片，還有黛安的照片。照片中的黛安看起來神情嚴肅，我猜應該是好幾年前拍的。

小傑攤在沙發上，整個人顯現出一種矛盾的現象。他的身體是鬆弛的，眼睛卻炯炯有神，顯現出一種藥物導致的超高敏銳。傑森在講話的時候，我到隔壁的小廚房去炒了一些蛋（早餐之後，我們兩個人都沒有再吃過東西了）。蛋炒好了，他還在講，一直講個不停。講到一半，他忽然說：「其實我知道自己話太多了，我自己很清楚，可是，我卻一點睡意也沒有……這種現象會消失嗎？」

「如果你接受雞尾酒療法的時間夠長，那麼，這種明顯的興奮劑藥效會消失的。」我端了一盤炒蛋到沙發那邊給他。

「藥效發作得好快。就像以前大家在期末考前開夜車吃的藥丸。不過，身體覺得很舒緩。我覺得自己好像空房子裡面的一盞霓虹燈招牌，閃亮耀眼，卻覺得很空洞。這個蛋，炒得很棒。謝了。」他把盤子放到旁邊。看起來大概只吃了一湯匙。

我坐在他書桌前面，看著前面牆上那張時間迴旋的圖，心裡想，整天活在這些東西裡面，會是什麼滋味。那張圖很陰鬱地描繪出人類的源起和滅亡。在一個普通恆星的生命周期中，人類生存的期間是何其有限。那張圖是他用軟毛筆畫的，畫在一張長長的米黃色普通包裝紙上。

傑森也看到圖這邊來。他說：「顯然，他們就是要我們做一些事……」

「你在說誰？」

「假想智慧生物。如果我們一定要這樣稱呼他們的話。我們大概必須這樣稱呼，每個人都要。他們想要從我們這裡得到一些東西。我不知道他們要什麼。一份禮物，一個訊號，還是合理的犧牲。」

「你為什麼會這樣想？」

「這已經不是什麼原創的見解了。時間迴旋隔離層允許人類的飛行器通過，例如人造衛星，然而，它卻攔住了流星隕石，甚至連布朗利微塵那麼小的隕石都攔住了。為什麼？顯然那不是一道隔離層。我們一直都用錯了字眼。」由於興奮劑藥效的作用，小傑似乎特別喜歡用顯然這個字眼。他說：「顯然，那是一個有篩選功能的過濾網。他們過濾照射到地球表面的能量，避免我們受到傷害，讓我們活下去。至少，他們希望能夠保存地球的生態。可是他們卻允許我們上太空？甚至在我們企圖用核子武器，攻擊地球人所能找到兩個僅有的時間迴旋機器之後，還允許我們上太空？小泰，他們到底要什麼？他們有什麼好處？」

「也許他們不是要什麼好處。可能是勒索。付錢，我們就放你們走。」

他搖搖頭。「放我們走？沒道理。放我們走對我們有什麼好處嗎？我們需要他們。我們還是不能排除那種可能：他們可能是善意的，或至少不會危害我們。我的意思是，假如當初他們沒有用時間迴旋罩住地球，我們人類會怎麼樣？很多人認為，我們正面臨人類文明存在的最後一個世紀，甚至是人類存在的最後一個世紀。全球暖化，人口過剩，海洋死亡，土壤枯竭，疾病蔓延，核子武器或生化武器的威脅……」

「我們最後可能會自我毀滅。不過，至少那是我們自作自受。」

「是這樣嗎？那到底是誰的錯？你的錯？還是我的錯？都不是。那只是幾十億人類無意中選擇的結果。我們平常做的事情其實沒什麼危險，例如，我們生小孩，開車去上班，保住自己的飯碗，解決一些眼前的問題。然而，到了某個節骨眼，這些瑣碎的小事卻遭到懲罰，結果是人類的滅亡。所以說，顯然，顯然我們已經到了關鍵時刻，到了另一種無可挽回的轉捩點。」

「乾脆讓太陽吞沒我們，也許死得痛快一點？」

「還沒到那個地步。太陽也不是第一個會燒掉的恆星。整個銀河系裡到處都是白矮星，那些白矮星系可能曾經都有生物居住的行星。你有沒有想過，他們有過什麼樣的遭遇？」

我說：「我很少想這些。」

我走過空蕩蕩的拼花地板，到書櫃那邊，看看傑森家人的照片。我先看艾德華的照片。照片裡的他正朝著鏡頭笑。這個人的笑從來就沒有讓人感覺是完全發自內心的。很容易就可以看得出來，他的體型外貌和傑森很像。（傑森大概會說，顯然）類似的機器，不同的靈魂。

「星系發生災變之後，生物怎麼可能還會活得下來？不過，很難說，顯然要看是哪一種『生物』。有可能是有機生物嗎？或是一般的自動催化回饋循環系統的生物？假想智慧生物是有機生物嗎？這個問題本身就很有意思……」

「你真的應該想辦法睡一下了。」已經過了半夜十二點，他已經開始在講一些我聽不懂的字眼。我拿起卡蘿的照片。她和傑森有什麼地方長得像就比較不容易看得出來。攝影師幫卡蘿拍照的時候，天氣應該不錯。她的眼睛睜得大大的，不過倒不是因為看到什麼令人驚駭的東西。她笑得有點勉強，薄薄的嘴唇些微上揚，幾乎感覺不到。儘管如此，她的笑容倒也還不至於太做作。

傑森還在講那些假想智慧生物。「他們可能在吸取太陽的能源。我們手上有一些太陽閃焰的資料，似乎看得出一點端倪。顯然，他們對地球所做的事，需要極大量的可用能源。消耗的能源，等於把一個星球大小的物體冷凍到將近絕對零度。所以說，能源是哪來的？最有可能的就是太陽。自從時間迴旋出現之後，我們觀察到，大規模的太陽閃焰明顯少了很多。地球上空一千兩百公里到兩千公里之間，是大氣層的日光層。某種東西，某種力量，或是某種中介，在陽光還沒有照射到日光層之前，就先吸走了高能量的電粒子。泰勒，他們在開採太陽的能源！那真是睥睨一切的科技，簡直和時間迴旋本身一樣令人震驚。」

我拿起黛安的照片。那張照片是她嫁給賽門．湯森之前拍的。照片捕捉到黛安特有的不安神情，彷彿她正瞇著眼睛陷入撲朔迷離的思考中。她天生麗質但神情不太自在，氣度優雅但有點心神不寧。

腦海中有太多對她的回憶。但那些回憶已然年湮代遠，以時間迴旋般的衝力逐漸流逝在過往的歲月裡。我拿著那個相框，不發一語，呆在那裡好一會兒。傑森看到了。他說：「說真的，泰勒，像你這樣執迷不悟實在不值得。」

「小傑，這不能算執迷不悟。」

「為什麼不算？是因為你已經忘了她，還是因為你怕她？不過，如果她有打電話來，我也可以問她相同的問題。賽門把她綁得死死的。我懷疑她是不是很懷念那段新國度的日子。那個運動，到處都是脫光衣服的一位論教派信徒，到處都是福音教派的嬉皮。虔誠的代價現在更高了。」他又補了一句：「她偶爾會跟卡蘿聯絡。」

「至少她應該還幸福吧？」

「黛安跟一票狂熱份子在一起，搞不好她自己也已經變成狂熱份子了。她恐怕已經沒有選擇快樂的餘地。」

「你覺得她可能會發生什麼危險嗎？」

他聳聳肩。「我認為她正在過她自己選擇的生活。她本來可以有別的選擇。小泰，要不是因為她滿腦子胡思亂想，她大可選擇，比如說，嫁給你……」

「胡思亂想什麼？」

「她幻想艾德華是你爸爸，而她是你親妹妹。」

我驚訝得從書櫃倒退了好幾步，慌亂間把照片碰倒在地上。

「這太荒唐了。」

「這是她獨家專利的荒唐。而且，我覺得她一直到了進大學才徹底放棄這個荒唐的念頭。」

「她怎麼居然會認為……」

「那是胡思亂想，沒什麼根據。想想看，黛安和艾德華之間從來就沒什麼感情。她覺得艾德華冷落她。從某方面來說，她是對的。艾德華從來就沒想過要生女兒，他要的是繼承人，男的繼承人。他的期望很高，而我剛好滿足了他的期望。對艾德華來說，黛安只會讓他分心。他本來寄望卡蘿把她帶大，而卡蘿……」他聳聳肩。「她沒有盡到責任。」

「所以她就編了這個……故事？」

「她覺得很有道理。這樣可以解釋為什麼艾德華收留你媽媽和你，讓你們住在庭院的小房子裡。這也可以解釋為什麼卡蘿老是悶悶不樂。而且，最根本原因是，這樣想她心裡會比較舒服。你媽比較親切，也比卡蘿更關心她。她喜歡這樣的感覺，感覺自己的血緣和杜普雷家比較親近。」

我看著傑森。他臉色蒼白，瞳孔放大，眼神渙散，看著窗外。我提醒自己，他是我的病人，他服用了很強的藥，所以，他出現這種心理反應，是可以預料的。我提醒自己，就這幾個鐘頭之前，眼前這個男人還因為自己大小便失禁而痛哭流涕。我說：「傑森，我現在真的該走了。」

「為什麼，這些事有那麼嚇人嗎？你以為長大是不會痛苦的嗎？」我還來不及回答，他猛然轉頭看著我的眼睛。那天晚上，那是他第一次正眼看我。「老天，我是不是太沒禮貌了。」

我說：「藥的關係……」

「我說得太過分了。泰勒，不好意思。」

「睡一晚你就會舒服一點了。不過，這幾天你還不可以到基金會去。」

「我不會去的。明天你會過來嗎？」

「我會來。」

他說：「謝了。」

我沒有回答他就走了。

太空園藝

那年冬天，是火箭發射台的冬天。

新的火箭發射台像雨後春筍一樣不斷冒出來，不只在卡納維爾角，甚至還遍布在荒漠連綿的西南部，還有法國東南部、赤道非洲、中國的酒泉和新疆、俄羅斯的白寇努爾和斯渥德博。那些發射架是為了發射火星改造種子所設置的。另外還有一些更大型的發射架，所謂的「大煙囪」，可以發射更大型的火箭動力太空船。如果火星的天然環境改造成功，就可以用這些太空船載運人類義勇軍，到勉強可以住人的火星去拓荒。那年冬天，發射架不斷繁殖，在水泥平台上扎根，用聯邦政府國庫的財力灌溉，朝氣蓬勃，繁榮茂盛，蔚為一片鋼鐵森林。

那些發射架是為第一波種子火箭量身打造的，但火箭反而比不上發射架那麼壯觀。這些火箭是以老式的太陽神和三角洲火箭為藍本，透過裝配線作業大量生產，性能結構剛剛好符合任務的需求，沒有絲毫多餘的複雜設計。那一年，冬去春來季節交替這段期間，數量驚人的火箭盤踞在發射台上，一艘艘的太空船彷彿棉白楊的豆莢一樣，準備載運冬眠的生命，到那遙遠的不毛之地。

可以這麼說，那是整個太陽系的春天，就算不是春天，至少也是拖得很長的秋老虎。太陽的氮核心大量損耗，太陽系裡可以住人的區域正逐漸向外擴張，開始涵蓋到火星，而最後也會擴展到木星最大的衛星加尼米德。通稱「木衛三」的加尼米德似乎有地底海洋，是後期地球化改造工程另一個有潛力的目標。火星上，經歷過百萬年的溫暖夏天，極大量的冷凍二氧化碳和水冰已經開始昇華為大氣。時間迴旋剛出現的時候，火星地表的大氣壓力大約只有八毫巴，差不多像聖母峰上方四公里半的高空一樣稀薄。如今，就算沒有人類的介入，火星的氣候也大有進展，已經和地球極地山峰的氣候差不多，瀰漫著氣態的二氧化碳。以火星人的標準來看，已經算溫和了。

我們打算讓火星氣候的發展更進一步。我們打算把氧氣摻進火星的空氣中，綠化火星的低地，創造池塘。目前，那些地方的地底冰層已經開始在定期溶化，噴出蒸汽泉，或是有毒的泥漿。

在那個發射架的冬天裡，儘管危機四伏，我們依然滿懷樂觀。

ꕥ ꕥ ꕥ

三月三號那一天，計畫中的第一波種子火箭發射已經迫在眼前。那一天，卡蘿．羅頓從家裡打電話告訴我，我媽媽中風了，情況很嚴重，可能沒救了。

我聯絡了當地一位醫生，請他到園區的診所幫我代班。等一切安排妥當，我立刻開車到奧蘭多，訂了隔天早上第一班飛機飛到華盛頓。

卡蘿到雷根國際機場接我。她顯然沒喝酒，人很清醒。住在羅頓家庭院的小房子那些年，這個女人總是表現出一副令人迷惑的冷漠，從來沒有流露出絲毫溫情。此刻，她卻展開雙手來抱我，我也回抱了她。然後，她退後半步，微微顫抖的手搭在我肩上，對我說：「泰勒，我很難過。」

「她還好嗎？」

「目前恐怕只剩一口氣了。車子在等我們，我們車上再談。」

我跟著她走出機場，坐上車子。那輛黑色的豪華大禮車貼著聯邦政府的標誌，想必是艾德華本人派來的。司機不太講話，默默將我的行李放進後車廂。我向他道謝，他用手輕輕舉了一下帽緣答個禮，然後就小心翼翼地坐到駕駛座上，和後面豪華的乘客廂隔開了。不等我們交代，他就自己往喬治華盛頓大學醫院的方向開去。

卡蘿的模樣比我記憶中更消瘦，坐在大禮車的皮椅上，看起來像小鳥一樣楚楚可憐。她從小皮包裡拿出一條棉手帕，輕輕擦著眼睛。她說：「不知怎麼就是想哭，昨天我的隱形眼鏡不見了，大概是哭的時候不小心掉了。你大概想不到我會這樣。人總是身在福中不知福。就像我，只要有你媽在我們家，家裡就不會亂七八糟，而且，只要知道她人在旁邊，就在草坪對面，我就安心了。那就是我的福氣。我一向睡得太好，你大概也知道。有幾次我半夜醒過來，感覺整個世界忽然變得很脆弱，整個人就要掉下去，就這樣從粉碎的地板陷下去，永無止盡地往下掉。那個時候，我就會想到她在小房子那邊，睡得很安穩。彷彿在法庭上提出證據。呈庭供證甲，貝琳達．杜普雷，證明心靈平靜的可能性。泰勒，我不知道你曉不曉得，她就像整個羅頓家的支柱。」

我大概想像得到。其實我們就像一整個大家族，儘管小時候我就已經看到兩棟房子之間的差異：我家的房子，簡陋而安詳，而大房子裡，玩具比較昂貴，吵起架來比較驚天動地。

我問她，艾德華有沒有去過醫院。

「艾德華？沒有，他太忙了。為了送太空船上火星，他似乎忙到沒有時間回家吃晚飯，只能在城裡吃。我知道小傑也是為了這件事留在佛羅里達，不過我想，如果整個計畫有所謂實務面的話，他處理的應該是比較實務的問題，而艾德華就比較像是舞台上的魔術師，從好幾頂不同的帽子裡把錢變出來。不管怎麼樣，葬禮的時候艾德華一定會來。」我臉上抽搐了一下，她不好意思地看看我。「我是說萬一的時候。不過，大夫說……」

「她不會復原了。」

「是的，她只剩一口氣了。泰勒，你還記得嗎，我自己也是醫生。我也幫人看過病。很久以前有一段日子我還能夠幫人看病。沒想到，現在你也是醫生了，自己也在幫人看病。唉，世事難料。」

我欣賞她的坦白。也許那是因為她難得這麼清醒。此刻，她似乎回到這個明亮的世界，一個她逃避了二十年的世界，可惜這個世界還是跟她記憶中一樣令人難受。

我們終於抵達了喬治華盛頓大學醫院。卡蘿已經跟維生系統樓層的護士打過招呼，表明自己的身分，然後我們就直接走到我媽的病房。卡蘿在門口猶豫了一下。我問她：「妳要進來嗎？」

「我……不了，我還是不要進去得好。我已經跟她道別過好幾次了。我不想待在這種到處都是消毒藥水味道的地方。我到停車場去，跟那幾個推輪床的人一起抽根煙。待會兒我們在那邊碰面好不好？」

我說好。

我媽還是昏迷不醒，身上插滿了維生系統的管線，有一部機器在調節她的呼吸。機器發出嗡嗡的聲音，她的胸腔有規律地起伏著。她的頭髮比我記憶中更蒼白了一點。我摸摸她的臉頰，她沒有反應。

出於醫生的本能，我不自覺地撐開她的眼皮，大概是想看看她的瞳孔有沒有擴張。只是，中風之後，她的眼睛出血，紅得像小番茄，整個眼球充滿了血。

§ § §

我和卡蘿坐車離開醫院。她邀我到她家去吃晚飯，我婉謝了。我說我會自己弄點東西吃。她說：「我知道你媽的廚房裡應該會有東西可以吃。不過，如果你願意的話，我真的很希望你到我們大房子來住。雖然你媽不在了，家裡有點亂，不過，我還是可以清一間客房讓你湊合著住。」

我跟她說謝謝，不過我還是比較想住在自己家裡。

「你考慮一下吧，如果想過來住就跟我說一聲。」她的視線沿著碎石路車道越過草坪，看向那間小房子，彷彿多年來終於第一次看清楚了。「你還有鑰匙嗎……？」

我說：「我還有。」

「那好吧，你就先回去好了。要是你媽那邊有什麼狀況，我們兩邊的電話號碼醫院都有。」然後，卡蘿又抱了我一下，然後就毅然決然地走上階梯。雖然她的樣子並沒有很急迫，不過我還是看得出來，她的酒癮已經憋得夠久了。

我走進我媽的房子。我心裡想，這裡比較像她的家，而不是我家，儘管我留在這裡的痕跡並沒有磨滅。我離開家去念大學的時候，把我的房間掃蕩一空，帶走了所有重要的東西。不過，我媽還是讓床鋪保持原狀，拿一些盆栽把空掉的地方補起來（例如松木架、窗台）。她不在了，那些花草很快就枯萎了。我澆了一些水。房子裡其他的地方還是一樣整齊。有一次，黛安形容我媽整理家務的風格是「線條式的」，我猜她的意思是，有秩序但不偏執。我在屋子裡四處逛著，看看客廳，看看廚房，瞄了一眼我媽房間裡面。雖然眼前的一景一物已經不完全是往日的面貌，但天地萬物都有其歸宿。

天黑了，我把窗簾拉上，打開每一個房間的燈。從前，我媽從來都不認為屋子裡需要把燈點得這麼亮。我點亮燈火，是為了向死神宣戰。不知道卡蘿有沒有注意到，隔著冬天枯黃的草地，小房子這邊燈火通明。不知道這會讓她感到安心，還是緊張。

艾德華大概在晚上九點的時候回到家。他來敲我家的門，表示哀悼，真是夠殷勤的了。在門廊的燈光下，他看起來有點不自在，那套手工縫製的西裝有點凌亂。晚上天很冷，他呼吸的時候噴出霧氣。他的手不自覺地摸摸口袋、胸口和臀部，好像是忘了什麼東西，或只是因為不知道手要擺哪裡。他說：「泰勒，我很難過。」

他的哀悼好像太早了點，感覺好像是我媽已經死了，而不是快死了。他已經認定我媽死了。我心裡想，我媽還有一口氣，至少還在吸氧氣。她還在很遠的喬治華盛頓醫院裡，一個人孤零零地躺在病房裡。「謝謝你，羅頓先生。」

「老天，泰勒，叫我艾德華就可以了，大家都這樣叫。傑森告訴我，你在佛羅里達的基金會裡做得很不錯。」

「我的病人好像都沒有抱怨。」

「太好了。貢獻不分大小，貢獻就是貢獻。對了，是卡蘿叫你回來住這裡的嗎？我們已經準備好一間客房，要不要過來我家住？」

「我住這裡就很好了。」

「好吧，我明白。不過，如果你需要什麼，隨時過來跟我們說一聲，知道嗎？」

他慢慢走過那片枯黃的草坪。無論在媒體上或是在羅頓家族裡，傑森早已是人盡皆知的天才。不過，我心裡明白，艾德華自己也夠資格冠上天才的頭銜。他將自己的工程學位和商業頭腦發揮得淋漓盡致，變成了一個龐大的企業王國。當年，奇異美洲電信公司和美國電話電報公司對時間迴旋束手無策，就像受到驚嚇的小鹿一樣眨著無辜的眼睛。而那個時候，艾德華已經開始賣起浮空器酬載的電信頻寬。他欠缺的，不是傑森的聰明才智，而是傑森的智慧，還有傑森對真實宇宙那分深沉的好奇。也許，他還少了幾分傑森的人性。

艾德華走了以後，這裡又剩下我一個人了。感覺這裡好像是我的家，又好像不是。我坐在沙發上，發現客廳的模樣幾乎沒什麼改變。我心裡感到很驚訝，呆了好一會兒。早晚有一天，我都必須把房子裡面的東西丟掉。我從來沒想過會有這一天。比起在另外一個星球上栽培生命，清理房子似乎更困難，更沒頭緒。不過，我會這樣想，或許是因為我在考慮該怎麼清理，也可能是因為我發現有個東西不見了。電視旁邊有一個擺設飾品的架子，最上層有個地方變空了。

住在屋子裡那麼多年，在我印象中，那座高高的架子上擺設的東西幾乎沒有變過，頂多只是多了一些灰塵。最上面那一層，擺的是我媽一輩子的紀念品。我閉著眼睛都可以說得出上面東西擺設的順序，想像得到那個畫面：她中學的校刊年鑑（緬因州賓翰郡麥特爾中學，一九七五、七六、七七、七八），加州大學柏克萊分校一九八二年的畢業紀念冊，一個玉製的佛像擋書夾，一張直立式塑膠框裝裱的畢業證書，一個伸縮型檔案套，裡面放著她的出生證明、護照、稅單。再過去是另一個綠色的佛像擋書夾，撐著三個破破爛爛的紐巴倫牌球鞋包裝盒。盒子上面分別寫著「紀念品（學校）」、「紀念品（馬庫斯）」、「雜物」。

但是今天晚上，第二個佛像擋書夾歪向一邊，而寫著「紀念品（學校）」那個盒子不見了。我猜應該是她自己拿下來的，但很奇怪的是，屋子裡別的地方都沒看到那個盒子。那三個盒子當中，只有那個「雜物」的盒子她經常會當著我的面打開。裡面放著一些音樂會的節目表，發黃變脆的舊剪報（裡面有她父母親的訃聞），一隻翻領別針紀念品。別針上的圖案形狀是「藍鼻子號雙桅八帆漁船」，那是當年她到新斯科夏省去度蜜月的時候買的。還有一些她在去過的餐廳和飯店收集來的摺頁火柴、衣服飾品、一張洗禮的證書。甚至還有一束我的胎毛，用一小片蠟紙包著，上面夾著一支別針。

我把另外一個盒子拿下來，那個上面寫著「紀念品（馬庫斯）」的盒子。我對我爸爸一向不會感到特別好奇，而我媽也很少談到他。（他在我腦海中的印象是很簡單的：一個很帥的男人，工程師，爵士音樂收藏家，艾德華大學時代最好的朋友，但也是個酒鬼，一個喜歡開快車的犧牲者。有一次他到加州苗必達市去拜訪電子供應商，晚上開車回家的路上出了車禍。）盒子裡面是一疊信，牛皮紙信封，信封上地址、姓名的筆跡簡潔俐落，應該就是我爸爸寫的。這些信的收件人是貝琳達・蘇頓，我媽未出嫁前的姓名。信封上的地址是加州柏克萊，但街道門號我不認得。

我拿出一個信封，打開，抽出裡面那張發黃的信紙，然後攤開。

那張信紙上沒有格線，但上面的字跡從頭到尾排列得很工整，間隔不大。內容寫著：親愛的貝，我以為昨晚在電話裡，該說的話都已經說過了，可是，我還是不停的想著妳。寫這封信，彷彿可以讓妳離我更近，然而我還是看不到妳，不能像去年八月一樣，有妳在我身邊。每一個無法躺在妳身邊的夜晚，我就在腦海中反覆播放往日記憶。

後面還有，但我沒有再看下去。我摺好信，塞回黃色信封裡，蓋上盒子，放回原來的地方。

第二天早上，有人來敲門。我想大概是卡蘿或是大房子那邊派過來的文書助理。我跑去開門。沒想到不是卡蘿，而是黛安。黛安穿著一條暗藍色的落地長裙，一件高領上衣。她雙手緊握在胸前，抬起頭看我，眼中閃爍著光芒。她說：「我好難過，一聽到消息我立刻就趕來了。」

可惜太晚了。十分鐘前醫院打電話來。貝琳達・杜普雷一直沒有恢復意識，終告不治。

ஞ ஞ ஞ

告別儀式上，艾德華的致詞很簡短，有點心神不寧，內容乏善可陳。我上去說話，黛安也上去說話。卡蘿本來也想說幾句話，但最後因為哭得太難過，或是酒醉還沒醒，沒辦法上台。

黛安的致詞最感人。她的聲調抑揚頓挫，真摯感人，娓娓細述我媽的親切彷彿一份禮物，從草坪對面一個更豐饒、更祥和的國度傳送過來。我很感激她說了這些話。相形之下，告別式上其他的一切似乎都顯得很死板僵硬。人群中冒出一些半生不熟的臉孔，上台說了一些冗長乏味的話，內容半真半假。我向他們一一微笑致謝，反覆同樣的動作，好不容易時間到了，大家才開始往墓園那邊走過去。

ஞ ஞ ஞ

那天晚上，大房子裡辦了一場聚會，一場葬禮後的招待會。會場上，艾德華生意上的夥伴們輪流來向我致哀。沒有一個是我認識的，不過其中有幾個人認識我爸爸。那幾個在大房子裡幫佣的人也來向我致哀，他們的哀悼就顯得比較真情流露，難掩悲痛。

宴會服務員在人群中穿梭，端著銀色的托盤，上面放著酒杯。我喝了很多酒，喝得有點過頭了。又有一群人要過來向我致哀，這個時候，黛安從人群中一路擠過來，把我拖走。她說：「你需要透透氣了。」

「可是外面好冷。」

「你再喝下去，就要開始陰陽怪氣了。我看你已經差不多了。來吧，小泰，幾分鐘就好。」

我們走到外面的草坪上。隆冬的草地一片枯黃。將近十八年前，我們就在同樣的草地上親眼目睹時間迴旋出現的那一刻。我們環繞著大房子散步。儘管三月的風寒冷刺骨，樹上屋頂上棚架上還殘留著細小的雪花，我們還真的在草坪上悠緩地漫步。

那些很容易就想得到的事情，我們已經聊了很多。我們交換彼此的近況：我的工作，我搬到佛羅里達，我在基金會的園區裡工作。她告訴我她和賽門這幾年來的狀況。他們退出新國度運動，走向比較溫和的傳統信仰，以虔誠的心和克己苦行迎接「被提的極樂」。（她說：「我們不吃肉，不穿人造纖維的衣服。」）我有點醉了，頭重腳輕。我走在她身邊，心裡納悶著，不知道在她眼裡，我是不是已經變成一個粗俗或討厭的人。不知道她有沒有聞到我滿身餐前酒的酒味，不知道她有沒有注意到，我身上穿的外套是人造纖維混紡的棉料。她沒什麼變，只不過比從前瘦了一點，或許太瘦了。她衣服的領子又高又緊，把下巴的線條襯托得有點突兀。

我還算清醒，還知道要謝謝她費心拖我出來清醒一下。

她說：「我自己也需要出來透透氣。真是受不了艾德華請的那些客人，沒有半個人真正懂得你媽媽的好。沒有半個。他們還在那邊談什麼提撥法案，什麼酬載重量。他們居然在那邊談生意。」

「也許那就是艾德華對她致敬的方式。請一些政商名流來為她的守靈之夜增添光彩。」

「你會這樣想還真是寬宏大量。」

「妳好像還是一看到他就不高興。」我心裡想，她真的很容易被他激怒。

「你是說艾德華？當然不高興。雖然我也知道應該寬宏大量一點，原諒他。你似乎就比我寬宏大量多了。」

我說：「他並沒有對我怎麼樣，需要我去原諒，畢竟他不是我爸爸。」

我說那句話其實沒什麼別的意思，不過，傑森幾個禮拜前跟我講的話，我還是耿耿於懷。話一出口，自己都嚇了一跳。儘管說那句話之前我心裡已經再三斟酌，但一說出口，我的臉都紅了。黛安滿臉疑惑地看著我，看了好久，然後，她忽然瞪大眼睛，臉上露出又生氣又尷尬的表情。就算在門廊微弱的燈光下，我還是很容易就看得出來。

她冷冰冰地說：「一定是傑森告訴你的。」

「對不起……」

「他是怎麼告訴你的？你們兩個是不是沒事就坐在那邊嘲笑我？」

「當然不是。他……他是因為吃了藥才會跟我講那些。」

這下子又露出馬腳了。她緊咬著不放：「什麼藥？」

「我是他的全科醫師，有時候我會開一些處方給他。有什麼好奇怪的嗎？」

「泰勒，什麼樣的藥會讓一個人忘了自己的承諾，說出不該說的話？他答應過我永遠不會告訴你……」說到這裡，她又推斷出另一種可能。「傑森是不是生病了？是不是因為這樣他才沒有來參加葬禮？」

「他太忙了。剩不到幾天我們就要發射第一波火箭了。」

「可是，你好像在幫他做什麼治療。」

「我不能違反職業道德，跟你討論傑森的病歷。」我說。但我知道這樣一說她只會更疑心，因為，表面上我雖然沒有告訴她，但實際上卻已經洩漏了祕密。

「這確實很像他的作風，生了病卻不告訴我們。他那個人就是這樣把自己徹底封死……」

「也許妳應該主動問他，有時間妳可以打個電話給他。」

「你以為我沒打過嗎？他是不是也跟你說我都沒有打電話？有一陣子我每個禮拜都打電話給他，但他只會跟我打哈哈，講一些不痛不癢的事。比如說，妳還好嗎，我很好，最近有沒有怎麼樣，沒怎麼樣。泰勒，他根本不希望我打電話給他。他被關在艾德華的軍營裡。他覺得我會害他丟臉。除非他態度有所改變，否則我不會打電話給他。」

「我不知道他有沒有變，不過，也許妳可以去看看他，當面跟他聊一聊。」

「我怎麼跟他見面？」

我聳聳肩。「再休息一個禮拜，跟我一起坐飛機回去。」

「你不是說他很忙嗎？」

「只要火箭一發射升空，剩下的工作就是坐下來等了。妳可以到卡納維爾角來，我們可以一起看看歷史是怎麼創造出來的。」

「發射火箭是沒用的。」她說。不過，聽起來好像是別人教她說的。她又說：「我很想去，可是我買不起機票。我跟賽門日子還過得去，但我們沒什麼錢。我們不是羅頓家族。」

「我可以幫妳出機票錢。」

「你是個很慷慨的酒鬼。」

「我說真的。」

她說：「謝謝你，但還是不要。我不能接受。」

「妳考慮一下。」

「等你酒醒了再問我吧。」我們沿著階梯走上門廊的時候，昏黃的燈光從頭頂上照下來，陰影遮住了她的眼睛。她忽然說：「也許我從前曾經胡思亂想，以為……也許我跟傑森說過……」

「黛安，不要說這些了，我都明白。」

「我知道艾德華不是你爸爸。」

她推翻了自己過去的想法，這沒什麼。有意思的是她的表達方式，堅定，果決，彷彿她現在了解更多了，彷彿她發現了另一種真相，發現了解開羅頓家族祕密的另一把鑰匙。

黛安回大房子去了。而我也不想再去面對那些無謂的人無謂的祝福。我走回我媽的房子裡。此刻，我忽然感覺房子裡太悶又太熱。

第二天，卡蘿跟我說，我可以慢慢整理我媽的東西。她的說法是「安排一下」。她說，小房子就在這裡不會跑掉，一個月，一年，都沒關係。只要我有時間，只要我心情平靜一點，隨時都可以「安排一下」。

想讓自己心情平靜現在還言之過早。不過，我還是謝謝她這麼有耐性。那一整天，我都在打包行李準備搭飛機回奧蘭多。我一直在想，是不是該帶一些我媽的東西回去，也許她會希望我擁有一個自己的盒子，保存一些紀念品。可是，我要帶什麼？帶走一個德國著名的喜姆娃娃瓷偶？她喜歡那些瓷偶，可是我總覺得又貴又俗氣。帶走客廳牆上那一隻十字型針法縫製的蝴蝶？還是那幅自助裱框的名畫複製品，印象派大師莫內的名作「睡蓮」？

我在那邊猶豫不決的時候，黛安突然出現在我家門口。「你昨天說的那件事現在還算數嗎？幫我買機票去佛羅里達？你是說真的嗎？」

「當然是說真的。」

「我跟賽門談過了。他不太高興我到佛羅里達去，不過，他說他自己一個人在家裡幾天應該沒什麼問題。」

我心裡想，他還滿體貼的嘛。

她說：「所以，除非你……我是說，我知道你昨天喝了很多酒……」

「別傻了。我現在就打電話到航空公司。」

我用黛安的名字訂了一個機位，隔天的第一班飛機，華盛頓到奧蘭多的旅遊票。

然後，我繼續打包行李。媽媽所有的遺物當中，我好歹選了一樣。我選了那一組玉石雕刻的佛像擋書夾。

我找遍了整間房子，甚至還檢查了一下床底，就是找不到那個寫著「紀念品（學校）」的盒子。

那個盒子似乎永遠消失了。

無人星球生態培育

傑森建議我們先去可可比奇的飯店訂房間，然後在那裡等他一天，他會過來跟我們會合。他正在基金會的園區裡主持最後一輪記者會，回答媒體的提問。不過，他已經預先排出一個發射前的空檔，希望觀賞發射場景的時候，能夠一個人清靜一下，旁邊不要有CNN的記者拿一堆豬頭問題來轟炸他。

我把傑森的意思告訴黛安。她說：「太好了，那就讓我來問他那些豬頭問題吧。」

她很擔心傑森的治療狀況，我只好編了一些話來安慰她：不會啦，他並沒有快要死了。如果身體狀況有任何暫時的變化，他自己應該知道。我說的話她相信了，或者似乎是相信了。不過，她還是想親眼看看他，彷彿只有親眼見到了才會安心，彷彿我媽的過世動搖了她的信心。她一直相信，在羅頓家族的宇宙裡，我媽是一顆永恆不變的星。

我亮出基金會的證件，亮出傑森的名號，輕而易舉地就在假日酒店弄到了兩間緊鄰的套房，景觀正好面對著卡納維爾角。火星計畫的構想成形之後，沒多久，梅里特島外海的淺海區很快就蓋起了十幾座發射台。美國環保局曾經提出抗議，而基金會的反應是知悉但不予理會。這幾座淺海發射台從飯店看得最清楚。除了發射台，眼前的景觀還有停車場，冬日的海灘，蔚藍的海洋。

我們站在套房的陽台上。從奧蘭多開車到飯店之後，黛安先洗了個澡，換了衣服，然後我們準備到樓下大廳的餐廳好好大吃一頓。從這裡，我們可以看得到別的陽台上布滿了密密麻麻的攝影機和鏡頭。假日酒店是指定的媒體飯店。（也許賽門不信任凡塵俗世的媒體，但沒想到黛安現在卻深陷其中。）我們看不見夕陽，但晚霞的光輝映照在遙遠的發射架和火箭上，彷彿一群巨大的機器人正邁向中大西洋海溝，投入一場大戰。那景象如此超塵絕俗，彷彿不像真的。黛安從陽台的欄杆邊倒退了幾步，彷彿眼前的景象嚇到了她。「為什麼會有這麼多火箭？」

我說：「分散目標的生態培育。」

她笑了起來，語氣中有一點責難的味道。「你是在學傑森講話嗎？」

那不是傑森的用辭，不完全是。「生態培育」這個辭彙是勞勃．海尼斯在一九九〇年發明的。當時，將其他星球地球化的構想還是一種純屬臆測的科學。從技術上來說，就是在一顆無生命的星球上，創造出一個能夠自動調節的厭氧性生物生存區域。不過，在當代，這個字眼的含意是純生物領域的火星改造。火星綠化需要兩種不同的星球改造工程。第一階段是天然環境地球化，提高地表溫度，增加大氣壓力，達到跡近於可以培育生物的起步門檻。第二階段就是「生態培育」，用微生物和植物滋潤土壤，製造氧氣注入大氣層。

時間迴旋已經幫我們完成了最艱鉅的部分。逐漸擴張的太陽已經充分暖化了太陽系裡的行星，除了地球之外。剩下的工作就是比較微妙的「生態培育」。不過，生態培育有很多種可能的途徑，有很多有機生物的候選名單，從生存在岩石上的菌類，到高山上的地衣苔蘚。

黛安懂了。她說：「因為你們要把所有的生物都送過去，所以叫做分散目標。」

「全部送過去。只要經費許可，能送多少就送多少，因為沒有任何一種有機生物確定能夠適應生存。不過，也許有一種可以活下去。」

「也許不只一種。」

「那更好。我們想要的是一個生態體系，不是單一環境。」事實上，火箭發射的時機是精心安排的，而且分批錯開。第一波火箭只裝載厭氧性和能夠光合自養的有機生物，那種簡單的生命形態不需要氧氣，而且能夠從陽光獲取能量。如果它們生長得夠茂盛，死亡累積到一定的數量，就能夠在單位面積內累積成生物量層，以培育更複雜的生態體系。第二波發射是一年後，裝載能夠製造氧氣的有機生物。這將是最後一波無人火箭，運送原始植物去固著土壤，調節水汽蒸發和降雨的循環。

「看起來似乎不可能會成功。」

「我們活在一個不可能的時代。不過，確實無法保證一定會成功。」

「萬一不成功呢？」

我聳聳肩。「反正我們也沒什麼好損失的。」

「損失一大堆錢，一大堆人力。」

「這些錢和人力還會有更好的用途嗎？沒錯，這是一場豪賭，而且，確實沒有把握，不過，一想到我們可能得到的回饋，就值得冒險賭一把。而且，對大家都有好處，至少目前是這樣。一方面可以提振我們國內的民心士氣，一方面也可以促進國際合作。」

「可是你們也會誤導很多一般民眾。你們讓他們相信時間迴旋是我們能夠控制的，相信我們找到了一種足以改變時間迴旋的科技。」

「妳是說，我們給了他們希望。」

「錯誤的希望。而且，萬一你們失敗了，你們也就等於剝奪了他們的希望。」

「那妳要我們怎麼辦，黛安？回家跪在墊子上禱告？」

「那也不算是承認自己被打敗了……我是說禱告。好了，如果你們成功了，下一步是不是就要送人過去？」

「是的，如果火星綠化了，我們就會送人過去。」這是一項更艱鉅，道德上更複雜的任務。我們會送一批精心挑選的義勇軍上去，每個小組十人。他們必須擠在狹小的空間裡，依賴有限的食物配給，忍受一段極其漫長的旅程。沒有人知道那會有多漫長。他們在三角洲V型火箭裡度過好幾個月的無重狀態之後，到了火星的大氣層，還要忍受近乎致命的大氣摩擦減速，接下來，還要冒險下降到火星的地表。如果前面的過程都成功了，如果配額有限的生存裝備也能夠平行下降，降落在他們附近的地點，那麼，接下來，他們就必須在那個人類勉強可以生存的環境裡，開始訓練自己求生的技能。任務簡報沒有教他們要怎麼回地球，只教他們要活得夠久，久到足以繁衍出夠多的人類，將禁得起考驗的生存模式傳承給他們的後代子孫。

「哪個正常人願意做這種事？」

「妳絕對想像不到。」我不知道中國、俄國和其他國家的義勇軍是什麼樣的人，不過北美洲的飛航人選只是一群普通的男女百姓，令人十分驚訝。他們獲選的原因，是因為他們年輕，體格強健，能夠忍受艱苦的環境。只有少數是空軍的試飛員，不過他們全都具備傑森所說的「試飛員的心理特質」，願意冒極大的生命危險，追求卓越的成就。當然，他們大多數人共同的命運就是死亡，就像先前的火箭所載運的那些菌類一樣。根據合理的預估，有幾批零散的倖存者會流浪到「水手谷」滿是苔蘚的峽谷中。他們可能會碰到俄國人、丹麥人或加拿大人的隊伍，繁衍出可觀的火星人類。這是最樂觀的成果了。

「你同意這樣的評估？」

「沒有人問我的意見。但我希望他們平安。」

黛安用一種不甚滿意的眼神看著我，不過卻沒有繼續和我爭辯了。我們搭電梯到樓下大廳的餐廳。當我們在那邊排隊等服務員帶我們入座時，排在我們前面的是十幾個電視新聞網的技術人員。黛安想必已經感覺到那股不斷滋長的興奮氣息。

點過菜之後，她轉頭去聽四周鄰桌的零星交談。那些新聞記者正在排練隔天工作要用到的一些術語，或是絞盡腦汁想把那些術語搞懂。她斷斷續續聽到一些字眼，例如「光解離作用」和「石下寄生菌類」，當然還有「生態培育」。她還聽到四周瀰漫著笑聲和刀叉餐盤肆無忌憚碰撞的聲音，感覺到空氣中飄散著一股令人暈眩的歡樂氣息，彷彿有一種莫名的期待。自從六十多年前人類初次登陸月球之後，這是第一次沸沸揚揚全球矚目的太空探險。而時間迴旋更賦予這次任務一種獨特的意義，那正是登陸月球所欠缺的：這是真正的危機，時間緊迫，而且，全球人類共同承擔風險。

「這全是傑森的傑作，對不對？」

「就算沒有傑森和艾德華，人類終究還是會走上這一步，只不過，過程可能會不太一樣，可能會比較慢，比較沒效率。小傑從頭到尾都是這項計畫的核心人物。」

「而我們都是外圍份子，圍繞著這個天才。偷偷告訴你，我有點怕他。這麼久沒見面了，我真的有點怕見到他。我知道他對我不太滿意。」

「不是對妳不滿意。至於妳的生活方式嘛，也許吧。」

「你說的是我的信仰吧。我們可以聊聊這個問題。我知道小傑有一點……有一點覺得我背叛了他。彷彿我和賽門否決了他所相信的一切。可是真的不是這樣。傑森和我從來就沒有走過相同的路。」

「妳知道嗎，小傑骨子裡還是小傑，從前那個小傑。」

「但我還是從前那個黛安嗎？」

這個問題，我也沒有答案。

她顯然胃口很好，吃得很起勁。吃完主菜，我們叫了點心和咖啡。我說：「妳很幸運，有時間來看這樣的場面。」

「你的意思是，我很幸運，是因為賽門肯放牛吃草。」

「我不是那個意思。」

「別緊張。不過，這樣說也沒錯。賽門可能有一點管太多了。他想知道我人在哪裡。」

「妳會覺得困擾嗎？」

「你的意思是我的婚姻有問題嗎？沒有，不是那個問題，我也不會讓婚姻出問題。不過，那也不代表我們之間完全不會有爭執。」她猶豫了一下。「我可以告訴你一些事情，不過，那是我們兩個人之間的祕密，懂嗎？不能告訴傑森，只有你知道。」

我點點頭。

「自從你們上次見面以後，賽門變了不少。大家都變了，新國度那段日子的老夥伴都變了。新國度是屬於年輕人的，是為了創造一個信仰的群體，創造一個神聖的空間。在那裡，我們可以不用害怕周圍的人，可以彼此擁抱。擁抱不是象徵，而是真正的擁抱。人間的伊甸園。可惜我們錯了。我們以為愛滋病沒什麼可怕，嫉妒也無所謂……誰會在乎那些呢？既然世界末日都已經到了。然而，小泰，『大難』來得很慢。大難是一輩子的，而我們需要健康強壯的身體來面對大難。」

「那你和賽門……」

「噢，我們很健康。」她笑了一下。「謝謝你的關心，杜普雷大夫。不過，愛滋病和吸毒讓我們失去很多朋友。整個運動就像是在坐雲霄飛車，愛讓我們一路衝上顛峰，悲傷讓我們一路墜到谷底。任何一個參與過運動的人都有同樣的感受。」

也許吧，不過，參加過新國度運動的人，我也只認識黛安一個。「過去這幾年大家的日子都不好過。」

「賽門不太能適應，日子很不好過。他真的相信我們是神祝福的一代。有一次他跟我說，上帝已經降臨，離我們如此地近，就像冬夜裡我們身邊的暖爐。他說，他真的能夠用他的手去觸摸那『天國』，感受神的溫暖。我們都有那樣的感受，而那一切真的激發了賽門最好的一面。後來，整個運動開始走下坡，我們好幾個朋友都生病了，要不然就是染上毒癮，各種各樣的毒癮。這件事對他傷害很深。就是那時候，我們的錢也已經花光了，到最後，賽門不得不去找工作。我們兩個都必須去找工作。我已經兼差好幾年了。賽門找不到一般世俗的工作，不過，他到我們亞利桑納州天普市的教堂裡當管理員，約旦大禮拜堂。他們有錢的時候就會付他一點薪水……現在，他正在準備考試，考配管工人的執照。」

「這似乎不太像上帝應許之地。」

「是啊，可是你知道嗎？我不覺得應許之地已經降臨。我就是這樣告訴他。也許我們可以感覺到千年至福即將來臨，但畢竟還沒有來臨……就算結果注定要失敗，我們還是要堅持到最後一秒鐘。也許我們的遭遇正是上帝的審判。我們對自己所做的一切都應該要鄭重其事。」

我們搭電梯到樓上的房間。黛安在她房間的門口停了一下，對我說：「我一直都記得，跟你說話的感覺有多好。還記得嗎，我們過去曾經是無話不談的？」

我們曾經透過電話簡單的媒介，透露彼此心中的恐懼。有距離的親密。她一直都喜歡那樣的感覺。我點點頭。

她說：「也許我們可以再重溫舊夢。也許有時候我可以從亞利桑納州打電話給你。」

當然是她打給我，因為賽門不會喜歡我打電話給她。我們有默契。這就是她希望跟我保持的關係。她會是我的紅粉知己。對她來說，我是一個沒有威脅的人，一個心情不好的時候可以傾訴的對象，就像電影裡女主角身邊那個同性戀的男性友人。我們可以談天，可以分享彼此的心情，沒有人會受到傷害。

這不是我想要的，也不是我需要的。可是，看著她那渴望而又有點失落的眼神，我實在說不出口。結果，我對她說的是：「好哇，當然好。」

她咧開嘴笑了，抱了我一下，然後就進房間去了，剩下我一個人站在走廊上。

那天晚上我很晚才睡，比平常晚很多。我安撫自己受傷的尊嚴，沉浸在附近房間傳來的吵雜聲和歡笑聲中，腦海中想著近日點基金會，太空總署噴射推進實驗室，甘迺迪太空中心，還有裡面那些科學家和工程師。我想到那些報社記者、電視新聞播報員，想到他們正看著強烈的弧光燈打在遙遠的火箭上，想到大家都在這人類歷史的盡頭各自忙碌，做自己該做的事，對自己所做的一切鄭重其事。

§ § §

第二天中午傑森到了，距離第一波發射預定的時間還有十個鐘頭。天氣晴朗，風平浪靜，是個好兆頭。全球各地的火箭都已蓄勢待發，唯一明顯耽擱的是歐洲太空總署。他們的發射場位於法屬新蓋亞那，是以前的庫魯太空中心擴建而成的。由於一場猛烈的三月風暴，那裡被迫關閉，美國生態學會提供的有機生物可能會晚一、兩天送到……相當於時間迴旋外面的五十萬年。

小傑直接到我的套房來，黛安和我一起在這等他。他穿著一件廉價的塑膠防風夾克，戴著一頂馬林魚帽，帽緣壓得低低的，幾乎把眼睛都遮住了。這樣是為了掩人耳目，避開住在這裡的記者。一看到我來開門，他立刻就說：「泰勒，真對不起，要是排得出時間來，我一定會到場。」

他說的是我媽的葬禮。「我明白。」

「貝琳達．杜普雷是整個大房子裡最令人懷念的人。這是我的肺腑之言。」

「謝謝你。」我說，然後退到旁邊讓他進來。

黛安一副緊張兮兮的模樣從房間的另一頭走過來。傑森反手把門關上，臉上沒有笑容。他們兩個相隔一公尺，站在那裡四目相對，整個房間裡氣氛安靜得有點凝重。傑森終於開口了。

他說：「看妳那個領子，簡直是一副英國維多利亞時期銀行家的模樣。還有，妳實在應該吃胖一點，在你們那個到處養牛的鄉下，吃一頓像樣的飯有那麼難嗎？」

黛安說：「小傑，我們那裡的仙人掌比牛多。」

然後他們兩個都笑了，走向前抱在一起。

ཏ　ཏ　ཏ

天黑了以後，我們都跑到外面的陽台去。我們把很舒服的椅子搬出去，叫客房服務送來一大托盤的餐前小菜（黛安點的）。那是一個時間迴旋遮蔽的夜晚，天空一片漆黑，看不到星星。然而，遠處的發射台在巨大的強光燈照耀下，一片燈火通明，映照在海面上的倒影彷彿在緩緩起伏的波浪中翩然起舞。

到目前為止，傑森已經在一個神經科醫生那邊看了好幾個禮拜。專科醫師的診斷和我的診斷完全一樣：傑森得的是嚴重的多發性硬化症，對藥物沒有反應，唯一有效的治療方法是服用大量的緩和藥劑。事實上，那位神經專科醫師想把傑森的案例上報給疾病管制中心。疾病管制中心目前正在研究一種疾病，有人稱之為「非典型多發性硬化症」，簡稱「非多發硬化」。小傑半是恐嚇半是收買，叫他打消那個念頭。不過，至少到目前為止，新的雞尾酒療法有效控制住了他的病情，症狀沒有再發作。他的身體機能就和從前一樣正常，行動自如。黛安心頭可能有的疑慮很快就煙消雲散了。

為了慶祝這次發射，他還帶了一瓶很貴的正牌法國香檳。我告訴黛安：「我們本來可以去坐貴賓席的，坐在船艇組裝大樓外面的露天看台，坐在葛蘭總統旁邊。」

傑森說：「這裡的視野也一樣好，甚至更好。在這裡，不會有人搶著要拉我們拍合照。」

黛安說：「我從來沒有親眼看過總統。」

天空當然還是一片漆黑，房間裡的電視上有人在報導時間迴旋隔離層（我們開電視是為了聽倒數計時）。黛安抬頭看著天空，彷彿天空可能會奇蹟似地變成有形的，一個籠罩著地球的蓋子。傑森看到她抬頭的樣子。他說：「他們實在不應該稱之為隔離層，報紙上已經沒有人用那個名稱了。」

「哦，那他們用什麼名稱？」

他清了清喉嚨。「一面『奇異透析膜』。」

黛安笑出來。「噢，不會吧，不會吧，那太恐怖了，真受不了。聽起來簡直像是婦產科的毛病。」

「是沒錯，不過『隔離層』這個名稱是錯誤的。時間迴旋比較像是一道邊界。那不是一條可以隨意跨越的普通界線。時間迴旋會選擇特定的物體，接納物體，然後加速送到外面的宇宙。有點像物理上的滲透作用，而不是像衝破一道籬笆。所以，我們稱之為透析膜。」

「小傑，我已經忘了我們以前話是怎麼說的，我可以超現實一點，荒誕一點。」

「噓。」我制止他們兩個，「你們聽。」

現在電視已經切換到太空總署的畫面，任務管制中心正以一種機械式的聲音在倒數計時。三十秒。發射台上，十二艘火箭已經開始注入燃料，一一點名。十二艘火箭同時發射，這是野心勃勃的壯舉。要是在從前，太空總署會認為這樣的行動是不切實際的，而且極度危險。不過，話說回來，我們現在活在一個絕望冒險的年代。

黛安問：「為什麼他們一定要同時升空呢？」

「因為……」傑森開口回答，然後忽然停下來。「等一下，我們先看。」

二十秒。十秒。小傑站了起來，整個人靠在陽台的欄杆上。

整個飯店的陽台上到處擠滿了人。海灘上是滿滿的人潮，萬頭攢動，無數的鏡頭旋轉著焦距，全部朝向同一個方向。根據事後的統計，當天圍繞在卡納維爾角的群眾將近有兩百萬人。根據警方的報告，那天晚上發生了一百多起皮夾失竊案件，兩起持刀殺人案件，十五起傷害未遂案件，還有一位婦人早產。（一名一千八百多公克的女嬰在一張摺疊桌上接生，地點是可比奇的「國際煎餅之家」。）

五秒。房間裡的電視忽然安靜下來。那一刻，萬籟俱寂，只剩下攝影機操作所發出的喀嚓聲和嗡嗡的尖細鳴聲。

接著，火箭點燃，海面上亮起一片炫目刺眼的光，延伸到海平線。

如果只是一枚火箭，即使是在黑夜裡發射，當地的民眾早就見怪不怪了。只不過，這次的火焰不是只有一束，而是五束，七束，十束，十二束柱狀的火焰。那一剎那，海面上的發射架只剩下黑影般的輪廓，像一座座只有鋼骨的摩天大樓，迅速籠罩在海水蒸發形成的巨大水霧中。十二道白色的火焰形成巨大的柱子，相隔好幾公里，遠遠望去卻彷彿緊靠在一起，像十二隻爪子緩緩伸向黝黑的天空。在十二道火焰交織而成的火光照耀下，天空也從黝黑逐漸變成靛藍。固態燃料火箭奮力爬升，發出隆隆巨響，彷彿一陣狂喜或恐懼壓迫心臟，發出震撼的搏動。海灘上的群眾開始歡呼狂叫，兩種聲音交織成一片。然而，我們歡呼，並不只是因為狂暴激昂的壯觀場面。我相信，那兩百萬群眾從前一定都看過火箭發射，至少在電視上看過。儘管十二艘火箭齊發升空的場面是如此壯觀，如此驚天動地，但我們並非只是為此而歡呼。我們歡呼，主要是為了場景背後所隱含的意圖，一個振奮人心的意念。我們不只是要在火星上插上人類生命的旗幟，我們也是在向時間迴旋挑戰。

火箭升空了。（我從陽台上瞄了一眼房間裡的電視。長方形的螢幕上可以看到酒泉、斯渥德博、白寇努爾、新疆，類似的火箭劃出彎彎的飛行軌道，消失在白天晴朗的雲端。）海平線上刺眼的光芒逐漸變成間歇的閃爍，逐漸黯淡，而夜色又重新盤據了海上。沙灘上，水泥平台上，沸騰的海水上，隆隆巨響逐漸變得遙遠。我彷彿聞到刺鼻的煙硝味隨著潮水飄上岸，一種很像「羅馬之燭」煙火的獨特臭味，不過聞起來還不至於會不舒服。

成千上百的相機彷彿垂死的蟋蟀發出喀嚓喀嚓的聲音，然後漸漸沉寂。群眾的歡呼變換了幾種方式，持續到天明。

꩜ ꩜ ꩜

我們回到房間裡，拉上門簾，遮住外頭曲終人散降臨的夜幕，打開香檳。我們看著電視上的海外新聞。除了法國那邊因為風雨耽擱了，各地的發射都很順利。一隻滿載著菌類的艦隊已然踏上火星的征途。

「為什麼他們會同時升空呢？」黛安又問了一次。

傑森若有所思地看了她很久。「因為我們希望他們能夠差不多在相同時間抵達目的地。不過，這可沒有聽起來那麼簡單。他們必須盡可能同時進入時間迴旋透析膜，否則一到了外面，他們的時間差距會是好幾年，甚至好幾個世紀。或許對那些厭氧性菌類來說，時間的影響並不大，不過我們在執行上還是把時間視同關鍵因素。」

「好幾年，甚至好幾個世紀？怎麼可能呢？」

「黛安，這就是時間迴旋的本質。」

「我知道，可是，好幾個世紀？」

他把椅子轉過身去面向她，皺起眉頭。「我要搞清楚妳無知到什麼程度……」

「小傑，我只不過是問個問題。」

「幫我計時一秒鐘。」

「什麼？」

「看著你的手錶幫我計時一秒鐘。算了，我自己來。一……」他頓了一下。「秒，懂了嗎？」

「傑森……」

「忍耐一點。妳知道時間迴旋的比例嗎？」

「大概知道。」

「大概知道還不行。地球上一秒相當於時間迴旋外面的三年兩個月。記住這個數字。如果有一艘火箭比其他的火箭晚一秒鐘進入時間迴旋透析膜，它就會晚三年抵達火星軌道。」

「我只是講不出那個數字……」

「黛安，這個數字很重要。假設我們的小船隊剛剛從透析膜裡冒出來了，就是現在，現在……」

他用手指頭在空中打拍子。「一秒。過去了。對我們的小艦隊來說，那已經是三年多了。一秒鐘之前他們還在地球的軌道上，而現在他們已經把東西送到火星表面了。我是說現在，黛安，就是眼前這一瞬間。事情已經發生了，工作完成了。接下來，看妳的手錶跑一分鐘，天外那個時鐘大概已經跑了一百九十年。」

「那確實是很長的時間，可是你沒辦法在兩百年裡改變一個星球，不是嗎？」

「所以說，到現在為止，這項實驗已經在時間迴旋之外進行兩百年了。不過，就是現在，我們在講話的時候，倖存的菌類移民已經在火星上繁衍兩個世紀了。再過一個小時，它們就已經在那裡一萬一千四百年了。明天這個時候，他們就已經繁衍了將近二十七萬四千年了。」

「好了，小傑。我懂你的意思了。」

「下禮拜的這個時候，一百九十萬年。」

「可以了。」

「一個月之後，八百三十萬年。」

「傑森……」

「一年之後，一億年。」

「我知道，可是……」

「在地球上，一億年橫跨的時間，大概是從海洋裡出現生物的時候開始，到你上次過生日為止。一億年大概已經足夠那些微生物從地殼蘊藏的碳酸鹽中抽出二氧化碳，從硝酸鹽中過濾出氮氣，清除表土層中的氧化物，並且，它們自己大量死亡之後，還會豐富土壤的養分。那些釋放出來的二氧化碳會形成溫室氣體。大氣會愈來愈濃，愈來愈溫暖。一年後，我們會派遣另一支太空艦隊，運送能夠進行呼吸作用的有機生物過去，開始將二氧化碳循環成自由氧。再過一年，或者，只要一等到火星的分光圖譜分析的結果可以了，我們就會運送牧草、植物和其他更複雜的有機生物過去。等這一切都穩定下來，形成某種約略平衡的星球生態體系之後，我們就要送人類過去了。妳知道這代表什麼意義嗎？」

黛安繃著臉說：「你告訴我呀。」

「意思就是，五年內就會出現一個繁榮的人類文明。農場、工廠、道路、城市……」

「小傑，有一個希臘字可以形容你所說的。」

「Ecopoiesis（生態培育）。」

「我想到的是hubris（傲慢）。」

他笑了一下。「我會煩惱很多事情，不過，我並不擔心自己會冒犯上帝。」

「也許是冒犯假想智慧生物吧。」

他不說話了，往後一仰靠到椅背上，啜一口杯子裡的香檳。「正好相反。我怕我所做的，正好是他們想要我們做的事。」

接下去他就不肯再解釋什麼了，而黛安也急著想換個話題。

隔天，我開車載黛安到奧蘭多去搭飛機回鳳凰城。

過去這幾天，我們都不去討論伯克郡那天晚上，在她嫁給賽門之前，我們有過肌膚之親的事情，甚至連提都不提，言語中也沒有任何暗示。那種迴避的感覺愈來愈明顯。正因為我們不嫌麻煩地拐彎抹角迴避這個話題，反而意識到我們之間有個無形的禁忌。我們在機場安全門前面很含蓄地擁抱道別的時候，她對我說：「我會打電話給你。」我知道她是說真的。黛安很少對人承諾什麼，但她會很鄭重其事地信守承諾。然而，我也同樣意識到，自從上次見面之後，已經過了一段很長的時間，而且，我們下次再見，將會是很久很久以後的事了，雖然不會像時間迴旋外面那麼漫長，但卻同樣會啃噬我的內心，讓我陷入渴望的煎熬。她的眼角和嘴邊有一些皺紋，當我每天早上看著鏡中的自己，我也看到了類似的皺紋。

我心裡想，怎麼搞地，我們怎麼會忙著把自己變成兩個彼此不太熟悉的人。

那年的春天和夏天，陸陸續續又發射了幾枚火箭，上面裝載著勘查設備，在地球上空的軌道上繞了幾個月，然後帶回火星的照片和分光圖譜。我們可以藉此了解火星生態改造的狀況。

初步的結果並不明朗：火星大氣層中二氧化碳增加的數量有限，可能只是太陽照射的邊際效應。根據合理的評估，火星還是一個冰冷、不適合人類居住的星球。傑森承認，火星陽光的紫外線太強，表土層充滿了氧化物，就算是「基改生物」可能也不太能適應。（「基改生物」就是第一波火箭所裝載的「基因工程改造火星有機生物」。）

然而，還不到仲夏，我們已經在分光圖譜上發現了生物活動的有力證據。大氣層愈來愈濃，而水蒸汽也愈來愈多，還有甲烷、乙烷、臭氧也增加了，甚至還偵測到自由氮有微量地增加。

聖誕節前夕，這些變化還是很細微，但絕對不是太陽所造成的。儘管太陽照射的暖化作用還是會造成變化，但影響的程度絕對不可能這麼大。火星已經成為一顆活的星球了。

發射台再次整裝待發。新的微生物已經培育成功，裝載完畢。那一年，美國國內的生產毛額，足足有百分之二投入在時間迴旋相關的航太作業上，說穿了，就是火星計畫。其他工業國家也是類似的比例。

ᘏ　ᘏ　ᘏ

二月的時候，傑森的症狀又復發了。有一天，他睡覺醒來，發現自己兩眼的視線無法集中。他的神經專科醫師調整了處方用藥，並且叫他戴眼罩，可以暫時調整視線。小傑很快就復原了，可是他幾乎整個禮拜沒辦法去工作。

黛安很守信用。她開始打電話給我，至少每個月打一次，但通常不會隔那麼久。她通常是深夜打來，因為那個時間賽門已經睡了，睡在他們那間小公寓的另一頭。他們在天普市一家舊書店樓上租了幾個房間。黛安有一份薪水，而賽門在約旦大禮拜堂的工作收入並不穩定，以他們的收入，住這樣的地方已經算很好了。天氣熱的時候，我可以從電話裡聽到那台涼風扇發出嗡嗡的聲音，冬天的時候，她會小小聲地開著收音機，遮掩講話的聲音。

我邀她到佛羅里達來看第二波發射，只不過，她當然沒辦法來。她工作很忙，而且教會裡的朋友會找他們一起吃晚飯，一起度周末。而且，賽門不會了解她為什麼要來。「賽門目前正遭遇到一點信仰危機。他努力想搞清楚彌賽亞的問題……」

「彌賽亞有什麼問題嗎？」

黛安說：「你實在應該多看看報紙。」我想，她大概高估了這些宗教上的爭議登上主流媒體的機會。至少我們佛羅里達這邊就很難得看到。也許西部跟我們這邊不太一樣。「從前的新國度運動相信一種和基督教不同的基督復臨，這也就是我們與眾不同的地方。」我心裡想，除此之外，喜歡在公開場合赤身露體的癖好也是他們與眾不同的地方。「早期的作家，像是瑞特爾和葛林蓋，他們認為時間迴旋直接實現了《聖經》上的預言，也就是說，歷史事件重新定義了這些預言，改寫了這些預言。不一定會有真正的大難，甚至也不一定會有活生生的基督二次降臨。《新約聖經》中的〈帖撒羅尼迦前後書〉、〈哥林多書〉、〈啟示錄〉，這些東西都可以重新詮釋，或者乾脆不予理會，因為，時間迴旋就是上帝親自介入人類歷史的作為，活生生的神蹟。時間迴旋取代了《聖經》本身。正是時間迴旋讓我們解脫一切束縛去創造出地上的天國。我們猛然醒悟，千年至福必須由我們自己親手去創造。」

「我不知道自己有沒有聽懂。」實際上，大概就在她講到「基督復臨」這個字眼的時候，我就有點恍神了。

「基督復臨的意思是……算了，不說這個。問題出在約旦大禮拜堂，也就是我們的小教會。他們公開重新宣示所有的新國度教義，可是，有半數的教徒是老派的新國度信徒，像我和賽門。所以，我們忽然陷入紛爭，在『大難』的問題上爭執不休，在時間迴旋是否符合《聖經》預言的問題上爭執不休。大家開始壁壘分明。究竟反基督是否存在，如果存在，他究竟在哪裡？被提的極樂究竟會在什麼時候出現？大難前？大難中？還是大難後？諸如此類的問題。也許你會覺得這些問題微不足道，但是在信仰上，那是足以動搖國本的問題，而且，和我們僵持不下形同水火的，卻是我們關心的人，我們的朋友。」

「那妳是哪一國的？」

「我自己嗎？」她不說話了。電話裡，我又隱隱約約聽到收音機的聲音，夾雜在她的聲音裡，有一個催眠般的聲音在為那些睡不著覺的人播報夜間新聞。我聽到那個聲音說「梅莎市槍擊案件的最新發展」。有基督復臨，或是沒有基督復臨。「這麼說吧，我現在很矛盾。我不知道自己相信什麼。有時候我很懷念從前那段日子，一路走來努力打造人間天堂。就好像……」

她忽然停下來。我聽到收音機夾雜著靜電雜訊的含糊聲音，此外，還有另外一個聲音在說：「黛安？妳還沒睡嗎？」

「不好意思。」她很小聲地說。賽門出來巡視了，我們的空中相約，跟她這片刻沒有肌膚之親的小小出軌也該提早收場了。「我再打電話給你。」

我還來不及說再見，她就掛電話了。

∽ ∽ ∽

裝載第二系列種子的火箭也順利發射升空了，就像第一次一樣完美無瑕。媒體再度團團包圍了卡納維爾角，不過，這一次我是在基金會大會堂的大型數位投影電視上看的。火箭發射的時候，陽光普照，彷彿一群鷺鷥飛散到梅里特島的上空，就像滿天閃亮的五彩碎紙片。

接下來，是另一個漫長夏季的等待。美國生態協會啟用了一系列新一代的太空望遠鏡和射電干涉儀，獲取了不少影像資訊。這些影像比去年的更細膩、更清晰。還不到九月，基金會每一間辦公室的牆上都掛滿了高解析度照片，裡面可以看得到我們的成果。我也掛了一幅在醫務室候診室的牆上。那是一張火星的混色階輸出影像。圖片上看得出來，整個「奧林帕斯山」的輪廓似乎覆蓋著霜或冰，上面鏤刻著一條條新的排水渠道，雲霧像水一樣飄蕩在「水手谷」中，血管般的綠色紋路在「火星之眼太陽湖」裡蜿蜒流竄。「薩瑞南陸地」南邊的高地還是一片荒漠，不過，由於氣候愈來愈潮濕，風愈來愈強，那個地區的隕石坑已經遭到嚴重侵蝕，幾乎快要看不見了。

接連好幾個月，需氧有機生物的數量起伏不定，使得大氣中的含氧量也跟著起起落落，不過，到了十二月，大氣壓力已經超過二十毫巴，而且趨於穩定。不斷增加的溫室氣體，不穩定的水循環，再加上新的生物地質化學回饋循環系統，由於這些因素潛在的渾沌整合，火星已經找到了屬於自己的平衡狀態。

一連串的成功對傑森是很有幫助的。他的症狀一直沒有再復發，而且忙得很開心，彷彿忙碌可以治療他的病。如果說有什麼事情會讓他感到沮喪，那就是他漸漸浮出檯面，變成近日點基金會的天才樣板，或至少也是火星改造計畫的科學名人，典範金童。這不是傑森自己願意的，而是艾德華搞出來的把戲。艾德華很清楚，社會大眾希望基金會能夠有一個門面，最好是年輕聰明，但不會給人壓迫感。因此，自從基金會成為一個航太領域的國會遊說團體之後，他就把傑森推上鏡頭。小傑勉為其難地承受這一切。他是一個很有耐性的優秀解說人員，而且很上相，可是他痛恨這樣的過程。不管到什麼地方，只要看到電視上出現自己的畫面，他就寧可趕快離開。

就在那一年，我們進行了第一次「核電太空船」無人飛行。傑森全神貫注地留意整個過程。這些太空船就是要用來運送人類到火星去的，構造上不像種子太空船那麼簡單。「核電太空船」是全新的科技。「核電」是「核子電力推進系統」的簡稱，也就是使用核子反應爐動力的離子引擎，比種子太空船的引擎威力強大得多，足以承載大量的人員裝備。不過，要把這些巨大的太空船送上軌道，需要史無前例的巨大火箭，遠大於太空總署曾經發射過的任何火箭。這項行動，傑森稱之為「英雄式的工程」，不過，工程費用也是同樣英雄式地昂貴。巨大的經費，就連一向大力支持的國會都亮起了紅燈，不過，一連串引人注目的成功壓住了蠢蠢欲動的反對勢力。傑森很擔心，只要有一丁點明顯的失敗，贊成反對兩邊的勢力就會扯平。

新年剛過沒多久，一艘核電太空船測試飛行失敗，裝載測試資料的飛行器無法重返大氣層，根據推測，很可能在軌道上故障了。國會山莊裡有一個小團體發表譴責聲明，他們代表的是財政極端保守的幾個州，在航太工業方面沒有什麼明顯的投資。不過，艾德華在國會裡的朋友否決了他們的反對。一個星期之後，測試飛行成功了，國會裡的爭議也就偃兵息鼓了。不過，傑森說，我們只是很巧妙地躲過了子彈。

我把這件事告訴黛安，她雖然聽得懂，卻覺得那些都是無謂的爭辯。她說：「傑森真正需要擔心的，是火星計畫究竟會給地球帶來什麼樣的影響。到目前為止，媒體上多是一片歌功頌德，對不對？大家都在熱頭上。我們都需要找點什麼來給自己一點信心，相信人類……我不知道該怎麼形容，這樣說好了，相信人類具有無窮的潛力。只不過，這種自我陶醉遲早會醒過來，到時候，大家就會開始變得很聰明，非把時間迴旋的真相搞清楚不可。」

「這樣不好嗎？」

「萬一火星計畫失敗了，或是無法滿足大家的期望，是的，那就不妙了。這並不只是因為他們感到失望。他們親眼目睹整個火星地球化的過程，所以，他們現在手上有一把尺了。他們會用這把尺來衡量時間迴旋。我說的是，衡量時間迴旋那種全然瘋狂的力量。時間迴旋並非只是某種抽象的現象，你讓他們鼓起勇氣面對這隻龐然巨獸，而且我猜，這對你們是有好處的。不過，萬一你們的計畫出了什麼問題，也就等於奪走了他們的勇氣，更糟糕的是，他們已經見識到時間迴旋的威力了。而且，泰勒，他們不會喜歡你們失敗的，因為，萬一你們失敗了，他們就會陷入前所未有的恐懼裡。」

我唸了一段郝士曼的詩，那首詩是她從前唸給我們聽過的：幼兒尚未知曉，已成大熊佳餚。

她說：「那個小孩已經開始搞清楚了，也許那就是你們描繪出來的『大難』了。」

也許吧。有些夜裡，睡不著覺的時候，我會想到假想智慧生物，納悶著，他們究竟是誰。對於他們，其實我們只看得到冰山的一角，只看到一個明顯的事實，那就是，他們就是有能力用這個……透析膜把地球包在裡面，而且，他們已經在外面等了將近二十億年了，將我們納為己有，調整我們的星球和時間的流速。

沒有任何生物能夠那麼有耐性，即使只有一點點像人，也不可能那麼有耐性。

傑森的神經專科醫師拿了一份美國醫藥協會期刊給我看，是那年冬天出版的一份研究報告。康乃爾大學的人研究嚴重的抗藥性多發性硬化症，發現了一種標誌基因。那位醫生名叫大衛·馬斯坦，是一個胖胖的佛羅里達當地人，待人很親切。他分析傑森的基因圖譜，在裡面找到了可疑的基因序列。

我問他那究竟代表什麼意思。

「意思就是，我們幫他處方配藥的時候，就能夠更明確一點了。此外，傑森不是典型的多發性硬化症病人，我們永遠不可能把他治療到症狀長期不會發作。」

「可是，他的症狀似乎已經一年多沒有發作了，那不算長期嗎？」

「這只是代表他的症狀控制住了，就是這樣而已。『非典型多發性硬化症』還是會在他體內繼續蔓延，就像火苗在煤礦層裡悶燒。總有一天，我們會壓制不住的。」

「無可挽回的轉捩點。」

「也可以這麼說。」

「他還能維持正常多久？」

馬斯坦遲疑了一下，然後說：「你知道嗎，這就是傑森問我的問題。」

「你怎麼告訴他的？」

「我說我不是算命師。非典型多發性硬化症目前還沒有找到明確的病因，而且每個病人的體質不同，發作的時間不一定。」

「我想他不會滿意你這樣的回答。」

「他話的確說得很白，就是不接受。可是我說的是真的。他有可能十年都不會發作，但也有可能過幾天就坐在輪椅上了。」

「老天，你真的這樣告訴他？」

「我說得比較委婉，帶點激勵。我不想讓他失去希望。他的鬥志很強，這對病情是很有幫助的。我告訴他，短時間之內他應該不會有問題，可能是兩年、五年，或者更久。接下來就不用再猜了。這些都是真的，我沒有騙他。真希望我能夠有更好的預測。」

我沒有告訴小傑我和馬斯坦談過，不過，我看到他的反應了。在接下來的幾個禮拜裡，他的工作量加倍，彷彿想利用自己的成功，戰勝時間，戰勝有限的生命。不是全世界的時間和生命，是他自己的。

ꩠ　ꩠ　ꩠ

火箭發射的步伐開始緊鑼密鼓了，而花費的暴增也就更不在話下。最後一波種子火箭是在三月發射的，（可以這麼說，只有這一次才是裝載真正的植物種子。）距離先前的第一波發射已經兩年了。當年，小傑、黛安和我一起看著十幾艘外形相似的火箭飛離佛羅里達，奔向那個當時還是不毛之地的火星。

長期的火星「生態培育」需要極其漫長的時間，而時間迴旋正好發揮了槓桿作用，給了我們所需要的時間。如今，我們既然已經發射了複雜植物的種子，接下來，能否掌握時機就成為攸關成敗的關鍵了。如果我們等太久，火星的演化可能會脫離我們的掌握。某個品種的穀類原本是可以吃的，可是在荒野中歷經百萬年的自然演化之後，可能就不再是原始的品種了，可能會變得難以下嚥，甚至有毒。

這意味著，種子船隊發射之後，再過幾個禮拜，我們就必須發射探測衛星。如果探測到的結果是正面的，我們就必須立刻發射載人的核電太空船。

探測衛星發射後不到幾個鐘頭，我們就從降回地球的裝置裡拿到了影像資訊，不過，這些影像資訊還在送往南加州帕沙迪納市的路上，準備交給太空總署的噴射推進實驗室做分析。那天晚上，我又接到黛安打來的午夜電話。她的聲音聽起來有點沮喪，經我一再追問，她才承認，至少在六月的時候她就已經被解雇了。她和賽門的房租已經拖欠了很久，生活有問題了。可是，她不能跟艾德華要錢，而卡蘿則是連談都沒辦法談。她正打算鼓起勇氣找小傑幫忙，但又覺得丟人現眼很不是滋味。

「黛安，妳到底缺多少錢？」

「泰勒，我不是要……」

「我知道。妳並沒有跟我借錢，我只是想也許我幫得上忙。」

「呃……這個月，只要五百塊就可以度得過去了。」

「如果我猜得不錯，我們那位配管工人的財產已經花光了。」

「賽門的信託基金已經用完了。他們家裡還有錢，只不過他家的人連話都不跟他講。」

「要是我寄支票給你，他恐怕會莫名其妙吧？」

「他會不高興的。我大概會跟他說，我找到一張舊的保險單，把保費退回來了。大概就是這樣隨便編個理由吧。撒這種小謊應該不算是犯罪。也只好這樣想了。」

「你們還住在科里街那個地址嗎？」我每年都會寄聖誕卡到那個地址去，寫得很含蓄，四平八穩。他們也會從那個地址回寄聖誕卡給我，上面寫著：賽門與黛安．湯森，願上帝祝福你。

她說：「對，還在那裡。謝謝你，泰勒，真的很謝謝你。你知道嗎，真的很丟臉。」

「大家日子都不好過。」

「不過，你過得還好吧？」

「是啊，我過得還不錯。」

我寄了六張支票給她，上面的日期預先填好往後每個月的十五號，夠她繳半年的房租了。只是，真不知道這樣做會使我們的友誼更堅貞，還是會使我們的友誼變質。或者，做不做朋友已經無所謂了。

ᔕ ᔕ ᔕ

從探測船拍攝的照片看起來，火星還是比地球乾燥，不過已經看得到湖泊的痕跡，像一顆顆磨得發亮的綠松石鑲在一面圓形銅片上。一縷縷旋渦狀的雲霧繚繞著那個星球。暴風雨帶來雨水，落在古老火山口的迎風坡上，流入河床，流入淤塞的低地三角洲，看起來一片青翠，宛如郊區的草坪。

發射台上的巨大火箭已經注滿燃料。全球各地的火箭發射場和太空中心，將近八百個人登上發射架，關進碗櫃大小的太空艙裡，迎向完全無法預料的命運。火箭的鼻錐裝載著核電太空船，裡面除了太空人之外，還有各種動物的胚胎，包括綿羊、牛、馬、豬、山羊。這些胚胎儲存在鋼鐵孕育槽裡，運氣好的話，有一天會發育成熟傾倒出來。此外還有蜜蜂和其他有益昆蟲的幼蟲。裝載在太空船裡的，總共有幾十種類似的生物。它們也許能夠熬過漫長的旅程，熬過嚴酷的再生過程，重獲新生。然而，也可能熬不過。他們也帶了人類基本知識的壓縮檔案，每個檔案製成數位和細字印刷兩種格式，數位檔案還附有閱讀設備。此外還有簡易房舍的零件和配備、太陽能發電機、溫室、純水機、簡陋的野外醫療設備。根據最樂觀的預期，這些人類探險隊的太空船會陸續抵達火星赤道的低地，降落在約略相同的地點。抵達的時間可能會相差幾年，間隔的長短，要看他們穿越時間迴旋透析膜那一瞬間的秒差有多少。最壞的打算是，就算只有一艘太空船能夠安然抵達，只要沒有太大的損傷，船上的裝備就足以支撐太空人度過一段環境適應期。

然後，我又再度來到基金會的大會堂。那些沒有到北邊海灘現場去看發射的人，也都到大會堂來了。我坐在前面的座位，就在傑森旁邊。我們全神貫注，伸長了脖子盯著太空總署那邊傳送過來的影像。畫面上，鏡頭停在海上發射台的全景，看起來像是一座座鋼鐵島嶼，島與島之間連接著龐大無比的軌道橋，聚光燈的光束交織成一片耀眼的光網，籠罩著十枚巨大的普羅米修斯火箭，彷彿一排漆成白色的籬笆木樁，一路延伸到大西洋蔚藍的海上。（這些取名為普羅米修斯的火箭是波音公司或洛克希德馬丁公司製造的。俄羅斯、中國和歐盟的火箭也是採用相同的結構設計，只是命名和外殼塗裝不一樣。）這光輝的一刻是犧牲了無數代價換來的：稅收與財富，海岸線與珊瑚礁，前途與生命。（卡納維爾角沿海，每一具發射架的底座都鑲著一面牌匾，上面刻著十五個人的姓名，紀念十五位在組裝過程中不幸殉難的建築工人。）倒數計時進入最後一分鐘的時候，傑森用腳在地板上猛打拍子，我還以為他的症狀又發作了。他發現我在看他，就靠到我耳朵旁邊說：「我只是有點緊張，你不會嗎？」

其實已經出了一些問題。全球各地總共組裝了八十枚這種火箭，準備在今天晚上同時發射。然而，這型火箭是全新的設計，瑕疵錯誤在所難免。有四枚火箭在發射前就已經因為技術問題停擺了。在全體火箭必須全球同步發射的情況下，其中三枚目前已經暫時停止倒數計時，原因是一些常見的問題：燃料輸送管有危險，軟體失靈。雖然這類問題是無可避免的，而且早在規劃之初就已經想到了，只不過還是會給人一種不祥的預感。

一切都發生得太快，令人措手不及。這次我們要移植的不是普通的生物，而是人類的歷史。小傑說過，和漫長遲緩如鐵銹般蔓延的演化過程比起來，人類的歷史就像熊熊燃燒的火焰。（當年，我們還很年輕的時候，差不多在時間迴旋出現之後和他離開大房子之前這段期間，小傑就很懂得運用舞台上表演魔術的手法來表達他的想法。他會說：「把手舉起來，平舉在身體兩邊。」然後，當他把你的身體調整成一個十字形之後，他會說：「從你的左手食指開始，經過你的心臟，到右手食指，這一段代表地球的歷史。那麼，你知不知道人類的歷史在哪裡？人類的歷史就在你右手食指的指甲上。甚至還不是整片指甲，只是指甲尾端白色的那一小截，太長的時候會剪掉的那一截。那一小截代表自從人類第一次發現火，發明文字，伽利略，牛頓，登陸月球，到九一一事件，到上個禮拜，到今天早上。跟整個演化的過程比起來，我們就像剛出生的嬰兒。跟整個地質結構比起來，我們幾乎不存在。」）

接著，太空總署終於下達了最後指令：「發射！」傑森咬牙吸氣，把頭撇開。那十枚火箭是比紐約帝國大廈更高聳的巨大燃料筒，裡面灌滿了液態火藥。其中九枚火箭引爆了火藥，準備迎向天空。火箭抗拒著地心引力和慣性的法則，瞬間燒掉數以噸計的燃料，終於升高了十幾公分，蒸發了底下的海水，平息了足以將火箭震成碎片的巨大音爆。接著，蒸氣和煙霧彷彿形成了一座階梯，火箭沿著階梯攀升而上，速度明顯加快了，赤青色的火焰驅散了先前冒出來的滾滾濃煙。就像每一次成功的發射一樣，火箭刺向天際，最後消失在雲端：像夢一樣迅如閃電、清晰逼真，然後向上竄升、倏然消失。

最後一枚火箭由於感應器故障，延後了十分鐘才發射，因此，可能會比船隊的其他火箭晚一千年才抵達火星。不過，原先計畫的時候就已經預估過這種狀況，認為這種現象最後可能反而有意想不到的好處。當先前的移民所攜帶的書本和數位檔案都化為灰燼之後，這枚火箭又重新帶來地球的科技和知識。

過了一會兒，螢幕上的畫面切換到法屬蓋亞那，那裡是歷史悠久的庫魯太空中心，後來大幅擴建成為「國家太空研究中心」。有一枚法國航太公司製造的巨大火箭出事了。火箭上升了三十幾公尺之後，忽然失去衝力，墜回到發射台上，爆炸成一團蕈狀雲。

總共十二個人罹難，包括核電太空船上的十名機員和兩位地面工作人員。還好，這是整個發射過程中唯一明顯的悲劇。大體上來說，整個發射過程的成功大概只能說我們運氣夠好。

不過，任務還沒有結束。到半夜的時候，火星上已經過了將近一萬年了，人類文明究竟是徹底失敗了呢，還是已經順利發展了一萬年？對我來說，半夜是最清楚的時間指標，然而，地球和時間迴旋之外的時間差異如此巨大，還是令我感覺十分怪異。

一萬年。自從人類出現成為一個明確的物種，到昨天下午為止，差不多就是一萬年。

從我開車離開園區，回到我住的公寓，一萬年已經過去了。我在等紅綠燈的時候，火星王朝可能已經歷經了興盛與衰亡。我想到那無數人的生命，那些活生生的人。我的手錶正在計時的當兒，每一個生命都局限在我手錶上的一分鐘裡。我忽然感到有點暈眩，時間迴旋的暈眩。或者，那還有更深層的意義。

當天晚上，我們又發射五、六艘探測衛星，設定的程式是尋找火星上的人類生命跡象。衛星上運載的裝置降回地球之後，還不到天亮，我們就拿到了裡面的影像資訊。

ꕥ ꕥ ꕥ

探測結果還沒有公開，我就先看到了。

當時，普羅米修斯火箭發射後已經過了整整一個禮拜，傑森已經掛了號，預定十點三十分到醫務室來。他不是要來看病，而是要告訴我噴射推進實驗室那邊送來的影像資訊。他沒有取消預約，可是卻晚了一個鐘頭才到。他進來的時候，手上拿著一個牛皮紙封套，表情顯然很焦慮，似乎不是要來跟我談治療的問題，而是有別的事情。我催他趕快進診療室。

他說：「我真的不知道要跟媒體說什麼，我剛剛才跟歐洲太空總署署長還有一票中國官員開完會。我們想擬一份草稿，給各國元首發表聯合聲明，可是，俄國人同意的，中國人卻否決，雙方拉鋸糾纏不休。」

「小傑，什麼樣的聲明？」

「衛星照片。」

「結果已經出來了嗎？」事實上，已經比預期的時間晚了。噴射推進實驗室通常會更快把照片送過來，不過，從傑森的話裡，我聽得出來有人扣壓了那些照片。這意味著照片裡的結果和他們預期的有出入。大概不是什麼好事。

傑森說：「你自己看。」

他打開那個牛皮紙封套，抽出兩張望遠鏡拍攝的合成照片，疊在一起。普羅米修斯火箭升空之後，當天晚上，衛星從地球軌道上拍攝到那兩張火星的照片。

第一張照片令人震驚。由於拍攝的時候，火星正好在距離地球比較遠的位置上，看起來反而沒有我裱在候診室牆上那張那麼清楚，不過，從照片細膩的程度，看得出當代影像科技的水準。乍看之下，感覺上似乎和牆上那一張沒什麼差別。從照片上綠色的部分，看得出來移植的生態還是完好如初，還是很活躍。傑森說：「你仔細看。」

照片上有一片靠近河邊的低地，他用手指頭沿著低地蜿蜒的線條指給我看。這裡的綠地有輪廓鮮明、形狀規則的邊界。我愈仔細看，就看到愈多這樣的綠地。

小傑說：「農業。」

我屏住氣，尋思著那代表什麼意義。我腦海中想到的是：現在，太陽系裡有兩個住著人類的星球了。這不是憑空想像，這是活生生的。這是人類居住的地方，人類在火星上居住的地方。

我想再看仔細一點，傑森卻把照片塞回封套裡，露出底下那一張給我看。

他說：「第二張照片是隔了二十四小時之後拍的。」

「我不懂。」

「同一個衛星，同一個鏡頭拍的。我們分別在不同的時間從相同的角度拍攝照片，用來確認成果。乍看之下，我們以為是影像系統有瑕疵，後來，我們強化了影像的對比，才看得比較清楚。」

可是，照片裡什麼都沒有，只看到一些星星，中間有一坨圓圓的東西，形狀看起來像個圓盤。

「那是什麼？」

傑森說：「時間迴旋透析膜。從外面看就是像這樣。現在，火星也被包在透析膜裡面了。」

公元4×10^9年

我們正從巴東往內陸走，我知道的大概就是這樣。我們正在上坡，道路有時候平坦舒緩，有時候又坑坑洞洞崎嶇不平。後來，車子終於停在一棟水泥建築前面。雖然黑暗中感覺像是一座倉庫，不過，在鎢絲燈泡的照耀下，我看到牆上漆著一個紅色的弦月圖案，所以，這裡一定是什麼診所。司機一發現他居然載我們到這種地方來，很不高興。這更證明了我是生病，不是喝醉。不過，黛安塞了更多鈔票到他手上，打發他走了。就算他高興不起來，至少火氣也消了。

我連站都站不穩，靠在黛安身上，而她也就這麼硬撐著我全身的重量。夜晚的空氣很潮濕，我們站在空蕩蕩的馬路上，月光從零零落落的雲間遍灑而下。放眼望去，除了眼前這間診所和馬路對面的加油站，附近看不到別的建築，只有一片片的樹林和空蕩蕩的平地。那些平地從前大概是農田。四周看不到半個人，忽然，診所的紗門嘎吱一聲打開了，一個矮矮胖胖的女人匆匆忙忙朝我們跑過來。她穿著一條長裙，頭上戴著一頂小白帽。

「伊布黛安，歡迎歡迎！」那個女人口氣中有一種掩不住的興奮，但說起話來輕聲細語，彷彿就連此刻四下無人，都怕別人聽到。

「伊布伊娜。」黛安以尊敬的口吻回答她。

「這位想必就是……」

「帕克泰勒．杜普雷，我跟您提過的那一位。」

「他是不是嚴重到沒辦法講話了？」

「他現在講的話沒人聽得懂。」

「來，我們想辦法把他抬到裡面。」

黛安扶在我左邊，那個叫伊布伊娜的女人抓住我右邊的肩膀。她已經不年輕了，不過倒是十分強壯。帽子底下露出一頭稀疏的灰髮，身上有一股肉桂的香味。從她一直皺著鼻子的模樣看來，我身上的味道一定更難聞。

我們進了診所之後，經過一間候診室，裡面的裝潢擺設是白藤製的，還有一些廉價的金屬椅子，空蕩蕩的沒半個人。然後，我們進了一間看起來相當現代化的診療室，黛安把我放下來躺在一張鋪著軟墊的檢驗檯上。伊娜說：「好了，我們來看看怎麼讓他舒服一點。」我心頭一放鬆，不知不覺就昏過去了。

ᔓ ᔓ ᔓ

迷迷糊糊中，我聽到遠處的清真寺傳來一聲聲召喚禱告的呼叫，聞到一陣烹煮咖啡的香氣，不知不覺就醒過來了。

我發現自己睡在一張小床墊上，全身赤裸。那是一個小房間，三面都是水泥牆，有一扇窗戶，窗口透進一絲絲晨曦的微光，是房間裡唯一的亮光。房間的另外一面是一整片簾子，好像是用竹子編成的，外面是一條走廊。隔著竹簾，我聽到走廊上有一些聲音，好像有人正忙著用杯子、碗盤盛東西。

我昨天晚上穿的衣服已經有人洗過了，疊好放在床墊旁邊。我感覺得到自己燒已經退了，剛好有點力氣可以穿衣服。我現在已經體會得到兩次發燒中間那種幸福健康的感覺，彷彿沙漠中的綠洲。

我一隻腳撐在地上保持平衡，一隻腳對準褲管正要伸進去，這個時候，伊布伊娜隔著竹簾看到了。她說：「你好像好一點了，可以站得起來了。」

才說著，我又倒回床墊上，衣服只穿了一半。伊娜走進來，手上端著一碗白飯，一根湯匙，還有一個鍍著白色琺瑯的錫杯。她走到我旁邊，跪下來，眼睛看著手上的木托盤，意思好像是：我要不要吃一點？

我發覺我想吃。這麼多天以來，這是我第一次感到餓。這應該是個好現象。我的褲腰鬆垮垮的，胸前的肋骨看起來像一排洗衣板，不忍卒睹。我說：「謝謝妳。」

「還記得嗎？」她邊說邊把碗拿給我。「昨天晚上已經有人介紹我們認識了。不好意思，這個房間實在很簡陋，感覺大概會很像被關在監牢裡，一點都不舒服。」

她大概已經有五、六十歲了，圓圓的臉上都是皺紋，五官彷彿擠在一面黃皮膚的月亮上。再加上身上穿的黑色長袍，頭上戴的那頂白帽子，整個人看起來有點像恐怖的蘋果鬼娃娃。如果有門諾派的阿米許人住在西蘇門答臘，看起來大概就像伊布伊娜一樣。

她的口音聽起來是抑揚頓挫的印尼腔，但講起英文咬字卻很清晰。我說：「妳英文講得非常好。」一時之間我也只想得到這句恭維的話。

「謝謝你。我在英國劍橋大學念過書。」

「學英文嗎？」

「我念醫科。」

白飯雖然沒什麼味道，倒還滿好吃的。我用一種很誇張的動作把飯吃光。

「等一下還要再吃一碗嗎？」

「好啊，謝謝妳。」

在米南加保話裡，「伊布」是對女性的尊稱。（對男性就要稱呼「帕克」）由此可見，伊娜是一個米南加保醫生，而我們目前人在蘇門答臘的高地上，而且，很可能就在默皮拉火山附近。我對伊娜所屬的米南加保族所知有限，都是從新加坡搭飛機過來的路上，在一本蘇門答臘的旅遊指南上看到的。蘇門答臘高地上的城鎮村落裡，大概有五百萬個米南加保人。巴東城裡最好的餐廳，很多都是米南加保人開的。米南加保人最出名的是他們的母系社會，他們很有生意頭腦，還有，他們的文化融合了伊斯蘭教和「亞達特法」傳統風俗。

只不過，就算知道這些，我還是搞不懂為什麼我會在這個房間裡，為什麼會在一個米南加保醫生的診所裡。

我問她：「黛安還在睡嗎？我有點不太明白……」

「她恐怕不在。伊布黛安坐巴士回巴東城去了，不過，你在這裡不會有事的。」

「我只是希望她也沒事。」

「當然，她最好還是留在這裡比較安全，盡量不要到城裡去。不過也沒辦法，她不去城裡，你們兩個人都逃不出印尼。」

「妳是怎麼認識黛安的？」

伊娜咧著嘴笑了。「那純粹是湊巧，或者應該說運氣很好。跟她談生意的人正好是我的前夫賈拉。他在做進出口生意，還有一些有的沒的。現在看起來愈來愈明顯，新烈火莫熄那些人已經盯她盯得很緊了。我也在巴東的公家醫院裡駐診，每個月有幾天會在那邊看病。賈拉介紹黛安給我認識的時候，我真的很高興，雖然他只是想找個地方讓他未來的客戶暫時躲一下。我實在太興奮了，竟然能夠親眼見到帕克傑森．羅頓的妹妹！」

那一剎那，我內心的驚駭是難以形容的。「妳也認識傑森？」

「我只是知道他這個人，我沒你那麼幸運。我從來就沒有那樣的榮幸可以親眼見到他，和他說話。噢，對了，時間迴旋剛出現那幾年，媒體上只要一出現任何有關傑森．羅頓的新聞，我都不會放過。老天，你竟然就是他的私人醫師！而你現在就在我診所後面的房間裡！」

「我只是覺得黛安好像不應該跟妳提這些。」其實我心裡想的是，她根本連提都不該提。保護自己唯一的辦法就是隱姓埋名，可是現在，我們的身分洩漏了。

伊布伊娜看起來好像有點洩氣。她說：「當然，不要提她哥哥名字會比較好。可是，在巴東這裡，身分有問題的外國人已經多到數都數不清，很難訂得到船位。有句俗話說：一毛錢買一打。那些身分有問題、身體又有毛病的外國人就更麻煩了。黛安一定察覺到賈拉和我都很崇拜傑森．羅頓，我想，她一定是走頭無路了，才會提到他的名字，好像在祈求神明保佑一樣。不過，當時我還不太相信她，於是，我就到網路上去搜尋照片。我想，名人最大的困擾想必就是一天到晚被人拍照。言歸正傳，那是一張羅頓家的全家福照片，是很久以前時間迴旋早期的時候拍的，不過，我一眼就認出她了，也就是說，她說的都是真的！所以，她說她有一個朋友生病了，也是真的。你就是那個醫生，傑森．羅頓的醫生，而且，你還有另外一個病人，更有名的那個……」

「是的。」

「那個小個子的、滿身皺紋的黑人。」

「是的。」

「就是吃了他的藥，你才會不舒服。」

「吃他的藥，也是希望能夠變成一個更好的人。」

「黛安已經變得不一樣了，她是這麼說的。我很好奇，人類過了成年期之後，真的還有另外一個成年期嗎？你的感覺怎麼樣？」

「老實說，沒有我預期那麼好。」

「不過，你的療程還沒有結束。」

「沒錯，療程還沒有結束。」

「這麼說，你應該好好休息。需要我帶什麼東西來給你嗎？」

「我有一些筆記本……一些文件……」

「是不是一大捆，和另外一個手提箱放在一起？我會拿過來給你。除了當醫生之外，你也是個作家嗎？」

「只是暫時客串一下，我需要把一些想法寫下。」

「等你好一點，你是不是可以把你的想法說給我聽聽看？」

「應該可以。那是我的榮幸。」

她站了起來。「我特別想知道的是那個滿身皺紋的小黑人，那個從火星來的人。」

ᔕ　ᔕ　ᔕ

接下來的幾天，我的睡眠時間很混亂。醒過來的時候，總是搞不清楚時間是怎麼過的，有時醒過來發現是半夜，有時候又出乎意料地變成早上。我現在已經可以從一些小地方辨認出時間是不是早上，例如，聽到召喚禱告的呼聲，聽到外面車水馬龍的吵雜聲，或是伊布伊娜送白飯和咖哩蛋來給我吃，定期用海綿幫我擦澡的時候。我們會聊聊天，可是，聊了什麼內容，卻彷彿沙子從篩子漏過去一樣，老是從記憶中沖刷而過，一下就忘了。從她的表情我可以看得出來，我偶爾會重複講同一件事，要不然就是忘了她剛剛才講過話。就這樣，從光亮到黑暗，從白天到夜晚。然後有一天，我醒過來的時候，忽然看到黛安和伊娜一起跪在床墊旁邊，兩個人看起來都有點愁眉不展。

伊布伊娜說：「他醒了。不好意思，我先離開一下，讓你們兩個人好好聊一聊。」

然後，只剩下黛安在我旁邊了。

她穿著一件白袍子，一件蓬鬆起伏的藍色褲子，烏黑的頭髮上綁著一條白頭巾，這副打扮，很容易就會被誤認為是在巴東市區成天逛購物商場的世俗印尼婦女。只不過，她長得太高，皮膚又太白，瞞不了人的。

「泰勒。」她說，那雙湛藍的眼睛睜得大大的。「你有沒有注意到自己身上流出來的體液？」

「有那麼嚴重嗎？」

她摸摸我的額頭。「很難受，對不對？」

「我早就有心理準備，一定不好玩。」

「再過幾個禮拜就結束了。到時候……」

不用她說我也知道。藥物已經開始滲透進我的肌肉組織和神經組織。

她又說：「還好有這個地方。這裡有消除痙攣的藥，正規的止痛藥。伊娜了解這整個過程。」她乾笑了一下，又說：「雖然這和我們原先計畫的不太一樣。」

我們原先的計畫是隱姓埋名。對有錢的美國人來說，只要隨便混進一個大拱門港口的城市，很容易就可以銷聲匿跡。我們會選擇在巴東落腳，並不只是因為蘇門答臘是距離大拱門最近的大陸地帶，交通方便。另外也是因為這裡經濟發展的速度突飛猛進，而且，這裡的政府和雅加達那邊的「新烈火莫熄政府」鬧得不愉快，整個城市陷入無政府狀態，但還是很活絡。我可以躲在一間不顯眼的飯店裡，熬過藥效發作這段期間，等藥效一過，我的身體完成再造，我們就可以花點錢安排交通工具，到一個沒有人能夠危害我們的地方去。這就是我們原本的計畫。

只是沒有料到，薩金政府對我們懷恨在心，堅決要抓我們殺雞儆猴。他們想要的，不只是我們還藏在身上的祕密，還有我們已經洩漏出來的祕密。

黛安說：「我大概去了一些不該去的地方，做了一些事，讓人起了疑心。我分別和兩個安排『海外旅居』運輸的集團打交道，訂我們兩個人的船位，但這兩筆交易都沒有談成。後來，忽然沒有人肯再跟我談了，顯然已經有人盯上我們了。領事館、新烈火莫熄政府，還有當地的警方，他們手上都有我們的背景資料，知道我們的長相。雖然他們所描述的長相並不完全吻合，但已經很接近了。」

「所以你乾脆就把我們的身分告訴賈拉和伊娜。」

「我告訴他們，是因為他們已經起疑心了。伊布伊娜還不至於起疑心，但她的前夫賈拉一定在懷疑我了。他是個很狡猾靈敏的傢伙。他經營的船公司名頭不小。在德魯巴羽港轉運的散裝水泥和棕櫚油，很多都會經過賈拉的一、兩個倉庫。這種安排「移民新世界」運輸的生意賺的錢比較少，不過卻可以不用繳稅，而且，那些滿載著移民的船過去之後，也不會空著回來。他也兼作牛羊的黑市交易，生意好得很。」

「聽起來，這個人會很樂於把我們出賣給新烈火莫熄政府。」

「只不過，我們給的錢比較多，而且到目前為止，我們還沒有被逮到，所以也比較不會給他惹來什麼麻煩。」

「伊娜也認同這樣做嗎？」

「認同什麼？認同移民新世界嗎？她自己的兩個兒子和一個女兒都已經在新世界那邊了。認同賈拉嗎？她覺得他還算滿可靠的，如果你付他錢，他會就守信用。至於，她認同我們嗎？在她心目中，我們差不多就像聖人一樣了。」

「是因為萬諾文的關係嗎？」

「基本上是。」

「妳能碰上她真是運氣。」

「不完全是運氣。」

「不管怎麼樣，我們應該想辦法盡快離開這個地方。」

「等你好一點就可以了。賈拉已經安排好一艘船，『開普敦幽靈號』。我來來回回跑了好幾趟巴東，這就為了安排這件事。我還要買通很多人。」

我們本來是有錢的外國人，現在一下子就變成曾經有錢的外國人了。我說：「不管怎樣，我還是希望……」

「希望什麼？」她懶洋洋地，用一隻手指頭在我額頭上輕輕地來回劃著。

「希望我不用再一個人睡覺。」

她嫣然一笑，手放在我的胸口上，放在我骨瘦嶙峋的肋骨上，放在我滿目瘡痍的醜陋皮膚上。她的動作大概不能算是什麼親暱的暗示。「抱在一起好熱耶。」

「好熱？」

我還在發抖呢。

「可憐的泰勒。」她說。

我想告訴她小心一點，可是我的眼睛已經張不開了。當我再張開眼睛的時候，她已經不見了。

ഽ ഽ ഽ

接下來免不了還有更難熬的。不過，後來那幾天，我覺得好多了。黛安形容過，那是颱風眼。彷彿火星人的藥和我的身體達成協議，雙方停火，各自重整旗鼓，等待最後的決戰。我決定好好利用這段時間。

不管伊娜拿什麼給我吃，我都吃得乾乾淨淨。我經常在房間裡踱步，希望我骨瘦如柴的腿能夠恢復一點力氣。要是我力氣大一點，這個水泥房間可能就會像監獄一樣，沒地方讓我走了。（伊娜打算在診所隔壁蓋一間比較安全的庫房，裝上電子警報鎖，還沒蓋好之前，就先把醫療用品暫時堆在這個房間裡。）在目前的狀況下，這個房間已經算得上舒服了。我把幾個硬殼手提箱堆在一個角落裡，當成桌子用，要寫的時候就坐在乾蘆葦草席上。陽光從窗口透進來，形成一道楔形的光束。

窗口有時候也會冒出一張小學生的臉。我看過兩次，他在偷看我。我跟伊布伊娜提起這件事，她點點頭，然後就離開了一會兒，回來的時候，手上拖著一個小男孩。「他叫伊安。」她說話的時候，那個小男孩幾乎是被她推過竹簾，猛丟到我前面來。「他今年十歲，很聰明，他說他有一天也要當醫生。他是我姪兒的小孩。這個小孩子好奇過頭了，就會變得不知好歹。他爬到垃圾箱上面，想看看我後面的房間裡藏什麼東西。不教訓一下不行。伊安，跟我的客人說對不起。」

伊安頭垂得很低很低，低到我真怕他那副大眼鏡會從鼻子上掉下來。他嘴裡咕噥了幾句。

「講英文。」伊娜說。

「對不起！」

「這小鬼沒什麼規矩，但還不至於太過頭。帕克泰勒，也許伊安可以幫你做點事情，將功贖罪。」

那個小鬼顯然已經惹火上身了，我得想想辦法幫他解套。「只要尊重我的隱私，別的就不用了。」

「從現在開始，他絕對不會再來打擾你，對不對，伊安？」伊安畏畏縮縮地點點頭。「不過，我倒是有件事要讓他做。伊安幾乎每天都會到診所來晃一晃，我不忙的時候，也會教他一些東西。教他看人體解剖圖，教他看石蕊試紙放在醋裡面會變成什麼顏色。伊安說，他很謝謝我給他的特別待遇。」伊安精神抖擻地猛點頭，幾乎像抽筋一樣。「所以，他應該要回報，應該為自己不懂基本禮貌的行為懺悔。從現在開始，伊安就是診所的衛兵。伊安，你知道衛兵是做什麼的嗎？」

伊安忽然不點頭了，表情看起來小心翼翼。

伊布伊娜說：「意思就是，從現在開始，你要把你的警覺性和好奇心用在對的地方。如果有人到村子裡來，打聽診所在什麼地方……我說的是從城裡來的人，不管是誰，特別是那些看起來像警察，或是舉動像警察的人……你就要立刻跑來這裡告訴我。」

「上學的時候也要嗎？」

「我不認為新烈火莫熄那些人會跑到學校去煩你。上學的時候，專心上課就好了。其他的時間，不管你在路上，在餐廳裡，或是其他任何地方，只要一有什麼動靜，或是聽到有人講到我，講到診所，或是講到帕克泰勒，你就立刻到診所來。還有，你絕對不可以跟任何人提到帕克泰勒，懂了嗎？」

「我懂了。」伊安說。然後，他嘴裡又咕噥了幾句，我聽不清楚他在講什麼。

「沒有。」伊娜立刻就說，「什麼給不給錢，問這種問題不丟臉嗎？不過，只要我高興了，可能還是會獎勵你。至於現在嘛，我一點都不高興。」

伊安一溜煙跑掉了，那件太大號的T恤隨風飄蕩。

傍晚的時候，開始下起雨來。那是一場熱帶豪雨，接連下了好幾天。那幾天，我的生活就是寫東西，睡覺，吃飯，在房間裡踱步，忍受煎熬。

有個下雨天的晚上，伊布伊娜在黑暗中用海綿幫我擦洗身體，刷掉那些乾掉的皮痂。她說：「你還記得他們兄妹以前的事嗎？說給我聽聽好不好？跟黛安和傑森．羅頓一起長大是什麼樣的感覺？」

我想了一下。或者說，我沉入往日的記憶裡，彷彿沉入一個愈來愈黝黑的池塘裡，想找一些事告訴她，一些真實而又有象徵意義的事。我並沒有找到我真正想講的事，不過，有些事卻自己浮現出來了。我看到一片星光燦爛的夜空，看到一顆樹。那是一棵銀白楊，感覺幽暗神祕。我說：「有一次我們去露營，那是時間迴旋還沒有出現之前，不過並沒有隔很久。」

那些乾掉的皮痂被洗掉，感覺很舒服，至少剛開始的時候感覺很舒服。不過，底下露出來的真皮很敏感，涼颼颼的。海綿刷第一次的時候還滿舒服的，到了第二次，感覺就像是在被紙割到的傷口上擦碘酒。伊娜知道那種感覺。

「就你們三個人？去外地露營，你們三個不會嫌太小了點嗎？我的意思是，你們國家的大人會放心嗎？還是說，爸媽有陪你們一起去？」

「不是跟我們的爸媽去的。艾德華和卡蘿每年都會去度假，去度假飯店，或是搭郵輪。他們寧可不帶小孩子去。」

「那你媽呢？」

「她寧願待在家裡。是我們家附近一對夫婦帶我們去的。他們帶我們去阿第倫達克山，他們的兩個兒子也跟著。那兩個男生已經十幾歲了，根本懶得跟我們打交道。」

「那為什麼……哦，我懂了，應該是那個爸爸想討好艾德華・羅頓？是不是有什麼事情想拜託他？」

「大概就是這樣。我沒有問，傑森也沒問。黛安可能知道……她比較有在留意這類事情。」

「隨便問問，那個不重要。所以，你們去的是山裡的露營區嗎？麻煩你身體轉過去一下。」

「是有停車場那種露營區，不算是荒郊野外。不過那一天是九月的周末，整個露營區裡幾乎只有我們幾個人。我們搭好帳篷，生了一堆火。那兩個大人……」我忽然想到他們叫什麼名字了。「費奇先生和他太太在唱歌，還拉我們跟他們一起合唱。他們一定是在重溫舊夢，回想年輕時代夏日野營的日子。老實說，實在很無聊。那兩個年輕人恨透了這種狗屁倒灶的玩意兒，乾脆窩在他們的帳篷裡，戴著耳機聽音樂。那兩個大人最後沒辦法，只好去睡覺了。」

「難道他們就這樣把你們三個小孩子丟在那邊？營火不是快熄了嗎？那天天氣還好嗎，還是在下雨？像這裡一樣？」

「那時候秋天才剛到，那天晚上天氣很好。」我心裡想，不像今天晚上，青蛙的叫聲此起彼落，雨水霹靂啪啦打在屋頂上。「天上沒有月亮，不過倒是有很多星星。我們已經爬到滿高的山上，天氣不暖和了，但也還不會太冷。山裡有風，風不大，正好吹動樹梢，彷彿那些樹會說話，你可以聽得到他們在彼此交談。」

伊娜笑得更開心了。「樹在彼此交談！我懂，我知道那種感覺。好了，現在轉到左邊。」

「跟那些人一起出來玩實在很無聊，不過，現在只剩下我們三個人了，感覺開始愉快了。小傑抓了一把手電筒，然後我們走到一片白楊林間的空地上，離營火大概幾公尺，離開那些車，那些帳篷，那些人。我們站的地方，往西邊就是一片斜坡。順著傑森指的方向，我們看到天際的地平線上升起了一片黃道光。」

「黃道光是什麼？」

「陽光照在小行星帶的細微冰塵上，反射出來的光就是黃道光。當天空很黑很晴朗的時候，你偶爾可以看得到。」或者應該說，在時間迴旋還沒有出現之前，曾經可以看得到。現在還有黃道光嗎？或者太陽風已經把那些細微的冰塵吹散了？「黃道光會從地平線上升起來，彷彿地球在冬天裡呼吸，吐出一口霧氣，很遙遠，很纖細。黛安對黃道光很著迷，她很專心地在聽小傑解說。當年，小傑的解說還很能吸引她……其實，現在她還是沒有擺脫小傑的魅力。她迷戀他的聰明。她愛小傑，因為小傑很聰明……」

「也許傑森的爸爸也和她一樣，對不對？麻煩你再轉過來，仰著躺。」

「可是他不應該把小傑當成商品，壟斷他的聰明。他純粹只是看到寶，給迷住了。」

「不好意思，看到寶是甚麼意思？」

「意思是，看得目瞪口呆。後來，風愈來愈大了，傑森的手電筒轉過來照著白楊樹林，讓黛安可以看到樹枝在風中搖擺的樣子。」講到這裡，我的記憶忽然鮮明起來。我記得，當年那個年輕的黛安穿著一件至少大了一號的毛衣，手縮倒羊毛編織的袖子裡面，兩隻手臂交叉抱在胸前，仰起臉看著手電筒光束照射的方向，眼中反射出莊嚴的神采。「他教黛安看那些樹枝是怎麼擺動的。最粗的樹枝擺動起來彷彿電影裡的慢動作，而那些比較細的樹枝就擺得比較快。因為每一根樹枝和嫩枒都有傑森形容的一種共鳴頻率。他說，你可以把那種共鳴頻率想像成某種音符。樹在風中擺動的聲音其實是一種音樂，只是頻率太低，人類的耳朵聽不見。樹幹唱出低音，樹枝演唱男高音，而嫩枒就像是在吹奏短笛。他說，或者你也可以想像那是純粹的數字，從風本身到每一片葉子的震動，所有的共鳴交織成一層又一層的計算，層層深入，無限繁複。」

「你形容得好美。」伊娜說。

「還不到傑森形容的一半美。你會感覺得到，他愛戀這個世界，至少，愛戀這個世界展現出來的型態。整個世界充滿了美妙的音樂。唉喲！」

「抱歉，不小心弄痛你了。那麼，黛安也愛傑森嗎？」

「她愛的是身為他妹妹的感覺，以他為榮。」

「那你也愛身為他朋友的感覺嗎？」

「我想是吧。」

「而且，你也愛黛安吧。」

「是的。」

「她也愛你嗎？」

「也許吧。我希望她是。」

「既然如此，我能不能冒昧請問你，你們之間出了什麼問題？」

「妳為什麼會覺得我們之間有問題？」

「你顯然還沉浸在愛情中。我是說，你們兩個人正在戀愛中。可是，你們看起來不像一對在一起很多年的男女。一定有什麼事情把你們分開了。很抱歉，我這樣說實在很冒昧。」

其實她說對了，有什麼事情把我們分開了。很多事情吧。最明顯的，應該就是時間迴旋了。她對時間迴旋有一種獨特的、極度的恐懼，而我從來就沒有真正了解過，她為什麼那麼恐懼。彷彿足以令她產生安全感的一切事物，都遭到時間迴旋的挑戰冒犯。什麼事情能夠讓她產生安全感呢？我想，那是生命過程中的秩序，朋友，家人，工作，對一切事物的基本感知。當年，在艾德華和卡蘿．羅頓的大房子裡，她對這一切的感知想必已經很脆弱了，也許根本只是一種渴望，從來沒有真正擁有過。

大房子背叛了她，而到頭來傑森也背叛了她。傑森將許多科學概念呈獻給她，彷彿送給她許多特殊的禮物。這一切曾經帶給她許多安慰，彷彿牛頓和歐幾里德共同譜出一曲合緩的大調旋律。而如今，這一切卻變得愈來愈陌生，愈來愈疏離。例如「普朗克尺度」：在普朗克尺度的標準下，所有的事物都不再是原來的事物了。例如黑洞：巨大到無法估量的密度將黑洞封閉在一個領域裡，而在這個領域裡，一切的事物不再有因果關係。當年，那隻小狗聖奧古斯丁還活著的時候，她曾經告訴過我，每當她撫摸著小狗身上的毛，她就想去感覺牠的心跳，感覺牠活生生地存在。不是去計算他的心臟跳幾下，也不是去思考小狗身體的構成元素，那無數核子和電子之間有多麼巨大的空間。她希望的是，聖奧古斯丁就是聖奧古斯丁，自成一個完整的生命，而不只是結合了一堆駭人的器官組織。她希望，在一顆垂死恆星的生命過程中，聖奧古斯丁並非只是那一閃而逝的演化附屬品。她的生命中，始終缺乏足夠的愛與情感，因此，她不放過任何一個能夠感受到愛與情感短暫的片刻，並且將那些片刻存放在屬於她自己的天堂裡，儲存著，以便度過宇宙的冬天。

時間迴旋的出現，彷彿大剌剌地證明了傑森的世界觀。也許，那主要是因為傑森毫無保留地投入了時間迴旋的研究。顯然，在那浩瀚銀河的某個角落裡，有一種智慧生物。顯然，他們和我們人類完全不同。他們擁有巨大無比的力量，具有駭人聽聞的耐性，而且他們完全無視於自己帶給這個世界何等的恐懼。如果你試著去想像假想智慧生物，腦海中浮現出來的畫面很可能會是聰明絕頂的機器人，或是具有不可思議能量的生物。但你絕對不會聯想到一隻手溫柔的撫觸，親吻，一張溫暖的床，或是幾句安慰的話。

所以，她對時間迴旋的仇恨是很深沉的，很個人的。我總覺得，後來她會跟賽門．湯森在一起，投入新國度運動，就是這股仇恨力量的引導。根據新國度教義的解釋，時間迴旋是神聖的事件，但也是次要的事件。那是偉大的事件，但沒有亞伯拉罕的上帝那麼偉大。那是令人震驚的事件，然而，釘在十字架上的救世主和空無一人的墓穴卻更令人震驚。

這些想法，我講了一部分給伊娜聽。她說：「當然，我不是基督徒。而且，我甚至算不上是虔誠的回教徒，因此當地的政府對我很不滿。也許我就像他們說的，被西方的無神論腐化了。其實，回教本身也有同樣的運動。大家總是喋喋不休地呼喚著救贖主『伊曼梅帝』，呼喚著聖者『達加爾』、

『耶朱哲』，說『馬朱哲』喝乾了加利利海的水。因為他們覺得這樣的解釋比較有道理。好了，你的身體洗好了。」她已經擦完了我的腳底。「你真的懂黛安內心的感受嗎？」

懂？怎麼樣才算懂？我可以感覺得到，我可以揣測得到，我可以直覺感受到，可是，我不敢說我真的懂。

「這麼說起來，也許火星人的藥將會滿足你的期待。」說著，伊娜把各種不同的海綿收起來，拿起那個裝滿溫水的不鏽鋼臉盆，走出去。房間裡只剩下我一個人，在夜晚的幽暗中思潮起伏。

ꕥ ꕥ ꕥ

有一次，診所裡只剩下最後一個病人，她用夾板固定好病人的手指，然後，等病人走了，她陪我在診所裡走了一圈。我注意到，伊娜的診所有三個門。

她說：「這一切，是我花了一輩子的時間一點一滴建立起來的。也許你會覺得這只是個小診所，不過，村子裡的人需要這個地方，因為，如果病人生了什麼病，我這裡可以先幫他們做一點基本的治療，然後再送到巴東的大醫院去，可能會比較好。從這裡到巴東有一段距離。要是你只能搭巴士，或是路不好走的時候，路程就更遠了。」

三個門當中，一個是前門，病人進出的門。

另外一個是後門，門上有金屬網，很堅固。伊娜的電動車就停在診所後面那片填土壓平的空地上。每天早上到診所的時候，她都是從後門進來，晚上下班也是從後門出去，鎖好才離開。後門就在我這個房間的隔壁。村子裡的清真寺大約在半公里外，每天早上我都會聽到召喚祈禱的呼聲。日子久了，我逐漸發現，第一次召喚之後沒多久，我就會聽到她的鑰匙插在鎖孔裡發出喀嗤喀嗤的聲音。沿著走廊往前走，有一間廁所和一個擺著醫療用品的櫥櫃，第三個門就在走廊的牆壁上，那是側門。如果有人送東西來，她會從這個門收。伊安也喜歡從這個門跑進跑出。

伊安正如同伊娜所形容的那樣，有點害羞，可是很聰明。以他的聰明，想遵照自己的志願，拿到一張醫學院的文憑，應該沒什麼問題。伊娜說，他們家沒什麼錢，不過，如果他拿得到獎學金，就可以到巴東的新大學念醫學院預科班，成績優異的話，就可以想辦法找人資助，去念醫學研究所……「然後，很難說，也許這個村子裡就會有另外一個醫生了。我就是這麼走過來地。」

「你認為他念完書就會回來，回到村子裡當醫生嗎？」

「應該會。我們都是這樣，出去，然後又回來。」她聳聳肩，彷彿天底下的事本來就是這樣。米南加保人稱之為「海外旅居」，那是一種傳統，把年輕人送到外地去。「海外旅居」也是「亞達特法」傳統習俗規範體系的一部分。過去的三十年裡，「亞達特法」就像傳統伊斯蘭教文化一樣，也逃不過現代化文明侵蝕的命運。不過，「亞達特法」依然潛藏在米南加保人的日常生活中，像心臟脈動一樣生生不息。

伊娜已經警告過伊安不准來打擾我，可是後來，他愈來愈不怕我了。有時候，我燒退了，人比較清醒，只要伊布伊娜允許，伊安就會跑來找我。他會帶一些吃的東西來給我，同時也練習講英文。他會指著某一樣東西，教我米南加保話要怎麼講。例如，silomak 就是黏黏的飯，singgang ayam 就是咖哩雞。我跟他說「謝謝」，他就會回答我「不客氣」，笑得很開心。他一笑起來，就會露出雪白的牙齒，可惜牙齒長得亂七八糟。伊娜曾經勸他的爸媽讓他裝牙套。

伊娜和村子裡的親戚一起住在一間小房子裡，不過，最近她都睡在診所的一間診療室裡。比起我那個牢房似的簡陋小房間，診療室睡起來也不見得會比較舒服。有時候，到了晚上，親戚家裡有事，就會打電話叫她回去。每到那個時候，她就會先記錄我的體溫和狀況，幫我準備一些吃的東西和水，並且給我一個呼叫器，以防有什麼緊急變故的時候，我可以找得到她。那個時候，整個晚上診所裡就剩我一個人了，要等到第二天早上，聽到她用鑰匙開門的聲音，才會再看到她。

有一天晚上，我作了一個瘋狂錯亂的夢，夢裡彷彿聽到有人正在猛轉側門的門把，想把門打開。我驚醒過來，心裡想，不可能是伊娜，她不會從那個門進來，而且時間也不對。我看看手錶，已經是半夜了，離天亮還很久。這個時間，還是會有一些人不回去睡覺，在村子裡的小吃攤閒晃。大馬路上偶爾會有車子經過。卡車常常會在這個時間出發趕路，看看隔天早上能不能趕到那些遙遠的村子。也可能是病人想碰碰運氣，看看她還在不在。也可能是一些吸毒的人想進來偷藥。

門把轉動的聲音忽然停了

我靜靜地撐著身體站起來，穿上牛仔褲和T恤。診所裡一片漆黑，房間裡也是一片漆黑，唯一的亮光就是從窗口照進來的月光……突然間，月光被遮住了。

我抬頭一看，看到伊安的頭擋在窗口，一團黑影彷彿一顆盤桓的星球。他壓低聲音叫我：「帕克

住。

泰勒！」

「伊安，你嚇死我了！」事實上也是，被他一嚇，我的腿忽然沒力氣了，必須靠在牆上才站得住。

伊安說：「讓我進來！」

我光著腳慢慢走到側門去，拉開門閂。猛然一陣風吹進來，熱熱濕濕的。伊安也跟著那陣風猛衝進來。「我有事要跟伊布伊娜說！」

「她不在這裡。伊安，怎麼回事？」

他顯得很困惑，把眼鏡推回鼻梁上。「可是我一定要跟她講！」

「可是她今天晚上不在這裡。你知道她住哪裡嗎？」

他不太高興地點點頭。「可是她叫我到這裡來告訴她！」

「你說什麼？我是說，她什麼時候告訴你的？」

「她說過，只要有陌生人打聽診所在哪裡，我就要趕快來這裡告訴她。」

「可是她不……」我感覺到自己又開始發燒了，整個腦袋彷彿被一團霧罩住了，突然間，他話中的含意穿透了那層霧，一下子清楚了。「伊安，是不是有人在村子裡打聽伊布伊娜？」

我連哄帶騙地問他，好不容易問出了整件事的來龍去脈。伊安他們家的房子在村子中央一個小吃攤後面，隔著三戶就是村長的辦公室。有時候，伊安晚上睡不著覺，躺在房間裡，可以聽得到小吃攤的客人七嘴八舌在聊天。因此，雖然一知半解，他倒是聽了不少村子裡的蜚短流長，加起來差不多可以編成一本百科全書了。天黑以後，村子裡的男人通常會聚在那裡喝咖啡聊天，例如，伊安的爸爸、舅舅和幾個鄰居。可是，今天晚上村子裡來了兩個陌生人，開著一部黑得發亮的轎車，朝著燈火通明的小吃攤開過來。那兩個人態度很粗魯，像水牛一樣野蠻。他們連自己的身分都不表明，劈頭就問村子裡的診所在哪裡。那兩個人看起來都不像生病的樣子。他們穿著城裡的衣服，行為舉止很野蠻，一副警察的樣子。於是，伊安的爸爸就模模糊糊指了一個錯誤的方向。照那樣走，絕對會走錯路。

不過，在這麼小的村子裡，伊娜的診所並不難找，走錯路頂多只是耽擱一點時間，他們早晚還是會找得到。因此，伊安立刻起來穿衣服，偷偷摸摸從家裡跑出來，遵照伊布伊娜的吩咐，跑到這裡來。這是他和伊布伊娜說好的，一有危險就要來警告她。

我跟他說：「很好，伊安，你做得很好。可是你現在要趕快去她住的地方，告訴她這件事。」這段時間，我會趕快收拾行李，逃到診所外面。我盤算了一下，應該可以躲在隔壁的稻田裡，等警察離開。我現在還有點力氣可以躲到那裡。應該還可以。

可是伊安雙手交叉在胸前，退了幾步。他說：「她叫我在這裡等她。」

「沒錯。可是她明天早上才會回來。」

「她晚上幾乎都睡在這裡。」他伸長了脖子，探頭探腦地看著我後面黑漆漆的走廊，彷彿認定她會從診療室那邊走出來稱讚他。

「是沒錯，可是今天晚上她不在，真的不在。伊安，這裡可能會很危險，這些人可能是壞人，要來找伊娜麻煩，你明白嗎？」

可是這孩子似乎有一種天生的死硬牛脾氣，雖然已經跟他混得滿熟了，他還是不太相信我。他全身顫抖了一下，眼睛瞪得像狐猴一樣大，然後猛然從我旁邊繞過去，衝進黑漆漆的診所裡，一邊大喊著：「伊娜！伊娜！」

我在後面追他，邊追邊把燈打開。

我一邊追一邊想，拼湊整件事的來龍去脈。那兩個打聽診所的凶狠男人可能是巴東新烈火莫熄政府派來的，或是當地的警察，要不然就是國際刑警組織或國務院派來的人。不管是哪個機關派來的，反正都是薩金政權的爪牙。

如果他們是來找我的，是不是意味著他們已經審問過伊娜的前夫賈拉？是不是意味著他們已經抓到了黛安？

伊安跌跌撞撞地衝進了診療室，額頭不小心撞到檢查檯突出來的墊腳架，整個人跌坐在地上。我趕到的時候，他放聲大哭，嚇到了，眼淚一顆顆沿著臉頰滾下來。他左邊的眉毛撞出了一道很深的傷口，還好不是很嚴重。

我把手搭在他肩上，對他說：「伊安，她不在這裡，真的。她真的真的不在這裡。而且，我很確定，現在可能會有危險，她絕對不會叫你留在這個黑漆漆的地方。她絕對不會，對不對？」

「喔。」伊安說，終於聽進我的話了。

「所以，趕快跑回家，好不好？趕快跑回家，待在家裡。我會對付那些壞人，然後我們明天一起回來找伊布伊娜。這樣有沒有道理？」

他明明怕得要命，卻還是硬要表現出一副冷靜考慮的模樣。「也對。」他說著，皺皺眉頭。

我扶他站起來。

這個時候，忽然聽到診所大門外面有一陣輪胎壓過碎石路的聲音，我們又趕快蹲下去。

ss ss ss

我們趕緊跑到前面的櫃檯那邊。我從竹簾橫條的缺口偷看外面，伊安躲在我後面，手緊緊抓著我的襯衫，絞成一團。

外面有月光，車子引擎沒有熄火。我認不出是哪種廠牌的車子，不過車身黑得發亮，看起來很新。黑漆漆的車子裡忽然亮起了一陣火光，但很快又滅掉了，一定是有人在點煙。接著，一道更強的光亮起來，右邊的車窗射出一道手電筒的強光，穿透竹簾照進來，車子引擎蓋的影子投映在馬路對面的牆上。我們趕快把頭低下去，伊安抽抽噎噎地哭起來。

他叫我：「帕克泰勒？」

我閉上眼睛，發覺眼皮愈來愈重，幾乎快要張不開了，眼簾上許多像是光輪或金星的奇怪形狀飄來飄去。又開始發燒了。耳朵裡揚起一陣此起彼落的回音：又開始發燒了，又開始發燒了。彷彿在嘲笑我。

「帕克泰勒！」

這個節骨眼發燒真是要命。（又是一陣回音：真是要命，真是要命……）「伊安，到門那邊去，側門。」

「我們一起去！」

好主意。我又偷看了一眼車子的窗戶。手電筒關掉了。我站起來，帶著伊安沿著走廊經過那個醫療用品櫃，走到側門。門還開著，他進來的時候沒有關。夜晚靜得有點詭譎，充滿誘惑。門外是一片壓平的土地，一片稻田，再過去是一片樹林，棕櫚樹的黑影在月光中搖曳生姿。

診所的建築體正好擋住了車子的視線。「直接跑到樹林那邊去。」我說。

「我知道路……」

「避開馬路，必要的時候就躲起來。」

「我知道。我們一起走！」

「我沒辦法走。」我是說真的。以我目前的身體狀況，想跟在一個十歲的小男生後面猛衝，似乎是異想天開。

「可是……」伊安說。我推推他，叫他不要浪費時間。

他頭也不回地往前衝，以驚人的速度消失在陰影中，無聲無息，無影無蹤，令人讚嘆。我真羨慕他。接著，四下一片沉寂，我忽然聽到有人打開車門，然後又關上了。

月亮幾乎快要是滿月了，比從前多了一點紅暈，比較遙遠，看起來和我小時候記憶中的不一樣。不再像是著名的圖片「月亮裡的男人」那樣，有眼睛鼻子嘴巴，右眼上還有一艘太空船。月亮表面上有一塊黑色橢圓形疤痕，那就是新近形成但現在已經變得十分古老的「月海」。有一次，巨大的隕石撞擊月球，撞擊熔化了極地到赤道的表土，同時也減緩了月亮的環繞軌道遠離地球的速度。月海就是那次撞擊所留下的痕跡。

從診所裡面，我聽到那幾個警察猛敲大門（我猜應該是兩個），猛力拉扯門上的鎖，大吼大叫說他們是警察。

我心裡想，該跑了，我相信自己還跑得動，雖然動作沒辦法像伊安那麼敏捷，但應該跑得到那邊，然後躲在那裡，接下來就聽天由命了。

可是，我忽然想到放在後面那個房間裡的行李。手提箱裡除了衣服之外，還有我的筆記本和光碟片，細細長長的數位記憶體。此外，那幾瓶透明液體正是最明確的犯罪證據。

我又進到診所裡，把門閂起來。我光著腳，提高警覺，豎起耳朵仔細聽那些警察在幹什麼。他們可能正繞著診所周圍盤查，也可能會再試試看能不能從前門闖進來。燒得愈來愈厲害，但我還是聽得到周圍的動靜，不過，可能只有一部分聲音是真的。

我回到後面的房間，天花板上的電燈還是暗的，我靠著微弱的月光在黑暗中摸索。那裡有兩個硬殼手提箱，我打開其中一個，把一大疊我寫的手稿塞到裡面，然後闔起來扣上卡榫。我把手提箱提起來，身體一陣搖晃，連站都站不穩，於是我又提起另一個手提箱，讓身體保持平衡，卻發現自己幾乎走不動了。

我踩到一個小塑膠盒，差一點絆倒，原來是伊娜的呼叫器。我停下來，把手提箱放在地上，把那個呼叫器撿起來塞到襯衫的口袋裡，然後深深吸了幾口氣，又把手提箱提起來，奇怪的是，手提箱似乎變得更重了。我拚命告訴自己：你一定辦得到。可惜自我催眠似乎起不了什麼作用，我的腦袋彷彿變得像大教堂一樣空曠，只聽得到自己繚繞的回音。

我聽到後門有聲音。伊娜在門外面加了一副掛鎖。我聽到一陣金屬撞擊的聲音和拉扯門閂的聲音，好像有人拿了一支鐵橇塞到掛鎖的環孔裡，想把它絞斷。要不了多久，那個鎖一定會被絞斷，那些人就會衝進來。

我步履維艱地走到第三個門，伊安進出的那個門，側門。我拉開門閂，輕輕推開，暗中祈禱，希望此時此刻不要有人站在門口。還好沒人。那兩個入侵者（假設只有兩個）在後門那邊。他們低聲交談，拚命想絞斷那個鎖。外頭有輕微的風聲，還有此起彼落的蛙鳴，我聽不清楚那兩個人在說什麼。

我有辦法不引起那兩個人注意，跑到田那邊躲起來嗎？我實在沒什麼把握。更糟糕的是，我甚至沒把握跑的時候不會跌倒。

接著，我聽到一陣巨響，後門的掛鎖已經被他們扯斷了。我告訴自己，該鳴槍起跑了。我告訴自己，你一定辦得到。我提起手提箱，光著腳衝向滿天繁星的夜晚。

客自遠方來

「你有看到這個嗎？」

我走進基金會醫務室的時候，茉莉．西格蘭揮揮手叫我看看櫃台上的一本雜誌。從她的表情看起來，不是什麼好事。那是一本很有名的新聞月刊所出版的精美印刷版，封面是傑森的照片，上面有一排斗大的宣傳標語：**近日點金童不為人知的真面目**。

「大概沒什麼好話吧？」

她聳聳肩。「恐怕不是在捧他了。自己拿去看看吧，晚上吃飯的時候再聊。」我先前和她說好了晚上一起吃飯。「噢，對了，塔克曼太太在三號檯等你，她已經準備好了。」

我已經交代過茉莉不要把診療室講成幾號「檯」，不過想想還是算了，犯不著為了這個和她吵。我順手把那本雜誌塞進桌上的郵件架。四月慵懶的早晨，外面下著雨，塔克曼太太是整個早上唯一預約的病人。

她是工程師的太太，過去一整個月來，她已經到診所來三次了，一直抱怨說她很焦慮，老是覺得疲倦。她的毛病是怎麼來的，其實也不難猜測。自從火星被時間迴旋透析膜包圍之後，到現在已經整整兩年了，基金會裡裁員的傳言甚囂塵上。她先生的收入來源是個未知數，而她自己找工作也是到處碰壁。她一直在服用抗焦慮藥「暫安諾錠」，服用的頻率已經達到警戒線，而她卻還要我開更多給她，立刻就要。

「也許我們應該考慮換別種藥了。」我說。

「你是說我應該改吃抗憂鬱藥嗎？我不要。」她是個嬌小的女人，長相本來應該是甜甜的，可是卻因為眉頭深鎖，顯現出一股怨怒之氣。她的目光飄忽不定，環顧著診療室，然後停下來看著雨水淋漓的窗戶，望向外面精心修整的南側草坪，看了好一陣子。「我真的不想再吃了。我已經吃抗憂鬱藥吃了六個月了，廁所跑不停。」

「妳是什麼時候吃的？」

「在你來這裡之前，寇寧醫師幫我開的處方。當然，那個時候的情況跟現在不一樣。當時，我很難得看得到卡爾的人，他太忙了，晚上常常只有我一個人，怪寂寞地。不過，當時看起來還不錯，工作很穩定，可以就這麼一直做下去。現在看起來，也許我當時應該要滿足了。呃，那個叫什麼……對了，病歷表。病歷表上沒有寫我吃過那種藥嗎？」

她的病歷表正攤開在我桌上。儘管寇寧醫師很體貼，在病歷表上用紅筆特別注明需要立即處理的緊急狀況，但他的字實在很難看得懂。我好不容易才認出那幾個字是：過敏，慢性。病歷表裡的內容寫得呆板簡略，沒幾個字，上面寫著：「抗憂鬱藥物應病人的要求停藥（日期無法辯認）。病人持續抱怨對未來感到緊張、恐懼。」說真的，又有誰對未來不會緊張恐懼呢？

「現在我們甚至沒辦法靠卡爾的工作過日子了。昨天晚上我心跳得好厲害，我是說，跳得好快，快得異乎尋常。我在想我會不會是得了……你知道的。」

「知道什麼？」

「你應該知道嘛，就是心血管耗弱。」

心血管耗弱，全名是「心血管耗弱症候群」。過去這幾個月來，這種病已經在媒體上報導過不少。埃及和蘇丹已經有數千人死於心血管耗弱，而希臘、西班牙和美國南部也紛紛傳出病例。心血管耗弱是一種發作緩慢的細菌感染疾病，對熱帶第三世界國家的經濟具有潛在威脅，不過，當代的醫藥還可以治得好。對塔克曼太太來說，心血管耗弱實在沒什麼好怕地。我就是這樣告訴她。

「有人說就是他們把這個散播給我們。」

「塔克曼太太，妳在說什麼？什麼誰把什麼散播給我們？」

「就是這種病啊。他們就是假想智慧生物。他們把這種病散播給我們。」

「我讀過很多資料，所有的資料都顯示，心血管耗弱是從家畜身上跨越傳染到人類身上。到目前為止，心血管耗弱主要還是出現在有蹄動物身上，而且，在北非地區每隔一段時間就會有牛群死於這種疾病。」

「牛群，哼，他們有必要說嗎，他們會嗎？我是說，他們才不會在媒體上公開聲明這件事是假想智慧生物幹的。」

「心血管耗弱是一種危險的疾病，如果妳真的得了這種病，現在恐怕已經躺在醫院裡了。更何況，妳的脈搏和心電圖都很正常。」

她看起來還是一副不相信的樣子。最後，我只好開了另一種抗焦慮藥的處方給她，其實藥的成分和「暫安諾錠」幾乎一模一樣，只不過化學結構上的分子側鏈不同。我心裡想，就算骨子裡還是一樣的藥，換個新藥名也許會有意想不到的效果。塔克曼太太離開診所的時候，感覺好像比較放心了，手上緊緊抓著那張處方箋，小心翼翼，彷彿捧著一張古代聖書的羊皮紙卷。

我忽然覺得自己沒什麼用，好像一個招搖撞騙的江湖郎中。

不過，像塔克曼太太這樣的病人絕對不是特殊案例。現在，焦慮的情緒使得全球籠罩在一片騷動不安的氣氛中。火星的地球化與殖民計畫曾經是一次精采出擊，點燃了大家對未來的希望，活下去的希望。然而，最後的結果卻證明了人類依然無能為力，依然沒有把握。人類不再有未來，只剩下永無止盡的時間迴旋。全球經濟已經開始動盪不安，一般消費大眾和國家政府都已經累積了驚人的債務，而且，他們都認定這些債務已經沒有償還的必要了。而債權銀行則開始囤積資金，利率飆升。無論國內國外，極端狂熱的宗教活動和殘暴血腥的犯罪行為不斷向上攀升。這些後續效應對第三世界國家特別具有毀滅性的衝擊。貨幣逐漸崩盤，饑荒周而復始，這一切都發揮了推波助瀾的作用，刺激潛伏的馬克思主義份子死灰復燃，鼓動了激進的回教運動。

這種心理突變現象並不難理解，衍生出來的暴力也並不令人意外。大多數人通常是把滿腹牢騷藏在心裡，只有少數對未來信心破滅的人會採取激烈行動，例如，上班的時候帶著一把自動步槍，並且把要殺的人列出名單。無論是有意還是無意，假想智慧生物在地球上所醞釀出來的，正是那種末日的絕望。這些具有自我毀滅傾向的不滿份子集結成軍隊般的龐大勢力。回教極端份子的敵人是任何一個美國人，甚至全體美國人。此外也包括英國人、加拿大人、丹麥人……；反過來，西方國家的極端份子也仇視回教徒、黑皮膚的人、不會說英語的人、移民；有人仇視全體天主教徒，有人仇視基本教義派信徒，有人仇視無神論者；有人仇視所有的自由主義者，有人仇視所有的保守主義者……。為了凸顯自己道德上的完美純粹，這些人所採取的無限上綱行動，就是私設刑堂，或是自殺炸彈，或是頒布追殺令，或是集體屠殺。如今，這股勢力正逐漸上升，就像末日世界地平線上的黑暗之星。

我們活在一個危機四伏的年代。這就是塔克曼太太所感覺到的，所以，就算我開遍了全世界各種牌子的「暫安諾錠」給她，也無法消除她內心的不安。

ᔕ ᔕ ᔕ

中午在員工餐廳吃飯的時候，我占著後面的一張桌子，一邊慢條斯理地喝著咖啡，看著外面停車場的雨中景致，一邊漫不經心地翻著茉莉給我的那本雜誌。

標題的文章寫著：「如果科學裡有一門時間迴旋學，那麼，傑森・羅頓就是這門學科的牛頓、愛因斯坦、史蒂芬・霍金。」

艾德華・羅頓一直都慫恿媒體做這類報導，而小傑卻最怕聽到這類報導。

「從輻射研究到導磁性研究，從硬科學到哲學辯論，在時間迴旋研究的各個領域裡，幾乎沒有一門是傑森．羅頓的觀念沒有觸及到的，也幾乎沒有一門不是因為他的思想而徹底改觀。他發表的論文不計其數，而且經常有人引用。只要他一出現，再怎麼沉悶的學術研討會都會立刻變成媒體的頭條新聞。他擔任近日點基金會的代理董事長，在時間迴旋的年代裡，在美國與全球航太政策上，發揮了舉足輕重的影響力。」

「雖然偶爾會有媒體誇大渲染，但傑森．羅頓確實達到了許多真正偉大的成就。輝煌成就的光環圍繞著傑森．羅頓，因此，我們很容易就會忘掉，創辦基金會的人是他的父親艾德華．狄恩．羅頓。他在總統的智囊團裡，在決策委員會裡，依然占有顯赫的地位。有些人質疑，兒子的公眾形象正是老羅頓在幕後一手塑造出來的。老羅頓具有同樣的影響力，卻比較神祕，比較不為人知。」

接著，那篇文章仔細報導了很多艾德華早年的事業生涯。時間迴旋發生之後，艾德華在浮空器電信傳播事業上鴻圖大展，連續三任總統的政府都採納了他的建議計畫，同時，他也創辦了近日點基金會。

「基金會創立的原始構想是成為政府的智庫，工業界的國會遊說團體，後來卻搖身一變成為聯邦政府的機構，規畫時間迴旋相關的太空任務，統籌協調十幾所大學、研究機構和太空總署的研究工作。結果是，舊有的太空總署沒落了，近日點基金會卻崛起了。大約十年前，基金會與太空總署之間的關係正式體制化。基金會經過微妙的組織重整後，正式併入太空總署成為諮詢機構，但根據內部人士透露，實際上是太空總署被基金會收併了。當年輕的傑森展現其天才魅力風靡媒體的時候，他的父親則繼續在幕後牽引鋼絲擺弄台前的戲偶。」

接下來，那篇文章質疑艾德華和葛蘭總統政府的長期關係，並且暗示背後可能有醜聞。基金會曾經有一個價值數百萬美金的全套儀器採購案，知名的波爾航太技術公司提出的企畫案價格比較低廉，但那個案子後來被拆成幾個個別採購案，交付給加州帕沙迪納市的一家小公司，而那家公司的老闆是艾德華當年的老朋友。

目前正是總統大選期間，兩大黨都渾身解數施展激進手段攻擊對手，廝殺慘烈。已經擔任了兩屆總統的葛蘭隸屬於「改革共和黨」，被新聞媒體批判得體無完膚。而他欽點的接班人羅麥思是前總統克萊頓的副總統，在最近的幾次民調中都領先對手。事實上，那個採購案真的稱不上是醜聞。波爾公司的提案雖然價格比較低，但他們所設計的全套儀器效能比較差，而帕沙迪納的工程師卻能夠在同樣的酬載重量下放進更多的測量儀器。

基金會那條路往南一公里多有一家「香榭餐廳」，晚上我跟茉莉就在那裡吃飯。吃飯時候我就跟茉莉聊了這些事情。那篇文章寫的東西實在算不上是新聞，那種捕風捉影的寫法，政治意圖遠多於實質意義。

茉莉問：「不管他們是對還是錯，有什麼差別嗎？重要的是，他們是怎樣在擺布我們。突然間，居然有主流媒體可以對我們基金會開炮。」

雜誌另外一頁還有一篇社論，形容火星計畫是「人類有史以來最昂貴的、獨一無二的浪費公帑行動，犧牲了無數的生命、財產。這是一座里程碑，證明人類有能力從全球災難中搾取利益。」作者是專門替基督教保守黨撰寫演講稿的人。「茉莉，誰不知道這本爛雜誌本來就是基督教保守黨手下的傳聲筒。」

「他們想把我們整垮。」

「他們整不垮我們的。就算羅麥思輸掉了選舉，就算他們將我們降級，倒退回執行動測任務的層級，我們還是這個國家裡唯一有能力觀察時間迴旋的人。」

「這並不代表我們不會被集體炒魷魚，被撤換。」

「不會到那種地步。」

她看起來一副不太相信的樣子。

茉莉是診所裡的護士兼掛號小姐，是我剛到基金會的時候寇寧醫師留給我的人。過去這五年來，她一直就像是診所裡的某種擺設，待人客氣，工作表現專業而且有效率。我們除了平常互相開玩笑之外，也聊過一些私人的事情，因此，我知道她目前單身，比我小三歲，她住的那棟的公寓沒有電梯，離海邊有一段距離。她平常看起來似乎不怎麼愛說話，所以我一直以為她就是喜歡那樣的調調。

後來，將近一個月前，有個星期四傍晚，茉莉正在收拾手提包準備開車回家的時候，忽然跑來找我，問我要不要跟她一起吃晚飯。為什麼？她說：「因為我已經懶得繼續等你來邀我了。所以？去？

還是不去？」

我去。

我這才發現，茉莉私底下是一個聰明狡黠的人，言語間總是帶點嘲諷調侃的意味，相處起來比我預期中更有趣。過去這三個禮拜來，我們已經在香榭餐廳吃過好幾次飯了。我們喜歡這家餐廳的菜單，因為看起來不會浮誇。我們喜歡這家餐廳的氣氛，因為感覺上很有校園風味。我老覺得茉莉在香榭餐廳裡看起來特別有味道，塑膠板小隔間彷彿因為有她在而生色不少，更顯得高雅尊貴。她留著一頭長長的金髮，由於今晚空氣太潮濕，更顯得輕柔飄逸。她刻意戴著有色隱形眼鏡，看起來像是綠色的眼睛，感覺上卻和她的臉蛋十分相配。

她問我：「你有看到那條花邊新聞嗎？」

「瞄了一眼。」雜誌裡那則花邊新聞拿傑森輝煌的事業成就和他的私生活做比對，形容他的私生活像謎一樣的隱密，或是根本就沒有私生活可言。文章裡說：「認識傑森的人說，他家裡的擺設空洞、簡陋，跟他的感情生活差不多。從來沒有傳出過他有任何緋聞，沒聽說過他是不是有未婚妻、女朋友、太太，也不知道他是不是同志。當你從他家裡走出來的時候，會覺得他不只是和自己的思想理念結婚了，甚至沉溺得有點病態。從很多方面看來，傑森．羅頓就像基金會一樣，始終籠罩在他父親令人窒息的陰影下。儘管傑森．羅頓成就輝煌，但他還有一段很長遠的路要走，才能夠成為一個真正頂天立地的男人。」

茉莉說：「至少這個部分都沒有冤枉他。」

「是嗎？傑森或許有點自我中心，不過……」

「他每次經過診所櫃台的時候，那種感覺好像是我不存在一樣。我的意思是，那雖然沒什麼大不了，可是感覺真的不是很窩心。他治療得怎麼樣了？」

「茉莉，我沒有在幫他治療什麼。」茉莉看過傑森的病歷表，不過我並沒有記載任何非多發性硬化的內容。「他只是來找我聊天的。」

「哦荷，那他偶爾過來找你聊天的時候，怎麼行動好像特別遲緩呢？沒關係，你不用跟我說什麼，不過，我只是要你知道，我不是瞎子。不說這個了，他現在人在華盛頓，對吧？」

他現在待在華盛頓的時間似乎比待在佛羅里達的時間多。「已經有很多小道消息了。現在快要大選了，很多人正在為選後布局忙著卡位。」

「所以說，現在暗中大概有什麼事情正在運作。」

「永遠都會有什麼事情正在運作。」

「我說的是基金會。那些助理人員有看到一些蛛絲馬跡。比如說，你知道什麼地方怪怪的嗎？我們剛剛又多了西邊圍牆外面那一大片四十公頃的土地。這是人力資源部的打字員提姆．卻斯里告訴我的，應該下禮拜就會有土地測量員過來測量。」

「為什麼？」

「沒有人知道。可能我們要擴建園區，也可能是他們要把基金會改建成活動。」

這我還是第一次聽到。

「你已經變成狀況外了。」茉莉說著，對我笑了一下。「你需要多跟人接觸，比如說，我。」

∽ ∽ ∽

吃過晚飯之後，我們轉移陣地到茉莉的公寓。我留在那裡過夜。

我不想描述我們纏綿時的種種姿態、眼神和撫觸。倒不是因為我不好意思說，而是因為我好像記不起來了。一方面是因為時間久了，一方面是因為我回想的時候記得的卻不是那些。我注意到一些很諷刺的現象。例如：我背得出雜誌裡那篇我們討論過的文章，我可以告訴你晚上茉莉在香榭餐廳吃了什麼東西……可是，我們纏綿之後，我腦海中只記得一些一閃而逝的畫面，例如，房間裡幽暗的燈光，開著的窗口有一個布做的轉輪在潮濕的風中不停地轉動，她那碧綠的眼睛緊靠在我眼前。

∽ ∽ ∽

不到一個月，傑森又回到了基金會。我看到他在走廊上走起路來精神抖擻，彷彿體內注入了一股奇特的新能量。

他身邊多了一群穿著黑衣服的安全人員。雖然無法確定這些安全人員是哪裡來的，但應該是代表財政部。接下來，走廊裡又常常擠著一小群廠商和土地測量員，他們都不跟基金會裡的員工講話。茉莉不斷告訴我一些傳言，例如，整座中心快要被夷為平地了，或者，中心快要擴建了，或者，全體員工快要被資遣了，或者，所有的人都要加薪了。簡單地說，基金會裡有什麼事情快要發生了。

將近一個禮拜來，傑森都沒有說什麼。後來，那個懶洋洋的星期四下午，傑森忽然透過診所裡的廣播系統呼叫我，要我到二樓去。他說：「我要讓你見一個人。」

我才剛走到警衛森嚴的樓梯間，就有一個配槍的警衛跟在我旁邊，身上掛著全區通行的證件。他帶我走到樓上一間會議室。顯然，傑森並不是叫我來打招呼閒話家常。這是基金會裡的高度機密，本來是輪不到我介入的。顯然，傑森又打算和我分享祕密。不過，知道太多從來就不是什麼好事情。我深呼吸了一下，推開門走進去。

會議室裡有一張桃花心木的桌子，六張絨毛椅。裡面除了我之外，還有另外兩個人。

其中一個是傑森。

另外一個很容易會被誤認為是小孩子。我第一眼的印象是，他看起來好像一個嚴重燒傷、極需要做皮膚移植手術的小孩子。那個人差不多只有一百五十公分高，站在會議室的角落裡。他穿著一條藍色的牛仔褲，還有一件純白的棉T恤。他的肩膀很寬，大大的眼睛布滿血絲。跟他矮小的身材比起來，他的手臂似乎顯得太長了，好像有點累贅。

不過，最令人驚訝的還是他的皮膚。他灰黑色的皮膚毫無光澤，身上光禿禿的沒有半根毛髮。他身上的皺紋跟一般的皺紋不一樣，不是鬆垮垮的像獵犬皮膚上的那種皺摺。那是一種很深的紋路皺摺，看起來像甜瓜皮。

那個小個子的男人朝我走過來，伸出手。他的手從長長的手臂到小小的手掌全是皺紋。我猶豫了一下，還是跟他握了手，心裡想，他的手指頭看起來簡直像木乃伊。不過，他的手握起來卻是飽滿有肉，很像沙漠植物厚厚的葉片，感覺像是握著一把蘆薈，而且感覺到他回握著我的手。那個怪人咧開嘴笑了。

傑森說：「他是萬。」

「他什麼四萬？」

萬笑了起來。他的牙齒很大，鈍鈍的，整潔無瑕。「這個精采的笑話我百聽不厭！」

他的全名是萬諾文，從火星來的。

ꕥ　ꕥ　ꕥ

火星人。

這樣說很容易引起誤會。「火星人」這個字眼在文學史上由來已久，從威爾斯到海萊茵，太多人寫過火星人的小說，而實際上火星當然是一個沒有生命的星球。直到後來，我們改造了火星，創造了我們自己的火星人。

顯然，眼前就是一個活生生的火星人。其實他是百分之九十九點九的人類，只不過外表有點奇怪。兩年前，我們才剛派遣人類到火星去殖民，如今，火星上的人類已經在時間迴旋外面繁衍了好幾千年。他講的英文很標準，口音聽起來一半像牛津腔，一半像印度新德里的腔調。他在會議室裡走來走去，從桌上拿了一瓶礦泉水，轉開瓶蓋，大口大口地喝。他用手臂擦了擦嘴，滿是皺紋的皮膚上凝聚著一顆顆的水珠。

我坐下來聽傑森說明的時候，眼睛盡可能不去看他。底下就是他告訴我的話。我引述得比較簡略，而且加進了許多我後來才知道的細節。

ꩤ ꩤ ꩤ

時間迴旋透析膜包圍火星之後沒多久，那個火星人就離開故鄉了。

萬諾文是一個歷史學家，同時也是語言學家。以火星人的標準來看，他算是很年輕的，相當於地球上的五十四歲，身體很健康。他是一個交換學者，奉派到農業企業團體執行義務工作。他花了一個「閃月」的時間，在基里奧羅哲河的三角洲完成了一項任務，正在等候下一項指派的任務。基里奧羅哲河位於銀島盆地。銀島盆地是我們地球人取的名字，火星人稱之為巴瑞爾平原。就在那個時候，他接到了政府的徵召令。

火星政府計畫派人到地球去，為此特別成立了一個委員會，執行任務的規畫與統籌協調。萬諾文和其他好幾千個男男女女一樣，也將自己的資歷提報給委員會審核。那些人的年齡都和社會階層都和萬諾文差不多。他提報資歷的時候，從來沒有真的想過自己會被選中。其實，他天性相當膽小怯懦，除了因為學術研究的需要到外地去工作，或是探訪親友之外，一輩子都不曾遠離過自己的家鄉。所以，當委員會公布獲選名單之後，他心裡有點畏縮，如果不是因為自己的年齡最近已經到了「第四年期」，他可能會拒絕政府的徵召。一定會有人比他更適合這項任務的，不是嗎？錯了，顯然不是這樣。政府方面認定，他的才能和人生歷練正好最適合這項工作。所以，他打點好一些私人事務之後（其實也沒什麼好打點的），就搭火車到了發射中心所在地的「巴薩特旱地」（地球人稱之為「泰爾西火山區」）。他在那裡接受訓練，準備代表「五大共和國」到地球去進行外交任務。

火星人的科技最近才剛剛開始想到要去發展載人的太空飛行。過去，政府管理委員會似乎認為太空飛行是非常不明智的冒險行為，很容易引起假想智慧生物的注意，浪費資源。太空任務必須在建造的工作上投入大規模的人力、物力，會造成不可測的劇烈波動，危害到苦心維護的脆弱生物圈。火星人是天生的環境保護者，具有囤積儲備的本能。他們的科技都是小規模的，而且集中在生物領域，源遠流長，精巧細緻。然而，他們的工業基礎卻相當薄弱。他們曾經執行過無人太空任務，探測過那幾個沒什麼用處的小月球，結果反而過度消耗了原本就很薄弱的工業基礎。

不過，好幾百年來，他們一直在觀察那個被時間迴旋包圍的地球，一直在思索。他們知道那個黑色的星球是人類的搖籃。透過天文望遠鏡的觀測，再加上那艘後來才抵達的核電太空船所帶來的資料，他們知道那層透析膜是可以穿透的。他們知道時間迴旋造成時間上的差異，卻不了解時間迴旋是如何創造出來的。他們推斷，從火星到地球的太空飛行，技術上是可行的，但是很困難，而且不切實際。畢竟，目前地球的時間幾乎是靜止的，太空人只要一進入那團黑暗中，就算隔天就離開地球返回火星，外面的時間已經過了幾千年了。

可是最近，幾個警覺性很高的天文學家觀察到，火星南北極上方幾百公里的高空，有幾個外形像盒子的結構體正悄悄在自行組裝。那是假想智慧生物製造的機器，看起來和地球上那幾個幾乎一模一樣。火星在獨立的環境中自由發展，沒有受到任何干擾，不知不覺度過了十萬年。那些智慧生物無影無形、無所不能，隱藏在我們的太陽系的某個角落裡。如今，他們也盯上火星了。最後的結果必然是，火星很快就會出現自己的時間迴旋透析膜。火星上出現了幾股強大的勢力，提出各種理由，希望和被時間迴旋包圍的地球取得聯繫，共同商議。於是，火星開始將稀少的資源集中起來，設計建造了一艘太空船。在地球的歷史和語言方面，火星上現有的只是一些零碎的資料。萬諾文是一個語言學家，精通這些史料，於是，萬諾文被徵召了。震驚之餘，他也只好踏上飛往地球的旅程。

長途太空飛行有如長期監禁，身體會愈來愈虛弱，而地球環境的極大重力更是嚴酷的考驗。因此，儘管萬諾文受過模擬訓練，還是差一點就熬不過去。三年前的夏天，基里奧羅哲河洪水氾濫，萬諾文在這場災變中失去了很多家人。為什麼他自願參加這次太空飛行？為什麼政府會選上他？這是一個很重要的原因。跟其他自願參選的大多數人比起來，死亡的風險對萬諾文來說就比較不是那麼沉重的負擔了。儘管如此，他也並不想死，還是希望能夠安然抵達。他很積極地接受訓練，學會了太空船上的複雜操作和機器性能。雖然他並不希望看到假想智慧生物用時間迴旋包圍火星，不過，如果真的發生了，那就代表他不會回到一個經歷百萬年變化的陌生火星。他還有機會再回到原來的火星，回到他熟悉的故鄉。儘管外面浩瀚的宇宙，時間的侵蝕永無止盡，故鄉依然會為他保留所有的記憶和失落。

當然，這趟任務原本就是有去無回的。太空船的設計是單程飛行。他心裡想，如果他真的有機會回火星，那必定是地球人的一番好意，而且必須是非常慷慨的好意，幫他買一張回程機票。

即將把他推上太空的是那枚巨大的多節火箭，前端的太空艙是鋼鐵和陶瓷打造的，感覺很粗糙。被關進太空艙之前的那一刻，萬諾文看著巴薩特旱地，看著那片一望無際的平原，看著平原上歷經千萬年風吹雨打所雕塑出來的山川峽谷，心中百感交集。也許，這是他有生之年最後一次看火星了。

接下來的漫漫長途，大半的時間他都在昏睡。藥物使得他的身體代謝機能處於休眠狀態。不過，那畢竟還是一段漫長的煎熬，嚴酷的考驗，過程很痛苦，而且對身體的損耗很大。時間迴旋透析膜包圍火星的時候，他還在半路上。接下來的旅程，萬諾文是徹底孤立的。前面是地球，後面是火星，他和兩個人類世界的時間聯繫徹底被切斷了。在無邊的寂靜中，他一個人孤零零地守著一艘陰鬱灰暗的太空船，穿越漫漫無止境的無人虛空。他心裡想，死亡雖然可怕，但他所經歷的這一切，和死亡又有什麼不同呢？

他完全清醒的時刻愈來愈少。他強迫自己睡覺，沉溺在冥思幻覺中，尋求慰藉。

從各方面看來，他的太空船是相當原始的，但半智慧自動駕駛和導航系統卻相當精良，保存了大部分的燃料，有效發揮在減速上，將太空船導入地球的高空軌道。底下的星球是一團黝黑的虛空，月亮像是一個巨大的轉盤。太空船放出顯微探測器，採取到地球大氣層外圍的樣本。探測器在沒入透析膜之前即時傳送出逐漸紅移的遙測數據，正好讓太空船有足夠的資料計算出切入大氣層的角度。太空船配備了全套的飛行表面、空氣動力煞車，還有可調整的降落傘。運氣夠好的話，這些配備將會帶著他穿越濃密的亂流，抵擋高溫，減弱衝力，安全降落在巨大星球的表面。只不過，多半還是要靠運氣了。在萬諾文看來，想過這一關，恐怕要靠奇蹟出現了。他躲進一個裝滿保護膠的桶子裡，抱著必死的決心，開始最後的降落。

醒過來的時候，他發現太空船只是輕微焦黑，降落在加拿大明尼托巴省南部的一片油菜田上，四周圍滿了一大群皮膚蒼白光滑的人。他看得出來，有些人身上穿的是生物隔離防護裝。萬諾文才剛爬出太空船，立刻感覺自己心跳加劇。強大的地心引力使得他全身肌肉僵硬疼痛，整個肺被濃密凝滯的空氣封住了。他很快就被送進保護裝置，受到嚴密的監管。

接下來的那個月，他一直住在一個透明的圓形塑膠罩裡。那裡是農業部的動物疾病防治中心，位於紐約長島附近海上的梅島。他利用那段期間學講英文。當時，他懂的英文都是從火星上古老的斷簡殘篇中學來的，所知有限。他訓練自己的嘴唇和腔調，設法適應英語的語音形式，絞盡腦汁搜尋適當的詞彙來表達自己，跟他身邊的陌生人溝通。那些人看起來表情嚴厲，要不然就是一副受到驚嚇的樣子。那段時間日子並不好過。地球人是一種瘦瘦長長的生物，皮膚蒼白沒什麼血色，和他從前解讀古代文獻所得到的印象截然不同。有些人蒼白得像鬼魂一樣，讓他回想起「殘火之月」的鬼故事。小時候聽大人講那些鬼故事，常常嚇得半死。他甚至會胡思亂想，哪一天半夜，會不會有一個白天看到的傢伙從他床邊冒出來，像傳說裡「披椰」之鬼一樣，向他索討一條手臂或一條腿。他經常作噩夢，輾轉難眠。

還好，萬諾文那種語言學家特有的天賦並沒有退化。不久以後，他被帶去見一些權力地位更高的男男女女。那些人比當初抓到他的人要友善多了。他逮住這個機會和他們培養感情。地球這個古老而令人困惑的文化裡有一些社交上的繁文縟節。萬諾文絞盡腦汁把這些社交禮儀學得有模有樣。他很有耐心地等待著。時機一到，他就要說出自己的提議。他千里迢迢從火星帶來的提案，是兩個世界的人類所付出無數代價的心血結晶，也是他自己冒著生命危險想達成的使命。

ဟ ဟ ဟ

大概就在傑森說到這裡的時候，我打斷他。「傑森，拜託你停一下。」

他停下來。「泰勒，有什麼問題嗎？」

「沒有問題。只不過我，我……有太多需要消化一下。」

「聽起來還可以嗎？你聽得懂嗎？但願你聽得懂，因為這個故事我可得說上好幾遍。我希望自己講得夠順。你覺得聽起來還順嗎？」

「還滿順的。不過，你要說給誰聽？」

「全世界，媒體。我們打算要公開了。」

萬諾文說：「我不想再當神祕人物了。我到地球來不是為了要躲躲藏藏。我有話要告訴你們。」

他把礦泉水的瓶蓋轉開，問我說：「你想來一點嗎，泰勒．杜普雷？我看你好像需要喝一杯了。」

我從他胖胖的、長滿皺紋的手上接過那個水瓶，猛灌了好幾口。

我說：「好啦，這下子我們可不可以算是歃『水』為盟了？」

萬諾文好像聽得一頭霧水。傑森大笑起來。

基里奧羅哲三角洲的四張照片

兇暴狂亂的時間是如此難以捉摸。

有些日子，時間彷彿擺脫了一切束縛，自由奔放。在那廉價的天空幻象之外，太陽持續擴大，有些星星隕滅了，有些星星誕生了，一顆沒有生命的星球被灌注了生命，發展出自己的文明。他們的文明已經足以和我們抗衡，甚至凌駕我們。在我們的地球家鄉，有人推翻了政府，取代了政府，後來自己也被人推翻；舊有的宗教、哲學、意識形態逐漸變形轉化，衍生出異類的思潮。昔日那個有秩序的世界瓦解了，新事物從舊世界的廢墟中滋長出來。我們採收生澀的愛情果實，品味那種酸酸澀澀的滋味。我總覺得，茉莉．西格蘭會愛上我，是因為我隨手可得。那又怎麼樣？夏日已經逐漸消逝，卻還不知道什麼時候才能採收成果。

新國度運動已經過氣很久了。現在看來，新國度確實有先見之明，卻又給人一種老掉牙的感覺。他們對傳統教會的反叛稱不上轟轟烈烈，但他們的精神卻是陰魂不散，匯聚成一股更新奇、更邊緣的信仰狂熱。供奉酒神的狂熱教派在西部遍地開花，揭開了昔日新國度那種虔誠而虛偽的面具。說穿了，新國度根本就是道貌岸然、妝點著神聖符號的性愛俱樂部。他們不但不藐視人類的嫉妒心，反而擁抱嫉妒，甚至沉溺在嫉妒中。於是，遭到冷落的愛人偏愛用四五口徑的手槍在近距離射殺對方，彷彿死者的屍體上綻放出一朵紅玫瑰。「大難」的現代版，看起來像是十六世紀英國伊麗莎白時期的舞台劇改編的。

如果賽門．湯森晚生十年，可能會誤入歧途，投向以暴力美學聞名的導演昆丁塔倫提諾電影中那種血腥信仰。然而，新國度運動的失敗讓他感到幻滅。他渴求一種更簡單的信仰。黛安還是偶爾會打電話給我。通常每隔差不多一個月，當她心血來潮，而且剛好賽門不在家的時候，她就會打給我。她會告訴我她的近況，或純粹閒話家常，聊聊從前的事，彷彿想從往日回憶的灰燼中感受一點餘溫。顯然，她在家裡得不到什麼溫暖，儘管她的經濟狀況已經略有改善。賽門目前在約旦大禮拜堂擔任全職的維修工作，黛安則兼差擔任教會的書記。那裡是他們小小的獨立教堂。工作經常是斷斷續續的，所以，她不是坐立不安地窩在家裡，就是溜到附近的圖書館看書，看一些賽門不喜歡她看的書，例如，當代小說、新聞雜誌。她說，約旦大禮拜堂是一所「與世隔絕」的教會，他們鼓勵教友不要看電視，不要看書、看報紙，還有其他那些曇花一現的文化資訊。此外，他們也會冒險進行不怎麼完整的出神儀式。

其實，黛安對那些教義從來就不是那麼熱中。她從來就沒有跟我傳過教。不過，她順從教會，小心翼翼地不去質疑教會。有時候，我會聽得有點不耐煩。有一天晚上我就問她：「黛安，妳真的相信這些東西嗎？」

「什麼『東西』，泰勒？」

「隨便舉個例子，像是家裡不准擺書，或者，假想智慧生物是『基督復臨』的特使。就是這些玩意兒。」（那天晚上我大概啤酒喝多了。）

「賽門相信。」

「我不是問妳賽門相不相信。」

「賽門比我虔誠。我羨慕他這一點。『把書丟到垃圾桶裡。』我知道這種事聽起來很奇怪，好像他真的很粗暴、傲慢。可是他真的不會。對他來說，那是一種謙卑的行為，我說真的。就像是把自己託付給上帝。賽門能夠全然把自己託付給上帝，那是我辦不到的。」

「賽門很幸運。」

「他確實很幸運。可惜你看不到他的人，他很平和、安詳。他在大禮拜堂裡找到了某種平靜。他能夠以一種微笑的姿態，坦然面對時間迴旋，因為他知道自己已經得到神的解救了。」

「那妳呢？妳得到解救了嗎？」

她沒講話，沉默了很久。「真希望我可以很容易回答這個問題，真的希望。我一直在想，也許我相不相信並不重要，也許賽門的信仰已經夠我們兩個人分享了。他的信念很強，強到能夠支撐我。他對我真的很有耐性。我們唯一會發生爭執的，是要不要生小孩的問題。賽門想生孩子。教會鼓勵大家生孩子。這我可以了解，可是，我們手頭這麼緊，而且，你也知道，這樣的世界……」

「沒有人有資格逼妳做那種決定。」

「我並不是說他在逼我。他只是說：『一切託付給上帝。交給上帝，祂會引導我們走向正確的道路。』」

「妳應該沒有笨到會去相信這種話。」

「是嗎？噢，泰勒，但願不是這樣，但願我不是像你說的這樣。」

ʖ ʖ ʖ

反過來說，茉莉就完全不相信這種事。她會說那是「上帝的狗屁」。茉莉的人生哲學是，她要做一個完全屬於自己的女人。最重要的是，如果我們的世界正逐漸在解體，所有的人都活不過五十歲，那麼，她說，「我不想浪費時間跪在那邊祈禱。」

她天性很頑強。茉莉的爸媽經營酪農場。有人在他們農場隔壁進行瀝青砂抽油作業，漸漸污染到他們的農場。他們花了十年的時間打官司，後來，他們和對方達成庭外和解，賣掉了他們的農場，得到一筆為數龐大的錢。那筆錢，足夠他們兩個退休頤養天年，好好栽培他們的女兒。不過，茉莉說，當年那件事真是一場長期抗戰，打到槍管都生鏽了。

外面的世界正逐漸在變化，她卻似乎無動於衷。有一天晚上，我們看到電視新聞正在報導瑞典斯德哥爾摩的暴動，一大群暴民用磚頭砸窗戶，放火燒車。那些人有的是捕鱈魚的漁夫，有的是宗教狂熱份子。警方的直升機在天空朝群眾噴灑黏膠，到後來，整個甘姆拉斯塔老城區滿目瘡痍，簡直像是患了肺結核的怪獸酷斯拉肆虐之後，咳了滿地的黏液。我呆頭呆腦地說，那些人害怕的時候，會做出多麼可怕的事情。茉莉說：「算了吧，泰勒。你真的同情那些混球嗎？」

「茉莉，我可不是那麼說。」

「那你的意思是，因為時間迴旋的關係，他們就可以名正言順地砸毀國會大廈？為什麼，就因為他們害怕？」

「當然不能用那個當藉口，不過那是動機。他們沒有未來了，他們的命運已經注定了。」

「注定什麼？注定要死？噢，怎麼全世界的人好像都一樣？他們會死，你也會死，我也會死……哪個時候不是這樣？」

「大家早晚都會死，只不過，就算有一天死了，心裡還會有點安慰，因為我們知道，沒有我們，人類還是會繼續生存下去。」

「但是，人類也是早晚都會滅亡。不同的地方是，死亡不再是遙遠模糊的未來。可能過沒幾年，全球人類會一起轟轟烈烈地死掉……不過，就算是這樣，那也只不過是一種可能。假想智慧生物莫測高深，說不定他們會讓我們活久一點。」

「妳都不會怕嗎？」

「怕！怎麼不怕？我怕死了這所有的一切。可是，你也不能拿這個當藉口到處去殺人。」她朝電視揮揮手，電視裡有人把一顆手榴彈丟進瑞典國會。「這真是愚蠢得嚇人。他們幹這種事又能夠怎麼樣。我看他們是荷爾蒙太旺盛，需要發洩。那些人跟猴子沒什麼兩樣。」

「可是妳也不用假裝妳都沒有受到影響。」

她大笑起來，嚇了我一跳。「你說錯了……那是你的作風，可不是我的。」

「是嗎？」

她低下頭不看我，然後忽然回頭盯著我的眼睛，一臉挑釁的表情。「你一直都裝出一副冷靜的樣子，好像時間迴旋沒什麼好怕。同樣地，你對羅頓一家人也是擺出一副冷靜的樣子。他們在利用你，沒把你當一回事，而你還笑得出來，好像是應該的。」她盯著我，想看看我有什麼反應。我不吭聲，硬是不想讓她得逞。後來她說：「我只是想，一定有比較好的方式可以活到世界末日那一天。」

可是，比較好的方式是什麼，她卻不肯說。

ဟ ဟ ဟ

每一位基金會的員工受聘的時候都簽過保密協定。每個人都接受過身家調查和國安部的審查。我們都很低調，而且我們也尊重保密的必要，不能洩漏高層內部的談話。萬一機密外洩，可能會驚動國會裡的委員會，讓政府裡的高層友人感到難堪，結果嚇跑了經費的來源。

然而，現在有一個火星人住在園區裡，紙已經很難包得住火了。整個北側區絕大部分都調整為臨時保護區，讓萬諾文和他的戒護人員活動。

這個祕密無論如何是再也隱藏不了了。萬諾文才剛抵達佛羅里達的時候，華府那邊的高層和幾個外國元首都已經聽到風聲。國務院還簽發了特別居留證給萬諾文，並且打算等到時機成熟就要公開介紹萬諾文給全世界認識。他的戒護人員已經開始訓練他，準備面對飢渴的媒體狂潮。那一天遲早要來的。

萬諾文來訪地球的事，本來可能會、也應該會有不同的處理方式。本來可能會是由聯合國來接待他，然後立刻公諸於世。葛蘭政府把他隱藏起來，免不了就要承擔外界的非議。基督教保守黨已經在含沙射影地說，「政府所公布的火星地球化計畫的成果，背後還隱瞞了更多的真相。」他們的目的是要把葛蘭總統拖下水，把可能的繼任者羅麥思拖出來，一起修理。砲火攻擊是逃不掉的，可是，萬諾文已經表明了，他不想變成選舉造勢的工具。他說，他也希望自己能夠面對全世界，可是，他要等到十一月以後再現身。

萬諾文來到地球這件事，本身就環繞著太多不可解的謎，他的存在，只不過是一個比較引人猜疑的祕密。還有更多的祕密。那年夏天，基金會裡充滿了詭異的氣氛。

八月的時候，傑森把我叫到北側區去。我們在他的辦公室裡碰面。我說的是他真正的辦公室，而不是那間擺設得富麗堂皇，專門用來接見訪客和媒體記者的廳房。他真正的辦公室是一間沒有窗戶的小房間，只有一張書桌和沙發。他坐在椅子上，兩邊堆滿了一整疊的科學期刊。他穿著一條牛仔褲、一件油膩膩的運動衫，整個人看起來像垃圾堆裡種出來的一株水耕蔬菜。他在冒汗。對小傑來說，這可不是好兆頭。

他說：「我的腿又不能動了。」

我清理了一下沙發，騰出一個空位坐下來，準備聽他說明狀況。

「最近這幾個禮拜，我的病又發作了幾次，不是很嚴重。通常是早上會有針刺的感覺，不過，我還是可以做事情。可是，那種感覺一直沒有退，事實上，愈來愈嚴重。我在想，是不是需要換個藥了。」

也許吧，可是我實在不喜歡藥物對他造成的影響。目前，傑森一天就要吃掉一整把藥丸。主藥劑包括髓鞘增強劑，用來減緩神經組織的受損；神經激發劑，有助於腦部重新銜接受損的區域。另外，副藥劑是用來治療主藥劑所引發的副作用。可以增加他的劑量嗎？也許可以。可是，以他目前的劑量，藥物毒性已經快要到達最高限度。他體重已經減輕了，而且更重要的是，他的情緒平衡狀態已經有點失調了。傑森講話變得比從前快，而且比以前更常笑。從前他的手腳很靈活，動作矯捷，可是現在，他的動作看起來很像傀儡木偶。有時候，他伸手去拿杯子，手卻伸得太長，然後又搖搖晃晃地縮回來，重新對準杯子。

我說：「不管怎麼樣，我們都要先聽聽馬斯坦醫師的意見。」

「絕對不可能。我沒辦法離開那麼久，千里迢迢跑去看他。你已應該經注意到，現在情況不同了。我們不能打電話諮詢嗎？」

「也許可以。我會問他看看。」

「另外還有一件事。你可以幫個忙嗎？」

「什麼事，小傑？」

「把我的病情說給萬諾文聽，挑幾本相關的醫學教科書給他。」

「醫學教科書？為什麼？他是醫生嗎？」

「那倒不是，不過，他從火星帶了很多資料過來。火星人的生物科學比我們先進。」他說這句話的時候，臉上的笑容有點詭異，我猜不透他是甚麼用意。「他說，他可能幫得上忙。」

「你不是開玩笑吧？」

「我是說正經地。別大驚小怪了。你可以去跟他聊聊嗎？」

那個人是從火星來的，而火星人的歷史已經有十萬年了。我說：「那好吧，能跟他聊聊也算是我的榮幸，可是……」

「這樣的話，我來安排吧。」

「可是，如果他帶來的醫學知識真的能夠有效治療非典型多發性硬化症，那就必須找一個比我更內行的醫生跟他談。」

「萬諾文帶來了整套的百科全書。已經有人在研究那些火星資料庫，至少應該研究一部分了吧。他們想找出一些有用的資訊，醫學方面，還有其他方面。你去找他，只是給他一點餘興節目。」

「他還有多餘的時間搞餘興節目？」

「其實，他日子過得比你想像中更無聊。他需要朋友。如果能夠有個人去陪陪他，不把他當成救世主，也不把他當成敵人，我想，他應該會很高興的。不過現在，你還是先去問問馬斯坦好了。」

「那當然。」

「還有，用你家裡的電話打，好不好？基金會裡的電話我已經完全不敢用了。」

他笑了起來，好像這件事荒唐可笑。

ᔓ ᔓ ᔓ

那年夏天，我偶爾會從家裡走到海灘去散步。海灘就在公路對面。那片海灘看起來不怎麼起眼，旁邊是一條長長的岬角突出到海上，形成一道防護，使得沙灘免於遭受侵蝕，不過，對衝浪族來說，這裡就顯得英雄無用武之地了。那是個炎熱的下午，海灘後面有一家老舊的汽車旅館，玻璃窗反射著陽光，像一隻隻炯炯有神的眼睛，掃視著海灘。有幾個遊客安安靜靜地踩著浪花漫步。

海灘附近有一片淺淺的草地，上面鋪著一條木頭步道，被太陽曬得發燙。我走下去，坐在步道上，看著一團團的雲逐漸在東邊的海平線上凝聚，忽然想到茉莉講的話。她說，我一直表現出一副無動於衷的樣子，彷彿時間迴旋完全沒有干擾到我，羅頓家的人也沒有影響到我。她說，我那種表面上的平靜都是裝出來的，因為，我怎麼可能那麼平靜。

我願意承認茉莉說對了，也許在她眼裡我就是那樣。

「時間迴旋」這個字眼聽起來有點蠢，但你不得不承認，用這個字眼來形容目前地球上的狀況，是最正確的。說它有點蠢，是因為字面上的涵義不正確。實際上，整個宇宙地球並沒有比以前旋轉得更激烈、更快。不過，這個字眼卻是一個很貼切的比喻。實際上，地球從來沒有這麼穩定過。然而，你會不會感覺地球已經旋轉到近乎失控的程度？你全身的感官知覺都會告訴你，是的。如果你不抓住什麼東西，就會被捲進一片喪失知覺的空虛茫然裡。

或許就是因為這樣，我緊緊抓住羅頓家的人。我不只是抓著傑森和黛安，而是抓著他們的整個世界，包括大房子和小房子，還有已然消逝的童年純真歲月。也許，這些是我唯一能夠抓住的東西了。也許，那也未必是什麼壞事。如果茉莉說的是對的，那麼，我們都必須抓住什麼東西，否則就會迷失徬徨。黛安緊緊抓著信仰，傑森緊緊抓著科學。

而我就緊緊抓著傑森和黛安。

天際的雲開始朝著海灘蜂擁而來，我就趕緊離開了。八月末的午後免不了都會來一場暴風雨，現在又來了。東邊的天際開始雷光閃個不停，大雨滂沱而下，猛打在汽車旅館黯淡無光的陽台上。我回到家的時候，全身都濕透了。空氣很潮濕，衣服恐怕要好幾個鐘頭才會乾。快天黑的時候，暴風雨就停了。風雨過後留下一片寂靜，空氣中瀰漫著蒸騰的水氣，飄散著一股難聞的氣味。

晚上吃過飯以後，茉莉來了。我們下載了一部最近的電影一起看。那又是一齣英國維多利亞時期上流社會的戲碼，茉莉很喜歡看的。電影演完了，趁她到廚房去弄飲料的時候，我跑到客房裡打電話給馬斯坦醫生。馬斯坦說，如果辦得到的話，他想看看小傑。他認為增加一點劑量應該沒有關係，不過，我和小傑必須特別注意，看看有沒有不良的反應。

我掛了電話，走出房間，看到茉莉站在客廳裡，一隻手端著一杯飲料，臉上露出困惑的表情。

「你跑到哪裡去了？」

「剛剛去打個電話。」

「有什麼要緊的事嗎？」

「沒什麼事。」

「追蹤病人的狀況？」

我說：「差不多吧。」

ꕥ　ꕥ　ꕥ

過了幾天，在小傑的安排下，我到了萬諾文的保護區，和他私下碰面。這位火星大使有自己的品味。他從商品目錄上選了一些家具，布置自己住的房間。家具都是藤製的，重量很輕，而且比較矮小。油布地板上鋪著一條布毯子，粗糙的松木書桌上放著一台電腦，旁邊還有好幾個書架，看起來和書桌很配。顯然我們這位火星人布置起房間來，像是新婚的大學生。

萬諾文想要的專業醫學資料，我都帶來給他了。其中有多發性硬化症病原學的書、治療法的書，還有《美國醫藥協會期刊》針對「非多發硬化」所出版的選輯。「非多發硬化」是「非典型多發性硬化症」的簡稱。根據當前醫學界的看法，「非多發硬化」根本就不是真正的多發性硬化症，而是另一種截然不同的病。「非多發硬化」是遺傳基因失調所造成的，症狀和多發性硬化症很像，保護人類神經組織的髓鞘會有類似的退化現象。「非多發硬化」比較容易辨別的地方，在於症狀嚴重，惡化迅速，對標準的治療法會產生抗藥性。萬諾文說，他對這種病並不熟悉，不過，他可以從資料庫裡找一些情報。

我跟他說謝謝，但我也很清楚地表示質疑。他不是醫生，而且火星人的生理結構顯然異乎尋常，就算找到了適合的治療方法，用在傑森身上會有效嗎？

「我們火星人的生理結構並沒有你想的那麼不同。我來到地球之後，你們的人所做的第一件事，就是分析我的基因組序列結構。結果，我的基因組序列和你們完全相同。」

「如果我有什麼不禮貌，請你包涵，我不是有意的。」

「我不覺得你有什麼不禮貌。我們分開了十萬年，那是很長的時間，從生物學家的角度來看，已經足夠形成一個新物種了。儘管如此，如果有機會的話，你們和我們是可以通婚的。比較明顯的差異是，我們的表皮組織能夠適應比較寒冷、乾燥的環境。」

他說話充滿權威感，和他的身材實在不成比例。他講話的音調比一般的成年人高，可是絕對不會像小孩子在說話。他講起話來抑揚頓挫，幾乎是有點女性化，可是卻充滿政治家的風範。

我說：「就算這樣，如果我們沒有經過藥物食品管理局的同意，私下對傑森進行治療，可能會碰到一些法律上的問題。」

「我相信傑森一定願意等官方批准，只可惜他身上的病恐怕沒那麼有耐性。」說到這裡，萬諾文抬起手，意思是叫我不用再反對了。「等我讀完你帶來的資料，我們再來討論。」

正事談完了，他問我能不能留下來陪他聊聊。我有點受寵若驚的感覺。雖然他長得有點奇怪，但他身上似乎散發出一種自在悠然的氣質，會讓人感到很舒服。他坐回那張藤椅上。椅子似乎太大了點，他坐上去腳懸在空中。他坐在那邊聽我簡單描述自己的生平，顯然聽得津津有味。他問了不少和黛安有關的問題。他說，傑森很少跟他談到自己的家人。此外，他還問了很多醫學院裡的事情。對他來說，解剖屍體是一種很新奇的觀念。聽我仔細描述解剖的過程，他顯得有點畏縮……大多數人都會有這種反應。

後來，我要他聊聊自己的人生。他伸出手把那個一直帶在身邊的灰色小皮包拿過來，從裡面抽出幾張列印的圖片。那是他從火星帶過來的照片，從數位檔案列印出來的。四張火星的照片。

「你只帶了四張？」

他聳聳肩。「再多的照片也無法取代我的記憶。當然，百科全書的資料庫裡還有更多的圖片。這幾張是我個人的，你想看看嗎？」

「當然想。」

他把照片拿給我。

第一張照片是一棟房子。明顯看得出來是人類的住宅，只不過建築風格有點怪異，既有科技現代感，又有復古風味。房子是圓形的，蓋得矮矮的，很像草原小屋的陶瓷模型。後面的天空是一片清澈明朗的青綠色，至少，印表機印出來的顏色就是那樣。延伸到天際的地平面看起來近得有點奇怪，不過卻平坦得像幾何面，切分成一塊塊斜斜的長方形農業綠地。我看不出來上面種的是什麼作物。看起來很飽滿，不像小麥，也不像玉米。長得很高，看起來不像萵苣，也不像羽衣甘藍菜。前景是兩個成年的火星人，一男一女，表情很嚴肅，可是看起來卻有點滑稽。整張照片看起來很像一幅名畫「美國歌德風情」的火星版，唯一的差別是照片中的那對農村老夫婦手上少了一根乾草叉，畫面上少了名畫家葛蘭特．伍德的簽名。

萬諾文輕描淡寫地說：「我父母。」

第二張照片，他說：「我小時候。」

這一張看了會嚇一跳。萬諾文解釋說，火星人皮膚上那種驚人的皺紋是青春期才開始發展的。照片裡，萬諾文臉上的皮膚很光滑，笑得很燦爛。以地球上的時間來算，當時他大概七歲。從他臉上看得出許多火星人相貌的特質，例如，金髮，咖啡色的皮膚，窄窄的鼻子，寬厚的嘴唇。撇開這些不談，他看起來很像地球小孩子。他背後的景觀，乍看之下很像某種古怪的主題樂園，不過萬諾文說，那是一個火星城市，一個商場。裡面有小吃攤和商店，高樓大廈和上一張照片裡的農場房舍一樣，都是陶瓷蓋成的，色調也還是那幾個主要的顏色，看起來都是一樣俗艷。他背後的街道擠滿了燈火閃爍的機械裝置，人潮洶湧。照片上只看得到一小塊天空夾在兩棟高高的大樓中間。不過，還是看得到某種飛行器正飛越那一小片天空，轉動的螺旋槳形成一片模糊的灰色橢圓形。

我說：「你看起來滿快樂的。」

「那個城市叫做『霍伊法烏德』。那天，我們從鄉下到城裡買東西。因為那個時候是春天，我爸媽讓我買了一隻『莫庫茲』。那是一種小動物，有點像青蛙，養來當寵物。就在我提的那個袋子裡，有沒有看到……？」

萬諾文抱著一個白色的布袋，裡面好像有什麼東西鼓鼓的。「莫庫茲」。

他說：「莫庫茲只有幾個禮拜的壽命，不過，牠們的蛋味道很棒。」

第三張照片是一片大全景。靠前面的地方是另外一棟火星人的房子，有一個女人穿著一件混色的長袍。萬諾文說，那是他太太。另外還有兩個皮膚光滑的漂亮小女孩，身上穿著很像麻袋的琥珀色衣服。那是他女兒。那張照片是站在高的地方往下拍的，看得到房子後面整片半農村式的景觀。綠色的溼地一望無際，連接到青綠色的天空。架高的道路把農田隔成一塊一塊，路上有幾輛四四方方的車子在跑，田裡一叢叢的農作物中間有幾台農耕機，造型優雅的黑色收割機。道路往遠處延伸，匯聚在地平線。地平線上矗立著一座城市。那座城市就是「霍伊法烏德」，他小時候買「莫庫茲」的地方，也是基里奧羅哲省的首府。錯綜複雜的階梯形低重力大樓巍然矗立。

「從這張照片，你可以看到絕大部分的基里奧羅哲河三角洲。」那條河流看起來像一條藍色緞帶，蜿蜒流入湖裡，湖面反映著天空的湛藍清澈。萬諾文說，遠古時代隕石撞擊形成了一個火山口，火山口的邊緣歷經風雨侵蝕形成了一片高地，霍伊法烏德城就建在那片高地上。不過，在我看來，那片高地只是一條長長的小山丘。遠遠的湖面上有一些黑點，可能是小船或是大型遊艇。

我說：「好漂亮的地方。」

「是的。」

「風景很美，而且，你的太太孩子也很漂亮。」

「是的。」他看著我的眼睛。「她們已經不在了。」

「幾年前，她們被一場大洪水淹死了。你有看到最後一張照片嗎？那是站在同一個地點拍的，不過時間是在洪水發生之後。」

「噢……真令人遺憾。」

那一年長長的旱季快結束的時候，來了一場很怪異的暴風雨，「孤獨山」的坡地降下了有史以來最驚人的雨量。大部分的雨水匯集到基里奧羅哲河乾涸的支流。地球化的火星其實還只能算是一個年輕的世界，山川水土的循環還在發展。大氣中的水循環重新組合了古老的塵土和風化層，導致地表景觀迅速演化。這場突如其來的大雨把土壤變成了氧化紅土的泥漿，沿著基里奧羅哲河滾滾而下，像一列滿載洪水的火車一樣，湧進了農業區三角洲。

第四張照片是洪水過後的情景。萬諾文的家，只剩下一座地基和一面牆壁，彷彿陶器的碎片一樣，孤零零地豎立在泥漿、石塊混雜的一片狼籍裡。遠處山上的城市沒有受到波及，可是肥沃的農田全被淹沒了。除了黃濁濁的湖水依然波光閃爍之外，那樣的場景看起來彷彿火星又回復到原始的面貌，回復到一片沒有生命的表土層。幾架飛機在上空盤旋，大概在搜尋倖存者。

「那一整天，我和幾個朋友在山腳下的小山丘上，回到家的時候，一切都完了。不光是我的家人，還有很多人也死了。所以，我保存這幾張照片，就是為了提醒自己，我從哪裡來，為什麼不能回去。」

「那種痛苦一定很難熬。」

「我總算熬過去了。總要想辦法活下去。我要離開火星的時候，三角洲已經重新整建了。當然沒辦法完全恢復舊觀，不過，三角洲還是很肥沃，生氣蓬勃，物產豐富。」

說到這裡，他似乎不想再談這些事了。

我回頭去看前面那幾張照片，提醒自己這些照片所代表的意義。這可不是看起來很炫的電腦特效處理影像。這是幾張普通的照片，另外一個世界的照片，火星的照片。長久以來，火星在我們的腦海中只是一大堆光怪陸離的想像。「這完全不像艾德加．布洛斯的《火星公主》，更不像威爾斯寫的《世界大戰》，不過，倒是有點布萊伯利《火星紀事》的味道。」

萬諾文的眉頭本來就全是皺紋，現在看起來皺得更深了。「不好意思……我聽不太懂你說的是什麼。」

「我剛剛講的是幾個作家，小說作家。他們寫過你們的星球。」很久很久以前，火星還沒有地球化的時候，有幾個作家就已經想像過有生命的火星。我一談到這些，萬諾文顯然聽得津津有味。「你有沒有辦法帶這些書來給我看看？下次你來的時候我們可以好好聊聊，好不好？」

「那真是我的榮幸。不過，你有時間看嗎？現在想必有一大票國家元首等著要跟你見面談一談。」

「應該是。不過，他們可以慢慢等。」

我告訴他，我很期待再跟他見面。

開車回家的路上，我到一家舊書店去搜刮。第二天早上，我扛了一堆科幻小說去給萬諾文。雖然不是交給他本人，不過，至少他房間門口那幾個不吭聲的警衛拿到了。有威爾斯的《世界大戰》、布洛斯的《火星公主》、布萊伯利的《火星紀事》、海萊茵的《異鄉異客》，還有金·史丹利·羅賓遜的《紅火星》。

接下來的好幾個星期，我都沒有再聽到他的消息。

ꕥ ꕥ ꕥ

近日點園區裡的新建築工程持續在進行。到了九月底，他們已經蓋好了一座巨大的水泥地基，上面架起了一座鋼梁和鋁管組成的巨大結構體。那個地方原本是一片矮矮的松樹林和殘破的巴爾麥棕櫚樹。

那天晚上，我又和茉莉到香榭餐廳吃飯。大部分的客人都盯著那台超大的電漿電視，看職棒大聯盟馬林魚隊的比賽。我們躲在一個遠遠暗暗的角落裡，享用餐前開胃菜。茉莉告訴我，她聽說下禮拜就會有軍事級的實驗室和冷凍設備運進來。「小泰，我們幹麼需要實驗設備？近日點基金會研究的都是太空和時間迴旋。我實在搞不懂。」

「我也不知道。沒人跟我談過這件事。」

「也許哪天下午你到北側區去的時候，可以問問傑森。」

我早就告訴過她，我只是去幫傑森做醫療諮詢，根本不夠格和火星大使見面。「我的保安等級還沒高到那種程度。」茉莉當然也一樣。

「你知道嗎，我開始覺得你並不信任我。」

「小茉，照他們的遊戲規則玩吧。」

她說：「是啊，學你當聖人。」

ꩻ ꩻ ꩻ

有一天，傑森沒有事先沒有告訴我，就突然跑到我住的地方來，跟我談他的醫療問題。還好那天晚上茉莉不在。我告訴他，馬斯坦醫生說，增加服藥的劑量應該沒有關係，不過，我們必須密切注意他身體的反應。他的病情並不穩定，而且，我們只能有限度地壓抑他的症狀。倒不是說他已經被判死刑了，只不過，他早晚都必須面對另外一種情況，那就是，症狀已經沒辦法再壓抑了，他必須學著去適應他的病。除此之外，還有最後一道關卡是我們避而不談的，那就是，身體完全失能，陷入痴呆。

「這我了解。」傑森說。他交叉著長長的腿，坐在窗戶旁邊的椅子上，偶爾會呆呆看著玻璃上自己的倒影。「我只需要再多幾個月的時間就夠了。」

「多幾個月幹麼？」

「多幾個月好砍掉艾德華．羅頓的腳，讓他走不動。」我目瞪口呆地看著他，以為他在開玩笑，不過他並沒有笑。「你聽不懂嗎？需要我解釋嗎？」

「如果你不希望我像個呆子的話，還是解釋一下好了。」

「對於基金會的未來，我和艾德華的觀點南轅北轍。艾德華在乎的，是透過基金會的存在來支撐航太工業。那是他的底線，長久以來一直都是。他從來就不相信我們有辦法應付時間迴旋。」說到這裡，傑森聳聳肩。「我們確實沒辦法消滅時間迴旋，從這個角度來看，我們不得不承認他幾乎是對的。可是，那並不代表我們沒辦法摸清時間迴旋的底細。打正規戰，我們是沒辦法和假想智慧生物抗衡的，不過，我們倒是可以發展一點游擊戰式的科學。那就是萬諾文來地球最主要的目的。」

「我不太懂。」

「萬諾文不只是來充當星際親善外交特使的。他到地球來是有計畫的。他希望地球能夠和火星合作，共同進行一項冒險計畫。這項計畫也許能夠找出和假想智慧生物有關的一些線索，例如，他們是從哪裡來的？他們有什麼目的？他們想從地球和火星身上得到什麼？對於他的提議，我們這邊有贊成和反對兩派意見。艾德華打算阻攔這項計畫，因為他認為這項計畫不但毫無用處，而且會帶來風險，導致我們失去殘餘的政治資本。自從火星改造完成之後，我們的政治資本就已經所剩無幾了。」

「所以你要暗中扯艾德華的後腿？」

傑森嘆了口氣。「聽起來也許很殘忍。艾德華曾經有過輝煌的時代，可是，他就是看不到，他的時代已經過去了。二十年前，這個世界需要的正是我爸爸這種人。這方面，我很佩服他。他達到了驚人的成就，不可思議的成就。如果沒有艾德華在那些政客耳邊煽風點火，根本不可能會有後來的近日點基金會。時間迴旋最諷刺的地方是，艾德華的天才雖然發揮了巨大的影響，但最後的結果卻是聰明反被聰明誤。如果沒有艾德華這個人，就不會有後來的萬諾文。你不要以為我在搞什麼伊底帕斯的戀母弒父情結。我知道我父親是什麼樣的人，知道他做了什麼事。在權力遊戲的競技場上，他是一流高手。他可以和葛蘭總統在高爾夫球場上稱兄道弟。但反過來，他也是個囚犯，被自己的短淺目光囚禁了。他不喜歡萬諾文的計畫，因為他不信任科技。任何東西，只要不是他能夠玩弄於股掌之間的，他都不喜歡。他不肯面對現實，不肯承認火星人運用科技的能力。在那個科技領域裡，他們已經達到爐火純青的境界，而我們才剛起步。而且，他痛恨我站在萬諾文那一邊。除了我，或許還可以再加上華府那邊新一代的政治玩家，包括那個想當下一任總統的羅麥思。突然間，艾德華被一群他無法操控的人包圍了。那是一群年輕人，他們想馴服時間迴旋，而那正是艾德華那一代的人辦不到的。像我們這樣的人，小泰。」

被視為「我們」的一份子，還真有點飄飄然，不過，也有點緊張。

我說：「你一直在忍氣吞聲，是不是？」

他眼睛炯炯有神地盯著我。「打從我生下來那天開始，我做的一切，就是艾德華教的。他從來就不是想要兒子，他要的是繼承人，要的是徒弟。泰勒，早在時間迴旋出現之前，他就是這種心態了。他很清楚我聰明到什麼程度，知道要怎麼利用我的聰明才智，而我也順了他的心。甚至到後來我長得夠大了，知道他心裡在想什麼了，我還是乖乖聽話。所以，這就是我，艾德華．羅頓的產品，帥氣，精明，不男不女，大眾眼前的媒體寵兒。我是一個可以用來推銷的商標，一種智慧的象徵，而且絕對忠誠，和基金會同進退。可是，假設我和他之間是一種合約關係，那麼，合約裡總是會有附加條款。也許艾德華不想面對這個事實。繼承這個字眼意味著取代，意思是，等時候到了，我的判斷力就會超越他。好了，現在時候到了。眼前這個機會太珍貴了，絕對不能搞砸。」

我注意到，他雙手握拳，握得緊緊地，腿在發抖。那是因為他太激動了，還是症狀發作了？我也不確定。如果是症狀發作，那麼，他剛剛的長篇大論，有多少是真的？有多少是因為吃了我開給他的神經興奮劑，藥效發作胡言亂語？

傑森說：「你好像很害怕。」

「你剛剛講的火星人科技到底是什麼？」

他笑了一下。「那真的很高明。半生物科技。非常精密。基本上是一種分子自動催化回饋循環，在繁殖過程中外掛附加程式。」

「小傑，幫個忙，講白話文好不好？」

「微形人造複製體。」

「生物嗎？」

「從某方面來看，是的，是生物。我們可以把那種人造生物射上太空去。」

「小傑，用來做什麼？」

他笑得更開心了。他說：「它們會吃冰，然後排出資訊。」

公元 4×10^9 年

那片填土平地上的瀝青經過日曬雨淋之後，變成一塊塊粗粗黏黏的東西。我在那片空地上跑了好幾公尺，跑到路邊的溝堤，然後滑到溝堤下面。滑下去的時候，手提箱擦撞發出了一點聲音。硬殼手提箱裡塞滿了簡陋的衣服、我的手稿、數位檔案，還有火星人的藥。滑下去之後，我整個人站在一條大排水溝裡，水淹到我的屁股。溝裡的水是綠色的，顏色像番木瓜葉一樣，溫溫的，彷彿整個人籠罩在熱帶的夜晚中。水面映照著聖潔的月光，卻又散發出陣陣肥料的惡臭。

我把手提箱放在溝堤半腰上一片乾乾的平台上，然後奮力爬出水溝，躺在溝緣後面。躺這樣，不會被人看見，還可以偷看到馬路，看得到伊布伊娜診所四四方方的水泥建築，看得到停在診所門口那部黑色轎車。

車子裡的人已經撬開後門闖進診所。他們從後面走到前面，邊走邊開燈。捲簾遮住了窗口，從外面看過去是一片片黃黃亮亮的方塊。我看不到他們在裡面做什麼，不過，大概也猜得到他們一定是在裡面翻箱倒櫃。我勉強打起精神，想算算看他們在裡面多久了，可是，我似乎已經沒有辦法計算了，甚至沒辦法辨認手錶上的數字。那些數字像飛舞的螢火蟲一樣閃閃發光，就是不肯停一下讓我看清楚。

其中一個人從前門出來，上車發動引擎。沒多久，另外一個也出來了，鑽進右邊的座位。那輛黑漆漆的車子開上馬路，朝我這邊開過來，車燈掃過路邊。我連忙低頭躺平，一動也不動，聽著車子的引擎聲漸漸遠去。

他們走了以後，我開始想，接下來該怎麼辦。這是個傷腦筋的問題，因為我已經累了，忽然覺得筋疲力盡，全身癱軟，連站都站不起來。我想走回診所那邊，找電話打給伊娜，警告她有兩個人開車到診所來。不過，轉念一想，也許伊安會去警告她。但願伊安已經去了，因為我恐怕已經沒辦法走到診所去了。現在，我的腿除了發抖之外，想動也動不了。那種感覺不光是疲倦，彷彿我的腿已經麻痺了。

我又看了看診所那邊，發現屋頂的排氣孔有煙竄出來，窗口的捲簾後面閃著黃色的火光。診所失火了。

那兩個開車的傢伙放火燒了伊布伊娜的診所，而我卻束手無策。我只能閉著眼睛暗自禱告，希望別人找到我的時候，我還活著。

ꕥ ꕥ ꕥ

我聞到一陣煙臭，聽到有人在哭，不知不覺就醒過來了。

天還沒亮，但我發現自己可以動了。雖然很費力，而且很痛，但至少勉強可以動一下了。腦袋似乎比較清醒了。我硬撐著爬上斜坡，一點一點慢慢爬。

從我這裡到診所中間是一大片空地，上面擠滿了人和車子。車燈和手電筒的光畫過夜空，閃出一道道的圓弧。診所已經變成一片冒著煙的廢墟，水泥牆還在，但屋頂已經塌了，整棟建築物被燒得支離破碎。我硬撐著站起來，朝哭聲走過去。

是伊布伊娜在哭。她坐在一大塊瀝青上，雙手摟著膝蓋，一群女人圍著她。我愈走愈近，那幾個女人滿臉狐疑，不懷好意地看著我。伊娜一看到我，立刻跳起來，用袖子擦擦眼睛。「泰勒．杜普雷！」她大喊了一聲，衝過來。「我還以為你被燒死了！我還以為他們把你和診所一起燒了！」

她抓著我，緊緊抱住我，扶著我。我的腿又開始軟了。「診所。」我有氣無力地說，「妳一輩子的心血。伊娜，真對不起……」

「那無所謂，」她說，「診所只不過是一棟建築，醫療器材還可以再買新的。可是你就是你，獨一無二的。伊安告訴我，那兩個放火的人來的時候，是你千方百計勸他離開的。泰勒，你救了他的命！」突然，她往後退開。「泰勒？你還好嗎？」

好像不太好。我看著伊娜背後的天空。天快亮了，那個古老的太陽快要升起來了。天空是一片深深的藍，襯托出遠方默皮拉火山的輪廓。我說：「我只是累了。」說著，我眼皮愈來愈重，張不開了，雙腿發軟，再也撐不住了。恍恍惚惚中聽到伊娜大聲叫人來幫忙，然後我就睡著了。再睡一下就好。後來有人告訴我，我這一睡睡了好幾天。

ら ら ら

我不能繼續留在村子裡了。理由很明顯。

伊娜想繼續照顧我，陪我度過藥效發作的危險期，而且，她認為整個村子都欠我一分情，應該要保護我，畢竟我救了伊安的命。或者應該說，她認定我救了伊安。伊安不光是她的姪子，而且幾乎和整個村子的人或多或少都有一點親屬關係。在他們眼裡，我成了大英雄。只不過，在那些壞蛋眼裡，我也是炙手可熱的頭號目標。要不是伊娜極力袒護，我懷疑村長早就把我送上第一班巴士，丟到巴東去了。那裡就是地獄。於是，在伊娜的安排下，我帶著行李住進村子裡的一間空房子。幾個月前，屋主就已經移民到海外去了。我住在那裡的期間，正好可以把下一步的行動安排好。

西蘇門答臘的米南加保人很懂得在統治者的壓迫下迂迴閃躲。回顧歷史，他們熬過一波又一波的壓迫活了下來。例如，十六世紀回教徒入侵，一八三〇年代的「比達里戰爭」，荷蘭人殖民，蘇哈托的「新秩序政權」，村落制度恢復，後時間迴旋時期，還有新烈火莫熄政權草菅人命的國家政策。當時還住在診所的時候，伊娜就告訴過我許多他們族人的血淚史。後來住進那間木製的空房子，小房間的天花板上有一個很大的風扇。有時候，我躺在那裡，看著風扇巨大的葉片緩緩旋轉，讓伊娜幫我清洗身體，也一邊聽她說了不少族人的故事。她說，米南加保人的力量，來自那種隨遇而安的適應能力，來自一種深刻的體會。他們知道，外面的世界和家鄉不同，而且，外面的世界永遠不會是他們的家。她跟我說過一句米南加保的俗語：「到別人的田裡，就要學著當另一種蚱蜢；進了人家的池塘，就要變成另一種魚。」「海外旅居」是他們的傳統習俗，有點像是短期移民，把年輕人送到外面的世界去，回來的時候，會變得更有錢，更有智慧。這個傳統，使得米南加保人成為一個世故老練的民族。米南加保人的房子是木製的，造型很簡單，彎彎的屋頂兩邊翹起來像一對水牛角，上面裝著接收浮空器訊號的天線。伊娜說，村子裡大多數的家庭都有家人在海外，例如澳洲、歐洲、加拿大和美國。他們經常會收到海外寄來的信和電子郵件。

所以說，難怪巴東的碼頭上各個層級的工作，都看得到米南加保人的蹤影。伊娜的前夫賈拉並不是唯一從事進出口貿易的米南加保人。還有很多人也掛著進出口貿易的招牌，安排移民新世界的遠征船隊，前往大拱門，從那裡再到更遠的地方。為什麼黛安在探路的時候會找上賈拉，接下來又認識伊布伊娜，最後又到了這個高地上的村子？這一切並非巧合。伊娜說：「賈拉是一個很會鑽營的人，必要的時候可能會採取卑鄙的手段。不過，他並非沒有良心的人。黛安會找上賈拉，如果不是運氣，就是她很會看人。我覺得應該是她很會看人吧。最重要的是，還好賈拉對新烈火莫熄那批人沒有半點好感。」

她還偷偷告訴我，她會和賈拉離婚，是因為他有一種壞習慣，老是在城裡到處勾搭一些聲名狼籍的女人。他的錢幾乎都花在女人身上，而且有兩次回到家的時候，感染了噁心的性病。還好是可以治療的。伊娜說，他不是個好丈夫，不過人倒還不壞。除非他被逮捕，被嚴刑拷打，否則，他是不會將黛安出賣給政府那幫人的……而且，他太聰明了，想逮到他沒那麼容易。

「可是燒掉妳診所那些人……」

「他們一定是跟蹤黛安到巴東你們住的那家飯店去，然後盤問那個司機究竟載你們去哪裡。」

「可是他們何必放火燒掉妳的診所呢？」

「不知道，大概是想嚇嚇你們吧，把你們逼到好下手的地方去，另外也是為了要警告別人，不要幫你們。」

「如果他們已經找上診所，那就代表他們已經知道妳是誰了。」

「他們還不敢公然到村子裡來開槍。這裡的政府還沒有囂張到那種程度。我認為他們會在碼頭那邊守株待兔，等我們自投羅網。」

「就算是這樣，萬一妳已經被他們列入黑名單，萬一妳還想再開一家診所……」

「我不想再開診所了。」

「不想了？」

「是的。因為你的關係，我開始覺得移民新世界對醫生來說也許是一個不錯的選擇。如果你不怕有人跟你搶生意的話。」

「我不太懂。」

「我的意思是，有一個簡單的辦法可以一勞永逸解決所有問題。我已經考慮很久了。我們全村的人或多或少也都考慮過了，甚至很多人都已經走了。我們這個小鎮並不繁榮，比不上貝魯布斯，也比不上巴度珊卡爾。這裡的土地不夠肥沃，人口一直在流失，每年都會有人搬到城裡或是別的小鎮，甚至移民到新世界去。這樣不是也滿好的嗎？新世界地方大得很。」

「你也想移民？」

「我、賈拉、我的姐妹、我的姪子、姪女和表兄弟，加起來總共有三十多個人。賈拉在這裡有很多私生子，一旦他移民到新世界去，他們會很樂於接管他的生意。所以囉，你明白嗎？」她對我笑了笑。「你不用感謝我。用不著把我們當作恩人，我們只是你的旅行同伴。」

我問了她好幾次，黛安目前有沒有危險。伊娜說，只要有賈拉在，她就很安全。賈拉把她安頓在海關樓上的一間住宅裡，住起來還滿舒服的，而且不會被人發現。她可以住在那裡等到一切安排妥當。「比較麻煩的是要怎麼把你送到碼頭而不會被人發現。警方懷疑你目前躲在高地，他們一定會派人在路上盤查外國人，特別是生病的外國人。載你來的司機一定告訴過他們，你身體不太好。」

「我的病已經好了。」

診所被燒掉那一天，我在外面的空地上昏倒。那是最後一次嚴重發作。在我不醒人事那幾天，危險期也已經安然度過了。伊布伊娜說，那幾天並不好過。搬進這間空房子的小房間之後，我一直在呻吟，吵得鄰居受不了，開始抱怨。後來，我抽筋得很厲害，她只好找她表哥阿達克來壓著我的身體。難道我都沒有注意到，我的手臂和肩膀上為什麼會有嚴重的瘀青？然而，我一點印象都沒有了。我只知道，我的身體一天比一天強壯，體溫也比較正常，走路已經不會發抖了。

伊娜問我：「談到藥的另外一種作用，你有沒有感覺到自己變得不一樣了？」

這個問題很有意思。我老實告訴她：「不知道。反正還沒有什麼特別感覺。」

「不管了，目前這個不重要。我說過，真正需要傷腦筋的，是怎麼把你從高地送到巴東。我想，我們已經有辦法了。」

「我們什麼時候離開呢？」

伊娜說：「再等三、四天。這段時間，你好好休息。」

那三天伊娜很忙，我很難得看到她。白天太陽很大，天氣很熱，不過木頭房子裡有微風灌進來，還滿舒服的。那幾天，我小心翼翼地做運動，寫東西，讀書。房間裡有一個藤製的書架，上面有幾本英文的平裝書，其中有一本是很受歡迎的傑森．羅頓傳記，書名是《星辰歲月》。我在書後的附錄裡找到了自己的名字，泰勒．杜普雷，還有五頁的參考資料。那本書我實在沒有勇氣看，倒是那幾本書脊已經凹陷的毛姆小說還比較吸引我。

伊安每隔一段時間就會跑來找我，看看我身體有沒有什麼問題，順便從他叔叔的小吃攤拿一些三明治和礦泉水來給我。他還是那副小大人的模樣，煞有其事地詢問我的健康狀況。他說，他「很榮幸能夠和我一起移民海外」。

「伊安，你也要去新世界嗎？」

他搗蒜般地猛點頭。「還有我爸爸、我媽媽、我叔叔。」此外，他還用米南加保話說了十幾個近親的名稱，眼中閃爍著神采。「也許你可以在那裡教我怎麼當醫生。」

也許真的要我來教了。越過大拱門之後，也就等於失去接受傳統教育的機會。對伊安來說，這可能不是最好的選擇，我懷疑他爸媽做決定的時候究竟有沒有想清楚。

不過，這我就管不著了。而且，這趟旅程顯然令伊安十分興奮。一談到這件事，他就掩不住興奮愈說愈激動。他散發出來的殷切渴望，他那難掩喜悅的表情，深深感動了我。伊安屬於年輕的一代，他們能夠滿懷希望迎向未來，而不是滿懷恐懼。相形之下，我們這一代的人是多麼荒謬畸形，沒有半個人能夠像他們一樣，以歡欣鼓舞的心迎向未來。他的表情，是那麼地人性，那麼深沉，那麼美好。看著他的表情，我心裡又快樂又感傷。

那天晚上要出發之前，伊娜來了。她送東西來給我吃，順便告訴我整個計畫。

她說：「我姪子的兒子有一個小舅子是幫醫院開救護車的。他可以跟車輛調度場借一輛救護車載你到巴東去。我會安排兩部車開在我們前面，帶著手機，萬一路上有臨檢，我們就會有時間可以應變。」

我說：「我已經用不著坐救護車了。」

「救護車是用來作偽裝的。你躲在後面，我穿上醫師袍，再找個村子裡的人來冒充病人。伊安自告奮勇要假裝病人。你懂了嗎？萬一警察到救護車後面盤查，他們只會看到我和一個生病的小孩，然後我會告訴他們，病人得的是『心血管耗弱』，警察就不敢搜得太徹底了。這樣一來，你這個人高馬大的美國醫生就可以蒙混過關了。」

「妳覺得這樣混得過去嗎？」

「我覺得機會很大。」

「可是萬一他們逮到妳和我在一起……」

「就算被逮到，警察也不能隨便抓我，除非我犯法。車上載個西方人可不算犯法。」

「運送罪犯就犯法了。」

「帕克泰勒，你是罪犯嗎？」

「那就要看美國國會的法案怎麼解釋了。」

「我才不管法案怎麼解釋。不用擔心。對了，我有跟你說過我們要晚一天出發嗎？」

「為什麼？」

「因為要參加一場婚禮。不過，婚禮當然沒有以前那麼正式了。自從時間迴旋發生之後，我們米南加保人的傳統婚禮就開始變質了。大家愈來愈有錢，公路愈蓋愈多，速食店也一家一家開到高地上來。從此以後，所有的事情都變了。雖然我不認為有錢是罪惡，可是錢會腐化人心。這些日子，年輕人做事情都是急就章。還好，至少我們這裡還沒有看到那種拉斯維加斯式的十分鐘婚禮……你們國家還有這種東西嗎？」

我承認確實還有。

「說起來，我們兩邊的潮流都一樣。米南文化消失了，只剩下水牛。不過，至少我們還有傳統的結婚禮台，還有很多椰漿飯可以吃，還有竹笛音樂可以聽。你身體還好嗎？可以來參加嗎？至少音樂還值得聽一聽。」

「我非常榮幸。」

「那明天晚上我們好好唱歌，後天早上我們再去挑戰美國憲法。這場婚禮對我們也很有利。來來往往的人會很多，路上會有很多車，我們就比較不會引人側目。沒有人會注意到，我們這個小小的海外移民團是要去德魯巴羽港。」

那天早上我睡到很晚才起來，醒來的時候感覺身體好多了。已經很久沒有這樣的感覺了，感覺自己更強壯，反應更敏銳。早晨的微風溫煦宜人，村子鬧區那邊傳來陣陣烹調食物的香味，聽得到公雞在啼叫，還有人拿鐵槌在敲東西。有人正在搭一座露天舞台。整個白天，我都坐在窗邊看書，看著新郎、新娘的遊行儀式，看著他們慢慢走進新郎的家。伊娜他們的村子很小，一旦有人結婚，整個村子就停擺了，甚至連小吃攤都停業一天。只有大馬路邊那幾家政府特許營業的商店還開著，等觀光客上門。到了傍晚，空氣中已經瀰漫著咖哩雞和椰奶的香味。伊安來了一下，送一些做好的菜來給我。

天才剛黑，伊布伊娜就到門口來接我了。她穿著一件刺繡花紋的長袍，頭上圍著一條絲巾。她說：「完成了。我是說，婚禮完成了。已經沒別的事好做了，只剩下唱歌、跳舞。泰勒，你還想來嗎？」

我穿的那套衣服，是我帶在身邊的最稱頭的衣服。那是一條棉質的白褲子和一件白襯衫。我有點緊張，因為我很怕在人多的地方曝光。伊娜叫我不用擔心，來參加婚禮的客人都是熟人，沒有生面孔，而且，大家會很歡迎我。

我們兩個人沿著街道走到舞台那邊。儘管伊娜一再安慰我，我還是覺得渾身不自在，覺得好像大家都在看我。這倒不是因為我長得太高，而是因為我在屋子裡窩得太久了。從屋子裡走出來，那種感覺就彷彿是剛從水裡走出來一樣，水環繞在身體四周的扎實感突然消失了。伊娜一路上一直和我聊那對新婚夫婦，想轉移我的注意力，讓我放鬆一點。新郎是從貝魯布斯來的，是個藥劑師的學徒，也是伊娜的一個小表弟。除了兄弟姐妹和叔伯、舅舅、姑姑、阿姨等長輩之外，其他關係比較遠的親戚，伊娜一概稱之為「表兄弟姐妹」。米南加保的親屬關係體系中，每種關係都有精確的稱呼，英文裡找不到簡單的對應字眼。新娘則是村子裡的年輕姑娘，過去的名聲似乎不太好。婚禮過後，兩個人都要移民海外了。新世界在召喚他們。

她說，音樂從黃昏就開始表演了，會一直持續到明天早上。舞台旁邊豎著竿子，上面架著巨大的喇叭。音樂會從這裡播放出去，讓全村都聽得到。其實表演音樂的人只有四個。架高的舞台上有幾片蘆葦草席，他們就坐在上面，有兩個男人演奏樂器，兩個女人唱歌。伊娜告訴我，那些歌描述的是愛情、婚姻、失落、命運，還有性愛。尤其是性。歌詞中有很多暗示性愛的精采隱喻，恐怕連英國大詩人喬叟都要自嘆不如。我們坐在慶賀場地外圍的一條長板凳上。人群中不時有人會瞄瞄我，甚至盯著我一直看。有些人大概聽說過診所被燒掉的事，聽說過有一個美國逃犯。伊娜小心翼翼，一直把我帶在身邊，以免我落單，變成別人指指點點的對象。不過，她還是會露出慈藹的笑容，面對圍繞在舞台四周那群年輕人。她說：「歌詞裡說，我已經過了感嘆的年紀，我的田已經不需要再耕耘。老天，真是曖昧。」

舞台附近有兩張仿造的王座，新郎、新娘就坐在上面，身上穿著刺繡圖案的華麗禮服。新郎留著兩撇小鬍子，我覺得他看起來好像有點不太老實。可是伊娜說，我錯了，別看那個新娘穿著一套白色的織錦禮服，一副天真無邪的模樣，她才是需要注意的人物。我們喝著椰奶，開懷地笑著。快到半夜的時候，好幾個村裡的女人悄悄離開了，現場只剩下一堆男人和年輕人圍著舞台大聲笑鬧。幾個老人在桌上聚精會神地玩紙牌賭博，臉上的表情像陳年的皮革一樣單調茫然。

我曾經把我和萬諾文初次見面的情景寫在筆記上。我拿給伊娜看過。她趁著音樂中場休息的空檔跟我說：「我覺得你的描述一定不夠準確，因為，你的筆調太平靜了。」

「我一點也不平靜。我只是不想寫得太過火，自己看了都臉紅。」

「畢竟，你描寫的是一個火星來的人……」她抬頭看著天空。那是時間迴旋遮蔽的天空，群星零落縹緲，在婚宴耀眼的燈火中顯得有些黯淡。「你心裡一定有什麼預期。你想像中的火星人原本應該是什麼樣的？」

「我以為他們應該不會那麼像人類。」

「噢，偏偏他和我們人類幾乎一模一樣。」

我說：「我的感覺就是這樣。」

伊娜說，在一些農業地區，像是印度、印尼、東南亞，萬諾文已經成為一種尊崇的象徵。好幾次，她在別人家裡看到萬諾文的照片。照片用鍍金的相框裱著，看起來像是一幅聖人或著名回教大師的水彩畫像。她說：「他的姿態氣度散發出一種獨特的吸引力。聽他講話，會有一種親切熟悉的感覺，儘管我們聽的是翻譯。當我們看著那些火星的照片，看著那些農田，感覺火星像是一個農業世界，而不是一個都市星球。感覺比較東方，而不是西方。另一個遙遠的世界派遣大使來到我們地球，而那位大使卻像是我們東方人的一份子！差不多就是那樣的感覺吧。他修理美國人的方式實在很有趣。」

「萬諾文最不願意做的事就是指責別人。」

「顯然大家比較相信傳奇故事，對真相比較沒興趣。你跟他見面那一天難道沒有一肚子的問題想問他嗎？」

「當然有。可是，自從他來到地球以後，一定已經回答過無數這種明顯的問題了。他大概已經不耐煩了。」

「他會不會不太願意談自己的家鄉？」

「正好相反。他很喜歡談自己的家鄉，只不過他不太喜歡被人盤問。」

「我可不會像你那麼客氣。我問的問題一定會多到煩死他。泰勒，假如哪天你可以隨便問他任何問題，你會問什麼？」

那還不簡單。我當然知道我會問什麼問題。打從我第一次見到萬諾文，那個問題就一直被我吞在肚子裡。「我會問他時間迴旋到底是怎麼回事。我會問他假想智慧生物究竟是什麼來頭。我會問他，他們火星人是不是已經知道一些我們還不知道的祕密。」

「那後來你有沒有和他談過這個問題？」

「有。」

「那他有告訴你很多嗎？」

「很多。」

我瞄了舞台一眼。另外一個竹笛樂團已經來了，其中有人拿著一把雷貝琴。那個樂師拿著琴弓敲敲琴身，咧嘴笑起來。又是一首內容很煽情的歌。

伊娜說：「真不好意思，我好像在盤問你。」

「不好意思，我還是有點累。」

「那你真的應該回去睡覺了。這是醫生的命令。運氣好的話，你明天就會再見到伊布黛安了。」

她陪著我一起離開婚宴場地，沿著嘈雜的街道走回去。音樂一直延續到隔天早上將近五點的時候才結束。雖然很吵，我卻還是睡得不省人事。

꩜ ꩜ ꩜

救護車駕駛長得瘦瘦的，不太愛說話，白色的醫護袍上有一個「新紅月會」的標誌。他叫尼瓊。他跟我握手的時候，那種恭敬的姿態實在有點誇張。他跟我說話的時候，大大的眼睛一直看著伊布伊娜。我問他，是不是因為要開車到巴東去所以很緊張。伊娜翻譯他的回答給我聽：「他說，就算情況沒那麼緊迫，他也冒過更大的危險開車。他說能夠見到萬諾文的朋友實在太開心了。而且他還說，我們愈快動身愈好。」

於是，我們鑽進救護車後面。一排長長的鐵櫃平行固定在側壁上，大概是板凳的兩倍高，裡面通常放著一些醫療設備。我們把裡面的東西清出來。如果我彎著膝蓋，腳跟緊貼著屁股，縮著脖子，那個空間勉強可以躺得進去。櫃子裡瀰漫著消毒藥水和乳膠的味道，感覺像是被關在猴籠子裡面一樣，恐怕不會太舒服。然而，一但我們在臨檢崗哨被攔下來，我就要趕快躺到裡面去。伊娜會穿著醫師袍坐在長椅上，而伊安躺在擔架上，裝出心血管耗弱病人的樣子。在燠熱的晨光中，整個計畫忽然令我產生一種荒誕的感覺。

尼瓊會在鐵櫃門上夾一塊木片，露出一個縫，讓空氣可以流通，免得我在裡面沒辦法呼吸。不過，我實在不太願意去想像關在那個又黑又熱的鐵盒子裡是什麼滋味。還好，我們只是預作準備，還不需要真的窩到裡面去，至少現在還不需要。伊娜說，警方臨檢的範圍，都是在布奇汀吉和巴東之間的新公路上，而且還有村子裡其他人的車隊暗中幫我們護航，萬一真的被攔下來，我們還有足夠的時間可以應變。所以，我暫時先坐在伊娜旁邊，看著她準備好一瓶生理食鹽水的點滴，用膠帶把管子貼在伊安的手肘上。瓶子是封住的，管子上也沒有針頭。這些只是偽裝的道具。伊安裝病裝得興致勃勃，已經開始在練習咳嗽。只不過，伊娜一聽到他那種肺部深處發出來的乾咳，不禁皺起眉頭，表情很嚴厲。她說：「你是不是偷抽了你哥的丁香煙？」

伊安臉紅了。他說，他只是想裝得像一點。

「哦？那你最好小心一點，可別弄假成真了。」

尼瓊關上後門，鑽進駕駛座，發動車子。於是，我們開始一路搖搖晃晃開向巴東。伊娜叫伊安閉上眼睛。「你要開始裝睡，發揮一下演技。」沒多久，他就真的睡著了，呼吸聲變成細微的打呼聲。

伊娜說：「他聽音樂聽到天亮，根本沒睡覺。」

「真不敢相信，車子搖成這樣他也睡得著。」

「這也是小孩子好命的地方。對了，小孩子應該就是火星人所說的『第一年期』……我有沒有說錯？」

我點點頭。

「我聽說他們有四個年齡期，對不對？我們地球人有三個，而他們有四個，對不對？」

沒錯。伊娜一定知道。萬諾文他們火星上的五大共和國有很多社會習俗，而地球上的社會大眾最好奇的就是他們畫分年齡期的方式。

在人類文化裡，人的一生通常畫分為兩個或三個階段：童年期和成年期，或者，童年期、青少年期、成年期。有些人還會特別再加上一個老年期。不過，火星人在生物化學和遺傳基因學的領域裡領先我們千百年，因而造就了他們獨一無二的文化習俗。火星人把人的一生畫分為四個時期，不同時期的轉折點是生化促進作用所造成的。從出生到青春期開始發育，這段期間稱為「童年期」。從青春期開始發育，到身體發育停止，新陳代謝機能開始達到均衡狀態，這段期間稱為「青少年期」。從身體機能開始達到均衡，一直到衰弱死亡，或是到身體的「徹底轉變」，這段期間稱為「成年期」。

成年期過後，除了死亡，還可以有另外一個選擇：第四年期。

幾個世紀前，火星生化學家發明了一種可以延長人類生命的方法，平均可以延長六、七十年。然而，這項發現也不全然是福音。火星上的水資源和氮氣很缺乏，生態體系受到極大的限制。儘管在伊布伊娜眼中，火星上的農地看起來如此熟悉，有如地球的家鄉。然而，在火星上，那些農地是精巧繁複的生化工程所創造出來的成果，是人與天爭的偉大勝利。千百年來，火星上的人口繁殖受到嚴格管控，維持著星球供養能力評估的人口標準。如果人類的平均壽命再增加七十年，結果將會導致人口危機。

此外，生命延長的醫藥處理本身並不容易，而且身體的感覺並不舒服。那是一種細胞的深層改造，以雞尾酒療法的方式，結合多種濾過性病毒和菌類，經由精密基因工程改造之後，注入人體內。這些針對人類體質所設計的病毒將會全面更新人類的身體，修補或改造ＤＮＡ序列，修復染色體端位上的著絲點，重新設定基因時鐘。同時，人工培育的嗜菌體也開始清除有毒的金屬元素和血小板，修復明顯的肉體損傷。

然而，人類的免疫系統會抗拒。醫藥處理的過程會持續六個禮拜。在最好的情況下，那六個禮拜會像患了流行感冒一樣，身體會很衰弱。症狀包括發燒、關節與肌肉疼痛、虛弱。某些器官會進入加速再生過程。舊的皮膚細胞會死亡，而新皮膚的再生過程是兇猛激烈的。神經組織也會自動迅速重建。

整個過程會使人虛弱、痛苦，而且會有潛在的不良副作用。接受醫藥處理的人大部分都有長期記憶受損的現象，而這已經是最輕微的。有極少數的案例會有短暫的痴呆現象，並導致無法復原的健忘症。大腦組織復原之後，重新連線之後，會產生微妙的變化，變成另一個新器官。而那個人也會經歷微妙的變化，成為另一個不同的人。

「他們征服了死亡。」

「並沒有完全征服。」

伊娜說：「我只是有點納悶，憑他們的智慧，應該有辦法讓整個過程變得比較不那麼痛苦。」

他們當然能夠改善第四年期的轉化過程，消除那種肉體上的不舒服。可是，他們寧可選擇不這樣做。火星文化雖然將第四年期納入他們的社會習俗，卻也保留了第四年期所必須付出的痛苦代價。並非所有的人都會選擇進入第四年期，因為，除了轉化過程的痛苦之外，他們的生命延長法律也有很嚴厲的懲處條例。任何一位火星公民都有權利接受生命延長的醫藥處理，完全免費，也不會受到歧視。可是，第四年期的人禁止生育。生育是成年期的保障權利。最近這兩百年來，生命延長雞尾酒處理法已經加入了男女雙性不孕的藥物，一旦注射之後，受孕能力永遠無法恢復。第四年期的人也沒有國會選舉的投票權。沒有人願意讓這群年高德邵的人把持整個星球，為自己謀私利。不過，五大共和國都有各自的司法審查機構，相當於地球上的最高法院。這個機構裡的成員是完全由第四年期的人投票選出來的。第四年期的人和成年期的人比起來，各有各的優劣利弊。而成年期的人和小孩子比起來也一樣。年長的人比較有權力，比較不貪玩，比較能夠獨立自主，卻也失去了某些自由。

火星人的醫學科技隱藏在無數的密碼和象徵符號裡面。人類學家花了好幾年的時間，企圖從萬諾文帶來的資料庫裡破解他們的科技。後來，政府禁止了這項研究。我沒辦法跟伊娜說明所有的火星醫學科技，甚至連我自己也沒有完全讀懂。

伊娜說：「現在我們也擁有同樣的科技了。」

「只有某些人用到。我希望有一天大家都用得到。」

「我只是有點懷疑，我們是不是也能夠和火星人一樣，不會濫用這樣的科技。」

「我們應該可以。火星人就做到了。火星人也是和我們一樣同源同種的人類。」

「這我知道。當然我們也有可能辦到。可是泰勒，你真的覺得……我們會嗎？」

我看著伊安。他還在睡，也許還會作夢。他的眼珠在眼皮裡面咕嚕咕嚕地轉，活像水底的魚。他呼吸的時候，鼻孔一張一闔，身體隨著顛簸的救護車左右搖晃。

「在地球上大概辦不到。」我說。

ᔓ ᔓ ᔓ

離開布奇汀吉之後，我們已經沿路開了十六公里。這個時候，尼瓊忽然猛敲駕駛座和後車廂中間的隔板。那是我們事先說好的暗號，表示前面有臨檢了。救護車開始減速。伊娜匆匆忙忙站起來準備。她把一個螢光黃的氧氣口罩套在伊安臉上，然後自己戴上一個紙口罩。這個時候，伊安醒過來了。他開始有點緊張了，開始覺得這場冒險沒那麼好玩了。伊娜壓低著聲音對我說：「快一點。」

於是，我趕緊縮著身體擠到那個鐵櫃裡。鐵門碰的一聲關上，卡在木片上，露出一個小縫，讓空氣稍微可以流通。那個不到一公分的小縫隙可以讓我免於窒息。

我還沒躺好，救護車就停下來了，我的頭重重地撞上鐵櫃的尾端。

伊娜說：「千萬別出聲。」我搞不清楚她是在跟我說，還是在跟伊安說。

我在一片漆黑中靜靜地等著。

過了幾分鐘，我隱隱約約聽到有人在講話。就算我聽得懂米南加保話，也聽不清楚他們在講什麼。有兩個人在說話。尼瓊的聲音和另外一個我沒聽過的聲音。那個聲音聽起來很微弱，口氣卻很嚴厲，好像在找麻煩。那是一個警察在講話。

我想起剛剛伊娜講的話：他們征服了死亡。

我心裡想，恐怕沒有。

鐵櫃裡的溫度上升得很快。我汗流滿面，襯衫都濕透了，汗水刺痛了眼睛。我聽得到自己的呼吸聲，聲音大得彷彿全世界都聽得到。

尼瓊必恭必敬地小聲回答那個警察的問話。警察大聲咆哮，持續逼問他。

「你別動！千萬不要動！」伊娜壓低著聲音說，口氣很急迫。伊安的腳在輪床的墊子上彈跳著。他一緊張的時候就會有這種習慣動作。然而，心血管耗弱的病人是不可能會有這種力氣的。車頂的燈光透過那個不到一公分的小縫照在我頭上，我看到伊安張開的指尖從燈光前面畫過去，看起來像是四條有關節的陰影。

忽然，車子的兩扇後門嘎吱一聲打開了，車子的廢氣猛灌進來，還夾雜著一股雜草在正午太陽的曝曬下所散發出來的臭氣。我小心翼冀伸長了脖子，看到車子外面透進一道窄窄的光，兩團黑影遮在前面。可能是尼瓊和那個警察，也可能是樹影或是雲影。

那個警察好像在叫伊娜做什麼。他的聲音像是從喉嚨擠出來的，平板單調，很不耐煩，充滿威脅的語氣。我心裡開始冒火了。我想到伊娜和伊安。他們在這個男人的槍口下畏縮發抖，在這個男人所代表的勢力下畏縮發抖。他們都是為了我。我聽到伊布伊娜用米南加保話說了些什麼，語氣很堅定，但不會有挑釁的感覺。她好像在說什麼心血管耗弱如何如何心血管耗弱。她想展現一點醫生的權威，看看那個警察會不會緊張。製造恐懼對抗另一種恐懼。

警察很粗暴地頂回去，說要搜查救護車，還要伊娜把證件拿給他看。伊娜好像又說了什麼，態度很強硬。但我不知道她是不是已經快無計可施了。我又聽她說了一次心血管耗弱。

我想活命，但我更想保護伊娜和伊安。我寧可束手就擒，也不想看到他們受到傷害。投降，或是跟他們拚了。跟他們拚了，要不然就逃。火星人的藥賜給我更長的生命，更多的時間，然而，必要的話，我願意放棄這一切。也許這就是第四年期的人的勇氣，萬諾文所說的獨特的勇氣。

他們征服了死亡。但其實沒有。不管是地球人還是火星人，都只是一種生物，不管在哪個星球上，都有一定的壽命。我們只是運用科技延緩了死亡。生死仍在未定之天。

有腳步聲。我聽到沉重的靴子踩在金屬板上。那個警察正要爬上救護車。我感覺到車身在震動中往下一沉，彷彿一艘船在和緩的波浪中起伏。那一刻，我就知道他已經上車了。我用身體頂著鐵櫃的門。伊娜站起來尖叫抗拒。

我深吸了一口氣，準備要跳出去。

這個時候，馬路上傳來一陣尖銳刺耳的聲音。有另一輛車呼嘯而過。從引擎怒吼聲由高而低的頻率變化，猜得出來車子開得有多快。那是一種啟人疑竇的聲音，驚人的舉動，無法無天地加速逃逸。

那個警察大聲咆哮，氣瘋了。車子又是一陣晃動。

一陣雜沓的腳步聲，安靜了一瞬間，車門砰的一聲猛關上，然後警車一陣猛加速，追趕亡命之徒。我彷彿看得到路上的碎砂石被輪胎猛甩出來。

伊娜掀開了鐵櫃門。

我滿身汗臭地坐起來。「怎麼回事？」

「那是阿吉，村裡的人。他是我表弟。他闖越路障，把警察引開。」她臉色蒼白，不過卻鬆了一口氣。「他開起車來大概很像喝醉酒。」

「他這樣做就是為了要引開那個燙手山芋？」

「燙手山芋？你形容得很妙。沒錯。不過，你忘了有車隊在幫我們護航嗎？另外幾部車子上有行動電話，所以他一定知道我們被攔下來了。他頂多就是被開罰單，或是挨一頓臭罵，不會怎麼樣地。」

我吸了幾口氣，忽然覺得空氣變得清新涼爽起來。我看看伊安。他咧開嘴對我笑笑，卻還在發抖。

我說：「等我們到達巴東之後，你一定要介紹阿吉給我認識。我想謝謝他，為了我假裝喝醉。」

伊娜翻了個白眼。「阿吉喝醉酒可不是裝的，他是個貨真價實的酒鬼。在先知穆罕默德的眼中，這可是罪過。」

尼瓊在門口看看我們，眨眨眼，然後把後門關起來。

「唉，剛剛真是嚇死人。」伊娜扶著我著手臂說。

我說我真對不起她，害她為我冒生命危險。

她說：「別胡說八道。我們已經是好朋友了，而且也沒有你想的那麼危險。警察也許很難纏，但至少他們還是當地人，還是要守一些規矩。不像雅加達來的那些人，那些自稱什麼新烈火莫熄還是什麼鬼東西的傢伙，放火燒我診所那些傢伙。而且，必要的時候，我相信你也會為我們冒生命危險。對不對，帕克泰勒？」

「是的，我一定會。」

她的手在發抖，凝視著我的眼睛。「我的天。火星人的藥真的可以征服死亡。」

其實沒有。我們從來沒有征服過死亡，只是運用科技延緩了死亡。那些藥丸、藥粉、血管修復術，第四年期。這一切的科技使我們產生堅定的信仰。我們相信，更長的生命會帶來我們所渴望的喜悅與智慧，或是為我們找回生命中曾經失去過的喜悅與智慧。即使生命只能延長一點點。當你做過心血管分流術，或是接受了生命延長醫藥處理之後，回到家裡，你也不會指望自己能夠永生不死。《聖經》上記載，拉撒路在墳墓裡躺了四天，耶穌讓他復活了。但他也知道有一天自己還是會再度死去。但他還是重新活過來，滿懷感激地活過來了。我心中也充滿了感激。

宇宙深處不勝寒

基金會星期五的會議很晚才開。會議結束後，我開車回到家，用鑰匙打開公寓的門，卻發現茉莉坐在我電腦前面打鍵盤。

書桌在客廳的西南角，面對窗戶，和門口遙遙相對。茉莉半轉過身子，臉上的表情看起來有點嚇到。就在那一剎那，她飛快點了一下右上角的關閉圖標，關掉她正在用的程式。

「茉莉？」

我並不是因為看到她在我家裡而感到意外。每到周末她幾乎都跟我在一起。她也有一副鑰匙。可是，她從來就沒興趣去摸我那台電腦。

她說：「你都沒有打電話回來。」

我和幾個保險公司的業務員在開會。他們承保了基金會的全體員工。本來他們通知我要開兩小時的會，結果只開了二十分鐘，更新了自費負擔方案。會議結束後，我心裡想，一路直接開回家可能會快一點。如果茉莉在半路上停下來買酒，說不定我還可以比茉莉搶先一步到家。茉莉用一種冷冷的眼光一直看著我，我覺得有必要跟茉莉說一下剛剛開會的狀況，然後再問她為什麼要看我的電腦檔案。

我朝她那邊走過去的時候，她乾笑了一下，感覺好像有點尷尬，有點不好意思，彷彿在說：「都嘛是你，害我無聊到這種程度。」她的右手懸在我電腦的滑鼠觸控面板上。她又轉回去面對螢幕，螢幕上的游標滑向關機圖標。

我說：「等一下。」

「怎麼了，你要用嗎？」

游標已經移到關機圖標上了。我把手放在茉莉的手上。「沒有。我只是想看看妳在做什麼。」她看起來有點緊張，耳朵泛起一片紅潮，看得到血管在跳。「你不是叫我不用客氣嗎？嗯，你是不是覺得我有點太隨便了？我還以為你不會不高興。」

「不高興什麼，茉莉？」

「不高興我用你的電腦。」

「妳用這台電腦做什麼？」

「也沒什麼，只是隨便看看。」

可是，那台電腦根本不可能是茉莉會感興趣的東西。已經用了五年了，幾乎快變成骨董了。她上班用的電腦比這個要精巧得多。而且我注意到，剛剛我進門的時候，她急急忙忙關掉了那個程式。那是我的生活雜務管理程式。我都是用那個程式來付帳單，管理銀行支票帳戶，並記錄一些電話名單。

「妳好像在看什麼空白的表格程式。」我說。

「我不小心按到的。你這台電腦把我搞糊塗了。都是這樣嘛，每個人安排電腦的方式都不一樣。對不起，泰勒，我好像有點太過分了。」她的手從我手掌下面抽出來，點了一下關機圖標。螢幕上的畫面驟然縮小消失，主機風扇嗡嗡的聲音也安靜下來。茉莉站起來，把上衣拉直。茉莉每次站起來的時候，都會很俐落地扯扯衣服。她總是會把東西整理得井井有條。「我來做晚餐好不好？」她轉身走向廚房。

我看著她走進廚房，那兩扇彈簧門來回擺盪。我站在那邊數了十秒鐘，然後也跟著進了廚房。

她正從架子上把鍋子拿下來。她瞥了我一眼，又把頭轉開。

我說：「茉莉，如果妳想知道什麼，直接問我就好了。」

「哦，真的嗎？那好啊。」

「茉莉……」

她把鍋子放在爐口，動作看起來小心得有點誇張，彷彿怕它會碎掉一樣。「你還要我再跟你說一次對不起嗎？好啊，泰勒，對不起，我沒有先問你就用你的電腦。」

「茉莉，我沒有在怪妳什麼。」

「那你為什麼沒完沒了講個不停？為什麼你讓我覺得這個晚上我們都要一直談這個？」她眼裡已經開始泛著淚光，有色的隱形眼鏡被淚水浸成了翡翠般的深綠色。「我只不過是對你有點好奇。」

「有什麼好好奇的呢？我的水電帳單嗎？」

「對你這個人很好奇。」她從餐桌旁邊拉了張椅子，椅子腳被桌腳絆住了。茉莉猛力把椅子扯出來。她坐下來，兩腿交疊。「沒錯。也許連一些微不足道的小地方我都好奇。也許我特別好奇的就是那些小地方。」她閉上眼睛搖搖頭。「說這種話好像我在試探你的隱私。不過也沒錯。你的水電帳單，你用什麼牌子的牙膏，你穿幾號鞋。沒錯，我就是好奇。我只是希望自己能感覺到，我在你心目中有更大的分量，而不光是禮拜六、禮拜天陪你上床的人。我承認。」

「那妳也用不著去看我的檔案呀。」

「也許我根本不會去看，如果……」

「如果怎麼樣？」

她搖搖頭。「算了，我不想跟你吵了。」

「心裡有什麼話就乾脆說出來吧。」

「那好，舉個例子，就像剛剛那樣。每次你一覺得自己受到威脅，你就會表現出那種冷冰冰的超然姿態，一副很冷靜，莫測高深，像在做什麼研究分析的樣子。我覺得自己好像你在電視上看的那種野外探險紀錄片。玻璃幕放下來了，可是玻璃永遠都在那裡，不是嗎？整個世界都在玻璃的另一邊。那就是為什麼你不讓別人知道你的事。那就是為什麼我等了一整年，看你會不會注意到我是個女人，而不只是你辦公室裡的裝飾品。你永遠悶不吭聲，永遠在冷眼旁觀。你在看那些活生生的人，好像在看什麼晚間電視新聞，好像地球另一邊哪個地方打仗打得屍橫遍野，而那些人你卻連名字都不知道。」

「茉莉……」

「我的意思是，泰勒，我知道大家都一塌糊塗，每個生在時間迴旋這個時代的人，人生都是一場糊塗。你說大家都得了『災變前壓力疾患』，我有沒有說錯？我們是畸形的一代。這就是為什麼大家會離婚，性關係混亂，狂熱信仰，患了憂鬱症、躁狂症，要不然就是冷漠無情。大家都會替自己做的壞事找到理直氣壯的藉口，包括我在內。所以，如果你必須靠著自己精心打造的這根精神支柱，才能夠熬得過每天晚上，那也沒關係，我懂。所以說，如果我想多尋求一點精神慰藉，也不算犯罪。我沒有做錯什麼，不但沒錯，而且，我想要親近你，是很人性的。我要的不只是激情，我想要的是那種親密。」

她說到這裡，覺得自己說夠了，就放開交叉在胸前的手，等著看我有什麼反應。

我本來有很多話想跟她說。我本來想告訴她，我對她是有熱情的。也許沒有那麼明顯，可是，自從我到基金會工作之後，我就注意到她了。我注意到她身體所展現出來的柔美線條，散發出來的蓬勃朝氣。我注意到她站著的樣子，走路的樣子，甚至伸懶腰打哈欠的樣子。我注意到她總是穿得樸素淡雅，注意到她總是戴著一條銀項鏈，上面掛著一隻精工打造的蝴蝶。我注意到她有時候會心情不好，有時候會衝動。我注意到她微笑的樣子，皺眉頭的樣子，注意到她美麗的姿態動作。每當我閉上眼睛，每當我睡覺的時候，她的臉蛋就會浮現在我眼前。我愛她的美麗，也愛她一些細微的小地方。例如，她的脖子上有一種鹹鹹的汗味，聲音裡有一種柔美的韻律。我愛她手指頭彎著的模樣，愛她用手指頭在我身上寫字。

我心裡有很多話，偏偏就是說不出口。

這些話不算騙她，卻也不是百分之百的真心話。

最後我們和好了。我們彼此曖昧地笑一笑，眼角泛著淚光，互相擁抱，彼此安慰，不再談那些事。她煮了一鍋味道很棒的義大利麵醬，我在旁邊幫忙。原先的緊張氣氛逐漸煙消雲散了。我們依偎在沙發上看電視新聞，電視上報導著失業人口急遽增加，大選辯論，地球的另一頭某個地方正在打仗，傷亡慘重。我們看了一個鐘頭，發覺已經是半夜了，該睡覺了。我們準備要親熱之前，茉莉先去把燈關了。房間裡一片漆黑，窗戶開著，外面的天空茫然空洞。當極度的激情亢奮淹沒她的那一刻，她不自覺地躬起了身子，慵懶地喘著氣，散發出牛奶般甜美芳香的氣息。我說：「激情，懂了嗎？」她說：「噢，親熱的時候，我懂。」

她一下子就睡著了，而我在床上躺了一個鐘頭，卻還是沒有睡意。

我隨著她的呼吸起伏，輕輕地下床。我穿上牛仔褲，走出房間。像這樣的不眠夜，喝一杯甜香酒是有幫助的，可以驅散疲憊的腦海中那無休止的凌亂思緒，驅除掉縈繞不去的疑慮。我不自覺地祈禱著，希望心中的疑慮能夠消失。然而，進廚房之前，我卻先去打開了電腦，把那個生活雜務管理程式叫出來。

看不出來茉莉究竟在看什麼。看起來裡面的資料都還好好的，所有的姓名和數字似乎都沒有變動。也許她找到了什麼東西，足以讓她感覺跟我更親近。如果那真的是她想要的。

也許她白費力氣找了半天，也許她什麼都沒找到。

十二月大選前的那幾個禮拜，我比較常看到傑森。雖然我已經加重他的劑量，但他的病似乎愈來愈嚴重。那可能是壓力導致的。為了和他爸爸對抗，他的壓力很大。艾德華已經公然顯露他的意圖，想把基金會抓回手中。他認定基金會已經被一個陰謀集團把持，也就是和萬諾文勾結的那群傲慢官僚和科學家。傑森認為他只是在虛張聲勢，不過，他們之間還是有可能會決裂，會很尷尬。

小傑盡量把我帶在身邊，因為緊急的時候，他需要我給他一些抗痙攣藥。只要不違反法律，不違反醫師道德，我願意開藥給他。目前醫學的極限，也只能做到短期內讓傑森保持身體機能正常，讓他有足夠的時間運用策略打敗艾德華．羅頓。目前，這是小傑唯一在乎的事。

於是，我經常會待在基金會的貴賓區。通常是在傑森那邊，但也常常和萬諾文在一起。只是這樣一來，我就成了那些戒護人員眼中的可疑人物。那些人包括政府各部門派在基金會裡的基層代表，例如國務院、白宮、國安部、太空指揮部。另外有一些是學者，被調派來研究所謂的「火星檔案」，進行翻譯分類的工作。在那些人眼裡，我和萬諾文接觸是一種僭越的行為，於是，我也就成了不受歡迎的人物。我只是一個小員工，一個無名小卒。但那也是為什麼萬諾文寧願和我在一起。我不會要求他做什麼，也不是來保護他。在萬諾文的堅持下，那些臉色陰沉的跟班偶爾會帶我進去，穿過好幾個門，到火星大使那個冷氣空調的房間裡。隔著那些門，外面是炎熱的佛羅里達，還有更遠、更遼闊的整個世界。

有一次，我看到萬諾文坐在那張藤椅上，腳下墊著一個矮凳。大概是有人送來給他的，免得他坐在椅子上腳又懸空。他若有所思地凝視著一個試管狀的玻璃瓶，凝視著瓶子裡的東西。我問他那是什麼。

他說：「複製體。」

他身上穿的那套西裝和領帶，看起來像是為矮胖的十二歲小男生特別訂做的。這幾個禮拜來，他一直在為國會代表團做一些展示說明。雖然政府還沒有公開宣布有萬諾文這個人，但政府核准的訪客已經絡繹不絕。有外國人，也有本國人。大選過後，白宮就會正式發表公開聲明。到時候，萬諾文會忙得不可開交。

我在房間的另一頭，隔著一段安全的距離，看著那個玻璃管。複製體。會吃冰的生物。無機生物的種子。

萬諾文笑著說：「你會怕嗎？放心，沒什麼好怕的。我保證裡面的東西對你是絕對無害的。傑森不是告訴過你了嗎？」

傑森確實跟我說過一點。我說：「那是一種顯微探測裝置。半有機體。它們能夠在酷寒的真空狀態下繁殖。」

「沒錯，還不錯，基本上是對的。傑森有沒有告訴你這些東西是做什麼用的？」

「我們會把它們送到銀河裡去繁殖，然後把資訊傳送回來。」

萬諾文緩緩地點點頭，彷彿我的回答基本上是對的，可是還不夠好。「泰勒，這是五大共和國最精密、最先進的科技產物。你們地球上工業科技的驚人成就是我們無法企及的，也負擔不起。例如海上的大型輪船，登陸月球，巨大的城市……」

「在我看來，你們的城市一樣令人嘆為觀止。」

「那只是因為我們火星的重力比較低。要是在地球上，那些大樓早就被自己本身的重量壓跨了。不過，那個不重要，我要談的是玻璃管裡面的東西。和你們工業科技比起來，這是我們在科技工程上的一大成就。那是艱鉅研究的成果，精密的產物。也許我們應該夠資格引以為傲了。」

「我完全同意。」

「謝謝你。來，仔細看一下。不用怕。」他比個手勢叫我靠近一點。於是，我從房間的另一頭走到他那邊去，坐在他對面的椅子上。遠遠看起來，我們大概會像是兩個好朋友在討論事情。只不過，我眼睛一直盯著那個玻璃管。他把管子拿起來給我。他說：「拿去看看。」

我用拇指和食指捏著那個管子，舉起來對著天花板上的燈光。裡面的東西看起來就像普通的水一樣。除了多了一點油亮的光澤之外，看不出和水有什麼不同。

萬諾文說：「如果你想知道這個東西好在哪裡，你就必須先了解你手上拿的是什麼東西。泰勒，管子裡面的甘油懸浮著三、四十萬個人造細胞。每個細胞都是一個橡子。」

「你也知道什麼是橡子？」

「我讀過你們的書。那是一個很普通的隱喻。橡子和橡樹，對不對？如果你手中握著一顆橡子，可能就代表你手中握的是一顆橡樹。甚至不光是一棵橡樹，還包括那棵橡樹的無數後裔。繁衍千百年後，那些橡木已經足以蓋出一整個城市……不好意思，你們的城市是用橡木蓋的嗎？」

「不是。不過那不重要。」

「你現在手上拿的東西就像是一個橡子。我剛剛說過，它們目前正處於徹底的休眠狀態。其實，在四周地球的溫度中，你手上那些特殊的樣本可能已經徹底死亡了。如果你把它們拿來分析，可能會發現，主要的成分只不過是一些普通的可追蹤的化學物質。」

「可是？」

「可是……泰勒，如果你把它放在一個有冰的、沒有空氣的寒冷環境裡，例如奧特雲，它就會活過來了。它會開始很緩慢、很有耐性地生長繁殖。」

奧特雲。很久以前傑森就和我聊過奧特雲，而且我自己也在科幻小說裡看過。我偶爾還是會看看科幻小說。奧特雲是彗星體組成的一個巨大的球狀雲團，包圍著太陽系，範圍從冥王星運轉的軌道開始，向外擴張，最外圍可達到與太陽系最鄰近的下一顆恆星之間五分之一的距離。那些小小的彗星體分布得非常零散，可是占據的空間範圍卻大到難以想像，全部的質量加起來是地球的二、三十倍。奧特雲主要的成分是灰塵和冰。

如果複製體吃的是灰塵和冰的話，那可真有得吃了。

萬諾文坐在椅子上身體向前傾。他的眼皮皺巴巴的像皮革一樣，但眼睛卻炯炯發亮。他對我笑了笑。我後來慢慢知道，當他微笑的時候，表示他的內心是很真摯的。火星人微笑的時候，說的話都是發自內心的。

「當年為了發展複製體，我們火星上也不是完全沒有爭議的。你手上拿的東西不但能夠永久改變太陽系，甚至還能夠改變很多其他的太陽系。當然，結果是難以預料的。複製體雖然不是傳統的有機生物，但它們是活生生的。它們是活生生的自動催化回饋循環系統生物，很容易在環境的壓力下變形轉化。就像人類一樣，或是菌類，或是……」

「或是莫庫茲。」我說。

他咧開嘴笑了起來。「或是莫庫茲。」

「換句話說，它們會演化。」

「它們確實會演化，而且完全無法預測。不過，我們在研發的過程中加入了許多限制。至少我們覺得我們做到了。就像我剛剛所的，當年我們有過很多爭議。」

每次聽萬諾文談起火星上的政治，腦海中就會浮現出一些有趣的畫面。我想像著那些皮膚皺皺的男男女女，身上穿著古羅馬式的長袍，站在不鏽鋼講台上爭辯一些抽象的問題。萬諾文老是覺得，火星上的議會很像鄉下的穀物拍賣場，一大群缺現金的農夫在那邊爭執不休。談到他們的穿著……呃，我甚至不敢想像。在正式的場合裡，不分男女，火星人的穿著簡直就像是撲克牌上的紅心皇后。

然而，儘管他們為了複製體計畫很認真的爭辯了很久，計畫本身卻是非常簡單。複製體會被散播到遙遠寒冷的太陽系邊緣，其中極微小的一部分會抵達奧特雲，落在兩、三個彗星核上。它們會在那裡開始繁殖。

萬諾文說，複製體的遺傳資訊會破解成分子。在任何比海王星的月球更溫暖的地方，這些分子的溫度會很不穩定。複製體是針對極冷環境所設計的，一旦到了這樣的環境裡，複製體內有一種顯微鏡看不到的單纖維就會開始新陳代謝。代謝的過程是緩慢而艱鉅的。美國西南部有一種刺毛毬松，成長速度非常緩慢，不過和複製體比起來，簡直像爆炸一樣快。無論有多慢，複製體還是會生長，然後散放出「追蹤揮發體」和有機分子，把冰堆砌成細胞壁、細胞肋架、細胞柱、細胞節。

當複製體吃掉幾百立方公尺的彗星核之後，它們的體內組織聯繫會開始變得複雜，開始產生有目的的行為。它們會發展出很複雜的器官，例如眼睛。那些冰和碳組合成的眼睛會開始掃瞄繁星滿天的黑暗宇宙。

大約十年後，那些複製體會形成一個複雜的共同體，能夠記錄周遭環境原始成分的資料，並且將這些資料傳送出去。彷彿它會看著天空問自己一個問題：是否有一個星球大小的黑色物體環繞著最近的恆星？

這個提出問題、回答問題的過程將會耗費幾十年的時間，而答案卻是一開始就有了。至少有兩個答案。是的，環繞著恆星的星球當中，有兩個是黑色物體。地球和火星。

無論那個過程是多麼緩慢，多麼需要耐心和毅力，複製體會核對這些資料，然後傳送回它們的發源地，也就是我們。至少我們的探測衛星會接收得到。

複雜的機器最後的結局就是解體。接下來，複製體群會分解成一串串的簡單細胞。長久以來，這些細胞已經在寄宿的彗星核上開採了許多揮發體。它們會在宇宙中找出另一個明亮的或距離最近的恆星，用累積的揮發體將種子推送到太陽系外面。解體後的複製體會在原地留下一個小零件，扮演訊號傳送的中繼器。在一個不斷擴大的網路體系中，這個小零件是被動的連接點。

這些第二代的種子會在星際間漂流好幾年，幾十年，甚至幾千年。絕大部分最後的命運就是死亡。有一些會流失在錯誤的軌道上，有一些會淹沒在重力的漩渦中。有一些會被微弱、遙遠的太陽重力拉回來，掉回太陽系的奧特雲，又重複一次整個過程，傻傻地很有耐性地吃掉冰，記錄重複的資料。如果有兩批種子相遇，他們會互換細胞質。漫長的時間和輻射線會導致這些種子產生複製上的錯誤。這兩批種子會平均整合這些錯誤，繁衍出很類似的下一代。下一代的種子和原始的種子已經不完全相同了。

有一些會抵達鄰近恆星外圍的冰塵雲，開始再度進入循環流程。這一次，它們會收集新的資訊，最後再將資料爆炸般地發射出去，宛如短暫的數位狂潮。這些資料有可能記載著：雙子星，沒有黑色星體。也可能記載著：白矮星，一個黑色星體。

這樣的循環會再次重複。

再次重複。

無止境地重複，一個恆星接著一個恆星，一步接著一步，幾百年，幾千年，無限緩慢。然而，當我們從靜止的地球來衡量外面宇宙的時間，卻又無比迅速。地球上的每一天，相當於外面宇宙的幾十萬年。以地球緩慢的時間來計算，大約十年之後，我們就會看到它們遍布整個銀河。

資訊會以光速傳送，從一個連接點跳到另一個連接點。複製體會逐步調整運作模式，將新的複製體送到未開發的新領域，並且會壓縮冗長的資訊，以免主要的傳送連接點負載不了超量的資訊。最後，我們會將整個銀河串連成某種原始的思考體。複製體將會建造出一個像夜空一樣巨大的神經網路。它將會和我們溝通。

那麼，有什麼風險嗎？當然有風險。

萬諾文說，要不是因為時間迴旋的出現，火星人絕對不會核准這項野心勃勃的計畫，開發銀河的資源。我們不只是在探索銀河，而是在干預銀河的運行，像專制的帝國一般重組整個銀河生態。浩瀚的銀河中是否還有其他智慧生物？假想智慧生物的存在就是最明顯的答案。如果銀河中有其他智慧生物，它們可能會誤以為我們散播複製體的行動是某種侵略，因而採取報復行動。

一直到火星人發現假想智慧生物已經在南北極上空組裝時間迴旋機，他們才開始重新思考整個計畫的風險。

萬諾文說：「時間迴旋的出現使得反對派的意見遭到擱置，或者幾乎遭到擱置。運氣好的話，複製體會讓我們得到很多假想智慧生物的重要資料，或者，我們至少會知道他們在銀河裡部署時間迴旋的範圍有多大。也許我們能夠查出時間迴旋的目的是什麼。就算失敗了，我還是可以把複製體當成某種警告標誌，提醒其他的智慧生物，他們可能會面臨同樣的問題。如果接收到資訊的人思慮夠周密，仔細分析那些資料，他們就會明白為什麼要建造這個網路。他們可能會選擇加入我們的行列。這些知識能夠幫助他們保護自己，完成我們沒有達成任務。」

「你認為我們可能會失敗？」

萬諾文聳聳肩。「你不覺得我們已經失敗了嗎？泰勒，你應該知道吧。如今太陽已經很老了。沒有任何東西能夠永遠存在。在這樣的情況下，對我們來說，連『永遠』都是很短暫的。」

儘管他說得很輕鬆，儘管他坐在藤椅子上身體往前傾，臉上掛著有點哀傷的微笑，火星人特有的真誠的微笑，你還是感受到他話中的沉重。他說得很安詳，卻令人震驚。

倒不是他說的事情令我感到意外。我們都知道人類的命運已經注定了，至少注定要躲在時間迴旋的殼子裡活到世界末日那一天。那個殼子保護我們免於遭到太陽系的傷害。現在的陽光能夠讓火星成為一個可以住人的星球，但那種熱卻已經足以毀滅地球上的一切。自從火星被時間迴旋包圍之後，甚至連火星自己都已經快要被趕出所謂的「可居住區域」。垂死的太陽原本是萬物生命之源，如今卻成為血腥的劊子手，無情地摧毀我們。

太陽系的中心是一團不穩定的核子分裂反應，生命誕生在核子反應區的外圍。這是一個活生生的事實，千古不變的事實。早在時間迴旋還沒有出現之前，世界就是這個樣子了。即使天空看起來那麼清澈，即使夏日的夜晚閃爍著幽遠冷漠的星光，我們也無法忽視這個事實。儘管如此，我們卻沒有太在意，因為人類的生命太短暫了，在太陽系心臟搏動一下的瞬間，人類已經在出生死亡的交替中繁衍了無數個世代。但如今，謝天謝地，我們會活得比太陽更久。也許最後我們會變成環繞著太陽屍體的一顆小殘渣，也許我們會活下來，活在永恆的黑暗中，成為一個密封的小玩具，在茫茫宇宙中找不到自己真正的歸宿。

「泰勒？你還好嗎？」

不知道為什麼，我忽然想到黛安。我說：「我沒事。也許我們唯一能夠指望的，就是在落幕之前能夠知道一點真相。」

「落幕是甚麼意思？」

「世界末日。」

萬諾文也同意。「雖然那也算不上什麼安慰，不過，那大概也是我們唯一能夠指望的。」

「你們火星人知道有時間迴旋這個東西已經很久了，上千年了。這麼長的時間裡，難道你們都摸不透假想智慧生物的來歷嗎？」

「很不幸，我們摸不透，沒辦法給你什麼情報。至於時間迴旋的物理特性，我們倒是有一些揣測。」其實傑森最近也想說明給我聽。那是一種時間量子，絕大部分是純數學概念，沒辦法應用在工程技術上。不管是火星人或地球人都辦不到。「可是，假想智慧生物究竟是什麼來歷，我們什麼都不知道。至於他們的目的是什麼……」他聳聳肩，「我們也只是有更多的揣測。我們問自己一個問題：地球到底有什麼地方不對勁，使得他們用時間迴旋把地球包圍起來？為什麼假想智慧生物要用時間迴旋包圍火星？為什麼他們會從我們的歷史上挑出這個特定的時刻？」

「你有答案嗎？」

有一個戒護人員敲敲門，然後開門進來。那個禿頭的傢伙穿著一套手工西裝。他跟萬諾文講話的時候，眼睛看著我。「我只是來通知一下，歐洲代表快要到了。再過五分鐘。」他沒有關門，好像在等什麼。於是我站起來。

萬諾文說：「下次再聊。」

「但願我們很快就會再見面。」

「我會盡量安排。」

時間已經很晚了，快下班了。我從北邊的門走出去。我走向停車場，走到一半，停下來站在一排木頭圍欄旁邊。裡面是基金會加蓋建築的工地。透過圍欄的空隙，我可以看到一棟煤渣磚蓋成的單調建築，一個巨大的室外壓力槽，像桶子一樣巨大的管子垂直穿過內寬外窄的水泥窗口。地面上凌亂散布著鐵弗龍絕緣材料和圓圈形的銅管。戴著白色安全盔的工頭在那裡大聲咆哮，指揮那些推著單輪手推車的工人。那些工人戴著護目鏡，穿著鐵頭靴子。

他們正在蓋一座培養槽，用來培育一種新的生命。培養槽將會灌滿液態氮，用來培養複製體。然後，這些複製體會被發射到寒冷的宇宙深處。從某角度來看，那是我們的後裔。它們將會比我們人類活得更久，走得更遠。那是我們和宇宙最後的對話。除非艾德華有辦法取消整個計畫。

那個周末，我和茉莉到海灘上散步。

當時已經是十月末了，禮拜六，蔚藍的天空萬里無雲。我們在丟滿煙蒂的沙灘上漫步，走了將近半公里。沒多久，天氣愈來愈熱，熱得讓人受不了。太陽也愈來愈烈，海面上閃爍著刺眼的光點，彷彿成群的鑽石在遙遠的外海漂浮。茉莉穿著一條短褲和一件白色的棉T恤，腳上穿著涼鞋。濕透的T

恤緊貼著她的身體，露出誘人的曲線。她把那頂貼著標價的遮陽帽拉得低低的，遮在眼睛上方。

「我一直搞不懂。」她說。她用手腕畫過額頭，轉頭看看沙灘上剛剛走過的腳印。

「搞不懂什麼，茉莉？」

「太陽，我是說陽光。大家都說這種陽光是假的。可是，老天，這麼熱。熱可不是假的。」

「其實太陽也不完全是假的。我們看到的太陽不是真的太陽，可是陽光卻是從真的太陽來的。這是假想智慧生物弄出來的。它們把波長縮得很短，然後過濾……」

「這個我知道。我搞不懂的是，如果時間迴旋隔離層只有幾百公里高，為什麼太陽看起來那麼像真的？日出日落。如果那個太陽只是一個投影，為什麼不管我們是從加拿大，或是從南美洲看都一樣？」

我把傑森之前的說明講給她聽。那個假太陽並不是一個投射在銀幕上的影像。一億五千萬公里外的太陽照射在隔離層上，他們用那些陽光仿造了一個影像。就好像舞台上那種跟著人的打燈程式，只不過規模大得嚇人。

「他們真他媽地不嫌麻煩，玩這種舞台把戲。」茉莉說。

「如果他們不這樣做，我們老早就死了。我們地球上的生態必須是一天二十四小時。」過去這幾年已經有不少物種滅絕了。那些物種必須有月光才能夠覓食或交配。

「但那是騙人的。」

「妳要這樣說也可以。」

「騙人的。我說那是騙人的。我站在這裡曬太陽，可是曬在我臉上的陽光卻是假的。這種騙人的陽光還是一樣會讓人得皮膚癌。但我還是搞不懂。我想，除非我們搞清楚假想智慧生物是什麼來頭，否則我們永遠不會懂。我們有機會搞懂嗎？我實在很懷疑。」

我們並肩走在一條很老舊的木板步道上，木板已經被鹽侵蝕成白色。茱莉說，你永遠搞不懂騙人的東西，除非你先搞懂他們為什麼要騙人。她邊說邊斜眼看著我，帽子的陰影遮住了她的眼睛。她的眼神中似乎透露著什麼，我一時也猜不透。

散完步，我們回到有冷氣的公寓。下午剩餘的時間，我們就看看書，聽聽音樂。茱莉顯得心神不寧，而我對於她上次偷看電腦的事，也還有一點耿耿於懷。我愛茱莉。至少我是這麼告訴自己的。或者，如果我對她的感情不是愛，至少感覺上也很接近了。一種幾可亂真的替代品。

令我不安的是，她一直都給我一種非常難以捉摸的感覺。其實，在時間迴旋的陰影下，大家都是難以捉摸的。我不知道該送什麼禮物給她。有些東西是她想要的，可是，除非有機會經過商店櫥窗的時候，聽到她親口說喜歡什麼東西，否則，我根本不知道她想要什麼。她把自己內心最深層的欲望隱藏起來。也許，就像大部分內心深沉的人一樣，她認為我自己也隱瞞了一些重大的祕密。

吃過晚飯，我們正開始要清理桌子的時候，電話響了。我正要把手擦乾，茱莉已經去接電話了。我聽到她在說：「噢，沒有沒有，他在這裡，請稍等一下。」她用手遮住話筒說：「是傑森，你要跟他講話嗎？他的聲音聽起來有點不正常。」

「我當然要接一下。」

我把話筒接過來，等了一下。茉莉看著我看了很久，白了我一眼，然後就走到廚房外面去了。現在可以說話了。「小傑，怎麼了？」

「泰勒，趕快過來！」他的聲音聽起來很緊張，講話很費力。「現在就過來！」

「出了什麼事？」

「事情大了。我需要你幫忙。」

「有那麼急嗎？」

「不急我會打電話嗎？」

「你在哪裡？」

「家裡。」

「好，不過，萬一路上塞車可能會晚一……」

「你來就對了。」

於是，我跟茉莉說，我有一點急事要去處理。她笑了笑，有點像是冷笑。她說：「什麼樣的急事？預約卻沒有來看病的病人？還是要趕著去接生？什麼事？」

「茉莉，我是醫生，這是我應該做的事。」

「你是醫生沒錯，但那並不代表你是傑森．羅頓養的狗。每次他把棍子丟出去，你也犯不著每次都要去接。」

「對不起，今天晚上沒辦法繼續陪妳了。妳要我載妳到什麼地方去嗎，還是……？」

她說：「不必。我會在這裡等你回來。」她用一種蔑視的眼神瞪著我，彷彿在挑釁，彷彿想逼我說出不可以。

但我不能說不可以，因為那聽起來會像是我不信任她。我應該算是很信任她的。「可是我實在沒把握會去多久。」

「無所謂。如果你不反對的話，我會窩在沙發上看電視，可以嗎？」

「只要妳不覺得無聊的話。」

「我保證我一定不會覺得無聊。」

꩜ ꩜ ꩜

傑森那間簡陋的公寓必須沿著公路往北開三十公里才會到。半路上經過一個犯罪現場，警察封閉了道路，我只好繞路走。有人想在半路上攔截銀行的運鈔車，沒有成功，而一整車的加拿大觀光客卻意外喪生了。小傑按了一下對講機上的按鍵，開了公寓大樓的大門讓我進來。進去之後，我敲他家的門，聽到他在裡面喊：「門沒鎖。」

客廳還是老樣子，彷彿一大片拼花地板的大沙漠。小傑住在裡面，簡直就像是阿拉伯的貝都因人在沙漠裡搭帳篷。他躺在沙發上，沙發旁邊的落地燈正好照在他身上，很亮。他臉色蒼白，額頭上全是汗珠，眼睛裡似乎閃著淚光。

他說：「我還以為你不會來了，也許你那個土包子女朋友不讓你出來。」

我告訴他路上發生的事，繞了一點遠路。然後我說：「幫個忙，不要這樣說茉莉。」

「是呀，不可以說她是愛達荷州來的鄉下土包子，小時候住在活動房屋的停車場，有一顆脆弱敏感的心靈。怎麼樣，還有什麼不可以說的嗎？」

「你到底怎麼回事？」

「這個問題有意思，可能的答案有很多個。你自己看。」

他站起來。

他的動作看起來軟弱無力，彷彿體內裝了齒輪，一格一格慢慢移動。傑森的模樣還是一樣瘦瘦高高的，可是昔日隨心所欲的矯捷身手似乎已經消失了。手臂下垂，鬆軟無力擺盪著。當他想辦法要站直的時候，他的腿卻繃得緊緊地，很不自然，彷彿他的上半身架在高蹺上一樣。他眨眼睛的樣子簡直像是在抽搐。他說：「就是這麼回事。」然後，他的身體又是一陣痙攣，情緒彷彿也跟著肉體一起抽搐，爆發出狂亂的憤怒。「你看看我！他……他媽的泰勒，你看看我！」

「小傑，你坐下，我幫你檢查一下。」我帶了一些診療工具。我把他的袖子捲起來，把血壓計的捲套包在他骨瘦嶙峋的手臂上。我感覺得到他的肌肉不由自主地收縮著。

他血壓很高，脈搏很快。「你有吃抗痙攣藥嗎？」

「廢話！我他媽地當然有吃。」

「有按規定吃嗎？有沒有吃雙倍的藥量？小傑，如果你吃太多，不但沒效反而有害。」

傑森嘆了口氣，顯得很不耐煩。接著，他的動作嚇了我一跳。他突然伸手抓住我後面的頭髮，把我抓得很痛。他抓著我的頭髮，把我整個人往下扯，把我的臉拉到他面前。他說話的時候咬牙切齒，聲音像暴怒的河流。

「泰勒，少跟我打官腔。別幹這種事，因為我現在沒時間聽你打官腔。也許你有很多大道理要告訴我該怎麼治療，不過很抱歉，我現在沒時間聽你那些狗屁道理。現在很多事情已經到了緊要關頭。艾德華明天早上就會飛到基金會來。艾德華認為他手上有一張王牌可以打，可以讓我們一槍斃命，免得我去搶了他的王位。我不能讓他得逞。可是你看看我，你覺得我現在有那種能耐去演一齣弒父篡位的戲碼嗎？」他緊緊抓著我的頭髮，愈抓愈緊，抓得我很痛。他力氣還是很大。後來，他終於放手了，用另一隻手把我推開。「所以，把我醫好！不然要你這個醫生幹什麼，不是嗎？」

我拉了一張椅子過來，靜靜地坐在那邊不說話。後來，他終於又躺回沙發上。剛剛突如其來的舉動把他搞得筋疲力盡。他看著我從醫藥包裡拿出一支針筒，從一個土黃色的小瓶子裡抽了一些藥水出來。

「那是什麼？」

「這個可以暫時解除你的痛苦。」其實那只是一瓶無害的維他命B群，混了一點微量的鎮靜劑。傑森一臉狐疑地看著針筒，卻還是乖乖讓我幫他打了針。針頭抽出來的時候，滲出了一點血。

我說：「其實你也知道我要說什麼。這個病沒辦法治好。」

「地球的藥治不好。」

「什麼意思？」

「你應該明白什麼意思。」

他講的是萬諾文的生命延長處理法。

萬諾文說，身體再造的同時，也可以治好一大串遺傳基因缺陷所導致的疾病。藥物會重新排列傑森體內導致非典型多發性硬化的ＤＮＡ序列，制止不良蛋白質侵蝕他的神經系統。我說：「可是，那會花上好幾個星期，而且，那種處理程序還沒有經過測試，我不能讓你變成實驗室的白老鼠。光是有那個念頭，我都沒辦法原諒自己。」

「你不能說那還沒有經過測試。那些藥火星人已經用了好幾百年，而火星人跟我們人類沒什麼兩樣。而且，泰勒，很抱歉，你那種醫生專業上的顧慮我實在沒興趣，我根本不會列入考慮。」

「我是醫生，我不得不考慮。」

「那麼，問題來了。你要考慮到什麼程度？如果你不想參加，就站到一邊去吧。」

「那種風險……」

「就算有什麼風險也是我的事，跟你無關。」他閉上眼睛。「你不要誤會，我吃那些藥可不是為了虛榮愛面子。我在乎的是能不能活下去，我在乎的是自己能不能好好地站著，講話會不會他……他媽地口齒不清。我的意思是，這攸關整個世界的命運。我現在扮演的是一個獨特的角色。這不是偶然的，也不是因為我很聰明或是很偉大。這是我的職責。泰勒，我的角色就像一台機器，一個產品。艾德華·羅頓製造了這個產品，就像當年他和你爸爸製造了浮空器一樣。他把我生產出來，是為了讓我發揮功能，管理基金會，帶領人類處理時間迴旋的問題。」

「總統不見得會批准複製體的計畫，更別提國會或是聯合國了。」

「幫個忙好不好，我有那麼天真嗎？重點就在這裡。基金會必須利用那些圖謀私利的人才有辦法運作，而且必須八面玲瓏面面俱到。艾德華很懂這一套，他很老奸巨猾。他籠絡政界高層，收編人脈，把基金會搞成了航太工業的搖錢樹。他誘拐詐騙，唱作俱佳，遊說國會，用政治獻金贊助友好政黨競選。他有眼光，有人脈，逮到時機搶占盡優勢。他適時推出浮空器計畫，從時間迴旋手中解救了電信產業，藉此躋身權貴階層。而且，他很懂得如何把這個機會發揚光大。沒有艾德華，火星上就不會有人類。沒有艾德華，就不會有萬諾文這個人。這一切都必須歸功於這個老狐狸。他是一個偉人。」

「可是？」

「可是他已經過氣了。他那種人屬於時間迴旋之前的年代。他的動機是老式的。他已經交棒了，或者說，因為我的關係，他快要交棒了。」

「小傑，我不太懂。」

「艾德華以為他還能夠從這整個計畫中搾取他的個人利益。他痛恨萬諾文，痛恨在銀河裡散播複製體種子的構想。他痛恨，並不是因為這個計畫野心太大，而是因為計畫對他的事業不利。火星計畫為航太工業創造了好幾兆美金的生意，也為艾德華帶來作夢都想不到的財富和權力，為他帶來了家喻戶曉的名聲。艾德華認為這一切都是玩弄政治權謀所創造出來的。他認為現在還是跟時間迴旋之前的時代一樣，可以玩弄政治權謀，像一場豪賭。可惜萬諾文的計畫並沒有那種甜頭。和改造火星比起來，發射複製體所需要的經費簡直是微不足道。我們只要幾枚三角洲七型火箭，還有幾具便宜的離子引擎，就可以輕鬆完成任務。我們需要的，只不過是一把彈弓，幾個試管。」

「那對艾德華的事業有什麼不利？」

「這個計畫沒辦法挽救沒落的產業，而且掏空了他的利基。更糟糕的是，他被趕出了舞台中央。突然間，眾人目光焦點都集中在萬諾文身上。再過幾個禮拜，我們就會看到一場規模史無前例的媒體狂潮。而且，萬諾文挑選我當這個計畫的主持人。這是艾德華最不願意看到的事。他不願意看到他那個忘恩負義的兒子和那個皺巴巴的火星人勾結，聯手瓦解他一輩子的心血。發射這批火箭所需要的經費，還不夠用來造一架民航機。」

「那他想做什麼？」

「他設計了一個規模更大的計畫。他說這個計畫叫做『全套監視系統』，可以用來尋找假想智慧生物活動的第一手證據。他打算在各大行星安置探測器，從水星一直到冥王星，並且在行星之間部署精密的監聽站。此外，他還打算進行定點飛行任務，偵察地球和火星極地上空的時間迴旋裝置。」

「他的構想不好嗎？」

「也許能夠收集到一點瑣碎的情報，增加一點點資料。最重要的，是為航太工業賺進大把鈔票。這才是計畫真正的目的。可惜艾德華並不了解，他們那一代的人都沒辦法真正了解……」

「了解什麼，小傑？」

「窗口已經快要關閉了。人類的窗口。我們地球上的時間。地球在整個宇宙裡生存的時間。時間已經快沒了。我想，我們只剩下最後一次真正的機會去尋找意義，去了解人類創造文明究竟有什麼意義。」他的眼皮又慢慢地眨了一下，兩下。他全身緊繃的力道已經快消耗光了。「為什麼挑中我們人類？為什麼人類滅亡的方式這麼怪異？這究竟有什麼意義？還有，究竟是什麼意義……究竟是什麼意義……」他抬頭看了我一眼。「他媽的你到底給我打了什麼藥，泰勒？」

「沒什麼，一點抗焦慮藥。」

「這就是你所謂的快速治療？」

「這不就是你要的嗎？」

「大概吧。我希望明天早上可以恢復正常。這就是我要的。」

「吃藥是治不好的。你要求我做的事，就像要我接上更高壓的電流，讓一條接觸不良的電線通電。短時間內也許有效，但那是靠不住的，而且機器零件會承受不了負荷。我非常希望能夠讓你明天完全不會發作。可是，我也很不希望你死在我手上。」

「如果你不想辦法讓我明天完全不會發作，那跟殺了我也沒什麼兩樣。」

我說：「我能夠給你的就是我的專業判斷。」

「你的專業判斷救得了我嗎？」

「我想我可以幫得上你。只有一點點。這一次，小傑，就這一次。不過，已經沒有太多轉圜空間了。你必須面對現實。」

「我們兩個人都沒有太多轉圜空間了。我們兩個人都必須面對現實。」

看到我打開醫藥箱，他鬆了一口氣，笑了一下。

§ § §

我回到家的時候，茉莉窩在沙發上，電視開著。她正在看一部最近很流行的小精靈電影。也可能是天使。電視螢幕上閃爍著模糊的藍光。我一進門，她就把電視關掉了。我問她，我不在的時候有沒有什麼事情。

「沒什麼。有人打電話給你。」

「哦，誰打來的？」

「傑森的妹妹。她叫什麼來著？對了，黛安。住在亞利桑納州那個。」

「她有說要做什麼嗎？」

「只是想聊聊。所以我就跟她聊了一下。」

「哦，妳們聊些什麼？」

茉莉把頭轉過去。在微弱的燈光下，我只看到她臉部的側影。她說：「我們在聊你。」

「我有什麼好聊的嗎？」

「有啊，我叫她以後不要再打電話來，因為你已經有新的女朋友了。我告訴她，從今以後電話都是我來接。」

我盯著她看。

茱莉露出牙齒，彷彿想裝出笑臉。「好了，泰勒，開玩笑你都當真。我只是跟她說你出去了。沒關係吧？」

「你跟她說我出去了？」

「是啊，我跟她說你出去了，不過我沒說你去哪裡，因為實際上你也沒有告訴我。」

「她有提到什麼緊急的事嗎？」

「聽起來好像沒什麼急事。你可以打過去問她呀。沒關係，你打啊……我不介意。」

她又在試探我。我說：「沒關係，以後再打。」

她臉色泛紅。她說：「那最好，因為我還有事情要你做。」

傑森滿腦子只記掛著艾德華．羅頓快來了，忘了告訴我基金會還有另外一個客人：羅麥思，現任的美國副總統。大選快到了，羅麥思的聲勢一路領先。

大門戒備森嚴，基金會中心屋頂的停機坪上停著一架直升機。看得出來那是「紅色警戒」的規格。上個月葛蘭總統來訪問的時候就是這種排場。我認識大門的警衛，他都叫我「大夫」。我每個月都會幫他檢查一次膽固醇指數。他偷偷告訴我，這次來的人是羅麥思。

我剛走進診所的大門就聽到廣播在呼叫我。茉莉今天沒來，坐在櫃台的是一個叫做露辛達的臨時僱員。廣播叫我到主管區傑森的辦公室。四名警衛陪我走到他的辦公室，然後就離開了。辦公室裡只剩下我們兩個人。我很怕他叫我再給他吃藥。昨天晚上幫他打針之後，他今天看起來好像完全恢復正常了。不過，只是暫時的。他站起來，朝我這邊走過來，攤開手好像在跟我炫耀，他的手已經不會抖了。他說：「小泰，你看，這都要感謝你。」

「不用謝。不過，我還是要再提醒你一次……我不敢擔保不會出問題。」

「我知道。只要熬得過今天就好。艾德華中午會到。」

「別忘了還有副總統。」

「羅麥思一早就來了。這個人是早起的鳥兒有蟲吃。他已經和我們的火星大使開會開了好幾個鐘頭了。等一下我還要帶他到園區裡繞一圈，跟大家握握手笑一笑。對了，講到這個，你現在有沒有空，萬諾文想跟你聊聊。」

「如果沒有人黏著他談國家大事，我當然可以陪他聊聊。」如果民調靠得住的話，下禮拜的總統大選，羅麥思可能會是贏家，而且是壓倒性的勝利。早在萬諾文還沒有到地球之前，小傑就已經開始在羅麥思身上下功夫了。羅麥思對萬諾文很有興趣。「你爸爸會跟你們一起去視察園區嗎？」

「會，不過那只是因為不讓他去他會很沒面子。」

「你有發覺什麼地方不對勁嗎？」

「不對勁的地方可多了。」

「你的身體還可以吧？」

「感覺還不錯。不過你這個醫生說了才算數。泰勒，我只要再熬幾個鐘頭就好。應該沒問題吧？」

他的脈搏跳得有點快，不過這還算正常。硬化的症狀有效控制住了。本來藥物可能會導致他情緒激動或是意識不清，不過，目前似乎看不出來。其實，他看起來容光煥發，情緒穩定，彷彿他的腦袋有一塊神智清明的空間，愉快而平靜。他把自己鎖在裡面。

於是，我就去找萬諾文。萬諾文不在房間裡。他已經被移送到那個小小的主管餐廳去了。那裡已經被警戒線隔離了，一群高大的安全人員圍在外面，每個人耳朵後面都塞著一條線圈。我經過保溫餐檯的時候，萬諾文抬起頭看到我了。那群安全人員圍過來把我擋住，他揮揮手叫他們走開。

他坐在一張玻璃面的桌子前面，我走過去坐在他對面。他盤子裡有一塊煎得太老的鮭魚排。他用叉子把魚排翻來翻去挑地方吃。他對我笑了笑，笑容很安詳。我坐在椅子上盡量縮著身體，讓自己看起來和他差不多高。我心裡想，為什麼沒有人幫他找一張可以升高的椅子呢？

不過，這裡的食物好像很對他的胃口。在基金會這段時間，他胖了不少。他那套西裝是幾個月前特別量身訂做的，現在已經把他的腹部繃得緊緊的。那件搭配的背心釦子忘了扣。他的臉頰也變圓了，不過還是一樣皺皺的，黑色的皮膚上有淺淺的溝紋。

我說：「聽說有人來看你。」

萬諾文點點頭。「已經不是第一次了。我在華盛頓和葛蘭總統見過好幾次面，副總統羅麥思也見過兩次。有人說，這次大選會把他送上總統寶座。」

「那倒不是因為他特別受人民愛戴。」

萬諾文說：「我不夠資格批評這位總統候選人。不過，他問的問題倒是很有意思。」

他似乎被副總統唬住了，我倒有點替他擔心。「他想扮演聖誕老公公的時候，當然是一臉慈祥。他這個副總統做得還相當有聲有色。可是他大半輩子都是國會裡最不受歡迎的人物，因為他在三任總統任內都擔任黨鞭。想過他這一關沒那麼容易。」

萬諾文笑了起來。「泰勒，你以為我還在上幼稚園嗎？你是擔心我會被你們的副總統利用嗎？」

「我不是說你天真，其實……」

「沒錯，在你們這裡我還算是個菜鳥，我確實沒辦法完全摸透你們政治圈裡的奧妙玄機。不過，我的年紀比羅麥思大很多，而且我自己也當過政治領袖。」

「真的？」

「當了三年。」他說。從他的表情，看得出來他相當自豪。「我是『冰風廣東』的農業部長。」

「哦。」

「『冰風廣東』政府的轄區涵蓋大部分的基里奧羅哲三角洲。不過，我的職位和你們的美國總統不一樣。農業部沒有核子武器可以揮霍。不過，我倒是揪出了幾個貪污的政府官員。他們偽造農作物的檢驗報告，虛報重量，把他們的差額賣給生產過剩的市場。」

「所以這是收取回扣的手段？」

「也可以這麼說吧。」

「所以說，你們五大共和國也是免不了會有人貪污？」

萬諾文猛眨眼睛，顯示出一種驚訝，像漣漪一樣擴散到整個臉上。「當然會。怎麼可能會沒有人貪污？為什麼那麼多地球人都認定火星人不會貪污？如果今天我是從地球上其他地區來的，例如法國、中國、德州，那麼，我談到賄賂、仿冒、竊盜這些事情的時候，大概就沒有人會大驚小怪了。」

「大概不會了。可是，火星和那些地方不一樣。」

「是嗎？既然你在基金會裡工作，你一定見過幾個當年到火星去的人，第一代的火星人。你知道嗎，跟你在一起會有一種奇怪的感覺。那些男男女女是我們火星人遠古的祖先，而你卻是他們同時代的人。他們是那麼神聖的人嗎？為什麼你會認為他們的子孫絕對不會犯罪？」

「那倒不是。不過……」

「不過這種錯誤的幻想幾乎無所不在。甚至連你給我的那些書，那些在時間迴旋之前就寫出來的書……」

「你看過那些書了？」

「是呀，我迫不及待地看完了，看得很過癮。這要謝謝你。可是，就連那些小說，那些火星人……」

「有些人物大概看起來有點像聖人……」

他說：「感覺很遙遠，很有智慧。看起來似乎很脆弱，實際上卻很有力量。古時候的人。泰勒，對我們來說，你們地球人就是古時候的人。古老的種族，古老的星球。我忍不住會覺得有點諷刺。」

我想了一下，然後說：「可是，難道連威爾斯的小說……」

「他寫的火星人在小說裡幾乎沒有現身。火星人是抽象的，殘酷無情，邪惡。沒有智慧但是很聰明。然而，你們好像有一句俗話說，天使與魔鬼是孿生兄弟。不知道我有沒有用錯成語……」

「但那些比較當代的小說……」

「那些故事非常好看。而且，至少故事的主角是人類。不過，我覺得真正精采的是故事裡的火星景觀，你不覺得嗎？可是，就連那些景觀也是可以任意改變，每一座沙丘後面都可以隱藏著意想不到的命運。」

「布萊伯利當然……」

「他寫的火星也不是火星。不過，我反倒覺得他故事裡描寫的俄亥俄州比較像火星。」

「我知道你的意思。你們也是人，火星也不是天堂。這我同意，不過這並不代表你就不會被羅麥思利用，變成他的競選工具。」

「我希望你明白，我完全了解這種可能。說得更正確一點，我認為那是必然的。顯然他們會利用我來謀取政治利益。只不過這樣一來，權力反而落到我手上了。我有權決定答應或是不答應，乖乖合作或是寧死不屈。我有權決定說實話。」他又咧開嘴笑了，露出一口非常整齊牙齒，雪白閃亮。「或是不說實話。」

「這整個計畫對你有什麼好處？」

他攤攤手。火星人也和地球人一樣喜歡做這個動作。「沒什麼好處。我是火星來的聖人。不過，我會很樂意看到複製體發射升空。」

「純粹只是為了追求知識？」

「儘管我的出發點是很高尚的，我也必須承認，至少我可以多了解一點時間迴旋的奧祕……」

「同時也挑戰假想智慧生物……」

他又開始眨眼睛了。「無論假想智慧生物是何方神聖，我衷心希望他們不要把我們的行動當成挑戰。」

「萬一他們認為是挑戰……」

「怎麼會呢？」

「如果他們認為這是挑戰，他們也會認為是地球人在挑戰，而不是火星人。」

萬諾文又眨了好幾下眼睛，然後又漸漸露出微笑，眼中有一種寵愛讚許的神色。「杜普雷醫師，沒想到你自己心眼也不少。」

「是啊，真不像火星人。」

「確實很不像。」

「那麼，羅麥思把你當成了天使的化身嗎？」

「這恐怕只有他自己才知道。他最後對我說的幾句話是這樣的……」說到這裡，萬諾文的牛津腔突然消失了。他開始模仿羅麥思的口氣，模仿得維妙維肖，彷彿冬季的海邊一樣兇猛冷酷：「萬諾文大使，能夠和你談話是我的榮幸。你的直言不諱，令我這個華盛頓的老手也感到耳目一新。」

真是驚人的模仿。真難以想像模仿的人過去這一年很少講英文。我告訴萬諾文我很驚訝。

萬諾文說：「我是個書蟲，從小就開始讀英文。讀是一回事，講是另一回事。不過，我確實有點語言天分。這也就是為什麼他們會派我來地球。泰勒，你能不能再幫我一個忙？你再多帶一些小說來給我看好不好？」

「恐怕火星人的科幻小說都被你看完了。」

「不是火星小說。隨便什麼小說都可以。隨便什麼小說，只要是你覺得很重要的，對你很意義的，讀起來愉快的，不管是哪一種小說都好。」

「一定有一大票文學教授會很樂意開書單給你。」

「我想也是。不過我想找的是你。」

「我不是專家。我只是喜歡看書，不過，我看書是很隨興的，而且大部分是當代的書。」

「那更好。其實我常常是自己一個人的，沒有你想像得那麼忙。我的房間住起來滿舒服的，可是，沒有經過嚴密的安排，我不能隨便離開那個房間。我不能出去吃東西，不能去看電影，不能到酒吧去跟人喝酒、聊天。本來我也可以叫那些警衛幫我找書，可是，要是他們找來的小說都是委員會審核批准的那一種，那就不是我想看的了。一本講真話的書就像是一個好朋友。」

這是到目前為止萬諾文最像是在抱怨的話，抱怨他在基金會裡的處境，在地球上的處境。他說，白天還算滿開心的，雖然想家，但陌生世界的新鮮感還是令他相當興奮。對他來說，地球永遠是一個陌生的世界。可是一到晚上，睡前的時刻，他會幻想著自己在火星上的湖邊散步，看著水鳥成群結隊掠過碧波蕩漾的湖面，盤旋翱翔。想像中，總是雲霧縹緲的午後，漫天的古老沙塵從諾亞其斯的沙漠隨風而來，把天空染成一片灰黃的光暈。他說，在夢境中，在縹緲的遐想中，只有他自己一個人。可是他知道，在巨石嶙峋的下一個湖灣，有人在等著他。也許是朋友，也許是陌生人，也許是他失去的家人。但他知道，他們會殷切地迎接他，拉起他的手愈靠愈近，最後擁抱在一起。然而，那只是一場夢。

他對我說：「當我讀著那些書，彷彿可以聽到他們的聲音在我心中迴盪。」

我答應再多帶一些書來給他，不過，現在有事情要忙了。餐廳門口那邊的警戒線起了一陣騷動，有一個安全人員走過來。他說：「他們請你到樓上去。」

萬諾文不再吃了。他開始從椅子上站起來。我告訴他下次再聊。

安全人員轉過來對我說：「還有你。他們要你們兩位一起過去。」

ᔕ ᔕ ᔕ

安全人員急吼吼地催促我們，把我們帶到傑森辦公室隔壁的會議室。小傑和好幾個基金會的部門主管已經在那邊等了。他們對面坐著政府的代表團，包括艾德華．羅頓，還有很可能會是下一任總統的羅麥思。大家的臉色都不太好看。

我看著艾德華．羅頓。自從我媽的葬禮之後，我就沒有再和他碰過面。他那種憔悴的模樣，已經開始會讓人懷疑他是不是生病了，彷彿他身體裡面什麼重要的東西已經流失了。他的白襯衫袖口漿得筆挺，手腕皮膚焦黃，骨瘦嶙峋。他的頭髮稀疏鬆散，梳理得很草率。但他的眼神很靈活。每當艾德華憤怒的時候，他的眼睛總是炯炯有神。

至於羅麥思只是看起來有點不耐煩。羅麥思到基金會來的目的，只是為了要和萬諾文拍照。等萬諾文正式在白宮亮相之後，這些照片就會公開發布。此外，他也要和萬諾文討論一下複製體計畫的策略。他已經準備要批准這項計畫了。而艾德華此行則是為了挽回他的名聲。他想盡辦法打入副總統的選前巡迴拜票活動，到目前為止還不肯放棄。

在基金會一個小時的行程中，艾德華不斷地提出質疑，不斷地冷嘲熱諷。幾乎傑森手下各部門主管說明的每一句話，艾德華都以警告的口吻挑剔一番。尤其當代表團繞過新蓋的培養槽實驗室時，艾德華更是炮火全開。人體冷凍部的主管珍娜．威利事後告訴我，每當艾德華爆出一個問題，傑森都從容不迫地一一反駁，彷彿事先已經沙盤推演過。如此一來，艾德華更是火上加油，怒不可遏。珍娜說，他看起來簡直就像是「瘋狂的李爾王痛罵不老實的火星人。」

萬諾文和我進來的時候，戰火還沒有結束。艾德華緊靠著會議桌身體向前傾，他說：「這是我的底線。這項計畫沒有前例可循，沒有經過測試，而且它所運用的科技是我們無法理解，無法掌握的。」

傑森笑了一下。他面對的人是他所尊敬的長輩，卻也是一個瘋狂暴怒的長輩，而他正在讓那個長輩難堪。在這種情況下，他的微笑實在禮貌得有點怪異。他說：「顯然我們所做的事情，沒有任何一件是完全沒有風險的，不過……」

這個時候，我們進來了。在場有一些人沒有見過萬諾文。他們看看自己，然後目不轉睛的盯著萬諾文，彷彿一群受到驚嚇的小綿羊。羅麥思清了清喉嚨說：「各位，很抱歉，現在我必須和傑森以及剛進來的兩位私下聊一聊，可否麻煩各位？幾分鐘就好。」

所有的人乖乖排成一列走出去，包括艾德華。然而，他的表情看起來並沒有挫敗感，反而有點洋洋得意。

門關上了。會議室裡的空氣凝成一片軟綿綿的死寂，像初冬的雪花一樣飄落在每一個人身上。羅麥思沒有先跟我們打招呼就直接問傑森：「我知道你先前提醒過我，可能會有人開砲。可是……」

「我知道這不好應付。」

「我不希望艾德華出局之後還在外面放冷箭。也許可能性不大。不過，他沒有辦法對我們造成真正的打擊，除非……」

「除非艾德華講的話都沒有事實根據。這我可以保證，他只是在無的放矢。」

「你覺得他已經老得不中用了嗎？」

「他還沒有糊塗到那個地步。不過，他的判斷力有沒有問題呢？我覺得有問題。」

「不過，你也知道他的攻擊兵分兩路。」

這是我第一次和總統坐這麼近。或者說，未來的總統。羅麥思還沒有當選，不過，他要進白宮只差一道行政手續了。目前還是副總統的羅麥思看起來有一點嚴厲，有一點陰沉。跟葛蘭總統那種德州式的精力充沛比起來，他就像崇山峻嶺的緬因州一樣氣象森然。他那副模樣很適合參加國葬。競選期間，他努力練習要多多微笑，可是笑起來還是很僵硬。有一些政治諷刺漫畫喜歡誇大他皺著眉頭、下唇突出的樣子，彷彿他剛剛把一句罵人的話吞回去。他的眼神冷得像麻州鱈魚角的冬天。

「兵分兩路。你說的是我父親暗示我的健康有問題。」

羅麥思嘆了口氣。「老實說，在複製體計畫是否可行這方面，你父親的批判沒什麼分量。他的觀點微不足道，大概也就到此為止了。可是，沒錯，我必須承認，他今天告訴我的事情是有點麻煩。」他轉過頭來看著我。「這就是為什麼我要找你來，杜普雷醫師。」

這個時候，傑森緊盯著我。他說話小心翼翼，口氣盡量保持中立。「艾德華似乎對我有很嚴厲的指控。他說……他是怎麼說地？他說我的腦部有致命的病變……？」

羅麥斯說：「一種無法治療的神經退化，會干擾傑森的行動能力，導致他無法再監督基金會的運作。杜普雷醫師，你有什麼看法？」

「我想這個問題傑森自己可以說明。」

小傑說：「我已經說明過了。我已經向羅麥思副總統說明過我多發性硬化症的病情。」

這個毛病並非真正的問題所在。小傑是在暗示我。我清了清喉嚨，然後說：「多發性硬化症沒辦法完全治好，但除了控制病情之外，還有很大的改善空間。目前，多發性硬化的病人和任何一個普通人一樣，壽命差不多，行為能力也差不多。也許小傑不太願意談他的病情。那是他的權利。不過，多發性硬化症實在沒什麼好難為情的。」

這個時候，小傑很嚴厲地瞪著我。我搞不懂他是甚麼用意。羅麥思說：「謝謝你。」他口氣冷冰冰的，「謝謝你提供的資料。除此之外，你認不認識一位馬斯坦醫師？大衛・馬斯坦？」

我愣了一下說不出話。那暗藏凶險的片刻彷彿捕獸夾銳利森然的鋼齒，稍有遲疑就萬劫不復。

我趕快說：「是的。」可能回答得有點慢，短短的一瞬間。

「馬斯坦醫師是一位神經專科醫師，對不對？」

「是的。」

「你從前有找他諮詢過嗎？」

「我諮詢過很多專科醫師。這是醫生工作的一部分。」

「我會這樣問，是因為艾德華告訴我，你打電話給馬斯坦，跟他研究傑森的病情，說是嚴重的神經失調。」

我終於明白剛剛小傑為什麼會狠狠地瞪著我。有人走漏消息給艾德華。很親近的人。但那並不是我。

我不敢去想那個人會是誰。「不管是哪個病人有多發性硬化症的症狀，我都會去諮詢。我管理的基金會診所做得還不錯，不過，我們這裡的診斷設備不夠。馬斯坦在醫院裡可以用得到比較完善的設備。」

我覺得羅麥思看得出來我在迴避問題，但他把燙手山芋又丟回給小傑。「杜普雷大夫說的都是真的嗎？」

「當然是真的。」

「你信任他嗎？」

「他是我的私人醫師，我當然信任他。」

「我有話就直說了，別介意。我希望你身體健康，但我根本不在乎你有什麼毛病。我在乎的是，你究竟有沒有能力當我的靠山，達成我的需求，把這個計畫執行完成。你辦得到嗎？」

「只要有經費，總統先生，絕對沒問題。」

「萬諾文大使，你的看法呢？你會不會覺得有風險？對於基金會的未來，你是否有什麼顧慮或疑問？」

萬諾文翹起嘴巴，露出七分的火星式微笑。「我沒有任何顧慮。我百分之百信任傑森・羅頓。此外，我也信任杜普雷大夫，他也是我的私人醫師。」

他最後那句話，我和傑森聽了都嚇了一跳，但似乎令羅麥思相當滿意。他聳聳肩。「沒事了，很抱歉扯到這個問題。傑森，但願你身體能夠保持健康。我剛剛問問題口氣不太好，請不要介意。不過，艾德華都已經出手了，我總得應付一下。」

小傑說：「這我了解。可是艾德華……」

「不用替你父親擔心。」

「我不想看到他太沒面子。」

「他會悄悄地出局，不會驚動任何人。我想，那是必然的結局。如果他還是不肯善罷干休，想把事情鬧大……」羅麥思聳聳肩。「在這種情況下，但恐怕就要換別人來質疑他腦子有沒有問題了。」

傑森說：「當然，我們都希望沒有必要走到這個地步。」

ᘓ ᘓ ᘓ

接下來那一整個小時我都待在診所裡。整個早上茉莉都沒有來，掛號的工作都是露辛達在辦的。我跟她說了聲謝謝，然後告訴她下午可以休息了。我想打幾個電話，但我不想用到基金會的電話系統。

我在那邊等。後來，等到羅麥思的直升機飛走了，他的隨扈車隊也從大門離開了，我才開始把書桌清理一下，開始思考接下來要做什麼。我的手似乎有點發抖。那不是多發性硬化症，也許是憤怒吧。極端的憤怒，痛苦。我只想診斷痛苦，不想自己體驗痛苦。我翻著診斷統計手冊的目錄，想把痛苦埋在裡面。

我經過櫃台前面，正打算要出去的時候，傑森從門口走進來。

他說：「我想謝謝你，還好這次有你挺我。我想，這代表馬斯坦的事情不是你去告訴艾德華的。」

「小傑，我不會幹這種事。」

「我相信。但還是有個人去告密了。問題出來了。我去看神經專科醫師的事，有幾個人知道？」

「你，我，馬斯坦，還有馬斯坦辦公室裡的人……」

「馬斯坦不知道艾德華在找麻煩。他辦公室的員工也不知道。艾德華一定是從我們身邊的人查到馬斯坦這號人物。如果不是你，不是我……」

我知道他想說誰。茉莉。

「沒證據我們不能冤枉她。」

「你當然會這樣講。跟她睡覺的人是你。我去找馬斯坦的事，你有做紀錄嗎？」

「辦公室裡沒有。」

「家裡呢？」

「有。」

「你拿給她看過？」

「當然沒有。」

「也許她偷看了那些紀錄，而你卻沒有發現。」

「大概吧。」我心裡想，絕對是。

「她不在這裡，沒辦法問她。她有打電話來請病假嗎？」

我聳聳肩。「她根本沒打電話來。露辛達想聯絡她，可是她的電話沒有人接。」

他嘆了口氣。「我不是真的怪你，可是泰勒，你不得不承認，在這件事情上，你的判斷真的很有問題。」

「我會處理。」我說。

「我知道你很火大。你覺得自己受傷害了，很生氣。我不希望你氣沖沖地出去幹傻事，把事情搞得更糟。不過，我要你好想一想，你在這個計畫裡的立場是什麼，你站在哪一邊。」

「我知道自己站在哪一邊。」我說。

我從車上打電話給茉莉，但她還是沒接。我開到她家裡去。天氣很溫和。她住的那棟樓不高，外牆是灰泥塗料，草皮的灑水器噴著水霧，整棟樓看起來灰濛濛的。花園裡的土飄散著一股菌類植物的氣味，飄進我車子裡。

我沿著來賓停車場繞圈子，忽然看到茉莉站在一輛搬家公司破舊的白色拖車後面，正忙著疊箱子。那輛拖車連結在她那部三年的福特車後面。我把車子停在她面前。她看到我，嘴裡好像說了什麼。我聽不清楚，但從她的嘴形看得出來好像在說「慘了！」不過，我從車子裡出來的時候，她並沒有畏縮。

她說：「你不能停在這裡！你擋到出口了。」

「妳要去哪裡嗎？」

茉莉把一個紙箱放到拖車波紋形的地板上。紙箱上面寫著「盤子」。她說：「你看我像在幹什麼。」

她穿著一條棕色的休閒褲，一件丁尼布襯衫，頭髮上綁了一條手帕。我一靠近她，她就往後退了三步，顯然很害怕。

「我不會傷害妳。」我說。

「你想幹什麼？」

「我想知道是誰收買妳的。」

「我不知道你在說什麼。」

「是艾德華親自找妳的，還是他的手下？」

「狗屁。」她說。她在盤算自己和車門的距離有多遠。「泰勒，讓我走。你到底想怎麼樣？你問這個幹什麼？」

「是妳自己自告奮勇找上門的，還是他先打電話給妳的？這件事情是什麼時候開始的，茱莉？妳是為了收集情報才和我上床，還是妳第一次跟我約會之後才臨時起意？」

「去你的。」

「他給了妳多少錢？我想知道自己值多少錢？」

「去你的。那又怎麼樣？我不是……」

「不要告訴我妳不是為了錢。我的意思是，不要告訴我妳是為了什麼原則。」

「錢就是原則。」她用手擦擦褲子，把灰塵擦掉。她看起來比較不害怕了，開始有一點挑釁的姿態。

「茱莉，妳想用這些錢去買什麼？」

「我想買什麼？這個世界上只有一件事情是重要的，每個人都想買的。那就是死得痛快。死得乾乾脆脆，死得痛痛快快。有一天早上，太陽會出來，而且會愈來愈熱，一直到整個天空都是火。泰勒，很抱歉，我想去一個比較舒服的地方生活，等世界末日那一天來臨。自己一個人在某個地方。我會盡量讓這個地方愈舒服愈好。當世界末日那一天早晨來臨的時候，我希望自己能夠有一瓶很貴的藥，讓自己舒舒服服地走到終點。我希望別人開始尖叫的時候，我已經睡著了。真的，泰勒。這就是我要的。在這個世界上，這才是我真的真的唯一想要的。而且，我要謝謝你，謝謝你讓我夢想成真。」她很生氣地皺著眉頭，但眼中卻流出一滴淚水，沿著臉頰流下來。「麻煩你移一下你的車子。」

我說：「一間舒服的房子，一瓶藥丸？妳就為了這麼點錢出賣我？」

「沒有人可以照顧我。只有我能照顧自己。」

「聽起來有點悲哀，我還以為我們可以互相照顧。」

「那就代表我必須信任你。講得不客氣一點，看看你，你這一輩子都在等待答案，等待救世主，要不然就是永遠懸在半空中。」

「茉莉，我只是想保持理性。」

「噢，我知道。如果理性是一把刀子，我的血早就流光了。可憐的理性的泰勒。不過我已經猜出你心裡在想什麼了。你是在報復，對不對？你每天都穿著聖人的衣服，打扮出一副聖人的樣子。這個世界讓你失望，所以你要報復。這個世界沒有給你想要的東西，所以，你也就什麼都不肯給這個世界。你只能給全世界一點同情，給全世界吃阿斯匹靈。」

「茉莉……」

「不要跟我說你愛我，因為我知道那是鬼話。你根本分不清楚什麼是愛，什麼是表現出愛的樣子。謝謝你挑上我，不過你也可能會挑上任何人。泰勒，你信不信，不管你挑的人是誰，結果都會是同樣地令人灰心。」

我轉身走回自己的車子，有一點心神不寧。倒不是因為被茱莉背叛而感到震驚，而是因為我們會是這樣的結局。我們之間的親密一夕之間完全被抹滅，彷彿股票市場崩盤後的散股。後來，我又轉身走向茱莉。「那妳呢，茱莉？我知道妳打聽情報是為了錢。可是，妳是為了打聽情報才和我上床的嗎？」

她說：「我和你上床，是因為我很寂寞。」

「妳現在還寂寞嗎？」

「我永遠都很寂寞。」

我開車走了。

分秒必爭

總統大選快到了。傑森想利用這段時間來做掩護。

「把我治好。」他曾經說過。而且他認定有一個方法可以辦到。那有點像是某種偏方，沒有經過藥物食品管理局的核准。但那種治療方法已經經歷過長時間的驗證。他話講得很清楚，不管我願不願意合作，他都要把握這個機會。

茉莉幾乎剝奪了對他很重要的一切事物，而我也只好替她收拾殘局。我答應幫忙。我想到當年艾德華曾經對我說：「我希望你能夠照顧他，我希望你能夠發揮判斷力。」想起來會覺得有點諷刺，這就是我現在做的嗎？

再過幾天就是十一月大選了，萬諾文向我們簡單說明了整個程序和隨之而來的風險。

想和萬諾文碰面討論並不是一件容易的事。麻煩的倒不是像蜘蛛結網一樣圍在他身邊的那些警衛，儘管他們也不好溝通。真正麻煩的是那群研究人員和專家。他們彷彿一群採食花蜜的蜂鳥，拚命挖掘萬諾文帶來的火星資料庫。這些人都是聲譽卓著的學者。他們接受過聯邦調查局和國安部的身家調查，宣誓保密，至少在短時間內。萬諾文帶到地球來的資料庫裡蘊藏著火星人的智慧，徹底迷住了那批學者。根據統計，那五百多個數位檔案涵蓋了天文學、生物學、數學、物理學、醫學、歷史和科技，每個檔案的內容有一千頁。其中有不少知識已經凌駕了地球的水準。就算我們有時間機器，能夠將整座亞歷山大圖書館的收藏挖掘出來，恐怕也無法引起更大的學術探索熱潮。

他們必須在萬諾文正式露面之前完成工作，所以承受的壓力很大。在外國政府開始要求分享資料庫之前，聯邦政府希望他們至少能夠先整理出資料庫的簡要目錄。資料庫所使用的語言很接近英文，但裡面有一些火星科學符號。國務院打算過濾整個資料庫，把過濾後的備份交給外國政府。這些備份檔案將會刪除掉一些可能有價值或有危險的科技，或是只列出大綱。原始的完整內容將列為最高機密。

萬諾文是唯一能夠解釋火星檔案漏洞的人，因此，這群學者為了想霸占萬諾文的時間，互相爭奪，互相猜忌。好幾次，我被那些溫文儒雅卻又歇斯底里的男男女女趕出萬諾文的房間，因為他們要求十五分鐘的討論時間。他們有的是「高能物理小組」，有的是「分子生物小組」。萬諾文偶爾會介紹那些人給我認識，只不過他們個個都臭著一張臉，特別是醫學小組的負責人。當萬諾文公開宣稱我是他的私人醫師時，那位負責人幾乎緊張到瀕臨「心動過速」的程度。

不過，為了讓那些人釋懷，小傑暗示說我只是「社交訓練課程」的一部分，在政治活動和科學工作之外，協助萬諾文習慣地球上的社交禮儀。而我也向那個醫學小組的負責人再三保證，沒有她的直接參與，我絕對不會對萬諾文做任何治療。那些研究人員開始議論紛紛，說我是一個投機份子，蠱惑萬諾文，藉此打入核心圈子。萬諾文公開露面之後，我會簽下一份條件優渥的出書契約。流言自然而然地傳開了，而我們也不做任何澄清。這些流言有助於我們達到目的。

閱讀藥學的資料庫比我預期中要容易得多。萬諾文帶到地球來的是整套的火星藥典。他說，裡面的內容都是地球上沒有的，也許有一天他自己生病了，也需要查詢藥典來治療。他降落在地球的時候，太空船上的藥品都被沒收了，不過，當他大使的身分確定之後，政府就把那些藥品還給他了。政府必然已經從那些藥品中採取了樣本，不過，萬諾文很懷疑，光憑一些簡陋的分析，真的有辦法找出這些高科技藥品的用途嗎？萬諾文拿了幾瓶未加工的藥水給傑森。傑森利用主管特權的掩護，將那些藥材偷偷夾帶出基金會。

萬諾文跟我簡單說明了使用的劑量、時間、禁忌，還有潛在的後遺症。看到那一大串使用後的危險，我有點緊張。萬諾文說，即使在火星上，轉化到第四年期的死亡率高達百分之零點一，而傑森的狀況又因為非典型多發性硬化症而變得更複雜。

可是，如果不接受生命延長醫藥處理，傑森的下場會更悲慘。所以，不管我同不同意，他都會做到底。從某個角度來看，開處方的醫生是萬諾文，而不是我。我的角色只是觀察這整個過程，處理一些意外的副作用。這樣想，我就比較不會良心不安了。不過，萬一哪天上了法庭，我也很難拿這個理由替自己辯護。也許開處方的是萬諾文，但是把藥注射到傑森體內的人卻是我。

實際動手的人會是我。

到時候，萬諾文根本不會和我們在一起。小傑已經預先請了三個禮拜的假，從十一月底到十二月初。到那個時候，萬諾文已經成為全球矚目的焦點，家喻戶曉的人物了。每個人都會知道他的名字，雖然他的名字聽起來有點怪。萬諾文將會在聯合國發表演說，接受全球各國的友好問候。那些前來致意的領袖也不乏雙手沾滿血腥的獨裁者、回教大師、總統、首相。那段時間，傑森正好在經歷痛苦的煎熬，汗流浹背，噁心嘔吐，邁向健康之路。

我們必須找一個地方躲起來，以免藥效發作的激烈反應引人猜疑，而我在照顧他的時候也不會引人側目。但那個地方也不能太偏僻，緊急的時候必須可以叫得到救護車。那個地方必須很舒服，很安靜。

傑森說：「我知道一個很理想的地方。」

「哪裡？」

他說：「大房子。」

我忍不住笑起來，卻發現他不是在開玩笑。

ઙ　ઙ　ઙ

羅麥思到基金會巡視之後，茉莉也離開了。無論艾德華．羅頓答應給她多少錢，她應該已經拿到了。可能是艾德華本人，也可能是委託私家偵探交給她的。一個星期之後，黛安又打電話來了。

當時是禮拜天下午，我一個人在公寓裡。那天天氣很好，陽光普照，可是我卻把百葉窗放下來。

一整個禮拜，我一邊忙著在基金會的診所裡看病，一邊偷偷摸摸跟萬諾文和小傑討論。然而，到了周末，我卻發現自己陷入一片空虛。我心裡想，忙是一件好事，因為，人一忙起來，就會淹沒在每天沒完沒了的麻煩事裡，但你至少還搞得懂那是什麼麻煩。忙碌會趕走痛苦，使你忘記悔恨。每天重複機械式的動作，那樣的生活可以讓人活得比較健康，至少是一種拖延戰術。很有效，不過，唉，卻也是暫時的。早晚那些嘈雜的聲音會消失，人群會散去，而你回到家，面對著燒壞的電燈泡，面對著空蕩蕩的房間，面對著凌亂的床鋪。

那種感覺很難受。我甚至不知道自己應該有什麼樣的感覺。我心中的痛苦五味雜陳百感交集，彼此矛盾互相衝突，不知道應該先去感覺哪一種痛苦。「沒有她你會比較好過。」小傑跟我說了好幾次。他說得對，但也是陳腔濫調：沒有她你會比較好過。如果我搞得懂她，我才會更好過。茉莉究竟是在利用我，還是在懲罰我利用了她？我對她的愛是冷淡的，甚至有點虛偽，而她卻為了利益冷酷地捨棄了我的愛。我們兩個人是不是誰也不欠誰？如果搞得懂這一切，我會更好過。

電話鈴響的時候，我覺得有點不自在。當時，我正忙著把床單從床墊上剝下來，捲成一團抱到洗衣間去，倒了一堆清潔劑，一大桶滾燙的熱水，打算把茉莉的味道洗掉。做這種事情的時候，你一定不希望有人打擾，因為那又會讓你感覺到有那麼一絲絲的不自在。但我天生就是那種有電話就一定要接的人。我接了電話。

「泰勒嗎？」黛安說。「是你嗎，小泰？你自己一個人嗎？」

確實只剩下我一個人了。

「太好了，真高興我終於找到你了。我想告訴你我們要改電話號碼了，而且不會登記在電話簿上。我是怕你要找我的時候找不到人……」

她唸了一個號碼，我隨手拿了一張紙巾把號碼寫在上面。「妳為什麼不登記電話號碼？」她和賽門平常都只用普通的室內電話，不用手機。我猜那也是一種對神的虔誠懺悔，就像穿毛衣和吃全粒穀類一樣。

「第一個原因是，艾德華一直打電話來騷擾，好幾次他半夜打電話來教訓賽門。坦白說，他的聲音聽起來好像有點醉了。艾德華痛恨賽門，打從一開始就痛恨。不過，自從我們搬到鳳凰城之後，他就沒有再跟我們聯絡了。現在他又打來了。不聯絡雖然有點傷感情，但像現在這樣反而更受不了。」

黛安的電話號碼一定也是茉莉偷的。她從我電腦裡的生活雜務管理程式看到黛安的電話號碼，然後抄下來交給艾德華。這件事我沒辦法跟黛安解釋，因為那會違反我的保密協定。同樣地，我也不能提到萬諾文或是複製體計畫。不過，我倒是告訴她，傑森和他爸爸為了爭奪基金會的控制權，兩個人起了衝突，結果傑森贏了。也許就是這件事令艾德華很煩躁。

黛安說：「有可能。才剛離婚就碰到這種事。」

「誰離婚了？你是說艾德華和卡蘿嗎？」

「傑森沒告訴你嗎？自從五月以後，艾德華就一直自己租房子住在喬治城。離婚協議還沒有談完，不過，卡蘿應該會分到大房子，清潔管理費用由艾德華支付。其他的一切歸艾德華所有。離婚是艾德華提出來的，不是卡蘿。這大概也不難懂。幾十年來，卡蘿一直沉迷在酒精裡。她這個媽媽做得不怎麼樣，做艾德華的太太也不怎麼像樣。」

「妳是說妳也贊成嗎？」

「也不能說是贊成。我對艾德華的觀感還是沒有改變。他是個很差勁、對孩子漠不關心的爸爸。至少對我是這樣。我不喜歡他，也不在乎自己是不是應該喜歡他。另一方面，我也不怕他，不像傑森那樣怕他。傑森把他當成是改變歷史的工業巨人，華盛頓權力高峰呼風喚雨的人物……」

「他不是嗎？」

「他是很成功，很有影響力。可是小泰，這一切都是相對的。全國至少有上萬個像艾德華．羅頓這樣的人。如果不是當年他爸爸和叔叔拿錢資助他創業，也就不會有今天的艾德華……而且，我相信他們拿錢幫他只是為了想逃稅，沒安什麼好心眼。不過，艾德華還是有他自己的一套。當年，時間迴旋的出現打開了一扇機會之門，而他也抓住了那個機會。因為這個緣故，那些大權在握的人才注意到他這號人物。然而，在那些大人物眼裡，艾德華只不過是個暴發戶。他骨子裡根本就不是耶魯、哈佛名校的血統，跟那些人不是同一國的。所以，也不會有人幫我辦上流階層的社交舞會。在這個社區裡，我們只是窮人家的孩子。我的意思是，這是好社區，可是還是有分傳統權貴階層和經濟新貴階層。而我們當然就是經濟新貴階層。」

我說：「看起來大概不一樣吧，至少從草坪對面我們家看起來不一樣。卡蘿還好嗎？」

「卡蘿還是老樣子，靠酒瓶過日子。那你呢？你和茉莉還好嗎？」

我說：「茉莉已經走了。」

「走了是甚麼意思？她是去買東西嗎？還是……」

「走了就是走了。我們分手了。我沒有比較婉轉的說法。」

「那真是不幸，泰勒。」

「謝了，不過那樣最好，大家都這麼說。」

「賽門和我還過得去。」雖然我沒問，她還是說了，「教會的事讓他很煩心。」

「教會裡又在搞鬥爭了嗎？」

「約旦大禮拜堂現在碰到一些法律上的麻煩。詳細的情況我不是很清楚。我們並沒有直接牽涉進去，不過賽門很不好受。你真的沒事嗎？你的聲音聽起來啞啞地。」

我說：「總會過去地。」

ꕥ ꕥ ꕥ

大選前那天早上，我收拾了幾箱行李，裡面裝了一些洗好的衣服、幾本科幻小說，還有我的診療用具包。我開車到傑森家去接他，準備北上開到維吉尼亞州。小傑還是喜歡名車，但我們一路上必須低調一點，不能太招搖。所以，我們還是決定開我的本田，而不是他的保時捷。這些日子，開保時捷上州際公路不太保險。

葛蘭總統執政這段期間，那些年收入美金五十萬以上的人日子非常好過，可是對其他人來說，日子就難過了。這一點，從公路上就可以很明顯看得出來。大型活動倒閉了，夾在中間的是一長排廉價量販賣場。停車場上擠滿了沒有輪胎的報廢汽車，流浪漢就住在裡面。公路上的小鎮一片荒涼，只剩下「史塔奇」便利商店還在營業，警車躲在路邊抓超速。這大概是小鎮唯一的收入來源了。路邊有一些州警局設立的警告牌，上面寫著「夜晚禁止逗留」，或是「任何人打緊急報案電話，警方將會先查證號碼，才會立即馳援」。公路搶劫過度猖獗，路上小型車的流量只剩下一半了。一路上我們看到的車子，多半是破破爛爛的十八輪大卡車，或是各軍事基地的迷彩軍用卡車。

一路上，我們都不談那些，也不談選舉。選舉沒什麼好談的，因為結果已經很明顯了。羅麥思的民調遙遙領先另外兩個主要候選人，還有三個沒什麼分量的候選人。我們也不談複製體計畫或萬諾文，當然更不會談艾德華．羅頓的事。我們談的是小時候的事，最近看了哪些書不錯。大部分的時間，我們甚至靜靜地不講話。我先前已經把很多音樂下載到儀表板的音響系統記憶體，大部分是那種有稜有角很另類的爵士樂。我知道小傑喜歡這種音樂。例如，查理．帕克，瑟隆尼斯．孟克，桑尼．羅林斯。很久以前，他們就已經探測出大眾音樂和明星音樂之間的空間。

黃昏的時候，我們已經到了大房子。

屋子裡燈火通明，大大的窗戶透出奶油般金黃的光，對映著天空的燦爛彩霞。今年的大選季節天氣很冷。卡蘿．羅頓從門廊走下來接我們。她嬌小的身上披著旋渦形呢毛的圍巾，穿著一件針織毛衣。她看起來滿清醒的。這一點，從她步伐穩健的樣子就可以看得出來，雖然感覺上有點刻意。

傑森慢慢地伸開四肢，小心翼翼地從右邊的座位站出來。

小傑的症狀似乎沒有明顯發作，和最近這幾天差不多。只要費點勁，他就能夠讓自己看起來完全正常。可是，我們一回到大房子，他整個人就完全放鬆了，不再裝了。他經過玄關走到餐廳的時候，身體歪歪的。家裡的佣人都不見了。卡蘿已經安排好，這幾個禮拜，家裡只會有我們幾個人。不過，為了怕我們到家的時候肚子會餓，廚子還是留下了一大碟冷盤肉和青菜。傑森整個人攤在椅子上。

卡蘿和我也坐下來陪他。上次看到卡蘿是在我媽的葬禮上，現在她看起來明顯老了很多。她頭髮變得很稀疏，隱隱約約看得到粉紅色的頭皮，看起來有點像猴子。我扶著她手臂的時候，感覺像是衣服的絲綢底下包著一根細細的乾木柴。她的臉頰很消瘦，眼中閃爍著一種銳利而緊張的渴切。那是酒鬼的眼神，只是現在暫時戒酒了。我對她說，很高興看到她，她有點悲傷地笑了笑。「謝謝你，泰勒。我知道自己現在有多難看，就像電影『日落大道』裡面的葛蘿莉亞・史璜生。非常感謝，不過現在不要幫我拍特寫。」我聽不懂她在說什麼。「不過我還受得了。傑森怎麼樣了？」

「還是老樣子。」我說。

「你很會甜言蜜語騙人。不過我知道……呃，也不能說我全都知道。不過，我知道他生病了。他沒有跟我說很多。我還知道，他正在等你來幫他治療。你要用的是一種偏方，不過很有效。」她把手臂從我手中抽開，凝視著我的眼睛。「你要用在他身上的藥，會有效的，對不對？」

我心裡緊張得不知道要說什麼，只好說：「對。」

「他要我答應他不要問問題。我心裡想，應該不會有事。傑森很信任你，所以我也很信任你。雖然當我看著你的時候，感覺上很像看著當年住在草坪對面的那個小男生。不過，當我看著傑森的時候，感覺也像是看到一個小孩子，失蹤多年的孩子……我甚至想不起來他們是在哪裡走失的。」

ꕥ ꕥ ꕥ

那天晚上我睡在大房子的一間客房裡。當年住在庭院裡的時候，那個房間我從來沒有進去過，只是偶然從走廊經過的時候瞄了一眼。

整個晚上我只睡了一下，其他的時間我躺在床上人卻很清醒，腦海中盤算著，和傑森到這裡來，自己有沒有觸犯什麼法律。傑森把火星人的藥從基金會園區裡偷運出來，觸犯的究竟是哪一條法律或法案，我並不清楚。不過，我很清楚自己已經變成共犯了。

第二天早上，傑森盤算著應該把那幾個瓶子藏在什麼地方比較好。那幾個瓶子是萬諾文交給他的，裡面裝著清澈透明的液體，夠四、五個人用了。我們要出發的時候，他跟我解釋為什麼要帶這麼多瓶。他說：「以防萬一。要是有個行李箱掉了也不怕。就像備胎。」

「你是擔心有人會來搜查嗎？」

我腦海中忽然浮現出一個畫面。聯邦政府的安全人員穿著生化防護衣，把大房子的階梯擠得水泄不通。

「當然不是，不過，防患於未然也不見得是什麼壞事。」他很認真地看著我，眼睛每隔幾秒鐘就會向左邊抖一下。症狀又出現了。「你是不是有點擔心？」

我說，如果那些備用的藥不需要冷藏的話，我們可以藏在草坪對面的小房子裡。

「萬諾文說，除非是熱核子爆炸那樣的高溫，否則它們的化學結構非常穩定。不過，如果他們要搜索大房子，範圍會涵蓋整個庭院。」

「我不知道他們會怎麼搜索，我只知道有個好地方沒有人找得到。」

傑森說：「帶我去看看。」

於是，我們從草坪走過去。傑森跟在我後面，身體有一點搖搖晃晃。中午剛過沒多久，今天是大選的日子。不過，走在兩棟房子中間這片草坪上，感覺上只是秋天裡一個普通的日子，尋常的一年。圍繞著溪邊的那片林地裡傳來一聲鳥啼，開頭很嘹亮，結尾的時候卻有點不乾脆。然後，我們走到我媽房子的門口。我用鑰匙打開門，屋子裡是一片深沉的寂靜。

每隔一段時間就會有人來打掃這間房子，清清灰塵。不過，自從我媽去世之後，房子就一直關著很少有人進來。我一直沒有回來整理她的遺物，而我們家也沒有別的親人了。卡蘿寧願讓房子保持原狀，不想有什麼變動。然而，你卻可以感覺到時間的存在。很明顯。時間一直盤踞在這裡，時間把這裡當成它的家。客廳裡有一股密封了很久的味道。長年沒有使用的家具，發黃的紙張，塵封多年的布料纖維，這一切彷彿都滲出一股原始材料的氣味。卡蘿後來告訴我，冬天的時候，她在屋子裡開了暖氣，以免水管結冰。夏天的時候，她會把窗簾遮起來擋太陽。今天有點涼，屋裡屋外都一樣。

傑森跨過門檻的時候，身體在發抖。整個早上他的步伐都很零亂，所以他把那些備用的藥交給我拿著。他要用的已經留在大房子裡了。那些裝著藥水的玻璃瓶放在一個泡綿襯裡的皮製手提袋裡，整個重量大概是兩、三百公克。

他有點不好意思地說：「就連她還在世時候，我都沒有進來過。這還是我第一次進來這裡。說我很想念她，聽起來會不會有點蠢？」

「不會啊，怎麼會蠢呢？」

「小時候我就注意到她是第一個對我好的人。只要貝琳達・杜普雷一走進大房子裡，你就會感到一陣溫暖慈祥跟著她進來了。」

我帶著他走過廚房，來到一扇只有半個門高的小門，門後面就是地下室。羅頓家庭院這棟小房子是模仿新英格蘭風味的農舍蓋成的，不過也可能是設計的人自以為是的新英格蘭風味。走進地下室，頭頂上是一片粗糙的水泥天花板，矮到傑森必須彎著腰跟在我後面。空間很狹小，只容得下一座暖氣爐，一台熱水器，一台洗衣機，還有一台烘乾機。這裡的空氣更冷，還有一股潮濕的礦坑味。

我趴到暖氣爐金屬板後面的角落裡。那裡是一個布滿灰塵的死角，就連專業的清潔工人都很容易忽略。我告訴小傑，這裡有一小片裂開的石牆，用一點技巧就可以把它撬開，然後，你會看到松木柱和牆底中間有一條小溝。

小傑說：「很有意思。」他站在我後面一公尺的地方，隔著那個笨重的暖氣爐。「泰勒，你在裡面藏了什麼東西？過期的男性雜誌？」

小時候，我在這裡藏了一些心愛的玩具。倒不是因為怕被人偷走，而是因為好玩，藏起來，全世界只有我一個人找得到。後來，我開始藏一些比較青春期的東西，例如，寫給黛安的日記和信件。有一陣子，我曾經想對黛安吐露愛意，就把那種感覺寫在日記裡，寫信給她。那些信從來沒有寄出去，甚至沒有寫完。當然，我不想坦白告訴傑森，我還藏了一些別的東西，例如，我從色情網站上列印出來的一些無聊的圖片。其實，很久以前，這些年輕時候犯罪的小祕密早就被我丟光了。

「應該帶把手電筒來的。」小傑說。天花板上只有一顆小燈泡，光線太微弱了，看不清楚那個結滿了蜘蛛網的死角。

「我記得保險絲箱旁邊的桌子上有一把。」真的還有。我從小溝那邊爬出來一下子，從傑森手上接過手電筒。手電筒裡的電池已經快沒電了，射出來的光線很黯淡，彷彿有水氣，霧濛濛的。不過已經夠亮了，我根本不必摸半天，很快就找到那塊鬆掉的石牆。我把那塊石牆移開，然後把那個手提袋塞進去，然後再把石牆移回原位，撥了一些白灰粉塞住旁邊的縫。

我正準備要爬出去的時候，手電筒掉到地上往裡面滾，滾到暖氣爐後面結滿蜘蛛網的陰影裡。我做個鬼臉，順著燈光閃爍的方向伸手去拿。我摸到了手電筒的把柄，但也摸到另外一個東西，一個空空的卻又硬硬的東西。一個盒子。

我把那個盒子拉過來。

「小泰，你快弄完了嗎？」

我說：「再一下子就好。」

我用手電筒照那個盒子。那是一個鞋盒。鞋盒上面有一個布滿灰塵的「紐巴倫牌」商標，商標上又寫了幾個粗粗的黑字：紀念品〈學校〉。

這就是那個失蹤的鞋盒。那個鞋盒原本擺在樓上我媽的飾品架上，上次回來參加葬禮的時候一直找不到。

傑森問：「有什麼問題嗎？」

我說：「沒事。」

待會兒再來看。我把那個鞋盒推回原位，然後爬出那個全是灰塵的地方。我站起來拍拍手。「大概可以了。」

傑森說：「幫我記著，免得我忘了。」

ᔕ ᔕ ᔕ

那天晚上，我們在羅頓家那台大得嚇人的老舊電視上看大選的結果。卡蘿找不到她的眼鏡，只好貼近電視，一直眨眼睛。她大半輩子對政治一向不聞不問。她的名言是：「那是艾德華的部門。」所以，我們只好跟她解釋那些候選人誰是誰。不過，她似乎還滿喜歡那種選舉的氣氛。每當傑森開個小玩笑，卡蘿就笑得很開心。看她那個樣子，傑森就一直開玩笑。從她笑起來的模樣，我依稀看得到黛安的影子。

不過，她很快就累了。電視新聞上剛開始要唱名宣布各州的結果，她就回房間去睡覺了。結果並不令人意外，羅麥思囊括了東北部各州的選票，中西部和西部幾個州也多半都拿到了。南部選得比較不好。不過，即是在南部，歷史悠久的民主黨和基督教保守黨幾乎也打成了平手。

後來，最後一個競選對手終於也鐵青著臉但很有風度地承認敗選。這個時候，我們開始清理桌上的咖啡杯。

我說：「所以說，好人贏了。」

小傑笑了一下：「我實在沒把握那些人有哪一個是靠得住的。」

「羅麥思不是對我們不錯嗎？」

「也許吧。不過，別以為羅麥思在乎近日點基金會或是複製體計畫。他只是搭個便車，藉此降低太空計畫的預算，把功勞攬在自己身上，讓別人以為這是他政績上的一大突破。他省下來的政府預算會轉移到軍事預算上。這也就是為什麼艾德華沒辦法拉攏航太圈子那些老夥伴，鼓動他們的情緒反羅麥思。羅麥思不會讓波音或洛克希德馬丁餓肚子。他只是想叫他們轉移陣地。」

「轉移到國防陣地。」我補了一句。時間迴旋剛出現那段時間，全球陷入一片混亂，矛盾衝突蠢蠢欲動。不過，那已經是很久以前的事了。也許現在是個好時機，可以開始重整軍備了。

「如果羅麥思講的話靠得住。」

「你不相信他嗎？」

「恐怕不敢。」

聊到這裡，我們就回房去睡覺了。

第二天早上，我幫傑森打了第一針藥劑。小傑攤在羅頓家大客廳的沙發上，看著窗外。他穿著一條牛仔褲和棉襯衫，散發出一種懶洋洋的貴族氣息，感覺很虛弱，但是很自在。我不知道他心裡會不會害怕，不過，至少我看不出來。他捲起右邊的袖子，露出臂彎。

大房子裡留了一瓶藥水，其他的藏在小房子裡。我從包包裡拿出一根針筒，裝上無菌針頭，從瓶子裡抽出清澈透明的藥水。萬諾文已經教我演練過好幾次了。這是進入第四年期的規程。在火星上，他們會舉行一個安靜的儀式，準備一個舒服的地方。在這裡，我們有十一月的陽光，時間分秒必爭。注射前，我用海綿沾酒精幫他消毒。我說：「你最好還是不要看。」

他說：「我想看。讓我看看你是怎麼做的。」

他永遠都想知道事情是怎麼做的。

꩜ ꩜ ꩜

打了針之後，並沒有立即反應。不過，到了第二天中午，傑森開始有點發燒了。他說，感覺上就像輕微的感冒。不過，到了三點左右，他開始求我把溫度計和血壓計拿……拿到別的地方去。他的意思是，叫我走開。

昨天晚上就開始下雨了，下得很大，一直延續到今天下午還下個不停。我把領子翻起來擋雨，跑過草坪到我媽的房子那邊去。我到地下室找到那個寫著「紀念品〈學校〉」的鞋盒，拿到客廳裡。下雨天。隔著窗簾，外面的天色黯淡，客廳裡一片昏暗。我把燈打開。

我媽死的時候是五十六歲。我跟她一起在這間房子裡住了十八年，那相當於她一輩子三分之一的時光。至於之前的三分之二，她只挑選了一小部分告訴我。我偶爾會聽她聊起她的家鄉賓翰郡。舉例來說，我知道她和父親、繼母住在一起。她父親是房地產經紀人，繼母在托兒所工作。他們住的那間房子在一條林蔭大道上，路很陡，他們在坡頂上。她小時候有一個朋友叫做莫妮卡・李。她們家附近有一座篷頂橋，有一條「小威克里夫」河，有一間長老教會的教堂。十六歲之後，她就不再上教堂了。除了參加她父母親的葬禮，她一直沒有再進過那間教堂。不過，她從來沒有跟我提過她在柏克萊大學念書的往事，也沒有告訴過我她為什麼要去念商業管理碩士，人生有什麼目標，為什麼要嫁給我爸爸。

有一、兩次，她把那些盒子拿下來，讓我看看裡面有什麼東西，目的是為了要讓我知道，在我出生之前，她曾經度過一段多麼艱苦的歲月。那些東西就像證據一樣，證物甲乙丙，三個盒子，上面寫著「紀念品」和「雜物」。有一些真實歷史的遺跡摺疊成一張一張混雜在盒子裡。例如，一些發黃的報紙頭條新聞剪報，報導恐怖份子的攻擊事件，戰火不斷，總統大選，或是總統遭到彈劾。此外，裡面還有一些小飾品。小時候我很喜歡把那些小飾品握在手裡玩。還有一個光澤黯淡的五毛錢硬幣，那是一九五一年發行的，也就是我父親出生那一年。此外，還有四個棕色和粉紅色的貝殼，那是她當年在波士頓的柯庫斯庫克灣撿到的。

「紀念品〈學校〉」那個盒子是我最不感興趣的。裡面有幾個民主黨總統候選人的競選徽章，只不過那些人後來顯然都沒有當上總統。我喜歡那些顏色很鮮艷的徽章。除此之外，盒子裡面放滿了她的畢業證書，從畢業紀念冊上面撕下來的幾頁，還有一疊小信封。那些東西從前我連碰都不想碰，也不准碰。

我打開一個信封。從信的內容可以看得出一些端倪。第一，這是一封情書，第二，筆跡不像是我爸爸的。另外一個「紀念品〈馬庫斯〉」的盒子裡有一堆我爸爸寫的信，筆跡和這一封顯然不同。

看起來，我媽在大學時代有個愛人。萬一讓我爸爸知道了，也許會很尷尬，因為她畢業才一個禮拜就嫁給我爸爸了。不過，在別人看來，這也沒什麼大不了的。那個盒子會被藏到地下室，應該不是為了這個原因，因為那個盒子已經光明正大地在架子上擺了好幾年。

難道是我媽把盒子藏到地下室去的嗎？我不知道，從我媽中風到隔天我回到家這段時間，有誰會在這個屋子裡？是卡蘿發現她整個人癱軟在沙發上。也許是有大房子的佣人事後來幫忙清理過房子，而且，當時一定有急救人員在現場準備把她移送到醫院去。可是，根本想不出半點理由，這些人有哪個會把「紀念品〈學校〉」的盒子拿到樓下去，塞在暖氣爐和牆角中間的黑溝溝裡。

也許根本不用在意，反正這也沒有牽涉到什麼犯罪，只不過是東西被擺在一個很奇怪地方。搞不好是當地的孤魂野鬼。看起來，我是永遠猜不透了。而且，根本也不需要為這種問題傷腦筋，因為房子裡所有的東西早晚都要賣掉，或是交給清潔公司回收，丟棄。這件事我已經拖了很久，卡蘿也拖了很久。好像遙遙無期。

不過，那一天還沒有來臨。

那一天還沒有來臨，我也只好先把「紀念品〈學校〉」的盒子放回飾品架上，放在「紀念品〈馬庫斯〉」和「雜物」那兩個盒子中間，把那個空隙補滿。

ꩦ ꩦ ꩦ

為了治療傑森，我問過萬諾文一個最令人困擾的醫學問題。那就是，不同藥品交互作用的禁忌。我不能讓傑森停止服用硬化症的藥，因為那會導致他病情惡化。可是，我也很怕把兩種藥混在一起，一方面每天繼續吃硬化症藥，一方面又把萬諾文給的生化改造藥水打到他體內。

萬諾文向我擔保絕對沒有問題。生命延長處理法不是一種傳統的「藥」。我打進傑森血管裡面的比較像是一種生化電腦程式。傳統藥物通常是對蛋白質和細胞表面起作用。萬諾文的藥水處理的是DNA本身。

然而，藥還是必須進入他的細胞才能夠起作用，而且，在進入細胞的過程中，必須協調傑森的血液化學結構和免疫系統……不是嗎？萬諾文特別強調，這些都不會有問題。生命延長雞尾酒處理法是有彈性的，足以在任何生理狀況下產生作用，除非身體已經死亡。

可是，當年移民到火星上的人類並沒有非典型多發性硬化的基因，而且，火星人對傑森目前正在吃的藥一無所知。儘管萬諾文堅持說我的顧慮是多餘的，我卻發現他說話的時候很少笑。於是，我們也只能孤注一擲了。在我第一次幫他注射之前的一個禮拜，我已經減少傑森硬化症藥物的服用劑量。我並沒有停藥，只是減量。

這個策略似乎奏效了。當我們抵達大房子的時候，傑森雖然減少了服藥量，卻只顯現出輕微的症候群。於是，我們開始抱著樂觀的態度進行生命延長處理。

三天後，他發高燒。我想盡辦法都沒有辦法讓他退燒。燒了一天，他幾乎都陷入半昏迷狀態。又過了一天，他的皮膚開始發紅起水泡。那天傍晚，他開始慘叫。

儘管我幫他打了嗎啡，還是沒有辦法讓他停止慘叫。

他的慘叫不是聲嘶力竭喊出來的，而比較像是呻吟，每隔一段時間就會大叫起來。那種聲音聽起來比較像是生病的狗，而不是人類。那是無意識的慘叫。當他清醒過來的時候，就不會再慘叫了，也不記得自己慘叫過。不過，他的喉嚨已經發炎了，而且很痛。

卡蘿裝出很勇敢的樣子，忍受這一切。房子裡有些地方幾乎聽不到傑森的哀號，例如後面的房間和廚房。大部分的時間她都待在那裡看書或是聽當地的廣播。然而，她顯然承受了很大的壓力。沒多久，她又開始喝酒了。

也許我不應該說「開始」。她喝酒從來就沒有停止過。她只不過是盡量少喝，讓自己還能夠保持一點清醒。徹底戒酒是很可怕的，而讓自己喝到爛醉如泥卻是充滿了誘惑。她在這兩種極端之間游走。但願我這樣說不會顯得油嘴滑舌。卡蘿走在一條艱苦的路上。她能夠堅持下去是因為她愛她的兒子，儘管過去這許多年，她的愛彷彿像冬眠了一樣，睡得太沉。如今，傑森的痛苦哀號終於喚醒了她。

到了處理過程的第二個禮拜，我開始幫傑森吊點滴，隨時注意他愈來愈高的血壓。那天他看起來狀況還不錯，只不過外表有點嚇人。有些皮開肉綻的地方開始結痂，眼睛幾乎是夾在一團浮腫的肉塊裡。他的意識還算滿清醒的，還知道要問我萬諾文什麼時候會上電視第一次公開露面。其實時間還沒到，預定日期是在下個禮拜。不過，天黑的時候，他又陷入昏迷，開始呻吟。他清醒了好幾天，現在又開始了。他那種聲嘶力竭的哀嚎，聽了很難受。

但卡蘿受不了了。她出現在房間門口，淚流滿面，臉上的表情很嚴厲，憤怒到極點。她說：「泰勒，不准再繼續下去了！」

「我已經盡力了。他對鎮靜劑沒有反應。我們最好明天早上再來討論。」

「你沒聽到他在慘叫嗎？」

「怎麼會聽不到呢？」

她說：「你都無所謂嗎？聽他這樣慘叫你都無動於衷嗎？我的天！就算他到墨西哥去找密醫也會比現在好得多。就算他去找心靈治療也會比現在好得多。你真的知道自己給他打了什麼藥嗎？你這個該死的密醫！我的天！」

很不幸的是，她問的問題，我也已經開始想問自己了。我不知道。我不知道自己究竟給他打了什麼藥，從嚴格的科學角度來看，真的不知道。我相信火星來的萬諾文，我相信他對我的承諾，然而，在卡蘿面前，我卻沒辦法理直氣壯地為自己辯護。我沒有預料到，整個過程會是如此困難，如此痛苦。那種痛苦是如此地明顯。是不是處理的過程出了什麼問題？藥水會不會根本就是無效的？

小傑哀號了一聲，然後嘆了一口氣。卡蘿用手遮著耳朵。「他很痛苦！你這個該死的蒙古大夫！

你看看他！」

「卡蘿……」

「不要叫我卡蘿，你這個兇手！我要叫救護車！我要叫警察！」

我衝到門口去，抓住她的肩膀。我的手感覺得到她很脆弱，但她渾身卻散發出一股危險的力量，像一隻被困住的猛獸。「卡蘿，妳聽我說。」

「幹什麼，我幹嘛要聽你說？」

「因為妳的孩子把自己的命託付給我。卡蘿，妳聽我說。我需要人幫忙。我一直在照顧他，已經好幾天沒睡覺了。我已經撐不了多久了，我需要找個人在這裡陪他。一個真正懂醫學，能夠做出專業判斷的人。」

「你應該自己帶個護士來。」

我是應該帶，但根本不可能。而且那不重要。「我沒有護士，我需要妳來接替我。」

好一會兒她才意會過來。她倒抽了一口氣，往後退。「我！」

「據我所知，妳應該還有醫師執照。」

「我很久沒有幫人看病了……幾十年了吧？幾十年了……」

「我不是要妳動心臟手術。我只是要妳幫他量量血壓、體溫。妳應該沒問題吧？」

她氣消了，有點受寵若驚。她有點怕，想了一下。然後，她很嚴厲地瞪著我。「我為什麼要幫你？我為什麼要當幫兇，幫你折磨他？」

我一時還不知道要怎麼回答，背後卻突然有一個聲音說：「噢，拜託妳。」

那是傑森的聲音。這又是火星藥的另一個特徵，你隨時會清醒過來，但也隨時會陷入昏迷。顯然清醒的時刻來了。我轉身過去看他。

他對我扮個鬼臉，然後掙扎著想坐起來，卻坐不起來。他的眼神很清醒。

他叫了一聲媽媽，然後說：「說真的，妳不覺得這樣罵泰勒有點不公平嗎？拜託妳聽泰勒的話，他知道自己在做什麼，我也知道自己在做什麼。」

卡蘿瞪大眼睛看著他。「可是我不會，我沒有，我沒辦法……」

然後她轉身走出房間，走路搖搖晃晃，一隻手扶著牆壁。

我整夜沒睡陪著小傑。到了早上，卡蘿又到房間來了。她看起來有點畏縮，不過卻很清醒。她說她要接替我。小傑現在很清醒，不見得需要人照顧。不過，我還是把小傑交給她了，然後跑去睡覺補眠。

我睡了十二個鐘頭。我回到房間的時候，卡蘿還在。小傑又昏迷了。卡蘿握著他的手，輕輕摸著他的額頭，那種慈祥的感覺，是我從來沒有見過的。

ஞ　ஞ　ஞ

傑森的藥物處理已經進行一個半星期了，開始進入恢復期。看不出有什麼突然的轉變，也看不到奇蹟出現。不過，他清醒的時間愈來愈長了，血壓也恢復穩定，接近正常的標準。

那天晚上，萬諾文要在聯合國發表演說。我在大房子的佣人休息區找到一台手提電視，把那台電視搬到小傑的房間。演講快開始的時候，卡蘿也跑來跟我們一起看。

我覺得卡蘿並不相信萬諾文。

萬諾文到地球來訪問的消息，上禮拜三已經正式發布了。他的照片已經在電視報紙的頭條新聞出現好幾天了。電視上還有一段現場報導，畫面上，總統搭著他的肩膀，兩個人一起走過白宮的草坪。白宮已經發表了明確的聲明，表示萬諾文是來幫助我們的，但是他也無法立即解決時間迴旋的問題，對假想智慧生物也不夠了解。一般民眾並沒有什麼激烈的反應。

今天晚上，他走上聯合國安理會會場的前台，登上講台。講台已經調整到適合他的高度。卡蘿說：「有什麼稀奇呢，他的個子好小。」

傑森說：「不要小看他。他代表一個流傳久遠的文化，比我們人類的任何文化都更悠久。」

卡蘿說：「他看起來還比較像是《綠野仙蹤》裡的小矮人派來的代表。」

當畫面的鏡頭拉到他臉部的特寫，他的威嚴就出來了。攝影師特別喜歡拍他的眼睛和他那神祕的微笑。他開始對著麥克風講話時，聲音很柔和。他刻意壓低自己聲調，聽起來會比較像地球人在講話。

萬諾文說，他明白一般地球人會覺得這整件事很離奇。（不過，或許是因為有人對他疲勞轟炸，想不明白都難。）聯合國祕書長在開場介紹的時候說：「事實上，我們活在一個奇蹟的年代。」接下來，萬諾文模仿標準的中大西洋口音，謝謝大家對他的殷勤接待，表達了他對家鄉的思念，並說明他為什麼要離開火星來到地球。他說，火星是一個遙遠陌生的星球，但住在那裡的人同樣都是人類。火星是一個你會很想去親眼看看的世界，那裡的人很友善，風景很優美，但老實說，冬天冷得受不了。

卡蘿說：「聽起來有點像加拿大。」

接下來講到關鍵的問題了。大家都想知道假想智慧生物的來歷。很不巧，火星人知道的也很有限，比地球人好不到哪裡去。在他前來地球的途中，假想智慧生物已經把火星圍在時間迴旋裡面了。如今，火星人就像當年地球人一樣束手無策。

他說，他也猜不透假想智慧生物的動機。火星人已經為這個問題爭辯了好幾百年，可是，就連火星上最偉大的思想家也無法解決這個問題。萬諾文說，令人納悶的是，火星和地球被時間迴旋包圍的時候，正好都面臨了全球性的大災難。「就像地球一樣，我們的人口已經接近飽和。在地球上，你們的工業和農業都依賴石油。而火星上根本沒有石油，我們依賴的是另外一種稀有資源，也就是氮元素。農作物的循環是靠氮元素來驅動的，因此，火星上能夠維持的人口數量也就受到很大的限制。在人口的控制上，火星人做得比地球人好一點，不過，那只是因為，早在我們的文明剛開始發展的時候，自然環境就已經迫使我們不得不認清這個問題。兩個星球可能都面臨經濟和農業崩潰的問題，面臨人類滅亡的悲慘命運。從前是，現在也是。就在危機爆發的邊緣，兩個星球都被時間迴旋包圍了。

「也許假想智慧生物了解我們所面對的問題，才會採取這樣的行動。不過，我們實在無法確定。我們不知道他們究竟希望我們做什麼，是否希望我們做什麼。我們也不知道時間迴旋什麼時候會消失。除非我們能夠蒐集到更多假想智慧生物的第一手情報，否則，我們不可能會知道。」

這個時候，攝影機又拉到他臉上的特寫。萬諾文說：「還好，有一個辦法可以蒐集情報。我帶了一個計畫到地球來。我已經和很多人討論過這個計畫，包括葛蘭總統，剛當選的羅麥思總統，還有其他各國的元首。」接下來，他開始說明複製體計畫的大綱。「運氣好的話，我們可以查出來，假想智慧生物是不是也控制了別的星球，而那些星球的反應是什麼，地球最後會面臨什麼樣的命運。」

當他開始談到奧特雲和「自動催化回饋科技」的時候，我注意到卡蘿的眼神已經開始呆滯起來。

電視上，萬諾文走下講台，底下的來賓大聲喝采，新聞主播開始消化他剛剛的演講，對觀眾轉述。卡蘿看起來很害怕。她說：「這不可能是真的。傑森，他說的都是真的嗎？」

傑森很平靜地說：「大部分都是真的。至於他剛剛講到的火星上的天氣，沒有親眼看到，我沒有把握。」

「我們真的已經面臨大災難了嗎？」

「自從星星消失的那一天起，我們就已經面臨大災難了。」

「我是說他剛剛講到的石油問題，還有其他的問題。如果時間迴旋沒有出現，我們是不是都要餓死了？」

「很多人都在挨餓。他們會挨餓是因為我們的關係。如果我們維持這種北美洲式的繁華生活，那麼，沒有搾乾整個地球的資源，不可能養活全球七十億人口。龐大的人口數字是無法抗拒的。是的，他說的是真的。如果時間迴旋沒有毀滅人類，全球的人口早晚也會慢慢消失。」

「那和時間迴旋有關係嗎？」

「也許吧。不過，我不確定。電視上的火星人也沒辦法確定。」

「你是在開玩笑吧。」

「不是。」

「我覺得你是在開玩笑。不過，沒什麼關係。我知道我很無知。我不知道已經多少年沒有看報紙了。有一個原因是，我很怕在報紙上看到你爸爸的臉。電視節目我也只看下午的電視劇。下午的電視劇沒有火星人。我想，我大概很像小說裡寫的那個瑞普．凡．溫克爾，睡了二十年之後醒過來，已經人事全非。我想，我已經睡太久了。現在醒過來了，我卻不喜歡世界變成這個樣子。整個世界不是太可怕……」她用手指了指電視，「就是太荒謬。」

傑森輕聲細語地說：「我們都是瑞普．凡．溫克爾。我們都等著要醒過來。」

∽　∽　∽

傑森的身體逐漸恢復，卡蘿的心情也跟著愈來愈好。她對傑森病情的後續發展愈來愈有興趣。我簡單跟她說明了小傑的非典型多發性硬化症。我告訴她，當年她從醫學院畢業的時候，這種病還沒有正式診斷出來。我拿小傑的病當擋箭牌，以免她追問火星人的生命延長處理法。她似乎明白這是雙方妥協的默契，而她也接受了。最重要的是，傑森破損的皮膚已經在復原了，我把他血液的樣本送到華盛頓的實驗室去化驗，結果顯示他的神經斑塊蛋白質已經大量減少了。

她還是不太願意談時間迴旋，不過，當我和小傑在她面前討論的時候，她好像也聽得很高興。我又想到許多年以前黛安教我的那首詩，郝士曼的詩：幼兒尚未知曉，已成大熊佳餚。

包圍卡蘿的大熊有很多隻，有些像時間迴旋那麼大，有些像酒精的分子那麼小。我想，也許她會很羨慕那個幼兒。

ꕥ ꕥ ꕥ

萬諾文在聯合國現身之後，已經過了好幾天。有一天晚上，黛安打電話給我。她打到我的手機，而不是卡蘿家裡的電話。當時，我已經回到自己的房間，晚上輪到卡蘿照顧傑森。整個十一月，雨總是下了又停，停了又下。此刻又在下雨，房間的窗戶像一面濕淋淋的鏡子，反映著昏黃的光。

黛安說：「你現在在大房子裡吧。」

「妳是不是打過電話給卡蘿了？」

「我每個月都會打個電話給她。我是個乖女兒。有時候她沒有喝得太醉，還可以跟我講話。傑森怎麼樣了？」

我說：「說來話長。他已經好一點了，沒什麼好擔心的。」

「我最恨聽到別人說這種話。」

「我知道。不過我說的是真的。他是有點毛病，不過已經治好了。」

「你只能跟我說這些嗎？」

「現在只能告訴妳這麼多。妳跟賽門還好嗎？」上次她打電話給我的時候好像提到什麼犯法的問題。

她說：「不太好。我們要搬家了。」

「搬去哪裡？」

「反正就是離開鳳凰城，離開城市。約旦大禮拜堂已經暫時關閉了……我以為你應該有聽說過。」

我說：「我不知道。」我怎麼可能會聽說西南部一座大難教派的教堂面臨什麼財務問題呢？……我們又聊了一些別的事情，黛安說，等到她和賽門安頓好，就會打電話告訴我新的地址。好啊，有什麼不好，管他的。

結果，隔天晚上，我真的聽到約旦大禮拜堂的消息了。

那天晚上，卡蘿很反常地說她想看晚間新聞。傑森有點累了，不過還是很清醒。他也想看。於是，我們足足看了四十分鐘，從全球各地戰火頻傳到名人顯貴的官司纏訟。有些新聞看起來還滿有意思，例如，萬諾文的最新消息。他到比利時去和歐盟的官員會面。有一則好消息是烏茲別克那邊傳回來的，陸戰隊的先遣部隊終於得到了支援。還有一個特別節目報導心血管耗弱症候群和以色列的乳製品產業。

我們看到一段很聳動的畫面。推土機把一堆被撲殺的牛隻剷進一個大墳墓裡，灑上石灰。五年前，同樣的事件也曾經重創日本的牛肉產業。從巴西到衣索匹亞，十幾個國家爆發了心血管耗弱，後來災情也控制住了。人類的心血管耗弱是可以用現代的抗生素治療的，可是，這種疾病卻常常死灰復燃，持續傷害第三世界國家的經濟。

可是，以色列的乳牛業者有嚴格的敗血病檢疫規程和試驗規程，所以，當地會爆發心血管耗弱是始料未及的。更糟糕的是，首例病例，也就是第一宗感染的病例卻追蹤回溯到美國。有人把感染病菌的受精卵私運到以色列。

走私的源頭追溯到一個叫做「世界之音」的組織。那是美國境內的大難主義教派慈善團體，總部設在俄亥俄州辛辛那提市郊區的工業園區。為什麼「世界之音」要走私牛的受精卵到以色列去呢？後來發現，這件事和慈善活動無關。調查員從世界之音的贊助者身上循線追查到十幾家地下金控公司，再追查到一家大財團。財團的組成份子包括一些大大小小的大難主義教派的教會，時代主義教派的教會，還有一些外圍的政治團體。這些團體信奉一個共同的《聖經》教義。這個教義擷取自《聖經》〈民數記〉十九章，並根據〈馬太福音〉和〈提摩太書〉推衍出某些結論。簡單地說，他們相信有一頭全身紅色的小牛將會誕生在以色列，那是耶穌基督二次降臨的預兆，也是「主臨天下」的開端。

那是一個古老的思想。極端的猶太教團體相信，在聖殿山上祭獻紅色小牛，象徵著彌賽亞的降臨。幾年前，這些極端份子曾經發動所謂的「紅色小牛」行動，攻擊耶路撒冷的「圓頂清真寺」，其中一次行動損毀了「阿克薩清真寺」，導致該地區差一點爆發戰爭。以色列政府全力鎮壓這些行動，結果卻只是把那這些組織趕入地下。

報導說，「世界之音」贊助很多牧場，這些牧場遍布美國中西部和西南部。他們很虔誠地投入活動，希望促使「哈米吉多頓」的世界末日善惡決戰早日來臨。他們想盡辦法要培植一頭全身血紅的小牛。過去四十年來，已經有人貢獻了無數的小母牛，結果卻不盡理想。他們相信這頭紅色的小牛將會比之前的小母牛更優越。

這些農場採取組織化的行動，規避聯邦政府的檢驗和飼養規程。當牧場裡的牛隻爆發心血管耗弱時，他們甚至隱匿不報。病毒是從墨西哥的諾加勒斯市越過邊境蔓延而來的。遭到感染的受精卵孕育出含有大量紅色毛基因的種牛。然而，這些小種牛出生之後，大部分都很快就死於呼吸窘迫症。他們悄悄埋葬了屍體，可是已經太遲了。病毒感染已經擴散到成牛和幾個牧場的工人。

這次事件使得美國政府十分難堪。食品藥物管理局已經宣布要檢討政策，而國安部也凍結了世界之音的銀行帳戶，並且對大難主義教派的資金募集會進行搜索。報導中出現了幾個畫面，聯邦調查員從不知名的建築物裡捧出一箱箱的文件，在幾座地下教堂的門口掛上鎖鏈。

播報員列舉了幾個名字。

其中一個名字就是約旦大禮拜堂。

公元4×10^9年

到了巴東城外，我們就換車了，從尼瓊的救護車換到一輛私人汽車。駕駛也是米南加保人。他把我們載到濱海公路的一個貨車場，讓我們下車。我，伊布伊娜，還有伊安。貨車場是一大片黑色的沙石地，上面蓋了五間巨大的鐵皮屋頂倉庫。倉庫兩邊是一堆堆圓錐形的散裝水泥，上面遮著防水布。一節腐蝕得體無完膚的油罐列車閒置在鐵路支線上。辦公室是一間低矮的木頭房子，招牌上的印尼文翻譯出來就是「巴羽通運」。

伊娜說，「巴羽通運」也是她前夫賈拉開的另一家公司。我們見到賈拉的時候，他人就在接待室裡。賈拉長得很壯，臉蛋紅通通的，身上穿著一套金絲雀黃的西裝，整個人看起來簡直就像是一個胖老人型的啤酒杯，唯一不同的是穿著熱帶的服裝。他和伊娜兩個人互相擁抱了一下，那種感覺就像是一對和平收場的離婚夫妻。賈拉握握我的手，然後又彎腰握握伊安的手。賈拉向櫃台職員介紹說我是「波士頓沙福克來的棕櫚油進口商」。這樣一來，萬一她被新烈火莫熄的傢伙抓去問話，也不至於洩漏我的身分。然後，他帶我們走到他車子那邊。那是一輛使用燃料電池的ＢＭＷ，車齡已經有七年了。我們往南開向德魯巴羽港。賈拉和伊娜坐前面，我和伊安坐在後面。

德魯巴羽港，巴東城南邊的大深水港。賈拉就是靠這個港口發財的。他說，三十年前，德魯巴羽港只不過是蘇門答臘的一個泥沙海灣，一個冷冷清清設備簡陋的小港口，來來往往的貨物不過就是一些煤炭、天然棕櫚油和肥料。後來，村落制度恢復之後，經濟突飛猛進，而大拱門年代也帶來人口的暴增，如今的德魯巴羽港已經完全改觀，成為一個很先進的港灣。這裡有世界級的碼頭和停泊設備，巨大的倉儲中心。現代化的機具裝備太多了，多到後來賈拉都懶得再用噸位去統計，例如拖船、短期堆棧、起重機和鏟裝機。伊娜說：「德魯巴羽港讓賈拉十分引以為傲，這裡的高級官員沒有被他收買的，找不到半個。」

「最高的也不過就是到總務處長罷了。」賈拉糾正她。

「你太客氣了。」

「賺錢有什麼不對嗎？我生意做得太好了嗎？替自己撈點好處犯法嗎？」

伊娜低下頭說：「你這種問題就是狡辯。」

我問他，現在是不是就要直接到德魯巴羽港去登船了？

賈拉說：「還沒那麼快。我現在要先帶你到港區去。我已經幫你準備了一個安全的地方。登船可不是隨隨便便走上一條船，舒舒服服找個位置坐下來那麼簡單。」

「還沒有船嗎？」

「船當然有。開普敦幽靈號，一艘很棒的小型貨輪。她現在正在裝載咖啡和香料。等貨艙都裝滿了，錢也都付了，證件也簽發了，然後乘客才可以上船。但願上船的時候不要驚動任何人。」

「黛安呢？黛安現在也在德魯巴羽港嗎？」

伊娜說：「她很快就會到了。」說著，伊娜對賈拉使了個眼色。

他說：「是啊，她快到了。」

ᔕ ᔕ ᔕ

德魯巴羽港或許曾經是一個冷冷清清的商港，但如今，它就像任何一個現代港口一樣，本身已經發展成一座城市。然而，這座城市不是為人創造的，而是為貨物創造的。港區圍在柵欄裡面，不過，周邊生意卻圍繞著港區蓬勃發展，就好像紅燈戶總是寄生在軍事基地四周一樣。這些周邊生意包括下游的貨運承攬商和碼頭監工，沒有執照的卡車集團和地下油行。那些卡車集團用的是拼裝改造的十八輪大卡車。我們的車子沿著這些地方呼嘯而過。賈拉希望天黑之前能夠把我們安頓好。

巴羽灣的形狀像一隻馬靴，海面上浮著油污，碼頭和防波堤突出到海面上，彷彿一根根的水泥舌頭正在舔舐海水。岸邊進行著大規模的貨物裝卸作業，吵雜繁忙，卻又井然有序。在第一線和第二線的貨棧和貨櫃場，起重機彷彿巨大的螳螂，攀附在繫著纜繩的貨櫃輪上啃食貨艙。我們沿著鐵柵欄開到港區入口的警衛室，停下來。警衛室裡有人駐守。賈拉把手伸出車窗，好像拿了什麼東西給警衛。也許是證件，也許是紅包，也可能都是。警衛朝著賈拉點點頭，意思是可以通過了。賈拉像個哥們兒般地跟他揮揮手，開進去。賈拉沿著一排CPO石油公司和「艾維加」石油公司的油槽向前開，速度簡直像是在玩命。他說：「我已經安排你在這邊過夜。我在五號碼頭的倉庫裡有一間辦公室，裡面只有一大堆的散裝水泥，別的什麼也沒有，不會有人去打擾你。明天早上，我就會把黛安・羅頓帶過來。」

「然後我們就可以走了嗎？」

「有耐性一點。不是只有你們要移民海外，只不過，你們的身分是最可疑的。可能會有點麻煩。」

「比如說？」

「當然就是新烈火莫熄那幫人。警察有時候會來掃蕩碼頭區，抓偷渡和走私。通常他們都會抓到幾個，或者很多個。抓多抓少要看來的警察有沒有打點過。這陣子，雅加達那邊施加很大的壓力，所以，誰知道會發生什麼事。而且，聽說會有勞工示威抗議活動。這邊的碼頭工人工會是非常激進的。運氣好的話，也許衝突還沒有爆發我們船就開走了。所以囉，恐怕要委屈你在黑漆漆的倉庫裡睡一個晚上。現在我要帶伊安和伊娜去跟村子裡的人會合。」

「不行！」伊娜的語氣很強硬，「我要跟泰勒在一起。」

賈拉愣了一下，然後看著伊娜說了幾句米南加保話。

她說：「不好笑，別胡說八道。」

「不然又是為了什麼？妳不相信我不會讓他受傷害嗎？」

「以前我相信你，結果是什麼？」

賈拉咧開嘴笑了一下。他的牙齒被煙薰得黃黃的。他說：「冒險。」

伊娜說：「你說得一點都沒錯。」

ᔕ ᔕ ᔕ

後來，我們走進碼頭附近的倉儲中心最北邊，來到一間四四方方的房間。這個房間本來是海關驗貨員的辦公室。伊娜說，屋頂漏水一直都沒人來修，所以這間倉庫就暫時關閉了。

牆壁上有一扇窗戶，玻璃上加裝了鐵絲網。我隔著窗戶往下看，底下有一個凹狀的儲藏區，被水泥粉染成一片蒼白。整個地板像一片泥沙淤積的池塘，一根根的鋼柱豎立在地板上，看起來像是一排生鏽的肋骨。

牆壁上裝了幾盞安全燈，彼此間隔很遠。那是倉庫裡唯一的亮光。飛蟲從牆縫鑽進來，成群圍繞著加裝了鐵絲網的燈泡盤旋，燈泡下面的地板上有堆積如山的死蟲子。伊娜設法點亮了一盞跆燈。角落裡堆了一疊空紙箱。我挑了幾個比較乾的紙箱，摺平之後重疊鋪在地板上，做成兩個克難的床鋪。沒有被子可以蓋，不過，反正晚上很熱。雨季快到了。

伊娜問我：「你真的睡得著覺？」

「雖然沒有希爾頓大飯店那麼舒服，我鋪床的本事也只能做到這樣了。」

「我不是說這個。我說的是那些噪音。外面的聲音那麼吵，你真的睡得著？」德魯巴羽港夜間是不打烊的，裝貨卸貨二十四小時不停。我們在倉庫裡面看不見，不過卻聽得到聲音。我們聽得到重型馬達在運轉，鋼鐵擦撞擠壓，還有好幾公噸重的貨櫃正在移動。我說：「我睡過更糟糕的地方。」

伊娜說：「我不太相信，不過，謝謝你的安慰。」

然而，我們兩個人倒是都沒睡。我們坐在桌子旁邊，在跆燈昏黃的燈光下坐了好幾個鐘頭，偶爾聊個幾句。伊娜跟我聊到傑森。

藥效發作那段期間我寫了很多筆記。那些筆記我拿給伊娜看過。她說，她看過傑森轉化到第四年期那一段描寫，感覺上沒有我那麼嚴重。我說，她錯了，我只是沒有把服侍他大小便的一些細節寫進去。

「那他的記憶呢？他沒有喪失記憶嗎？他不在乎嗎？」

「他沒跟我談到這個。我認為他是很在意的。」事實上，有一次他退燒之後醒過來，要我幫他把一生的經歷寫下來。他說：「小泰，幫我寫下來，我怕自己會忘記。」

「他沒有出現書寫狂的症狀嗎？」

「沒有。當大腦開始重新串聯語言機能的時候，就會出現書寫狂的症狀。不過，那只是一種可能的症狀，不一定會出現。他發出來的那些奇怪的聲音也許就是在他身上出現的症狀。」

「這些應該是萬諾文教你的吧。」

是的，要不然就是我在他給我的醫學檔案裡讀到的。我後來研究過那些醫學檔案。

伊娜對萬諾文還是非常好奇。「他在聯合國演講的時候提出了一些警告，提到人口過剩和資源耗盡。萬諾文有和你討論過這些問題嗎？我是說，在他死……」

「我知道。沒錯，他確實和我聊過一些。」

「他說了什麼？」

有一次，我和萬諾文聊天，我問他，假想智慧生物最終的目的究竟是什麼？當時，萬諾文畫了一張圖給我看。我在布滿灰塵的拼花地板上把那張圖重畫一遍給伊娜看。那是一條水平線和一條垂直線構成的座標圖。垂直線代表人口，水平線代表時間，還有一條鋸齒狀的趨勢線穿越整個座標。趨勢線的角度比較接近水平。

伊娜說：「這是從時間來看人口的消長。我懂的大概就是這樣，可是，這條線究竟代表什麼？」

「代表任何一種動物在一個穩定的生態體系中的數量。可能是阿拉斯加的狐狸、貝里斯的吼猴。生物數量會受到外在因素的影響而產生變動，例如寒冷的冬季，或是掠食動物增加了。不過，至少短時間內數量是穩定的。」

然而，萬諾文曾經說過，如果我們從比較長的時間來觀察那些懂得使用工具的智慧生物，會出現什麼現象呢？我又畫了另一個座標，不過，這次趨勢線的方向穩定地趨近垂直。

我說：「我們可以說這張是人類的座標圖。人類開始學會累積他們的技術。他們不但自己會敲打火石引火，還會教別人敲，並且懂得有效率地分配工作。團隊合作可以創造更多的食物。人口開始成長。合作的人愈來愈多，愈來愈有效率，也就創造出更多的新技術。農業，畜牧，閱讀，書寫。人類學會了閱讀、書寫，就能夠更有效率地讓更多人分享技術、知識，甚至能夠將這些技術、知識留傳給後代的子孫。」

伊娜說：「所以曲線就向上揚了。到最後，地球將會人滿為患。」

「噢，不會的。還有其他的因素會把曲線拉平。經濟愈來愈繁榮，科技愈來愈發達，這一切都真正發揮了功效。人類一旦生活富足安定，就會希望限制人口的繁殖。他們的方法就是科技和控制生育。萬諾文說，最後這條曲線又會回復水平。」

伊布伊娜好像有點困惑。「這麼說來人類不就沒有問題了嗎？沒有饑荒，也不會人口過剩？」

「很不幸，地球人口的曲線距離水平還遙遠得很，而且，我們現在已經快要走到瓶頸了。」

「走到瓶頸？」

我又畫了另一個座標圖。這次的曲線像一個歪斜的英文字母S，最上面呈現水平。不過，這張圖上面有兩條平行的水平線，一條在曲線的上方，代號A，一條穿過曲線的上半部，代號B。

伊娜問：「這兩條線是什麼意思？」

「星球的供養能力。有多少可耕地可以用在農業上，有多少燃料和天然原料可以用來維持科技工業，有多少乾淨的空氣和水。這張座標圖呈現出一種差異，成功的智慧生物和不成功的智慧生物之間的差異。如果智慧生物的人口曲線能夠在遇到瓶頸之前達到水平，那麼，他們就有機會永遠生存下去。成功的智慧生物將能夠繼續發展，達到未來學家夢寐以求的境界，也就是，向太陽系其他的星球擴展，甚至擴展到整個銀河，操控時間和空間。」

伊娜說：「真偉大。」

「別高興得太早。另一種情況就很悲慘了。如果智慧生物的人口沒有在星球供養能力飽和之前穩定下來，那麼，他們命運就很悲慘了。全面饑荒，科技工業癱瘓。第一波文明突飛猛進，耗盡了整個星球的資源，結果卻沒辦法再重建了。」

她打了個冷顫。「我懂了。那麼，我們是哪一種？生物A，還是生物B？萬諾文有告訴你嗎？」

「他只是說，地球和火星都快要碰到瓶頸了。然而，在我們碰到瓶頸之前，假想智慧生物介入了。」

「可是，他們為什麼要干涉呢？他們想要我們怎麼樣？」

這個問題，萬諾文他們找不到答案。我們也沒有答案。

不過，這樣說是不對的。傑森．羅頓似乎已經找到某種答案。

然而，我暫時還不想跟伊娜談這個問題。

ട ട ട

伊娜打了個哈欠。我撥撥地板上的灰塵，把剛剛畫的圖案抹掉。她關掉跆燈，整個倉庫裡只剩下零零星星幾盞安全燈，光線微弱幽暗。倉庫外面傳來一陣陣的撞擊聲，彷彿有人在敲打一口巨大的鐘，聲音聽起來很喑啞，大約每隔五秒鐘就會敲一聲。

「滴答滴答。」伊娜說。她躺在發霉的紙板上翻來覆去。「我還記得時鐘的滴答聲。泰勒，你還記得嗎？那種老式的時鐘。」

「以前我媽的廚房有一個。」

「時間真的有好多種。有我們計算生命的時間，像是幾月幾年。也有更長的時間，像地表上形成山脈，星星誕生的時間那麼長。還有一種時間是我們心臟跳一下的瞬間，外面的世界卻已經是滄海桑田。一個人同時活在很多種時間裡實在很辛苦。很容易就會忘掉自己同時活在這麼多時間裡。」

外面還是持續傳來一聲一聲的敲擊。

我說：「你說話很像第四年期的人。」

微弱的燈光下，她的笑容看起來有點疲倦。

她說：「我只要活這輩子就夠了。」

ᔕ ᔕ ᔕ

第二天早上，我聽到有人把伸縮式欄杆門拉開到底的聲音，人就醒過來了。陽光突然照進來，我聽到賈拉在叫我們。

我趕緊跑到樓下去。賈拉已經走到倉庫中間的位置。黛安跟在他後面，走得很慢。

我朝著她走過去，邊走邊叫她的名字。

她想對我笑笑，可是牙齒卻在打顫，臉色異乎尋常地蒼白。這個時候，我看到她把一件捲起來的衣服壓在腰上，那件衣服和她身上的棉上衣都被滲出來的血染成一片鮮紅。

絕望的興奮

自從萬諾文在聯合國大會發表演說之後，已經過了八個月。基金會裡的超低溫培養槽已經開始有了成果。火星人研發的複製體目前培養出來的數量已經足夠裝載到火箭上了。在卡納維爾角和范登堡空軍基地，成群的三角洲七型火箭已經待命發射，隨時可以把複製體射上太空。大約就在那個時候，萬諾文忽然有一股衝動，說他想去看看大峽谷。挑起他興趣的是一本一年前的《亞利桑納州公路旅遊》雜誌。那是一個生物學者帶到他房間去的，後來忘了拿走。

過了幾天，他把那本雜誌拿給我看。他說：「你看看這個。」他說話的時候幾乎興奮得發抖，手上的雜誌反摺到有一張大照片那一頁。那張照片是「光明天使步道」整建後的特寫，科羅拉多河劈開了前寒武紀的巨大砂岩，注入一片碧綠的湖泊。照片上還看到一個從中東杜拜來的觀光客騎在驢上。

「泰勒，你有沒有聽說過大峽谷？」

「我有沒有聽說過大峽谷？好像有，應該有很多人聽說過。」

「太驚人了。太漂亮了。」

「是很壯觀，大家都這麼說。不過，火星的峽谷不是也很有名嗎？」

他笑了一下。「你說的大概是『陷落之地』，也就是你們地球人所說的『水手谷』。六十年前，你們的太空船『火星水手號』飛到火星的軌道上，發現了這個峽谷，就幫它取了這個名字。你們的六十年前，也可以說是我們的一萬年前。水手谷有些地方看起來確實很像這幾張亞利桑納州的照片。不過，我自己從來沒有去過水手谷，而且，以後大概也沒有機會去了。我想，我寧願去看看大峽谷。」

「那就去啊，我們是一個自由的國家。」

聽到我講這句話，萬諾文眨了眨眼。也許這還是他第一次聽到。他點點頭說：「那太好了，我一定會去。我會跟傑森談一談，請他幫我安排交通工具。你要跟我一起去嗎？」

「什麼，去亞利桑納州？」

「是啊！泰勒！去亞利桑納州，去大峽谷！」他也許是一個第四年期的智慧長者，不過，此時此刻，他講話很像一個十歲的小男生。「你要跟我去嗎？」

「我要考慮一下。」

還在考慮的時候，我就接到了艾德華．羅頓打來的電話。

ℌ ℌ ℌ

自從羅麥思當選總統之後，艾德華．羅頓就在政壇上銷聲匿跡了。他在工業上的人脈還是很活絡。只要他辦個宴會，還是請得到一票達官貴人。只不過，他再也無法像從前葛蘭總統還在位的時候一樣，站在宮廷政治的權力高峰，享受呼風喚雨的樂趣。事實上，有傳言說他已經快要心理崩潰了，整天窩在他喬治城的住處，打電話騷擾從前的政治夥伴。也許吧，不過，倒是小傑和黛安最近都沒有接到他的電話。當我拿起家裡的電話，聽到他的聲音，我突然愣住了。

他說：「我想跟你談談。」

這就有意思了。這個人買通了茉莉．西格蘭，串通她施展美人計偷取情報。他居然敢打電話給我。我第一個反應，或許也是最正確反應，就是掛電話。不過，這樣的舉動太沒風度。

他又說：「我要跟你談談傑森。」

「那你去跟他談啊。」

「泰勒，我沒辦法跟他談，他根本不聽我說。」

「你會覺得意外嗎？」

他嘆了口氣。「好啦，我知道你跟他是同一國的，這是一定的。不過，我並不是想傷害他。我是想幫他。事情已經很緊急了，事關他的前途。」

「我不懂你是什麼意思。」

「他媽的，電話裡講不清楚。我現在人在佛羅里達，再過二十分鐘就下高速公路了。你到飯店來找我，我請你喝杯酒，就算你當面罵我三字經叫我滾蛋也沒關係。拜託你，泰勒。八點，飯店大廳的酒吧，九十五號公路旁邊的希爾頓大飯店。也許你可以救小傑一命。」

我還來不及回答，他就把電話掛了。

我打電話給傑森，告訴他這件事。

他說：「哇！如果傳言是真的，那艾德華現在比以前更難伺候了。小心一點。」

「我可沒打算要去。」

「你當然沒必要去，不過……我倒是覺得你應該去。」

「我已經受夠了艾德華那些小動作，謝謝你，不必了。」

「我只是在想，如果能夠摸清楚艾德華心裡在想什麼，倒也不是壞事。」

「你的意思是，你希望我去見他？」

「如果你心裡不會覺得不舒服的話，我是希望你去一下。」

「什麼叫不會覺得不舒服？」

「當然囉，去不去還是由你自己決定。」

後來，我還是上了車，老老實實地開上高速公路。雖然明天才是七月四日，但路上都已經掛上國慶日的彩旗。街角有一些賣國旗的小販。他們是沒有執照的，要是警察來了，他們隨時準備跳上破破爛爛的卡車逃命去。我一邊開車，腦子裡一邊想著，待會兒見到艾德華．羅頓要說什麼話來修理他。我抵達希爾頓飯店的時候，太陽早已經躲到大樓後面去了。大廳上的時鐘是八點三十五分。

艾德華坐在酒吧的小包廂裡猛喝酒。看到我他似乎很意外。他站起來抓住我的手臂，把我拉去坐在他對面的長椅上。

「要喝杯酒嗎?」

「我不會待太久。」

「泰勒,喝一杯吧,火氣比較不會那麼大。」

「你火氣有比較小嗎?你乾脆有話直說吧,艾德華。」

「當人家把我的名字叫得很難聽的時候,我就知道他在生氣了。你火氣為什麼這麼大?是因為你的女朋友和那個醫生嗎?他叫什麼名字我忘了,馬斯坦嗎?聽我說,我希望你能夠明白,設計你的人不是我。他們做這件事根本沒有經過我批准。我手底下那些人太急於求表現。他們拿著雞毛當令箭,所以你會認為是我幹的。」

「幹這種齷齪事,你連一個像樣的藉口都編不出來嗎?」

「我猜你也聽不下去。我認了,我跟你道歉。我們談點別的好不好?」

我本來當時就想站起來走人了。我沒有走,大概是因為我感覺到他渾身散發出一種絕望的焦慮。艾德華還是老樣子,渾身不自覺地散發出一種優越感,卻又刻意表現出一副和藹可親的樣子,因此在家裡備受尊崇。不過,他現在已經喪失那股自信了。他口沫橫飛地講完了,陷入一陣沉默。這個時候,他卻顯得有點手足無措,不是摸摸下巴,就是把餐巾紙摺起來又打開,或是撥撥頭髮。他第二杯酒已經快喝完了,卻還沒有開口講話。也許他已經喝了不止兩杯了。那個女服務生又繞過來了,還是一副愉快活潑的模樣。

他終於又開口了。「傑森會聽你的話。」

「如果你有話要跟傑森說，為什麼不直接去找他呢？」

「因為我沒辦法。原因你應該很清楚。」

「你要我跟他說什麼？」

艾德華看看我，然後又低頭看看杯子。「我希望你去告訴他，關閉整個複製體計畫。關閉的意思是，把冷藏裝置關掉，摧毀裡面的東西。」

我真不敢相信自己的耳朵。

「你覺得有可能嗎？」

「我不是老糊塗，泰勒。」

「那你為什麼……」

「因為他是我兒子。」

「你現在才想到？」

「難道因為我們政治立場有衝突，他就不是我兒子了嗎？你以為我瞎了眼，沒辦法把這兩件事情分開嗎？你以為我反對他，所以我就不愛他了嗎？」

「我只相信我自己眼睛看到的。」

「你什麼都看不清楚。」他眼睛看著別的地方，好像在盤算要說什麼。他又說：「傑森已經變成萬諾文的爪牙了。我希望他能夠清醒過來，看清楚怎麼回事。」

「是你把他訓練成爪牙的，你的爪牙。你只是不喜歡看到別人對他造成這麼大的影響。」

「鬼扯，你簡直是鬼扯。我是說，算了，坦白說，也許你說的沒錯，我也搞不清楚，也許我們兩個人都需要去作家庭心理諮商。不過那不是重點。重點是，現在國內的大人物都被萬諾文和他的複製體計畫迷得團團轉了。道理很簡單，因為他的計畫不花錢，可以用它來討選民的歡心。反正死馬當作活馬醫，所以也就不會有人在乎這個計畫到底會不會成功。如果已經束手無策了，那麼世界末日也差不多快到了，所以，當整個天空著火的時候，大家的問題也就不再是問題了，不是嗎？不是嗎？他們把整個計畫說得冠冕堂皇，好像是孤注一擲，人類最後的希望。可是，說穿了，那只不過是魔術師變戲法的花招，目的只是為了哄哄那些鄉巴佬。」

我說：「你分析得很有意思，不過……」

「你以為我來這裡只是為了跟你講一些好玩的分析嗎？如果你想跟我辯，你應該問一些實質的問題。」

「比如說？」

「比如說，萬諾文究竟是什麼來歷？他是誰派來的，到底有什麼目的？不管電視把他說得有多神，你真以為他是小人國來的甘地，你真以為他那麼清高嗎？他會到地球來，是因為他對我們有某種企圖。打從他來的第一天開始，他就有企圖。」

「他想發射複製體。」

「沒錯。」

「那有什麼不對？」

「你應該問的是，火星人為什麼不自己發射？」

「因為他們不能代表整個太陽系，因為這件事攸關整個太陽系，他們不能擅自採取行動。」他翻了翻白眼。「泰勒，那是表面上的理由。談什麼多邊主義國際合作，談甚麼國際禮儀，這跟說『我愛你』沒什麼兩樣，目的就是為了快點騙到手上床。當然啦，除非他真是天使下凡，到地球來拯救我們脫離惡魔的掌握。你相信嗎？」

其實，萬諾文自己也一再否認，所以，我也不能反駁艾德華。

「你應該瞧瞧他們的科技。這些傢伙搞尖端的生化科技已經搞了差不多一千年了。如果他們真想把那些迷你機器人送上太空去，他們老早就動手了。所以囉，為什麼不動手呢？撇開那些慈悲為懷冠冕堂皇的理由不談，我們要問的是，為什麼？答案很簡單，因為他們怕假想智慧生物會報復。」

「擔心假想智慧生物會報復？他們跟我們一樣，對假想智慧生物一無所知。」

「那是他們的說詞。那並不代表他們不會怕。至於我們呢，我們是一群活該的白癡。很久以前，我們就發射過核子武器，攻擊它們放在南北極上空的機器。是啊，我們地球來揹黑鍋，那豈不是兩全其美？老天，泰勒，你看清楚了嗎，這是典型的陷害。大概很難有人能夠比他們更狡猾了。」

「搞不好是你有偏執狂。」

「是嗎？時間迴旋已經這麼久了，還有誰不是偏執狂？全世界都是偏執狂了。我們都知道有一股邪惡巨大的力量控制了我們的生活，這大概就是你所謂的偏執狂。」

我說：「我只不過是一個普通的全科醫生。不過，有一個真的很聰明的人告訴我……」

「你說的大概就是傑森吧。傑森告訴你，人類還有救。」

「不光是傑森，還有整個羅麥思政府，國會大多數的議員。」

「只不過，他們都是被那批蛋頭學者牽著鼻子走，而那些蛋頭也都跟傑森一樣被這些東西迷昏了頭。你想不想知道，你的好朋友傑森為什麼對這個計畫那麼有興趣？那是因為恐懼。他很怕自己死得不明不白。目前的情況是，如果他死得不明不白，那就代表全人類都會死得不明不白。人類可以算是很有智慧的生物，所以，一想到人類這個物種就要被宇宙淘汰掉了，卻還搞不清楚究竟是什麼道理，這會把傑森嚇得屁滾尿流。所以，大醫師，與其在這邊幫我做診斷，說我是偏執狂，還不如去檢查一下你的朋友，看看他是不是患了偉大妄想症。他想在死之前解開時間迴旋的謎，他把這個當成自己的使命。這個時候，萬諾文出現了。他把火柴送給一個縱火狂。」

「你真的要我這樣跟他講？」

「我不是……」艾德華忽然變得有點悶悶不樂。或許只是因為他血液裡的酒精在發作了。「我只是想，也許他會聽你的……」

「你應該知道你兒子的脾氣吧。」

他閉上眼睛。「大概吧。我也不知道。不過，我必須試試看，你懂嗎？要不然我會良心不安。」他居然會說自己有良心，真是令人驚奇。「這是我的真心話。我覺得自己好像在看火車出軌的慢動作。車輪已經出軌了，司機卻沒有發現。所以，我該怎麼辦？拉警報還來得及嗎？大聲喊叫『閃開』還來得及嗎？也許來不及了，不過，泰勒，他是我兒子。開火車的那個人是我兒子。」

「不是只有他有危險，全世界都一樣。」

「你錯了。就算這個計畫成功了，我們得到的也不過就是一些抽象的情報。也許傑森覺得這樣就夠了，可是全世界的人是不會就此滿足的。你不了解羅麥思這個人，但我很清楚。羅麥思會很樂於在傑森頭上貼上失敗者標籤，把他推出午門斬首示眾。政府裡面有一票人希望看到基金會關門大吉，或是換個招牌變成軍事機構。這還是最樂觀的下場。最悲慘的結局是，假想智慧生物被惹毛了，把時間迴旋關掉。」

「你是怕羅麥思會把基金會關閉？」

「基金會是我一手創立的，沒錯，我當然關心。不過這不是我今天來的目的。」

「我可以把你說的話轉告給傑森知道，不過，你認為他會改變心意嗎？」

「我……」這個時候，艾德華呆呆看著桌子，露出一種迷惘的眼神，眼睛裡似乎閃泛著一點淚光。「不會，他一定不會，不過，如果他願意跟我談一談……我只是想讓他知道，他隨時可以找得到我。如果他願意跟我談，我絕對不會讓他覺得是受罪。我是真心的，只要他願意跟我談。」

此時此刻，他彷彿開了一扇門，我看到的是一個老人的寂寞傾瀉而出。

傑森認定艾德華到佛羅里達來，一定是計畫要絕地大反攻。從前那個艾德華或許會。然而，此刻我眼前這個艾德華卻是一個垂垂老矣、滿懷悔恨、剛剛失落權柄的老人。這個老人在酒杯裡找到了安慰，滿懷著罪惡感到處漂流。

我的口氣比較緩和了。我說：「你有跟黛安聯絡過嗎？」

「黛安？」他不以為然地揮揮手。「黛安的電話號碼改了，我找不到她人。反正，她就是跟那一票世界末日的狂熱份子搞在一起。」

「艾德華，他們不是狂熱份子。他們只是一個小教會，思想怪怪的而已。比起黛安，賽門還比較狂熱一點。」

「她被時間迴旋嚇得失魂落魄。你們這一代的人大概都差不多。她都還沒有真的長大就一頭栽進這個狗屁倒灶的宗教裡。我印象很深刻。時間迴旋令她變得很消沉。晚上吃飯的時候，她會突然開始唸聖人湯瑪斯．阿奎那的名言。我本來希望卡蘿能夠勸勸她，可是卡蘿實在沒什麼用。這倒沒什麼好奇怪的。所以，你知道我想出什麼辦法嗎？我安排了一場辯論，讓她和傑森辯論。我注意到，大概有半年的時間，他們一直在爭辯上帝的問題。於是，我就讓他們來一場正式辯論，你大概也知道，就是大學裡那種辯論。竅門在於，我讓他們交換角色，為自己反對的一方辯論。傑森必須為上帝的存在辯護，而黛安則必須從無神論的觀點出發。」

他們從來沒有跟我說過這件事。不過，我倒是不難想像，當艾德華派他們做這種功課的時候，他們有多喪氣。

「我想讓她明白，她是多麼容易被矇騙。她倒是很認真。我想，她大概是希望我會讚美她。基本上，她只是把傑森對她講過的話照本宣科搬出來。但傑森……」講到這裡，他臉上那種驕傲是很明顯的。他的眼睛開始發亮，臉上又泛出紅光。「傑森實在太聰明了，聰明得嚇人，聰明得沒話說。傑森一一反駁黛安提出來的每一個論點，然後又反擊回去。他可不是拾人牙慧。他自己讀了很多理論，讀了很多《聖經》的學術論文。他從頭到尾從容不迫，那種姿態彷彿是在說，你看，我可以反過來跟你辯論，我和你一樣熟悉這些東西。我睡覺都可以跟你辯，只不過，在我眼裡，這些論點都不堪一擊。他把黛安打得毫無招架的餘地。到最後，黛安哭了。她硬撐到最後，可是卻哭得一把鼻涕一把眼淚。」

我聽得目瞪口呆。

他看到我的表情，似乎有點尷尬，臉上有點抽搐。「不要在我面前裝出那副道貌岸然的樣子。我只是想幫她上一課。我希望她能夠實際一點，而不是像別人一樣在時間迴旋裡鑽牛角尖，卻拿不出實際行動。你們這一代的人真他媽的……」

「難道你都不在乎她是不是還活著？」

「我當然在乎。」

「艾德華，不光是你找不到她，最近都沒有人聽到她的消息了。她失蹤了。我在想，我是不是應該想辦法找到她。你覺得這樣好不好？」

這個時候，女服務生又端一杯酒過來了。突然間，艾德華眼裡彷彿只有那杯酒了，沒興趣再談這件事，沒興趣再跟我講話，沒興趣再去管外面的世界了。「好啊，我也想知道她究竟有沒有怎麼樣。」他把眼鏡摘下來，用餐巾紙擦一擦。「好，泰勒，你確實應該去。」

這就是為什麼我會決定陪萬諾文一起到亞利桑納州去。

陪萬諾文出遊，簡直就像是陪天王巨星或是陪總統出遊差不多，戒備森嚴，沒什麼自由，不過卻超有效率。飛機是專機，準時起飛準時降落，公路上有車隊護航。沒多久，我們就已經站在光明天使步道的起點了。當時距離複製體發射的日期還有三個禮拜，七月天，天氣熱得快爆炸，天空像溪水一樣清澈透藍。

峽谷邊緣有一排護欄，萬諾文就站在護欄旁邊。國家公園管理局已經把步道和遊客中心封閉起來，禁止遊客進入。他們派出三個最優秀也最上相的巡警，引導萬諾文到峽谷底下去探險。另外還有一整個分隊的聯邦安全人員也要跟去。他們肩膀上背著槍套，外面套著白色的休閒衫。他們準備在谷底紮營過夜。

政府答應過萬諾文，當他們出發去旅遊的時候，會給他一點隱私。可是現在，這裡已經成了馬戲團。媒體的轉播車擠爆了停車場，新聞記者和狗仔隊攀在警戒線上，滿臉飢渴哀求的表情。直升機沿著峽谷邊緣盤旋，捕捉畫面。儘管如此，萬諾文還是滿開心的。他咧嘴笑著，大口大口吸著峽谷中飄散著松香的空氣。天氣熱得嚇人。我本來以為，火星人一定受不了這種天氣，沒想到他卻沒有露出半點痛苦的樣子，只不過，我看到他皺皺的皮膚上汗水閃閃發亮。他穿著一件淡淡的卡其襯衫，穿著一條顏色很搭配的褲子，腳上穿著一雙兒童尺寸的長筒休閒鞋。那雙鞋他已經穿了好幾個禮拜，好不容易穿到合腳了。他拿起一個鋁製的軍用水壺猛灌了好幾口，然後問我要不要喝。

他說：「歃水為盟。」

我笑了起來。「你留著慢慢喝吧。我怕那些水還不夠你喝。」

「泰勒，我真希望你能夠跟我一起下去。有句話說……」他說了幾句話火星話。「太多的佳餚，一個鍋子不夠裝；太多的美景，一雙眼睛看不完。」

「還有一大票G型神探可以跟你一起分享。」

他用一種嫌惡的眼神看了那些安全人員一眼。「很不幸，他們恐怕沒有辦法分享。這些人都是視而不見。」

「火星上也有這句成語嗎？」

他說：「意思差不多。」

亞利桑納州州長剛剛抵達。萬諾文對著州長和媒體採訪團說了幾句親切友善的場面話。這個時候，我借了一部基金會的車，往鳳凰城出發。

沒有人會來干擾我，也沒有人會跟在我屁股後面。媒體對我根本沒興趣。也許表面上我是萬諾文的私人醫師，也許有一些常碰面的新聞記者認得出我，不過，一旦我離開萬諾文身邊，我就沒什麼新聞價值了，半點也沒有。這種感覺很好。我打開車上的冷氣，到後來，車子裡開始有了一種加拿大秋天感覺。也許這種感覺就是所謂的「絕望中的興奮」。雖然我們已經注定要滅亡了，但未來還是充滿了可能。這樣的感覺在萬諾文公開亮相那段期間開始達到高峰。地球快要滅亡了，再加上火星也跟著陪葬。事情到了這種地步，還有什麼是不可能的？甚至，還有什麼是不太可能的？既然世界就要毀滅了，那麼，禮貌、耐性、美德，這一切世俗的標準規範還有容身之地嗎？既然船已經注定要沉了，那麼，還有誰會怕把船搖翻了？

艾德華指責我們是時間迴旋心理麻痺的一代。也許他說對了。我們已經在死亡陰影的籠罩下生活了三十幾年。沒有人擺脫得掉那種隨時會受害的感覺，每個人內心深處都意識到有一把利刃在頭頂上懸盪。生活中的種種樂趣都蒙上了一層陰影。最傑出、最勇敢的人也會顯得猶豫不決、畏縮不前。就連麻痺也會漸漸消退。表面的焦慮底下潛藏著不顧一切的莽撞。靜極思動。

然而，行動卻未必是明智而正確的。沿著公路，我看到三座警告標誌，提醒駕駛人附近可能會有公路搶劫。收音機裡的路況播報員唸了一串名單，列舉了被警方封閉的幾條道路。她的口氣漫不經心，彷彿是在播報道路維修的路段。

不過，還好我一路上都沒有碰到什麼麻煩，很順利地抵達約旦大禮拜堂，把車子停在後面的停車場。

約旦大禮拜堂現任的牧師是一個剃著平頭的年輕人。他叫巴伯·柯貝爾。我之前打電話跟他聯絡的時候，他答應跟我見面。我正在鎖車子的時候，他走到我車子這邊來，帶我到他的寓所，請我喝咖啡、吃甜甜圈。我直接向他表明來意。他看起來像個高中的運動員，雖然變得有點胖，但還是散發出一股昔日球員的氣息。

他說：「你剛剛說的我考慮過了，我知道你為什麼想和黛安．羅頓見面。不過，你的要求會讓我們教會為難，你知道為什麼嗎？」

「我不太清楚。老實說，我不知道。」

「謝謝你的坦白。那我就告訴你吧。紅色小母牛危機爆發之後，我才開始擔任這個教區的牧師。不過，很久以前，我就已經是這個教會的成員了。我認識你要找的那兩個人，黛安和賽門。他們曾經是我的朋友。」

「現在不是了嗎？」

「我希望我們還是朋友，不過，他們是不是這麼想我就不知道了。你知道嗎，杜普雷大夫，約旦大禮拜堂雖然是一個小教會，過去卻鬧過不少爭議。一開始，我們這個教會的成員就很複雜，主要是一群老式的時代主義教派信徒，再加上一些幻想破滅的新國度運動嬉皮。我們之間唯一的共同點，就是我們都相信世界末日已經迫在眉睫，還有我們都很誠摯地渴望得到一分基督徒的情誼。你可以想像，這個團體要相處融洽並不容易。我們彼此之間有過爭議，後來決裂了。有些人開始在基督教的教義裡鑽牛角尖。坦白說，看在很多教友的眼裡，他們對教義的質疑簡直是不可思議的。至於賽門和黛安呢，他們加入了一群死忠的後大難主義教派的團體。這些人想把持約旦大禮拜堂。他們的舉動導致了激烈的鬥爭，俗世的人也許會稱之為權力鬥爭。」

「結果呢，他們輸了嗎？」

「噢，你錯了。他們徹底控制了教會。至少控制了一陣子。他們把教會帶向激進的路線，讓大多數的教友感到很不自在。他們那一群人裡面有一個叫做丹．康登，就是他害我們牽扯到電視新聞報導的那個事件。他們想用一頭紅色的小牛促成基督復臨，結果行動卻失敗了。到現在我還心有餘悸，覺得他們真是膽大妄為，野蠻怪異，彷彿必須等他們完成這個小牛培育計畫之後，天國萬軍的統帥耶和華才能夠號召信徒。」

柯貝爾牧師啜了一口咖啡。

我說：「我不夠資格討論他們的信仰。」

「你在電話裡告訴我，黛安的家人聯絡不到她。」

「是的。」

「也許她是有意的。我在電視上看過她爸爸，他看起來很嚇人。」

「我不是來綁架她的。我只是想知道她是不是平安。」

他又啜了一口咖啡，若有所思地看了我一眼。

「真希望我能夠告訴你她很好。她應該很好。可是，醜聞爆發之後，他們那整群人就搬到鄉下去了。其中有幾個人目前還必須等候傳喚，接受聯邦調查局的偵訊。所以，他們不希望有訪客。」

「不過還是有可能進得去囉？」

「如果他們認識你的話，還是有可能會讓你進去。不過，杜普雷人夫，我不知道他們認不認識你。我可以教你怎麼走，不過我不認為他們會讓你進去。」

「就算有你擔保也不行嗎？」

柯貝爾牧師眨了眨眼，似乎在考慮。

然後他笑了一下，從後面的書桌裡拿出一張小紙片，寫上地址和幾行路線指示。「你的點子不錯，杜普雷大夫。你就告訴他們，是巴伯牧師叫你去的。不過，你還是要小心一點。」

ᔕ ᔕ ᔕ

我順著巴伯．柯貝爾牧師告訴我的路線，從城裡開了幾個小時的車來到一個小山谷。丹．康登的牧場是一棟很乾淨的兩層樓農舍，就我眼前所看到的，看起來不怎麼像牧場。那裡有一座很大的穀倉，跟農舍比起來，顯得比較破爛。牧草地上雜草叢生，幾頭牛站在那邊放牧吃草。

車子才剛停住，有個穿著工作褲的高大男人蹦蹦跳跳地從門廊的階梯跑下來。他大概有一百一十公斤重，留著絡腮鬍子，一臉不高興。我把車窗搖下來。

他說：「老闆，這裡是私人產業。」

「我是來找賽門和黛安的。」

他看著我沒說話。

「他們不知道我要來，不過他們認識我。」

「他們有邀請你來嗎？我們這裡沒那麼有名，很少有觀光客會來的。」

「巴伯・柯貝爾牧師說，你們應該不會介意我來拜訪。」

「他真的這樣講，嗯。」

「他叫我告訴你們，我是絕對不會危害到你們的。」

「嗯，巴伯牧師。你有證件嗎？」

我把身分證拿出來。他把身分證抓在手上，走進房子裡。

我坐在那邊等。我把車窗搖下來，讓乾爽的風吹進車子裡。太陽已經垂得很低，斜照在門廊的柱子上，在地上拖出長長的影子。等到那個人出來的時候，地上的影子已經拉得更長了。他把證件拿還給我，說：「賽門和黛安可以見你了。如果我剛剛講話不太客氣，請你多多包涵。我叫索雷。」我從車子裡鑽出來，跟他握握手。

他的手勁很大。「艾倫・索雷。大家都叫我艾倫弟兄。」

他帶我走進那個吱吱呀呀的紗門，進到屋子裡。屋子裡很悶熱，不過氣氛卻很活潑。有一個穿著棉T恤小男孩從我們旁邊跑過去，邊跑邊笑。他大概只有我們的膝蓋高。我們經過廚房的時候，兩個女人一起在裡面做菜，看起來好像是很多人要吃的。爐子上有一個斗大的鍋子，砧板上有一大堆甘藍菜。

「賽門和黛安住在樓上後面的房間。從這個樓梯上去，走到裡面右邊最後一個門……你現在可以上去了。」

不過，他好像不需要告訴我該怎麼走了。賽門已經在樓梯口等我了。

當年煙斗通條大亨的繼承人如今看起來有點憔悴。其實說起來也沒什麼好奇怪的，畢竟我已經二十年沒有看到他了。上次看到他那天晚上，中國用核子武器攻擊南北極上空的時間迴旋機。也許他現在對我也是同樣的感覺。他的笑容還是一樣燦爛，開朗又親切。要是他愛財神瑪門更甚於愛上帝，早就被好萊塢挖去當明星了。他連手都懶得握，直接就攬住我的肩膀。

他說：「歡迎你！泰勒！泰勒．杜普雷！如果剛剛艾倫弟兄對你有點不太禮貌，我代他向你致歉。我們這邊很少有客人來，不過，只要你一進了門，你慢慢就會發現，我們接待客人是很殷勤的。如果我們有那麼一丁點機會知道你要來亞利桑納州，我們一定會邀請你過來。那樣就可以免掉剛剛的不愉快。」

我說：「選日不如撞日，我也很高興湊巧有這個機會。我到亞利桑納州來是因為……」

「噢，我知道。我們偶爾也會聽新聞。你是和那個滿身皺紋的人一起來的，你是他的醫生。」

他帶著我穿過走廊，走到一扇油漆成乳白色的門。那是賽門和黛安房間的門。他把門打開。房間裡的擺設感覺還滿舒服的，只不過有點老氣。角落裡有一張大床，波浪紋的床墊，上面鋪著一條襯裡縫線的被子，窗戶上有黃色方格棉布的窗簾。長條木頭地板上鋪著棉製的小地毯。窗戶旁邊有一張椅子，黛安就坐在椅子上。

ડ ડ ડ

她說：「看到你真高興。謝謝你特別撥出時間來看我們，希望沒有耽誤到你的工作。」

「我還巴不得可以耽誤工作。最近好不好？」

賽門走過去站在她旁邊，手扶著她的肩膀。他的手一直搭在她肩膀上。

她說：「我們都很好。也許沒什麼錢，不過還過得去。在這樣的時代，任何人能夠這樣過日子就算不錯了。泰勒，很抱歉我們都沒有跟你聯絡。自從約旦大禮拜堂出了事以後，我們就愈來愈不敢相信教會以外的世界了。你應該也聽說過了吧？」

賽門插嘴了。「真是一團亂。國安部把牧師寓所裡的電腦和影印機都拿走了。拿走了以後一直都沒有還給我們。當然，紅色小母牛那件事跟我們一點關係都沒有。我們只不過發了一些宣傳手冊給教友。你也知道的，願不願意參與這樣的事，應該要讓他們自己決定。為了發傳單的事，聯邦政府找我們去問話。你想像得到嗎？顯然普雷斯登．羅麥思的美國政府認為我們犯罪了。」

「但願沒有人被逮捕。」

賽門說：「我們身邊的人都沒事。」

黛安說：「可是大家都被搞得很緊張。連一些生活中理所當然的小事都要考慮能不能做，例如打電話、寫信。」

我說：「我想妳大概要很小心。」

黛安說：「是啊。」

賽門說：「真的要很小心。」

黛安穿著一件寬鬆的棉質素色連身裙，腰上綁了一條帶子，頭上戴著一條紅白相間的格子頭巾，看起來像是一個美國南部鄉下的回教婦女。她沒有化妝。事實上，她根本不需要化妝。想用破爛寒酸的衣服遮蓋艷光四射的黛安，差不多就像是用草帽去遮住探照燈一樣，白費功夫。

光是看黛安一眼，我就明白自己心裡有多麼地渴望她。莫名其妙的渴望。當著她的面卻滿腦子綺麗幻想，我感到有點不好意思。二十年來，我們之間一直保持著一種若即若離的感情。我們彼此之間曾經多麼地熟悉，現在卻如此遙遠。然而，為什麼此刻我會突然心頭一陣狂跳？她只不過是坐在那張木頭椅子上，瞥了我一眼，一下子又把眼光移開。當我們四目交會的那一瞬間，她臉上泛起一片淡淡的紅暈。為什麼那驚鴻一瞥會讓我飄飄然彷彿飛上九霄雲外？

但這一切是那麼地虛無縹緲，那麼不公平……對某個人不公平。也許是對我，也許是對她。也許我根本就不應該來的。

她說：「那你過得好不好？我猜，你應該還是跟傑森一起工作。但願他一切平安。」

「他很好。他要我轉告你，他愛你。」

她笑了起來。「我不太相信。這不像他的作風。」

「他變了很多。」

「是嗎？」

賽門說：「傑森的傳言很多。」他還是抓著黛安的肩膀。他的手在雪白棉布的襯托之下，顯得冷酷僵硬又黝黑。「大家都在議論傑森和那個全身皺紋的人。所謂的火星人。」

我說：「不是所謂的。他真的是土生土長的火星人。」

賽門眨了眨眼。「聽你這麼說，那一定是真的了。不過，就像我剛剛說的，很多人在議論。大家都知道，反基督已經降臨人間。這一點是無庸置疑的。反基督是一個知名人物，他正在向世人宣告他的時代已經來臨，正在策劃他那一場毫無希望的末日大戰。所以，世人的眼睛都在監視那些公眾人物。我並不是說萬諾文是反基督，不過，如果我宣稱萬諾文是反基督，認同的人一定很多。泰勒，你和他走得很近嗎？」

「我偶爾會和他講講話。我不覺得他有那麼大的野心想當反基督。」我心裡想，艾德華也許不會同意我的說法。

賽門說：「就是因為有這樣的事情，所以我們必須更小心。這也就是為什麼黛安沒辦法跟家人聯絡。」

「就因為萬諾文可能會是反基督？」

「因為世界末日已經在眼前了，我們不想被那些有權力的人發現。」

我不知道該說些什麼。

黛安說：「泰勒已經開了一整天的車了，他大概口渴了。」

賽門又恢復了笑容。「等一下就要吃晚飯了，你想先喝點什麼嗎？我們這裡有很多汽水。要不要來一瓶『山露汽水』？」

我說：「好啊。」

他走出房間。黛安一直沒說話，一直等到我們聽到他走下樓梯，她才猛抬頭正眼看著我。「你跑了很遠的路。」

「怎麼樣都聯絡不到妳，只好自己跑一趟。」

「但你實在沒有必要惹上這種麻煩。我身體很好，過得也很快樂。你可以告訴小傑和卡蘿我很好。至於艾德華，如果他在乎的話，你也可以跟他講一聲。我不需要別人跑來突擊檢查。」

「沒這回事。」

「那你只是路過進來打聲招呼嗎？」

「老實說，可以算是，差不多吧。」

「我們不是什麼宗教狂熱份子，我也沒有被軟禁。」

「黛安，我可沒這麼說。」

「但你心裡是這樣想的，不是嗎？」

「看到妳平安我很高興。」

她轉過頭去，夕陽的紅暈照著她的眼睛。「對不起，我只是嚇了一跳，沒想到會在這種情況下見到你。我很高興你在東部那邊過得很好。你過得還不錯，對不對？」

我忽然感到一陣衝動，不想再有什麼顧忌了。我說：「不好。我內心是麻痺的。至少妳爸爸是這麼認為的。他說我們這一代的人全都因為時間迴旋變成心理麻痺。在我們心裡，星星消失那一刻始終陰魂不散。我們走不出那片陰影。」

「你真的相信嗎？」

「也許他說的是真的，只是我們心裡不肯承認。」我本來沒打算要說這些。然而，賽門隨時會進來，他手上會拿著一瓶山露汽水，嘴上會掛著那永遠不會疲倦的微笑。機會稍縱即逝。也許，以後再也沒有機會了。我說：「看到妳，忽然覺得看到的還是從前那個小女孩，在大房子外面的草坪上。所以，也許吧，也許艾德華說得對。二十五年就這樣被偷走了，時間過得真快。」

黛安聽了我的話，不發一語。溫熱的風吹進來，方格圖案的窗簾隨風飄動，房間裡的光線愈來愈黯淡。然後她說：「把門關起來。」

「那樣看起來不會很奇怪嗎？」

「泰勒，把門關起來，我不想讓別人聽到。」

我輕輕把門關上。她站起來，走到我面前，握住我的手。她的手涼涼的。「末日快來臨了，時間也不多了，我們不應該再自欺欺人。對不起，我一直沒有打電話給你，可是，有四個家庭住在這棟房子裡，電話只有一線，所以，誰在用電話，打給誰，全屋子裡的人都知道。」

「賽門不會讓妳打電話的。」

「正好相反。賽門可以接受。無論我有什麼癖好，什麼壞習慣，他都能夠包容。只是，我不想欺騙他，我不想給自己那麼大的負擔。可是，泰勒，我必須承認，我很懷念打電話的那些時刻。那彷彿就像生命線一樣。當我山窮水盡的時候，當教會分裂的時候，當我沒由來地感到寂寞的時候……聽到你的聲音，就像源源不斷的血液流進我的體內。」

「那妳為什麼忽然不打了？」

「因為那是不忠。從前是，現在也是。」她搖著頭，彷彿內心有一個念頭在掙扎。那對她很重要，偏偏又太辛苦。「我明白你對時間迴旋的感受。我也曾經想過。有時候，我會想像有另外一個世界。在那個世界裡，沒有時間迴旋，而我們過著截然不同的生活，我們的生活，你和我。」她顫抖著吸了一口氣，滿臉紅暈。「如果我沒辦法活在那個世界裡，我想，至少每隔幾個禮拜還可以偷偷去一下，打個電話給你，就像兩個老朋友那樣，把世界末日拋到腦後，天南地北地聊。」

「妳覺得這樣就是不忠？」

「那就是不忠。我已經把自己奉獻給賽門了。在上帝和法律的見證下，賽門是我的丈夫。或許那不是明智的選擇，但那畢竟是我的選擇。也許我不是很虔誠的基督徒，但我很清楚自己有什麼責任，我知道自己必須堅持下去，我知道自己必須挺身和某個人站在一起，就算……」

「就算怎麼樣，黛安？」

「就算那會很痛苦。日子已經很難過了，我不覺得我們兩個人有必要讓自己的日子更難過。」

「我到這裡來不是為了要讓妳不開心。」

「我知道你不是，但你卻造成了那種結果。」

「那麼，我該走了。」

「你要留下來吃完飯再走。這是禮貌。」她兩手垂立在身旁，低頭看著地上。「趁現在這裡只有我們兩個人，有些話我要告訴你。我的信仰沒有賽門那麼堅定。我不敢說我相信世界末日來臨的時候，有信仰的人就能夠上天堂。願主寬恕我，但我就是沒辦法完全相信這一切。不過，我倒是相信世界末日一定會來臨，那一天已經快到了。我們會失去生命，而且……」

我說：「黛安……」

「聽我說完。讓我說完心裡的話。我相信世界末日一定會來臨，我也相信很多年以前傑森對我說過的話。他說，有一天早上，地平線會升起一個巨大腫脹的太陽，有如地獄之火。在幾個鐘頭或幾天之內，屬於地球的日子就結束了。我希望，到了那天早上，我不是孤孤單單的一個人……」

「每個人都希望。」我心裡想，也許茉莉．西格蘭是例外。到了那一天，茉莉會像那部老電影「海灘上」一樣，手上拿著一瓶毒藥。有很多像茉莉那樣的人都會是那樣的結局。

「而我不會是孤單單的一個人。我會和賽門在一起。然而，泰勒，有一句心裡的話我要告訴你……願上天寬恕我……當我腦海中浮現出那一天的畫面時，我發現自己身邊那個人似乎不是賽門。」

門突然碰的一聲打開了。是賽門。他手上空空的。他說：「剛剛到樓下去才發現，原來晚餐已經準備好了。我們還幫你這位口渴的訪客準備了一大壺冰茶。下來吧，和我們一起吃飯。東西多得很，盡量吃。」

我說：「謝謝你，好像很不錯。」

總共有八個大人住在農場裡，包括索雷夫婦、丹．康登夫婦、慕艾薩克夫婦，還有賽門和黛安。索雷家有三個小孩，慕艾薩克家有五個，所以加起來總共有十七個人。廚房隔壁的房間裡有一張很大的擱板桌，我們一大群人圍著那張桌子。整個房間鬧哄哄的，氣氛很愉快，一直鬧到「丹叔叔」宣布要禱告了才靜下來。大家立刻交握著手掌，低下頭。

丹．康登是這群人的領袖。他長得很高大，臉色陰沉，黑色的絡腮鬍，長相醜陋，有點林肯總統的味道。他在禱告中強調說，讓陌生人分享食物是一種美德，即使這位陌生人不是我們邀請來的。阿門。

從他們後來的交談中，我發現艾倫．索雷弟兄是他們這群人當中的第二號人物，很可能也是起爭執的時候最強勢的人。泰迪．慕艾薩克和賽門似乎都聽他的，不過，做最後裁決的人還是康登。有人問，湯會不會太鹹？康登說：「剛剛好。」有人問，最近天氣熱不熱？康登說：「就我們這個地方來說不算反常。」

那幾個女人很少說話。吃飯的時候，她們的眼睛幾乎都盯著盤子。康登的太太矮矮胖胖的，臉上的表情一副受過不少折磨的樣子。索雷的太太幾乎和她先生一樣高大，每當有人稱讚她菜做得很好，她就笑得特別開心。臉色陰沉的慕艾薩克已經四十多歲了，但他太太看起來好像還不到十八歲。這幾個女人都不直接跟我講話，也沒有人跟我介紹她們的名字。跟這些礦石般的女人比起來，黛安就像一顆閃閃發亮的鑽石。那種對比是非常明顯的，或許這就是為什麼她的舉動總是小心翼翼。

這幾家人都是從約旦大禮拜堂流亡出來的。「丹叔叔」解釋說，他們都不是原來的教友。他們不像那些狂熱的時代主義教派份子。那些人去年都逃亡到加拿大的薩克其萬省去了。不過，他們也不像巴伯．柯貝爾牧師那些人一樣，信仰不夠虔誠。柯貝爾他們那一群人都太容易妥協了。這幾家人搬到康登的牧場來，是希望能夠和城市隔開個幾公里，遠離城市的誘惑，在修行的平靜中等待最後時刻的來臨。他說，到目前為止，整個計畫還滿成功的。

後來，他們開始討論一些瑣碎的事情，例如卡車的電池壞掉了，屋頂到現在還沒修好，化糞池好像快要滿了。當大家都吃飽準備下桌的時候，我鬆了一口氣，那些小孩子顯然也是。索雷家有個小女孩嘆氣嘆得太大聲，被康登狠狠瞪了一眼。

那些女人開始清理餐盤。在康登的牧場裡，這是女人的工作。當餐桌都收拾乾淨了，賽門對大家說，我該走了。

康登說：「杜普雷大夫，你在路上不會有事吧？現在每天晚上公路上都有人在搶劫。」

「我會把窗戶關得緊緊的，踩著油門不放。」

「那可能是個好辦法。」

賽門說：「泰勒，如果你不嫌麻煩的話，能不能送我到柵欄那邊去。今天天氣很暖和，我想散個步，然後慢慢走回來。回來的時候我可以用手電筒。」

我說好。

然後，大家排成一排很誠懇地跟我說再見。小孩子們有點扭揑不安，跟我握過手之後，他們就一溜煙跑掉了。輪到黛安的時候，她對我點點頭，眼睛卻看著地上。我伸出手。她跟我握握手，眼睛卻不看我。

ꕥ ꕥ ꕥ

我開車載著賽門離開牧場爬上山坡，大概開了半公里。他有點坐立不安，好像有話要說，可是卻不發一語。我不想催他。夜晚的風有一股清香，而且很涼爽。我們開到小山坡的坡頂，看到一排破破爛爛的柵欄，還有一排仙人掌。他叫我停車，我就停下來了。他說：「謝謝你載我一程。」

他打開車門走出去，卻站在那邊猶豫了一下。

我問他：「有話想跟我說嗎？」

他清了清喉嚨。「你知道嗎？」他講得很小聲，幾乎快要被風聲蓋過去了。「我愛黛安，就像我愛上帝一樣。我知道這樣說聽起來有點褻瀆。長久以來我一直都有這種感覺。不過，我相信上帝讓黛安降生在這個世上，是為了讓她做我的妻子。這就是她人生全部的意義。所以，最近我在想，這就像是銅板的兩面。愛她，就是我愛上帝的方式。泰勒．杜普雷，你覺得有可能嗎？」

他沒有等我回答就關上車門，打開手電筒。我從後照鏡看著他緩緩地走下山坡，消失在黑暗中，隱沒在陣陣的蟋蟀叫聲中。

那天晚上，我沒有碰上歹徒，也沒有遇到公路劫匪。

自從時間迴旋剛出現那幾年開始，天上不再有星星，也沒有月亮，因此夜晚變得更黑暗，也更危險。歹徒在偏僻的地方埋伏下手的技巧愈來愈高超。我在夜間開車，遭到搶劫或謀殺的機率也就高得嚇人。

開回鳳凰城的路上沒什麼車，大部分都是往來州際防護嚴密的十八輪大卡車。大部分時間，路上只有我一輛車。車燈彷彿在眼前的夜色中鑿開一片光明的區塊。我只聽得到輪胎摩擦地面的聲音，還有呼嘯而過的風聲。這大概是天底下最寂寞的聲音了。我想，這大概就是為什麼車上都會有收音機。

還好，那天晚上，路上沒有搶匪也沒有殺人犯。

那天晚上沒有。

我在弗雷格斯塔夫城外的一間汽車旅館過夜，第二天早上再趕到機場和萬諾文會合。他和一群安全人員在機場的官員候機室裡。

飛往奧蘭多的路上，萬諾文講話的興致似乎很高。在飛機上，他一直在研究南部沙漠的地質學。

他被一顆石頭迷住了。先前回程前往鳳凰城的路上，他在一間賣紀念品的小屋裡買了那顆石頭。當他在一整箱的化石裡挑三揀四的時候，整個車隊只好停在路邊等他。他得意洋洋地在我面前炫耀那顆石頭。那是一塊從光明天使景點所採集的頁岩，四四方方，長寬高各約兩公分半，其中一面有一個螺旋形的白堊凹洞。他說，這塊從大峽谷挖出來的石頭，是一千萬年前三葉蟲的遺跡。大峽谷那一大片巨石嶙峋沙土遍地的荒野，遠古時代曾經是浩瀚的海洋。

他這輩子從來沒有見過化石。他說，火星上沒有化石。除了地球，除了古老的地球，整個太陽系裡找不到半顆化石。

ᔕ ᔕ ᔕ

到了奧蘭多，有人帶我們坐上另一輛車的後座。這又是另一個護航車隊，準備開往基金會園區。安全人員為了清查周邊地區，耽擱了大約一個鐘頭。車隊在黃昏的時候正式啟程。上了高速公路，萬諾文打了個大哈欠，連忙跟我說不好意思。「我不太習慣一口氣做這麼長時間的運動。」

「我在基金會看過你用跑步機，你的體力好像還不錯。」

「跑步機怎麼能跟大峽谷比。」

「沒錯，好像不成比例。」

「我全身痠痛，不過卻一點也不後悔。這真是一趟精采的探險之旅。希望你自己也玩得開心。」

我說，我找到黛安了，她身體還好。

「那太好了。很可惜我沒有親眼見到她。就算她和她哥哥只有一點點像，一定也是一個很了不起的人。」

「她確實是。」

「只不過，你跑這一趟，結果和你原先期望的好像不太一樣，對不對？」

「也許我本來就不應該抱那種期望。」也許長久以來我根本就不應該抱著那種期望。

萬諾文又打了個哈欠，眼睛已經快張不開了。他說：「噢，這個問題嘛……永遠都是這麼一回事。你應該問，要怎麼看太陽，才不會被太陽曬瞎眼睛。」

我很想問他，這句話有什麼道理，可是，他的頭已經鬆軟無力地靠在椅背的軟墊上，睡著了。我不忍心吵他睡覺。

§ § §

車隊總共有五輛車，再加上一部裝甲人員運兵車。車上有一個步兵小隊，以防有什麼突發狀況。裝甲運兵車外形四四方方，看起來很容易會誤以為是當地銀行用來運鈔票的裝甲車。

事實上，有一列布林克保全公司的車隊正好開在我們前面，距離我們十分鐘車程。後來，那個車隊下了高速公路朝棕櫚灣的方向開過去。劫匪集團在高速公路上幾個主要的出口都部署了觀測員，用電話傳遞情報。觀測員把我們和布林克保全公司的車隊搞混了，鎖定我們為目標。一大群攻擊部隊在前面埋伏，等我們上門。

攻擊部隊是一群身經百戰的罪犯，他們在伏擊路段的前後方設置了路面地雷。那個路段正好經過一片沼澤保留區。他們配備了自動步槍，還有火箭推進榴彈發射器，布林克的車隊根本不是他們的對手。從第一枚地雷爆炸算起，大概只要五分鐘，他們就會消失在沼澤遍布的荒郊野外，開始分贓。可是，他們的觀測員犯了一個致命的錯誤。攻擊銀行的運鈔車是一回事，但攻擊我們的車隊又是另外一回事了。我們這五輛車都有加強安全防護的改裝，而且，那輛裝甲運兵車上載滿了訓練有素的士兵和安全人員。

隔著深暗的車窗玻璃，我看著低淺的沼澤水面一片碧綠，光禿禿的柏樹從車窗外快速掠過。突然間，公路上的燈光全暗了。

劫匪已經切斷了地下電纜。突然間，幽暗變成了一片漆黑，伸手不見五指，彷彿車窗外就是一片黑漆漆的牆壁，什麼都看不到，只看得到自己滿臉驚恐的倒影。

我說：「萬……」

他還在睡，滿是皺紋的臉孔像指紋一樣文風不動。

接著，前導車壓到地雷了。

爆震像鐵拳一樣撞擊我們堅固的車身，訓練有素的車隊立刻散開。但我們距離實在太近了，我甚至看得到那輛前導車被一股巨大的黃色火焰轟上天空，然後又摔回柏油路面，起火燃燒，車輪被炸得開花。

我們的駕駛緊急轉向。按照他們所受過的訓練，他本來應該立刻加速離開現場，然而，車子卻減速了。前面的路被擋住了。接著，我們聽到車隊後面傳來另外一聲爆炸。另外一枚地雷把路面炸掉了一大塊，掉到沼澤裡。劫匪的行動冷酷迅速，效率驚人。我們被困住了。

這下子，萬諾文醒過來了，臉上的表情又困惑又害怕。他眼睛睜得大大的，像月亮一樣又圓又大，而且閃爍著光芒。

距離不遠的地方，手槍射擊的聲音此起彼落。我彎腰壓低身體，伸手把萬諾文也拉下來。我們上半身貼著大腿，頭貼在膝蓋上，身上還綁著安全帶。我們驚慌失措地摸索安全帶的扣環。駕駛停住了車子，從儀表板下面抽出了一把槍，整個人滾到車子外面。

那一剎那，十幾個士兵從我們後面的裝甲車裡衝出來，朝著黑暗中一陣瘋狂掃射，想打開一片安全區域。另外幾部車裡的便衣安全人員向我們車子這邊聚集過來，準備保護萬諾文。但他們還來不及靠近就已經中彈倒地。

我們的快速反應一定嚇到了那些公路劫匪。他們的重型武器開火了。有人發射了一枚火箭推進榴彈。我事後才知道那叫做火箭推進榴彈。當時，我只聽到轟的一聲，耳朵就聽不見了。車子一陣翻轉，濃煙四起，到處都是碎玻璃屑。

然後，不知道為什麼，我發現自己上半身已經伸出後車門外面，臉部貼著滿是砂礫的路面，嘴巴裡有血的味道。萬諾文躺在我旁邊一、兩公尺的地方，有一隻鞋子著火了。那是他特別為大峽谷之行買的兒童尺寸休閒鞋。

我叫他。他動了一下，好像全身虛弱無力。子彈劈哩啪啦打在車子的殘骸上，在車身的鋼板上打出一個個的彈坑。我的左腿麻痺了。我拖著身體靠近萬諾文，用一塊椅墊的破片悶熄著火的鞋子。萬諾文呻吟了一聲，抬起頭。

我們的人開火還擊。曳光彈拖著一條條一閃而逝的光影飛向道路兩邊的沼澤。

萬諾文弓著背，慢慢跪起來。他好像有點意識不清。他鼻子在流血，額頭上有傷口，皮開肉綻。

我聲嘶力竭地大喊：「不要站起來！」

可是他還是很努力地想站起來。燒焦的鞋子快要鬆脫了，散發出一陣焦臭味。

「我的天！」我大叫，伸出手去拉他，但被他甩開了。「我的老天！別站起來！」

最後，他終於想辦法站起來了。他用手撐住身體，搖搖晃晃地站起來。汽車殘骸燃燒的火光映照著他的身影。他低頭看看我，好像認出我是誰了。

他說：「泰勒，怎麼回事？」

接著，他中彈了。

很多人憎恨萬諾文。他們不信任他，懷疑他的動機，例如艾德華·羅頓。也有一些人唾棄他，認定他是上帝的敵人。為什麼唾棄他呢？原因很複雜，而且沒什麼道理。因為他的皮膚碰巧是黑色的，因為他主張演化論，因為他握有時間迴旋的科學證據，冒犯了浩瀚宇宙永恆不朽這個真理。

有很多這樣的人私下密謀想殺害他。國安部攔截到很多這類恐嚇威脅的情報，列入檔案紀錄。然而，最後奪走他性命的反倒不是這些陰謀。奪走他性命的是人類的貪婪、錯誤的判斷，還有時間迴旋所引發的不顧一切的莽撞。

他的死讓地球人蒙羞。

他們解剖萬諾文的屍體，採取了大量的樣本，然後將屍體火化，為他舉行正式的國葬。他的追悼會在華盛頓國家大教堂裡舉行，全球各國都派遣重要人士前來弔唁。羅麥思總統朗讀了一篇很長的紀念文。

有人說要把他的骨灰撒到太空去，可是一直沒有下文。傑森告訴我，骨灰甕保存在史密森機構航空太空博物館的地下室，等候最後的處置。

也許現在還在那裡。

在夜落之前回家

我在邁阿密一家小醫院裡待了幾天。我只受了一點輕傷，已經逐漸在復原。那幾天，我也接受了調查員的詢問，描述當時的狀況。另一方面，我也開始真正感受到，萬諾文已經死了。也就是在這段期間，我決定離開基金會，自己開一家診所。

不過，我打算等到複製體發射之後再告訴別人這件事。在這個關鍵時刻，我不想讓傑森煩心。

ฯ ฯ ฯ

跟前幾年改造火星的行動比起來，複製體發射計畫顯得有點雷聲大雨點小。它會達到更偉大、更微妙的成就，然而，正因為整個計畫只動用了幾枚火箭，時機的掌握也不需要太精確，太容易執行，花的錢又少，反而沒什麼戲劇效果。

羅麥思總統打算把這項計畫變成美國人的專利。羅麥思總統讓太空總署和基金會的高層人士把持了複製體科技，拒絕和其他各國分享。他的舉動觸怒了歐盟、中國、俄羅斯和印度。火星資料庫的公開版本中，相關的段落都被羅麥思下令刪除了。引用羅麥思的話，「人造微生物」是一種「高風險」的科技，很可能會被人用來「當作武器」。（其實他講得也沒錯，連萬諾文自己也承認。）因此，美國人有義務負起「保管的責任」，控管情報，以防「奈米科技擴散，淪為一種全新的致命武器」。

歐盟咒罵美國人犯規，聯合國也召集了一個調查小組。然而，全球四大洲遍地烽火，到處都有小規模的戰爭，在這種情況下，羅麥思的說詞倒是有一定的分量。不過，如果萬諾文還在，他可能會反駁說，同樣的科技，火星人已經用了好幾百年，大家倒也相安無事，而火星人和他們的地球祖先一樣是人類。

由於這種種原因，使得那年夏末，卡納維爾角發射火箭那一天，現場的觀眾寥寥無幾，媒體也漫不經心。畢竟，萬諾文已經死了。自從媒體大幅報導萬諾文遭到殺害的事件之後，新聞價值也已經所剩無幾了。如今，四枚沉重的三角洲火箭巍然矗立在海上的發射架，感覺上彷彿只是為萬諾文的追悼會做了一點交代。或者更悲哀的是，那會淪為老調重彈，淪為當年種子火箭發射的翻修版。只不過，如今這個年代，大家已經愈來愈不抱什麼希望了。

然而，就算只是餘興節目，畢竟還是個節目。羅麥思專程從華府飛來參加。艾德華．羅頓也受到禮貌性的邀請，這一次，他願意乖乖地守規矩。於是，到了預定發射日那天早上，我和傑森開車到卡納維爾角東邊的海灘，坐上露天看台的貴賓席。

看台面向海上。當年那些舊發射架還矗立在海上，還可以使用，只是因為長年累月遭到海水的鏽蝕，有一些紅色的痕跡。那是種子發射年代的產物，能夠承載最巨大沉重的火箭。相形之下，那幾枚全新的三角洲火箭看起來小多了。我們坐的位子距離發射架太遠，沒辦法看清楚火箭的每一個小細節。遠遠看過去，我們只看到四根白色的柱子佇立在霧氣迷濛的夏日海面上，旁邊點綴著幾座沒有用到的發射台和聯結軌道。勤務船和支援船停泊在安全距離之外。那是個晴朗的夏日早晨，天氣炎熱。偶爾會颳起一陣陣強風，雖然還沒有強到會影響發射，但已經足以將旗幟吹得啪啪作響，把羅麥思總統精心設計的髮型吹得亂七八糟。羅麥思走上講台，對著一群大人物和媒體記者致詞。

他的致詞意外地簡短。他引述了萬諾文的傳奇事蹟，並且表示對複製體計畫充滿信心。他說，人類即將在冰冷的太陽系邊緣部署一個複製體網路，他相信，不久之後，這個網路將會找出時間迴旋的目的和真相。他說，人類在宇宙中留下痕跡是一種英勇的行為。講到這裡，傑森偷偷對我說：「他應該說銀河，不是宇宙。還有……他說留下痕跡是甚麼意思？像一隻野狗在消防栓撒尿嗎？他真的應該先找個人幫他修飾一下演講稿。」接下來，羅麥思引述了一首詩。那是十九世紀的俄國詩人邱特契夫寫的。邱特契夫根本無法想像時間迴旋是什麼東西，但他寫出來的詩卻彷彿他親眼看過一樣。

浩瀚宇宙消失如幻影一閃而逝
孤立無援衣不蔽體形單影隻的
那人一如無家可歸的孤兒終須
面對茫茫不可測無邊際的黑暗

而今他終於知道在那豁然開朗
遙遠陌生的夜晚他未知的命運
已然注定而一切都是理所當然
一切生命與光明恍如上古夢境

然後，羅麥思走下講台。接下來，單調乏味的倒數計時開始了。數到零，第一枚火箭冒出巨大的火焰衝上天外那逐漸豁然開朗的宇宙，衝向已注定的未知命運。那是我們理所當然的命運。所有的人都抬頭看著天空，但傑森卻閉上眼睛，兩手疊在大腿上。

ꕥ ꕥ ꕥ

我們和另外一些受邀的來賓一起走到接待室，準備接受媒體的訪問。有線電視新聞網預定訪問傑森二十分鐘，也要訪問我十分鐘。我的身分是「奮力搶救萬諾文生命的醫生」。等記者七嘴八舌問得差不多了，我才告訴他們，其實，我只不過是把他鞋子上的火弄熄，並且在他中彈倒地之後，把他的身體從槍林彈雨中拖出來。我很快地幫他作了基本的身體檢查，包括氣管、呼吸、脈搏。檢查完了以後，情況已經很明顯，我救不了他了。當時，我也只能壓低身體，等待救援。

羅麥思總統在接待室裡繞了一圈，跟來賓一一握手，然後就在隨扈的簇擁下急急忙忙離開了。艾德華在自助餐檯旁邊逮住了我和傑森。

他說：「你的目的大概已經達到了。」他對著傑森講話，眼睛卻看著我。「現在事情已經無法挽回了。」

傑森說：「既然如此，那大概就沒什麼好吵的了。」

萬諾文和我都認為，傑森進行過生命延長處理法之後，必須持續觀察幾個月。我已經幫他做了一連串的神經病理檢驗，又偷偷做了幾次磁核共振顯影。從檢驗的結果，我看不到有任何神經上的缺陷。唯一明顯的生理上的變化，就是他的非典型多發性硬化症痊癒了。換句話說，他整個人煥然一新，絕對健康。從前，我無法想像這是有可能的。

不過，他整個人似乎出現了一種微妙的變化。我曾經問過萬諾文，是不是第四年期的人都會產生心理上的變化。他說：「就某方面來說，是的。」在火星上，第四年期的人接受生命延長處理之後，言行舉止應該會變得有些不同。這是一種預期的結果。不過，「預期」這個字眼有微妙的雙重含意。萬諾文說，是的，第四年期的人「預料中」（很可能）會變得有點不一樣，不過，整個社會還有和他同年齡的人都會「期望」（要求）他變得不一樣。

傑森有哪些地方變得不一樣了呢？舉例來說，他的肢體動作不一樣了。從前，傑森會很巧妙地掩飾他的硬化症狀，但如今，從他走路的樣子和他的動作姿勢，你會感覺得到他似乎獲得了一種全新的自由，好像綠野仙蹤裡全身鐵皮的鐵樵夫，在關節處上了潤滑油。他偶爾還是會心情不好，但情緒反應比較不會那麼激烈了。他比較少咒罵人了。也就是說，他比較不會陷入那種極端惡劣的情緒裡，滿腦子只想用三字經罵人。他比從前更愛開玩笑。

聽起來好像一切都很美好。確實很好，但只是表面上的美好。除了傑森的轉變，還有別的事情也產生了變化。這些變化就令人擔心了。基金會撤除了傑森的日常管理工作。他的手下甚至一個禮拜才對他做一次簡報，要不然就是根本不照會他。他開始研讀火星資料庫的初步翻譯，研究火星人的天文物理學。他在保密法規的邊緣遊走，鑽法規的漏洞，卻又不至於違規。他的心靈得到了一種前所未有的平靜，而唯一會令他心情激盪的，是萬諾文的死。為什麼萬諾文的死會帶給他那麼大的困擾和痛苦？至今我還是無法體會。

艾德華說：「你明白嗎？剛剛發射的火箭代表基金會的末日。」

他是對的。基金會所扮演的民間太空機構的角色已經結束了。它僅剩的民間功能，就是解讀複製體傳送回來的所有資訊。他們真的開始在裁員了。一大半的助理人員已經被解聘了。技術人員裁減的速度比較慢。基金會運用利誘的手段，讓他們自行離職，例如，到大學教書，或是接受承包廠商的高薪職務。

「那就順其自然吧。」傑森說。他表現出來的樣子，不知道是第四年期的人與生俱來的平靜，還是他壓抑多年的對他父親的敵意。「該做的事已經做完了。」

「你怎麼可以這麼輕易就把基金會的過去一筆勾銷？你對我怎麼交代？」

「事實就是如此。」

「我辛辛苦苦一輩子的心血被你毀於一旦，難道你都不在乎嗎？」

「我在乎嗎？」傑森想了一下，彷彿艾德華問了一個很好的問題。「到頭來，好像沒什麼好在乎的。」

「老天，你到底怎麼回事？你知不知道你犯了多可怕的錯誤……」

「我不覺得我做錯了什麼。」

「……難道你都不知道自己要承擔什麼後果？」

「我大概知道。」

「如果計畫失敗了，他們就會怪到你頭上。」

「這我知道。」

「他們會拿你開刀。」

「要是那樣我也認了。」

艾德華說：「我保護不了你了。」

傑森說：「你從來就沒辦法保護我。」

§ § §

我坐傑森的車回基金會。小傑最近開的是一部德國製的燃料電池汽車，滿不錯的車。大多數人開的還是汽油車。製造那些汽車的廠商並不相信未來有什麼好擔心的。一些通勤上下班的車子從我們旁邊的高速車道呼嘯而過，似乎急著想在天黑之前趕回家。

我告訴他，我打算離開基金會，自己開一家診所。

小傑沒講話。他眼睛看著前面的路。路面上熱氣蒸騰，彷彿世界的邊緣已經被熱氣烤軟了。過了一會兒，他說：「可是，泰勒，你實在沒必要走。基金會還會再跟他們耗上好幾年，而且，我還有一點影響力，可以保住你的職位。必要的話，我還可以私人聘請你。」

「小傑，問題就在這裡。根本沒什麼必要。我在基金會裡一直沒有什麼真正的事情好做。」

「你的意思是，你覺得無聊？」

「換個環境或許能夠讓我覺得自己還有點用處，感覺比較舒服。」

「你覺得自己沒什麼用？要不是你，我現在可能已經坐在輪椅上了。」

「那不是我的功勞，是萬諾文的功勞。我只不過是幫你打了一針。」

「不能這麼說。那段艱苦的時間都是你在照顧我的，我很感激。更何況……我很希望身邊有個人可以說說話，而那個人不會一天到晚想收買我，或是出賣我。」

「我們已經多久沒有好好說過話了？」

「就算我度過了一次危機，病好了，但那並不代表以後不會再發作。」

「小傑，你現在已經是第四年期的人了，未來的五十年，你大概已經不需要再看醫生了。」

「知道這件事的人只有你和卡蘿。這也是我不希望你離開的另外一個原因。」他遲疑了一下。

「你要不要也幫自己做一下生命延長處理？至少還可以再多活個五十年。」

也許我也可以這麼做。不過，就算再多活五十年，到時候太陽已經變得很大了，地球已經被太陽磁層吞沒了。那豈不是多此一舉。「我寧願自己現在可以有點用處。」

「你已經下定決心要走了嗎？」艾德華一定會說：留下來。艾德華一定會說：照顧他是你的責任。艾德華會說的話可多了。

「我已經決定了。」

傑森緊緊抓住方向盤，凝視著前面的路，眼神中透露出無限的感傷。他說：「既然如此，我也只能祝你好運了。」

꩜ ꩜ ꩜

我要離開基金會那一天，一群助理在一間現在很少用到的會議室裡幫我辦了一場派對，給我餞行。他們送我許多禮物。基金會裡的人愈來愈少了，現在又有一個人要離開了。這些禮物倒是滿應景的。一株裝在陶盆裡的迷你仙人掌，一個上面刻著我姓名的咖啡杯，還有一支造型別致的領帶夾。領帶夾的圖案是希臘醫藥之神阿斯庫勒比爾斯手上拿的那枝蛇杖。

那天傍晚，小傑跑到我家來，送了我一份更令人頭痛的禮物。

那是一個紙箱子，外面用繩子綁著。我打開一看，裡面是一堆文字密密麻麻的文件，加起來大概有半公斤重。另外還有六片沒有貼標籤的光學記憶卡。

「小傑，這是什麼？」

他說：「醫學資料。你可以把它當成教科書。」

「什麼樣的醫學資料？」

他神祕兮兮地笑了一下。「資料庫裡面的醫學檔案。」

「火星資料庫？」

他點點頭。

「可是這不是機密資料嗎？」

「技術上來說，那確實是機密資料。不過，只要羅麥思認為自己不會惹上什麼麻煩，連緊急報案電話號碼都會被他列為機密。這裡的資料搞不好足以讓輝瑞和禮來這兩家大藥廠關門大吉，不過，我倒不會擔心這樣會犯法。你呢？」

「是不會，可是……」

「而且，我認為萬諾文一定不希望這些資料被人家私藏起來。所以，我神不知鬼不覺地從資料庫裡陸陸續續拿了一些資料出來，交給我信任的人。泰勒，你不一定真的要用這些資料來做什麼。看或不看隨便你。就算你把它收起來餵蛀蟲也沒關係。」

「太棒了。謝謝你，小傑。這個禮物搞不好會害我被警察捉去關起來。」

他笑得更開心了。「我知道你一定會好好利用的。」

「我現在還不知道能幹什麼。」

「有一天你會知道的。泰勒，我對你有信心。自從我接受生命延長處理之後……」

「你說什麼？」

他說：「很多事情我都看得更清楚了。」

他沒有再多說了。最後，我把那個箱子塞到我的行李箱裡，當作紀念。我忽然有一股衝動想在那個箱子上寫下「紀念品」三個字。

࿋ ࿋ ࿋

複製體發揮功能的速度是很緩慢的，甚至比當年改造一顆死星球的速度還要慢。兩年前，我們把複製體發射到太陽系的邊陲地帶，散布在奧特雲的無數小星體當中。兩年過去了，我們還是偵測不到半點複製體傳送回來的訊號。

然而，那些複製體是很忙的。它們幾乎沒有受到太陽引力的影響，正逐漸在發揮當初所設計的功能。它們體內的超導體結構相當於人類的DNA，裡面有我們當初植入的指令。它們遵照這些指令，在漫長的時間裡一點一點地繁殖。只要多給它們一些時間，只要補充足夠的冰和微量碳元素，時候到了，它們就會把資訊傳送回來。我們發射了幾枚衛星到透析膜外面的軌道上。當那些衛星掉回地球的時候，上面並沒有記錄任何訊號。

那兩年裡，我設法找到了一個合夥人。他叫赫伯特．哈金，是一個講話細聲細氣的孟加拉人。萬諾文去參觀大峽谷那一年，他擔任住院醫師的期限正好也滿了。聖地牙哥有一個全科醫生正好要退休，把診所轉讓給我們。哈金是一個很直率的人，對病人很親切，不過，他很少跟人打交道，沒什麼朋友。他似乎寧願讓日子過得簡單一點。除了白天我們會一起在診所看病之外，其餘的時間我們很少在一起。他幾乎沒有問過我任何私密的問題，最接近的一次，是他問我為什麼要帶兩支手機。

一支是平常用的。我會有另外一支手機，是因為我上次留給黛安的電話號碼就是那支手機。那支手機從來沒有響過，而我也從來沒有想過要再跟她聯絡。然而，如果我不再使用那個號碼，她就永遠聯絡不到我了。我總覺得這樣似乎……呃，不太對。

我喜歡我的工作，甚至可以說，我喜歡我的病人。我治療的槍傷病患之多，出乎我預料之外。然而，這畢竟是時間迴旋的艱苦年代。當地謀殺和自殺的案件開始直線攀升。這個年代，三十歲以下的人似乎都是穿著某種制服，例如軍服、國民警衛隊、國安部、私人警衛等等。甚至還會看到年輕人穿著「青少年保鄉團」的制服當護身符。畢竟，這年頭生育率愈來愈低，年輕人有如驚弓之鳥。這個年代，好萊塢大量生產極端血腥暴力或是宗教色彩極為濃厚的電影。然而，這些電影從來沒有很明確地提到「時間迴旋」這個字眼。「時間迴旋」這個字眼就像性和那些描繪性的文字一樣，遭到「娛樂媒體對白內容」法令明文禁止。發布禁令的機構是羅麥思政府的文化委員會和聯邦通訊委員會。

這個年代，政府頒布了許多法令，針對火星資料庫的內容進行消毒。根據總統和同夥的國會議員的說法，萬諾文的火星資料庫涵蓋了許多本質上非常危險的知識，必須進行消毒，嚴加控管。公開資料庫的內容，簡直就像是「在網路上張貼手提箱核子彈製造方法」一樣。甚至連人類學的資料也遭到審查過濾。在公開發行的版本上，第四年期的人被定義為「受尊敬的長者」，至於透過醫藥延長人類壽命的內容則隻字未提。

然而，有誰想延長生命，或需要延長生命呢？世界末日已經一天天逼近了。

如果有人需要證據的話，天空的閃焰就是世界末日即將來臨的證據。

ꕥ ꕥ ꕥ

複製體計畫終於獲致了第一個明確的成果。半年後，天空開始出現閃焰。

複製體的新聞正式在媒體上發布之前的幾天，小傑已經先告訴我了。事情本身倒是沒什麼驚人之處。一枚由太空總署和基金會共同發射的探測衛星接收到一個微弱的訊號。這個訊號是由冥王星軌道之外很遠的奧特雲傳送過來的。那是一種沒有編碼的周期性音訊，來源是一個即將完成的複製體群。即將完成，也可以說是即將達到成熟階段。

表面上看起來似乎是無關緊要的，但其中卻蘊藏著很深刻的意義。

那是一種前所未有的人造生物細胞。那些冬眠中的細胞飄降在太空深處的一大塊冰塵上。接下來，那些細胞開始進行某種新陳代謝作用，過程非常緩慢，而且非常艱鉅。它們從遙遠的太陽吸收到非常微弱的熱能，然後運用這些熱能分離附近的水分子和碳分子，並利用這些分離出來的原料開始自我複製繁殖。

許多年以後，這個複製體群會長成軸承滾珠般的大小。如果太空人能夠飛過這一段幾乎不可能達成的漫長旅程，而且很清楚地知道自己要找什麼東西，那麼，他就會在小星體的表土層上發現一些黑色的小坑洞。複製體就是寄宿在岩石與冰塵構成的表土層上。不過，比起當初的單細胞複製體，這些複製體群的效率有些微地提升。它開始生長得比較快，也產生較多的熱能。這些複製體群和周遭環境之間的溫差，只有克耳文絕對溫標上的幾分之一度。唯一例外的情況是，在複製體破裂繁殖的瞬間，它會把潛在的熱量釋放到周圍的環境裡。在這麼冷的環境中，複製體還是會不屈不撓地生存下去。

又是幾千萬年過去了，或者，地球上的幾個月過去了。周遭環境的熱梯度會啟動複製體基因基質裡的子程序，改善複製體群的成長，產生不同功能的細胞。就像人類的胚胎一樣，複製體群不但會產生更多的細胞，而且各個細胞的功能會出現差異，彷彿人類的心臟細胞、肺細胞、手和腳。複製體群的捲鬚會侵入小星體內部的鬆軟物質，吸取碳分子。

最後，複製體群會開始爆出蒸汽。這些蒸汽爆雖然很細微，卻是經過精密的計算。蒸汽爆會減緩小星體的旋轉，直到複製體群寄宿的那一面永遠朝向太陽。這個過程非常緩慢，長達好幾百年。這個時候，複製體群開始真正發展出不同的功能。複製體群會射出雙碳聯結體和碳矽聯結體，然後再產生單分子的細絲，將這些聯結體串連起來，發展成複雜的結構體。那些聯結體會長出像眼睛一樣的感光細點，並且能夠製造出無線電波頻率的音訊微爆。

又過了幾百年，這些能力已經發展得更細緻，更精良，開始可以發出周期性的音訊，就像剛出生的麻雀所發出的聲音。我們的衛星所接收到的，就是這樣的音訊。

這則新聞在媒體上接連報導了好幾天，其中還穿插了一些資料畫面，例如萬諾文、萬諾文的葬禮，還有火箭發射的場景。沒多久，這件事很快就被大家遺忘了。畢竟，這只是複製體傳訊的第一階段。

除非你認真思考半分鐘以上，否則，這件事會顯得微不足道，不足以振奮人心。這種科技是一種有獨立生命的科技，阿拉丁神燈裡那個永生不死的精靈。

幾個月之後，天空開始出現閃焰。

當時間迴旋透析膜出現變化或是遭到干擾的時候，閃焰是第一個徵兆。時間迴旋剛出現沒多久，中國發射核子飛彈攻擊南北極上空的機器，導致天空出現了一些異象。如果那一次不算，這次的閃焰就是第一次。這兩次異常現象全球都看得到。這兩次異常現象有一些關鍵的共同點，但又不完全相同。

中國飛彈攻擊之後，時間迴旋透析膜似乎中斷了一下，但很快又恢復正常，閃現著旋轉的天空，月亮的多重疊影，還有旋渦狀的星光軌跡。

但這次的閃焰不太一樣。

看到閃焰的時候，我正好站在陽台上。那是九月裡一個暖和的夜晚，我在郊區公寓大樓自己的家裡。閃焰開始的時候，很多鄰居正好也在陽台上。後來，所有的人都跑出來了。我們彷彿一隻隻棲息在突出岩台上的歐椋鳥，竊竊私語。

天空很亮。

不是星光的亮，而是整個天空出現極細長的金黃色光紋，像冷冷的閃電一般，從地平線劃過整個天空到另一邊的地平線。光紋移動轉變的方式很怪異。有些同時閃現，或同時消失。偶爾會有一些新的光紋忽明忽暗慢慢顯現。那種景象令人迷惑，也同樣令人驚駭。

這樣的景象全球都看得到，不限於某些地方。在白天的半球，這種景象比較不那麼顯眼，不是在陽光下顯現不出來，就是被雲層遮住了。南北美和西歐當時是晚上，夜空的景象在各地引起恐慌。畢竟，我們已經期待世界末日很久了，久到大家都已經懶得算了。眼前的景象看起來就像是末日的序曲。

那天晚上，在我住的城市裡，好幾百個人自殺身亡，或是自殺未遂，還有二十幾宗謀殺案和安樂死。以全球來說，這些數字大到難以估算。顯然，有很多像茉莉．西格蘭那樣的人選擇逃避。他們選擇用各式各樣的毒藥來逃避預期中的海水沸騰。他們還有多餘的毒藥可以讓家人和朋友分享。很多人選擇在天空被點亮的時候就尋求解脫。結果證明，他們太急了點。

這次閃焰持續了八個鐘頭。隔天早上，我到當地醫院的急診室去支援。到中午的時候，我已經看到七個一氧化碳中毒的病患。那些人刻意把自己關在車庫裡發動汽車引擎。有好幾個在送到醫院的時候就已經死亡了，僥倖不死的人下場也好不到那裡去。他們的大腦損傷永遠無法復原，下半輩子都要依賴呼吸器，變成植物人。他們是笨拙逃避策略的受害者。這絕對不是愉快的經驗。只不過，頭部槍傷病患更悲慘。為他們急救的時候，我不知不覺就想到萬諾文。當時，萬諾文躺在佛羅里達的公路上，整個腦袋被轟得稀爛，鮮血四濺。

八個小時之後，天空又恢復了平靜。天空綻露的陽光彷彿就像是爛笑話裡最精采的一句。

過了一年半，閃焰又出現了一次。

ᔕ ᔕ ᔕ

有一次，哈金告訴我：「你看起來像是一個失去信仰的人。」

我說：「或者應該說，我從來就沒有過信仰。」

「我說的不是對上帝的信仰。談到宗教你似乎是徹底的不沾鍋。我說的是另外一種信仰，信仰某種東西。我也說不上來是什麼。」

他的話聽起來很深奧。後來，當我再次跟傑森談話的時候，我才慢慢有點了解他的意思了。

他打電話來的時候，我在家裡。他打的是我平常用的那支手機，而不是另外一支被我像護身符一樣帶著身邊的孤兒手機。我說：「喂？」他說：「你現在一定是在電視上看這個新聞吧。」

「什麼新聞？」

「你現在去開電視，隨便按一個新聞台。你一個人在家裡嗎？」

當然是。我寧願一個人。我不想再有另一個茉莉．西格蘭把我的世界末日搞得更混亂。電視遙控器還在茶几上。我總是把遙控器放在那個地方。

新聞頻道上顯示了一張很多顏色的圖表，背景還有一種低沉的嗡嗡聲。我把電視切到靜音。「小傑，這是什麼東西？」

「太空總署噴射推進實驗室的記者會。我們從最後一個衛星裡擷取出來的訊息。」

換句話說，也就是複製體的訊息。「然後呢？」

「好戲要開鑼了。」他說。我彷彿看得見他臉上的微笑。

衛星偵測到好幾個訊號來源。那是從太陽系外圍以窄播的方式傳送回來的。這意味著發展成熟的複製體群不只一個。傑森說，那個訊息很複雜，並非單一的。時間久了以後，複製體群生長的速度會減慢，不過，它們的功能會變得更精良，更有目的。它們不再只是朝著太陽吸收能量。它們開始在分析星光，在矽碳纖維構成的神經網路上計算行星軌道。我們曾經在它們的遺傳密碼裡植入星系的樣板。它們會把計算出來的行星軌道拿來和這個樣板做比對。有十幾個發育成熟的複製體群把訊息傳送回來了。這正是當初我們設定它們去收集的訊息。我們總共收到四組兩位元的訊息。

第一組：這是一個單一恆星的星系，恆星的太陽質量比值是一點零。

第二組：這個星系有八個大型的行星。（冥王星沒有達到可偵測的質量底線）

第三組：有兩個行星偵測不到光線，被時間迴旋透析膜包圍。

第四組：傳送訊息的複製體群已經轉換到繁殖模式，目前正釋放出普通的種子細胞，並藉由彗星體上的蒸汽爆將這些細胞投射到鄰近的恆星。

小傑說，它們也將同樣的訊息傳送給附近尚未發展成熟的複製體群。這些複製體群就會停止發展傳送訊息的功能，將能量用來進行純粹的繁殖。

換句話說，萬諾文的半生物系統已經成功地占領了太陽系外圍。

現在，它們開始在形成孢子。

我說：「這些訊息還是沒辦法告訴我們時間迴旋是什麼。」

「當然沒那麼快。不過，這些點點滴滴的訊息很快就會匯聚成一股洪流。時候到了，我們就有辦法拼湊出一張時間迴旋的分布圖，範圍涵蓋所有鄰近的恆星，甚至到最後涵蓋整個銀河。有了這張圖，我們應該就能夠推論出假想智慧生物是從哪裡來的，他們在哪裡部署了時間迴旋，還有，當那些時間迴旋星系的太陽膨脹爆炸之後，那些行星最後的結局是什麼。」

「就算知道了也解決不了問題，不是嗎？」

他嘆了一口氣，彷彿我問了一個笨問題，讓他很失望。「也許解決不了問題。不過，能夠知道真相，不是比在那邊瞎猜好嗎？也許我們會發現我們終究還是逃不過世界末日，不過，也許我們會發現我們剩下的時間比預期中還要多。泰勒，別忘了，我們還開闢了另一條戰線。我們一直在研究萬諾文資料庫裡的理論物理學。如果你把時間迴旋透析膜想成是蟲洞，這個蟲洞包圍了一個加速前進中的物體，速度跡近於光速……」

「可是我們並沒有在加速。我們還在原地。」只不過，我們確實是朝著未來加速前進。

「你錯了。如果你自己去計算的話，你會發現結果和我們對時間迴旋的觀察是吻合的。也許我會找到一些線索，看看假想智慧生物能夠操控到什麼程度。」

「但是，小傑，他們究竟有什麼目的呢？」

「現在還很難說。不過，我相信這些知識一定會有用的。」

「你忘了我們已經快死了嗎？」

「每個人都會死。」

「我是說人類就要滅亡了。」

「那個還有待觀察。無論時間迴旋是什麼東西，假想智慧生物花了那麼大的力氣，絕對不會只是為了要讓我們安樂死。他們一定有什麼目的。」

也許吧。可是，我就是對這一點失去了信仰。對「大拯救」失去了信仰。

我對各式各樣的大拯救失去了信仰。我不再相信，到了最後一刻我們能夠用科技解決問題，拯救自己。或者說，我不相信假想智慧生物有那麼仁慈，想把地球變成一個和平的國度。或者說，我不相信上帝能夠拯救全人類，或至少拯救那些真正有信仰的人。或許。或許。或許。

大拯救。那是一個美麗的謊言，一艘紙糊的救生艇。為了搶著搭上那艘救生艇，我們甚至會自相殘殺。殘害我們這一代人的不是時間迴旋，而是期待大拯救的誘惑和代價。

隔年冬天，閃焰又出現了。這一次，閃焰持續了四十四個鐘頭，然後又消失了。很多人開始認為那是天空出現的氣候異象，無法預測，不過應該是無害的。

悲觀主義的人則強調，閃焰出現的間隔愈來愈短，而持續的時間卻愈來愈長。

四月的時候，閃焰又出現了。這次持續了三天，干擾到浮空器的傳訊。這次閃焰又引發了另一波自殺熱潮，只不過規模小一點。有人自殺身亡，有人自殺未遂。有些人陷入恐慌並不是因為看到天空的閃焰，而是因為家裡的電話和電視失靈了。

我已經不再去留意新聞了。不過，有些事情想不知道都很難。北非和東歐再度爆發戰爭。辛巴威的狂熱份子發動政變。韓國發生集體自殺。那一年，回教啟示派的倡導者在阿爾及利亞和埃及的選舉大幅獲勝。菲律賓有一個崇拜萬諾文的激進團體。他們把萬諾文視為田園主義的聖徒，農業世界的甘地。他們很成功地在馬尼拉發動了一場罷工。

後來傑森陸續又打了幾次電話給我。他寄了一台電話機給我，上面有某種內建的密碼按鍵。他說，那種電話有很好的防護功能，「不會被關鍵字搜尋器偵測到。」反正我也搞不懂他說的是什麼東西。

我說：「你好像有點偏執狂了。」

「這種偏執狂對我們應該很有幫助。」

如果我們討論的是什麼國家機密，也許會有幫助。不過，我們並沒有談什麼機密，至少一開始沒有。傑森問我工作順不順利，日子過得好不好，最近聽什麼樣的音樂。我知道他想營造氣氛，重溫舊夢，像二、三十年前那樣無拘無束地聊天，彷彿回到進入基金會之前那段日子，可能的話，甚至回到時間迴旋之前的歲月。他告訴我，他去看過他媽媽。卡蘿還是老樣子，泡在酒瓶裡算日子。卡蘿堅持讓所有的東西保持原狀。家裡的佣人把所有的東西都整理得乾乾淨淨，擺在原來的地方。他說，大房子就像是一個時間膠囊，彷彿自從時間迴旋那天晚上開始就密封起來，與世隔絕。感覺有點陰森森的。

我問他，黛安有沒有打電話給他。

「在萬諾文還沒有遇害之前，黛安就沒有再打過電話給卡蘿了。沒有，我也沒有接到過她的電話。」

接下來我問他，複製體計畫最近有沒有什麼進展。最近報紙上都沒有看到什麼消息。

「省點力氣，不用去找報紙了。噴射推進實驗室把所有接收到的訊息都封鎖起來了。」

他的口氣聽起來有點不太開心。「情況有那麼糟嗎？」

「並不完全是壞消息。至少最近沒什麼壞消息。就像萬諾文所期望的那樣，複製體完成了所有的任務。這實在很驚人，泰勒，真的很驚人。真希望我能夠讓你看看我們拼湊出來的分布圖。可以用來導航的大型軟體星圖。裡面總共有二十萬顆恆星，涵蓋的球形空間直徑有好幾百光年。現在，我們對恆星與行星演化所具備的知識，是艾德華他們那一代的天文學家根本無法想像的。」

「不過，我們還是搞不懂時間迴旋是什麼東西，對不對？」

「我可沒這麼說。」

「那你究竟發現了什麼？」

「第一，我們不是宇宙裡唯一的智慧生物。在那個空間範圍裡，我們總共找到了三個肉眼看不到的行星，大小和地球差不多。從地球的標準來看，那些行星軌道的位置是可以住人的，至少從前是。距離最近的一顆所環繞的恆星就是大熊星座四十七號恆星，最遠的是……」

「不用講這麼細。」

「如果我們衡量一下那些恆星的年齡，可以推論出一種相當接近真實的假設。假想智慧生物似乎是從銀河核心的方向來的。當然還有別的線索。複製體發現了幾個白矮星，基本上也就是燒掉的恆星。幾十億年前，這些恆星看起來就像太陽一樣。奇怪的是，這些白矮星的軌道上有幾顆岩石般的行星。當初恆星膨脹爆炸的時候，那些行星應該早就毀滅了，怎麼到現在還在？」

「你是說，那是時間迴旋的倖存者？」

「有可能。」

「小傑，那些行星還活著嗎？」

「我們沒辦法確定。不過，它們外面沒有時間迴旋透析膜，而且，從我們的標準來看，那些星系的環境是根本不可能住人的。」

「那意味著什麼？」

「我不知道。沒有人知道。我想，等複製體網路擴張之後，我們就能夠進一步比對，找出更多的涵義。我們創造出來的複製體，其實是一個神經網路，範圍大到難以想像。它們就像神經元一樣會互相聯繫，只不過，它們耗費的時間是好幾百年，彼此之間的距離長達好幾光年。它們展現出來的，是一種絕對的美，令人驚嘆的美。它們建構的網路之大，遠超過人類曾經創造過的任何東西。蒐集情報，篩選情報，儲存情報，然後傳送回來給我們……」

「那到底哪裡出了問題？」

他的樣子彷彿講到這些事情會很傷心。「也許是老化了吧。任何東西都會老化，就連防護嚴密的遺傳密碼也不例外。也許它們的演化已經脫離我們原先的設計。也許……」

「我知道，可是小傑，究竟出了什麼事？」

「訊息愈來愈少了。我們從距離最遠的複製體收到了一些訊息，這些訊息愈來愈零碎，而且互相矛盾。這種情況有很多可能的原因。如果是它們快要死了，那意味著我們當初所設計的遺傳密碼有缺陷，而這些缺陷正慢慢顯現出來了。可是，連那些早期建構的聯結點也開始停擺了。」

「有什麼東西在攻擊它們嗎？」

「先別急著做這種假設。我還有另外一個想法。當初我們把複製體發射到奧特雲去，創造了一個簡單的星際生態體系，一個由冰、星塵和人造生物構成的生態體系。然而，假如我們不是第一個動手的人呢？假如那個星際生態體系不是唯一的呢？」

「你是說，銀河裡可能還有另外一種複製體？」

「有可能。如果是這樣的話，它們一定會爭奪資源，甚至把對方用來當作資源。我們還以為，我們送複製體去的地方，是一個消毒過的閒置空間。只是沒想到，那裡還有別種生物在跟它們競爭，甚至可能是一種掠食生物。」

「傑森……你是說有什麼東西在吃它們？」

他說：「有可能。」

§ § §

六月的時候，閃焰又出現了。這次持續了四十八小時。

到了八月，閃焰持續了五十六個小時，並造成電信通訊斷斷續續。

當九月末閃焰又出現的時候，已經沒有人會覺得奇怪了。第一天晚上，我把百葉窗遮起來，懶得去看天空。我看了一部上禮拜下載的電影。那是一部老電影，時間迴旋之前的電影。看那部電影，並不是為了想看電影的情節，只是想看看那些人，看看以前的人是什麼樣子。那些人活著的時候對未來不會感到恐懼。那些人講到月亮和星星的時候，不會露出嘲諷或懷舊的表情。

後來，電話響了。

不是我平常用的那支手機，也不是傑森寄給我的那台密碼電話。那是三音調的電話鈴聲。雖然我已經好幾年沒有聽到那個電話鈴聲，但我還是立刻就認出那個聲音了。我依稀聽得到鈴聲，可是很微弱。鈴聲微弱，是因為我把那支電話放在外套的口袋裡，而外套吊在玄關的衣櫃裡。

電話響了兩次之後，我手忙腳亂地把電話摸出來，說了聲：「喂？」

我預料可能是打錯電話。我渴望聽到黛安的聲音。渴望卻又害怕。

可是，電話另一頭的聲音是一個男人。是賽門。過了好一會兒我才認出是他。

他說：「泰勒？泰勒・杜普雷？是你嗎？」

緊急電話我已經接過很多了，所以一聽他講話的口氣，就知道他急瘋了。我說：「是我，賽門。怎麼了？」

「我實在不應該打電話給你，可是我不知道還能找誰。這裡的醫生我都不認識。可是她生病了，泰勒，她病得太重了！我覺得她好像不會好了。我想她需要……」

這個時候，閃焰造成電信中斷，電話裡只聽得到雜音了。

公元4×10^9年

跟在黛安後面的是伊安，還有二十幾個他的表兄弟姐妹。另外的二十幾個人是我不認識的，他們也都是要到新世界去。賈拉把他們帶進來之後，就拉上波浪形的伸縮鐵門，把倉庫關起來。倉庫裡忽然暗下來。黛安用一隻手環抱著我，我扶著她走到一塊比較乾淨的地方，高高的屋頂上正好有一盞鹵素燈。伊布伊娜攤開一張空麻袋，讓黛安躺在上面。

伊娜說：「那個噪音。」

黛安躺平之後就閉上了眼睛。她很清醒，但顯然累壞了。我解開她上衣的扣子，開始輕輕的把衣服從傷口上剝下來。

我說：「我的醫藥箱……」

「對了，我差點忘了。」伊娜叫伊安到倉庫樓上把兩個袋子拿下來，我的和她的。

「那個噪音……」

她傷口上的血已經凝固了，黏住了衣服。當我開始把衣服剝開的時候，她抽搐了一下。在我還沒有看清楚她傷口有多大之前，我還不想幫她上藥。「哪來的噪音？」

伊娜說：「問題就在這裡。早上這個時間碼頭上應該吵翻天了，可是現在很安靜，半點聲音都沒有。」

我抬起頭。她說得對，半點聲音都沒有，只聽得到那些米南加保村人緊張兮兮地交頭接耳，還有遠處傳來的咚咚聲，聽起來像是雨水打在高高的鐵皮屋頂上。

但現在不是操心這個的時候。我說：「去問賈拉，看看怎麼回事。」

然後我又轉過身子看黛安。

ട ട ട

黛安說：「只是皮肉傷。」她深深吸了一口氣，緊緊閉著眼睛忍痛。「感覺上好像只是皮肉傷。」

「看起來像是槍傷。」

「對。我本來住在巴東賈拉安排的避難所，結果新烈火莫熄那幫人找上門了。還好當時我們正要走。唉喲！」

她說的沒錯，傷口只是皮肉傷，但還是要縫幾針。子彈穿透了髖骨上方的皮下脂肪層。但子彈的撞擊力導致她傷口腫得很厲害。我擔心她傷口裡面還有瘀青，子彈的衝擊可能會傷到她體內的器官。

不過，她說，她沒有血尿的現象，而且，在這種情況下，她的血壓和脈搏還算正常。

「我要幫妳麻醉一下，我必須把傷口縫起來。」

「有必要的話你就縫，但我不要吃藥。我們要趕快離開這裡。」

「妳叫我不先麻醉就幫妳縫嗎？」

「要不然就局部麻醉就好了。」

「這裡可不是醫院，我也沒有局部麻醉藥。」

「泰勒，那你就直接縫吧，我還忍得住。」

是啊，她忍得住，但我忍心嗎？我看看自己的手。我的手很乾淨，倉庫盥洗室的水龍頭裡有水，而且，在我幫黛安縫合之前，伊娜還先幫我戴上乳膠手套。我處理得很乾淨，而且有技巧，但是卻很緊張。

我幫病人治療的時候從來就不會放不開。就連當時還在念醫學院的時候，甚至解剖的時候，我總是能夠把自己的同情心收起來，不讓自己感覺別人的痛苦就是自己的痛苦。我會全神貫注在那條撕裂的動脈上，假裝自己沒看到那個活生生的病人。我可以假裝，而且在那關鍵的幾分鐘內，我會徹底忘掉病人。

然而，現在我的手卻在發抖。而且，一想到要用針刺穿那片血淋淋的皮肉，忽然覺得很粗暴，很殘忍，無法冷靜下來。

黛安把手搭在我的手腕上，止住我發抖。「第四年期的人都會這樣。」她說。

「什麼？」

「你覺得被子彈打到的人是你，而不是我，對不對？」

我點點頭，嚇了一跳。

「第四年期的人都是這樣。我想，我們大概已經變成更善良的人了。不過，你畢竟還是醫生，你要克服。」

我說：「如果我沒辦法，我會交給伊娜。」

但不知道為什麼，我覺得我辦得到。我辦到了。

伊娜和賈拉說完話之後又走回來了。她說：「今天會有勞工示威抗議。警察和烈火莫熄那些傢伙在大門口，他們打算控制整個港口。雙方一定會爆發衝突。」她看看黛安。「親愛的，妳還好嗎？」

「有很好的醫生在照顧我。」黛安說得很小聲，聲音有點沙啞。

伊娜看看我怎麼幫黛安縫合傷口。「有一套。」她誇了我一句。

我說：「謝謝。」

「在目前這種情況下，已經做得很不錯了。不過你們聽我說，仔細聽。我們必須馬上離開了，十萬火急。現在要不是因為有勞工示威，我們恐怕就要進監牢了。現在我們必須馬上上船，上開普敦幽靈號，馬上。」

「警察是來抓我們的嗎？」

「應該不是你們，不是針對你們。雅加達那邊和美國政府達成了某種協議，查禁所有的移民生意。他們大張旗鼓掃蕩各地的碼頭，大概是想跟美國領事館邀功。當然，這種查禁持續不了多久的。插手分一杯羹的大小官員太多了，這種移民生意根本不可能徹底查禁。不過，為了顧及形象，警察也不敢公然穿著制服跑到貨輪上去把人拖出來。」

黛安說：「可是他們跑到賈拉的避難所來抓我。」

「沒錯，因為他們認識你和杜普雷大夫，他們當然想把你們捉起來監禁，大功一件。不過，大門口擠了一大堆警察不是為了要抓你們。船還是陸續在離港出海，只不過，恐怕維持不了多久了。德魯巴羽港的工會運動勢力是很大的，他們打算跟警察拚了。」

賈拉在門口大喊了幾句話，我聽不懂。

伊娜說：「現在我們真的該走了。」

「幫我替黛安做一個擔架。」

黛安想坐起來。「我可以自己走。」

伊娜說：「不行。這件事我相信泰勒的判斷是對的。妳最好不要動。」

我們把幾張長麻布袋疊在一起，做了一張像是吊床的東西。我抓住一頭，伊娜把一個長得很魁梧的米南加保男人叫過來，抓住另一頭。

「趕快走！」賈拉大喊，揮揮手帶著我們衝進外面的大雨中。

꩜ ꩜ ꩜

雨季到了。現在就是雨季的豪雨嗎？現在是早上，看起來卻很像黃昏。雲朵看起來就像是濕透的毛球，從德魯巴羽港灰濛濛的海上緩緩飄過來。港口停了幾艘巨大的油輪，上面矗立著雷達天線。濃濃的雲層彷彿纏住了高聳的雷達天線和塔台。悶熱的空氣中飄散著一股難聞的臭味。有幾輛車子停在門口等。我們把黛安抬上車的時候，還是被雨淋得渾身濕透。賈拉為他的移民團安排了一個護航車隊。總共有三輛轎車，還有幾輛硬式橡皮輪胎的敞篷小貨車。

開普敦幽靈號停靠在一道很高的水泥突堤碼頭尾端，距離我們大概有半公里遠。沿著碼頭的另一個方向看過去，沿途有一大排倉庫、工業貨棧，還有艾維加石油公司紅白相間的巨大儲油槽。大門口密密麻麻聚集了一大群碼頭工人。啦哩叭啦的雨聲中，我聽到有人用擴音器大聲叫喊。接下來的聲音有點像是一陣槍聲，又好像不是。

賈拉說：「趕快上車。」他催我趕快坐進後座。黛安弓著身體坐在裡面，彷彿在禱告。「快點，快點。」賈拉一邊喊著，一邊坐進駕駛座。

我隔著大雨滂沱的迷濛視線，回頭看了那些群眾最後一眼。有一個大小和足球差不多的東西被拋起來，越過群眾頭頂，後面拖著一縷盤旋的白色煙霧。那是催淚瓦斯。

車子忽然一陣顛簸開始往前開。

車子沿著長長的突堤碼頭狂奔。「這裡的警察沒那麼愚蠢，是新烈火莫熄那幫人。這些人都是他們在雅加達貧民區花錢找來的街頭混混，只不過身上穿的是政府的制服。」

制服和槍。現在又有好幾顆催淚瓦斯被丟出來，煙霧瀰漫，和濛濛雨霧混雜在一起。隊伍邊緣的群眾開始潰散。

忽然聽到遠遠傳來轟的一聲，一團火球衝上天際，足足有好幾公尺高。

賈拉看了一眼後照鏡。「我的老天！簡直是白癡！一定有人朝油桶開槍。碼頭……」

我們的車子沿著碼頭狂奔，警報聲響徹水面。現在那些群眾真的恐慌了。有生以來我第一次親眼看到這樣的場面，警察排成一隊衝破入口的大門進入港區。走在前面的警察手上拿著重型武器，頭上戴著黑色的防毒面具。

有一輛消防車從車棚裡開出來，一路鳴著警笛朝大門衝過去。

我們爬上一段一段的斜坡，最後停在一片平台上，高度正好和開普敦幽靈號的主甲板切齊。開普敦幽靈號是一艘老舊的貨輪，白色和深橘色相間的船身，上面插著「權宜國籍船」的旗幟。一截短短的舷梯已經架在甲板和碼頭中間，前面幾個米南加保人已經匆匆忙忙地走過去了。

賈拉從車上跳下來。我扶著黛安走下車，站到碼頭上。麻布袋擔架不用了，她整個人靠在我身上。這個時候，賈拉已經跑去跟一個站在舷梯入口的人用英文吵得面紅耳赤。那個人就算不是船長或領航員，階級應該也很高，長得矮矮胖胖，頭上綁著一條錫克教徒的頭巾，緊咬著牙關，臉上的表情很陰沉。

賈拉說：「我們幾個月前就說好了。」

「……可是這種天氣……」

「……管他什麼天氣……」

「……可是沒有港務局的核准……」

「……沒錯，只不過港務局已經沒了……你自己看！」

賈拉比手畫腳拚命想說服對方。當他揮揮手指著大門口附近的燃料槽和油槽時，其中一個油槽忽然爆炸了。

我沒有看到。爆震把我衝倒在水泥地上，一股熱氣襲向我脖子後面。爆炸聲大得驚人，卻彷彿隔了一下才傳過來。當我感覺身體能動的時候，我翻身仰躺著，耳朵裡嗡嗡作響。我心裡想，那可能是艾維加公司的油槽，也可能是別的，像是苯、煤油、燃料油，甚至天然棕櫚油。可能是火勢蔓延到油槽，要不然就是哪個笨警察亂開槍。我轉頭去找黛安，發現她躺在我旁邊，轉頭看著大門那邊，看起來不像是害怕，而是一臉困惑。我心裡想，我聽不見雨聲了。可是有另一種聲音聽得很清楚，更可怕的聲音，殘骸掉落在地上的聲音，碰！金屬破片，有一些還在燃燒。碰！有些碎片墜落在水泥碼頭上，有些墜落在開普敦幽靈號的甲板上。

賈拉大喊：「把頭低下去！」他的聲音聽起來很模糊，悶悶的。「把頭低下去，所有的人把頭低下去。」

我想辦法爬過去趴在黛安身上護住她。燃燒的鐵片像冰雹一樣墜落在我們四周，或是飛過船身掉在黑漆漆的水面上濺起一片水花，持續了好幾秒鐘。那幾秒鐘彷彿永無止境。後來終於停了，只剩下雨水滂沱而下，聲音像輕輕掠過的鐃鈸一樣輕柔。

大家掙扎著站起來。賈拉正推著一大群人走過舷梯，邊推邊回頭瞥著那團火焰，眼中露出恐懼的神色。「等一下還會再爆炸！所有的人趕快上船，快點，快點！」他帶著那些村民從一群船員中間穿梭而過，而那些開普敦幽靈號的船員正忙著撲滅甲板上的火，解開纜繩。

陣陣濃煙朝著我們這邊撲過來，遮住了岸上的滿目瘡痍。我扶著黛安走上船。每走一步，她的身體就會抽搐一下，傷口的血開始染紅了紗布。我們兩個是最後走過舷梯的。等我們上船之後，後面的船員已經開始把鋁製的舷梯抽回來，手搖著絞盤，眼睛卻盯著岸上那一團火柱。

開普敦幽靈號的引擎在甲板底下發出悶悶的轟隆聲。賈拉一看到我就過來幫我扶著黛安的另外一隻手臂。黛安看到是賈拉，就問他：「我們安全了嗎？」

「船離開碼頭之前都不安全。」

警報和警笛聲響徹灰灰綠綠的海面，每艘動得了的船都爭先恐後地駛向海上。賈拉回頭看看碼頭，忽然觸電般全身僵直。他說：「你的行李！」

我本來把行李放在一輛小貨車後面。那是兩個磨得破破爛爛的硬殼手提箱，裡面塞滿了文件藥品和光碟片。行李還在車上沒人管。

賈拉對甲板上的水手說：「把舷梯架回去。」

他們眨著眼睛，不知道該不該聽他的。大副已經到艦橋上去了。賈拉氣呼呼地對他們說了些什麼，臉色很難看，我聽不懂。那幾個水手聳聳肩，搖著絞盤把那個伸縮舷梯架回碼頭上。船的引擎聲愈來愈急促了。

我飛快跑過舷梯，波浪形的鋁板在我腳底下嘎吱作響。我抓住那兩個手提箱，回頭看了一眼。碼頭連接岸上遠遠的那一頭，我看到一小隊穿著制服的新烈火莫熄的傢伙，總共有十幾個人。他們開始朝著開普敦幽靈號跑過來。「解纜！」賈拉大喊著，一副他是船長的樣子。「解纜，馬上解纜，動作快一點！」

舷梯已經開始收回去了。我把行李往船上一丟，然後自己匆匆忙忙地爬上舷梯。

我爬到甲板的時候，船身開始動了。

接著，艾維加石油的另外一個油槽爆炸了，爆震把所有的人衝倒在甲板上。

夢境

入夜之後，公路劫匪經常會和加州公路巡警爆發槍戰，這樣一來，即使在最好的情況下，開車上路都充滿了凶險。閃焰出現的時候更是雪上加霜。政府正式宣告，在閃焰出現的期間，如果沒有必要，民眾盡量不要開車到外地去。不過，那還是阻擋不了那些想去找家人或朋友的人。甚至有些人純粹只是想開車出去，一直開到車子沒油，或是世界末日。我匆匆收拾了幾個行李箱，只要有任何我覺得不能遺失的東西，就統統塞進去，包括傑森給我的資料庫檔案。

今天晚上，阿瓦拉多高速公路幾乎動彈不得，八號州際公路也快不到哪裡去。我有的是時間可以回頭想想，自己究竟想幹什麼，自己的行徑是不是很荒謬。

我要趕去拯救的人是另外一個男人的太太，一個我曾經關心過的女人。那種關心的程度已經對我造成了不好的影響。當我閉上眼睛，想搜尋腦海中黛安．羅頓的影像，卻再也看不到清晰的畫面，只剩下一些凌亂交錯的模糊影像，某些時刻，她的某些動作。例如，黛安正用一隻手把頭髮撥到後面，整個人貼到心愛的小狗聖奧古斯丁柔軟的毛上；例如，黛安偷偷拿了一個網路瀏覽器到工具間給他哥哥，工具間滿地都是拆得七零八落的刈草機零件；例如，我和黛安躲在柳樹蔭下，聽她唸維多利亞時期的英文詩給我聽，像是「夏日終年綻放」，或是「幼兒尚未知曉……」。我雖然聽不太懂，卻還是對著她笑……

每當黛安凝視著我，或是有一些特別的舉動，我總會感覺到她是愛我的，至少，試著想愛我。然而，彷彿有某種我無法理解的力量在壓抑她的感情，或許是他爸爸，或許是傑森，或許是時間迴旋。我心裡想，就是時間迴旋困住了我們，拆散了我們，把我們鎖在兩個相鄰的房裡，中間卻沒有門。

我才剛經過愛爾山多鎮，就聽到收音機裡在報導，前面的猶瑪鎮西邊有警方的大規模行動，整條公路從州界那邊回堵四公里半。我不想冒那個險耽擱太多時間，於是就決定走小路。從地圖上看起來似乎還滿好走的。我可以穿越北邊空曠的沙漠，開到一個叫做布萊瑟的小鎮，在那裡銜接到十號州際公路越過州界。

小路沒有高速公路那麼塞了，但車子還是不少。閃焰似乎將整個世界翻轉過來，天上比較亮，地面比較暗。偶爾會有一條特別粗的光紋糾纏翻滾劃過天空，從地平線的一端翻滾到另一端，彷彿時間迴旋透析膜裂開了一道縫，外面高速旋轉的宇宙支離破碎，燒破了透析膜。

我想到口袋裡那支手機，那支專門用來接黛安電話的手機。賽門曾經用那支手機的號碼打電話給我。我沒辦法回電，因為電話公司沒有登錄黛安的號碼和牧場的號碼。另一方面，我甚至不知道他們還在不在牧場。我只能等電話再響一次。我希望電話會響，卻又害怕電話真的響起來。

車子開到帕羅佛迪附近，快銜接到州道的時候，路上又塞住了。時間已經過了半夜十二點了，車速最快也只能開到每小時四十五公里。我忽然想睡覺了。我需要睡一下。我盤算了一下，也許睡一覺比較好。我決定放棄開夜車的念頭，等車子少一點再上路。可是，我不想睡在車子裡。一路上我看到的那些停在路邊不動的車子，不是廢棄的車子，就是遭到搶劫的車子，後行李箱開開的，彷彿目瞪口呆張大著嘴巴。

開到一個叫做雷普利的小鎮南邊，我看到一張廣告招牌。那張招牌被太陽曬到褪色，被風沙刮得殘破不堪。在車燈的照耀下，我隱約看得到上面寫著「住宿」兩個字，招牌旁邊有一條雙線道的岔路。那條路好像很少有車子走。於是我轉到那條路去，開了五分鐘，來到一座圍牆環繞的大院子。圍牆上有一扇門。這裡是一間歇業的汽車旅館，有一棟兩層樓的建築物圍成一個長長的凹型，上面是一長排的房間門，中間有一個游泳池。藉由天空一陣陣的閃光，我看到游泳池好像空空的。我下車按電鈴。

那是一個電動鎖遙控門，你可以隔著安全的距離，按一下操控面板，門就會往內翻開。高高的門柱頂上裝了一個巴掌大小的攝影機，車窗高度的位置上有一個對講機。攝影機轉過來對準我，對講機傳出一陣喀嗤喀嗤的雜訊，似乎有人啟動了。我聽到一陣陣的音樂從裡面某個地方傳出來，可能是地下室，也可能是接待室。不是那種語音設定的音樂，而是隱隱約約聽到裡面有人在播放音樂。這個時候，對講機裡有人講話了。那個聲音聽起來很粗魯，冷冷硬硬的，很不友善。「今天晚上不營業。」

過了一會兒，我又伸手去按了一次電鈴。

那個聲音又出現了。「剛剛我講的話你哪裡聽不懂？」

我說：「如果我付現金，你是不是就可以讓我住了？我不會跟你討價還價。」

「老兄，很抱歉，我們不營業。」

「好吧，等一下先不要掛……這樣好不好，我可以睡在車子裡，不過，不知道你方不方便讓我把車子停進去，這樣比較安全，可以嗎？我可以把車子停在後面，從公路上看不到我就可以了，好不好？」

他猶豫了好一會兒。我聽到對講機裡面有小喇叭的聲音，彷彿在追趕鼓的節拍。那首音樂似曾相識，一時卻又想不起來是哪一首。

「抱歉，今天晚上不行。你還是走吧。」

然後又沒聲音了。我在那邊等了好幾分鐘。旅館前面有一片小空地，上面鋪著豆子大小的碎石子，種了一棵矮矮的棕櫚樹。有一隻蟋蟀在碎石子和棕櫚樹中間跳來跳去。我又按了一次電鈴。老闆很快就有回應了。「你聽著，我裡面有槍，而且心情不太好。你最好還是趕快上路吧。」

我說：「Harlem Air Shaft.」

「你說什麼？」

「你現在放的那首音樂。那是艾靈頓公爵，對不對？Harlem Air Shaft。聽起來好像是他五〇年代的樂團演奏的。」

他又猶豫了很久。不過，他沒有把對講機切掉。雖然我已經好幾年沒有聽艾靈頓公爵，不過，我大概可以確定我猜對了。

接著，音樂被關掉了。微弱的旋律進行到一個節拍中間忽然斷掉了。「你車子裡還有別人嗎？」我把車窗搖下來，打開車內燈。攝影機左右轉動了一下，然後又轉回來對著我。

他說：「好吧。只要你說得出吹小喇叭的人是誰，我就開門。」

小喇叭？一想到艾靈頓公爵五〇年代的樂團，我腦海裡就會出現保羅．崗薩維滋這個名字。可是，崗薩維滋吹的是薩克斯風。我腦海中有一大串小喇叭手的名字。凱特．安德森？威利．庫克？太久了，想不起來了。

我說：「雷．南斯。」

「答錯了。克拉克．泰瑞。不過，你可以進來了。」

ꩰ ꩰ ꩰ

我把車子停在接待室前面，老闆從裡面跑出來看我。他長得很高，大約四十歲，穿著一條牛仔褲和一件寬鬆的格子襯衫。他小心翼翼地打量我。

他說：「不好意思。這東西第一次出現的時候，」他伸手指一指天空。在閃焰的映照下，他的皮膚看起來黃黃的，灰泥粉刷的牆壁也顯現出一種病態的土黃色。「警察封鎖了布萊瑟那邊的州界，結果一大堆人跑到我這邊來搶房間。他們真的是用搶的。有幾個傢伙把槍掏出來指著我，就在你現在站的地方。那天晚上我賺的錢還不夠我後來用來整修，一半都不到。那些人在房間裡喝酒、嘔吐，把東西砸得亂七八糟。聽說十號公路那邊更嚴重。愛倫堡附近有一家『日光旅館』，夜班的櫃檯員被人用刀子刺死。發生那件事情之後，我就蓋了這道安全圍牆。原因就在這裡。現在，只要閃焰一出現，我就會把招牌上『有空房間』的燈關掉，把大門關起來，等閃焰結束。」

我說：「然後放公爵的爵士樂來聽。」

他笑了一下。我們走到裡面去登記。他說：「公爵，或是老爹，或是迪滋。要是心血來潮，我也會聽聽邁爾斯。」正牌的爵士樂迷都會用樂手的名字取一個暱稱，例如老爹就是路易．阿姆斯壯，迪滋就是迪基．葛利斯比，邁爾斯就是邁爾斯．戴維斯。「不過，大概一九六五年以後的音樂我就沒聽了。」接待室裡的燈光陰森森的，鋪著普通的地毯，裝潢成早期西部的風味。櫃檯裡面有一個門，裡面是老闆的小房間。看起來他好像就住在裡面。我聽得到小房間裡在播放音樂。他打量著我拿給他的信用卡。

他說：「杜普雷醫師，我叫亞倫．福登。你打算去亞利桑納州嗎？」

我說，八號公路州界那邊堵住了，我只好走小路接十號州際公路。

「我沒把握你走十號會比較快。每到這樣的晚上，似乎洛杉磯所有的人都想往東跑，好像閃焰是地震或海嘯什麼的。」

「我很快就要上路了。」

他拿了一把鑰匙給我。「好好睡一下。不無小補。」

「你收信用卡嗎？如果你要現金……」

「只要世界末日還沒到，信用卡和現金沒什麼兩樣。不過，如果世界末日到了，大概也沒時間後悔了。」

他笑起來，我陪著笑了一下。

十分鐘後，我連衣服都沒脫就躺在那張硬梆梆的床上。房間裡有一股混合著乾燥花瓣和香料的消毒劑氣味，空調的濕氣很重。我開始有點後悔了，也許我應該留在公路上繼續開車。我把電話放在床頭櫃上，眼睛一閉就睡著了。

ꕥ　ꕥ　ꕥ

睡不到一個鐘頭我就醒了，不知道為什麼突然就緊張起來。

我坐起來，打量著房間四周。房間裡黑漆漆的，所有的陳設只看到一片灰濛濛的影像。我逐一打量著那些影像，看看有沒有什麼異樣。後來，我看到那扇四四方方光影黯淡的窗戶。我剛住進來的時候，窗戶上閃著一陣一陣的光。

閃焰已經停了。

現在房間裡一片昏暗，照理說應該比較好睡了，但我忽然有一種感覺，知道自己已經不可能睡得著了。我曾經很短暫地捕捉到一點睡意，但現在睡意已經逃逸無蹤。勉強自己睡已經沒有用了。

老闆很體貼地在房間裡擺了一個過濾式咖啡壺。我煮了一點咖啡，喝了一杯。過了半小時，我又看看手錶。再過十五分就兩點了，正是三更半夜的時刻。在這樣的時刻，人是很容易失去冷靜客觀的。也許我該洗個澡繼續上路了。

我穿好衣服，沿著靜悄悄的水泥走廊走到旅館的接待室。我本來想把鑰匙丟進郵箱的投遞口裡面就可以走了，可是沒想到那個老闆福登還沒睡。他後面那個小房間裡閃著電視螢幕的光。他聽到我轉動門把的聲音，就探出頭來看。

他看起來有點怪怪的，好像有點醉了，要不然就是吸了迷幻藥恍恍惚惚。他對著我猛眨眼睛，後來終於認出我了。他說：「杜普雷大夫。」

「不好意思，又吵到你了。我得趕著上路了，不管怎麼樣，謝謝你好心收留我。」

他說：「我明白。祝你好運，希望你天亮之前來得及趕到你要去的地方。」

「我也這麼希望。」

「我嗎？電視上正在播，我正在看。」

「哦？」

我突然搞不懂他在講什麼。

「我把聲音關掉了，怕吵到裘蒂。你還不知道裘蒂吧？她是我女兒，今年十歲。她媽和一個家具修理工人在一起，他們住在拉喬拉。夏天的時候，她就會過來跟我住。沒想到這個時候她會跟我住在這個沙漠裡，命運真是捉弄人，你說是不是？」

「是啊，呃……」

「不過，我不想吵醒她。」他臉色忽然陰沉起來。「這樣錯了嗎？讓她繼續睡，時候到了，她也不會有任何感覺。這樣不對嗎？或者，看她會睡多久，等她自己醒過來？也許我應該把她叫起來。我忽然想到，她從來沒有看過。已經十歲了，卻從來沒有看過。也許這是她最後的機會了。」

「不好意思，我有點不太懂……」

「只不過，看起來有點不太一樣了，跟我印象中不一樣。倒也不是說我是什麼專家……不過，小時候，如果你晚上常常在外面，印象就會比較深刻。」

「什麼印象比較深刻？」

他眨眨眼睛。他說：「星星。」

ᔕ ᔕ ᔕ

我們走到外面那個空空的游泳池旁邊看天空。

游泳池已經很久沒有放水了，池底積滿了沙塵。有人在池壁上畫了一些像氣球一樣圓滾滾的紫色長頸鹿。周圍欄杆的橫桿上有一塊鐵牌，上面寫著「現場沒有救生員」。鐵牌被風吹得啦哩啪啦響。風吹起來溫溫熱熱的，從東邊吹過來。

天上竟然有星星。

他說：「你看到了嗎？不太一樣了。我看不到半個以前的星座。整個天空的星星看起來有一點……散亂。」

已經過了幾十億年了，當然不一樣。天地萬物都會老化，就連天空也不例外。天地萬物都會趨近於「熵」函數的極大值，也就是趨近於混亂、隨機。過去的三十億年來，我們居住的這個銀河遭到一股無形暴力大規模地摧殘。整個銀河裡的星辰和一個附屬的小銀河糾纏在一起，在舊的天文學編目裡，那個小銀河編號M41。到後來，所有的星星毫無秩序地混雜散布在天上。感覺上，彷彿有一隻時間之手粗暴地攪亂了整個天空。

福登說：「杜普雷大夫，你還好嗎？也許你應該坐下來。」

是的，我已經嚇呆了，站不住了。我坐在游泳池邊鋪著橡皮的水泥地上，兩隻腳懸在游泳池淺水區的斜坡上，眼睛還是盯著天空。我從來沒有見過這樣的景象，如此美麗，卻又如此令人驚駭。

「再過幾個鐘頭就要天亮了。」福登的口氣有點感傷。

從這裡，往東邊更遠的地方，在那遙遠的大西洋，太陽必然已經衝出了海平線。我正想問他電視上是怎麼報導的，忽然被一個小小的聲音打斷了。接待室門旁邊有一片陰影，陰影中傳出一個小小的聲音：「爸爸？我聽到你在講話。」那一定是裘蒂，他女兒。她有點畏縮地向前跨了一步。她穿著白色睡衣和一雙沒有蕾絲邊的拖鞋。她的臉圓圓的，長相有點平凡，不過卻很可愛。她一副沒睡醒的樣子。

福登說：「親愛的，過來這邊。來，坐在我肩膀上，好好看看天空。」

她爬上爸爸的肩膀，一臉迷惑。福登站起來，手抓著她的腳踝，把她抬高，讓他更靠近星光閃爍的黑暗天空。

「妳看。」他說。他臉上露出笑容，然而淚水卻開始沿著臉頰滑落。「裘蒂，妳看那邊，今晚妳能夠看得好遠好遠。今晚妳真的可以看到一切的盡頭。」

꩜ ꩜ ꩜

我又回到房間去看電視新聞。福登說，大部分的有線電視新聞台現在還有播出。

閃焰一個鐘頭之前就停止了。閃焰就這樣突然消失了，而時間迴旋透析膜也跟著一起消失了。當年，時間迴旋無聲無息地出現，如今也無聲無息地消失，沒有波瀾壯闊場面，也沒有聲音，除了太陽出來的方向傳來一陣滋滋的聲音，聽起來像是一種無法解釋的靜電。

太陽。

三十億年了。自從時間迴旋把太陽隔開之後，太陽又變得更老了。我努力回想小傑告訴過我的太陽目前的狀態。毫無疑問，太陽是會致命的。地球已經被排除在太陽系可以住人的區域之外。這已經是基本常識了。海洋沸騰的景象已經在媒體上大幅渲染過了。然而，我們是不是已經面臨那種情況了呢？是不是到了中午我們就會死，還是我們可以活到這個禮拜結束？

有什麼差別嗎？

我打開房間的小電視，切換頻道，找到一個紐約現場直播的節目。市長看起來驚魂未定。很多人還在睡覺。也有些人起床之後看到星星，心裡明白時候已經到了，於是，他們都不去上班了。這個新聞節目現場的工作人員彷彿陷入新聞英雄主義的狂熱夢幻中，在托特山和史丹頓島的大樓頂上架起了攝影機。光線很微弱，東邊的天空逐漸露出曙光，但還是一片空曠。那兩個看起來沒什麼默契的主播輪流唸著剛傳真進來的快報。

他們說，閃焰結束之後，歐洲那邊傳送過來的訊號並不清楚。這可能是靜電干擾。未經過濾的陽光把浮空器傳送的訊號洗掉了。現在還不能妄下結論，預測有什麼悲慘的情況發生。其中一位主播說：「按照慣例，雖然政府還沒有發表聲明，但我們還是要建議大家，不要輕舉妄動，繼續收看我們的節目，我們會隨時為您掌握最新的發展。我想，我們應該請大家盡可能留在家裡。」

另外一位主播說：「在今天這個特別的日裡，我相信大家一定想和家人守在一起。」

我坐在旅館房間的床邊盯著電視看，一直看到太陽出來。

屋頂上的攝影機捕捉到第一個畫面。一開始，彷彿大西洋油亮的海平面浮出一層紅紅的雲。接著，沸騰火熱的新月形邊緣出現了，攝影師在鏡頭上加了濾鏡，讓光線比較不會那麼刺眼。

一時還無法判斷太陽的大小，但太陽慢慢升上來了。太陽不是純紅色，而是一種偏紅的橘色，不過，不知道那是不是攝影機的濾鏡所造成的。太陽不斷上升，愈升愈高。最後，整個太陽浮出海面，懸掛在皇后區和曼哈頓的上空。太陽實在太大了，看起來簡直不像是天上的星體，反而像是一個巨大的氣球，裡面灌滿了琥珀色的光芒。

我本來還想聽聽看他們有什麼評論，但電視畫面上沒有聲音。後來，畫面切換到中西部。新聞網的總部已經撤退到那裡去了。畫面上出現了另外一個主播。他臉上的妝似乎畫得很倉促，不像平常電視上看到的主播。他似乎缺乏資料來源，講不出什麼東西。他繼續呼籲觀眾，但這似乎起不了什麼作用。我關掉電視。

我拿著行李和醫藥箱走到車子那邊去。

福登和裘蒂從辦公室跑出來跟我說再見。突然間，我感覺他們像是多年的老朋友，依依不捨。裘蒂看起來好像很害怕。福登說：「裘蒂打電話給她媽媽，不過，她媽媽好像還不知道星星的事情。」我不忍心想像那種畫面。一大早，媽媽被女兒的電話吵醒。裘蒂從沙漠裡打電話給她，她聽了之後，心裡明白世界末日已經來臨了。裘蒂的媽媽說了一些話，彷彿跟她女兒最後道別，但又怕把她嚇壞了。

此刻，裘蒂依偎在他父親胸前，福登緊緊摟著她。溫馨慈愛將他們緊緊聯繫在一起。

裘蒂問：「你真的要走嗎？」

我說不走不行。

「如果你願意，可以留下來跟我們在一起。這是我爸爸說的。」

福登很溫柔地對她說：「杜普雷先生是一個醫生，可能他要到別人家裡去看病。」

我說：「你說得對，真的有病人在等我。」

那天早上，公路往東的車道上發生了一些簡直是不可思議的事情。

有些人認定自己已經剩沒多少日子好活了，就開始幹出一些令人髮指的勾當，彷彿世界末日已經確定要登場了，閃焰只不過像是預先排演。大家都聽說過末日景象的預言，森林會陷入一片火海，毀天滅地的熱浪，海水滾燙蒸騰。唯一的問題是，這樣的景象會持續多久？一天，一個禮拜，還是一個月？

於是，有些人砸爛商店的櫥窗，看到想要的東西就拿，碰到有人反抗就殺，視人命如草芥。有些人見了女人就獸性大發，只不過，他們發現，當所有的規範禁忌都蕩然無存的時候，豁出去蠻幹的不是只有他們。那些他們意圖染指的女人彷彿也得到了世界末日所賦予的力量。她們用鋼爪般的手指挖出施暴者的眼睛，踹爛施暴者的下體。所有的新仇舊恨都用子彈來做一個了結，扣扳機只是一念之間。自殺的人不計其數。我忽然想到茉莉。就算第一次閃焰出現的時候她沒有死，我幾乎可以斷定此刻她已經不在人間了。也許她死的時候還滿心歡喜，因為她順理成章地完成了一個理所當然的計畫。這是我有生以來第一次想到她會覺得難過。

然而，人類文明的陣地依然遍布各地，屹立不搖，充滿人性光輝的英雄行徑也時有所聞。亞利桑納州邊界上的十號公路就是這樣的地方。

閃焰出現那段期間，國民警衛隊派遣了一個分隊駐守在科羅拉多河的一座橋上。閃焰消失之後沒多久，警衛隊的士兵都不見了。也許他們撤走了，也許他們是擅離職守回家去了。沒有他們指揮交通，那座橋會變成一個大瓶頸，亂成一團。

然而，結果並非如此。雙向的車流都很順暢。有幾個普通老百姓自告奮勇站出來。他們從自己的後車廂裡拿出緊急事故備用的強光手電筒和閃光燈，代替那些士兵指揮交通。有些人歸心似箭，急得像熱鍋上的螞蟻。他們必須趕很遠的路，希望能夠在天亮之前抵達新墨西哥州、德州，甚至路易斯安那州，在引擎被太陽融化之前趕到。然而，再怎麼急，他們似乎明白有必要乖乖排隊，明白超車擠到前面去也沒什麼用。他們告訴自己，耐性等候是唯一的希望。我不知道這樣的情緒能夠維持多久，我不知道什麼樣的善念、什麼樣的成長背景能夠凝聚出這樣的行為表現。也許那是人性善良的光輝，也許是天氣的影響。雖然毀滅世界的熱浪正從東方席捲而來，但夜晚卻異常地舒適宜人。清澈寒涼的夜空滿天星斗。和煦的微風生氣洋溢，將疲憊一掃而空。陣陣微風吹進車窗，彷彿母親溫柔的撫觸。

ꕥ ꕥ ꕥ

我本來想自告奮勇到當地的小醫院去支援。例如，布萊瑟附近的帕羅佛迪醫院，我曾經去那裡做過諮詢。或者到帕克鎮的拉帕斯醫院。然而，這樣做有什麼意義？我沒辦法治療世界末日所帶來的死亡，我只能減輕病人的痛苦，用嗎啡或海洛因。這就是茱莉選擇的方式。但我不知道醫院裡的藥櫃是不是已經被劫掠一空。

而且，福登對裘蒂說的那句話是對的。有個病人在家裡等我。這一趟彷彿只是為了想尋求什麼，像唐吉軻德挑戰風車。無論黛安生了什麼病，我也救不了她了。那麼，為什麼還要繼續走下去？我想，也許我是希望在世界末日的時候還可以做點什麼。忙碌的雙手不會顫抖，忙碌的心靈不會驚慌。然而，那無法解釋我內心的急迫。究竟是什麼力量在閃焰出現的時候引導我走上這趟旅程？我想，也許那是一種發自內心的渴望，渴望見到她。現在，那分渴望愈來愈強烈了。

我已經通過了布萊瑟附近的州界，道路兩旁是黑漆漆的商店，瀰漫著騷動不安的氣氛。加油站被圍得水泄不通，一大群人扭打成一團。我繼續往前開，道路忽然寬敞起來，天空變得更幽暗，星光閃爍。我正在回想剛剛的景象時，電話突然響了。

我差一點衝到公路外面去。我一邊掏著口袋，一邊踩煞車。後面有一輛電力公司的車輪胎發出刺耳的聲音，從我旁邊呼嘯而過。

賽門說：「泰勒。」

他還沒往下說，我就先搶著說：「在你還沒有掛斷電話之前，或是電話斷線之前，先告訴我你的電話號碼，我才有辦法跟你聯絡。」

「我恐怕不能告訴你。我……」

「你現在用的是自己的電話，還是牧場的電話？」

「應該算是我自己的，一支手機。那是我們在牧場裡面聯絡用的。有時候是我在用，有時候是艾倫在用，所以……」

「沒必要我不會打。」

「算了，我想大概也無所謂了。」他把那個電話號碼告訴我。「泰勒，你看到天空了嗎？你現在沒有在睡覺，應該看到了。這是世界末日前夕的最後一夜了，對不對？」

我心裡想：你怎麼會問我呢？過去這三十多年來，賽門一直活在世界末日裡。他自己應該知道。我說：「黛安還好嗎？」

「我要跟你道歉，那天貿然打電話給你。我想，你應該明白是怎麼回事。」

「黛安還好嗎？」

「我就是要告訴你，現在已經無所謂了。」

「她死了嗎？」

他愣了好久。後來又開口的時候，聲音聽起來好像有點感傷。「沒有，沒有，她沒有死。問題不在這裡。」

「那她現在是不是懸在半空中，等待被提的極樂？」

賽門說：「你不需要這樣嘲笑我的信仰。」他剛剛話裡說的是「我的」信仰，而不是「我們的」信仰。我忍不住開始揣測，這有什麼含意？

「如果她不是在等待被提，那她就需要看醫生了。賽門，她還在生病嗎？」

「她還沒好，不過……」

「她現在病得有多嚴重？她有什麼症狀？」

「泰勒，再過一個鐘頭就天亮了。你應該知道這代表什麼。」

「我不確定那代表什麼。我現在人在半路上，天亮以前應該可以趕到農場。」

「噢……不行，這樣不太好……不行，我……」

「為什麼不行？既然世界末日已經到了，為什麼我不可以到你們那邊去？」

「你不懂。這不光是世界末日。新世界已經快要誕生了。」

「她到底病得有多嚴重？你可以叫她來聽電話嗎？」

賽門的聲音開始顫抖，顯然他已經快要受不了了。我們兩個人都已經快要按捺不住了。「她已經快要沒力氣講話，快要喘不過氣來了。她很虛弱，瘦了很多。」

「她這樣子已經多久？」

「我不知道。我是說，她是慢慢變成這樣子的。」

「從你明顯感覺得到她生病，到現在已經多久了？」

「好幾個禮拜了。也許……回想起來……呃……好幾個月了。」

「那她有沒有看過醫生還是吃藥？」他沒說話。「賽門？」

「沒有。」

「為什麼沒有？」

「好像沒什麼必要。」

「什麼叫好像沒什麼必要？」

「丹牧師說不准看醫生吃藥。」

我心裡想：難道你沒有跟丹牧師說去他媽的？「但願他已經改變主意了。」

「他不會……」

「這麼說來，我需要靠你幫忙，帶我進去看她。」

「泰勒，別這樣。這樣對誰都沒有好處。」

我已經開始在找高速公路的出口了。我不太記得是哪一個出口，但我有在地圖上標明。下了高速公路之後，往一片乾癟癟的水草地走，那裡有一條沒有路名的沙子路。

我說：「她有說要找我嗎？」

他沒說話。

「賽門？她有說要找我嗎？」

「有。」

「跟她說我會盡快趕過去。」

「不要，泰勒……泰勒，牧場裡接著碰到一些麻煩。你沒辦法進來。」

碰到麻煩？「你不是說新世界快要誕生了嗎？」

賽門說：「在血裡誕生。」

日出日落

我開車爬上那座小山丘。站在山頂上，底下的康登牧場一覽無遺。我把車子停在農場看不見的地方。我關掉車燈之後，看到東邊的天空浮現出黎明前的微光。那片暗藏凶險的不祥之光，使得天空那些重新冒出來的星光逐漸變得黯淡。

就在那個時候，我開始渾身發抖。

我沒辦法克制自己。我打開車門，整個人摔出來。我靠著意志力硬撐著站起來。眼前的山野彷彿失落的大陸一般，從一片黑暗中緩緩浮現。土黃色的山丘，荒廢的草原又變回沙漠。長長的影子覆蓋著遠遠的那一棟農舍。灌木和仙人掌在風中顫抖。我也在顫抖。那是恐懼。那不是像時間迴旋所引起的那種心智苦惱的不安，而是一種發自內心深處的驚恐。那種恐懼像疾病一樣在全身的肌肉和內臟蔓延，彷彿死刑犯等待行刑的期限終了，彷彿畢業那一天，彷彿運囚車和絞刑台正從東方緩緩逼近。

我心裡想，不知道黛安是不是也一樣這麼害怕。我心裡想，不知道我有沒有辦法安慰她。不知道自己還有沒有辦法先安慰自己。

又颳起了一陣風，沿著乾癟癟的山路揚起一片沙塵。也許風就是第一個預兆，預告著巨大膨脹的太陽即將來臨。那是從酷熱的世界那邊吹來的風。

我找個地方埋伏著，希望沒有人看到我。我還在發抖，很費力地在手機的按鍵上按出賽門的電話號碼。

響了幾聲之後，他接起了電話。我把手機緊貼著耳朵，以免風灌進去。

他說：「你不應該來的。」

「我有打擾到你們的『被提』儀式嗎？」

「我不能講。」

「賽門，她在那裡？在房子裡的什麼地方？」

「你在哪裡？」

「在山頂上。」天空現在變得更亮了，亮得很快，整個西方的地平線上像一團紫色的瘀青。那間農舍現在看得更清楚了。從我上次來到現在，農舍似乎沒什麼改變。旁邊的穀倉煥然一新，似乎有人整修過，重新粉刷。

穀倉旁邊平行的方向挖了一條長長的槽溝，裡面填滿了土，凸起來像一條長長的小土丘，看起來心驚動魄。

也許是最近才埋設的排水管，也許是污水淨水槽，也許是一個大墓穴。

我說：「我要進去找她。」

「根本不可能。」

「我猜她應該在房子裡面，在二樓的房間裡，對不對？」

「就算你看到她了……」

「賽門，告訴她我要進去了。」

我看到底下有一個人影在房子和穀倉之間走動。不是賽門，也不是亞倫．索雷。那個人看起來比索雷弟兄瘦了大約五十公斤。也許是丹．康登牧師。他兩隻手各提了一桶水，看起來很匆忙。穀倉裡一定出了什麼事。

賽門說：「你簡直是拿自己的命開玩笑。」

我笑了出來，實在忍不住。

我說：「你是在穀倉裡，還是在房子裡？康登在穀倉裡，對不對？索雷和慕艾薩克在哪裡？我要怎樣才能夠避開他們？」

這個時候，我脖子後面忽然有一股壓迫感，彷彿有一隻溫暖的手按在上面。我轉頭去看。

那是陽光。太陽的邊緣已經露出了地平線。陽光照著我的車、柵欄、岩石、凹凸不平的仙人掌，在地上拖出長長的紫色影子。

「泰勒？泰勒，沒辦法避開他們。你必須……」

賽門的聲音忽然被一陣靜電的雜訊淹沒了。一定是太陽光直照射到傳送電話訊號的浮空器，導致訊號中斷。我不自覺地按下重撥鍵，可是電話已經不能用了。

我蹲在原來的地方。身後的太陽已經冒出四分之三了。我回頭瞄了一眼，又趕快移開視線，又是迷惑，又是害怕。圓盤般的太陽無比巨大，散發出橘紅色的光，上面布滿太陽黑子，看起來像是一個個的膿瘡。附近的沙漠揚起一陣陣的沙塵，遮蔽了太陽。

於是我站起來。也許死定了，也許不知不覺中就會被太陽曬死。雖然還不至於熱得無法忍受，但皮下的細胞組織可能開始起變化了。X射線像看不見的子彈一般刺穿空氣。於是我站起來，開始沿著那條填土路走向農舍。我已經暴露了自己的行蹤，身上卻沒有帶武器。我沒有帶武器，但一路上也沒有人來攔我。當我快要靠近那個木頭門廊的時候，索雷弟兄衝出來了。他那一百一十公斤重的壯碩身體撞開紗門衝出來，用一把來福槍的槍托撞擊我腦袋旁邊。

ꕥ ꕥ ꕥ

索雷弟兄並沒有殺我，也許是因為他不希望迎接「被提極樂」的時候，雙手沾滿鮮血。他把我丟在樓上的空房間，把門鎖起來。

過了幾個鐘頭，我坐下來的時候終於不會有噁心想吐的感覺了。暈眩的感覺終於消失了。我走到窗戶旁邊，把黃色的紙捲簾拉起來。這扇窗戶背對著太陽，從這裡看過去，整個農場和穀倉都沐浴在強烈的橘色光焰中。空氣雖然熾熱，但似乎沒有什麼東西燒起來。穀倉裡養的那隻貓無視於火熱的天空，自顧自舔著陰暗水溝裡的髒水。我猜那隻貓應該可以活到太陽下山，我應該也可以。

我想把那面老舊的窗扇拉起來，不過，我不見得能夠從這裡跳出去。可是，窗扇根本就文風不動。窗框早就被切掉了，平衡桿根本動不了，很久以前，窗扇早就已經被油漆黏死了。

房間裡除了一張床以外，什麼家具也沒有。我找不到什麼工具，只剩下口袋裡那支手機。

唯一的那扇門，門板是厚厚的實心木，我根本不可能有那種力氣撞得破。黛安可能就在附近，跟我只隔著一面牆壁。但我沒辦法決定，也沒辦法查看究竟。

可是，當我腦袋裡同時纏繞著好幾個念頭時，頭上被槍托敲破的地方就會感到一陣劇痛，有點噁心想吐。我只好又躺下來。

૬ ૬ ૬

到了下午三點左右，風停了。我搖搖晃晃地走到窗戶旁邊。我看得到太陽的邊緣垂掛在屋子和穀倉上方。太陽實在太大了，彷彿一直往下掉，距離近得彷彿伸手觸摸得到。

從早上開始，樓上房間裡的溫度就愈來愈高。我沒辦法確定現在的溫度是幾度，但感覺上至少有攝氏三十七度了，而且愈來愈熱。雖然熱，但好像還不至於會熱死人，至少不會馬上熱死人。我真希望傑森人在這裡，這樣他就可以跟我解釋什麼叫做「熱電效應全球滅絕」。搞不好他還會畫一張圖表，標出趨勢線到什麼地方就會致命。

熱氣是從被太陽烤得熱騰騰的地面上蒸騰上來的。

丹・康登在穀倉和房子之間來來回回跑了好幾趟。在強烈的橘色陽光下，他的樣子很容易就可以認出來。他的穿著打扮充滿十九世紀的風味，四四方方的絡腮鬍，滿臉坑坑洞洞，無比醜陋，彷彿林肯總統穿著藍色的牛仔褲，只不過腿變得長一點，臉上的表情也顯得更果斷。我拚命敲打窗戶的玻璃，他卻連頭也不抬一下。

接著，我敲敲隔間的牆壁，心裡想，也許黛安聽到了會有回應。可是卻毫無反應。

我又開始頭暈了，於是我又躺回床上。密閉的房間裡的空氣很悶熱，我滿身大汗，汗水濕透了床單。

我睡著了，或者是昏過去了。

§ § §

醒過來的時候，我還以為房間失火了。後來我發現那只是因為房間裡的空氣滯悶，熱氣散不出去，再加上夕陽大得出奇。

我又走到窗戶那邊去。

太陽已經沉落到西方的地平線，下沉的速度很快。高高的天上，一縷縷稀薄的雲在暗沉沉的天空劃出一道白色的弧形。被太陽烤乾的地面上飄散出一絲絲的霧氣。我看到有人開著我的車子沿著山坡下來，停到穀倉左邊。毫無疑問，鑰匙一定被他們拿走了。不過，車子裡的油剩沒多少了，他們也開不了多遠。

然而，我畢竟活過了這一天。我心裡想：我們都活過了這一天。我們兩個人，我和黛安。當然，幾十億人也都活下來了。所以說，這是《聖經》〈啟示錄〉的慢板。我們彷彿被放在烤箱裡，一次升高個幾度，慢慢烤死。然而，就算烤不死，最後太陽也會掏空地球的生態體系。

巨大的太陽終於消失了，氣溫彷彿瞬間降低了十度。

疏疏落落的星光穿透薄紗般的雲層。

我整天都沒有吃東西，口渴得難受。也許康登就是打算把我關在這裡，讓我脫水而死……也許他根本就忘了我的存在。我甚至沒辦法想像丹牧師要怎麼去解釋今天所發生的一切。他會覺得自己的清白終於得到洗刷，還是會覺得恐懼？也許兩種感覺都有吧。

房間裡愈來愈暗了。外面的天空沒有光線，房間裡也沒有電燈。不過，我隱隱約約聽到一陣微弱的引擎聲。那一定是汽油引擎發電機。一樓的窗戶和穀倉都透出燈光。

所以說，房間裡沒有任何和科技有關的東西，除了我口袋裡的電話。我把電話掏出來，百無聊賴地按開關鍵試試看，只是想看看顯示幕上的螢光。

沒想到機會來了。

ᔕ ᔕ ᔕ

沒有回應。

「賽門？」

「賽門，是你嗎？你聽得到嗎？」

還是沒有回應。突然，我聽到一個微弱的、很像電腦數位合成的聲音：

「我差點被你嚇死。我還以為手機壞掉了。」

「只有白天不能用。」

太陽的干擾阻斷了高海拔浮空器的傳訊。但現在，太陽已經繞到地球的另外一邊去了。手機的聲音聽起來訊號傳輸的功率很低，而且有靜電雜訊……也許衛星有輕微的損壞，但目前看起來，傳訊的功能恢復了。

他說：「很抱歉害你碰到這種事，不過，我早就警告過你了。」

「你在哪裡？在穀倉還是在房子裡？」

他遲疑了一下。「房子裡。」

「今天一整天我都在看外面，就是看不到康登的太太或是索雷的太太跟孩子。我也沒看到慕艾薩克他們一家人。他們出了什麼事嗎？」

「他們走了。」

「你確定嗎？」

「我確定嗎？我當然確定。生病的人不是只有黛安一個。她是最後一個生病的。泰迪・慕艾薩克的小女兒是第一個生病的，然後是他兒子，然後是泰迪自己。後來，當他發現自己的孩子……呃，顯然病得很重，而且似乎好不了了，所以，他就用小貨車把他們載走了。丹牧師的太太也跟他們一起走了。」

「這是什麼時候的事？」

「幾個月前。沒多久，艾倫的太太跟孩子也自己離開了。他們的信仰不夠堅定，再加上他們怕被傳染。」

「你親眼看到他們離開了嗎？你有把握嗎？」

「當然有，你為什麼這樣問呢？」

「穀倉旁邊的槽溝裡好像埋了什麼東西。」

「噢，那個呀！你說得對，裡面確實埋了一些東西……一些死牛。」

「你說什麼？」

「有一個人叫做包斯威爾・蓋勒，他有一個大牧場，在喜瑞波尼塔那邊。在約旦大禮拜堂改組之前，他是教會的朋友，丹牧師的朋友。他在繁殖紅色小母牛。可是去年農業部的人開始調查他。那個時候，他正好已經有進展了！包斯威爾和丹牧師想繁殖全世界各個品種的紅牛，因為那象徵著異教徒前來皈依。丹牧師說，〈民數記〉十九章所提到的就是這件事……有一頭全身紅色的小母牛會在世界末日那一天誕生。我們要找遍全球五大洲，找遍任何一個曾經傳布過福音書的地方，找出紅色的牛，讓牠們混種交配，培育出這頭紅色小母牛。祭獻是真實的儀式，也是一種象徵。根據《聖經》中所描寫的祭獻，小母牛的骨灰具有一種力量，能夠洗淨不潔之人。然而，在世界末日那一天，太陽吞沒了紅色小母牛，骨灰會撒向東西南北四方，洗淨整個地球，洗去地球上的死亡。那就是現在正要發生的事情。〈希伯來書〉第九章……『若山羊和公牛的血，並母牛犢的灰，灑在不潔的人身上，尚且叫人成聖，身體淨潔，基督的血豈不更能洗淨你們的心，除去你們的死行，使你們事奉那永生的神嗎？』所以，當然……」

「你們把那些牛養在這裡嗎？」

「只有一些。在農業部搜索沒收之前，我們就已經把十五個種牛的胚胎偷運出境了。」

「你們的人就是那個時候開始生病的嗎？」

「不是只有人生病。牛也生病了。我們在穀倉旁邊挖了那個槽溝，除了三個原始的品種之外，其他的死牛都埋在裡面。」

「身體虛弱，走路不穩，體重減輕，最後死亡，對不對？」

「沒錯，幾乎都……你怎麼會知道的？」

「這些都是心血管耗弱的症狀。那些母牛是帶原者。黛安就是得了這種病。」

接下來他很久沒說話。後來，賽門終於說了：「我不能跟你說這些。」

我說：「我在樓上後面的房間……」

「我知道你在那裡。」

「那你就來幫我把鎖打開。」

「不行。」

「為什麼不行?有人在監視你嗎?」

「我不能就這樣放你出來。我甚至不應該跟你說話。泰勒,我很忙。我正在弄晚餐給黛安吃。」

「她還沒有病到不能吃東西嗎?」

「她吃得下一點點……如果我餵她的話。」

「放我出來,沒有人會知道。」

「不行。」

「她需要看醫生。」

「就算我想放你出來,我也辦不到。鑰匙在艾倫弟兄那邊。」

我想了一下,然後說:「那,等一下你拿東西去給她吃的時候,把手機拿給她……你的手機。你說,她想跟我說話,對不對?」

「大半的時間她說話語無倫次。」

「你認為她說要找我也是語無倫次嗎?」

「我不能再跟你講了。」

「反正你把電話拿給她就對了,賽門,賽門?」

沒聲音了。

§ § §

我走到窗戶旁邊，看著外面，等著。

我看到丹牧師從穀倉裡提了兩個空水桶出來，走進屋子裡，然後又提了兩桶熱騰騰的水出去。過了幾分鐘，艾倫．索雷也跑到穀倉去找他。

現在，只剩下賽門和黛安在屋子裡了。也許他正在拿東西給她吃，餵她吃。

我迫不及待想打電話，但還是按捺住了。還要再等一下，等時機成熟，等這個夜晚風平浪靜。

我看著穀倉。穀倉橫板牆的隙縫透出刺眼的燈光，好像有人架了一座工業用的大型燈。康登一整天來回跑來跑去。穀倉裡一定有什麼事情。賽門沒有告訴我他們在裡面幹什麼。

我看看手錶上微弱的夜光顯示，已經又過了一個鐘頭了。

接著，我隱隱約約聽到好像有人把門關上了，一陣腳步聲走下樓梯。又過了一會兒，我看到賽門走到穀倉那邊去。

他沒有抬頭看我。

他進了穀倉之後就沒有再出來了。索雷、康登還有他都在穀倉裡。如果他還帶著那支手機，如果他笨到把手機設定成響亮鈴聲，那麼，這個時候打給他，可能會害他惹上麻煩。話說回來，其實我倒也沒那麼在乎他會怎麼樣。

然而，要是他已經把手機拿給黛安了，那現在就是時候了。

我按了號碼。

「喂。」是黛安的聲音……接著，她的音調略為揚起，變成詢問的口氣。「喂？」

她說話的聲音會喘，而且很微弱。光聽她的聲音就知道她需要看醫生了。

我說：「黛安，是我。我是泰勒。」

我努力按捺住自己激動的情緒。我的心臟怦怦狂跳，彷彿胸口快要炸開了。

她說：「泰勒，泰……賽門告訴我你可能會打電話來。」

我必須全神貫注才聽得清楚她講的話。她的聲音有氣無力，聽起來都是從喉嚨擠出來的，幾乎沒有氣。這正是心血管耗弱的一種症狀。這種病會先侵襲肺部，然後是心臟。侵襲步調之協調有如高效率的軍事行動。肺部組織結疤起泡，輸送到血液裡的氧氣愈來愈少。心臟缺乏氧氣的供應，血液壓縮舒張的效率就會減低。心血管耗弱的病菌會使這兩種功能缺陷日益惡化，導致呼吸愈來愈費力，嚴重影響全身的機能。

我說：「我就在妳附近，黛安，非常近。」

「附近？你可以來看我嗎？」

我恨不得立刻在牆上挖一個洞。「我很快就會去看妳，我保證。我要帶妳離開這裡，幫妳把病治好。」

我聽到她很費力地吸氣，吸得很痛苦。我心裡想，她是不是又昏迷了？後來我又聽到她說：「我好像有看到太陽……」

「那不是世界末日。反正世界末日還沒有來臨。」

「還沒嗎？」

「還沒。」

她說：「賽門。」

「賽門怎麼樣？」

「他好失望。」

「黛安，妳得了心血管耗弱。我幾乎可以斷定慕艾薩克全家人也都得了這種病。他們很聰明，懂得要去找醫生求救。這種病可以治得好。」不過，我沒有告訴她，這種病只能治好到一定的程度，而且，要是發展到末期就很難治療了。「不過，我必須先帶妳離開這裡，才有辦法幫妳治病。」

「我很想你。」

「我也很想妳。我剛剛說的妳聽懂了嗎？」

「聽懂了。」

「妳隨時可以走嗎？」

「時候到了就……」

「時候快到了。妳現在先好好休息，不過，我們動作要快一點了。懂嗎，黛安？」

她很虛弱地說：「賽門，很失望。」

「妳好好休息，我……」

忽然，我聽到有人用鑰匙在開門。我把電話闔起來，塞進口袋裡。門開了，艾倫．索雷站在門口，手上拿著來福槍，氣喘如牛，彷彿他是用跑地上樓梯。在走廊微弱燈光的襯托下，他整個人看起來像一個黑影。

我向後退了幾步，肩膀靠到牆上。

他說：「我看到你汽車牌照上的標籤，那是醫生的標誌。你是醫生，對不對？」

我點點頭。

他說：「那你跟我來。」

ᔕ ᔕ ᔕ

索雷押著我走下樓梯，從後門出去，走向穀倉那邊。

月亮被腫脹巨大的太陽染成了琥珀色，看起來坑坑疤疤，好像比從前小了一點。月亮懸掛在東方地平線的天際。夜晚的空氣很清涼，幾乎會令人迷醉。我深深吸了幾口氣。這種短暫的輕鬆舒暢並沒有持續很久。當索雷猛然推開穀倉的門，一股陰冷的動物腥臭迎面撲來……那有點像屠宰場裡的動物屎尿和血腥味。

「進去。」索雷說。他用空著的那隻手推了我一把。

那是一盞鹵素燈，用電線垂掛在一間開著的牛欄上面。電線延伸到穀倉後面的一面圍欄裡，那裡好像有一具汽油引擎發電機正發出轟轟的聲音，聽起來彷彿遠遠的地方有人在發動摩托車催油門。

丹．康登站在牛欄開口的地方，手泡在一桶熱水裡。他抬起頭看著我們走進來。他皺著眉頭。在單一光源的照耀下，他臉上的五官輪廓更顯得黑白分明。不過，他的樣子看起來比較沒有我印象中那麼嚇人了。事實上，他整個人看起來沒什麼精神，神情憔悴，甚至有點生病的樣子。也許他也已經感染了初期的心血管耗弱。他說：「把門關起來。」

艾倫伸手一推，門關上了。賽門距離康登大概有幾步遠，他瞥了我一眼，眼神很緊張。

康登說：「過來這邊，我需要你幫個忙。可能要用到你的醫師專業。」

牛欄裡，有一隻骨瘦嶙峋的小母牛躺在一堆髒兮兮的稻草上。牠正準備要分娩。

那隻小母牛側躺著，臀部露出在牛欄外面，尾巴被一條細繩子綁在脖子上，以免妨害分娩。牠的羊膜囊突出到陰戶外面，身旁的稻草上沾滿了血淋淋的黏液。

我說：「我不是獸醫。」

康登說：「我知道。」他的眼光露出一種壓抑著的歇斯底里，彷彿他辦了一場宴會，結果場面失控，客人放浪形骸，鄰居抱怨，酒瓶像迫擊炮彈一樣砸出窗外。「不過，我們需要人幫忙。」

我對種牛和生產所知有限，多半都是茉莉．西格蘭告訴我的。那是她小時候在牧場長大的經驗，那些經歷聽起來實在不怎麼舒服。不過，至少康登已經準備了一些必備的基本道具，熱水、消毒劑、生產鍊，還有一大瓶礦物油。瓶子上已經沾滿了血手印。

康登說：「牠是混血品種，包括盎格魯種、丹麥紅毛種、白俄羅斯紅毛種。這些只是牠比較近期的血統。可是，蓋勒弟兄告訴過我，混血品種難產的風險很高。『難產』意味著牠會生得很辛苦。混血品種的小牛很難生得出來。牠已經掙扎了將近四個鐘頭了。我們必須把小牛拖出來。」

康登說話的時候語調平淡毫無變化，彷彿在給一群笨學生上課。他似乎不管我是誰，也不在乎我是怎麼到這裡來的。在他眼裡，我只是派得上用場，一個有空幫忙的人。

我說：「我需要水。」

「那裡有一桶水可以洗手。」

「我不是要洗手。從昨天晚上開始我就沒有喝到半滴水。」

康登遲疑了一下，好像一時沒聽懂我在說什麼。後來他點點頭說：「賽門，你去弄點水。」賽門好像是他們三個人裡面負責跑腿的。他低著頭說：「泰勒，我一定會拿一些東西來給你喝。」當索雷開門讓他出去的時候，他一直不敢看我的眼睛。

康登又轉身走回牛欄。那隻筋疲力盡的母牛躺在那邊喘氣。忙得不亦樂乎的蒼蠅停在母牛的側腹。有幾隻停在康登的肩膀上，他沒有注意到。康登用手沾了一些礦物油，蹲在地上想撐開母牛的產道。他表情扭曲，看起來又急迫又嫌惡。他還沒有真的動手，產道口又湧出一堆鮮血和黏液，蓋住了小牛的頭。那隻母牛全身猛烈收縮，小牛的頭卻還是冒不出來。那隻小牛太大了。茉莉告訴過我太大的小牛生產的狀況。雖然沒有臀位分娩，或是生到一半臀部卡住出不來那麼淒慘，但處理起來還是會令人很不舒服。

更糟糕的是，那隻母牛顯然生病了，嘴巴淌著綠綠的黏液。就連收縮暫停的時候，牠還是喘得很費力。我心裡想，該不該告訴康登母牛生病了。他那隻神聖的小牛現在也已經感染了。

然而，丹牧師顯然不知道，也不在乎。在約旦大禮拜堂的教會裡，康登是碩果僅存的時代主義教派信徒。現在幾乎已經快成了一人教派，只剩下兩個信徒，索雷和賽門。我實在難以想像，他的信仰堅定到什麼程度，能夠這樣支撐他一路走到世界末日。他說話的時候，口氣中彷彿壓抑著一股歇斯底里。「小牛，那隻小牛是紅色的……艾倫，你看那隻小牛。」

艾倫．索雷本來拿著來福槍站在門邊。他走到牛欄那邊看了一眼。那隻小牛確實是紅色的，浸泡在血泊中，全身鬆軟軟的一動也不動。

索雷說：「牠有在呼吸嗎？」

康登說：「等一下就會。」他看起有點失魂落魄，彷彿在享受這一刻。他虔誠地相信，這一刻，整個世界將要在天旋地轉中進入永恆。「快點，把鍊子綁在母牛蹄的繫部，現在馬上綁。」

索雷瞪了我一眼，意思是在警告我：你給我閉上嘴巴。於是，我們兩個人就照康登所吩咐的去做，手臂上沾滿了血，一直延伸到手肘。要把一隻體型太大的小牛拖出母體，這樣的場面看起來既血腥又荒謬，是生物科學和暴力的古怪結合。至少要有兩個很強壯的男人幫忙拉住母牛，才有辦法把那隻小牛拖出來。生產鍊是用來拉住母牛的腳。拖的時機必須配合母牛的收縮，否則可能會把母牛扯得肚破腸流。

可是，那隻母牛太虛弱了，幾乎快要斷氣了。那隻小牛的頭鬆軟無力地垂掛下來，毫無生氣。顯然是胎死腹中了。

我看看索雷，索雷也看看我。我們兩個人都沒出聲。康登說：「先把牠拖出來，然後再幫他做復甦術。」

門口那邊忽然吹進來一陣涼風。是賽門回來了，手上拿著一瓶礦泉水。他張大眼睛看著我們，然後再看看那隻生出來一半的小牛，臉色忽然變得異常慘白。

他好不容易才說出來：「你的水拿來了。」

那隻母牛又虛弱無力地收縮了一陣，還是生不出來。我放掉手中的鍊子。康登說：「小子，你先喝點水，等一下我們再繼續。」

「我要洗一洗，至少要把手洗一洗。」

「草料堆旁邊有一桶乾淨的熱水，你可以去那邊洗。動作快一點。」他閉上眼睛，閉得緊緊地，彷彿基本常識和信仰在他內心交戰。

我把手洗乾淨，洗掉細菌。索雷緊盯著我。他的手抓著生產鍊，但那把來福槍靠在牛欄的欄杆上，伸手就可以抓得到。

賽門把瓶子拿給我的時候，我湊到他肩膀上說：「我必須先帶黛安離開這裡，我才救得了她。你懂嗎？你不幫我，我一個人辦不到。我們需要一輛狀況良好的車子，加滿油箱，然後把黛安弄上車。最好趁現在康登還沒有發現小牛已經死掉，趕快去。」

賽門倒抽了一口涼氣。「那隻牛真的死了嗎？」他講得太大聲了，還好索雷和康登顯然都沒有聽到。

我說：「小牛沒有在呼吸，母牛也快死了。」

「可是，那隻小牛是紅色的嗎？全身是紅的嗎？有沒有白色或黑色的斑點？全身是紅的嗎？」

「賽門，就算那隻小牛是什麼消防車，可以撲滅世界末日的大火，牠也救不了黛安的命。」

他看著我，臉上的表情彷彿聽到自己心愛的小狗被車子壓死了。我心裡納悶著，當他滿懷的信仰化為一片虛無困惑時，那個過程究竟是轉眼之間，還是無比漫長，彷彿他心中的喜悅一點一滴地流失掉了，像砂漏中的細砂。

我說：「如果有必要，你自己去問她。你去問她，看她想不想走。」

不知道她現在夠不夠清醒，有沒有辦法回答他。不知道她還記不記得，我跟她講過什麼。

他說：「我愛她遠超過愛生命本身。」

康登在裡面大喊：「趕快過來幫忙！」

我一口氣喝掉了半瓶水，賽門還站在那邊呆呆地看著我，淚眼盈眶。水的滋味真甜美，乾淨清純。

接著，我又回到裡面，和索雷一起抓著生產鍊，一邊拉，一邊看著那隻懷孕的母牛垂死的掙扎痙攣。

⚘ ⚘ ⚘

接近半夜的時候，我們終於把那隻小牛拖出來了。牠躺在稻草堆上，全身扭曲成一團。前腳壓在軟綿綿的身體下面，血紅的眼睛毫無生氣。

康登跨在小牛身上，站了好一會兒。然後他對我說：「你有沒有辦法救牠？」

「你是要我讓牠起死回生嗎？我恐怕辦不到。」

索雷狠狠地瞪了我一眼，彷彿是說：別再折磨他了，他已經夠難受了。

我慢慢走到門邊去。一個鐘頭前賽門人就不見了。當時，我們還在血泊中奮鬥。鮮血一波波湧出來，原本已經被血沾濕的乾草最後整個浸泡在血泊中。我們的衣服、手臂、手掌也沾滿了鮮血。半開的門露出一個缺口，我看到外面有人，那個人在車子那邊，好像在做什麼。那是我的車。我看到那個人身上穿著格子衣服，很像是賽門身上穿的那件襯衫。

他好像在外面做什麼。但願我知道他在做什麼。

索雷看看那隻死掉的小牛，再看看丹．康登牧師，然後又看看小牛。他拉拉鬍子，好像不在意血沾到鬍子上。他說：「也許我們應該把牠燒掉。」

康登看著他，眼中充滿鄙夷又絕望的神情。

索雷說：「我只是說也許。」

接著，賽門推開穀倉的門，一股涼風吹進來。我們轉過頭去看。他身後的月亮看起來巨大又陌生。

他說：「她已經在車子裡了，隨時可以走了。」他對著我說話，眼睛卻很嚴厲地瞪著索雷和康登，彷彿想看看他們會有什麼反應。

丹牧師只是聳聳肩，彷彿凡塵的俗務跟他再也不相干了。

我看看艾倫弟兄。艾倫慢慢靠近那把來福槍。

我說：「你要幹什麼我管不了，不過，反正我要走出去了。」

他手伸到一半突然停住了，皺起眉頭。他看起來很困惑，彷彿努力想把一連串的事情理出一個頭緒。他經歷了許多事，好不容易到了這一刻。所有的事情環環相扣，由一件事理所當然地發展成下一件事，彷彿踏著石頭越過小溪，一切都是那麼合乎邏輯，然而，然而……

他的手鬆軟無力地垂掛下來。他轉頭看著丹牧師。

「我想，燒掉也可以，應該沒什麼關係。」

我頭也不回地走向大門，走到賽門那邊去。索雷有可能會改變心意，抓起來福槍瞄準我。但我已經懶得去在意他了。

我聽到他在說：「也許我們應該趁天亮之前燒掉牠，趁太陽還沒有出來。」

ꕥ ꕥ ꕥ

我們走到車子旁邊的時候，賽門說：「你來開車。油箱裡還有汽油，後車廂裡還有幾桶備用的。我準備了一些吃的，還有幾瓶礦泉水。你來開車，我坐到後面扶住她，以免車子晃得太厲害。」

我發動車子，慢慢地開上山坡。車子經過那一片半圓木橫桿柵欄，經過月光遍照的仙人掌，奔向公路。

在路上開了幾公里之後，離康登牧場已經夠遠了，應該安全了，於是，我就把車子停在路邊，叫賽門下車。

他說：「什麼，在這裡？」

「我得先幫黛安檢查一下。我要你去後車廂把手電筒拿出來，然後幫我舉著，讓我做檢查。可以嗎？」

他點點頭，眼睛張得大大地。

自從我們離開牧場之後，黛安都沒有出聲。她就這麼躺在後座，頭靠在賽門的大腿上，呼吸得很費力。整個車子裡聽得最清楚的就是她的呼吸聲。

當賽門把東西都準備好，拿到手電筒之後，我就脫掉了那一件被血浸得濕透的衣服，盡可能把身體洗乾淨。我用一瓶礦泉水，再加上一點汽油，把身上的髒污刷掉，然後再用另一瓶礦泉水清洗乾淨。我從行李箱裡拿出乾淨的牛仔褲和汗衫換上，再從醫藥箱裡拿出一副乳膠手套戴上。然後我又喝掉了一整瓶的礦泉水。接著，我叫賽門用手電筒照著黛安，開始幫黛安做檢查。

她還算清醒，只是太虛弱了，連一句完整的話都說不出來。她比我上次看到的時候消瘦了很多，瘦得像厭食症的患者，而且燒得發燙，已經有危險了。她的血壓很高，脈搏跳得很快。當我用聽診器檢查她的胸腔時，那種聲音好像是小孩子用一根很細的吸管在喝奶昔。

我設法讓她吞了一點水，連著一顆阿斯匹靈一起吞下去。然後，我拆開一支無菌針筒的包裝袋。

賽門問：「那是什麼？」

「一般的抗生素。」我用酒精棉花擦拭她的手臂，然後費了不少工夫才抓準了一條血管幫她打針。「等一下你也要打一針。」還有我自己。那隻母牛的血一定帶有心血管耗弱的病菌。

「這個可以治好她嗎？」

「不行，賽門，恐怕沒辦法。一個月前或許還可以，現在已經來不及了。她需要做進一步的治療。」

「但你是個醫生啊。」

「也許我是個醫生，但這裡可不是醫院。」

「也許我們可以帶她去鳳凰城。」

這我也想過。不過，一想到閃焰期間所看到的種種景象，我猜市區的醫院可能早就人滿為患了，而且，這還是最理想的狀況。最悲慘的狀況是，醫院可能已經被燒成一片廢墟了。不過，很難說，也許沒那麼慘。

我把電話掏出來，在電話簿裡搜尋一個幾乎快要遺忘的電話號碼。

賽門問：「你要打給誰？」

「從前認識的人。」

那個人叫做柯林．海因斯，從前在石溪分校念醫學院的時候和我住在一起。我們偶爾會聯絡。上次跟他聯絡的時候，他正在鳳凰城的聖約瑟夫醫院當主管。可以試試看。趁現在太陽還沒有出來。等太陽一出來，白天的通訊又要斷了。

我按了他手機的號碼。電話響了很久，後來他終於接了。他劈頭就說：「你最好有什麼要緊的事要找我。」

我告訴他我是誰，還告訴他，我現在距離市區大概有一個小時的車程，車上有一個病人需要緊急治療。病人是我的親人。

柯林嘆了口氣。「泰勒，我不知道該說什麼。聖約瑟夫這裡是正常開放沒錯，聽說斯克戴爾的瑪雅醫院也有開放，可是，我們兩邊都人手嚴重不足。各地的醫院情況有好有壞，不過，不管你去什麼地方，都不可能馬上就有人能夠幫你治療。急診室門口排隊的人已經快擠爆了，有槍傷的，意圖自殺的，車禍的，心臟病的，什麼都有。警察在門口那邊維持秩序，以免急診室那邊發生群眾暴動。你的病人是什麼狀況？」

我告訴他，黛安是末期的心血管耗弱，可能很快就需要用到呼吸器。

「她是在哪裡被傳染到該死的心血管耗弱？算了，當我沒問……無所謂了。老實說，能幫忙我一定會幫。不過，整個晚上我們的病人多到醫院裡擠不下，護士還得到停車場幫病患做傷病程度分類。就算我交代她們，我也不敢保證她們會把你的病人列為第一優先。事實上，我幾乎可以斷定，她至少還要再等二十四個小時，才輪得到醫生幫她做檢查。如果我們活得到那個時候。」

「我也是醫生，你忘了嗎？我需要的只是一些醫療用品，讓她可以撐得下去。像是林嘉氏溶液、呼吸道插管、氧氣瓶……」

「希望你不會覺得我麻木不仁，不過，我們這裡的醫療用品供應也已經很吃緊了……也許你應該問自己一個問題：以目前的狀況，搶救一個心血管耗弱末期的病患到底值不值得？也許你應該找一些東西，讓她可以舒服一點……」

「我不是想讓她舒服一點，我想救她的命。」

「好吧……如果我沒有聽錯的話，你說的應該是末期的症狀。」我聽到電話裡有一些雜音，好像有人在叫他，那是一般人碰到緊急狀況的時候都會出現的驚慌叫喊。

我說：「我必須帶她去一個地方，我必須讓她活著抵達那個地方。我現在需要的不是病床，而是一些醫療用品。」

「我們這裡已經沒有多餘的了。如果還有什麼地方我可以幫得上忙，你就說，不然的話，很抱歉，我要去忙了。」

我絞盡腦汁想了好一會兒，然後跟他說：「我明白了，那些醫療用品……柯林，能不能告訴我哪裡可以弄得到林嘉氏溶液？幫我這個忙就好了。」

「這個……」

「怎麼樣？」

「這個嘛……我本來不應該說的，不過，在重大災難緊急應變計畫裡面，我們醫院和市政府有合作協定。北邊有一家醫療用品廠商叫做『諾瓦普洛德』。」他把地址唸給我聽，並且告訴我簡單的路線。「市政府派了國民警衛隊在那邊駐守。那裡是我們藥品和醫療器材的主要來源。」

「我可以進得去嗎？」

「如果我先打個電話跟他們照會一下，如果你有帶醫師證件，他們就會讓你進去。」

「柯林，拜託一下，幫我打個電話。」

「如果電話打得出去，我會幫你打。電話線路不太穩定。」

「有什麼地方是我可以報答你的……」

「也許有。你在航太圈子裡做過事，對不對？近日點基金會？」

「以前是，但現在已經沒有了。」

「你知不知道，這玩意兒還會持續多久？」他問這個問題的時候，聲音忽然壓低了。我突然感覺到他的聲音裡有一種疲憊，有一種刻意掩藏的恐懼。「我的意思是，不管最後的結局是死是活，到底還要多久？」

我跟他說很抱歉，我真的不知道……而且，我不相信基金會裡有任何人會比我更清楚。

他嘆了口氣說：「好吧，我只是覺得很煩。一想到我們受這麼多折磨，而且過幾天就會被燒死，卻根本搞不清楚怎麼一回事。一想到這個我就很煩。」

「真希望我有辦法回答你的問題。」

電話裡，我聽到有人在叫他。「我希望的事情可多了。泰勒，我得去忙了。」

我又跟他說了聲謝謝，然後就掛了電話。

還要再過幾個鐘頭才會天亮。

賽門一直站在離車子幾公尺遠的地方，抬頭看著滿天的星星，假裝沒有在偷聽我說話。我揮揮手叫他回來。我說：「我們該上路了。」

他乖乖地點點頭。「你找到人可以救黛安了嗎？」

「可以算是。」

他聽了以後，就沒有再繼續追問了。他正準備要彎腰鑽進車子的時候，忽然扯扯我的袖子說：「你看那邊……你覺得那是什麼東西，泰勒？」

他指著西方的地平線。地平線上方的夜空有一條有點彎彎的銀線，距離地平線大約五度角，看起來彷彿有人在一片黑暗中畫了一個巨大的淺淺的英文字母C。

我說：「可能是噴射機尾巴凝結的蒸氣，軍方的噴射機。」

「軍機會在晚上出動嗎？不太可能。」

「那我就不知道了。賽門，來吧，上車吧……我們已經沒有時間了。」

∽ ∽ ∽

我們比預期中更快抵達。我們來到一間醫療用品的倉庫。那是一座有編號的廠房，位於一片死氣沉沉的工業園區。距離天亮還有一點時間。大門口站了一個緊張兮兮的警衛隊士兵，我把證件拿給他看。他叫另外一個士兵和一個普通職員帶我進去。倉庫裡是一排排的堆貨架，他們帶著我在貨架中間的走道穿梭。我找到了我要的東西之後，又有另外一個士兵幫我把東西提到車子那邊去。當他看到黛安在車子後座拚命喘氣的樣子，立刻倒退了好幾步。他說：「祝你好運。」他的聲音有點發抖。

我花了點時間幫黛安吊點滴。我把藥水袋掛在車子裡吊衣服的鉤子上，教賽門怎麼看點滴的流量，並且留意黛安睡覺的時候會不會壓到管子。我把針頭刺進她手臂的時候，她根本沒有感覺，一直睡。

等到我們又開上路之後，賽門才問我說：「她快要死了嗎？」

我不知不覺把方向盤抓得更緊。「除非我救不了她。」

「我們要帶她去哪裡？」

「我們要帶她回家。」

「你說什麼？我們要從西部一路開到東部？去卡蘿和艾德華的家？」

「是的。」

「為什麼要去那裡？」

「因為到那裡我才救得了她。」

「我是說，現在外面這麼亂，這趟路可不好走。」

「沒錯，確實不好走。」

我瞥了一眼後座。他輕輕摸著她的頭髮。她的頭髮鬆鬆軟軟的，被汗水糾結成一團。他的手洗掉血跡之後，顯得很蒼白。

他說：「我不配和她在一起。這都是我的錯。泰迪要離開牧場的時候，我就應該跟他們一起走了。當時我就應該帶她去看醫生。」

我心裡想，沒錯，你是應該。

「可是，我相信我們所做的一切。也許你不懂，可是，泰勒，這一切並不只是為了那隻紅色的小母牛。我相信我們是不朽的，到最後一刻，我們一定會得到報償。」

「為什麼會得到報償？」

「為了我們的信仰。為了我們的堅忍不拔。因為，自從我第一眼見到黛安，我就有一種很強烈的感覺，我們同屬於某種偉大的事物，雖然我並不完全懂那是什麼。我知道，有一天，我們會並肩站在上帝的座前……一定會。『在神聖的使命尚未完成之前，這一代將不會滅亡。』即使我們一開始走錯路，我們這一代還是不會滅亡。我必須承認，當年新國度聚會那些東西現在看起來是很丟臉的。大家都想創造千年至福，雖然結果並不盡如人意。酗酒、縱欲、欺騙。我們棄絕那一切。雖然我們是對的，但我們和昔日的夥伴卻漸行漸遠。我們的世界變小了。那種感覺，就像失去了親人。我心裡想，如果我們想尋求一條最純淨、最簡樸的道路，那麼，我們所做的一切將會引導我們走向正確的方向。『有耐性的人，靈魂不會失落。』」

我說：「約旦大禮拜堂。」

「在《聖經》中尋找一個寓言來解釋時間迴旋，這並不難。就像〈路加福音〉所描述的那樣，你可以從太陽、月亮、星星身上看到很多徵兆。然而，事到如今，上天的力量消失了。可是，它並沒有……它並沒有……」

他的思緒似乎陷入混亂。

「她呼吸的狀況還好嗎？」其實我根本不用問。我聽得到她的每一聲呼吸，很費力，但很有規律。我只是想引開他的注意力，怕他鑽牛角尖。

賽門說：「她看起來還好，不會很痛苦。」然後他又說：「泰勒，拜託你停一下，讓我下車。」

我們一路向東走。州際公路上的車出乎意料地少。柯林．海因斯警告過我，天港機場附近的公路可能會塞車，所以我們繞路走。一路上我們只看到幾輛小客車，倒是路肩上停了很多廢棄的車輛。我說：「這樣好像不太妥當。」

我從後照鏡看看賽門。他正在掉眼淚。那一剎那，他看起來好像一個葬禮上的十歲小男孩，顯得如此脆弱，如此困惑。

他說：「我的生命中只有兩個指標，一個是上帝，一個是黛安。而如今我卻背棄了他們兩個。我浪費了太多時間。謝謝你的好意，我知道你是在安慰我。我知道她已經快死了。」

「那倒未必。」

「我本來可以救她的，但我卻沒有。我沒辦法在這裡眼睜睜地看著她死。我自己也很快就會死在這片沙漠裡。泰勒，我是說真的，我想下車。」

天空又開始變亮了。那是一片醜陋的紫色光暈，看起來有點像點不亮的日光燈尾端的弧光，感覺上很不健康，很不自然。

我說：「其實我不在乎。」

賽門很驚訝地看了我一眼。「什麼？」

「其實我不在乎你心裡有什麼感受。你應該留下來陪黛安，原因是，這趟路會走得很辛苦，我沒辦法一邊開車一邊照顧她。而且，我遲早會累的，我會需要睡一下。如果我們兩個輪流開車，一路上，除了買東西吃或是加油，我們就不需要停下來了。」不過，我倒是很懷疑，這一路上究竟能不能找得到吃的，或是加油站。「如果你走了，我就要花兩倍時間才到得了。」

「那有什麼差別嗎？」

「賽門，她不一定會死，不過，你說對了，她確實病得很重。如果不趕快幫她治療，她真的會死。就我所知道的，唯一救得了她的地方，在好幾千公里外。」

「天堂和地球已經快要毀滅了。我們都快死了。」

「我不知道天堂和地球會不會毀滅，不過，只要我還有選擇的餘地，我絕對不讓她死。」

賽門說：「我真羨慕你。」他說得很小聲。

「什麼？我哪會有什麼地方值得你羨慕？」

他說：「你的信仰。」

ᔕ ᔕ ᔕ

我還勉強樂觀得起來，但僅限於晚上。白天的時候，我實在振作不起來。過了弗雷格斯塔夫之後，公路轉向東方。眼前旭日東升的畫面，簡直就像是廣島原子彈爆炸的場景。我已經不再擔心陽光會把人燒死，不過，太陽曬在身上的滋味還是很難熬。實在猜不透人類怎麼有辦法熬過第一天。賽門可能會說，那是上帝的神蹟。講到神蹟，我突然靈機一動，想到一個創造神蹟的實際方法。我從儀表板的置物箱裡拿出一副太陽眼鏡。遠方的地平線上，那團半球形的橘色火焰正緩緩上升。有了太陽眼鏡，我的眼睛就可以看到路，不會被那團火焰刺到眼睛。

天氣愈來愈熱。我把冷氣開得很強，是為了要讓黛安體表的溫度可以降低一點。儘管冷氣已經開到極限，車子裡的溫度還是愈來愈高。我們已經過了新墨西哥州的艾伯克其，下一站就是杜昆卡利。半途中，我忽然感到一陣強烈的疲倦。眼睛不知不覺地閉起來，車子差一點就撞上里程指示牌。這時候，我把車子停到路邊，關掉引擎。我叫賽門去拿汽油桶把油箱加滿，準備接手開車。他點點頭，卻好像有點不太情願。

我們的行程已經超前了，比我預期中要來得快。也許是因為大家都不敢在沒有人煙的公路上開車，路上幾乎沒有車。賽門拿著汽油桶，把油灌到車子的油箱裡。我說：「你帶了什麼吃的？」

「只有一些我順手在廚房拿的東西。時間很倉促。你自己去看看。」

後車廂裡擺滿了凹陷汽油桶，一包包的醫療用品，幾瓶礦泉水，另外還有一個紙箱子。箱子裡有幾盒喜瑞爾早餐片，兩罐鹹牛肉罐頭，還有一罐健怡百事可樂。「我的天，賽門，這是什麼東西。」

他臉上有點尷尬地抽搐了一下。看他那個樣子，我才想到剛剛說的話可能會被他當成是褻瀆。他說：「我只找得到這些。」

沒有碗也沒有湯匙。但我不只是累歪了，也餓到飢不擇食了。我跟賽門說，我們應該讓引擎冷卻一下。這段時間，我們在車子裡躲太陽，把車窗搖下來。沙漠中揚起了一陣風沙，太陽高高掛在天上，感覺上彷彿置身在水星的中午。我們把礦泉水的塑膠瓶切開，用瓶底當作克難杯，把早餐片泡在溫溫的水裡面，將就著吃。那種東西看起來像海菜泥，吃起來也像。

這趟旅程就像接力賽一樣，賽門準備跑第二棒。我跟他簡單說明了一些注意事項，提醒他，上路之後要把冷氣打開。我特別交代他，萬一前面的路上好像有什麼麻煩的時候，一定要叫我起來。

然後我就去看看黛安。點滴和抗生素似乎讓她恢復了一點體力，不過還是很有限。我餵她喝了一點水，她張開眼睛看看我，然後叫了一聲：「泰勒。」我餵她吃了幾湯匙的早餐片，但吃沒幾口她就把頭轉開了。她臉頰凹陷，眼神疲憊渙散。

我說：「撐著點，黛安，我們快到了。」我調整了一下點滴的速度。我扶她坐起來，讓她把腳伸到車子外面。她擠出了幾滴黃褐色的尿液。我用海綿幫她擦洗了一下身體，幫她把髒兮兮的內褲脫掉，從我的行李箱拿了一條棉內褲幫她換上。

扶她躺好之後，我在前座和後座中間窄窄的空隙塞了一條毯子，讓自己有充足的空間可以伸展手腳，而不至於擠到黛安。先前我開車的時候，賽門只睡了一下子，所以，他一定跟我一樣筋疲力盡……不過，他並沒有像我一樣，被人家用槍托敲腦袋。頭上被艾倫弟兄敲到的地方腫了一大塊，只要手指頭去按到腫塊附近，整個腦袋就嗡嗡作響。

賽門站在幾公尺外的地方，看著我幫黛安清洗身體。他緊繃著一張臉，大概很不是滋味。我叫他的時候，他遲疑了一下，以一種充滿渴慕的眼神望著那片一望無際的鹽湖盆地沙漠，望著那一片虛無世界的中心。

然後他三步併作兩步地跑回車子這邊，垂頭喪氣地鑽進駕駛座。

我縮起身體擠進前座後面那一片狹小的空間。黛安似乎還在昏睡，可是，在我睡著之前，我似乎感覺到她的手輕輕按在我的手背上。

ꕥ ꕥ ꕥ

當我醒過來的時候，又是晚上了。賽門已經把車子停在路邊，要跟我換手。

我爬下車，伸個懶腰。腦袋還是隱隱作痛，脊椎抽痛，彷彿患了永久性的老人骨節瘤。不過，我的精神還是比賽門好。他一鑽進後座立刻就睡著了。

我不知道我們現在的位置在哪裡，只知道我們在四十號州際公路往東的方向，而且這邊的土地比較沒那麼乾旱了，公路兩旁是一望無際的灌溉農地，紅色的月光從天上遍灑而下。我看看黛安，她似乎還好，呼吸的時候沒有露出痛苦的樣子。車子裡混雜著一股病房的血腥味和汽油味，於是，我把車子的前後門都打開，讓空氣流通一下，讓那股怪味道散掉。然後，我又坐回駕駛座上。

公路上方的天空散布著幾點疏落的星光，星光非常微弱，幾乎看不清楚。我忽然想到火星。現在火星還有時間迴旋透析膜包圍著嗎？或是也像地球一樣，已經消失了？可是，我不知道火星在天空的什麼地方，而且，就算我看到了，我恐怕也不知道那一顆就是火星。不過，我倒是看到了那條謎樣的銀線，在夜空中非常顯眼。我們還在亞利桑納州的時候，賽門就指給我看過，當時我還以為那是噴射機尾巴凝結的蒸汽。今天晚上，它變得更顯眼了。那條線已經從地平線移動到接近天頂的地方，原本是一條微彎的弧線，現在變成一個橢圓形，看起來像是一個扁平的英文字母O。

此刻所看到的天空，和當年我在大房子的草坪上看到的天空，已經隔了三十億年的漫長歲月。我心裡想，隔了這麼長的時間，天空一定隱藏了無數的祕密。

車子開動之後，我打開儀表板上的收音機，看看能不能收得到訊號。前一天晚上，收音機聽不到半點聲音。試了半天，還是收不到數位訊號，不過，最後終於接收到了一個當地的調頻電台。這種鄉下地方的小電台通常都是放鄉村音樂，要不然就是傳教，不過，今天晚上倒是一直在播新聞。我聽到不少消息。後來，訊號又慢慢消失了，只剩下一片雜音。

聽了收音機裡的新聞，我發現當初決定躲開大城市是一個明智的決定。幾個主要的大城市目前都成了災區。那倒不是因為搶劫或暴力事件。這類事件出乎意料地少。這些城市會變成災區，反而是因為公共設施徹底癱瘓。當那個巨大的紅太陽從地平線緩緩上升的時候，看起來很像是預期中的世界末日。大家乾脆躲在家裡，和家人聚在一起，等待死亡降臨。結果，整個市區空蕩蕩的，只剩下極少數的警力和消防隊。醫院裡嚴重人手不足。有極少數人舉槍自盡，要不然就是喝下嚴重過量的酒，吸食超量的古柯鹼、麻醉藥或是安非他命。這些人疏忽了一些小地方，立即導致了嚴重的問題。有些人忘了關上瓦斯爐，有些人開車開到一半不省人事，有些人死去的時候香煙頭掉到地毯上。當地毯開始冒煙，窗簾開始起火燃燒的時候，沒有人打電話報警。就算有人打了，很多消防隊都沒有人接電話。只要有一家失火，很快就蔓延到整個社區。

新聞播報員說，奧克拉荷馬市冒出四股巨大的煙柱。另外，電台接到電話通知，芝加哥南區已經變成了一片灰燼。全國各個主要的大城市，只要聯絡得上的，至少都傳出一、兩起大規模的火災，火勢已經無法控制。

不過，情況已經漸漸改善了，沒有持續惡化。今天，大家開始感覺到人類似乎還有機會活下去，至少還可以再多活個幾天。於是，更多第一線救護人員和公共設施的工作人員開始回到自己的工作崗位。但負面效應是，大家開始擔心，家裡的生活用品和食物還撐得了多久。雜貨店遭到搶劫的問題愈來愈嚴重。政府呼籲，除了公共設施的服務人員之外，一般民眾不要開車上公路。天還沒亮之前，政府已經透過各種管道將這項消息發布出來，例如緊急廣播系統，所有營運中的廣播電台和電視台。今天晚上也正在重新發布。這大概就是為什麼州際公路上的車子會這麼少。我看到幾輛軍車和警察巡邏車，不過，他們都沒有過來盤問我們。我猜那是因為我的車牌上有「緊急醫療服務」的標籤。自從第一次閃焰發生之後，加州和其他幾個州就將「緊急醫療服務」的車牌標籤發給醫生。

執行勤務的警力很有限。正規軍仍然維持著正常的兵力，只有少數士兵擅離職守。然而，國民兵和國民警衛隊的兵力零零落落，無法支援地方政府的公共勤務。電力供應也斷斷續續。大部分的發電廠人手不足，幾乎無法正常供電。各地開始執行分區燈火管制。據說，加州的聖翁費瑞核能發電廠和加拿大白克林核能發電廠差一點就發生反應爐核心熔毀的災變。不過，政府並沒有證實這項傳聞。

播報員還唸了一串名單，包括特約的食品賣場，還可以容納病人的醫院。醫院名稱後面還附加了預計的等候傷病分類的時間。此外，播報員還說明了一些家庭急救護理的技巧。他還報導了氣象局的呼籲，提醒民眾避免長時間在太陽底下曝曬。氣象局說，雖然陽光看起來不會立即致命，但過量的紫外線會導致「長期的問題」。聽起來令人有點啼笑皆非。

ᔕ ᔕ ᔕ

天亮之前，我持續零零星星收聽到一些廣播，可是太陽出來之後，訊號都遭到干擾，收音機裡只剩下雜音了。

太陽出來的時候被雲層遮住了，因此，我開車就沒有再被太陽刺得張不開眼睛。然而，這種看不到太陽的黎明時分卻怪異得嚇人。整個東半邊的天空瀰漫著一片濃稠的紅光，感覺上很像快要熄滅的營火餘燼，有一種催眠的效果。有時候，雲層會露出縫隙，琥珀色的陽光像手指般從雲間伸出來，彷彿在摸索地面。到了中午，雲層愈來愈厚，不到一個鐘頭，雨就來了。雨水溫溫熱熱的，毫無清爽的感覺。雨水覆蓋了整個路面，反映著病懨懨的天色。

那天早上，我已經把最後一桶汽油灌進油箱裡。開到凱洛和萊辛頓之間的半路上，油錶的指針已經快要到底了。我把賽門叫起來，跟他說，車子快沒油了，到下一個加油站我就得停下來加油……只不過，我們經過了好幾個加油站，他也被我叫起來好幾次，卻找不到一家肯賣我們汽油的。

過了好久，我們在下高速公路半公里的地方找到了另一個加油站。那是一個小加油站，只有四台加油機，裡面還有一間加盟的小便利商店，賣一些小零嘴。店裡面黑漆漆的，加油機好像沒開。不過，我還是把車子開進去，走下車，從掛鉤上拿起加油槍。

一個戴著孟加拉小帽的男人從商店旁邊繞出來，胸前抱著一把散彈槍。他說：「加油機不能用。」

我把加油槍放回去，慢慢地說：「沒電了嗎？」

「沒錯。」

「你們沒有備用電嗎？」

他聳聳肩，開始愈走愈近。賽門正要下車，我揮手叫他回去。那個帶著孟加拉小帽的男人大概三十歲左右，比我重十幾公斤。他看看掛在車子後座那個林嘉氏溶液點滴袋，又斜眼瞄了一下車子的牌照。那個加州車牌大概沒辦法讓他善心大發，不過，車牌上的「緊急醫療服務」標籤卻看得清清楚楚。

「你是醫生嗎？」

我說：「泰勒．杜普雷，醫學博士。」

「不好意思，剛剛不太客氣。車子裡是你太太嗎？」

我說是。簡單應付一下，省得解釋半天。賽門瞪了我一眼，不過卻沒有說什麼。

「你有醫生的證件嗎？請不要介意，這陣子偷車的案件很多。」

我掏出皮夾，丟在他腳邊。他彎腰撿起來，看看裡面的卡套。後來，他從襯衫口袋裡掏出一副眼鏡，再看了一眼卡套。最後，他把皮夾拿還給我，伸出手來要跟我握手。「很抱歉，杜普雷大夫，剛剛有失禮的地方請多包涵。我叫查克．貝里尼。如果你只需要加油的話，我會把加油機打開。如果你需要買點別的東西，麻煩你等個幾分鐘，我來開店。」

「我要加點油，如果有什麼吃的東西更好。不過，我身上的現金不多。」

「管他的什麼現金。我們不賣東西給罪犯和酒鬼。現在滿路上都是罪犯和酒鬼。不過，我們二十四小時開放給軍人和公路警察。當然，還有醫生。只要加油機還有油，我們就賣。希望你太太不會有事。」

「只要趕得到就不會有事。」

「你是要去萊辛頓州立醫院嗎？還是要去薩馬利亞醫院？」

「還要再遠一點。她需要特殊治療。」

他又回頭瞄了一眼車子。賽門已經把車窗搖下來，讓車子裡透透氣。滿車身的塵土被雨水淋濕了，摻雜著柏油黏成一塊一塊。黛安還在睡。她翻了個身，忽然猛咳起來。貝里尼瞄了她一眼，皺起眉頭。

「我現在去開加油機，你一定想快點上路吧。」

我們要上路之前，他包了一些吃的東西給我們。幾罐湯罐頭，一盒鹽脆薄餅，還有一把盒子裝著的開罐器。不過，他不肯靠近車子。

間歇性的劇烈咳嗽是心血管耗弱的普遍症狀。心血管耗弱的病菌非常刁鑽。它會慢慢折磨病人。嚴重的肺炎發作時，病人不會立刻死亡，但病人最終還是會死於肺炎，或是肺炎所引發的心臟衰竭。我在弗雷格斯塔夫那一家醫藥用品批發商拿了一些氧氣瓶、抽氣唧筒，還有面罩。賽門開車的時候，黛安開始咳到呼吸困難了，開始露出驚恐的神情。她被自己的口水嗆到，開始翻白眼。我盡可能幫她把氣管裡的黏液抽出來，用氧氣面罩蓋住她的口鼻。

後來，她終於和緩下來，臉上皆漸恢復血色。她好不容易又可以睡了。她休息這時候，我坐在她旁邊。她燒得發燙的頭靠在我的肩膀上。外面的雨已經變成傾盆大雨，車子開不快。每當車子駛過一片低窪的路面，後面就會揚起一大片水花。接近黃昏的時候，外面的光線逐漸暗下來，西邊天際彷彿是一堆燒紅的木炭。

萬籟俱寂，只聽得到雨水打在車頂上的聲音。我聽著雨聲，內心洋溢著一種莫名的滿足。這個時候，賽門忽然清了清喉嚨。他說：「泰勒，你相信無神論嗎？」

「抱歉，我沒聽清楚，你說什麼？」

「問這個有點冒昧，請不要介意。我只是在想，你覺得自己算是個無神論者嗎？」

我不知道該怎麼回答這個問題。賽門幫了我不少忙，多虧了他，我們終於快要抵達了。可是，他偏偏被一票瘋狂的時代主義教派邊緣份子牽著鼻子走。他們和世界末日對峙了半天，最後的結果卻是幻想破滅。我不想刺激他，因為現在還需要他……黛安還需要他。

於是我說：「我相不相信無神論，有那麼重要嗎？」

「我只是有點好奇。」

「這個嘛……我不知道。我想，我只能說我不知道。我不敢斷言上帝存不存在，也不知道祂為什麼會讓宇宙變得這麼緊張，讓宇宙天旋地轉。抱歉，賽門，我很少去想這種神學上的問題。」

他沒有說話，沉默了好一陣子。後來他又說了：「也許黛安就是那個意思。」

「她說了什麼？」

「從前，我們談過一些問題。不過，我們好像已經很久沒有好好談了。早在教會分裂之前，我們兩個人就已經意見分歧了。我們對丹牧師和約旦大禮拜堂的看法不一樣。我覺得她太憤世嫉俗了，她說我太容易被煽動了。也許吧。丹牧師有一種天賦，對《聖經》的解讀獨具慧眼，能夠從每一頁的經文中找出微言大義。他一磚一瓦建構起來的知識堅如磐石。他是一個天才。我自己辦不到，不管我多努力就是辦不到。一直到今天，每當我翻開《聖經》，還是沒辦法立刻了解其中的含意。」

「也許你根本就不應該懂。」

「但我就是想搞懂。我想變成丹牧師那樣的人，聰明，永遠堅定不移。黛安說他是在和魔鬼打交道，她說，丹牧師為了證實自己的信仰，出賣了謙卑的靈魂。也許那正是我所欠缺的，也許那正是黛安在你身上看到的。也許那就是為什麼多年來她會那麼依賴你……你的謙卑。」

「賽門，我……」

「你並沒有什麼地方對不起我，不用跟我說抱歉，也不用安慰我。我知道她一直在打電話給你。每當她以為我在睡覺，或是以為我不在家的時候，她就會打電話給你。我知道，能夠有她在我身邊這麼多年，我已經夠幸運了。」他轉過頭來看著我。「可以幫我一個忙嗎？我希望你替我告訴她，我很對不起她，她生病的時候我沒有好好照顧她。」

「你可以自己告訴她。」

他若有所思地點點頭，繼續開著車駛向那漫天的滂沱大雨。天又黑了，我叫他打開收音機，聽聽看有沒有什麼消息。我本來想打起精神保持清醒，聽聽看有什麼消息，可是我的頭又開始陣陣抽痛，眼前愈來愈模糊。沒多久，我不知不覺就閉上眼睛睡著了。

꩜ ꩜ ꩜

我睡得很熟，而且睡了很久，不知不覺中，車子已經跑了很遠的一段路。醒過來的時候，已經是隔天早上了。天還下著雨。我發現車子停在一個休息站。我後來才知道，那裡是馬納薩斯，已經到了維吉尼亞州了。有個女人撐著一把破破爛爛的黑雨傘，正在敲我的車窗。我眨眨眼睛，打開車門。她往後退了一步，用狐疑的眼神打量著黛安。「那個人叫我來告訴你，不用等他了。」

「抱歉，我不太懂。」

「他叫我來替他說再見，叫你不要再等他了。」

車子的駕駛座沒有人，賽門不見了。車子附近只看到一些垃圾桶、濕透的野餐桌、簡陋的公共廁所，就是看不到賽門的蹤影。另外還有幾輛車停在這裡，引擎沒有熄火。開車的人大概跑去上廁所。我放眼看看四周，附近有樹林，有停車場，遠處山巒起伏，好像是一個工業小鎮。天空是一片火紅。

「你說的那個人是不是瘦瘦的，金頭髮，身上穿著一件髒兮兮的T恤？」

「就是他，就是那個人。他說他不想讓你睡太久。說完他就走了。」

「他用走的嗎？」

「對。他沒有走公路，而是沿著河那邊走過去。」她又瞄了黛安一眼。黛安的呼吸很微弱，聲音很大。「你們還好嗎？」

「不太好。不過我們已經快到了，謝謝你的好意。他還有說別的嗎？」

「有啊，他說願上帝保佑你。從現在開始，他會找到自己的路。」

我看看黛安，幫她料理了一下。我看看停車場四周，看了最後一眼，然後就開車上路了。

ꩮ ꩮ ꩮ

我停下來好幾次，調整黛安的點滴，讓她吸一點氧氣。她的眼睛沒有再張開過……她並不是在睡覺，而是陷入昏迷。我根本不敢想這代表什麼。

雨勢大得驚人，車子開不快。放眼望去，公路兩旁到處滿目瘡痍，看得出這幾天來混亂到什麼程度。沿途看到十幾輛撞得稀爛的車，或是燒焦的車，被人推到路邊停著。有幾輛車還在冒煙。有幾條道路封閉了，不准平民的車輛進入，只有軍車和緊急勤務車可以進去。好幾次我被路障擋住，只好掉頭走別的路。白天的氣溫很高，空氣濕熱得令人難以忍受。雖然到了下午偶爾會颳起一陣狂風，卻還是吹不散那股熱氣。

還好賽門走的時候，我們已經快到了。我終於在天色全暗之前趕到了大房子。

風勢愈來愈強，幾乎快要變成風暴了。羅頓家長長的車道上到處都是斷落的樹枝。那是從松樹林那邊吹過來的。屋子裡黑漆漆的。或許是因為金黃色的夕陽餘暉，使得大房子看起來顯得比較昏暗。

我把車子停在階梯下面，下車去敲門。等了一會兒，沒有人來開門，於是我又敲了一次門。後來，門終於開了一條縫，卡蘿．羅頓躲在門縫裡面瞄著我。從那條縫裡，我只看到一隻蒼白的藍眼睛，看到一小片滿是皺紋的臉頰，根本認不出是她。

不過，她倒認出我了。

她說：「泰勒．杜普雷！只有你一個人來嗎？」

她把門整個打開了。

我說：「不是，還有黛安。我需要妳幫個忙，幫我把她扶進屋子裡。」

卡蘿走出來，站到門廊上，瞇著眼睛看看車子裡面。當她看到黛安的時候，忽然全身僵直。她肩膀一豎，倒抽了一口涼氣。

她說：「我的天，難道我的兩個孩子都是回家來等死的嗎？」她幾乎是在自言自語。

浴火深淵

整個晚上，在大房子裡都感受得到暴風的震撼。過去的三天裡，太陽的異常照射導致大西洋上颳起強烈的海風。睡覺的時候，我都還感覺得到風的搖撼。半睡半醒的時候，我會被突如其來的一陣狂風嚇一跳，從床上坐起來。我睡得很不安穩，噩夢連連，狂風怒吼彷彿在夢境中縈繞不去。到了天亮，我穿上衣服到樓下去找卡蘿・羅頓。這個時候，窗戶還是被風颳得啦啪響。

屋子裡已經斷電斷了好幾天。走廊盡頭的窗口透進些許雨天的稀疏光線，二樓的玄關在微弱的光暈中顯得有些黯淡。沿著橡木樓梯走到樓下的大廳，兩座三面有玻璃的凸窗在狂風中飄搖，窗外透進來的光線有如蒼白的玫瑰。卡蘿在客廳裡幫那座骨董金屬鐘上發條。

我問她：「黛安還好嗎？」

卡蘿瞥了我一眼說：「還是一樣。」接著，她又轉過頭去用那把黃銅鑰匙幫時鐘上發條。「我剛剛才從她房間出來，泰勒，我有在照顧她。」

「我知道。傑森怎麼樣了？」

「我已經幫他穿好衣服。他白天的時候狀況比較好，我也不知道為什麼。到了晚上他就很難過了。昨天晚上……他吃了不少苦頭。」

「我要去看看他們兩個。」我也懶得再問她有沒有聽到什麼消息，有沒有聽說聯邦救難總署或白宮發布什麼最新的規定。問她大概沒什麼用，卡蘿只活在大房子的世界裡。「妳應該去睡一下。」

「我已經六十八歲了，睡得沒有以前多了。不過，你說得對，我是有點累了……我需要到床上去躺一下。等我把時鐘調好就去睡。不上一下發條，這個時鐘就會變慢。你知道嗎？從前你媽每天都會幫這個時鐘上發條。自從你媽過世之後，瑪麗每次來打掃就會幫時鐘上一下發條。可是六個月前瑪麗就沒有再來了。過去這六個月來，時鐘一直停在四點十五分。我記得有個笑話說，一天有兩次準時。」

「你先告訴我傑森的狀況怎麼樣。」昨天晚上我太累了，只聽卡蘿簡單說了一點傑森的狀況。時間迴旋消失之前的一個禮拜，傑森沒有事先通知就突然跑回來。星星再度出現的那天晚上，他就開始生病了。他症狀發作的時間斷斷續續，身體某些地方會麻痺，眼睛看不見，還有發燒。卡蘿打過電話找醫生，可是以目前的混亂狀況，根本不可能會有醫生來。於是，卡蘿只好親自幫他做檢查。然而，她診斷不出傑森有什麼毛病，除了讓他舒服一點，她也愛莫能助。

她很怕他會死。然而，無論她再怎麼擔心，外面的世界根本不會有人知道。傑森叫她不要擔心。他說：「一切很快就會恢復正常。」

她相信他的話。她說，她不怕白天那個紅色的太陽，可是卻害怕夜晚降臨。對傑森來說，夜晚簡直是一場噩夢。

S　S　S

我先跑去看黛安。

卡蘿讓她睡在樓上的房間。那是黛安從前睡的房間，不過，自從她離開家以後，那個房間就被當成客房在用。我發現她身體的狀況還算穩定，可以自己呼吸，可是，這並不足以令人安心。這只是心血管耗弱病理特性的一部分，就像潮起潮落。然而，症狀每發作一次，她的抵抗力和體力就會變得更衰弱。

我在她乾燥發燙的額頭上吻了一下，告訴她好好休息。然而，她似乎聽不到我講話。

然後我跑去看傑森。有個問題我必須好好問問他。

卡蘿說，傑森之所以會回到大房子來，是因為基金會裡發生了衝突。她不太記得他說了什麼，不過，好像跟傑森的爸爸有關，並且還牽涉到「那個已經死掉的黑人，那個個子小小的全身皺紋的黑人，那個火星人。」她說，艾德華又開始使壞了。

那個火星人。就是那個火星人把延長生命的藥交給傑森，讓傑森轉化到第四年期。那些藥本來應該可以治好他的某種疾病，拯救他的生命，但如今，那種疾病正在要他的命。

ༀ ༀ ༀ

我敲敲他房間的門，然後走進去。他醒著。他住的就是他從前的房間，那個他三十年前住的房間。當年他還住在那裡的時候，我們還小，生活在一個屬於孩子們的小小世界裡。當年，天空還看得到滿天星斗。房間裡有一面牆壁，當年曾經掛著一幅太陽系的海報，如今，掛圖不在了，牆壁上那一小塊長方形的區域看起來似乎比旁邊亮一點。房間裡的地毯，當年曾經在同樣的下雨天，被我們打翻了可口可樂，掉了滿地的麵包屑，弄得髒兮兮，後來還曾經找人來清洗，用藥水漂白。

如今，傑森又回到這個房間裡了。

他說：「這聲音聽起來像是泰勒。」

他躺在床上，穿著很整齊。卡蘿說，傑森堅持每天早上要把自己打扮得整整齊齊。他穿著一條乾淨的卡其褲，藍色的棉布襯衫。他用枕頭把背後墊高，人看起來十分清醒。我說：「小傑，房間裡滿暗的。」

「你可以把百葉窗轉開。」

我開了百葉窗，房間裡卻也沒有亮多少，只是多了一點陰森森的琥珀色天光。「我幫你檢查一下好不好？」

「當然好。」

他並沒有在看我。或者應該說，他的臉面對著那一片空蕩蕩的牆壁，眼睛卻似乎沒有在看。

「卡蘿說你的眼睛看不清楚。」

「你們醫學上有一種術語叫做『否認的心理防衛機轉』。卡蘿現在就有這個問題。事實上，我已經瞎了。從昨天早上開始，我的眼睛就什麼都看不見了。」

我坐在他旁邊的床緣。他想把頭轉過來我這邊，動作雖然順暢，卻慢得令人難過。我從襯衫口袋裡掏出一支筆型的小手電筒，照著他的右眼，想看看瞳孔的反應。

瞳孔沒有反應。

情況更嚴重。

他的瞳孔會閃光。他的瞳孔閃閃發亮，彷彿裡面鑲了幾顆小鑽石。

傑森一定感覺到我猛然退縮了一下。

他問我：「有那麼糟糕嗎？」

我講不出話來。

他的臉色變得更陰沉。他說：「泰勒，幫幫忙，我沒辦法看自己的眼睛。你必須告訴我你看到了什麼。」

「這個……傑森，我也不知道那是什麼東西。那不是我診斷得出來的。」

「拜託，簡單形容一下。」

我設法裝出醫師的口吻。「看起來你眼睛裡面似乎長出了某種水晶。眼球的鞏膜看起來很正常，虹膜似乎也沒有受到感染。但你的瞳孔已經被一片很像雲母的東西完全遮住了。我從來沒有聽過類似這樣的東西。這在醫學上應該是不可能的，我沒辦法治療。」

我站起來，找了一張椅子坐下。好半晌，房間裡靜悄悄的沒有半點聲音，只聽得到床頭的鐘滴答滴答。那又是卡蘿的另一個骨董。

後來，傑森深深吸了一口氣，臉上勉強擠出一抹他自以為是的安心的微笑。「謝謝你，你說得對，那不是你有辦法治療的。不過，這段期……呃，接下來這幾天，我還是需要你幫忙。卡蘿想幫忙，但她搞不懂。」

「我也搞不懂。」

窗外的雨勢愈來愈大了。「我需要你幫忙的地方不完全是醫療上的。」

「要是你能夠說明一下這個……」

「我頂多有辦法說明一部分。」

「那你就說吧，小傑，我有一點被你嚇到了。」

他低下頭，似乎在聽什麼聲音。我沒聽到什麼聲音，或是聽不到那聲音。我心裡想，他是不是失神了，忘了我還在這裡。後來他終於說了：「簡單地說，我的神經系統已經被某種東西取代了。那種東西是我控制不了的。我的眼睛顯示出來的，只不過是一種外在的跡象。」

「你得的是一種病嗎？」

「不是，不過，那是一種作用。」

「這種狀況會傳染嗎？」

「正好相反。我相信這是獨一無二的。只有我才會得這種病，至少在我們地球上。」

「這麼說起來，這和生命延長醫藥處理有關。」

「可以這麼說。不過我……」

「不行，小傑，這個你要先說清楚，然後再往下說。不管你是什麼毛病，你目前的狀況是我上次幫你打針直接引起的嗎？」

「不是直接引起的，不是……這絕對不是你的錯。你擔心的是這個吧。」

「現在我根本不在乎是誰的錯。黛安生病了，卡蘿沒有告訴你嗎？」

「卡蘿說她好像是感冒……」

「卡蘿沒有說實話。那不是感冒，那是心血管耗弱末期。我開了三千多公里的車，沿途經過無數彷彿是世界末日的地方。為什麼呢？因為她快要死了，小傑，我想得出來的，只有一個辦法能救得了他。可是，剛剛聽你這樣一講，我開始不放心了。」

他又在搖頭了。也許那是不由自主的動作，彷彿他想讓自己集中精神。

我正打算要追問，他就開口了：「火星的生命科技還隱藏了許多祕密，萬諾文並沒有告訴你。艾德華曾經懷疑過。其實，他的懷疑是相當有根據的。千百年來，火星人發展出很精密的尖端生物科技。萬諾文告訴你的第四年期，是幾百年前的產物，一種生命延長處理和一種社會規範。然而，從那個時候開始，這種科技一直在進步。到了萬諾文他們那一代，第四年期比較像是一個『平台』，一種生物操控系統。它能夠附加更複雜的程式。所以，不光是只有第四年期，還有四點一期，四點二期……你聽得懂嗎？」

「那我幫你打的藥……」

「你幫我打的針是傳統的處理藥物，標準的第四年期。」

「但是？」

「但是……後來我又追加了。」

「你追加的藥也是萬諾文從火星帶來的嗎？」

「沒錯，它的功用是……」

「功用先不用說了。你能夠百分之百地確定，你現在的狀況不是一開始的藥物處理所造成的？」

「百分之百確定。」

我站起來。

我往門口走過去。小傑聽到了。他說：「我以後再告訴你，而且，我還需要你幫忙。泰勒，盡全力救她，我希望她能夠活下去。不過，我必須告訴你……我的時間也不多了。」

ᔕ ᔕ ᔕ

我走到我媽的房子裡，到地下室去移開那一塊破掉的牆塊。裝著火星藥的那個盒子還在原來的地方，沒有人動。我拿著盒子跑過草坪，回到大房子。草坪上，琥珀色的天空下著傾盆大雨。

卡蘿在黛安的房間裡。她正扶著面罩讓黛安吸氧氣。

我說：「除非你有辦法變出另外一個氧氣瓶，要不然，我們就得省著點用。」

「她的嘴唇有點發青。」

「我看看。」

卡蘿站到旁邊去。我關掉氧氣瓶的活門，拿掉面罩。用氧氣必須很小心。當病人出現呼吸困難的時候，氧氣是不可或缺的，但是，氧氣也會惹麻煩。過量的氧氣會導致肺泡破裂。我擔心的是，如果黛安的症狀持續惡化，我們就必須增加氧氣的使用量，才能夠維持她血液中的氧濃度。均衡的氧氣補充治療需要用到呼吸器。問題是，我們沒有呼吸器。

我們甚至沒有任何醫療設備，能夠用來測量她的血液氣體。不過，當我把氧氣面罩拿開的時候，她的唇色看起來相當正常。然而，她的呼吸淺而急促。她雖然睜開了眼睛，但卻顯得昏昏欲睡，反應遲鈍。

我打開了那個滿是灰塵的盒子，拿出一瓶火星藥和一支針筒。這時候，卡蘿滿臉狐疑地看著我。

「那是什麼？」

「也許這是唯一救得了她的東西。」

「是嗎？泰勒，你有把握嗎？」

我點點頭。

她說：「你沒聽懂。我的意思是，你有百分之百的把握嗎？那是你上次幫傑森打的藥，對不對？

上次他得了非典型多發性硬化症的時候。」

我沒有必要否認。我說：「沒錯。」

「也許我已經三十幾年沒有幫人看過病了，不過，我可不是什麼都不懂。自從上次你來過以後，我自己也研究了一點非典型多發性硬化症。我查了一些醫學期刊的摘要。有意思的是，那種病根本無藥可救。沒有什麼神奇特效藥。就算有，我不相信那種藥也能夠拿來治療心血管耗弱。所以，泰勒，我在猜，你現在要給黛安打的藥，大概和那個全身皺紋的人有關，和那個死在佛羅里達的人有關。」

「卡蘿，我不想解釋什麼。顯然妳已經心裡有數了。」

「我不是要你跟我解釋什麼，我只是要你讓我安心。我要你告訴我，這種藥對傑森所造成的傷害，不會發生在黛安身上。」

我說：「不會。」不過，我覺得卡蘿知道我隱瞞了一些話沒有說出來。我沒有說出來的話是：據我所知。

她打量了一下我的表情。「你還是很在乎她。」

「是的。」

卡蘿說：「愛情的不屈不撓永遠都令我驚訝。」

我把針筒刺進黛安的血管裡。

到了中午，屋子裡不但熱，而且潮濕得嚇人，彷彿屋頂上已經快要長出苔蘚垂下來了。我坐在黛安旁邊，看看剛剛打的藥會不會立刻導致嘔吐。突然間，我聽到有人在敲屋子的大門，敲個不停。我心裡想，會不會是小偷、強盜。我下樓走到門廳的時候，卡蘿已經開了門，跟一個胖胖的男人說謝謝。他點點頭，然後就走了。

卡蘿把門關起來，告訴我：「那是艾彌爾．哈代。你還記得哈代那家人嗎？他們家有一棟殖民地時期留下來的老房子，在雞山路那邊。他自己在發行小報紙。」

「報紙？」

他把兩張釘在一起的紙拿起來給我看。紙張的大小和一般的信紙差不多。「艾彌爾家的車庫裡有一台發電機。他晚上會聽收音機作筆記，然後把摘要印出來發給鄰居。這是他送來的第二份。他是一個很好心的人，只不過，我不知道看這些東西有什麼用。」

「我可以看看嗎？」

「想看就拿去看。」

我把報紙帶到樓上去。

艾彌爾這個玩票的記者辦起報紙倒是有模有樣。報紙上寫的主要是華盛頓和維吉尼亞州一帶所發生的危機，例如，上面有一個名單，是政府所公布的禁止通行的區域，還有火災疏散區。此外，政府已經在搶修水電公共設施。我大略瀏覽了一下。報紙下方有幾則新聞引起我的注意。

第一則新聞是，最近在地面上所偵測到的太陽輻射數值雖然偏高，但沒有預期中那麼強烈。新聞寫著：「官方機構的科學家感到相當困惑，但也抱持著審慎樂觀的態度。他們認為人類應該有機會可以長時間繼續生存下去。」新聞裡沒有注明消息來源，因此，這可能只是一些時事評論家捏造的，目的是為了防止進一步的恐慌。不過，根據我自己的經驗，新的陽光雖然怪怪的，感覺上倒也不會立刻致命。

然而，太陽對農田、氣候或是整個生態體系會造成什麼樣的影響，報紙上卻隻字未提。洶湧的熱浪和狂暴的雨勢感覺上都很不正常。

底下還有一則新聞，標題是：「全球各地天空出現銀光弧線」。

那就是我們還在亞利桑納州的時候，賽門指給我看過的，形狀像是英文字母C或O的銀線。從極北的安克拉治到南方的墨西哥市，到處都看得到。另外還有一些亞洲和歐洲那邊的零星報導，主要的內容是當地的緊急危機，不過也提到了一點銀線事件。艾彌爾．哈代還在新聞後面加了一段附記：「電視新聞的收訊狀況時好時壞，不過，印度那邊傳過來的畫面也看得到類似的現象，規模更大。」不知道那是什麼意思。

§ § §

我到黛安房間裡陪她的時候，她醒過來一下子。

她說：「泰勒。」

我握著她的手。她的手很乾，溫溫的，有點異乎尋常。

她說：「我很不好意思。」

「沒什麼好不好意思的。」

「被你看到我這個樣子，我覺得很不好意思。」

「妳會好起來的。或許需要一點時間，不過，妳會好起來的。」

她的聲音很輕柔，彷彿飄零的落葉。她看了看房間四周，忽然認出自己在什麼地方了。她睜大了眼睛說：「我回到家了。」

「妳回到家了。」

「再叫一次我的名字。」

我說：「黛安，黛安，黛安。」

黛安雖然病得很重，但真正瀕臨死亡的人卻是傑森。我去看他的時候，他自己就是這麼說的。

卡蘿告訴我，他今天都沒有吃東西。小傑用吸管喝了一點冰水，卻不肯喝別的東西。他的身體幾乎都沒辦法動彈。我叫他把手抬起來，他也使盡全力想把手抬起來，可是動作卻非常遲緩。後來，我只好把他的手按回去。他只剩下講話還很清楚，不過，他自己已經有心理準備，到時候可能會連話都講不出來。他說：「如果今天晚上會像昨天晚上一樣，那麼，從晚上到天亮這段時間，我恐怕沒辦法講話講得很清楚。至於明天會怎麼樣，誰知道？趁我現在還能講話的時候，有些話我要趕快說。」

「你能不能告訴我，為什麼一到晚上你的狀況就特別嚴重？」

「原因很簡單，等一下再告訴你。現在，我要你先幫我做一件事。我的手提箱放在衣櫃裡。你有看到嗎？」

「看到了。」

「把手提箱打開。裡面有一台錄音機，幫我找一下。」

我找到了一個四四方方的東西，銀光閃閃，大小和一盒撲克牌差不多。錄音機旁邊還有一疊牛皮紙袋，上面寫的名字我不認得。我說：「就是這個嗎？」話才剛說出口，我就暗自咒罵了自己一句：「豬腦袋，他怎麼看得見。」

「如果上面有新力牌的商標，那就對了。底下應該還有一盒空白的記憶卡。」

「有，我看到了。」

「好，趁天黑之前，我們來錄音吧。也許天黑了以後我還可以再多說一點。不管發生什麼事，錄音機開著都不要關。記憶卡滿了就換一片新的，沒電了就換新電池。幫我這個忙，好不好？」

「只要黛安那邊沒什麼突發狀況，我都會待在這裡。你什麼時候要開始？」

他轉過頭來。他眼睛的瞳孔看起來像是細碎的鑽石，閃爍著異樣的光芒。

他說：「最好現在就開始。」

死亡的藝術

傑森說，火星人並不像萬諾文所形容的那樣，只是一群心思單純、與世無爭的農夫。

當然，他們並非窮兵黷武的好戰份子，這倒也是事實。大約一千年前，五大共和國就已經解決了政治上的紛爭。說他們是「農夫」倒不完全是錯的，因為他們幾乎把所有的資源都投注在農業上。但說他們「心思單純」就有待商榷了。傑森強調說，他們是人造生物科技領域的藝術大師，他們的文明完全建立在生物科技上。我們用生物科技的工具幫他們創造了一個可以住人的星球，因此，世世代代的火星人，沒有人不懂ＤＮＡ的功用是什麼，沒有人不知道ＤＮＡ具有什麼樣的潛力。

他們的大型科技是相當粗糙的。舉例來說，萬諾文搭乘的那艘太空船就非常原始，簡直就像是牛頓時代的炮彈。然而，那是因為他們極度欠缺天然資源。火星上沒有石油，沒有煤礦，只能依賴稀少的水和氮元素維持一個脆弱的生態體系。地球上有雄厚的工業基礎可供揮霍，但在萬諾文的故鄉火星，那是不可能存在的。在火星上，絕大部分的人力都投注在糧食生產上，並且嚴格控制人口的成長。為了達到這個目的，火星人就必須把生物科技發揮得淋漓盡致。煙囪林立的工業科技對他們是沒有幫助的。

雨下個不停，天漸漸黑了。我問他：「這些都是萬諾文告訴你的嗎？」

「沒錯，他偷偷告訴過我。不過他告訴我的事情，火星資料庫裡都找得到，只是寫得比較含蓄。」

傑森那失明異樣的眼球裡閃爍著窗外赤褐色的光芒。

「但他有可能騙人。」

「泰勒，我知道他從來沒有說過謊。他只不過隱瞞了一些真相。」

萬諾文帶到地球來的那些極細微的複製體，是火星人造生物尖端科技的結晶。萬諾文提過的那些功能，複製體都能夠充分達成。事實上，這些複製體功能之複雜，遠超過萬諾文願意透露的。

複製體有許多不為人知的功能，其中之一就是它還有第二種祕密通訊頻道。它們利用這個頻道互相聯繫，並且和發源地保持聯繫。然而，那個頻道所使用的訊號，究竟是傳統的窄頻電波，還是其他更怪異的科技產物呢？這一點，萬諾文並沒有提到。傑森懷疑，那應該是另外一種科技。然而，不管是哪一種訊號，都必須依賴更先進的技術才接收得到，而那樣的技術不是地球人創造得出來的。萬諾文說，接收者必須是一種「生物體」，也就是，一種改造過的人類神經系統。

ഗ　ഗ　ഗ

「所以你就自告奮勇改造了自己的神經系統？」

「如果有人要求我這麼做，我會很樂意。不過，你知道萬諾文為什麼要向我透露這個祕密嗎？只有一個原因。從他抵達地球的第一天開始，他就很擔心自己的生命安危。地球上會有什麼樣的人性腐化或政治權力傾軋，他心知肚明。他必須找到一個他信得過的人。有一天，萬一他出了什麼事，這個人就可以幫他保管這些醫藥科技。這個人必須很了解這些藥物的用途。他從來沒有建議我把自己改造成一個接收者。只有第四年期的人才能夠接受這種改造……你還記得嗎？生命延長處理法是一種平台，它可以附加其他的功能程式。這就是其中一種程式。」

「你故意把自己改造成接收者？」

「他死了以後，我就自己注射了藥水。這一次，身體表面並沒有出現什麼傷口，也沒有出現什麼立即的作用。泰勒，別忘了，複製體傳送回來的訊號沒辦法穿透功能正常的時間迴旋透析膜。所以，我體內的接收功能處於休眠狀態。」

「你為什麼要這樣做？」

「因為我不想死得不明不白。大家都認為，當時間迴旋消失的時候，我們在幾天內或幾個小時內就會死亡。我體內的接收功能只有一個好處，那就是，在那幾天或幾個小時裡，只要我還活著，我就能夠直接連接上那個幾乎像銀河一樣大的資料庫。然後，我就會知道，假想智慧生物究竟是什麼來歷，它們為什麼要用時間迴旋把我們圍起來。這幾乎是尋找真相唯一的方法了。」

我心裡想，你現在知道了嗎？也許他已經知道了。也許這就是他現在想說的。他想趁自己還能夠說話的時候趕快說出來。也許這就是為什麼他叫我要錄音。「萬諾文知不知道你會這麼做？」

「他不知道。而且，我不認為他會同意……不過，他自己的神經系統也改造過了。」

「他也是？看不出來。」

「看不出來的。你忘了嗎，我目前的狀況……身體的狀況，腦部的狀況，這些都不是功能改造所引起的。」他用那雙看不見的眼睛看著我。「那是一種機能錯亂。」

◎ ◎ ◎

複製體從地球發射出去之後，在太陽系外圍繁殖。它們遠離了太陽。假想智慧生物是不是發現了？他們不知道這種科技都是火星人發明的，所以，他們懲罰地球人？艾德華曾經說過，狡猾的火星人早有預謀。是這樣子嗎？傑森沒有提到這些。我猜，他大概不知道。

後來，複製體又繼續朝著鄰近的恆星擴展……到最後，無遠弗屆。宇宙的距離太遙遠了，從地球上看不見複製體群。不過，如果你把觀察的範圍縮小到太陽系外圍，你就會看到複製體群所組成的雲團，一個不斷膨脹的雲團。人造生物在裡面緩緩增殖，像冰河一樣慢慢累積。

然而，複製體的壽命是有限的。個別的複製體會生長、繁殖，最後也會死亡，但它們所建構起來的網路卻永遠連綿不絕。那個網路就像珊瑚礁一樣，裡面有無數的聯結點環環相扣。網路會不斷累積新的資訊，然後將資訊傳送回發源地。

我提醒小傑：「你上次告訴過我，複製體現在碰到一個問題。你說，複製體的數量愈來愈少。」

「它們碰到了某種東西。那種東西是當初的計畫沒有預料到的。」

「小傑，那是什麼東西？」

他沉默了一會兒，彷彿在釐清腦海裡的思緒。

他說：「我們一直以為，我們所發射的複製體是宇宙中前所未有的，是一種全新的人造生物。我們太天真了。我們人類，無論是地球人還是火星人，並不是銀河中演化出來的第一種智慧生物。根本就不是。事實上，我們人類並沒有什麼特別了不起的地方。在我們短暫的歷史中，我們曾經做過的任何事情，很久以前就有人做過了。在那浩瀚的宇宙深處，還有另外一種智慧生物。」

「你是說，我們的複製體碰到了另外一種複製體？」

「另一種複製體生態體系。泰勒，宇宙間的無數星辰就像叢林，生物的豐盛多彩遠超我們想像。」

我一邊聽傑森描述，一邊想像那種過程。

在地球之外，在時間迴旋透析膜之外，在廣大的太陽系之外，在那無遠弗屆的浩瀚宇宙，密布著無數星辰。太陽也只是眾星之一。在那浩瀚的宇宙中，複製體飄降在一片小小的冰塵上，開始繁殖，生長，發展出特殊功能，開始觀察，開始傳訊，然後繼續繁殖。一代又一代重複同樣的過程。歷經無數的世代，複製體的後裔慢慢遍布了整個銀河。也許整個複製體網路已經發展成熟，也許已經開始透過微爆將資訊傳送回地球。然而，這一次，循環被打斷了。

某種東西已經感應到複製體。某種很飢餓的東西。

傑森稱之為「掠食體」。傑森說，掠食體是另外一種「半有機自動催化回饋系統」，另外一種自體繁殖的細胞結構體，另外一種複製體群。它們也是半機器半生物。掠食體也建構了它們自己的網路體系，只不過，它們的歷史更悠久，體系更龐大。人類的複製體從地球出發踏上征途，它們沒有足夠的時間建構出足以和掠食體互相抗衡的體系。掠食體演化的程度遠遠超過它的獵物。掠食體的子程式有搜尋養分和運用資源的機能。歷經數十億年的演化之後，這些機能變得更精良。地球的複製體群是盲目的，不懂得逃避。它們很快就被吞噬了。

不過，「吞噬」這個字眼有一種特殊的涵義。成熟的複製體結構含有細膩的碳分子。儘管這些碳分子可能很有用處，但掠食體想要的不止於此。掠食體對複製體的「意義」更有興趣。「意義」指的是複製體的繁殖模式上所設定的功能和策略。只要掠食體認為這些功能和策略是有價值的，它就會吸收進去。接著，它會重組複製體群，利用複製體群，來達到它自己的目的。複製體群並沒有死亡，只是被吸收了。整批的複製體群本體被吞噬了，被納入一個更複雜、更巨大、更古老的星際網路。

並非只有地球的複製體遭到吞噬的命運。以前曾經發生過，以後也還會有。

傑森說：「有智慧的文明都會想製造複製體網路。因為，藉由次光速飛行來探勘銀河是非常困難的，所以絕大多數的科技文明最終都會採取『馮紐曼式的自我繁殖機制』，建構一個不斷擴張的網路。複製體正是這樣的產物。這樣的網路體系不需要管理維護，並且能夠一點一滴地收集科學資訊，在漫長的時間裡爆炸性地擴張。」

我說：「好了，我懂了。換句話說，火星人的複製體並非獨一無二的。它們碰到了你所謂的生態體系……」

「一個馮紐曼生態體系。」約翰．馮紐曼是二十世紀的數學家，他認為自體繁殖的機器是有可能的。他是第一個提出這種構想的人。

「一個馮紐曼生態體系。而複製體被這個體系吸收了。可是，我們還是不知道假想智慧生物究竟是什麼來歷，也不知道時間迴旋究竟是什麼東西。」

傑森噘起嘴唇，好像有點不耐煩。「泰勒，你錯了，你沒聽懂。馮紐曼生態體系就是假想智慧生物。它們是一體的。」

§ § §

聽到這裡，我不自覺地倒退了好幾步。我開始懷疑，和我在這個房間裡的人究竟是誰。他看起來像是小傑，可是他所說的一切卻讓我愈來愈懷疑他究竟是誰。

「你正在跟這個……東西溝通嗎？現在嗎？你跟我說話的時候，同時也在跟它們聯繫嗎？」

「我不知道你該不該用『溝通』這個字眼。溝通是雙向的。可是我跟它們之間並不是像你所說的雙向溝通。真正的溝通不會是一面倒的。可是，我跟它之間是一面倒的。尤其是在晚上。白天的時間，它輸入我體內的訊息比較少。這可能是因為太陽輻射把訊號殺掉了。」

「晚上的訊號比較強嗎？」

「也許『訊號』這個字眼也很容易令人誤解。訊號是我們幫原始複製體所設定的資料傳輸媒介。我接收到的訊息也是透過同樣的訊號波傳送過來的。那些訊號確實傳送了一些訊息過來，只不過，那些訊息是會產生作用的，不是死的。它現在正在吞噬我，就像它吞噬掉每一個網路聯結點一樣。泰勒，它正在侵入我的神經系統，改造我的神經系統。」

所以，此刻房間裡還有另外一種物體。房間裡有我、小傑……和假想智慧生物。此刻，它們正在活生生地吞噬傑森。

「它們真的能夠做這種事嗎？改造你的神經系統？」

「它們並沒有成功。在它們眼裡，我就像複製體網路的聯結點一樣。它們的操控機制可以感應到我注射到體內的生物改造機能，但跟它們所預期的不太一樣。它們並沒有意識到我是一個活生生的生物，所以，它們只好把我消滅。」

「有沒有什麼辦法可以擋住這種訊號，或是干擾這種訊號？」

「據我所知好像沒辦法。也許火星人有這樣的技術，可是他們忘了把這些資料放到資料庫裡面。」

傑森房間的窗戶是朝西邊的。被雲層遮住的太陽正逐漸隱沒，玫瑰色的光線從窗口照進來。

「那怎麼辦，它們現在就在你旁邊，正在跟你交談。」

「也許不應該說它們，應該說它。整個馮紐曼生態體系是一個單獨的個體。它自己能夠進行緩慢的思考，自己做計畫。然而，它那數以兆計的零件也都是獨立自主的個體。它們彼此之間會互相競爭。個體的行動比整個體系要來得快，而且遠比人類更聰明。舉例來說，時間迴旋透析膜……」

「你的意思是，時間迴旋透析膜是一個獨立的個體？」

「嚴格說來，沒錯。個體的終極目標是由整個體系所設定的，但它會自行評估周遭的情況，獨立做選擇。泰勒，它們複雜到難以想像。我們都假定透析膜不是啟動就是關閉，就像電燈開關一樣，就像二元指令一樣。錯了。透析膜有很多狀態，很多目的。舉例來說，它的穿透性就分成好幾種等級。很久以前我們就已經知道，透析膜允許太空船穿越，卻會阻擋流星隕石。不過，它還有更微妙的功能。這也就是為什麼，過去這麼多年來，地球沒有被太陽輻射毀滅。透析膜目前還在保護我們。」

「小傑，我不知道實際的死傷人數有多少，不過，自從時間迴旋消失以後，光是我們這個城市裡，已經有成千上萬的人失去了家人。我實在不敢跟那些人說，有人在保護我們。」

「可是，如果不要針對少數，大體上來說，它們真的在保護我們。時間迴旋透析膜不是上帝……它看不見麻雀掉下來，然而，它能夠避免麻雀被致命的強烈陽光燒死。」

「目的是甚麼？」

他皺起眉頭，然後又開始說：「我現在還沒辦法完全理解，或者說，我沒辦法完全翻譯……」

有人在敲門。卡蘿抱著一團亞麻布進來。我關掉錄音機，放到旁邊。卡蘿的表情很陰沉。

我問她：「乾淨的床單嗎？」

她的口氣有點粗魯。「用來綁他的。」亞麻布被割成一條一條。「準備給他抽搐的時候用。」

她朝著窗戶點點頭。今天的白天比較長，太陽還沒下山。

「謝謝你，」傑森溫和地說，「泰勒，如果你需要休息一下，那就趁現在吧。只不過，別太久。」

§ § §

我過去看看黛安。她已經退燒了，正在睡覺。過不了多久她還會再發燒。我想到我注射到她體內的火星藥。傑森說，那是「標準第四年期」的藥。無數的半智慧分子即將在她體內掀起一場大戰，對抗數量上占有壓倒性優勢的心血管耗弱病菌。那是一支肉眼看不見的微形部隊，即將開始修補她的身體，重建她的身體。只不過，我有點擔心，她的身體這麼衰弱，能夠承受得了改造的壓力嗎？

我在她額頭上親吻了一下，在她耳邊輕輕說了一些話。也許她聽不見。然後我走出房間，走到樓下，走到大房子外面的草坪上，偷空自己一個人靜一靜。

雨終於停了，停得很突然，剎那間就無影無蹤。空氣比白天清新多了。在天頂的地方，天空是一片深藍。西邊遙遠的地平線上，幾片稀疏的雷雨雲遮住了巨大無比的夕陽。草坪的葉片上聚集著許多雨滴，像一顆顆小小的琥珀色珍珠。

傑森自己說他已經快死了。現在，我要開始接受這個殘酷的事實。

我是一個醫生，我比一般人見過更多的生老病死。我知道死亡是怎麼一回事。我知道一般人面對死亡時候會有什麼樣的反應：拒絕接受事實，憤怒，認命。大概就是這麼一回事。垂死的人可能會在短短的一瞬間就經歷的這些情緒上的變化，也可能根本來不及。死神隨時會奪走他們的性命。大多數人從來就沒有想過面對死亡是怎麼一回事，因為死神突如其來就降臨了，例如，主動脈突然破裂，或是在車水馬龍的十字路口一個閃神。

然而，小傑知道自己快死了。令我感到困惑的是，他似乎顯現出一種超越塵俗的平靜，坦然接受了死亡。後來我才明白，死亡完成了他的夢想。他奮鬥了一生，只為了追求一個真相：時間迴旋的意義是什麼，而人類在時間迴旋中扮演什麼角色，他扮演什麼角色。畢竟，是他一手促成了複製體的發射。如今，謎底即將揭曉了。

那種感覺，彷彿他伸手觸摸到了星星。

而星星也伸出手來觸摸他。星星正在摧毀他的身體，但他卻似乎滿懷感恩的心等待死亡。

𝒮 𝒮 𝒮

「我們得趕時間了。天已經快黑了，對不對？」

卡蘿已經到外面去，把屋子裡每個地方的蠟燭點亮。

我說：「差不多了。」

「雨已經停了。好像停了，我沒有聽到雨聲。」

「氣溫也降低了。你要我開窗戶嗎？」

「麻煩一下。還有錄音機，你打開了嗎？」

「已經開了。」我把那面老舊的窗扇往上推了幾公分，立刻就有一股涼風吹進房間裡。

「我們剛剛講到假想智慧生物……」

「沒錯。」他沒有出聲。「小傑？你還好嗎？」

「我聽到風聲。我聽到你的聲音。我聽到……」

「傑森？」

「抱歉……泰勒，不要管我。現在我很容易分神。我……啊！」

卡蘿用布條把整個床繞了一圈，綁住他的身體。他的手腳在布條上猛力一拉，整個頭埋進枕頭裡，看起來很像癲癇發作。但那只是一瞬間，我還沒來得及靠過去，他就停了。他拚命喘氣，然後深吸了一口氣。「抱歉，我很抱歉……」

「沒什麼好抱歉的。」

「我控制不了，對不起。」

「我知道你沒辦法克制。小傑，沒關係。」

「雖然我變成這樣，可是，你不要怪它們。」

「怪誰……怪假想智慧生物嗎？」

他顯然很痛苦，卻想硬擠出笑容。「我們得幫它們取另外一個名字了，對不對？它們已經不再像從前一樣，只是一種假想存在的生物了。不過，你不要怪它們。它們不知道我變成這樣。它們正開始要把我集體化。」

「我不懂。」

他說話又快又急迫，彷彿說話可以讓他忘記身體的痛苦。不過那也可能是一種症狀。「泰勒，你和我，我們都是活細胞的結合體，對不對？如果我體內的細胞被摧毀到一定的數量，我就會死。可是，如果我們只是握握手，那麼只不過少了幾個皮膚細胞，而且我們兩個人都察覺不到細胞流失了。那是無形的。我們都活在某種程度的整體概念中。我們活著，是人體的整體機能。我們不是細胞拼湊而成的結構體。假想智慧生物也一樣。整個浩瀚的宇宙就是一個完整的個體，比我們人體大得多。」

「所以它們就可以隨便殺人？」

「我說的是它們的認知，不是它們的道德。如果它們的認知和我們一樣，那麼，任何一個人死了，我死了，它們也許會很在意。可是，它們並沒有這種認知。」

「它們以前也幹過這種事。它們曾經用時間迴旋包圍了別的星球……我們的複製體不是已經發現了嗎？在假想智慧生物吃掉它們之前，它們已經發現別的時間迴旋星球，不是嗎？」

「別的時間迴旋星球。沒錯，有很多個。假想智慧生物的網路遍及整個銀河，涵蓋了大部分可以住人的區域。當他們發現某個星球上有智慧生物，而這些生物會使用工具，發展得夠成熟，那麼，它們就會用時間迴旋透析膜把這個星球包圍起來。」

我忽然聯想到蜘蛛。他們吐絲把可憐的小昆蟲纏起來。「為什麼呢，小傑？」

這個時候，忽然有人開門。卡蘿又回來了。她手上拿著一個磁盤，上面放著一個蠟燭杯。她把瓷盤放在床頭櫃上，用火柴點亮蠟燭。微微的風從窗口吹進來，火焰在風中閃動。

傑森說：「為了保存那個星球。」

「為什麼要保存？」

「避免這個星球自我毀滅，避免最後面臨死亡的命運。工業文明的壽命是有限的，不管在哪裡都一樣。工業文明繁榮茁壯，但總有一天資源會耗盡。資源耗盡了，星球就死亡了。」我心裡想，這些星球不一定會死亡，說不定他們的工業文明會繼續繁榮茁壯，並且擴展到整個太陽系，在星際間旅行……

但傑森早就料到我會反駁。「即使太空飛行僅限於太陽系內部，那還是相當緩慢的，而且，如果某種生物的壽命和人類差不多，那麼，星際旅行是很沒效率的。也許你會認為我們地球是例外，跟其他行星不一樣。不過，假想智慧生物已經存在很久了，他們度過了極其漫長的時間。在啟動地球的時間迴旋透析膜之前，它們已經看過無數智慧生物居住的星球，看著那些生物逐漸滅絕。」

他深深吸了一口氣，卻好像不小心嗆到了。卡蘿立刻轉身看著他。她裝出來的醫生模樣忽然瓦解了。當傑森漸漸和緩下來的時候，她顯得很害怕。那一剎那，她不再是醫生了，她只是一個母親，一個眼看著自己的孩子奄奄一息的母親。

小傑看不到。也許他很幸運吧。他很痛苦地吞著口水，呼吸漸漸恢復正常。

「可是小傑，時間迴旋有什麼用呢？他讓我們更快面臨未來的問題，卻什麼都沒有改變。」

他說：「正好相反，一切都改變了。」

昨天晚上，小傑顯現出一種矛盾的狀況。他講話愈來愈困難，而且片片段段，然而，他所接收到的訊息卻似乎以倍數在增加。我相信在那幾個小時裡，他知道的東西比他講出來的還要多得多，而且他講出來的只是重點。他的話煥發出無比的力量，令人豁然開朗，點燃人類未來命運的無限希望。

他有時候會陷入痛苦掙扎，有時候很辛苦地思索該怎麼表達。如果我們略過這些狀況，他講的內容大概就是……

一開始他說：「我們要嘗試從它們的觀點來看事情。」

它們的觀點，也就是假想智慧生物的觀點。

無論你把假想智慧生物當成是一個單一的有機體，或是很多個有機體，總之，它是我們這個銀河演化出來的第一個馮紐曼式的結構體。那是最原始的自我複製機器，來源已經無從追溯。後代的馮紐曼結構體缺乏早期的明確記憶，就好像你我也記不得人類演化的過程。也許它們是某個早期生物文明的產物，但那個生物文明已經無法追溯。也許他們是從另外一個更古老的銀河移民過來的。無論如何，今日的假想智慧生物源遠流長，它們的祖先源自遙遠的過去，古老得難以想像。

它們看過像地球一樣的星球，看過星球上智慧生物的演化，親眼目睹他們的滅亡。它們看過的星球不計其數。也許它們還曾經被動地在星際間傳送有機物質，散播種子，促成有機生物的演化。而且，它們曾經看過生物文化創造出粗糙的馮紐曼式網路。那是生物文化快速複雜化過程中的副產品，但那些網路體系都無法持續很久。它們看過不止一次。它們看過無數次。在假想智慧生物眼裡，我們這些生物文化看起來和複製體網路差不多，同樣怪異，繁殖能力都很強，但也都同樣地脆弱。

創造這些簡單的馮紐曼式網路是永無止境的笨拙舉動，而隨後那些母星球的生態體系也迅速崩潰。看在他們眼裡，這一切都像是一個不解的謎，也是一場悲劇。

說是不解的謎，是因為純生物的生存周期太短了。整個過程在它們看來只是一瞬間，它們很難理解，甚至來不及察覺。

說是悲劇，是因為它們開始認定，這些企圖創造網路的生物文化只是一些失敗的生物體系。它們認為這些生物文化和它們本身有某種關聯。這些生物逐漸發展，朝向真正的複雜化邁進。然而，由於星球上的生態體系是有限的，他們還來不及發展成熟就提前毀滅了。

因此，假想智慧生物創造時間迴旋，是為了保存我們的科技全盛時期，保存我們免於滅亡。在我們之前與之後，其他星球上也曾經產生過幾十個類似的文明。假想智慧生物也對他們做了同樣的事。不過，它們並不是把我們當成博物館裡的標本，不是放在冷凍櫃裡展覽的標本。假想智慧生物是為了改造我們的命運。它們凍結我們的時間，並且利用這段時間把所有類似的生物集中起來，進行一項大實驗。這是一項歷經幾十億年的漫長實驗，如今，最後的結果已經快出爐了。它們要建立一個大幅擴展的生物環境。那些注定要毀滅的生物可以在這個環境裡自由發展，甚至最後會相遇，融合在一起。

我一時無法體會箇中的含意。「大幅擴展的生物環境是什麼東西？比地球還大嗎？」

此刻，房間籠罩在一片全然的黑暗中。傑森有時候會猛然一陣抽搐，發出一些無意識的囈語，講話就中斷了。這些內容是我從他斷斷續續的陳述中整理出來的。我每隔一段時間就會檢查一下他的心跳。他的心跳很快，而且愈來愈微弱。

他說：「假想智慧生物能夠操控時間和空間。我們身邊就看得到活生生的證據。然而，它們的能力並不止於創造時間透析膜。它們能夠運用空間曲徑把地球和其他類似的星球串連在一起。那是新的星球，人工創造培育的星球。我們可以『輕易地』、『瞬間』移動到那些星球上。我們可以透過連接、橋梁、結構，移動到那邊去。那是假想智慧生物幫我們組合的結構體，使用的材料是死亡星球的殘骸，中子星的殘骸。真是不可思議。它們耗費了幾百萬年的時間，慢慢地，慢慢地，以無限的耐性，穿越無垠的太空，把結構體拖到我們的星球上。」

卡蘿坐在他旁邊，我坐在另外一邊。每當他又起了一陣抽搐，我就扶著他的肩膀。當他恢復平靜卻又說不出話的時候，卡蘿就會輕輕摸著他的頭。他眼睛裡閃耀著燭光。他眼睛凝視著那一片虛空。

「時間迴旋透析膜還在原地，還在運作。不過，控制時間的功能已經關閉了，徹底關閉了……那就是我們看到的閃焰，那是功能關閉時產生的附帶現象。現在，時間迴旋已經可以穿透了，有一個東西已經可以穿越透析膜進入大氣層。一個很大的東西……」

過了一段時日以後，我才明白他是什麼意思。當時，我感到很迷惑，我懷疑他可能已經開始陷入痴呆。比喻來說，他陷入一種超過負荷的狀態。也就是，他已經陷入一個網路體系了。

當然，我錯了。

Ars moriendi ars vivendi est，這句話的意思是：死亡的藝術就是生存的藝術。當年還在念博士的時候，我忘了在什麼地方讀到這句話。如今，坐在他身邊，我忽然想起這句話。傑森的一生像個英雄一樣，追求真相，尋求啟示。傑森雖死猶生。他送給這個世界的禮物，就是真相的果實。他沒有私藏這個果實，而是讓全世界自由分享。

傑森的神經系統被改造了。假想智慧生物在不知不覺中侵蝕了他的神經系統。它們不知道這樣做會殺死傑森。在那一刻，我腦海中忽然浮現出一幕往日的記憶，那是一個下午，很久很久以前，他騎著我在二手商店買的那部腳踏車，從雞山路的坡頂一路往下衝。我還記得，當時他是多麼靈敏，多麼優雅。他控制住那輛快要解體的腳踏車。然而，到了最後，腳踏車已經支離破碎，只剩下失去控制的衝力。無可避免地，世界的秩序崩潰了，陷入一片混亂。

別忘了，他是一個第四年期的人。他的身體就像是一部極精密的機器，沒有那麼容易死亡。快到半夜的時候，傑森忽然沒辦法講話了。那個時候，他開始顯得很害怕，感覺上，彷彿不再是一個普通的人類了。卡蘿握著他的手，告訴他，不會有事的，他在家裡。他的心靈已經被關進一個奇異的迴旋空間裡，我不知道，他是否聽得到母親的安慰。但願他聽得到。

後來，他的眼睛開始往上翻，肌肉開始鬆弛下來。他的身體還在苟延殘喘，抽搐般地呼吸著。就這樣持續到天亮。

然後，我離開房間，讓卡蘿一個人留下來陪他。卡蘿以無比的慈愛輕撫著他的頭，在他耳邊低語，彷彿他還聽得到。當時，我沒有留意到，日出的時候，太陽已經不再是那個血紅腫脹的太陽了。太陽又恢復到時間迴旋消失前的模樣，那麼明亮，那麼完美。

公元4×10^9年，美麗新世界

開普敦幽靈號離開碼頭，航向外海。當時，我站在甲板上。

當油槽爆炸起火的時候，大概有十幾艘貨櫃輪逃離德魯巴羽港，爭先恐後地搶占港灣的出海口。這些船大都是國籍不明的小商船，大概是準備開往麥哲倫港。只不過，船上的貨運清單寫得很清楚：臨檢時，本船可能會遭到徹底盤查，船主或船長將會蒙受重大損失。

賈拉站在我旁邊。我們靠在欄杆上，看著一艘銹痕累累的近海貨輪。那艘貨輪從濃煙密布一片火海的堤岸轉出來，幾乎要撞上開普敦幽靈號的船尾。兩艘船都警笛大作，而開普敦幽靈號的甲板船員都憂心忡忡的看著船尾。還好，那艘近海貨輪在撞上之前緊急轉向了。

於是，我們脫離了港灣的懷抱，航向澎湃洶湧的遼闊海上。然後，我走到底下的船員休息室。伊娜、黛安和其他的移民都在那裡。伊安坐在一張擱板桌前面，伊布伊娜和伊安的父母也坐在那裡。他們四個人看起來好像不太舒服。黛安因為受傷的緣故，享受了一點特權。她坐的那張椅子，是整個休息室裡唯一一張有軟墊的椅子。不過，她的傷口已經不再流血了。她已經設法換了一套乾淨的衣服。

過了一個鐘頭，賈拉走進了休息室。他大喊了一聲，叫大家聽他講話，然後就開始滔滔不絕起來。伊娜翻譯給我聽。「他又在那邊自吹自擂沾沾自喜了。撇開那些不談，賈拉說，他到艦橋上去和船長談過了。他說，甲板上的火已經完全撲滅了，我們已經安全上路了。船長跟各位說抱歉，海上的風浪太大。根據氣象預報，這種天氣今晚半夜或明天早上就會結束了。不過，接下來的幾個鐘頭……」

講到這裡，坐在伊娜旁邊的伊安忽然轉過頭去，吐在伊娜大腿上，剛好幫伊娜的話做了一個結論。

ꩭ ꩭ ꩭ

兩天後的那個晚上，我到甲板上去，陪黛安一起看星星。

入夜以後，主甲板上比白天的任何時候都安靜得多。甲板上堆放著許多四十尺貨櫃。我們在貨櫃後面和船尾上層甲板中間找到一個地方，在這裡講話不會被人聽到。海面上風平浪靜，溫煦的微風令人心神舒暢。往上看，開普敦幽靈號的煙囪和雷達天線巍然矗立，天空群星密布，乍看之下彷彿星星纏繞在桅杆的繩索上。

「你還在寫備忘錄嗎？」黛安已經看過我的行李。裡面有各式各樣的記憶卡，還有我們從加拿大蒙特婁挾帶出來的火星醫藥數位檔案和藥品。此外，還有各式各樣的筆記本，散落的紙張，塗寫得亂七八糟的紙條。

我說：「比較不常寫了。好像沒那麼急迫了，不用急著全部寫下……」

「或者說，你已經不怕會忘記了。」

「也可以這麼說。」

她笑著問我：「你覺得自己有什麼地方變得不一樣了嗎？」

我才剛轉化進第四年期，而黛安卻已經是老資格了。目前，她的傷口已經癒合了，只有臀部上面留下一道彎彎的小疤痕。她身體的自癒機能一直都令我十分驚訝，覺得很不可思議，儘管我自己應該也有這樣的機能。

她問我這樣的問題，實在有點故意。我曾經問過黛安好幾次，轉化到第四年期之後，她會不會覺得自己有什麼地方不一樣了？其實，我真正想問的是，在我眼裡，她是不是變得不一樣了？

這樣的問題很難有明確的答案。自從她在大房子裡瀕臨死亡，後來又奇蹟般地起死回生之後，她顯然變成另一個截然不同的人了……誰不會呢？她失去了丈夫，失去了信仰，而當她醒來之後，她面對的世界，恐怕智慧如佛祖也會丈二金剛摸不著頭腦。

她說：「轉化只不過像是一扇門。這扇門會通往一個房間。你從來沒有進過這個房間，只不過你偶爾會不經意地瞥到一眼。如今，你已經住在這個房間裡了。這是你自己的房間，完全屬於你。有些地方你沒辦法改變，例如，你沒辦法把房間變得更大或更小。不過，要怎麼裝潢布置，卻可以隨你自己高興。」

我說：「妳這樣回答等於沒有回答，這種話誰都會講。」

「抱歉，我也講不出一個所以然來。」她抬起頭看著星星。「你看，泰勒，看得到大拱門耶。」

我們稱之為「大拱門」，是因為人類是很短視的。大拱門其實是一個環，一個直徑大約一千六百公里的環，有一半露出在水面上。另外一半在水底下，或是埋在地殼裡。有些人懷疑，大拱門利用海底的岩漿作能源。然而，從我們相對如螻蟻的觀點來看，大拱門確實是一個拱門，頂端延伸到大氣層之外那無垠的天際。

然而，即使是暴露在地表上的那半截，也必須透過外太空的攝影才能夠完整地看到。不過，那些照片通常也都著重在局部的細節。如果你有機會把那個環切斷，看看它的剖面結構，你會看到一個長方形，長約一公里半，寬約半公里，中間是無數的金屬線。整個大拱門就是一個金屬線圍成的環。大拱門的幅員巨大無比，其實占據的空間非常小，從遠處不容易看得到。

開普敦幽靈號要載我們到環的南邊去。船的航線和環的軸面平行，幾乎就在環頂的正下方。太陽正在環頂上方閃耀著。這個時候，在北邊的天空，拱環的形狀看起來不再像是英文字母U或J，而比較像是太陽在皺眉頭。黛安開玩笑說，那看起來有點像是《愛麗絲夢遊仙境》裡的那隻怪貓在皺眉頭。天空環繞的星星越過拱環，彷彿海面上的浮游生物被前進的船頭分開一樣。

黛安的頭依偎在我肩膀上。「真希望傑森看得到這一切。」

「我相信他看到了，只不過不是從我們這個角度。」

꩜ ꩜ ꩜

傑森過世以後，大房子立刻面臨三個大問題。

最迫切的問題是黛安。自從我幫黛安注射了火星藥之後，接連好幾天，黛安惡劣的身體狀況仍然沒有好轉。她一直處於昏睡狀態，並且間歇性地發燒。她喉嚨上的脈搏跳動得很激烈，簡直就像是有一隻蟲子在她喉嚨裡拍翅膀。我們的醫療用品不足，所以，我不得不連哄帶騙地偶爾餵她喝一、兩滴水。唯一有明顯改善的是她的呼吸聲。聽起來，她的呼吸好像輕鬆多了，痰也比較少了。至少，她的肺部已經漸漸痊癒。

第二個問題很令人難受，然而，在這個國家裡，有太多的家庭也面臨了同樣的問題。那就是，家裡有人過世了，必須埋葬。

過去那幾天裡，巨大的死亡浪潮席捲了全世界。意外死亡，自殺死亡，遭到殺害死亡。全球各國面對這個問題都顯得措手不及，唯一可能的解決方案是很粗糙的。連美國也不例外。當地的廣播已經開始在公布集體埋葬的屍體集中站。政府徵召了肉品包裝公司的冷凍卡車。電話已經通了，因此他們也公布了一個電話號碼。然而，卡蘿連聽都不想聽。每當我談到這件事，她就會顯現出一副神聖不可侵犯的姿態。她說：「泰勒，我不會做這種事。我絕對不允許他們把傑森當成中世紀的貧民一樣，隨隨便便就丟到那個洞裡。」

「可是卡蘿，我們不能……」

她說：「你不要再說了。我還有一些以前認識的熟人可以聯絡。我來打電話。」

時間迴旋出現之前，她曾經是一位備受尊崇的專科醫師，也必定曾經有過四通八達的人脈。可是，這三十多年來，她與世隔絕，整天泡在酒精裡，還有誰會記得她呢？無論如何，她花了一整個早上的時間打電話。有些人的電話號碼已經改了，但她鍥而不捨地追蹤，設法喚醒對方的記憶，不斷解釋、好話說盡、苦苦哀求。聽起來好像沒什麼指望了。沒想到，六個多小時以後，一輛葬儀社的靈車停到大房子的車道上，兩個專業的葬儀人員從車子裡走出來。他們顯然已經筋疲力盡了，但表現出來的同情心卻一點都沒有鬆懈。他們把傑森的屍體放在一台有輪子的伸縮擔架上，抬出大房子送上車。從此以後，傑森就永遠離開大房子了。

傑森走了以後，那一整天卡蘿都躲在樓上，握著黛安的手唱歌給她聽，儘管黛安可能聽不到。那天晚上她喝了第一杯酒。自從紅色的大太陽出現那一天開始，她就沒有再喝酒了，直到那天晚上。她說：「喝點酒可以保持體力。」

第三個大問題就是艾德華・羅頓。

必須有人去告訴艾德華，他的兒子死了。卡蘿必須鼓起勇氣去承擔這項任務。她告訴我，她已經好幾年沒有跟艾德華講過話了，雙方的溝通都是透過律師。而且，她一直都很怕艾德華，至少清醒的時候很怕。艾德華人高馬大，咄咄逼人，令人望而生畏，而卡蘿則是弱不禁風，逃避畏縮，像小孩子一樣。然而，母親的悲傷卻巧妙地扭轉了這種不平衡的態勢。

卡蘿花了好幾個鐘頭才聯絡上艾德華。他人在華盛頓，開車就可以到。她把傑森的事情告訴他。講到傑森的死因，她刻意含糊其辭。她告訴他，傑森回到家的時候，看起來很像得了肺炎，後來停電了，他的病情忽然急驟惡化。電話不能用，沒辦法叫救護車，終於回天乏術。

我問她，艾德華有什麼反應。

她聳聳肩。「剛開始他一句話也沒說。艾德華悲傷的時候都是悶不吭聲。泰勒，他的兒子死了。考慮到那幾天的混亂，也許他不會感到意外。不過，他很傷心。我覺得他內心的難過是難以形容的。」

「妳有告訴他黛安在這裡嗎？」

「我想最好還是別讓他知道。」她看著我。「我也沒有告訴他你在這裡。我知道傑森和艾德華兩個人之間不太對勁。傑森跑回家來，好像是在躲什麼，好像基金會裡出了什麼事，讓他很害怕。我在猜，那大概和火星藥有什麼關聯。不用了，泰勒，你不用跟我解釋……我不想聽，可能也聽不懂。我想，最好還是不要讓艾德華氣沖沖地跑到家裡來。他會企圖控制局面。」

「他都沒有問到黛安嗎？」

「沒有，他沒有問到黛安的事。有點奇怪。他叫我一定要把傑森……呃，把傑森的屍體保存好。他一直問我傑森的屍體要怎麼處理。我跟他說，我已經安排好了，我要幫傑森舉行一個葬禮，到時候我會告訴他。可是，他還是不肯善罷干休。他說他要解剖屍體。不過，我說什麼都不答應。」她冷冷地看著我。「泰勒，他為什麼會想要解剖屍體？」

我說：「我不知道。」

不過，我決定要把這個弄清楚。我跑到傑森的房間去。床單已經被拿掉了。我把窗戶打開，坐在梳妝台旁邊的一張椅子上，檢查傑森留下來的東西。

臨死之前，傑森已經知道假想智慧生物的真相，也知道它們為地球所安排的未來。他要我把他說的話錄下來，並且多拷貝幾份，各放一份在那十幾個塞得鼓鼓的牛皮紙袋裡。那些牛皮紙袋都已經貼好郵票，等郵局恢復營業之後就要寄出去了。顯然，時間迴旋還沒有消失之前的那幾天，他剛回到大房子的時候，並沒有打算要錄這捲錄音帶。還有別的危機把他逼得走投無路。臨死前的告白是他臨時起意的。

我把那些牛皮紙袋拿來翻了一下。上面有傑森親手寫的收件人姓名，那些人我都不認識。不對，不是完全不認識。其中一個紙袋上寫著我的名字。

那是要給我的。

親愛的泰勒：

我知道，長久以來，我不知不覺中給你增添了不少麻煩。不過，恐怕我還是要再麻煩你一次了，而且，這一次會更麻煩。

我等一下會詳細跟你說明。也許你會覺得很突然，很抱歉，可是，我已經沒什麼時間了。為什麼呢？等一下我會告訴你。

最近天空出現了一些異狀，媒體稱之為「閃焰」。這個事件引起羅麥思政府的懷疑。事實上，還有一些其他的事情，外界比較少有人知道。我舉個例子，萬諾文遇害之後，政府從他遺體的器官上採了一些組織樣本，送到梅島上的動物疾病防治中心化驗。當年他剛抵達地球的時候，也是在那裡接受檢疫。火星人的生物科技雖然神祕深奧，但現代的法醫科學卻有辦法追根究柢。最近，他們發現萬諾文的生理結構被徹底改造過，特別是神經系統。改造的程度遠超過資料庫裡面所記載的「標準第四年期」的處理程序。因為這個發現，再加上其他原因，羅麥思和他的人馬開始察覺到苗頭不對。他們把被迫退休的艾德華找回來。當年艾德華曾經質疑萬諾文的動機，如今，他們開始認為艾德華是對的。艾德華當然很高興有這個機會可以回鍋重振基金會，挽回他自己的聲望。他很快就抓準了白宮那票人的心理。

究竟政府高層打算怎麼處理呢？他們決定蠻幹。羅麥思和他的爪牙擬定了一項計畫。他們到基金會突擊檢查，搜索現有的場地設備，拿走我們手頭上僅有的萬諾文的遺物和資料文件，還有我們的研究紀錄和工作筆記。

我的多發性硬化症能夠痊癒和萬諾文的藥是否有什麼關聯？也許艾德華還沒有想通這一點。不過，也許他已經想通了，卻決定隱瞞這個祕密。我寧願相信他是刻意隱瞞，因為，萬一我落入情治單位那幫人手裡，他們要做的第一件事就是替我驗血，然後立刻把我關起來進行科學實驗。搞不好就關在梅島上，關在萬諾文從前住的那間牢房裡。我不相信艾德華真的會想看到這種場面。雖然他恨我從他手中「偷走了基金會」，恨我和萬諾文勾結，不過，他畢竟還是我爸爸。

不過，你不用擔心。就算艾德華已經重新回到白宮羅麥思的權力核心，我還是有我自己的人脈。我一直在培養自己的人脈。大體上，他們不是那麼有權力的人，不過，有些人還是具有某種獨特的影響力。他們都是聰明正直的人，他們都選擇從高瞻遠矚的角度來看人類的命運。多虧了他們，我才能夠預先知道白宮那邊要到基金會來突擊檢查。我及時逃脫了。現在我是一個逃犯。

至於你，泰勒，他們只是在懷疑你協助我犯罪。不過，他們最後可能還是會找上你。對不起。我知道，害你陷入這樣的處境，我要負相當大的責任。有一天，我會當面跟你道歉。不過，此刻我也只能給你一點建議。

當初你離開基金會的時候，我給了你一些數位檔案。那些檔案是萬諾文火星資料庫最高機密的版本。我想，你可能已經把那些檔案燒掉了，或是埋起來，或是丟到太平洋去了。沒有關係。多年來，我一直在設計太空船。多年的經驗告訴我，有備無患是一種美德。我把萬諾文隱藏的資訊分成好幾個部分，交給十幾個人。這些人遍布國內和全球各地。那些檔案還沒有被張貼在網路上。他們不會那麼不負責任。不過，那些檔案就在外面的某個地方。毫無疑問，這幾乎是一種賣國的行為，當然也是嚴重的犯罪。萬一我被逮捕了，他們會控告我叛國。然而，我現在正是要讓那些資料能夠物盡其用。

最重要的是，這些知識涵蓋了改造人類的程序，能夠治療嚴重的疾病。這個我最清楚。雖然我知道這樣的知識流傳出去會造成許多問題，但我認為不應該為了國家的利益把它們據為己有。

然而，羅麥思和那些跟他一個鼻孔出氣的國會議員可不這麼想。所以，現在我要把資料庫最後剩下的一部分檔案分散，然後讓他們找不到我。我要去躲起來。也許你會想去躲起來。事實上，你恐怕真的必須去躲起來了。從前基金會裡的每一個人，任何一個和我走得很近的人，遲早都會落入情治單位那些人的手中。

不過，也許你會反其道而行，也許你會想到附近的聯邦調查局辦公室，把這個紙袋裡的東西交給他們。如果你覺得這樣最好，你也可以照你自己的判斷去做，我不會怪你。不過，我不敢說這樣做你就沒事了。事實上，根據我和羅麥思政府打交道的經驗，就算你說了實話，他們還是不會放過你。

不管你決定怎麼做，我都會覺得很遺憾，害你陷入這樣的處境。這對你是很不公平的。要求自己的朋友做這種事，實在很過分。能夠做你的朋友，我一直感到很榮幸。

也許艾德華說對了，我們這一代已經掙扎了三十年，只是為了想奪回我們失去的一切，那個十月的夜晚，時間迴旋從我們身上奪走的一切。但我們辦不到。在這個不斷演化的宇宙裡，我們留不住任何東西，不管我們再怎麼努力，也什麼都得不到。自從我轉化到第四年期之後，如果說我有領悟到什麼，那就是，我們短暫的一生就像一滴雨水。我們向下飄落，但我們都會在某個地方找到自己的歸宿。

泰勒，自由自在地飄落吧。如果你需要的話，紙袋裡文件你可以拿去用。這些東西可不便宜，不過絕對靠得住。有高層的朋友真好。

紙袋裡的文件，最重要的是一整套備用的證件，包括護照、國安部的識別證、駕照、出生證明、社會安全號碼，甚至還有醫學院的畢業證書。這些證件上面都有我的照片或特徵描述，只不過名字不是我的。

黛安的身體持續在復原。雖然還是會發燒，但她的脈搏變強了，肺部的功能也恢復了。火星藥正在發揮功效，徹底改造了她的身體，以一種微妙的方式重組了她的ＤＮＡ，改良了她的ＤＮＡ。

她的身體逐漸復原了，於是，她也開始問一些敏感的問題。她問起太陽，問起丹牧師，問起我們是怎麼從亞利桑納州回到大房子的。由於發燒的情況時好時壞，我講過的話她有時候會忘記。她問過我好幾次賽門怎麼樣了。她神智清楚的時候，我就告訴她紅色小母牛的事情，還有星星又出現了。她神智不清的時候，我就告訴她賽門「到別的地方去了」，並且告訴她，我希望能夠再多照顧她一陣子。我告訴她的話，有些是真的，有些半真半假，不過，她似乎都不滿意。

有些日子，她顯得無精打采，勉強撐著身體坐起來，面對著窗口，呆呆地看著陽光在凹凸不平的床單棉被上緩緩移動。其他的日子她的高燒持續不退。有一天下午，她要我拿紙和筆給她。我拿給她之後，她一直重複寫同樣的句子：「我不是我哥哥的守護神嗎？」她周而復始地寫，不停地寫，一直寫到手指頭抽筋。

我把她寫的字拿給卡蘿看，卡蘿才說：「我已經告訴過她，傑森死了。」

「妳真的覺得這樣好嗎？」

「她遲早要知道的。她會熬過去的，泰勒，不用替她擔心，她不會有事的。她一直都很堅強。」

ᔕ ᔕ ᔕ

傑森的葬禮那天早上，我把他留下來的那些牛皮紙袋準備好，在每個袋子裡各放進一份錄音拷貝，貼上郵票。然後，我和卡蘿一起到她事先預約好的小禮拜堂去。半路上，我隨機找了幾個郵筒把紙袋子分別投進去。這些郵件可能還要等個幾天才會有人來收，因為郵局還沒有恢復營業。不過，我心裡想，放在郵筒裡至少比放在大房子裡安全。

那間「小禮拜堂」其實是一家不分宗教的殯儀館，位於郊區的大街上。由於現在執行交通管制，街上的車子特別多。傑森是一個理性主義者，他一向很排斥鋪張的葬禮，可是卡蘿的自尊心很強，她一定要幫傑森辦一個葬禮，就算簡陋寒酸一點也沒關係，有個樣子就可以了。她設法找來了一些人，大部分是老鄰居。他們從小看著傑森長大，也偶爾看過傑森出現在電視上，看過報上關於傑森的報導。如今的傑森已經不再像從前那樣叱吒風雲了。

我上台說了一段簡短的悼念詞。可惜黛安太虛弱了沒辦法來，要不然她一定會說得更感人。我說，小傑奉獻了他的一生，只為了追求知識。但他的心滿懷虔誠謙卑，絕對不會傲慢狂妄。他明白，那些知識不是他創造的，而是他發現的，沒有人可以據為己有。這些知識必須讓全世界共同分享，一傳十，十傳百，代代相傳。傑森把自己的生命貢獻給全世界，永遠活在世人的心中。他已經成為那知識體系的一部分。

我還站在講壇上的時候，艾德華走進來了。

他沿著走道走過來，走到一半就認出講壇上的人是我了。他看著我，看了好久，然後在旁邊一排長椅上坐下來。

他看起來比我印象中更憔悴。他剃著很短的平頭，所剩無幾的白頭髮幾乎已經快要看不見了。然而，他還是展現出一種有權有勢的氣勢。他那套手工剪裁的西裝還是非常合身。他雙臂交叉在胸前，以一種不可一世的神情環顧著教堂裡面，看看有誰在現場。他看到卡蘿了。

追悼儀式結束之後，鄰居排成一列走出禮拜堂，一一上前向卡蘿致意，卡蘿也強忍著悲傷站在門口答謝。過去這幾天，卡蘿天天以淚洗面，但此刻她表現得很堅強，沒有落淚，那種冷漠，簡直就像是一個準備要開刀的醫生。最後一位客人離開之後，艾德華靠向她了。她忽然挺直起來，彷彿一隻貓感覺到有更龐大兇猛的動物靠近了。

艾德華說：「卡蘿。」然後他瞪著我。「泰勒。」

卡蘿說：「我們的兒子死了，傑森走了。」

「我就是為這件事來的。」

「但願你是來哀悼你的兒子……」

「我當然很傷心。」

「但願你不是為了其他原因。他回到大房子來就是為了躲你。你應該心裡有數。」

「我知道的事情，多到妳無法想像。傑森搞不清楚……」

「艾德華，他也許有很多問題，但他一點都不迷糊。他死的時候我就在他身邊。」

「是嗎？有意思。我跟妳不一樣。他活著的時候，我一直陪伴在他身邊。」

卡蘿喘了一口氣，把頭轉開，彷彿被人打了一記耳光。

艾德華說：「算了吧，卡蘿。妳心裡很清楚，把傑森養育成人的人是我。也許你不喜歡我讓他過那樣的生活，但至少我給了他一種生活……我給了他一種生活方式，而且教他怎麼過生活。」

「他是我生的。」

「生孩子容易，養孩子難。傑森擁有的一切，都是我給他的。傑森懂的一切，都是我教的。」

「真不知道你是在愛他還是害他……」

「現在，就因為我有現實上的顧慮，妳就要責怪我……」

「什麼現實上的顧慮？」

「那還用說嗎？當然是解剖。」

「沒錯，你在電話裡跟我講過。只不過，那種行為對死者很不尊重，而且，老實告訴你，根本不可能。」

「我本來希望妳會把我的話當一回事，但妳顯然沒有。不過，我根本就不需要徵求妳的同意。教堂外面已經有人在等著要接收屍體。他們可以申請緊急應變法的命令，強制執行。」

她倒退了一步。「你的權力有那麼大嗎？」

「這件事，你我都沒有選擇的餘地。不管妳情不情願，妳都擋不了。而且，這只是例行公事，不會造成任何傷害。所以，幫個忙，讓我們可以保留一點顏面，彼此尊重一下。把我兒子的屍體交給我。」

「我沒辦法。」

「卡蘿……」

「我沒辦法把屍體交給你。」

「妳沒聽懂我的話。妳沒有選擇的餘地。」

「你錯了，很抱歉，是你沒聽懂我的話。艾德華，你聽清楚，我沒辦法把他的屍體交給你。」

他張大嘴巴，然後又閉起來。他眼睛睜得大大地。

他說：「卡蘿，妳幹了什麼事？」

「根本沒有屍體，屍體已經沒了。」她嘴角露出一絲狡猾怨恨的微笑。「不過，如果你還是堅持要拿走，那骨灰就給你吧。」

我開車載卡蘿回到大房子。葬禮這段時間，她的鄰居艾彌爾·哈代在幫她照顧黛安。電力已經恢復了，他那份臨時的小報紙也就停刊了。

哈代臨走之前說：「我和黛安聊到我們這個社區從前的事情。從前他們還小的時候，我常常看到他們在那條路上騎腳踏車。那已經是好久好久以前的事了。她的皮膚怎麼……」

卡羅說：「別擔心，那不會傳染。」

「不過看起來很不尋常。」

「是的，確實很不尋常。謝謝你，艾彌爾。」

「哪天有機會到我們家來一起吃晚飯吧，我和艾許莉都很期待。」

「那太好了，你要幫我跟艾許莉說謝謝。」她把門關上，然後轉身看著我。「我得喝杯酒了。不過，還有更要緊的事。艾德華已經知道你在這裡了。你必須走了。而且，你必須帶著黛安一起走。你有辦法嗎？你有沒有辦法帶她去一個安全地方？一個艾德華找不到的地方？」

「當然可以。那妳怎麼辦？」

「我不會有事的。艾德華大概認為傑森在這裡藏著什麼從他那裡偷來的寶貝，也許會派人來搜查。泰勒，只要你處理得夠徹底，他們什麼也找不到，而且，他也不可能把房子搶走。艾德華很久以前就已經和我簽過離婚協議書了。我們之間的小摩擦沒什麼大不了。不過，他會對你不利。而且，他無形中也會傷害到黛安，雖然那不是他的本意。」

「我不會讓這種事發生的。」

「那你趕快去整理東西吧。你大概已經沒什麼時間了。」

꩜ ꩜ ꩜

那一天，開普敦幽靈號準備要穿越大拱門了。我走到甲板上去看日出。這個時候，大拱門幾乎是看不見的，兩端的柱腳隱沒在東西方遙遠的地平線上，不過，破曉前半小時，我們看得到拱門的頂端正好就在我們頭頂上的天空，細得像刀鋒，散發出幽微的光。

到了早上九點左右，拱門頂端被一小片捲鬚般稀疏的雲遮住了。然而，雖然看不見，我們知道它就在那裡。

一想到馬上就要進行超時空傳送，大家都很緊張。不光是乘客緊張，連那些經驗豐富的船員也會緊張。他們還是繼續執行例行的勤務，保持船隻正常航行，調整機具，刮掉上層甲板上的油漆，重新粉刷。然而，他們動作的韻律中似乎煥發著一股昨天看不到的蓬勃朝氣。賈拉拖著一條塑膠椅子到甲板上來，坐到我旁邊。四十尺的貨櫃正好擋住我們坐的地方，不會吹到風，不過，海的景觀變窄了。

賈拉說：「這是我最後一趟到那邊去了。」天氣比較暖和，他穿著一件寬鬆的黃色襯衫和一條牛仔褲。他解開襯衫的釦子，讓陽光曬在胸口上。他從船邊的冷藏櫃裡拿出一罐啤酒，碰的一聲拉開易開罐的拉環。這一連串的動作顯示出他是一個世俗之人，一個生意人，同時也顯示出他對回教教規和米南加保習俗的蔑視。他說：「這一次是有去無回了。」

如果他牽扯到德魯巴羽港碼頭上那場大混亂，那他真的是破釜沉舟了。很可疑的地方是，即使他也差一點被那場大火波及，但油槽爆炸正好為我們的逃脫提供最好的掩護。多年來，賈拉一直在經營移民偷渡生意。這門生意賺的錢比他正規經營的進出口生意還要多。他說，從人身上能夠搾出來的油水比棕櫚油多。只不過，後來印度人和越南人也來搶生意，競爭愈來愈激烈。另一方面，政治氣氛也愈來愈肅殺。趁早到麥哲倫港去退休頤養天年，好過下半輩子被關在新烈火莫熄政權的監獄裡。

「你試過超時空傳送嗎？」

「兩次。」

「會很難受嗎？」

他聳聳肩。「別聽那些人胡說八道。」

到了中午，很多旅客都跑到甲板上來了。除了那些米南加保村民，船上還有來自各地的移民，有蘇門答臘的原住民阿濟人、馬來人和泰國人，加起來大概有一百個人。人實在太多了，船艙裡擠不下，於是，船長在貨艙裡的三個鋁製貨櫃上加裝了通風設備，充當臨時的臥鋪。

從前有一種生意專門偷渡難民到歐洲和北美洲去，旅途很嚴酷，常常會有難民死亡。跟那種偷渡比起來，這艘船的設備舒服多了。透過大拱門進行超時空傳送的人，多半都來自聯合國批准的移民計畫，多半都很有錢。船員對我們很客氣。大部分的船員都在麥哲倫港待過好幾個月，他們都知道那裡有什麼樣的誘惑，有什麼樣的陷阱。

有一位甲板水手在主甲板上騰出一片空地，用網子圍成一個足球場，有幾個小孩子正在裡面踢足球。有時候，球會跳到網子外面，而且通常會跳到賈拉的大腿上，惹得他有點火大。賈拉今天有點煩躁。

我問他，船什麼時候會進入超時空傳送。

「船長說，如果時速不變，大概再過十二個鐘頭。」

我說：「所以，這是我們在地球上的最後一天。」

「別開玩笑。」

「我是說真的。」

「那你小聲一點，船員是很迷信的。」

「你到麥哲倫港之後要做什麼？」

賈拉揚起眉毛。「我要幹什麼？當然是跟漂亮的女人睡覺，要不然還能幹麼？不過，也有可能會睡到幾個不漂亮的。」

足球又跳出網子外面了。這一次賈拉把球接住了，捧在肚子上面。「他媽的，你們給我小心點！不准再玩了！」

十幾個小孩子很快就擠到網子旁邊，大吵大鬧。不過，只有伊安鼓起勇氣跑過來和賈拉爭執。伊安滿身大汗，胸腔的肋骨起伏著，氣喘如牛。他們那一隊領先五分。他說：「拜託，把球還給我們。」

賈拉猛然站起來，手上抓著那個球，態度很蠻橫，莫名其妙地發著脾氣。「你要球是不是？你要嗎？那就去撿。」他把球猛力一踢，球飛得高高地，越過船邊的欄杆，掉進浩瀚無垠一片碧藍的印度洋裡。

伊安嚇了一跳，然後開始發火了。他用米南加保話小聲咕噥了幾句罵人的話。

賈拉氣得臉都紅了。他伸手打了伊安一巴掌，打得很用力，把伊安的大眼鏡都打飛了，掉在甲板上彈了好幾下。

賈拉說：「跟我道歉。」

伊安蹲下去，一隻膝蓋跪在地上，眼睛閉得緊緊地。他啜泣了幾聲之後，終於站起來。他在甲板上走了幾步，把眼鏡撿起來。他笨手笨腳弄了半天，好不容易才把眼鏡戴回去。然後，他又走回到賈拉面前，顯現出一副神聖不可侵犯的模樣，令人驚訝。

他小聲地說：「不，該道歉的是你。」

賈拉倒抽了一口氣，嘴裡咒罵著。伊安有點畏縮。賈拉又把手抬起來。

他的手舉到半空中的時候，被我抓住了。

賈拉滿臉驚訝地看著我。「你幹什麼！放手！」

他想把手縮回去，我不放手。我說：「不准再打他。」

「我愛怎麼樣就怎麼樣。」

我說：「沒問題，只要不打他，你愛幹什麼沒人管你。」

「你……我幫了你這麼大的忙，你還……！」

然後，他又看了我一眼。

我不知道他在我臉上看到了什麼。我不知道那一剎那我心裡究竟有什麼感覺。無論如何，我的樣子顯然令他很困惑。他緊握的拳頭慢慢放鬆了。他的態度軟化了。

他嘴裡喃喃唸著。「該死的美國人。我要到餐廳去了。」他朝著圍在四周的孩子和甲板水手大喊：「那裡的人比較友善，比較客氣。」然後他就走開了。

伊安張大嘴巴看著我。

我說：「很抱歉。」

他點點頭。

我說：「你的球我拿不回來了。」

他摸摸被賈拉打腫的臉頰，細聲細氣地說：「沒關係。」

再過幾個鐘頭就要進入超時空傳送了。我們在船員餐廳吃晚飯的時候，我告訴黛安剛剛發生了什麼事情。「我甚至連想都沒想就動手了。那種感覺好像……很明顯，幾乎是一種反射動作。那是第四年期的人的反應嗎？」

「可能是。那是一種保護弱者的本能衝動，特別是保護小孩子。你根本連想都不必想就會立刻採取行動。我自己也有那樣的感覺。我猜，如果火星人真的有本事製造出那種微妙的情緒，那可能是他們在神經再造程式裡所設定的。要是萬諾文也在這裡就好了，我們就可以聽聽他怎麼解釋。或是傑森還在的話，他也可以說出個道理來。你有被迫的感覺嗎？」

「沒有……」

「那你會不會覺得自己做錯了，或是不太恰當？」

「也不會……我就是覺得那樣做是對的。」

「可是，在你還沒有接受生命延長處理之前，你是不是不太可能會這樣做？」

「我可能會，或者說，我會想這樣做。不過，我可能會三心兩意，結果就來不及了。」

「所以說，你並不會覺得不自在。」

不會。這就是奇怪的地方。黛安說，這是我的本性，也是火星生物科技的傑作。我想，大概就是這樣吧……然而，我可能還是要花點時間去適應。就像不同人生階段的轉折，從童年到青少年，從青少年到成年，我們都會面對新的責任，新的機會，新的陷阱。我們會對生命產生新的疑惑。

多年來，這是我第一次對自己感到陌生。

ꕥ ꕥ ꕥ

行李已經差不多快收拾好了，這個時候，卡蘿下樓來了。她有點醉了，走路不太穩。她手上拿著一個鞋盒，盒子上面寫著「紀念品〈學校〉」。

她說：「你應該把這個帶走。這是你母親的東西。」

「卡蘿，如果妳覺得這些東西對妳很重要的話，妳就留著吧。」

「謝謝你，不過，我已經拿到我要的東西了。」

我打開蓋子瞄了一眼。「那些信。」那些沒有署名的信，收件人寫的是貝琳達．蘇頓，我媽未出嫁前的姓名。

「沒錯。所以，你也知道有那些信。你看過了嗎？」

「沒有，沒有看完。我只知道那些信是情書。」

「噢，老天，聽起來好甜蜜，我倒寧願你會覺得那是一種崇拜。如果你有仔細看的話，那些信真的是很純真無邪的。上面沒有署名。你媽收到那些信的時候，我們兩個都還在念大學。當時，她已經和你爸爸在一起了，所以，她不太可能把那些信拿給你爸爸看……他自己也寫了很多信給她。所以呢，她就把那些信拿給我看。」

「她一直都不知道是誰寫的嗎？」

「從來不知道。」

「她一定很好奇。」

「那還用說。只不過，當時她已經和馬庫斯訂婚了。她開始和馬庫斯約會的時候，馬庫斯和艾德華正要創業。他們兩個一起研發高空氣球。當年，馬庫斯說浮空器是一種『藍天』科技，有點瘋狂，有點理想化。貝琳達說，馬庫斯和艾德華是一對『齊柏林兄弟』，兩個對飛船狂熱的人湊在一起。這麼說起來，貝琳達和我大概也可以稱為齊柏林姐妹，因為那個時候，我開始去勾引艾德華。所以，泰勒，從某個角度來看，我結婚的目的只是為了把你母親留在身邊，當作形影不離的好朋友。」

「那些信……」

「很有意思，對不對？為什麼這麼多年來她一直留著那些信？後來，我終於忍不住問她為什麼。為什麼不乾脆把那些信丟掉？她說：『因為那些信寫得很真誠。』無論寫那些信的是誰，她決定用這樣的方式來表示對他的敬意。結婚的一個禮拜前，她收到了最後一封信。從此以後那個人就沒有再寫信給她了。一年後，我也嫁給了艾德華。你媽有沒有告訴你，即使我們兩個人都結婚了，我們還是形影不離？我們一起去度假，一起去看電影。我生下雙胞胎的時候，貝琳達跑到醫院來看我。她第一次抱著你回家的時候，我站在門口等她。然而，當馬庫斯出車禍的時候，這一切都結束了。泰勒，你爸爸是一個很棒的人，很實在，很風趣。只有他有本事逗艾德華笑。他太大意了，才會發生這種不幸。他去世的時候，你媽媽幾乎要崩潰了。不光是感情上。馬庫斯已經把他們多年的積蓄都賠光了，你們家在帕沙迪納那棟房子已經抵押給銀行了，她什麼都沒有了。所以，當我和艾德華搬到東部，買下這棟房子的時候，我理所當然就叫她來跟我們住在一起，住在庭院的小房子裡。」

我說：「順便幫你們打掃房子。」

「那是艾德華的意思。我只是希望把貝琳達留在身邊。我的婚姻沒有她從前那麼幸福。事實上，很不幸福。當時，她可以算是我唯一的朋友了。她幾乎可以說是我的女性密友。」卡蘿露出神祕的微笑。「幾乎。」

「所以，這就是為什麼妳要留著這些信？因為那是你們往日回憶的一部分？」

她對著我微笑的樣子，好像我是一個反應遲鈍的小孩。「錯了，泰勒。我告訴你吧，那些信全是我寫的。」她的笑容漸漸消失了。「你不要誤會了。你媽跟一般女人一樣正常。愛上她是我的不幸。我愛她愛得太痴迷，只要能夠把她留在身邊，我可以不顧一切。我甚至為了她嫁給了一個一開始看起來就很討厭的男人。泰勒，我這一生一直保持沉默。我從來沒有告訴過她，我有多麼愛她。從來沒有。我只能寫信給她，表達我心中的愛意。我很高興她把那些信都留著。然而，那些信總是有一點危險，彷彿把炸藥或是放射性物質放在眾目睽睽的地方。那些信足以證明我有多麼愚蠢。你母親過世的時候，或者說，她過世的那一天，我有點慌了。我想把那個盒子藏起來。我本來想把那些信毀掉，可是我辦不到，我就是辦不到。後來，艾德華跟我離婚了。從此以後，再也不需要躲躲藏藏了，於是，我就把那些信拿走了。因為，你應該明白，那是我的信，永遠都是我的。」

我不知道該說些什麼。卡蘿看看我的表情，搖搖頭，有點悲傷。她那纖弱的雙手搭在我肩上。

「不要不高興。這個世界總是充滿驚奇。人生在世，又有誰真正能夠了解自己，了解別人呢？又有誰真正能夠敞開心胸，面對自己，面對別人？」

於是，我在佛蒙特州的一家汽車旅館裡住了四個禮拜，照顧黛安，一直等到她完全康復。

也許應該說，她只是身體康復了。康登牧場的遭遇和後來所發生的一切在她心中留下了傷痕。她顯得心力交瘁，變得沉默寡言。彷彿她閉上眼睛的時候，整個世界似乎快要毀滅了，然而，當她再度睜開雙眼的時候，面對世界，卻不知道何去何從。我沒有能力治好她內心的創傷。

所以，當我想幫助她的時候，我必須拿捏好分寸。她需要知道的事情，我才會告訴她。我不要求她做什麼，而且，我也設法讓她明白，我並沒有打算要她回報我。

她開始慢慢留意到整個世界的變化。她問我，為什麼太陽又回復到完美的模式。我把傑森告訴我的話都講給她聽。我告訴她，時間迴旋透析膜凍結時間的功能雖然停止了，但透析膜並沒有消失。它還是像從前一樣在保護地球，過濾致命的輻射線，用假陽光來維持地球的生態體系。

「可是，它們為什麼要把透析膜關閉七天？」

「它們只是關閉一些功能，並沒有全部關掉。這樣做，是因為有某個東西要穿越透析膜。」

「就是印度洋上面那個東西嗎？」

「沒錯。」

她叫我放傑森臨終的錄音帶給她聽，一邊聽一邊掉眼淚。她問我，傑森的骨灰在哪裡，被艾德華拿走了嗎，還是留在卡蘿那裡？都不是。卡蘿把骨灰甕交給了我，叫我把骨灰撒在任何我覺得合適的地方。她說：「泰勒，我不得不面對一個很殘酷的事實，那就是，你比我更了解傑森。對我而言，傑森就像一個謎。他只是他爸爸的兒子。而你是他的朋友。」

我和黛安一起看著這個世界，看全世界的人重新找到自我。集體埋葬終於結束了。活下來的人失去了親人，心有餘悸，但他們開始明白，這個星球又重新找到了未來。只不過，那是多麼奇特的未來。對我們這一代而言，這是令人驚訝的扭轉乾坤。我們終於放下心中的石頭，再也不用擔心人類會滅亡。我們該怎麼面對這樣的未來？再也不會有世界末日了，只有平平凡凡的生與死，那麼，我們該怎麼做？

我們在電視上看到印度洋的畫面，看到那個插在地球表面的巨大結構體。當巨大的柱子接觸到海面的時候，海水沸騰成蒸汽。大家開始稱之為拱門，或是大拱門。為什麼會取這個名字呢？倒不是因為它的形狀，而是因為過往的船隻發現了一些奇異的現象。這些船回到港口之後，船上的人說，當船隻越過大拱門的時候，忽然收不到發射台的導航訊號，天候變得很怪異，指南針開始繞圈子。然後，他們在海洋上不應該有陸地的地方看到荒涼的海岸線。各國都立刻派遣海軍前往探測。傑森臨終前說的話已經提供了暗示，足以解釋這一切。然而，只有極少數人有機會聽到他的話，也就是我、黛安，還有十幾個收到那些郵件的人。

當天氣變涼了以後，她開始每天做點運動，在汽車旅館後面的泥巴路上慢跑。她每次回來的時候，頭髮上總是飄散著一股落葉和燒木柴的味道。她的胃口愈來愈好，所幸，小吃店裡的菜單也愈來愈豐盛。餐廳又開始提供外送服務，當地的商業活動開始慢慢恢復了生機。

後來我們聽說，火星的時間迴旋也解除了。兩個星球之間開始通訊聯絡。羅麥思總統發表了一次對全國人民的公開談話，他甚至還暗示，政府將會重新規劃載人的太空飛行計畫，為開創兩個星球之間的友好關係跨出第一步。他說，火星和地球是「姊妹星」。他說話的口氣有點詭異的興奮。

我和黛安聊起過去，聊著未來。

然而，我們就是沒有投入彼此的懷抱。

我們彼此太熟悉了，或者是，我們彼此了解不夠。我們曾經有一段過去，但現在卻有一點陌生。賽門在馬納薩斯城外失蹤，令黛安感到焦慮難受。

我提醒她：「他差一點害死妳。」

「他不是故意的。你也知道他並不是邪惡的人。」

「那他實在天真得令人害怕。」

黛安閉上眼睛，彷彿陷入沉思。然後她說：「從前在約旦大禮拜堂的時候，巴伯・柯貝爾牧師喜歡說一句話：『他內心呼喊著上帝。』如果這句話可以用來形容一個人，那麼，用來形容賽門最貼切。不過，『他內心呼喊……』這句話也可以套用在我們每一個人身上，包括你、賽門、我、傑森，甚至卡蘿和艾德華。當我們終於知道宇宙有多麼浩瀚，知道人類的生命是多麼地短暫，我們的內心也開始呼喊。有時候是喜悅的呼喊，就像傑森。我想，這就是我不懂他的地方。那是他的天賦，他永遠對天地萬物懷著敬畏之心。然而，對我們大多數人來說，那是恐懼的呼喊。恐懼人類即將滅亡，害怕一切化為烏有。我們內心呼喊著。也許是在呼喊上帝，也許只是為了打破可怕的寂靜。」她伸手把額頭上的頭髮撥到旁邊。這個時候，我看到她的手臂。她的手臂曾經骨瘦如柴，如今又恢復了豐腴，恢復了健康。「我一直覺得，發自賽門內心的呼喊是人類最純潔的聲音。只可惜，他不會看人，是的，他太天真了。這也就是為什麼，他的信仰一直在改變，從新國度，約旦大禮拜堂，到康登牧場……不管是哪一種信仰，只要是直接坦白的，只要能夠滿足他尋求生命意義的渴望，他都會相信。」

「就算會害死妳，他也相信？」

「我並沒有說他聰明，我只是說他心地不壞。」

後來，我慢慢了解她為什麼會說出這樣的話。因為，第四年期的人說話都是這樣。不帶任何感情卻又很投入，親密卻又冷靜客觀。不能說我不喜歡這樣，可是，有時候聽她講話，我不免會感到脖子後面寒毛直豎。

ᘎ ᘎ ᘎ

有一天，我告訴黛安，她的身體已經完全復原了。過了沒多久，她告訴我，她要走了。我問她打算去哪裡。

她說她一定要找到賽門。她說她必須「把事情做個了結」，總要有個水落石出。畢竟，他們還是有婚姻關係。他究竟是死是活，她不能不管。

我提醒她，她根本沒有錢，也沒有自己的地方可以住。她說總會有辦法的。於是，我拿了一張傑森給我的信用卡給她，不過，我不敢擔保信用卡不會出問題……我根本不知道帳單是誰在付的，額度究竟是多少，而且，會不會有人追蹤信用卡找上她。

她問我，要怎麼跟我聯絡。

我說：「打電話就找得到我。」我給過她一個電話號碼。多年來，我一直在付帳單，保留那個號碼。多年來，我總是把那支電話帶在身上，雖然那支電話幾乎沒有響過。

我開車載她去附近的巴士站。時間迴旋被關閉的時候，許多遊客被困住了。車站裡擠了一堆流落外地的遊客。她很快就消失在人群中。

六個月之後，電話響了。當時，報紙上還是持續在報導「新世界」的消息，電視上一直在播放新世界的影片。那是一片巨石嶙峋的蠻荒海角，「越過大拱門之後的另一個世界。」

當時，已經有好幾百艘大大小小的船隻越過了大拱門。有些是大型的科學探測船。這些探測船經過「國際地理年組織」和聯合國的批准，有美國的海軍護航，船上還有大批的媒體記者。另外，還有一些特許的私人船隻，一些拖網漁船。那些漁船回到港口的時候，船艙裡滿載著漁獲。如果燈光不夠亮，乍看之下，你可能會誤以為他們捕獲的魚是鱈魚。這種捕撈行為當然是嚴格禁止的，只不過，早在禁令頒布之前，這種「大拱門鱈魚」早就悄悄滲透到亞洲的各大市場。事實證明，這種魚不但能吃，而且營養豐富。如果傑森還在的話，他可能會說，這是一種線索。有人分析那種魚的DNA，發現牠們的基因組可以追溯到地球的魚類。新世界的環境不但適合人居住，而且似乎和人類有某種淵源。

黛安說：「我找到賽門了。」

「然後呢？」

「他住在威明頓城外的一個拖車屋區。他到別人家裡修理東西，賺一點錢……像是腳踏車，烤麵包機之類的。除此之外，他也在領救濟金，偶爾會去聖靈降臨教派的教會。」

「見到妳，他開心嗎？」

「為了康登牧場的事，他一直跟我說對不起。他說，他希望能夠補償我。他問我，有什麼事情是他能夠幫我做的，讓我日子好過一點。」

我不知不覺抓緊電話。「那妳跟他說什麼？」

「我說我想跟他離婚。他答應了。此外，他還說了一些別的。他說我變了，他說我有某些地方變得不一樣了。他不敢碰我。不過，我不覺得他會喜歡我的改變。」

似乎有點火藥味。

黛安問我：「泰勒，我真的變了那麼多嗎？」

我說：「一切都變了。」

一年後，她又打電話給我。這次的事情比較重要。我人在加拿大蒙特婁。我能夠順利逃出境，一部分要歸功於傑森給我的那些假證件。我一邊在奧特蒙區的一家診所裡幫忙，一邊等加拿大政府正式批准我的移民身分。

自從一年前黛安打電話給我之後，大拱門功能的奧祕已經被揭開了。如果你以為大拱門只是一具靜態的機器，一扇「簡單」的門，研究的發現一定會讓你大吃一驚。如果你從傑森的觀點來看，就比較能夠看出它的奧妙。大拱門是一個複雜的、有知覺的物體。它能夠察覺到有效範圍內的一切活動，並且操控這些活動。

大拱門連接了兩個世界。不過，只有載人的船隻從南邊穿越大拱門，才能夠進入另一個世界。想像一下那代表什麼意義。當一陣風、一道洋流、一隻候鳥穿越大拱門的時候，大拱門只不過是幾支固定在海中的普通柱子，隔開了孟加拉灣和印度洋。風、洋流、候鳥，這一切可以在拱門裡外自由穿梭，暢行無阻，不會產生任何時空的變化。由北往南穿越拱門的船隻也一樣。

然而，當船隻從南邊沿著東經九十度經線穿越赤道線，穿越拱門頂端的正下方，你會發現自己已經到了一片未知的海域，頭頂上是另一片奇異的天空。而你回頭看到的大拱門，已經是距離地球不知道多少光年的另一個大拱門。

在印度的馬德拉斯，有一家野心勃勃卻不太合法的公司提供海上旅遊服務。那家公司的英文廣告海報上面寫著：「輕鬆暢遊熱情友善的星球。」國際刑警組織查封了那家公司，但那家公司的廣告說對了，想到另外一個星球去真的不難。那一陣子，聯合國還在努力想管制大拱門的船隻通行。但這一切實在太不可思議了，究竟是怎麼辦到的？這恐怕要問假想智慧生物才知道。

黛安告訴我，她的離婚已經辦好了，可是，她沒有工作，覺得未來前途茫茫。「我在想，不知道能不能去找你……」她講起話來扭扭捏捏，不太像是一個第四年期的人。至少在我的想像中，第四年期的人講話不應該是這樣。「如果你覺得可以的話。老實說，我需要你幫忙，幫我找個地方住。你知道的嘛，安頓下來。」

於是，我在診所裡幫她安排了一份工作，並且幫她申請移民。那年秋天，她到蒙特婁來跟我會合了。

꩜ ꩜ ꩜

微妙的情愫在我們兩個人之間開始萌發，那個過程是很緩慢的，很老式的，或許可以說，半火星式的。那段期間，黛安和我都找到了一種全新的視野，重新認識了對方。時間迴旋再也無法困擾我們了，而我們也不再是當年的小孩子，尋求盲目的慰藉。我們終於相愛了，像心智成熟的人一樣相愛了。

那幾年，全球的人口達到了八十億。人口的成長主要集中在全球的大城市。那些大城市不斷地膨脹，例如上海、雅加達、馬尼拉、中國沿海城市、拉哥斯、金夏沙、奈洛比、馬布多、加拉卡斯、拉巴斯、德古斯加巴。這些都是全球最耀眼、工業最繁榮、人口最密集的城市。算一算，恐怕需要十幾個大拱門才有辦法紓解這樣驚人的人口成長。人口的膨脹持續引發了一波波的移民潮、難民潮和探險潮。有些人躲在非法船隻的貨艙裡，結果，當船隻抵達麥哲倫港靠岸的時候，大多數人不是已經死了，就是奄奄一息。

麥哲倫港是新世界第一個有名稱的落腳地。目前，新世界大部分地區都已經出現在簡略的地圖中。這些地圖多半是從空中探勘繪製的。麥哲倫港位於一片稱為「赤道洲」的大陸東邊的尾端。新世界還有另外一片大陸，稱為「波利亞洲」，地勢比較平坦。波利亞洲大陸夾住了北極，往南延伸到溫帶。南方的海域遍布著島嶼和群島。

氣候溫和，空氣清新，地心引力大約是地球的百分之九十五點五。兩塊大陸都是物產豐富、未經開發的處女地。海洋和河流魚蝦密布。非洲杜阿拉和阿富汗喀布爾的貧民窟裡流傳著一些神話，據說，赤道洲長著一些巨大的樹，肚子餓了就可以摘樹上的水果來吃，晚上可以睡在樹根中間遮風避雨。

可惜那只是神話。麥哲倫港是聯合國的管轄地，有重兵守衛。貧民區在麥哲倫港四周逐漸擴張，那裡是無政府地帶，很不平靜。不過，沿岸幾百公里遍布著無數繁榮的小漁村，麗奇灣和奧西港的湖岸正蓋起一間又一間的觀光飯店。沿著白河谷和新伊洛瓦底江河谷深入內陸，到處都是未經開發的肥沃土壤，吸引當地的人逐漸往內陸開拓。

不過，那一年新世界最驚人的消息，是有人發現了第二座大拱門。那座大拱門坐落在星球的另一邊，靠近波利亞洲大陸的南端。越過那個大拱門又是另一個新世界。不過，根據第一次探勘的報告，那個新世界比較沒那麼吸引人。也許是因為那裡正好是雨季吧。

ꕥ ꕥ ꕥ

後時間迴旋時期的第五年，有一天黛安對我說：「一定還有其他像我一樣的人。我真想見見他們。」

我早就把火星資料庫的檔案交給她了，那是幾片第一期翻譯的記憶卡。她已經孜孜不倦地研究過那些檔案，就像當年她孜孜不倦地研究維多利亞時期的詩和新國度運動的宣傳手冊。

如果傑森的計畫成功了，那麼，地球上當然還會有其他第四年期的人。只不過，他們一旦暴露身分，下場就是立刻被關進聯邦監獄。羅麥思政府透過情治人員布下天羅地網，搜捕和火星人有關的一切事物。而羅麥思手下的情治機構已經投注了驚人的警力，處理時間迴旋結束之後的經濟危機。

她有點害羞地問我：「你自己有沒有想過？」

她的意思是，我自己有沒有想過轉化到第四年期。我們房間的衣櫃裡有一個鐵保險箱，裡面放了幾個小瓶子。也許我也可以從小瓶子裡抽出一定量的藥水，注射到自己的手臂裡。這個我當然想過。這樣可以讓我們更親近。

可是，這真是我想要的嗎？我知道我和她之間有一種無形的距離，那是第四年期的人和普通人之間的鴻溝。然而，我並不在乎這樣的距離。某些夜裡，當我看著她那莊嚴的眼神，我甚至會覺得我珍惜那樣的距離。正因為峽谷的深闊才有了橋梁。我們之間已經搭起了一座橋梁，如此愉悅，如此堅貞。

她輕撫著我的手，光滑的手指頭輕撫著我皮膚上的紋路。皮膚上的皺紋是一種微妙的象徵，意味著時間永不停息。也許有一天，即使我並不特別想，我都必須接受處理。

我說：「時候還沒到。」

「那要等到什麼時候？」

「但我心裡有準備的時候。」

ʖ ʖ ʖ

羅麥思總統卸任之後，換上休斯總統，接著是薩金總統。只不過，他們同樣都是時間迴旋時期的政治人物。他們把火星人的生物科技視為一種新的核子武器，或者說，具有核子武器的潛力。所以，目前他們把這種科技據為己有，當成私有財產。羅麥思發給火星五大共和國的第一份外交公文，就是要求他們過濾傳播電訊，不要再讓地球接收到沒有鎖碼的生物科技資訊。他提出一些幾可亂真的理由，作為這項外交要求的依據。他的說法是，在一個政治分裂的混亂世界裡，這種科技可能會造成什麼樣的影響。他舉萬諾文的死做例子。截至目前為止，火星人還是配合他。

然而，即使火星與地球之間的資訊交流經過這樣的消毒，也只能平息一部分紛爭。萬諾文讓地球人看到了五大共和國的平等主義經濟模式，如此一來，一波新的全球勞工運動把死去的萬諾文奉為偶像。有時候，我會在新聞上看到一些勞工示威活動，看到亞洲工業區的成衣工人，看到中美洲加工出口區的電腦晶片組裝員，看到他們高舉的牌子上有萬諾文的照片。看到這樣的畫面，總是覺得有點不協調，不過，我猜，他應該不會不高興。

ꕥ ꕥ ꕥ

那一天，黛安越過邊境去參加艾德華的葬禮。差不多就是十一年前的同一天，我把她從康登牧場救出來。

我們是在報紙上看到他過世的消息。訃聞裡附帶提到，艾德華的前妻卡蘿早在六個月前就已經過世了。這是另一個令人震驚難過的消息。差不多十年前，卡蘿就不接我們的電話了。她說，太危險了，知道我們平安無事就夠了。而且，好像也沒什麼好說的。

黛安到了華盛頓之後，也去探望了她母親的墳墓。她說，最令她感到難過的，是卡蘿這一輩子根本沒有真的活過，彷彿一個句子裡只有動詞沒有主詞，彷彿一封匿名的信。只為了渴望在信上簽下自己的名字，卻終其一生飽受誤解。她說：「如果她有機會做真正的自己，也許我會更懷念她。」

在艾德華的追悼會上，黛安一直小心翼翼地避免洩漏自己的身分。現場有很多艾德華政治圈子裡的同夥，包括檢察總長還有現任的副總統。不過，她注意到來賓席上坐著一位她不認識的女人。她們互相偷偷瞄著對方。黛安說：「我知道她是一個第四年期人，雖然我也說不上來為什麼。她的姿態動作，她那種看不出年齡的眼神……不過，最重要的是，似乎有一種訊號在我們之間傳遞。」追悼會結束之後，黛安走到那個女人前面，問她怎麼會認識艾德華。

那個女人說：「我不認識他，不算真的認識。不過，從前在傑森．羅頓的年代，我在基金會裡作過研究。我叫席薇亞．塔克。」

黛安告訴我這個名字的時候，我立刻就想起來了。席薇亞．塔克是一個人類學家，當年在佛羅里達的園區裡，她奉派和萬諾文一起工作。和其他徵召到基金會作研究的大部分學者比起來，她表現得親切多了。很可能傑森也把檔案交給她了。

黛安說：「我們交換了電子郵件信箱。我們兩個人都沒有提到『第四年期』這個字眼，不過，我們都心照不宣。我有把握。」

接下來她們並沒有聯絡，不過，黛安偶爾會接到席薇亞．塔克寄來的新聞剪報數位壓縮檔案。內容令人膽顫心驚。

丹佛市有一位工業化學家被國安機構逮捕，可能已經遭到監禁。

墨西哥市有一家老人診所被聯邦政府勒令歇業。

加州大學有一位社會學教授在火災中喪生，懷疑可能遭到縱火。

還有更多類似的新聞。

我一直都很小心。傑森過世前交給我的那些郵件上面有一些姓名、地址，那些名單我一直都不敢留著，也不記得了。然而，我看到剪報上出現的一些名字，卻有一種似曾相識的感覺。

黛安說：「她在警告我們，政府在追捕他們，政府在追捕第四年期的人。」

接下來那個月，我們都在爭論，萬一政府也盯上我們，我們該怎麼辦？羅麥思和他的爪牙已經在全球的情治系統布下天羅地網，我們又能逃到哪裡去？

顯然只剩下一個地方可以逃了。只剩下一個地方是情治系統無法觸及的，在那裡，政府的監視系統徹底癱瘓。於是，我們擬定了一個計畫……我們有假護照，有銀行帳戶，我們可以從歐洲繞到南亞洲。想好計畫之後，我們就把這些暫時撇到一邊，等哪天需要的時候再說。

沒多久，黛安又收到了席薇亞．塔克的郵件。這封郵件上面只有一個字。

上面寫著：逃。

於是我們就出發了。

❦ ❦ ❦

我們搭飛機到蘇門答臘。這是我們最後一趟搭飛機了。在飛機上黛安問我：「你真的決定了嗎？」

幾天前，我們路過阿姆斯特丹停留的時候，我已經做了決定。當時，我們還在擔心可能會被人跟蹤，擔心我們的護照可能已經被列入黑名單，擔心剩下的火星藥可能會被沒收。

我說：「是的，而且是馬上。在我們穿越拱門之前。」

「你確定嗎？」

「從來沒有這麼確定過。」

其實，沒有那麼確定，不過我願意。我終於願意冒險失去我所珍惜的一切，願意去擁抱自己可能會得到的一切。

於是，我們來到巴東一家充滿殖民地風味的飯店，在三樓訂了一間房間。我們應該可以躲一陣子，不會被人發現。我告訴自己，就像傑森說的，我們都飄落下來了，我們都會找到自己的歸宿。

一個鐘頭之前，天就已經黑了。再過半個鐘頭，我們就要穿越大拱門了。我們走到船員餐廳的時候，正好看到伊安在那裡。有一位船員給了他一張土黃色的紙，還有幾根又粗又短的蠟筆，讓他有點事情可以做，免得他去煩他們。

看到我們，他似乎鬆了一口氣。他說，他有點擔心超時空傳送。他把鼻梁上的眼鏡往上推了一下，手不小心碰到臉頰上被賈拉打出來的一片瘀青，眉頭皺了起來。他問我超時空傳送是什麼樣子。

我說：「我也不知道，我沒有傳送過。」

「開始傳送的時候，我們會感覺得到嗎？」

「聽船員說，天空會變得有點奇怪。在傳送啟動的那一剎那，當我們正好在舊世界與新世界交界的地方，指南針開始轉圓圈，南北顛倒。這個時候，艦橋會拉號笛。到時候你就知道了。」

伊安說：「旅途很長，時間很短。」

說得真好。我們這一頭的拱門本體會以接近光的速度，穿越無比遙遠的星際空間，然後又回到原來的位置。不過，假想智慧生物可以運用時間迴旋，創造出無窮盡的時間，讓拱門在瞬間穿越這段漫長的距離。它們能夠讓大約三十億光年的距離在瞬間縮短。三十億光年，就算只是一小部分，那種距離的遙遠已經足以令人目瞪口呆，難以想像。

黛安說：「有時候會覺得很奇怪，為什麼它們都不會嫌麻煩。」

「傑森說過……」

「我知道。假想智慧生物想保存我們，以免我們遭到滅亡的命運，然後，我們就可以自己創造出更複雜的東西。但問題就在這裡，他們為什麼要我們做這些事？他們想從我們身上得到什麼？」

伊安對這種哲學式的問題沒興趣。「那我們通過大拱門之後……」

我說：「通過之後，再過一天船就會抵達麥哲倫港。」

他想像著那樣的畫面，不覺微笑起來。

我和黛安會心地互看了一眼。兩天前，她已經告訴過伊安她是誰，現在，他們兩個人已經是好朋友了。她在船上的圖書室裡找到了幾本英文童書，然後唸了幾個書裡的故事給伊安聽。她甚至還唸了郝士曼的詩給他聽：幼兒尚未知曉……伊安說：「我不喜歡那一首。」

他把他畫的圖拿給我們看。他畫了幾隻赤道洲平原上的動物，脖子長長的，眼睛看起來很悲傷，身上有老虎的斑紋。他一定在電視新聞裡看過這些動物。

黛安說：「好漂亮。」

伊安正經八百地點點頭。然後我們就走了，讓他繼續畫圖。我們走到甲板上。

꩜ ꩜ ꩜

夜晚的天空很清朗，此刻，大拱門的頂端就在我們頭頂上，反映出最後一絲天光。從這個角度已經看不到任何彎曲了，看起來像是一條幾何直線，一個阿拉伯數字1，或是英文字母I。

我們盡可能靠近船頭，站在欄杆旁邊。我們的頭髮和衣服在風中飄揚，船上的旗子也被風吹得啦哩啪啦響。海面上波浪起伏，船上的燈火反映在波浪中，搖曳生姿。

黛安問我：「你有帶來嗎？」

她說的是裝著傑森一部分骨灰的那個小瓶子。早在我們還沒有離開蒙特婁之前，我們已經說好要幫他舉行這個儀式，如果這算得上儀式的話。傑森對這種紀念儀式一向沒什麼好感，不過，我相信他一定會喜歡這個儀式。「在這裡。」我從背心的口袋裡拿出那個陶製的小瓶子，拿在左手上。

黛安說：「我好想念他。我一直都在想念他。」她依偎在我肩膀上，我緊緊摟著她。「真希望他從前就是一個第四年期的人。不過，就算他轉化到第四年期，他也不會有什麼改變……」

「他不會變的。」

「從某方面來看，長久以來，傑森一直都是第四年期的人。」

超時空傳送的時刻快到了，星星開始變得黯淡，彷彿船身被一層薄紗般的東西籠罩住了。我打開裝著傑森骨灰的那個小瓶子。黛安用另外一隻手握著我的手。

風向突然轉變了，氣溫突然降了一、兩度。

她說：「每當我想到假想智慧生物的時候，好像有什麼地方會讓我覺得害怕……」

「什麼地方？」

「我怕我們只是它們的紅色小母牛，或者像是傑森心目中的火星人那樣，有一天會來拯救地球人。我怕它們會希望我們去拯救它們，幫助它們躲開某種東西，某種它們害怕的東西。」

也許吧。不過，我心裡想，就像人的一生，我們不想迎合別人的期待。

我感覺到她的身體忽然一陣顫抖。頭頂上，細細的大拱門愈來愈黯淡。海面上忽然籠罩著一片霧氣，不過，那不是一般的霧，而是一片朦朧。這不是天氣的關係。

大拱門最後一絲微光消失了，海平線也消失了。此刻，在開普敦幽靈號的艦橋上，指南針必定開始旋轉了。船長拉響了號笛，一陣震耳欲聾的巨響，彷彿一個空間遭到侵犯發出了怒吼。

我抬頭一看，群星開始迴旋環繞，令人目眩。

「現在！」黛安在震耳欲聾的笛聲中大喊了一聲。

我依著欄杆身體往前傾，她的手握著我的手。我們倒轉瓶子。骨灰隨風飄散，在船上燈光的照耀下彷彿一片細細的雪花。骨灰在半空中就消逝了，沒有落到怒濤洶湧的黑色海上。我寧願相信，骨灰已經飄散了，飄散在此刻我們正在航行的那片看不見的無垠空間，飄散在群星之間，飄散在那沒有海洋的、網路密布的浩瀚宇宙。

黛安依偎在我的懷裡，號笛的巨響震撼我們的身體，彷彿一種脈動。最後，笛聲消失了。然後她抬起頭。她說：「你看天空。」

那些不一樣的星星看起來如此奇異。

꩜ ꩜ ꩜

第二天早上，大家都跑到甲板上。所有的人。伊安、伊安的父母、伊布伊娜，還有其他的乘客。甚至賈拉和幾個勤務交了班的船員也跑上來了。大家都上來品味新世界的空氣，感受新世界的熱力。看著那蔚藍的天空，感受那溫暖的陽光，你也許會誤以為這裡是地球。遠方的海平線上隱隱約約浮現出一條凹凸不平的線，那就是麥哲倫港的海角。我們看到巨石嶙峋的海岬，高地上有幾縷白茫茫的煙霧裊裊升起，然後飄向西方。

伊布伊娜牽著伊安走到我們旁邊來，靠著欄杆。

伊娜說：「看起來好熟悉，但感覺卻很不一樣。」

一團團捲曲的野草在船身揚起的波浪中起伏。那應該是赤道洲大陸上的野草，被暴風吹落到海上，隨著潮汐漂流。巨大的八瓣草葉軟綿綿地浮在海面上。此刻，大拱門已經落在我們後面了。那不再是一道通往外面新世界的門，而是一道回家的門，總而言之，那是某種奇特的時空之門。

伊娜說：「彷彿一個歷史已經結束了，另一段歷史才剛要開始。」

伊安不這麼認為。「不對。」他一臉正經地說。他挺身迎著風，彷彿他可以藉著意志力推動未來向前走。「當我們登陸之後，我們才開始有歷史。」

後記

在《時間迴旋》這本書裡，我杜撰了幾種疾病。心血管耗弱這種牛隻帶原的疾病純屬虛構，現實世界中並不存在。非典型多發性硬化症也是純屬虛構，不過，書中描寫的症狀，構想來自「多發性硬化症」。很不幸的是，「多發性硬化症」是真實存在的疾病。雖然多發性硬化症至今尚無法治癒，不過，幾種有潛力的治療方法目前已經引進醫界，或是已經露出了曙光。不過，這畢竟是科幻小說，希望讀者不要把它當成醫學期刊。如果讀者對多發性硬化症這種疾病有興趣，這裡有一個最好的網站可供讀者參考：www.nationalmssociety.org。

書中所描寫的蘇門答臘的未來和米南加保人，大部分也是虛構的。不過，人類學家已經注意到，母系社會的米南加保文化和當代回教文化並存的現象。有興趣的讀者可以參閱 Peggy Reeves Sanday 所寫的《*Women at the Center: Life in a Modern Matriarchy*》一書。

如果讀者對演化和太陽系的未來這方面的當代科學思潮有興趣，可以參閱 Peter D. Ward 和 Donald Brownlee 合著的《*The Life and Death of Planet Earth*》或 Armand Delsemme 所著的《*Our*

Cosmic Origins》。讀者在上述的著作裡可以獲得真實的資訊。科幻小說中所描寫的資訊通常會有所扭曲。

沒有各界人士的協助，本書不可能完成。我要再度向所有提供協助的人致謝。此外，MVP獎的榮耀要獻給我的太太莎莉。

時間迴旋三部曲：時間迴旋

作　　者　羅伯特・查爾斯・威爾森
譯　　者　陳宗琛
責任編輯　陳湘婷（初版）、王正緯（二版）
校　　對　魏秋綢
版面構成　張靜怡
裝幀設計　徐睿紳

行銷業務　鄭詠文、陳昱甄
總 編 輯　謝宜英
出 版 者　貓頭鷹出版

發 行 人　涂玉雲
發　　行　英屬蓋曼群島商家庭傳媒股份有限公司城邦分公司
　　　　　104 台北市中山區民生東路二段 141 號 11 樓
　　　　　畫撥帳號：19863813；戶名：書虫股份有限公司
城邦讀書花園：www.cite.com.tw　購書服務信箱：service@readingclub.com.tw
購書服務專線：02-2500-7718~9（周一至周五上午 09:30-12:00；下午 13:30-17:00）
24 小時傳真專線：02-2500-1990；25001991
香港發行所　城邦（香港）出版集團／電話：852-2877-8606 ／傳真：852-2578-9337
馬新發行所　城邦（馬新）出版集團／電話：603-9056-3833 ／傳真：603-9057-6622
印 製 廠　中原造像股份有限公司
初　　版　2007 年 8 月
二　　版　2019 年 7 月
定　　價　新台幣 1599 元／港幣 533 元（《時間迴旋三部曲》套書不分售）
I S B N　978-986-262-384-8

讀者意見信箱　owl@cph.com.tw
投稿信箱　owl.book@gmail.com
貓頭鷹知識網　www.owls.tw
貓頭鷹臉書　facebook.com/owlpublishing

國家圖書館出版品預行編目資料

時間迴旋三部曲 : 時間迴旋 / 羅伯特・查爾斯・威爾森 (Robert Charles Wilson) 著 ; 陳宗琛譯 . -- 二版 . -- 臺北市 : 貓頭鷹出版 : 家庭傳媒城邦分公司發行 , 2019.07
面 ;　公分
譯自 : Spin
ISBN 978-986-262-384-8 (平裝)

874.57　　108007700